Ulrike Schweikert • Die Erben der Nacht

AF197461

ULRIKE SCHWEIKERT

Lycana

Die Erben der Nacht

Penguin Random House Verlagsgruppe
FSC® N001967

7. Auflage
Originalausgabe November 2008
© 2008 cbj Kinder- und Jugendbuch Verlag
in der Penguin Random House Verlagsgruppe GmbH,
Neumarkter Str. 28, 81673 München
produktsicherheit@penguinrandomhouse.de
(Vorstehende Angaben sind zugleich
Pflichtinformationen nach GPSR)

Alle Rechte vorbehalten
Umschlaggestaltung: Nele Schütz Design, München,
unter Verwendung einer Illustration von Paolo Barbieri
SE · Herstellung: ReD
Satz: Greiner & Reichel, Köln
Druck und Bindung: GGP Media GmbH, Pößneck
ISBN 978-3-570-30479-2
Printed in Germany

www.cbj-verlag.de

Für meine Freundin Sylvia Schmid
und ihren Papageienclan
und für meinen geliebten Mann
Peter Speemann

INHALT

PROLOG:
EIN GROSSER PLAN

Die Vampirin stand an der Reling und sah in die Nacht hinaus. Der Himmel war von Wolken verhangen. Kein Stern war zu sehen. Nur die schäumende Gischt hob sich von den schwarz nach allen Seiten ausgedehnten Wassermassen ab, die sich unaufhörlich zu neuen Landschaften verformten, Hügel und Täler voneinander schieden. Der Sturm war zwar abgeflaut, doch noch immer warfen die Wogen das Schiff von einem Wellenkamm zum nächsten.

Die langen, schlanken Finger der Vampirin schlossen sich fest um die Reling, als das Schiff wieder einmal unvermittelt ins Bodenlose abzusacken schien. Ihre Augen waren fest auf den Horizont gerichtet, wo irgendwann endlich Irlands Küste auftauchen musste, ihre Gedanken jedoch arbeiteten emsig in einer verborgenen Kammer ihres Geistes an dem großen Plan. Sie würde den Meister nicht noch einmal enttäuschen. Dieses Mal würde sie als strahlende Siegerin zurückkehren und ihn überraschen. Sein Blick würde zuerst voll Staunen und dann stolz auf ihr ruhen. Und dann würde er die Hand nach ihr ausstrecken und sie mitnehmen.

Sie gestattete sich nicht, sich dieser wundervollen Vision hinzugeben. Noch gab es zu viel zu tun, Fäden zu spinnen und zu verweben, bis das Netz dicht genug war, es zuzuziehen und das zappelnde Opfer zu umschließen, immer enger, bis seine Gegenwehr erlahmte und es in ihrer Gewalt war. Sie lächelte versonnen. Ein schönes Lächeln, das ihr ebenmäßiges Gesicht erstrahlen ließ.

Zwei Monate hatte sie Zeit gehabt, sich das nötige Wissen anzueignen. Es war nicht einfach gewesen, und sie hatte zwei Reisen unternehmen müssen, um in alten Unterlagen das zu finden, was sie suchte.

Doch dann begann ihr Plan, Formen anzunehmen. Der Meister selbst hatte sie – vermutlich unwissentlich – auf die entscheidende Fährte gesetzt. Sie war stolz auf sich. In ihrem Geist war die Lösung seines Problems geboren. Sie hatte das Schwert gefunden, mit dem man den Knoten zerschlagen konnte – und sie war auch bereit, die Klinge zu führen, wenn es so weit war! Doch bis dahin galt es, Geister zu verwirren und Seelen zu vergiften. Sie zweifelte nicht daran, dass sie das richtige Werkzeug bald gefunden haben würde. Es war für Männer so leicht, ihrem Zauber zu erliegen! Und wenn sie den richtigen erst gefunden hatte, würde er die Schlingen für sie auslegen. Sie musste dann nur noch warten und im rechten Moment zugreifen! Die Vampirin spürte, wie ein Lachen in ihrer Kehle aufstieg. Nur noch ein paar Wochen, dann würde sie am Ziel ihrer Wünsche sein, und die vergangene Niederlage wäre nicht mehr als ein schattenhafter Albtraum, der sie einst gequält hatte und sich nun in Nebel auflöste.

DIE HERRIN DER WÖLFE

Die Morgensonne strich mit ihren ersten Strahlen über die Weite des kahlen Moores und ließ die winzigen Blüten des Heidekrauts aufleuchten. Der noch rötliche Schein schmeichelte den Konturen der schroffen Berge und verlieh der Landschaft einen trügerischen Hauch von Sanftheit, den der stürmische Wind Lügen strafte. Schneidend kalt brauste er in Böen von Westen heran, zerrte am Gewand der einsamen Gestalt mitten im Moor von Connemara und streifte ihr die Kapuze vom weißen Haar. Ein letzter Sonnenstrahl liebkoste das Antlitz der Frau, dann verschluckten Wolken die Morgensonne und die Gipfel der Berge. Ein eisiger Schauer prasselte herab und das Moor zeigte wieder sein abweisend düsteres Gesicht.

Die Frau blieb stehen, zog sich die Kapuze über den Kopf und setzte ihren Weg unbeirrt fort. Mochte ihr Gesicht auch eingefallen und zerfurcht sein, als habe es weit mehr als einhundert Jahre gesehen, und ihr Leib unter dem langen, weiten Gewand mager, so schritt sie dennoch kräftig aus und hielt den Rücken gerade. Ihren langen Stab schien sie nicht als Stütze bei dem nun immer steileren Aufstieg zu brauchen. Obwohl nirgends ein Pfad erkennbar war, ging sie, ohne zu zögern, voran, umrundete Tümpel mit schwarz schimmerndem Wasser und bodenlosem Morast, schritt an felsigen Abbrüchen entlang und zwischen stacheligen Büschen hindurch, die sich unter dem Wind geduckt nach Osten neigten. Die Gräben und rechteckigen Vertiefungen im moorigen Boden, die die Arbeit der Torfstecher verrieten, hatte sie längst hinter sich zurückgelassen. Bis hier hinauf verirrte sich nur selten ein Mensch, taugte der bräunliche Bewuchs der Berghänge doch nicht einmal, um ein paar Schafe zu weiden.

Die Frau blieb stehen. Die beiden grauen Wölfe, die ihr in einigem Abstand gefolgt waren, schlossen zu ihr auf und ließen sich neben ihr nieder. Ihr Blick wanderte zu den Spitzen der Twelve Bens oder Beanna Beola hinauf, wie die Kelten die Berge genannt hatten, die zwischen den dahinjagenden Wolken immer wieder kurz zu sehen waren. Und für einen Augenblick glaubte sie auch, die Spalte im Fels erahnen zu können, die das Ziel ihrer Reise war. Dann hatte der graue Nebel sie wieder verschlungen. Die alte Frau setzte ihren Weg fort.

Noch ehe die Wollgraswiesen und braunen Matten in Felsgestein übergingen, trat plötzlich ein Mann aus dem Schatten eines der Megalithgräber, deren mächtige Pfeiler und Steinplatten hier im einsamen Westen der Insel noch an vielen Stellen aufragten. Er ging auf sie zu und neigte den Kopf.

»Druidin Tamara Clíodhna, sei gegrüßt.« Kein Lächeln erhellte die hageren Gesichtszüge. Er nickte auch den beiden Wölfen zu. »*Dearthár beag, deirfiúr beag*« – kleiner Bruder, kleine Schwester.

Die Druidin erwiderte seine Begrüßung. »*Cén chaoi a bhfuil tú, Mac Gaoth?*«

Wieder neigte er den Kopf und antwortete mit der Gegenfrage: »*Cén chaoi a bhfuil tú féin, Tamara Clíodhna?*« – und wie geht es dir –, ohne dass seine Miene freundlicher wurde.

»*Tá mé go maith, go raibh maith agat.*« Die Druidin versicherte – wie es sich gehörte –, dass es ihr gut gehe. Damit war der Höflichkeit Genüge getan. Mac Gaoth drehte sich um und ging ohne ein weiteres Wort den Berghang hinauf. Den Blick auf seinen sehnigen Rücken gerichtet, folgte ihm die alte Frau. Er ging schnell und sah sich nicht einmal nach ihr um, doch sie hielt mit ihm Schritt und zeigte keine Anzeichen von Erschöpfung.

Mac Gaoth – Sohn des Windes – nannten sie ihn. Er war einer der Jüngeren der Sippe, die sich im Gebiet der Twelve Bens aufhielt, und er gehörte zu den Wilden, die die Jahre noch nicht gezähmt hatten.

Bald erreichten sie die Felsen, und Mac Gaoth bog in einen

kaum erkennbaren Pfad ein, bis die Spalte sich plötzlich vor ihnen öffnete.

»Wen bringst du?«, fragte eine Stimme aus der Finsternis.

Wortlos trat der junge Mann beiseite und ließ die Druidin und ihre beiden Wölfe eintreten. Es war so dunkel, dass ihre Augen kaum die Umrisse des Mannes ausmachen konnten, der ebenso groß gewachsen und hager wie Mac Gaoth schien. Aber sie erkannte seine Stimme.

»Áthair Faolchu, Vater der Wölfe, ich habe gehofft, dass ich dich hier antreffe!«

»Tamara Clíodhna, was für eine Überraschung«, sagte die alterslose Stimme in der Dunkelheit. Wie Mac Gaoth war Áthair Faolchu einer der wenigen, der sie mit ihrem vollen Namen ansprach, von allen anderen wurde sie nur Tara genannt.

»*Ah bhfuil aon scéal agat?*«

Tara nickte. »Ja, ich habe etwas zu erzählen!«

»Nun, dann komm herein. Unser kleiner Bruder und die kleine Schwester mögen dir folgen.«

Die Druidin legte ihre Hände auf die Köpfe der beiden grauen Wölfe, die neben sie getreten waren, und ließ sich von ihnen durch den finsteren Gang führen, bis er sich nach einigen Biegungen zu einer domartigen Höhle erweiterte. Kleine Öllampen brannten in Haltern an Säulen und Vorsprüngen und ließen Schatten über die schroffen Granitwände tanzen. Tara betrachtete den Mann, der vor ihr stehen geblieben war und sich nun zu ihr umwandte. Er hatte sich nicht verändert, seit sie ihn vor vielen Dutzend Jahren kennengelernt hatte. Die pergamentartige Haut umspannte die Knochen so eng, dass sein Antlitz wie ein Totenschädel wirkte. Verstärkt wurde der Eindruck durch die tief liegenden Augen, die im Schein der kleinen Flammen rötlich schimmerten. Die Kleider, die seinen mageren Körper verhüllten, waren aus Leder. Der Pelz eines großen grauen Wolfes hing über seine Schultern herab. Der Schädel lag wie eine Kapuze über seinem Kopf. Tara hatte den Wolf gekannt. Er war in hohem Alter von einer Gruppe von

Schaffarmern getötet worden. Áthair Faolchu selbst hatte seine sterbliche Hülle heimgeholt und trug sie nun wie das Vermächtnis eines Ahnen.

Der Werwolf führte sie an einer kleinen Gruppe Männer und Frauen vorbei, die sie neugierig musterten. Sie erkannte Mahon, Bidelia und Cairbre, drei alte Werwölfe, die, schon seit sie denken konnte, in Áthair Faolchus Gefolge waren, und den jungen Ivarr, der sich mit einigen anderen gern um den rebellischen Mac Gaoth scharte.

Áthair Faolchu führte die Druidin in eine kleinere Höhle, die mit Decken und Fellen ausgelegt war. »Setz dich. Ich kann dir leider nichts anbieten, das deinem Gaumen munden würde.«

Die Druidin hob abwehrend die Hand. »Das ist auch nicht nötig. Ich bin nicht gekommen, um mit dir zu speisen.«

Der Mann neigte den Kopf und ließ sich bedächtig ihr gegenüber auf einem Bärenfell nieder.

»Was können wir für dich tun? Es ist noch zu früh, den Pakt zu erfüllen. Und mein Instinkt sagt mir, dass du nicht nur gekommen bist, um uns neue Geschichten aus der Welt zu bringen!«

Er lehnte sich in die Felle zurück. Die Druidin ließ sich durch seine kränkliche Erscheinung nicht täuschen. Tara wusste, dass er nicht nur schnell und stark war. Es war der älteste und mächtigste Werwolf seiner Sippe. Dennoch würde sie das Gespräch auf ihre Weise führen.

»Die Geschichten aus der Welt sind aber durchaus wert, gehört zu werden! Ich bin bis nach Rom gereist.«

Zum ersten Mal huschte so etwas wie ein Lächeln über die bleichen Lippen. »Wolltest du mit eigenen Augen sehen, wie sich die Clans der Vampire gegenseitig an die Kehle gehen? Unsere Lycana und die Vamalia aus Hamburg, die Nosferas aus Rom, die Vyrad aus London und Pyras aus Paris, ja und die verehrten Dracas aus Wien – habe ich alle?« Er warf der Druidin einen Blick zu. Sie nickte.

»Sie alle zwischen denselben Mauern des alten goldenen Neropalasts, der Domus Aurea? Ich kann mir denken, es ist viel Blut geflossen!«

»Nein!«, widersprach Tara in scharfem Ton. »Der Krieg zwischen den Vampirclans ist beendet. Ich habe den Clanführern vor einem Jahr bei unserem Treffen auf Burg Chillon am Genfer See den Vorschlag unterbreitet, von nun an die jungen Vampire aller Familien gemeinsam auszubilden und zu stärken, und sie haben geschworen, Frieden zu schließen – oder zumindest, sich nicht länger zu bekämpfen.«

»Euer Treffen?«, wiederholte der alte Werwolf und lächelte schlau. »Willst du behaupten, sie hätten dich geladen, um sich mit dir zu beraten?«

Sie wich der Frage aus. »Donnchadh war einverstanden. Und er ist der Führer der Lycana, der alten Familie der irischen Vampire.«

»Donnchadh«, wiederholte Áthair Faolchu und schien dem Klang des Namens zu lauschen. »Und was sagt die schöne Mistress Catriona dazu?«

Die Druidin hob beide Hände. »Es gibt nichts, das dir entgeht!«

»Nicht viel. Doch du wolltest mir von Rom berichten und mich glauben machen, dieses Experiment sei nicht in einer Katastrophe gemündet?«

»Nein, keine Katastrophe. Der Plan scheint aufzugehen. Die jungen Vampire werden lernen, die über Jahrhunderte genährte Feindschaft zu begraben, die ihre Familien näher an den Abgrund der Vernichtung geführt hat, als die Menschen es je hätten tun können. Nein, es war ein gutes Jahr, das sie alle gestärkt und neue Bündnisse geschaffen hat.« Nun lächelte die alte Frau, dann aber umwölkte sich ihre Stirn. »Und dennoch schwebt eine Gefahr über ihnen, die ich nicht vorausgesehen habe!«

»Etwas, das nicht einmal die große, allwissende Tara vorausgesehen hat? Ich kann es kaum glauben!«

»Dies betrifft nicht nur die Lycana und die Vampire allesamt. Es bedroht auch einen der euren, den ihr ganz sicher nicht verlieren wollt!«

Das spöttische Lächeln war wie weggewischt. »Haben wir ihn nicht bereits vor langer Zeit verloren?«

»Nein! Wie kannst du so etwas sagen!«

Der Werwolf beugte sich ein wenig vor. »Berichte! Und sage mir, was kann ich tun? Was können *wir* tun, um das Unheil zu verhindern?«

Die Druidin erhob sich und griff nach ihrem Stab. Das Licht der Flammen glitt über die eingravierten Muster aus ineinander verschlungenen Spiralen, magische Zeichen der Kelten, die diese Insel lange vor den Christen bewohnt hatten. Die beiden Wölfe eilten an ihre Seite.

»Die Kraft der alten Magie lässt nach. Schneller als bisher. Ich fühle es bereits seit Monaten. Und was das bedeutet, muss ich dir nicht sagen!«

Áthair Faolchu erhob sich ebenfalls und trat in den Gang hinaus. Seine Miene war ernst.

»Bring mich zum *cloch adhair*«, forderte Tara, als sie neben ihn trat. »Ich muss die Kraft des Steines spüren, um zu entscheiden, was zu tun ist.«

Der Werwolf zögerte. Obwohl er ihr noch vor wenigen Augenblicken seine Unterstützung zugesagt hatte, widerstrebte es ihm nun unübersehbar, ihrer Forderung nachzukommen. Tara wartete geduldig und beobachtete den inneren Kampf, der sich in seiner Miene widerspiegelte. Sie scheute sich, ihn an den Pakt zu erinnern. Sie hatte das Recht, ihn jederzeit zu sehen und zu berühren!

»Also gut, dann komm«, sagte er schließlich. »Und nimm dir eine der Lampen mit. Wir haben kein Licht für Besucher dort drinnen!«

Die Druidin hob eine der Öllampen aus ihrer Halterung und folgte dem Werwolf in die Tiefe des Berges. Sie sprachen kein Wort. Es war lange her, dass Tara im Herz des Berges gewesen war. Sie stiegen sich eng windende Treppen hinunter, bückten sich unter Steinblöcken hindurch, folgten verzweigten Gängen und querten gewaltige Hallen. Vermutlich hätte Tara den Weg allein nicht wiedergefunden. Doch die Werwölfe hätten – trotz des Paktes – sowieso niemandem gestattet, hier ohne ihre Begleitung hinunterzusteigen. Nicht einmal der Druidin Tara, die sie respektierten und achteten, jedoch nicht verehrten, und deren magischer Stimme sie nicht gehorchen mussten.

Tara merkte, wie sich die steinernen Wände veränderten. Der graue Granit verschwand und wurde von weißem und grün gesprenkeltem Marmor ersetzt, durch den sich dunkel und kupferfarben schimmernde Erzbänder zogen. Sie näherten sich ihrem Ziel.

Endlich langten sie in der kleinen, fast kreisrunden Höhle an, die den wertvollen Stein beherbergte. Tara näherte sich bis auf drei Schritte dem altarähnlichen Podest, auf dem er auf einem schwarzsamtenen Kissen ruhte. Áthair Faolchu trat neben sie.

»*Cloch adhair*, die Kraft unseres Landes.«

Die Druidin nickte. Schweigend betrachteten sie den Stein aus dem grünen Marmor von Connemara, den viele auch nur *anam* nannten – die Seele. Der Stein war etwa zwei Fuß lang und in seinen Umrissen wie Irland geformt.

»Grün wie das saftige Gras der Insel, das die Grundlage allen Lebens ist, weiß wie das Licht der Seelen, die auf ihr leben, in die Anderwelt aufsteigen und wiedergeboren werden, und schwarz wie die Schatten des Krieges, die die Fremden seit Jahrhunderten über uns bringen«, sagte der Werwolf. »Spürst du seine Kraft?«

»Ja, seine Kraft ist ungebrochen, doch die seiner Kinder lässt nach. Ich fürchte, sie waren zu lange und zu weit fort von Irland. Der Schutz geht schon bald verloren. Sie müssen herkommen, noch ehe der Tag des Wechsels anbricht.«

Áthair Faolchu schwieg eine Weile, ehe er fragte: »Wozu diese Eile? Sind unser Land und die Familien nicht Schutz genug?«

»Nein!«, widersprach die Druidin barsch. »Ich kann die Finsternis am Horizont sehen, die ihre Finger bis nach Irland streckt. Selbst hier droht ihnen bald Gefahr!«

»Dann müssen wir eben aufpassen«, erwiderte der Werwolf, ohne den Blick seiner rötlichen Augen von dem Stein zu wenden.

»Wir werden den Bund erneuern und die erschöpften Kräfte an der Quelle ihrer Macht stärken!«, sagte Tara bestimmt.

Nun sah sie der Werwolf an. Seine Augen wurden schmal. »Du willst sie hierherbringen?«

»Ja, ich habe das Recht dazu, und das weißt du«, sagte die Druidin leise.

»Es ist nicht nötig, mich an den Pakt zu erinnern, aber die Stimmen, die sich gegen ihn erheben, werden lauter.«

»Solange du deine Sippe führst, werde ich darauf vertrauen, dass die Werwölfe zu ihrem Wort stehen!«

Er schwieg, doch sie spürte seine Ablehnung, als er sie zurück in die Höhle führte, wo die anderen Mitglieder der Sippe bereits ungeduldig auf den Abend warteten. Heute war Vollmond. Eine Nacht, in der sie ihre Körper im silbernen Licht baden und ihre Kräfte stärken würden.

Die Druidin verabschiedete sich. Sie wusste, dass die Werwölfe bei dem bevorstehenden Ritual unter sich sein wollten. Es banden sie nicht nur gute Gefühle an die Sippe der Werwölfe, und das war ihnen bekannt. Alte Verletzungen, Wut, Trauer und auch Hass drohten in solchen Nächten aufzubrechen. Es war ein langer Weg gewesen, gegenseitige Achtung und Vertrauen aufzubauen. Wie leicht konnte das in nur wenigen Augenblicken zerstört werden. Tara trat aus der Spalte und machte sich an den Abstieg. Sie spürte, dass die Werwölfe sie beobachteten, aber sie sah nicht zurück. Die Sonne war schon fast hinter den Gipfeln verschwunden, während im Osten ein bleicher Mond am Himmel hing. Der Sturm hatte die Wolken verblasen. Die letzten grauen Fetzen jagten über den Himmel, so als versuchten sie, ihre Brüder und Schwestern einzuholen.

Die Druidin hielt am Dolmen an, an dem sie auf Mac Gaoth getroffen war, und ließ sich auf seiner schon etwas schiefen Platte im Schneidersitz nieder. Den Stab quer über die Knie gelegt, die Handflächen gen Himmel geöffnet, saß sie da, während die Sonne erlosch und das Licht des Mondes an Kraft gewann. Die Druidin musste sich nicht umwenden, um zu sehen, was sich vor der Felsspalte zwischen verkrüppelten Büschen und Heidekraut abspielte. Sie hatte die Wandlung schon oft genug mit eigenen Augen erlebt. Wie sich das Gesicht in die Länge zu ziehen und eine Wolfsschnauze zu bilden begann, wie Fell durch die Haut brach, wie der Körper bebte und sich verformte und vor Schmerzen zitterte, ehe er auf vier Pfoten hinabfiel und ein erstes, triumphierendes Heulen zum Himmel sandte. Ja, der Gestaltwechsel war ein qualvoller, aber auch ein befreiender Prozess, den nur die erfahrenen und mächtigen Werwölfe durch reine Willensanstrengung zu jeder Tages- und Nachtzeit durchführen konnten. Die Jungen und Schwachen waren bei Vollmond gezwungen, ihre tierische Gestalt anzunehmen und auf Jagd zu gehen. Sie waren gefährlich, denn sie waren wild und unbeherrscht in ihrer Gier nach frischem Fleisch. Die Menschen fürchteten sich zu Recht und verschlossen in diesen Nächten Türen und Fenster und hängten Amulette und magische Sprüche über ihre Betten.

Vom Berg her wehte ein Heulen herab, das vielstimmig erwidert wurde. Tara konnte die Freude in den Stimmen hören. Die beiden Wölfe an ihrer Seite winselten unruhig. Die Druidin erhob sich, stieg von der Platte des Hünengrabes hinunter und setzte ihren Weg ins Tal fort, während sich die Werwölfe in fiebriger Erwartung auf die Jagd machten.

DIE DRACAS

Ein Spätsommertag war zu Ende. Die Nacht hatte sich über Wien gesenkt, und überall an den großen Plätzen und entlang der Prachtstraße, die zur Hofburg führte, wurden die Gaslaternen entzündet. Heute war Donnerstag und die feine Gesellschaft bereitete sich für ihren Auftritt auf dem Hofball oder in einem der Theaterhäuser der Stadt vor. Die Nacht würde lang werden, aber was machte das schon? Man konnte ja in den Tag schlafen, so lange man wollte.

Auch in einem Stadthaus an der neuen Ringstraße, die sich nun statt des mittelalterlichen Grabens um die Altstadt Wiens zog, erwachte das Leben. Das Haus war mehr Palast als Stadthaus zu nennen und beherbergte eine ganz besondere Familie, die sich dem alten Adel Österreich-Ungarns durchaus ebenbürtig fühlte. Das Oberhaupt der Dracas war Baron Maximilian, den man gewöhnlich in Gesellschaft seiner Schwester Antonia antraf. Er war groß und dunkel, seine Gesichtszüge ebenmäßig wie bei fast allen Mitgliedern der Familie. Er trug einen gepflegten Bart wie der Kaiser in seinen jungen Jahren. Seine Schwester Antonia war ihm ähnlich, doch von solch strahlender Schönheit, dass sich die Männer der Gesellschaft stets zu ihr umdrehten und ihr nachstarrten, als sei sie eine überirdische Erscheinung. Nur ihr oft mürrisch zusammengekniffener Mund störte das Bild perfekter Harmonie. Und der schrille Klang ihrer Worte, dachte Franz Leopold, als ihre Stimme unvermittelt an seine Ohren drang.

Müßig schlenderte der junge Vampir durch das Palais. Wie üppig verziert die Stuckdecken waren, wie edel die schweren Vorhänge, die auf die Bezüge der Chaiselongue und anderer Sitzmöbel abgestimmt waren. Die vergoldeten Kandelaber schimmerten im Schein des Kerzenlichts. Ja, das Palais der Dracas war prächtig. Nachdenklich ließ Franz Leopold den Blick schweifen. Solche Gedanken waren ihm früher gar nicht gekommen. Doch nun, nachdem er fast ein Jahr in Rom in der Domus Aurea verbracht hatte, sah er das Wiener Palais mit anderen Augen. Sicher musste Neros Palast einst noch prachtvoller gewesen sein, doch das war fast zweitausend Jahre her! Nun fand man unter dem Oppiushügel nur noch feuchte unterirdische Gänge und Kammern. Und doch huschte ein Lächeln über sein Gesicht, als die Erinnerung an die vergangenen Monate wie ein warmer Strom durch seinen Geist flutete.

»Was grinst du so einfältig?«, fragte ihn sein Vetter Karl Philipp, der soeben um die Ecke bog. Hinter ihm tauchte seine ältere Cousine Anna Christina auf.

Franz Leopolds Lächeln war wie weggewischt. »Ich dachte eben nur an diese unsägliche Domus Aurea, und wie glücklich wir uns schätzen können, wieder daheim zu sein.«

Karl Philipp zog eine Grimasse. »Das kannst du laut sagen!« Er war wie Franz Leopold groß und schlank, mit dunklem Haar, dunkelbraunen Augen und langen Wimpern. Und doch wirkte er neben seinem jüngeren Vetter wie ein verzerrtes Spiegelbild.

»Franz Leopold ist der schönste Junge auf der Welt. Er ist perfekt, wie kein Maler oder Bildhauer ihn hätte erschaffen können«, pflegte Marie Luise, die jüngste der Erben der Dracas, zu sagen. Ein lauernder Ausdruck trat dann stets in ihren Blick, und sie warf ihre lange, dunkle Lockenpracht zurück, bis sie das gesagt bekam, was sie in diesem Moment zu hören begehrte: »Franz Leopold ist der schönste junge Vampir, das stimmt, aber du und Anna Christina, ihr seid die schönsten Vampirinnen, die die Welt hervorgebracht hat!«

»Was habt ihr vor?«, wollte Franz Leopold wissen. »Stimmt etwas nicht?«

»Anna Christina will zur Baronesse, und ich war so leichtfertig, mich überreden zu lassen, sie zu begleiten.«

Franz Leopold sah die beiden verblüfft an. »Was will sie dort?«, fragte er mit gesenkter Stimme.

»Sie will nicht mehr zu dieser vermaledeiten Akademie für junge Vampire.«

»Ja, denn ich bin nun eine erwachsene Vampirin und habe mit diesem Kinderkram nichts mehr zu tun«, fügte Anna Christina mit einer Stimme, scharf wie eine Messerklinge, hinzu.

»Baron Maximilian sieht das anders und hat jede Diskussion abgelehnt, aber sie bildet sich ein, die Baronesse überzeugen zu können. Und ich soll ihr dabei helfen!«

Karl Philipp machte aus seinem Missmut keinen Hehl. Franz Leopold hätte fast aufgelacht. Sein Cousin war Anna Christina einfach nicht gewachsen. Sie verstand es, ihren hübschen Kopf durchzusetzen – zumindest bei ihrem Vetter. Ob ihr das allerdings auch bei der Schwester des Clanoberhaupts gelingen würde, war fraglich.

Plötzlich hellte sich die Miene seine Cousins auf. »Du musst auch mitkommen! Die Baronesse hat einen Narren an dir gefressen und wird eher auf dich hören als auf jeden anderen. Keine Widerrede!« Karl Philipp griff nach seinem Arm.

Franz Leopold wusste sich wohl gegen seinen Vetter zu wehren, obwohl der ein Jahr älter und ein wenig kräftiger war. Nun aber nickte er, denn er war neugierig, wie das Gespräch verlaufen würde. An seinem Ausgang jedenfalls zweifelte er keinen Moment! Und vermutlich wusste auch Karl Philipp, wie es enden würde. Anna Christina jedoch sah zuversichtlich drein und näherte sich mit forschen Schritten der Tür zu den Gemächern der Baronesse Antonia.

»Was wollt ihr? Seht ihr nicht, dass ich beschäftigt bin?«

Der scharfe Klang ließ auch Anna Christina ein wenig zurückzucken und die Zuversicht schwand für einen Augenblick. Dann jedoch fasste sie sich wieder, knickste elegant, dass ihr ausladender Reifrock zurückschwang, und richtete sich dann sehr gerade auf.

»Verzeiht, dass ich Euch störe, Baronesse Antonia. Ich würde gern etwas von großer Wichtigkeit mit Euch besprechen«, sagte sie tapfer.

»Wichtig für mich oder für euch?«, fragte die Schwester des Clanführers, ohne den Blick von ihren langen Fingernägeln zu wenden, die eine ihrer Unreinen sorgfältig zu Spitzen feilte.

»Wichtig für die Familie«, behauptete Anna Christina ein wenig keck.

Nun sah die Baronesse auf. »So?«

»Ich denke, es ist für niemand von Vorteil, wenn ich die *Kinder*«, sie betonte das Wort verächtlich, »zu ihrem Schulunterricht nach Irland begleite.«

»Nein? Und warum nicht?«

»Ich bin erwachsen …«

»Bist du nicht«, unterbrach sie die Baronesse. »Du hast noch nicht am Ritual teilgenommen und gehörst daher auch noch nicht zu den erwachsenen Vampiren reinen Blutes.«

»Aber ich werde siebzehn, noch vor Midwinter. Und dann werde ich aufgenommen und habe das Recht, selbst zu jagen und Menschenblut zu trinken!« Sie verschränkte die Arme vor der Brust. Franz Leopold fand, dass sie wie ein trotziges Kind wirkte. Fehlte nur noch, dass sie mit dem Fuß aufstampfte. Offensichtlich dachte die Baronesse ähnlich, denn sie runzelte ärgerlich die Stirn.

»Wann du erwachsen bist, bestimme ganz alleine ich – oder der Baron«, fügte sie schnell hinzu. »Das Jahr in Irland wird dir nicht schaden, auch wenn ich von dem ganzen gemeinsamen Akademieplan nicht viel halte. Und wenn du zurück bist, können wir über deine Aufnahme sprechen.«

»Dann ist bereits Midsommer«, rief Anna Christina entsetzt. »Ich kann und will nicht mehr so lange warten!«

»Dir wird nichts anderes übrig bleiben.« Die Baronesse betrachtete ihre gepflegten Krallen im Schein eines Kerzenleuchters und streckte der Dienerin dann die andere Hand hin.

Anna Christina warf ihren Cousins einen Hilfe suchenden Blick zu. »Sagt doch auch mal etwas!«

Warum sollte er für Anna Christina in die Bresche springen und womöglich bei der Baronesse in Ungnade fallen? Andererseits entbehrte der Gedanke, fast ein Jahr ohne ihr Gekeife verbringen zu können, nicht eines gewissen Reizes. Franz Leopold räusperte sich.

»Baronesse Antonia, vielleicht überdenkt Ihr Eure Worte noch einmal? Anna Christina ist ja nun wirklich nur noch einen winzigen Schritt von ihrem entscheidenden Geburtstag entfernt und schon so klug und ... äh – erwachsen. Außerdem geht es in Irland sehr rau und windig zu. Das ist kaum der richtige Ort für sie. Und wozu muss eine elegante Wiener Dracas wie sie denn auch den niederen Tieren befehlen? Sich in einen Wolf oder eine Fledermaus verwandeln können oder gar in einen Hauch von Nebel, der mit dem Sturmwind reist, was ist das schon?« Er versuchte sich an einer wegwerfenden Handbewegung. Die Baronesse starrte ihn an. Franz Leopold spürte selbst, dass in seiner Stimme eine unangemessene Begeisterung schwang.

»Meine Antwort ist und bleibt nein! Ihr geht alle nach Irland. Und nun strapaziert nicht länger meine Nerven.«

»Du hast meine letzte Hoffnung zerstört«, beschwerte sich Anna Christina, als sie die Tür hinter sich geschlossen hatten und gemeinsam den Gang hinuntergingen. »Man hätte ja geradezu den Eindruck gewinnen können, dass du dich auf dieses Jahr freust. Irland! Das ist eine Reise ins Mittelalter – vermutlich gar in die Steinzeit! Das wird noch grässlicher als das rückständige Rom!«

»Ja, vermutlich hausen die dort noch in Höhlen mit Wölfen und Bären zusammen«, stimmte ihr Franz Leopold heiter zu. Die beiden anderen starrten ihn an.

»Du benimmst dich wirklich sehr seltsam«, wunderte sich Anna Christina.

Karl Philipp nickte. »Ja, schon seit wir aus Rom zurück sind.

Ist mir auch aufgefallen. Du hast dich doch nicht etwa von diesem ›Nur-gemeinsam-sind-wir-stark‹-Geschwätz anstecken lassen? Sag, du bist noch immer überzeugt, dass wir weit über diesen minderwertigen Clans stehen und sie für immer verabscheuen und verachten werden«, verlangte Karl Philipp.

Franz Leopold lächelte noch immer. »Aber ja – die Vamalia, die Pyras, die Nosferas, die Vyrad und vor allem unsere verachtenswerten Gastgeber in Irland, die in der Steinzeit verhafteten Lycana.«

Das Bild einer jungen Vampirin stieg in seinen Gedanken auf. Ihre langen silbernen Locken glänzten im Mondlicht. Ihr Gewand schien an ihrem schlanken Leib herabzufließen. Sie war klein und zierlich, wirkte aber alles andere als kindlich. In ihren Zügen vermischten sich Schönheit und Harmonie mit der Weisheit, die in ihren türkisfarbenen Augen zu lesen war. Er konnte sogar den weißen Wolf sehen, der nie von ihrer Seite wich.

»Entschuldigt mich«, sagte er und verbeugte sich mit spöttischer Miene, »ich muss Matthias noch ein paar Anweisungen erteilen, bevor wir uns in das harte Schicksal unserer Verbannung ergeben.« Leichten Schrittes eilte Franz Leopold davon, um seinen Schatten zu suchen. Wie jedes Familienmitglied der reinen Blutlinie hatte er einen unreinen Vampir, der ihm zu Diensten war, ihm bedingungslos gehorchen und ihn beschützen musste. Die Unreinen hatten einst als Menschen gelebt, bis sie von einem Vampir gebissen und verwandelt worden waren. Von dieser Nacht an behielten sie ihre Erscheinung für alle Zeiten unverändert bei, auch wenn sie an Kraft und Erfahrung gewannen, während die Reinen bereits als Vampire geboren wurden und – ähnlich der Menschen – wuchsen und ihr Äußeres veränderten. Nur erstreckte sich die Existenz der Vampire über die Jahrhunderte, in denen ihre Stärke stetig zunahm, bis auch sie den Höhepunkt überschritten hatten. Und wenn die Kräfte und Schnelligkeit nachließen, dann mischten sie sich unter die Altehrwürdigen und überließen es den Jüngeren, das Schicksal des Clans zu führen.

Franz Leopold trat in sein Gemach, wo Matthias dabei war, seinen Reisekoffer zu packen. Bevor Baron Maximilian ihn zum Vampir gemacht hatte, war er Droschkenkutscher gewesen. Er war ein großer, vierschrötiger Mann mit der dunkleren Haut und dem schwarzen Haar der Ungarn und äußerst wortkarg. Doch hatte er inzwischen wenigstens gelernt, mit der Garderobe seines Herrn sorgsam umzugehen. Gerade legte er eines der seidenen Frackhemden zusammen und verstaute es in der Truhe. Matthias sah auf.

»Was wünscht Ihr?«, fragte er, während er nach der schwarzen Frackjacke griff.

»Ich möchte, dass du mir ein Buch besorgst und mit in den Koffer packst.«

»Was für ein Buch? Es gibt viele verschiedene Bücher.« Der unreine Vampir ließ sich nicht aus der Ruhe bringen.

»Das weiß ich auch«, zischte Franz Leopold. »Es muss etwas Besonderes sein. Ach, ich weiß auch nicht so genau.«

»Für Eure Reise nach Irland?«

»Natürlich, sonst müsstest du es ja nicht in den Koffer packen, oder?«

»Vielleicht über Druiden und alte Magie oder etwas über Wölfe? Über ganz spezielle Wölfe?« Sein Tonfall änderte sich nicht und er sah auch nicht von seiner Arbeit auf.

Franz Leopold betrachtete ihn misstrauisch. »Ja, das wäre nicht schlecht. Besorge mir so etwas. Ansonsten brauche ich dich heute Nacht nicht mehr. Pack nur die Koffer fertig und warte dann hier auf mich.«

Ohne ein weiteres Wort drehte sich Franz Leopold um und ging hinaus. Während er über den roten Teppich die Freitreppe zum Hauptportal hinunterlief, fragte er sich, ob Matthias inzwischen nicht mehr gelernt hatte, als seinem Herrn lieb sein konnte. Franz Leopold war selbst für einen Dracas ein meisterhafter Gedankenleser – zumindest für sein Alter. Doch war dies keine Fähigkeit, die er bei seinem Diener gerne sah. Vor allem nicht, wenn seine Fantasien wieder einmal nach Irland vorauseilten und er ihre Stimme hören konnte.

»Leo«, hatte sie ihn genannt, und die Erinnerung an den Klang dieses einen Wortes hütete er wie einen Schatz. Franz Leopold stieß das Portal auf und lief die letzten Stufen hinunter. Er sog die würzige Abendluft des späten Sommertages ein, unter die sich bereits der erste Hauch von Verfall mischte. Bald würde das saftige Grün der Blätter verblassen und sich zu herbstlichem Gelb wandeln. Doch dann würde er nicht mehr unter diesen Bäumen durch die Nacht flanieren, die im Licht der Gaslaternen gespenstische Schatten warfen. Nein, eine andere Landschaft wartete auf ihn, ein anderes Land – eine ganz andere Welt und Ivy-Máire!

*

Alisa faltete die Hände vor der Brust. Obwohl sie vor Nervosität zitterte, versuchte sie, ruhig liegen zu bleiben, während das Dröhnen der Hammerschläge durch ihren Leib vibrierte. Sie zählte die Nägel, die Hindrik einschlug, um ihre Reisekiste zu verschließen.

»Fertig!«, hörte sie seine Stimme ein wenig dumpf durch das Holz dringen. »Alles klar mit dir?«

»Ja«, antwortete Alisa. »Wenn es doch nur endlich losginge!«

Hindrik lachte. »Du bist über das Jahr schneller und stärker geworden, geduldiger allerdings nicht.«

Sie hörte, wie sich seine Schritte entfernten, und dann wieder die Schläge des Hammers, als er die Kisten ihres jüngeren Bruders Tammo und ihres Vetters Sören verschloss. Der Servient, wie die Vamalia ihre unreinen Clanmitglieder nannten, würde sie begleiten. Hindrik besaß zwar mit seinem blonden langen Haar und den Bartstoppeln an Kinn und Wangen das Aussehen eines jungen Mannes, gehörte aber zu den älteren und erfahrenen Vampiren des Hamburger Clans. Sein menschliches Leben war irgendwann im späten 17. Jahrhundert zu Ende gegangen. So legte Dame Elina, die der Familie der Vamalia vorstand, das Schicksal der drei Erben während ihres Aufenthalts auf der Insel beruhigt in Hindriks Hände.

Endlich spürte Alisa, wie die Kiste angehoben wurde. Der Geruch nach Schlick und Brackwasser nahm zu, und als die Kiste wieder abgestellt wurde, spürte sie das sanfte Wiegen der Schiffsplanken unter sich. Noch hatte die Flut nicht eingesetzt, doch dann würde es endlich losgehen. Sie hatte die Nächte gezählt und nun war es so weit. Die große Fahrt übers Meer konnte beginnen. Alisa war noch nie auf einem Schiff gereist, obwohl die Vamalia in zwei barocken Kaufmannshäusern auf der Wandrahminsel am alten Binnenhafen lebten. Jede Nacht betrachtete sie voller Sehnsucht den Wald aus Masten, Rahen und Wanten, die weit gereisten Schoner und Briggs der Handelsflotte, Barken und Fleuten, die Huker der Hochseefischer und die mit unzähligen Kanonen bestückten Fregatten und Sloops der Kriegsmarine. Nun würde sie in einer Bark übers Meer segeln, einem der großen Hochseefrachtschiffe mit vier Masten, und sie war dazu verdammt, in einer vernagelten Kiste zu liegen. Sie durfte nicht sehen, wie die Matrosen in die Wanten stiegen oder im Takt ihrer Lieder die Schoten um die Winchen zogen, bis der Wind in das Segeltuch fuhr und es wie weiße Schwingen blähte. Alisa spürte, wie sich das Schiff langsam hob. Draußen wurden Befehle gerufen. Das Schwanken verstärkte sich, als die Taue von den Duckdalben gelöst wurden. Der Gesang der Männerstimmen drang bis in den Frachtraum. Dann neigte sich das Schiff nach Lee und nahm Fahrt auf – die Elbe hinunter bis zu ihrer Mündung, in die Nordsee hinaus durch den Kanal und dann hinauf in Irlands Norden!

*

Die fünfte Nacht auf See brach an. Die *Tweedsale* hatte die Straße von Dover passiert, war an der Südküste Englands entlanggesegelt und fuhr nun zwischen Wales und Irland weiter nach Norden. Am Morgen hatte sie im Hafen von Dublin angelegt, nun hielt das Schiff auf eine Insel zu, die mitten aus der Irischen See ragte.

Als das letzte Licht des Tages schwand, ließ der Kapitän vor der felsigen Küste die Ankerketten hinabrasseln und teilte die Schicht für die Nacht ein. Dann zog er sich in seine Kabine zurück und legte das Schicksal des Schiffes und seiner Fracht in die Hände der Wachen. Wie seine Bark stammte auch der Kapitän aus Glasgow. Die *Tweedsale* war die erste eiserne Viermastbark, die je gebaut worden war. Sie war viel kleiner als die hölzernen Vorgänger, aber auch wendiger und robuster in den stürmischen Breiten des Nordmeeres. Beruhigt schlief der Kapitän ein. Vielleicht wären seine Träume nicht so friedlich gewesen, hätte er gewusst, was in den Kisten in zwei seiner Frachträume ruhte. Im vorderen Raum war alles ruhig, doch in dem achtern gelegenen regte sich plötzlich etwas. Ein Deckel wurde angehoben. Dann setzte sich eine Gestalt auf und sah sich um. Eine Ratte huschte eilig davon und brachte sich zwischen den anderen Kisten in Sicherheit. Von dort beobachtete sie die Gestalt mit den menschlichen Umrissen, in deren Augen ein seltsam rötlicher Schimmer glomm. Nein, mit einem Menschen hatte sie es hier nicht zu tun. Außerdem hatte die Ratte die Erfahrung gemacht, dass Menschen – wenn ihre Körper erst einmal in geschlossenen Kisten aufbewahrt wurden – sich nicht wieder aus diesen erhoben.

Franz Leopold sah sich um. Es war dunkel im Frachtraum. Ein Mensch hätte nicht einmal die Hand vor Augen erkannt, doch er konnte verschiedene Kisten, Säcke und Fässer ausmachen. Es roch nach feuchtem Holz, nach Salz und Teer, aber auch nach der Ladung. Franz Leopold glaubte, Pfeffer und Anis wahrnehmen zu können, Tee und Kakaobohnen. Er rümpfte die Nase. War das einem Dracas angemessen? Wie ein Sack Pfeffer oder eine Kiste Tee im Bauch dieses Seelenverkäufers transportiert zu werden?

So leise wie möglich schlich er zur Tür. Franz Leopold tastete nach den Gedanken der anderen Dracas, die ebenfalls erwacht sein mussten, sobald die Sonne draußen hinter dem Horizont versunken war. Er wäre gut beraten, seine freudige Erwartung vor ihnen zu verbergen, damit sie nicht bemerkten, dass einer ihrer Schützlinge sich gerade davonmachte. Vor allem Matthias zu täuschen, war nicht leicht.

Geräuschlos schloss Franz Leopold die Tür und blieb dann noch eine Weile in dem dunklen Gang stehen. Im Frachtraum regte sich nichts. Gut! Sie glaubten ihn noch immer in seiner sicher vernagelten Transportkiste. Ein überlegenes Lächeln huschte über sein Gesicht. Der neue Unreine in Wien hatte seinen Drohungen und einem üppigen Bestechungsgeld nachgegeben und für seine Kiste viel zu kurze Nägel verwendet, die den Deckel nicht richtig verschlossen. Leichtfüßig eilte Franz Leopold die steile Leiter empor und dann einen Gang entlang. Zwei Bordwachen kamen ihm entgegen, doch das beunruhigte ihn nicht. Menschen waren so blind in ihrer Zuversicht, dass es das, was sie nicht wahrhaben wollten, auch nicht geben konnte.

Der Vampir drückte sich in eine Nische und ließ die beiden Männer passieren. Der Geruch von warmer Haut und Schweiß stieg ihm in die Nase und erinnerte ihn allzu deutlich an seinen Hunger. Er spürte, wie sich seine Eckzähne vorschoben, und konnte nur mühsam dem Drang widerstehen, den beiden zu folgen und sich ihr Blut zu nehmen. Wenn er das tat, riskierte er weit mehr als eine Rüge für das unerlaubte Verlassen seines Sarges. Jungen Vampiren war es verboten, auf die Jagd zu gehen und Menschenblut zu trinken. Dass dies nicht nur eine grausame Schikane der Älteren war, sondern dem Schutz der Jüngeren diente, hatte Franz Leopold selbst schmerzhaft erfahren müssen. Seine Gier hätte ihn fast mit in den Tod gesogen! Und nun, da er einmal die Süße menschlichen Blutes gekostet hatte, war der Verzicht noch grausamer. Franz Leopold schluckte trocken und wandte sich mit einem Ruck ab. Daran durfte er jetzt nicht denken. Er wollte nur für eine Weile der engen Kiste entgehen und die Freiheit der Nacht genießen.

Er stieß die Tür auf, trat an die Reling und ließ den Blick erst um den Bug, zurück zum Heck und dann zu den vier Masten mit den festgezurrten Segeln hinaufgleiten. Von den Wanten aus musste man einen wunderbaren Blick über das Meer und die Insel haben, an deren Küste sie ankerten.

Franz Leopold griff nach den zu einem Netz verbundenen Tauen und zog sich hoch. Trotz des Fracks und der eleganten Lederschuhe mit den glatten Sohlen bereitete es ihm keine Schwierigkeiten. Er stieg immer höher, bis er die Rah erreichte, an der das oberste Segel des Großmasts befestigt war. Franz Leopold hockte sich auf das gerundete Holz und sog genüsslich die Gerüche ein. Der Mond malte silberne Streifen auf das glatte Wasser, der Nachtwind strich durch sein Haar. Vorn am Bug konnte er die beiden Bordwachen erkennen. Doch sein Blick richtete sich auf eine weitere Gestalt, die hinten durch eine Tür auf das Deck hinausschritt. Der Mond verbarg sich für einige Augenblicke hinter den Wolken und tauchte dann das Schiff wieder in sein Licht. Die Gestalt unter ihm trat an die Reling. Er stutzte. Zwei Dinge fielen ihm auf: Ihr fehlte die warme Aura der Menschen – und sie warf keinen Schatten! Franz Leopold stöhnte. Dann war sein Verschwinden doch nicht unbemerkt geblieben. Nun gut, sollte er nach ihm suchen. Noch hatte ihn der Verfolger nicht erspäht.

Nachdenklich betrachtete Franz Leopold den Vampir unter sich. Warum sah er auf das Meer hinaus, wenn es seine Aufgabe war, ihn zu finden? Und wer war das dort unten überhaupt? Da seine Cousinen sich nicht einmal, wenn sie sich zur Ruhe legten, von ihren ausladenden Kleidern trennten, schieden sie schon einmal aus. Auch Matthias konnte es nicht sein. Dafür war die Gestalt zu schlank. Nun schlenderte sie an der Reling entlang. Nein, Karl Phillip war es ebenfalls nicht, doch die Art, wie sie sich bewegte, war ihm bekannt.

Eine Erinnerung stieg in ihm auf. Erst verschwommen, dann immer klarer. Konnte das möglich sein? Neugierig machte sich Franz Leopold an den Abstieg. Er hatte erst die Hälfte des strickleiterartigen Netzes überwunden, als er bereits sicher war. Noch hatte sie ihn nicht bemerkt. Vermutlich wusste sie nicht einmal, dass sie auf demselben Schiff reisten.

Als er nur noch sieben Seilsprossen über dem Boden war, öffnete Franz Leopold seinen Geist, bis er ihre Gedanken streifte. Er fand nur freudige Erwartung und Erinnerungen an Rom und ein fast kindliches Staunen über die Schönheit der Nacht und das Mondlicht, das silbern von Welle zu Welle sprang und sie an Ivy erinnerte. Doch plötzlich stutzte sie. Noch ehe die Vampirin begreifen konnte, was ihr Misstrauen geweckt hatte, ließ sich Franz Leopold hinter ihr auf die Planken fallen. Sie fuhr herum und riss die blaugrauen Augen auf.

Gemächlich reckte sich Franz Leopold zu seiner vollen Größe und schnippte eine Hanffaser vom Ärmel seiner Frackjacke. »Ah, Alisa de Vamalia aus Hamburg«, sagte er mit näselnder Stimme. »Ich sehe dich überrascht? Ja, es ist mir nicht entgangen, dass deine Sinne so vom Anblick des nächtlichen Meeres gefesselt waren, dass du geradezu sträflich die Beobachtung deiner Umgebung versäumt hast. Du bist über den Sommer nachlässig geworden! Ich hätte dir unbemerkt ins Genick springen können – wenn mir danach zumute gewesen wäre.«

Er betrachtete sie eingehend. Alisa war über den Sommer ein wenig größer und schlanker geworden. Die Wangenknochen schienen deutlicher hervorzutreten. Sie trug eine einfache Jacke über schwarzen Hosen. Das lange blonde Haar mit dem Kupferschimmer hatte sie geflochten und zu einem Knoten hochgesteckt. Nicht gerade eine raffinierte Aufmachung, und doch passte sie zu ihrer etwas burschikosen Figur und den offenen Gesichtszügen.

Sie erholte sich schneller von ihrem Schreck, als Franz Leopold erwartet hätte, und auch ihre Miene beherrschte sie fast meisterhaft. Hätte er nicht ihre Gefühle gelesen, hätte er sich womöglich von ihrer gelangweilt klingenden Stimme täuschen lassen. So aber spürte er die rasche Abfolge von Erschrecken, Überraschung, einem Augenblick der Freude verdrängt von der alten Abneigung, die sie ihm entgegenbrachte.

»Franz Leopold de Dracas, sieh an. Was man in Hamburg nicht so alles in die Frachträume gepackt hat.«

In diesem Moment bemerkte sie den Lauscher in ihren Gedanken und beförderte ihn rüde hinaus. Sie hatte nicht nur gelernt, ihr Herz nicht auf der Zunge zu tragen, auch ihre mentalen Kräfte waren stärker geworden.

»Du bist deinen Aufpassern doch nicht etwa heimlich davongelaufen?«

Franz Leopold konnte ein Lächeln nicht unterdrücken. »Die Frage kann ich, glaube ich, so zurückgeben. Ich vermute mal, auch du hast nicht die ausdrückliche Erlaubnis, hier alleine umherzustreifen.«

Alisa lächelte zurück. »Nein, die habe ich nicht, auch wenn ich vermute, dass es Hindrik wieder einmal nicht entgangen ist, dass ich entwischt bin.«

»Das kann ich mir denken. Du bist einfach noch nicht so weit! Mein Entkommen hat dagegen keiner bemerkt. Im Gegensatz zu dir bewege ich mich nicht nur völlig lautlos. Ich arbeite auch an einer neuen Technik, die Gefühle und Gedanken beeinflusst.«

»Was soll das heißen: Ich sei einfach noch nicht so weit?« Ihre Stimme war gefährlich ruhig, doch Franz Leopold war sich sicher, dass er sie jeden Moment so weit haben würde, dass sie ihm ihre Wut ins Gesicht schleuderte. Ob sie ihn auch mit ihren Fäusten attackieren würde? Sie war kurz davor. Doch statt ihn anzuschreien oder gar zu schlagen, kicherte sie plötzlich.

»Ah, ich verstehe. Deine neue Technik funktioniert ganz exzellent!«

Franz Leopold fuhr herum. In der Tür, die auf Deck hinausführte, stand Matthias und kam nun auf seinen Herrn zu. Seine Miene war unbeweglich, doch Franz Leopold konnte seinen Unmut spüren. Er war für sein Wohl verantwortlich und musste vor dem Baron Rechenschaft ablegen, wenn ihm etwas zustieß. Doch das kümmerte Franz Leopold nicht. Das war alleine Matthias' Problem.

»Kommt mit zurück«, sagte der Servient barsch. »Ihr dürft Eure Kiste während der Reise nicht verlassen.«

»Was erlaubst du dir!«, beschwerte sich Franz Leopold mürrisch, wagte aber nicht zu widersprechen. Er konnte es nicht riskieren, sich vor Alisa zu blamieren. Womöglich würde Matthias ihn einfach packen und nach unten schleppen.

Alisa hob die Hand und winkte ihm lässig zu. »Also dann, viel Spaß in deiner Kiste. Ich werde noch ein wenig die laue Nacht genießen.«

»Das glaube ich nicht«, gab Franz Leopold betont liebenswürdig zurück. »Sieh mal, wer da kommt.«

»Hindrik!«, stöhnte Alisa, ohne sich umzudrehen. Die beiden Servienten nickten einander zu, und Hindrik forderte seinen Schützling auf, ihm zurück in die Frachträume zu folgen.

»Dann sehen wir uns bald wieder«, sagte Alisa und hakte sich bei Hindrik unter.

»Ich fürchte, das lässt sich nicht vermeiden«, antwortete Franz Leopold, doch seine Stimme klang nicht so abweisend wie seine Worte. Er sah den beiden nach, bis sich die Tür hinter ihnen schloss, dann erst folgte er Matthias aufreizend langsam nach unten.

DUNLUCE CASTLE

Heute Nacht würden sie Dunluce Castle erreichen. Endlich! In Belfast waren ihre Kisten ausgeladen und dann von einem Küstensegler übernommen worden. Alisa dachte zu Beginn, es müssten Fischer sein, die den Weitertransport übernahmen, zumindest war das Erste, was ihr in die Nase stieg, der durchdringende Gestank nach Fischresten, doch dann nahm sie noch einen anderen Geruch wahr. Vampire! Fremde Vampire, die weder zu ihrer Familie gehörten noch zu den Wiener Dracas. Das konnten nur Boten des irischen Lycana-Clans sein! Familienangehörige von Ivy und Mervyn. Ob sie gar selbst mitgekommen waren, um sie abzuholen? Ungeduldig trommelte Alisa mit den Fingernägeln gegen den Deckel ihrer Kiste. Zu ihrer Überraschung hörte sie, wie die Eisenstifte herausgezogen wurden. Dann klappte der Deckel auf und sie sah in ein unbekanntes männliches Gesicht. Es war länglich und hager mit eingefallenen Wangen. Obwohl die faltige Haut wettergegerbt schien, war sie so weiß wie Alisas. Nur eine Narbe am Hals hob sich als rötlich gezackte Linie ein wenig ab. Sein Haar war lang und ebenso farblos wie seine Bartstoppeln. Er schien außergewöhnlich groß und streckte ihr nun einen seiner kräftigen Arme entgegen. Seine Hand schloss sich mit festem Griff um die ihre.

»Willkommen an Bord der *Cioclón*«, sagte er mit rauer Stimme und zog sie mit einem Ruck hoch. Erst als Alisa die Planken unter den Sohlen spürte, ließ er sie los und trat einen Schritt zurück. »Mein Name ist Murrough, was so viel wie ›Kämpfer des Meeres‹ bedeutet, und das war ich früher einmal. Auch wenn mich die Engländer abfällig einen Piraten nannten!« Er spuckte über die Reling.

Alisa sah sich um. Das einer Schnigge oder Kuff ähnliche Schiff hatte eineinhalb Masten mit einem Gaffelsegel und zwei Vorsegeln. Der Rumpf der *Cioclón* war breit und platt und wurde von zwei Schwertern zu beiden Seiten stabilisiert.

»Ich habe die Aufgabe, euch sicher nach Dunluce Castle zu bringen«, fuhr der Bootsführer fort. »Also lasst uns zusehen, dass wir genügend Wind in den Segeln haben, um noch vor dem Morgengrauen anzukommen.«

Trotz des Willkommensgrußes konnte Alisa kein Lächeln in seiner grimmigen Miene entdecken. Seine Augen glommen in tiefem Rot. Er wandte sich ab und gab drei weiteren Vampiren knappe Befehle.

Alisas jüngerer Bruder Tammo, der wie die anderen ebenfalls aus seiner Reisekiste befreit worden war, trat an ihre Seite und sah dem Vampir nach. »Ist er nicht unglaublich?«, raunte er. In seiner Stimme schwang Bewunderung und ein wenig Furcht.

Alisa folgte seinem Blick. Hindrik trat nun zu ihm. Sie wechselten ein paar Worte und standen dann in einträchtigem Schweigen zusammen am Bug, um den die nächtlich schwarze See in weiße Gischt zerstob. Nein, feindselig gegenüber den anderen Familien schien Murrough nicht zu sein. Oder akzeptierte er Hindrik nur deshalb, weil der in seinem früheren Menschenleben ebenfalls zur See gefahren war?

Alisa schlenderte zu Franz Leopold, der sich ein wenig abseits von seiner Familie über die Reling beugte. Auf dem einfachen Fischerboot war der elegante Aufzug der Wiener geradezu lächerlich. Schweigend stellte sie sich neben ihn. Die Nacht heute war stürmisch und nur ab und zu schimmerte das Mondlicht für einen Moment zwischen den Wolken hindurch. Die Küste mit ihren felsigen Klippen, die mit sandigen Buchten wechselten, ließ sich nur erahnen.

»Wenn ich euch so betrachte, dann bin ich mir sicher, die Dracas werden eine aufregende Zeit in Irland verbringen!« Sie unterdrückte ein Lachen.

»Oh ja, das werden wir«, erwiderte Franz Leopold ernst. »Ich kann es kaum erwarten.«

Verwundert betrachtete Alisa ihn von der Seite, doch sie konnte nicht einen Hauch von Ironie entdecken.

*

»Cowan, wach auf!« Sein Vater schüttelte ihn an der Schulter. »Ich brauche heute Nacht noch einmal deine Hilfe.«

Der Junge schlug die Augen auf und gähnte. »Was gibt es?« Ein rascher Blick auf den Spalt zwischen den schweren Vorhängen, die die Zugluft abhalten sollten, zeigte ihm, dass es noch finstere Nacht war. Mit einem Mal war der Junge hellwach und schlug die Decke zurück. »Sind die Männer zurück? Was soll ich tun?«, fragte er eifrig, während er nach seinen groben Holzschuhen angelte.

Myles schien einen Augenblick zu überlegen, ehe er seinem Sohn antwortete. Dann sagte er mit Bedacht: »Ja, es kommen einige Freunde, die durch den Süden gereist sind, um etwas zu besprechen.«

Cowan zog einen dicken Pullover aus Schafswolle über den zerschlissenen Kittel, in dem er geschlafen hatte. Neben dem Muster der Familie hatte die Tante seine Initialen eingestrickt, wie es bei vielen Fischerfamilien üblich war. Zusammen erleichterten sie nach einem Unglück, die Toten zu identifizieren, die oft erst Tage später ans Ufer gespült wurden, wobei Cowan nicht fürchtete, dass sein Pullover ihm einst diesen Dienst erweisen musste. Myles fuhr mit seinem Boot nur auf den Lough Corrib hinaus, der sicher auch seine Tücken hatte, aber nicht mit der launischen See zu vergleichen war.

Cowan angelte nach seinen Hosen. Die Säume waren ausgefranst und schmutzig, doch das kümmerte weder ihn noch seinen Vater. »Kommen sie hierher ins Haus?«

Myles schüttelte den Kopf. »Nein, wir werden uns in einer verlassenen Hütte bei der Mine oben treffen.«

Cowan nickte mit ernster Miene. »Ja, hier ist es zu auffällig.

Nicht alle Nachbarn denken wie wir. Zu oft war Verrat der Untergang, bevor es überhaupt begonnen hat.« Myles sah seinen Sohn voll Erstaunen an.

»Was ist? Denkst du, ich bin ein naiver Junge, der nicht weiß, was vor sich geht? Ich bin vierzehn, und ich bin ein Mann, der mit euch kämpfen kann!«

»Ein Mann? Du? Vielleicht in deinen Träumen!«, mischte sich eine helle Stimme ein. Vater und Sohn fuhren herum und starrten das Mädchen an, das barfuß und in einem langen Nachthemd in die Kammer trat. Die beiden warfen einander betretene Blicke zu.

»Nellie, wir wollten dich nicht aufwecken. Geh wieder in dein Bett und schlafe.«

Das Mädchen blickte vom Vater zu ihrem Zwillingsbruder, der ihr bis auf das kürzere Haar sehr ähnlich sah. Beide hatten rötliches, lockiges Haar, blaue Augen und ein Gesicht voller Sommersprossen. Ihre Mutter hatte die Geburt der Zwillinge das Leben gekostet, und so hatte Myles es mithilfe seiner Schwester, die nur ein paar Häuser weiter lebte, übernommen, die Kinder aufzuziehen.

»Ah, die großen Geheimnisse treiben euch wieder in die Nacht hinaus«, sagte sie.

»Wie kommst du denn auf so was?«, stotterte ihr Vater.

»Pa, du trägst Stiefel und die lederne Jacke, dein gepackter Rucksack steht hier an der Tür, und mein morgenfauler Bruder Cowan kann es gar nicht erwarten, dir in die finstere Nacht hinaus zu folgen!«

»Die Fische beißen im Morgengrauen am besten«, wollte ihr Vater sich ein letztes Mal herausreden.

»Pa, versuche nicht, mich für dumm zu verkaufen!«

»Wann seid ihr nur so ...«

»... erwachsen geworden?«, ergänzte Nellie, obwohl das vermutlich nicht das Wort war, das ihr Vater gesucht hatte. »Jedes Jahr ein Stückchen mehr!«, sagte sie ernst und tätschelte Myles den Arm. »War das nicht euer Ziel? Dass wir gedeihen und schnell erwachsen werden? Nun sind wir so weit und können dir mehr Hilfe als Last sein. Freu dich darüber.«

Myles zog eine Grimasse.

»Wir sollten aufbrechen«, drängte Cowan. »Geh zurück in dein Bett und genieß deinen Schlaf, Schwesterherz«, sagte er und schulterte den schweren Rucksack des Vaters.

»Ja, wir sollten gehen. Und ich werde euch begleiten.«

»Das ist nur was für Männer«, gab ihr Bruder zurück.

»Ach ja? Und warum ist dann Karen unter ihnen?«

Vater und Sohn sahen sich erstaunt an. »Woher weißt du das?«, stieß Myles hervor.

»Ach Pa, ich habe Augen und Ohren im Kopf und einen durchaus scharfen Verstand, der eins und eins zusammenzählen kann – auch wenn ihr Männer das nicht wahrhaben wollt. Wartet, dann ziehe ich mir was Warmes über. Ich brauche nur einen Augenblick.«

Myles ging mit schweren Schritten auf seine Tochter zu und legte ihr den Arm um die Schulter. »Ich weiß zwar nicht, wie du von diesem Treffen erfahren hast – wir waren immer sehr vorsichtig ...« Nellie schnaubte und verdrehte die Augen. »... doch dann weißt du auch, dass dies kein Spiel ist. Es ist sehr gefährlich, und wenn wir entdeckt werden, kann es leicht tödlich enden. Du weißt, die Engländer verstehen keinen Spaß, das hat uns die leidvolle Geschichte unserer Vorfahren gelehrt.«

»Ich kenne die Geschichte dieses Landes«, sagte Nellie und sah ihren Vater ernst an. »Tante Rosaleen hat mir viel erzählt, über ihren Großonkel, der an Emmets Seite aufgehängt worden ist. Und ich kenne die Geschichte von Robert Emmets Haushälterin, die sie in Dublin eingekerkert und gefoltert haben, obwohl sie selbst niemals eine Waffe erhoben hat! Du siehst, es ist auch für die Frauen gefährlich, wenn sich ihre Männer, Väter oder Brotherren auf dieses Spiel einlassen.« Trotzig hob sie das Kinn. »Und wenn ihr mich schon in Gefahr bringt, dann will ich wenigstens dabei sein und unser Geschick mitbestimmen.« Ihr Vater sah sie noch immer hilflos an.

»Habt ihr an Brot und Käse gedacht?«, fuhr Nellie eifrig fort. »Und es sollte genug Bier und Whiskey da sein. Die Nächte sind kalt und die Männer werden sich aufwärmen wollen. Was steht ihr da und starrt mich an? Los, packt noch einen Rucksack, während ich mich rasch anziehe.« Nellie lief aus der Kammer.

»Na ja, so ganz unrecht hat sie nicht«, meinte Cowan. »Vielleicht sollten wir ihr doch erlauben, uns zu begleiten.«

»Lässt sie mir denn eine Wahl?«, schimpfte Myles. »Wenn ich ihr befehle, hier auf uns zu warten, kannst du darauf wetten, dass sie irgendeine Dummheit anstellt. Dickköpfiges Ding, das sie ist.«

Cowan grinste und rieb sich den Schädel. »Das trifft wohl auf uns alle zu. Von Ma haben wir das jedenfalls nicht, sagt Rosaleen. Sie sei sehr sanftmütig gewesen.«

Ein verklärter Ausdruck trat in Myles' bärtiges Gesicht, das sonst meist schroff oder abgehärmt wirkte. »Ach meine Heather, sie war eine wundervolle Frau. So herzensgut und weich und …«

Cowan ging hinaus, um noch einen Rucksack mit Essen und Getränken zu packen, wie seine Schwester vorgeschlagen hatte. Er war froh, etwas tun zu können. Wenn der Vater in diese traurige Stimmung geriet, machte ihn das verlegen, und er wusste nicht, was er sagen sollte. Wie konnte er ihn trösten? Schließlich hatte er seine Mutter niemals kennengelernt.

»Seid ihr bereit?« Nellie erschien fertig angekleidet und mit einem Bündel auf dem Rücken. Ihre Wangen waren gerötet und ihre Augen glänzten vor Aufregung. »Dann lasst uns gehen!«

Im Schutz der Dunkelheit verließen die drei das Haus am Ufer des Lough Corrib und wanderten auf den Hügel zu, der sich im Westen erhob. Myles hatte darauf verzichtet, die Lampe anzuzünden. Der Mond zeigte ihnen den Weg, der rasch schmaler wurde und sich dann zwischen Moortümpeln und dornigem Gebüsch aufwärts wand.

*

Im Osten begannen die tiefschwarzen Wolken bereits an Farbe zu verlieren, als Murrough beidrehen und die Segel reffen ließ. Aufgeregt drängten sich die Vamalia an die Reling und versuchten, so viel wie möglich von der Felsküste zu erkennen. Da trat der Mond zwischen den Wolken hervor und beleuchtete eine Landschaft, wie sie sich Alisa nicht einmal in ihren Träumen hätte ausmalen können. Sie sah nicht nur eine Felsklippe, die Hunderte Schritte schroff in den Himmel stieg. Dies war ein Bauwerk aus schwarzen und rötlichen Steinen, zu sechs- oder achtseitigen Säulen geformt, mal höher mal niedriger, wie die Pfeifen einer Orgel aneinandergeschmiegt, um gemeinsam das Konzert der Sinne zum Klingen zu bringen.

»Das ist ja unglaublich!«, stieß Alisa mit einem Keuchen aus. »Wer hat solch ein Wunder erbaut?«

»Ich denke, die alten Kelten waren es nicht«, vermutete Franz Leopold, dessen gelangweilter Tonfall ein wenig misslang. »Auch wenn man ihnen viel wundersame Magie nachsagt.«

Zum ersten Mal erhellte ein Lächeln die Miene des Bootsführers. Murrough trat zu ihnen und überließ es seinen Männern, den Untiefen auszuweichen, die ihnen offensichtlich vertraut waren.

»Oh ja, wundersame Magie muss im Spiel gewesen sein, als Giant's Causeway – der Damm der Riesen – erbaut wurde. Finn MacCumhal war ein Held und ein stattlicher Krieger. Ob er tatsächlich ein Riese war, mag ich nicht zu beurteilen. Vielleicht haben ihn die Erzählungen späterer Jahrhunderte erst zu einem gemacht. Er war ein Zeitgenosse Cormac MacArts, König und Anführer der edlen Kriegerkaste der Fianna im dritten Jahrhundert. Sein Rivale war der schottische Benandonner. Ebenfalls ein großer Kriegsmann.«

»Ich ahne es«, fiel ihm Franz Leopold ins Wort. »Die beiden Helden wollten ihre Kräfte messen und herausfinden, wer der Stärkere ist.«

Alisa duckte sich ein wenig und warf Murrough einen Blick zu, doch der lachte nur und ließ seine auffällig guten Zähne sehen.

»Ja, das hast du richtig erfasst. Da es aber kein Boot gab, das stabil genug war, den mächtigen Finn MacCumhal nach Schottland zu bringen, begann er damit, eine Landbrücke zu bauen.«

Tammo besah sich kritisch den Küstenstreifen. »Na, weit nach Schottland hinübergekommen ist er nicht.«

»Dennoch ist, was wir hier noch sehen, recht beeindruckend für das Werk eines Mannes, selbst wenn er ein Riese war«, gab Alisa zu bedenken.

»Was ihr hier entlang der Küste erkennen könnt, ist nur der Rest des Dammes, der noch übrig ist«, stellte Murrough richtig. »Hört zu. Die Geschichte geht noch weiter. Während er so an seinem Damm arbeitete, hörte Finn MacCumhal, Benandonner sei bereits auf dem Weg nach Irland. Da eilte er nach Hause, ließ sich von seiner Frau in das Kleid eines Säuglings stecken und legte sich in eine Wiege. Als Benandonner kurz darauf eintraf, erklärte ihm die Frau, hier sehe er Finns Sohn. Der Schotte bekam einen riesigen Schreck. Wie groß musste dann erst Finn MacCumhal selbst sein? Er floh über den Damm nach Schottland zurück und zerschmetterte das Bauwerk hinter sich.«

Die Vampire aus Hamburg sahen einander an und begannen dann zu lachen.

In diesem Moment drehte sich Murrough um und deutete nach vorn. »Seht! Dort ist es: Dunluce Castle, die Hauptfestung der Lycana.«

Alisa hielt den Atem an. Sie wusste nicht, was sie erwartet hatte, doch dieser Anblick hätte in jedem Fall alle Erwartungen übertroffen. Die Küste war hier in Buchten gegliedert, die von weit ins Meer vorspringenden Spornen unterteilt wurden. Oben flach und grasig, brach die Kante unvermittelt ab, um lotrecht mehr als dreißig Meter in die Tiefe zu stürzen. Und auf einer dieser schwarzen Klippen – nur durch eine Zugbrücke mit dem Festland und der Vorburg verbunden, thronte Dunluce Castle. Die schwarz gefleckten Steine wuchsen direkt aus den Felsen, fügten sich zu Mauern und Giebeln und zu zwei wehrhaften

Rundtürmen. Hinter dem Burgfelsen wechselten die Klippen unvermittelt ihre Farbe und schimmerten weiß im Mondlicht. Alisa konnte sich gar nicht sattsehen.

»Sieh dir dieses alte Gemäuer an. Es ist ja eine halbe Ruine!«, beschwerte sich Anna Christina.

»Wenigstens müssen wir nicht wieder wie Ratten in Gängen unter der Erde hausen«, sagte Karl Philipp.

»Das schon, aber sonderlich komfortabel sieht das auch nicht aus«, meinte Marie Luise.

Alisa wollte schon etwas sagen, als Franz Leopold ihr zuvorkam. »Nun haltet endlich den Mund. Euer Gemecker geht mir auf die Nerven!«

Nicht nur seine Cousinen starrten ihn fassungslos an. Auch Alisa öffnete den Mund, zog es dann aber vor zu schweigen.

Als sie sich der Felswand näherten und diese bereits über ihnen aufragte, dass sie sich zurücklehnen mussten, um den Fuß der Burgmauern noch zu sehen, übernahm Murrough das Steuer.

Wo will er nur hin?, fragte sich Alisa und betrachtete misstrauisch die Felsen, die messerscharf aus dem schäumenden Wasser aufragten. Hier konnte er doch nirgends sicher anlanden! Das Boot wurde hin und her geworfen, sodass sich die Vampire an der Reling festhalten mussten. Sie würden zerschellen! Alisa suchte Hindriks Blick, der starr geradeaus gerichtet war.

»Da sieh! Ist das nicht unglaublich?«

Sie folgte mit ihren Augen der Richtung, die ihr Hindrik wies, bis sie erkannte, was er meinte. Eine Höhlung tat sich im dunklen Fels auf und sie fuhren direkt darauf zu. Zwei Männer traten rechts und links an die Schwerter, der dritte umklammerte das Tau des letzten, gesetzten Vorsegels. Murrough steuerte erst ein wenig nach links und dann nach rechts. Alisa sah den Bootsrumpf kaum einen Schritt entfernt an einer Felsspitze vorbeitreiben, die bis knapp unter die Oberfläche aufragte. Dann stieß Murrough einen Ruf aus, die Männer klappten die Schwerter hoch, das Segel rauschte herab und mit der nächsten Welle wurden sie in die Grotte gespült. Murrough zurrte das Ruder fest, der Mann am Backbordschwert sprang über die Bordwand auf einen Steg. Geschickt wand er ein Tau um einen Felsblock und befestigte ein zweites vorn am Burg. Nun lag das Schiff ruhig im seichten Wasser der Felsengrotte, während von draußen gedämpft das Tosen der Wellen zu ihnen drang. Der Bootsführer legte die Hand auf die Brust und neigte den Kopf.

»Willkommen auf Dunluce Castle. Folgt mir, ich bringe euch nach oben. Eure Kisten können die Servienten nachher hinaufschaffen.«

Tammo drängte sich an seiner Schwester vorbei. Er fieberte vor Aufregung, während sie Murrough in die sich immer mehr verengende Grotte folgten, bis sie nur noch ein schmaler Felsengang war. An einer eng gewundenen Treppe blieb er stehen.

»Es gibt zwei Wege in die Burg. Diese Treppe führt hinauf in den Nordostturm. Das ist einer der beiden runden Türme, die wir vom Schiff aus gesehen haben. Sie sind der älteste Teil der Festung, der heute noch steht. Der Gang führt weiter bis auf die andere Seite der Felseninsel, wo sie durch einen Graben vom Festland getrennt ist. Von dort gehen Stufen auf die Burgklippe und zur anderen Seite aufs Festland hinauf. Der Ausgang und die Stufen sind sehr schmal, sodass sie vom Torhaus und der Ostmauer aus gut überwacht werden können.«

»Und wenn ein Feind heimlich über diese Wendeltreppe in den Turm hochsteigt?«, wollte Tammo wissen. »Dann nützen euch Brücke, Tor und Mauern gar nichts.«

»Schon die Menschen, die die Festung früher bewohnten, wussten diesen Zugang wohl zu schützen. Und glaube mir, wir haben in unserer Sorge um die Sicherheit der Familie nicht weniger Maßnahmen ergriffen!« Mit diesen Worten stieg Murrough die Wendeltreppe hinauf.

»Sicher gibt es hier jede Menge Fallen«, vermutete Tammo und sah sich aufmerksam um, in der Hoffnung, ein paar der Mechanismen zu entdecken. Oben angekommen traten sie aus dem

runden Gelass des Turmes in einen schmalen Hof, an dessen Ost-
seite man zwischen den Zinnen hindurch in die Bucht hinabsehen
konnte. An seiner Westseite erhoben sich die Mauern des Manor
House, des Wohnbereichs der Adelsfamilie.

Von der Tür her ertönte ein freudiger Ausruf: »Alisa! Da seid
ihr ja endlich!«

Alisa wandte sich um und wurde fast von den Füßen gerissen,
als eine Gestalt sie stürmisch umarmte. Ehe sie begriff, wie ihr
geschah, hatte der junge Vampir sie schon wieder losgelassen und
war einen Schritt zurückgetreten. Verlegen sah er zu Boden, dann
aber lächelte er ihr scheu zu.

»Wie schön, dich zu sehen. Ich habe die Nächte gezählt, bis wir
alle wieder zusammen sind.«

»Ich grüße dich, Luciano«, erwiderte Alisa. »Und ich freue mich
ebenfalls, dass wir hier zusammentreffen.«

»Ist das nicht rührend!« Franz Leopold griff sich ans Herz und
tat so, als müsse er sich mit der anderen Hand eine Träne aus dem
Augenwinkel wischen.

Lucianos Miene verdüsterte sich. »Dass einem doch niemals
reine Freude vergönnt ist! Auf ein Wiedersehen mit dir und deiner
hochnäsigen Verwandtschaft hätte ich gut und gern verzichten
können. Schade, dass eure Baronesse sich nicht durchgesetzt hat.
War sie nicht erpicht darauf, euch in Wien zu behalten?«

»Sie war erpicht darauf, das Schuljahr in Wien abzuhalten«,
korrigierte Franz Leopold. »Das heißt, auch in diesem Fall müssten wir uns jetzt wieder gegenseitig ertragen.« Er wandte sich
mit einem Schulterzucken ab, als sei jedes weitere Wort an den
Nosferas aus Rom Verschwendung.

Luciano ballte die Hände zu Fäusten und zog eine Grimasse.
»Dieser aufgeblasene, arrogante …«

»Lass ihn!« Beruhigend legte ihm Alisa den Arm um die Schulter. »Ignoriere ihn einfach. Sag mir lieber, wo Ivy steckt. Ich kann
sie nicht entdecken.«

Sie sah sich suchend um. Inzwischen waren auch Lucianos

Cousine Chiara, sein Vetter Maurizio – wie üblich in Begleitung seines Katers – und die beiden Pyras Joanne und Fernand in den Hof getreten. Fehlten nur noch die Vyrad aus London – und Ivy.

Luciano hob die Schultern. »Ich habe weder sie noch Seymour bisher gesehen. Seltsam, dass sie uns nicht begrüßen kommt.« Seine Stimme klang gekränkt.

»Sicher weiß Mervyn, wo sie zu finden ist«, sagte Alisa und deutete auf den zweiten Erben der Lycana, der nun ebenfalls aus der Tür trat. Strahlend eilte sie auf ihn zu. Er war groß und schlank. Sein rötliches Haar trug er noch immer kurz geschnitten. Mit seinen sechzehn Jahren gehörte er zu den älteren Schülern der Akademie. Alisa, Luciano, Ivy und Franz Leopold waren nun alle vierzehn. Tammo war mit seinen zehn Jahren – zu seinem Bedauern – der Jüngste.

»Ah, Alisa, ihr seid mit den Dracas angekommen, habe ich gehört. Dann fehlen nur noch die Vyrad. Typisch. Die Engländer meinen immer, sie seien die Herren der Welt und könnten es sich leisten, dass alle anderen auf sie warten müssen!«

Alisa wunderte sich über die Abneigung in seiner Stimme. Bisher war ihr nicht aufgefallen, dass zwischen den Lycana und den Vyrad eine besondere Feindschaft herrschte. War das ein Hass, der sich über Jahrhunderte zwischen den beiden Familien aufgebaut hatte? Wie bei den Menschen Irlands und Englands? Alisa wusste nur wenig über die Geschichte der Länder und beschloss, Ivy zu fragen, wenn sie sie traf.

»Mervyn, wo ist Ivy?«

Der Ire zuckte mit den Schultern. »Keine Ahnung. Sie ist noch nicht zurück.«

»Noch nicht zurück?« Alisa legte den Kopf in den Nacken und sah voller Sorge zu dem blasser werdenden Nachthimmel hinauf. Der Sonnenaufgang war nicht mehr fern.

»Ist sie mit Seymour draußen unterwegs? Dann muss sie sich beeilen!«

Mervyn schüttelte den Kopf. »Nein, ich meine, natürlich ist

Seymour mit ihr zusammen, doch ich meinte nicht, dass sie *heute* Nacht noch nicht zurück sei. Ich habe sie seit Wochen nicht mehr gesehen. Keine Ahnung, wo sie sich herumtreibt. Auf Dunluce hat sie den Sommer jedenfalls nicht verbracht!«

Alisa starrte ihn verblüfft an, doch bevor sie etwas sagen konnte, rief Murrough die jungen Vampire und ihre Begleiter in die große Halle.

»Sie kann doch nicht wochenlang mit Seymour allein draußen unterwegs sein«, flüsterte Luciano Alisa zu.

»Kann ich mir auch nicht vorstellen. Vielleicht ist das bei den Lycana anders als bei uns. Vielleicht leben sie gar nicht alle hier in der Burg zusammen.«

Die Stimme des Clanführers der Lycana ließ beide verstummen. Sie reihten sich unter die anderen Gäste und ihre Begleiter und richteten ihre Aufmerksamkeit auf Donnchadh. Seine tiefe Stimme klang durch die Halle. »Seid gegrüßt und herzlich willkommen auf Dunluce Castle!«

Er war von drahtiger Gestalt mit grauem Haar, das ihm über die Schultern fiel, und dunklen, durchdringenden Augen, die von einem zum anderen wanderten. Alisa versuchte, sich auf seine Worte zu konzentrieren, aber ihr Blick wurde immer stärker von der Vampirin angezogen, die zwei Schritte hinter ihm stand, die Hände züchtig gefaltet. Sie war noch jung, vielleicht zwanzig Jahre alt, und sehr schön. Die dichten roten Locken wallten wie tanzende Flammen über ihre Brust hinab und umrahmten das längliche Gesicht mit der schimmernden weißen Haut. Das lange Gewand hatte das Grün ihrer Augen und schmiegte sich an ihren großen, schlanken Körper. Doch es war nicht ihre Schönheit allein, die Alisa fesselte. Da war etwas in ihren Augen, in ihrer ganzen Gestalt, das ihr ein inneres Strahlen verlieh. Alisa hörte Luciano neben sich seufzen. Sie sah, dass sein Blick ebenfalls starr auf die Rothaarige gerichtet war.

»Wenn sie nur keine Unreine wäre«, hauchte er.

»Was dann?«, sagte Alisa scharf.

Luciano zuckte zusammen, als habe sie ihn aus einem Traum gerissen. »Nichts, ich meine nur, sie ist eine außergewöhnliche Erscheinung für eine Servientin.«

»Wenn sie überhaupt eine ist«, gab Alisa zurück.

»Natürlich ist sie das! Weißt du nicht, wer sie ist? Catriona ist Donnchadhs Schatten und selbst in der Domus Aurea spricht man über sie!«

Obwohl ihre Hände gefaltet waren und sie hinter dem Clanführer blieb, sprach aus ihrem Blick keine Unterwürfigkeit. Anscheinend nahmen die Schatten der Lycana keine so untergeordnete Stellung ein wie bei manch anderem Clan. Es war eher wie in ihrer Familie ein gleichberechtigtes Miteinander der Mitglieder reinen Blutes und der Servienten.

Alisa zwang sich, ihre Aufmerksamkeit wieder dem Clanführer und seinen Worten zuzuwenden.

»Wenn ihr euch anstrengt, könnt ihr hier in Irland viel lernen und im nächsten Sommer gestärkt zu euren Familien zurückkehren. Es wird nicht leicht und ihr werdet viele Rückschläge hinnehmen müssen, doch wenn ihr euch mit ganzem Herzen und wachem Geist der Aufgaben verschreibt, dann könnt ihr euch zu Recht und mit hoch erhobenem Haupt Vampire nennen!«

Anna Christina zog eine Grimasse. »Was könnte das schon Außergewöhnliches sein?« Alisa sah, wie sich der Blick der rothaarigen Servientin auf Anna Christina richtete. Die Dracas zuckte zusammen wie unter einem plötzlichen Schmerz, versuchte aber tapfer, ihre abfällige Miene zu wahren. Donnchadh, der gerade vom Beherrschen der niederen Lebensformen gesprochen hatte, hielt inne, als lausche er Worten, die nur er hören konnte. Dann nickte er knapp.

»Vielleicht sind Taten beeindruckender als Worte.« Er hob beide Arme, dass die Handflächen auf seine Zuhörer zeigten. Die Finger waren gespreizt. Alisa hörte ein zirpendes Geräusch. Kam es aus seinem Mund? Er bewegte nicht einmal die Lippen. Für einige Augenblicke geschah nichts. Karl Philipp lachte spöttisch. »Unsichtbare kleine Helfer? Vielleicht hat er einen Mückenschwarm gerufen oder ein paar Flöhe?«

Plötzlich war ein Rauschen in der Luft. »Fledermäuse!«, rief Tammo und duckte sich, als sie zu Hunderten durch die offenen Fenster hereinflatterten und sich zu einem einzigen Strom vereinten. Donnchadh reckte den Zeigefinger in die Luft. Sofort flogen sie auf ihn zu, umhüllten ihn wie eine Wolke und formten dann einen Ring, der zur hölzernen Balkendecke aufstieg. Als sie langsam höher schwebten, sah Alisa, dass der Clanführer verschwunden war.

»Ich glaube, das ist er«, rief Luciano und deutete auf die größte der Fledermäuse, die sich nun an die Spitze des Zuges setzte und ihnen voran durch die Türöffnung hinausschoss. Das schrille Fiepen und Flügelschlagen verklang.

»Das war beeindruckend«, gab Luciano zu. »Sie haben alle auf seinen Befehl gehört.«

»Beeindruckend?«, widersprach Anna Christina. »Ich wüsste nicht, wozu es dienen sollte, in Wien mit einem Schwarm Fledermäuse um den Kopf unterwegs zu sein. Außer vielleicht, ich wollte die Menschen darauf aufmerksam machen, dass ein Vampir unter ihnen weilt!« Karl Philipp und Marie Luise lachten.

In der Türöffnung erschien ein grauer Wolf. Der größte, den Alisa je gesehen hatte. Wie selbstverständlich bahnte er sich seinen Weg zwischen den Gästen und Bewohnern von Dunluce Castle hindurch und setzte sich dann auf den Platz, den der Clanführer noch vor wenigen Augenblicken eingenommen hatte. Catriona schnippte mit den Fingern. Dichter Nebel begann, träge um ihre Füße zu wabern. Er schimmerte ein wenig im Grün ihres Gewandes. Dann verdichtete er sich zu Schwaden, die sich wie Finger suchend reckten. Sie flossen auf den Wolf zu, der reglos auf den Hinterbeinen saß. Catriona zeichnete mit zwei Fingern einen kleinen Kreis, und sofort rotierten die Schwaden, stiegen auf und umhüllten den Wolf und die rothaarige Frau. Alisa hörte sie mit tiefer Stimme etwas rufen, das wie *gaoth* klang. Bevor sie

Mervyn fragen konnte, was das Wort bedeutete, fuhr ein Windstoß durch die Halle und fegte den Nebel davon. Statt des Wolfes stand nun wieder Donnchadh an seinem Platz. Catriona aber war verschwunden. Alisa sah, wie sich Franz Leopold zu Anna Christina neigte.

»Nun wirst du vermutlich sagen, dass du nicht als Wolf verkleidet auf einen Ball gehen möchtest und sich auch der Nebel in der Hofburg etwas seltsam ausnehmen würde. Ja, so wie es scheint, werden wir hier nur Kram lernen, den wir in Wien überhaupt nicht brauchen können!«

»Ja, so ähnlich«, stimmte Anna Christina ihm zu, der das Glitzern in seinen Augen offensichtlich entgangen war.

»So, nun ist es aber wirklich höchste Zeit, dass ihr in eure Särge kommt. Wir haben euch und euren Begleitern in den Räumen rechts und links des Küchenhofes Ruhestätten eingerichtet. Legt euch nieder. Die Sonne kann jeden Augenblick über den Hügeln erscheinen. Wir wünschen euch eine ungestörte Ruhe.«

Damit waren sie entlassen. Donnchadh winkte zwei der Lycana heran. Einen jungen Mann und eine Frau, die sich sehr ähnlich sahen. Beide hatten lockiges Haar mit einem rötlichen Schimmer, dunkle Augen und einen kräftigen Körperbau. Als sie näher kamen, konnte Alisa blasse Sommersprossen in ihrem Gesicht erkennen. Sie stellten sich als Bridget und Niamh vor und winkten den Besuchern mit ernsten Mienen, ihnen zu folgen. Die Servienten der Erben wurden in dem Gebäude im Westen des Hofes untergebracht, die jungen Vampire selbst im östlichen. Schlichte Steinsärge reihten sich an den Wänden. Im Gegensatz zu ihrem Jahr in Rom schien hier niemand Wert darauf zu legen, die Mädchen von den Jungen zu trennen. Luciano strebte auf den Sarg neben Alisas zu, während sich die Dracas die vier Lager etwas abseits an der rechten Wand aussuchten.

»Darf ich dir behilflich sein?«, fragte Luciano höflich und hob den Deckel zu Alisas Sarg an.

»Du bist über den Sommer stärker geworden.«

50

»Aber ja!« Luciano nickte stolz. »Und gewachsen bin ich auch.« Er reckte sich, dass er noch ein wenig größer erschien.

»Leider bist du nicht viel dünner geworden«, erklang Franz Leopolds näselnde Stimme.

Die Familienmitglieder der Nosferas neigten alle zu Korpulenz, ihnen voran ihr Clanführer Conte Claudio. Und auch Maurizio war schlichtweg nur dick zu nennen. Dennoch fand Alisa, dass Luciano über den Sommer an Leibesumfang verloren hatte, und das sagte sie ihm auch, während sie Franz Leopold einen wütenden Blick zuwarf. Geschmeichelt fuhr sich Luciano durch sein kurzes schwarzes Haar, das stets ein wenig unordentlich nach allen Seiten abstand.

Misch dich nicht immer in Gespräche ein, die nicht für dich bestimmt sind!, dachte Alisa. Sie war sicher, dass Franz Leopold ihre Gedanken auffing. Und richtig. Schon erklang seine Antwort in ihrem Kopf.

Warum nicht? Es reizt mich zu hören, wie du stets für Luciano in die Bresche springst. Ich begreife einfach nicht, was du an diesem Jammerlappen findest, der sich hinter dem Rockzipfel eines Mädchens versteckt und es seine Kämpfe austragen lässt!

Alisa stieg in ihren Sarg und legte sich auf den Rücken. *Erstens ist er kein Jammerlappen, und zweitens ist Luciano durchaus in der Lage, es mit dir aufzunehmen*, gab sie zurück, ehe sich der Deckel über ihr schloss.

Endlich war es ruhig und dunkel um sie. Alisa spürte die bleierne Müdigkeit durch ihren Körper strömen, die mit dem Sonnenaufgang einherging. Es war unmöglich, sie zu bekämpfen. Der Schlaf war stärker und vernebelte ihren Geist.

Ich wünsche dir eine erholsame Ruhe, glaubte sie Franz Leopolds Stimme in ihrem Geist zu hören, doch ehe sich der Gedanke der Besorgnis darüber, dass er sie noch durch zwei geschlossene Särge erreichen konnte, vollständig geformt hatte, fiel sie in die todesähnliche Starre, in der alle Vampire den Tag überdauerten, bis die Sonne wieder hinter dem Horizont verschwunden war.

UNTER SCHAFEN

Die Nacht senkte sich über die Moore von Connemara. Ein böiger Wind fegte von Westen heran und schüttelte die Wipfel der wenigen Bäume. Die verkrüppelten Büsche an den Berghängen und im Tal schienen sich unter ihm noch mehr zu ducken. Ein heller Mond stand am Himmel und beleuchtete die einsame Gestalt, die die Tore von Aughnanure durchschritt, den Fluss überquerte und unerkannt Killarone umrundete. Der Weiler war nur eine Ansammlung ärmlicher Bauernhäuser. Ein paar Hunde kläfften und zogen dann ängstlich winselnd den Schwanz ein, als sie erkannten, wer ihre Ruhe gestört hatte. Doch die nächtliche Wanderin kümmerte sich nicht um sie und auch nicht um die Menschen und das Vieh, das die Hunde bewachten.

Als sie die letzten Gehöfte passiert hatte, begann sie zu laufen. Sie war schneller und lief leichtfüßiger, als ein Mensch es je gekonnt hätte. Bald schon kam das nächste Dorf in Sicht. Wieder schlug sie einen weiten Bogen, dieses Mal nach Westen, denn dort in den Hügeln hinter der Mine erwartete sie ihr Ziel. Die junge Frau verlangsamte ihren Schritt und sah zu der kahlen Fläche, die wie eine Wunde in der Flanke des Berges anmutete. Dazwischen erhoben sich die Hütten der Arbeiter: ärmliche, dünne Männer, Frauen und Kinder, die für einen Hungerlohn in den steil abfallenden Gängen unter Tage schufteten oder das an die Oberfläche geholte Gestein mit Hammer und Meißel in Erz und Abraum trennten. Zwei magere Pferde liefen in der Winde im Kreis und zogen die Förderkörbe nach oben. In einer Hütte abseits lagerte Schwarzpulver. Die Menschen raubten das Erz aus seinem Bett aus hellem Marmor und schwarzgrünem Tiefengestein. Was sie nicht benötigten, häuften sie in Schuttbergen an, das wertvolle

Erz wurde mit Pferdekarren nach Oughterard oder zum Ufer des Lough Corrib transportiert. Es war ein Sakrileg!

Das Mondlicht strich über den anmutigen Frauenkörper mit dem langen blonden Haar. Die tiefgrünen Augen waren noch immer auf das Gelände der Glengowla-Mine gerichtet. Noch immer hatte sie sich nicht an den Anblick gewöhnt, obwohl die Menschen nun schon seit fast dreißig Jahren hier im Berg Silber- und Bleierze abbauten. Obgleich auf den Halden niemand zu sehen war und die Lichter in den schmalen Häusern nach und nach erloschen, musste unter Tage noch gearbeitet werden. Ihr scharfes Gehör konnte Stimmen ausmachen, dann kletterten zwei Gestalten eilig aus dem Schacht und entfernten sich einige Schritte. Eine Explosion ließ den Grund unter den Füßen der Frau erbeben. Eine Wolke aus Rauch und Staub quoll aus allen Öffnungen des Berges und legte sich wie ein Leichentuch über die zerstörte Landschaft. Die Männer wandten sich schweren Schrittes ihren Hütten zu. Ein langer Arbeitstag war zu Ende. Morgen, wenn sich der Staub in den Gängen gelegt hatte, würden sie die herabgefallenen Felsbrocken ans Tageslicht schaffen. Eine letzte Tür schlug zu. Die Stille der Nacht kehrte zurück.

Plötzlich ahnte sie eine Bewegung hinter sich. Sie hätte ihn längst wittern müssen, doch der Pulverdampf brannte in ihrer Nase und betäubte ihre scharfen Sinne. Ehe sie herumfahren konnte, schlangen sich zwei kräftige Arme um sie und umschlossen ihre Brust wie ein eiserner Ring. Áine war stark, aber der Mann hinter ihr war noch stärker. Sie spürte seinen heißen Atem an ihrem Ohr.

»Ich habe auf dich gewartet. Du bist spät dran. Weißt du nicht, dass jeder Augenblick ohne dich eine Ewigkeit währt?« Er lockerte seinen Griff, sodass sie sich umwenden konnte, um in seine gelben Augen zu sehen, die mit dem Glanz zweier glühender Kohlestücke auf sie herabsahen. Wie groß er war und wie hager. Áine schlang ihre Arme um ihn und presste ihre Wange gegen seine Brust.

»Ich konnte nicht früher. Verzeih. Es ist nicht gut, ihr Misstrauen zu erwecken, und glaube mir, es ist nur allzu leicht zu entflammen!«

Peregrine löste seine Umarmung und strich sanft über das zu ihm aufblickende Gesicht, das einst schön gewesen war, aber seit langer Zeit von zwei Narben auf der rechten Wange verunziert wurde. Auch in ihre Handgelenke und Fußknöchel waren die Spuren der Misshandlung für immer eingegraben.

»Meine Liebe«, hauchte er, »komm, lass uns diesen Ort der Menschen verlassen und gemeinsam die Einsamkeit des Moores fühlen.«

Sie lächelte ihn schelmisch an und küsste seine Lippen. »Ja, lass uns auf die Jagd gehen. Du willst mir doch nicht etwa sagen, dass du keinen Hunger verspürst?«

»Nein, das wäre eine Lüge. Und ich möchte im Licht des Mondes so schnell wie der Nachtwind laufen – an deiner Seite.«

Sie presste ihren Körper an seinen und küsste ihn noch einmal. Er erwiderte den Kuss mit einer solchen Leidenschaft, dass er ihr vermutlich die Rippen gebrochen hätte, wenn sie eine schwache Menschenfrau gewesen wäre. Dann trat er einen Schritt zurück. Er reckte die Glieder und legte den Kopf in den Nacken wie zu einem stummen Schrei. Sie sah zu, wie sein Gesicht sich verformte, in die Länge zog, bis es einer Schnauze glich. Wie sein Körper zuckte und sich wand, bis er auf vier Pfoten hinabfiel. Fell brach aus seiner Haut hervor. Nur seine Augen blieben dieselben. Áine wusste, es war ein Beweis seiner Liebe und seines Vertrauens, dass er sie bei seiner Wandlung dabei sein ließ, dem verletzlichsten Moment eines Werwolfes. Nun stand der graue Wolf vor ihr und sah sie aus seinen gelben Augen an. Sie konnte seine Ungeduld spüren.

»Warte, mein Liebster. Ich bin gleich bereit.« Áine schloss die Augen und hob die Arme. Ihre Finger krümmten sich, ihre Lippen bewegten sich lautlos. Eine Wolke aus Nebel hüllte sie ein und begann, um sie zu kreisen. Als die nächste Böe des Nachtwindes sie vertrieb, enthüllte er eine Wölfin. Sie war ein wenig kleiner, das Fell einen Ton heller als bei dem großen Grauen, der den Blick noch immer auf sie gerichtet hielt. Nun stieß er ein freudiges Heulen in die Nacht. Die Wölfin rieb sich an seiner Seite und leckte ihm über die Schnauze, dann schoss sie plötzlich davon. Ihr freudiges Bellen erklang zwischen den Büschen. Peregrine ließ sich nicht lange bitten. Er antwortete ihrem Ruf und folgte ihr dann mit kräftigen Sprüngen.

*

Erst in der nächsten Nacht kamen auch die Vyrad aus London an, obwohl sie den kürzesten Weg gehabt hatten. Vielleicht traf Mervyns Einschätzung zu, dass dies absichtlich geschah und eine Botschaft an die Gastgeber sein sollte. Jedenfalls kam es Alisa so vor, als sei Donnchadhs Stimme ein wenig kühler, als er Malcolm, Raymond, Ireen und Rowena und ihre Servienten begrüßte. Es gab für sie auch keine Vorführung, stattdessen schickte er sie gleich zu den anderen, die sich im großen Hof hinter dem Gatehouse, das den Eingang an der Zugbrücke bewachte, versammelt hatten. Gespannt warteten die jungen Vampire, wer die erste Lektion übernehmen und was man ihnen beibringen würde.

Alisa versuchte unauffällig, in Malcolms Nähe zu gelangen. Er sah noch immer sehr gut aus – vielleicht sogar noch ein wenig männlicher. Er war groß und kräftig, seine Augen von strahlendem Blau, sein Haar blond mit einem Schimmer von Kupfer. Malcolm war jetzt siebzehn und würde bald in einem großen Ritual in die Reihen der erwachsenen Vampire aufgenommen werden. Alisa war froh, dass er überhaupt noch zu diesem gemeinsamen Akademiejahr kam. Ein seltsam warmes Gefühl durchflutete sie, als sie vor ihm stand und er sie freundlich anlächelte.

»Alisa, wie schön, dich wiederzusehen.«

»Das finde ich auch«, sagte sie mit belegter Stimme, die nicht nach der ihren klang. »Ich meine natürlich, dass ich *dich* wiedersehe, nicht andersherum, also nicht, dass du meinst ...« Alisa brach ab und schwieg verlegen. Was war nur mit ihr los?

Malcolm lächelte noch ein wenig breiter, aber nicht etwa beleidigend und voller Hohn, wie Franz Leopold es getan hätte. Nun war es an ihr, etwas zu sagen, das diesen Funken der Faszination in seine blauen Augen zaubern oder ihn zum Lachen bringen würde. Doch ihr Kopf war wie leer gefegt. Sie konnte ihn nur stumm anstarren und sich fragen, was da Seltsames in ihr vorging.

»Hattet ihr eine gute Reise?«, fragte Malcolm schließlich. Vermutlich, um die peinliche Stille zu beenden.

Alisa nickte. »Ja, es war sehr spannend. Ich bin zuvor noch nie zu Wasser gereist, obwohl wir im Hafen von Hamburg wohnen. Allerdings waren wir auf demselben Schiff wie die Dracas. Ich habe Franz Leopold zufällig an Deck getroffen.«

»Welch tragische Begegnung!« Nun war der Spott in seiner Stimme deutlich zu hören.

»Nicht tragisch!«, wehrte Alisa ab. »Dennoch hätte es nicht sein müssen, den Dracas früher als notwendig über den Weg zu laufen!«

Malcolm hob die Augenbrauen. »So schlimm? Das kann ich mir bei dir gar nicht vorstellen. Ich vermute eher, du hast deine Wortgefechte mit ihm über den Sommer vermisst.«

»Franz Leopold vermisst?«, rief sie lauter als beabsichtigt. »Ganz sicher nicht! Wenn ich jemand vermisst habe, dann Ivy und Seymour und Luciano« – und dich mit deinen blauen Augen, bei deren Anblick mir die Knie so seltsam weich werden – »aber ganz sicher nicht diesen arroganten …«

»… eleganten und eloquenten Vampir, dessen Geist und Wortgewandtheit du nicht gewachsen bist?« Franz Leopold trat zu ihnen und zwinkerte ihr zu. Und zu Alisas Ärger fiel ihr tatsächlich einige Augenblicke nichts ein, was sie hätte erwidern können. Zu sehr war sie mit der Furcht beschäftigt, was er in ihren Gedanken gelesen haben mochte. Und wieder war es Malcolm, der die Situation rettete.

»Dein Bruder scheint von den Verteidigungsanlagen der Burg fasziniert zu sein.«

Alisa sah zu Tammo hinüber, der auf das Rohr einer mächtigen, alten Kanone geklettert war und sich gerade vorbeugte, um hineinsehen zu können.

Alisa lächelte. »Es gibt eine spannende Geschichte um die drei Kanonen. Mervyn hat sie vorhin erzählt. Sie stammen von einem Schiff namens *Girona*. Es gehörte zur *Spanischen Armada*, die 1588 gegen Königin Elisabeth I. nach England segelte. In einem Sturm lief die *Girona* hier vor der Küste auf ein Riff. Die MacDonnells holten sich nicht nur die Schätze, um ihre Burg auszubauen. Es gelang ihnen auch, diese drei Kanonen zu bergen.«

Sie wurden von der Lycana unterbrochen, bei der ihre Ausbildung in Irland heute Nacht beginnen sollte. Zu Alisas Überraschung war es die Servientin Catriona, die zu ihnen trat, sie durch das Torhaus führte und über die Brücke zu den Gebäuden der Vorburg hinüber. Von hier brachte sie die jungen Vampire durch das äußere Tor ins Freie. Das Land war weit, flach und das Gras im Sonnenlicht sicher saftig grün. Nur in der Ferne erhoben sich ein paar Hügelketten. Entlang der Wege waren Mauern aus Feldsteinen aufgeschichtet. Hecken aus Weißdorn, Schlehen und Fuchsien säumten die von Karrenspuren gefurchten Pfade aus rotbrauner Erde. Zwischen den Hecken und Mauern grasten Schafe. Ab und zu sahen sie auch eine niedere Hütte mit moosbewachsenem Dach, aus deren Kamin Rauchkringel aufstiegen. Daneben ein Schuppen oder Stall für ein Pferd oder ein paar Ziegen.

Schweigend ging ihnen Catriona voran. Die meisten Lycana trugen keine Schuhe – so auch die Servientin – und ganz ähnliche Kleider. Männer und Frauen wählten zwischen langen Gewändern und Hosen mit einer kaum knielangen Tunika aus einem weichen, fließenden Stoff in Grün- oder Brauntönen, die sich mit der Nacht verbanden und in der Natur verflossen. Auch den Gästen – den Erben wie den Servienten – hatte Donnchadh am frühen Abend solche Kleider bringen lassen. Wie nicht anders zu erwarten, protestierten die Dracas aus Wien vehement, doch der irische Clanführer hatte sich nicht aus der Ruhe bringen lassen. Wenigstens bot er denen, die es wünschten, Schlupfschuhe aus weichem Leder an. Neben den Dracas und den Vyrad nahm auch Luciano die Schuhe gerne an. Alisa dagegen genoss es, die kühle, feuchte Erde unter ihren nackten Füßen zu spüren. Von ihren eigenen Sachen hatte sie nur die kleine Tasche behalten, die sie sich immer um die Hüften band und die ein paar Dinge enthielt, auf die Alisa nicht verzichten wollte. Man konnte nie wissen! Alisas neues Gewand war von blassem Grün, das im Mondlicht bläulich schimmerte. Hose und Tunika schmiegten sich so weich an ihren Körper, dass sie sie kaum spürte und auch nicht das geringste Rascheln zu vernehmen war.

Sie bogen in einen Hohlweg ein. Karrenspuren hatten sich tief in den vom Regen aufgeweichten Morast gegraben. Die Büsche zu beiden Seiten waren zu einer undurchdringlichen Wand verwachsen und schlossen die Vampire mit ihren Zweigen in einen grünen Tunnel ein. Überall raschelte und fiepte es. Im Unterholz blinkten kleine gelbe und rötliche Augenpaare, die sie mit ihren Blicken verfolgten. Dann hörten die Hecken unvermittelt auf und nur noch eine hüfthohe Mauer aus Feldsteinen säumte den Pfad. Elegant sprang Catriona über die Mauer und landete im saftigen Gras, das sich über einen flachen Hügel erstreckte. Alisa folgte ihr ebenfalls in einem Sprung, während Luciano erst auf die Mauerkrone kletterte, ehe er sich ins Gras fallen ließ. Catriona wartete, bis sich alle versammelt hatten. Die Schatten der Gäste blieben etwas abseits unter einer Baumgruppe stehen, ihre Schützlinge immer im Blick. Alisa sah Hindrik neben Francesco und Leonarda stehen, die Lucianos Cousine Chiara diente. Der kindlich wirkende Vampir Vincent begleitete mit zwei älteren Servienten die Londoner Erben. Vermutlich war er wieder mit seiner gesamten Vampirroman-Sammlung angereist, sorgfältig in mehrere Särge verpackt. Die vier Servienten der Dracas hielten sich ein wenig abseits. Nur die Pyras waren wieder ohne Begleitung aus Paris angereist.

Catriona hob die Hände, und noch ehe sie das erste Wort gesprochen hatte, war alle Aufmerksamkeit auf sie gerichtet.

»Fangen wir an. Der Wechsel in ein Tier und wieder zurück in die eigene Gestalt ist nicht einfach. Zuvor muss man das Tier, in das man sich verwandeln will, genau kennenlernen, muss wissen, wie es sieht, hört, riecht, sich bewegt und wie seine Empfindungen sind. Daher beginnen wir damit, die Geschöpfe der Natur zu ergründen. Denn auch wenn wir sie nur rufen und nach unserem Willen lenken wollen, müssen wir erst gelernt haben, in ihren Geist einzudringen. Dies ist bei manchen Geschöpfen schwerer, bei anderen leichter. Was denkt ihr, wovon könnte das abhängen?«

Sie sah in die Runde. Natürlich meldete sich keiner. Die Dracas nicht, da sie es für unter ihrer Würde erachteten, sich am Unterricht zu beteiligen, Joanne und Fernand aus Paris nicht, da sie wieder einmal nicht zugehört hatten und stattdessen mit Tammo flüsterten. Die Vyrad aus London hätten vermutlich eine Antwort angeboten, wenn es nicht eine Irin gewesen wäre, die die Frage gestellt hatte, und Luciano zuckte nur mit den Schultern. Zögernd hob Alisa die Hand.

»Ja? Alisa de Vamalia, nicht wahr?«

»Ja, Professorin. Ich könnte mir vorstellen, dass es mit den höher entwickelten Lebewesen schwieriger ist als mit den einfachen.«

»Ein guter Gedanke, aber du musst mich nicht mit Professorin ansprechen. Mein Name ist Catriona. Andere Vorschläge?«

Chiara meldete sich. Sie schaffte es tatsächlich, selbst in diesem locker herabfallenden Gewand weiblich raffiniert auszusehen. Sie war wie Alisa und ihr Vetter Luciano vierzehn Jahre alt, hatte ein rundes Gesicht und lange schwarze Locken.

»Ich hätte gedacht, es ist schwerer, sich in ein ganz kleines Wesen zu verwandeln als in ein großes.«

Catriona nickte. »Gut gedacht. Andere Meinungen?«

Nun meldete sich Malcolm doch zu Wort. Er sah ihr direkt in die Augen. »Es ist eine Frage des Willens!«

»Kannst du das näher ausführen?« Sie hielt seinem Blick stand.

»Wenn sich das einer unserer Schatten erlauben würde«, hörte Alisa Anna Christina sagen. »Sie ist nur eine Unreine! Man sollte sie in ihre Schranken weisen!«

Catriona ignorierte sie und hielt ihre Aufmerksamkeit auf Malcolm gerichtet. »Eine Frage des Willens?«

»Ja, nehmen wir beispielsweise die Menschen. Es ist viel einfacher, den Geist eines Menschen mit schwachem Willen zu beherrschen als den eines Menschen mit starkem.«

Wieder nickte die Lycana. »Gut, dann haben wir die drei wichtigsten Punkte beisammen: die Größe, den Entwicklungsstand und die Geisteskraft oder den Willen eines Lebewesens, wie Malcolm es ausgedrückt hat. Diese Aspekte können in eine Richtung zusammenwirken oder auch gegeneinander. So hat eine Maus sicher einen schwachen Willen, sie ist jedoch höher entwickelt als ein Insekt, allerdings sind beide sehr klein. Daher ist es vielleicht nicht so schwer, eine Maus in eine Richtung zu lenken, die ihrer Natur entspricht. Sie zu etwas Höherem zu animieren oder sich in eine Maus zu verwandeln, ist dagegen nicht so einfach. Eine Fledermaus auf der anderen Seite ist ein hoch entwickeltes Tier, macht die Sache aber durch seine Entwicklungsgeschichte – sie können von Natur aus fliegen, wir nicht – und Größe schwierig. Das Hauptproblem eines Wolfes, der uns von Charakter und Lebensweise nahesteht, liegt in der Kraft seines Willens. Es ist leichter, sich in einen Wolf zu verwandeln, als einem Wolf zu befehlen!«

»Ivy kann es aber«, sagte Luciano. »Seymour gehorcht ihr und weicht nicht von ihrer Seite.«

Catriona sah ihn an. »Ja, Seymour weicht nicht von ihrer Seite. Doch gehorcht er Ivy-Máire oder ist dies sein eigener Wille?«

Catrionas Worte lösten etwas in Alisa aus. Ihre Gedanken wanderten nach Rom und zu ihren Erlebnissen mit Ivy und ihrem Wolf Seymour zurück, und sie achtete für eine Weile kaum auf Catrionas Worte. Die sagte noch einiges über die Schwierigkeit der körperlichen Wandlung und das Problem, die Klarheit des eigenen Verstandes zu bewahren, statt sich im Geist des angenommenen Tieres zu verlieren.

»Und deshalb fangen wir mit der Beherrschung einfach zu lenkender Wesen an«, beendete sie ihren Vortrag. Sie wandte sich um, hob die Arme ein wenig an und machte eine Geste, als wollte sie einen Gast zum Eintreten auffordern.

»Ach, lockt sie nun die Ratten und Mäuse aus ihren Verstecken?«, spottete Luciano.

»Nein, keine Ratten und Mäuse«, widersprach Chiara und deutete auf die weißen Flecken, die sich aus der Dunkelheit lösten und zögernd auf sie zustrebten. »Schafe!« Sie begann zu kichern.

»Ja, Schafe«, bestätigte Catriona und wandte sich wieder zu den jungen Vampiren um. Die ersten wolligen Tiere rieben bereits die schwarzen Köpfe an ihrem Gewand und blökten leise. Die Scheu, die diesen Tieren von Natur aus gegeben war, schien völlig gewichen. Sie schienen sich der Gefahr, der sie ins Auge sahen, nicht bewusst, obwohl sie von Jägern umrandet waren, die schneller und tödlicher waren als jedes Tier.

Anna Christina wich mit einem Ausdruck des Abscheus zurück. »Wir sollen uns mit diesen stinkenden Schafen abgeben?«

»Ich finde, sie riechen köstlich«, widersprach der feiste Maurizio und leckte sich die Lippen.

»Die Schafe sind im Moment nicht als Mahlzeit gedacht«, sagte Catriona, ohne die Stimme zu erheben, aber Maurizio duckte sich dennoch ein wenig. »Ihr geht nun zu zweit oder zu dritt zusammen und sucht euch ein Schaf aus.«

Alisa wandte sich zu Malcolm um. Ihre Blicke trafen sich, doch da zog Luciano an ihrem Ärmel. »Komm, wir nehmen das dicke weiße Schaf dort drüben. Es sieht aus, als sei es viel zu träge, um uns Widerstand zu leisten.«

Alisa erwog, Malcolm zu fragen, ob er sich ihnen anschließen wollte, doch da stürmte Chiara auf ihn zu. Malcolm verbeugte sich höflich und nickte. Alisa spürte den Stich der Eifersucht und wandte sich rasch ab, um Luciano zu einem Schaf zu folgen, das von einem halbwüchsigen umsprungen wurde.

»Und was sollen wir nun tun?«, fragte Luciano und sah erwartungsvoll zu Catriona hinüber. Dann verfinsterte sich seine Miene unvermittelt, und Alisa war nicht sonderlich überrascht, als hinter ihr Franz Leopolds näselnde Stimme erklang.

»Ihr habt euch wirklich das dickste Exemplar ausgesucht. Meint ihr, das könnte nicht weglaufen, oder ist es Lucianos Sehnsucht nach seinesgleichen?«

»Was willst du?«, herrschte ihn Luciano an.

»Euch bei euren Übungen behilflich sein, damit ihr euch nicht kläglich blamiert«, gab Franz Leopold zurück.

»Kannst du nicht bei deiner widerlichen Verwandtschaft bleiben?«, fauchte Luciano.

»Wenn du des Zählens mächtig bist, dann fällt dir vielleicht auf, dass sie schon zu dritt sind. Und außerdem haben sie beschlossen, diese Übung nicht mitzumachen. Es ist unter ihrer Würde.«

Neugierig richtete Alisa ihre Aufmerksamkeit auf die Szene, die sich hinten an der Mauer abspielte. Catriona trat auf die drei Dracas zu, die mit abweisend verschränkten Armen dastanden.

»Glaubst du etwa, dass wir uns mit Schafen abgeben?« Anna Christinas Tonfall war einfach nur unverschämt zu nennen.

»Warum nicht? Ich habe euch diese Übung gegeben, gerade weil sich die Tiere nicht durch hohe Intelligenz auszeichnen und es euch daher gelingen kann, diese Aufgabe zu bewältigen. Und nun geht und sucht euch ein Schaf aus!«

»Glaubst du, wir lassen uns von einer Unreinen befehlen?«, sagte Karl Philipp.

Mervyn sog scharf die Luft ein und starrte die Dracas mit einem Ausdruck des Entsetzens an, doch Catrionas Miene blieb freundlich. Nur die violetten Augen verengten sich ein wenig.

»Nun, ich denke schon, dass ihr mir gehorchen werdet, denn dafür seid ihr hier in Irland. Um an unseren Fähigkeiten teilzuhaben.«

Alisa sah, wie sich ihre Finger bewegten. Die Mienen der Dracas wurden seltsam starr. Dann bewegten sie sich, wie an Fäden gezogen, über die Wiese und blieben bei einem gefleckten Schaf stehen, das sie vertrauensvoll anblökte.

»Nun, dann können wir anfangen. Ich möchte, dass ihr euch im Wechsel auf den Geist eures Tieres konzentriert und es dazu bringt, euch zu folgen. Passt auf. Ich werde nun meinen Geist zurückziehen und die Herde wieder ihrem freien Willen überlassen.«

»So schwer kann das nicht sein«, sagte Luciano zuversichtlich, doch ehe einer der drei überhaupt reagieren konnte, gab das dicke Schaf einen schrillen Laut von sich und jagte mit dem Jungtier im Gefolge über die Wiese davon. Den anderen ging es nicht besser und nur Augenblicke später war die Herde über den Hügel verschwunden.

»Was erwartet ihr? Ihr seid Raubtiere, schlimmer als Wölfe. Um das zu erkennen, reicht den Schafen ihr einfacher Instinkt. Und vor wilden Tieren muss man sich durch rasche Flucht in Sicherheit bringen. Das ist ihr natürliches Verhalten. Ich hole euch die Herde zurück.«

Schon tauchten die ersten Tiere am Kamm des Hügels auf und trotteten auf sie zu. Dieses Mal betrachteten die jungen Vampire das Spektakel mit mehr Hochachtung. Alisa entdeckte das dicke Schaf mit dem Lamm und ging auf das Tier zu. Luciano überließ ihr großzügig den Vortritt und auch Franz Leopold hatte nichts dagegen einzuwenden.

Sicher nur, weil er sich daran weiden will, wie ich kläglich scheitere, dachte Alisa und betrachtete das Schaf, das begann, das Gras zu ihren Füßen abzuweiden.

Aber ja doch. Das hast du gut erkannt, erklang Franz Leopolds Stimme in ihrem Kopf.

»Lass das! Ich muss mich konzentrieren.« Wie leicht er in ihre Gedanken eindringen konnte, und wie schwer es ihr fiel, ihren Geist vor ihm zu verschließen.

Ja, es fällt dir genauso schwer, deine Gedanken für dich zu behalten

wie deine Worte. Immer musst du dich einmischen und deine Kommen-
tare zu allem geben. So bist du nun mal.

»Macht euch bereit. Ich werde nun langsam meine Gedanken zurückziehen«, rief Catriona.

Alisa starrte das Schaf an, das mitten im Kauen innehielt und zurückstarrte. Sie suchte nach seinem Geist, fand aber nur vage Gefühle.

»Es ist alles gut. Du musst keine Angst vor uns haben«, sagte Alisa mit tiefer, beschwörender Stimme und hielt den Blick des Tieres fest. Sie fühlte die zunehmende Unruhe und den Wider-streit im Innern des Tieres, dessen Instinkt ihm sagte, dass hier gar nichts in Ordnung sei! Aber immerhin hatte es sich noch nicht der Flucht einiger anderer Tiere angeschlossen, die bereits wieder im Begriff waren, über den Hügel zu verschwinden.

Ah, du machst das besser als erwartet. Zwei verwandte Seelen, die aufeinandertreffen?

Eine Welle des Zorns schlug über Alisa zusammen und die Ver-bindung zum Geist des Schafes zerriss. Das Tier wirbelte herum und rannte panisch blökend davon.

»Danke vielmals!«, schimpfte Alisa.

Da inzwischen die meisten Schafe davongelaufen waren, holte Catriona die ganze Herde wieder zurück. Nur Mervyn war es gelungen, das Tier nicht nur an der Flucht zu hindern, sondern es dazu zu bringen, ihm wie ein gehorsamer Hund nachzulaufen. Das überraschte niemanden. Schließlich war er ein Lycana und in Irland aufgewachsen. Was dagegen nicht nur Alisa verwunderte, war, dass die beiden Pyras nun die schnellsten Fortschritte mach-ten. Joanne lachte, als das Schaf ihre Hände leckte.

»Lass mich auch mal«, verlangte Tammo – und schlug das Tier in die Flucht. Fernand kicherte und kraulte seine Ratte am Bauch, die er noch immer überallhin mitschleppte und die meist keck auf seiner Schulter thronte, wo sie auch vor Maurizios Kater in Sicherheit war.

Die Misserfolge der Dracas waren vermutlich in ihrem mangelnden Interesse zu suchen, während die Nosferas einfach kein Händchen im Umgang mit Tieren zu haben schienen. Nicht nur Luciano versuchte vergeblich, sein Schaf an der Flucht zu hindern. Auch Chiara hatte keinen Erfolg. Maurizio schaffte es nach einigen Anläufen, neben sein Schaf zu treten, dann jedoch wurde er von seiner Gier übermannt und biss dem Tier in den Hals. Es schlug mit überraschender Kraft aus, entwand sich seinem Griff und jagte davon.

Alisa wandte ihre Aufmerksamkeit Franz Leopold zu, der mit den gleichen Schwierigkeiten zu kämpfen schien wie sie selbst.

»Für euch Dracas müsste es doch eigentlich ein Leichtes sein. Wenn es euch gelingt, in den Geist von Menschen und Vampiren einzudringen und ihre Gedanken zu lesen.«

»Das kann man nicht vergleichen«, sagte Catriona, die lautlos hinter sie getreten war. »Gedanken von Menschen und Vampiren gleichen einander. Es sind nur die gewohnten Muster, in die man sich einfügen muss. Der Geist von Tieren ist anders.«

»Du willst also behaupten, es sei schwieriger, sich in dieses blöde Schaf hineinzuversetzen als in einen Menschen oder Vampir?«, schnaubte Franz Leopold.

»Für einen hoch entwickelten Geist, der nicht bereit ist, das Schlichte zuzulassen und sich auf seine Stufe des Denkens und Fühlens hinabzubegeben, sogar unmöglich!«

Franz Leopold kniff die Augen zusammen. »Dann gib uns doch etwas Anspruchsvolleres.«

»So etwas vielleicht?«, fragte Catriona und streckte den Arm aus. Am Ende der Wiese erhob sich ein Adler von seinem Schlafplatz in einem alten Baum und segelte auf die Servientin zu. Seine Klauen schlossen sich um ihren Arm. Er klappte die Flügel ein und sah sie aufmerksam an, so als erwarte er ihre Befehle.

»Ja, das ist schon eher mein Geschmack.« Im Blick des Wieners schimmerte Begehrlichkeit.

»Dann rufe ihn zu dir. Wenn dir das gelingt, darfst du das Schaf getrost vergessen.«

Alisa und Luciano warteten gespannt. Alisa konnte spüren, wie er sich konzentrierte. Ohne zu zwinkern, starrte er den Greif an. Dieser drehte zwar den Kopf und erwiderte den Blick, machte aber keine Anstalten, seinen Platz auf Catrionas Arm zu verlassen.

»Er will sich mir nicht öffnen«, keuchte Franz Leopold. »Weil du es verhinderst!«

Catriona schüttelte den Kopf. »Der Adler ist ein Wesen hoher Intelligenz und er erkennt meine stärkeren Kräfte. Daher entscheidet er, bei mir zu bleiben. Ich kann ihm nun alles befehlen, was seine Natur ihm erlaubt. Ich könnte ihm sagen, er solle mir die Ratte von Fernands Schulter bringen.«

»Nein!«, rief Fernand, packte seine empört aufquiekende Ratte und stopfte sie in seinen Kittel.

»Oder eines der Kaninchen, die sich dort hinten tummeln.« Sie hatte das letzte Wort noch nicht ausgesprochen, da erhob sich der Adler von ihrem Arm, breitete die Schwingen aus und schoss davon. Nur wenige Augenblicke später kehrte er zurück, ein junges Kaninchen in den Klauen. Ohne Murren ließ sich der Greifvogel seine Beute nehmen.

Mit hungrigem Blick trat Maurizio näher. »Ich werde mir auch so einen Adler abrichten.«

»Um dich mit Blut zu versorgen?« Catrionas Miene war streng. »Es gibt größere und wichtigere Aufgaben, bei denen sie uns dienlich sein können. Wir verwenden Greife, um Nachrichten zu übermitteln. Aber wenn dein größtes Begehr in diesem Moment Blut ist. Bitte.« Sie reichte ihm das noch warme Kaninchen. Maurizio starrte sie überrascht an, doch dann grinste er und biss in das Fellbündel.

Catrionas Aufmerksamkeit kehrte zu Franz Leopold zurück. »Nun? Wie sieht es aus? Kann ich den Adler entlassen?«

»Ja«, knurrte er unwillig. Dann stapfte er los, um das entlaufene Schaf zu suchen.

Catriona rief eine kleine Gruppe Schafe her, die sich von der Hauptherde getrennt hatten, und gab ihnen ein neues Tier. Alisa hatte es gerade geschafft, dem Schaf die Hand auf den Kopf zu legen, als Luciano einen Laut des Erstaunens ausstieß. Alisa blickte hoch.

»Das gibt es doch gar nicht.« Alisa glaubte, so etwas wie Neid in seiner Stimme zu hören. Franz Leopold schritt über die Hügelkuppe auf sie zu, die Hände in den Hosentaschen vergraben, und sah sehr mit sich zufrieden aus. Hinter ihm trabten die beiden Schafe, Mutter und Kind, eifrig darauf bedacht, dicht an seinen Fersen zu bleiben. Als er bei Alisa und Luciano anlangte, streckte er die Hand aus und die beiden legten sich zu seinen Füßen.

»Sie gehören euch«, sagte er gönnerhaft. »Aber verschreckt sie nicht gleich wieder.«

»Wie hast du das gemacht?«, wollte Alisa wissen.

»Ach weißt du, es ist gar nicht mal so schwer, wenn man bereit ist, sich in die Niederungen des Geistes dieser Wesen hinabzubegeben. Ich meine natürlich für jemanden wie mich«, fügte er mit einem Seitenblick auf Luciano hinzu, »der entsprechend weit über all diesen Tieren steht. Ihr anderen müsst halt zusehen, wie ihr zurechtkommt.«

Luciano ballte schon wieder zornig die Fäuste, doch Alisa sah ihn mit kaltem Blick an. »Plustere dich nicht so auf. Das ist langsam nur noch lächerlich.«

Franz Leopold legte die Hand an die Brust und verneigte sich spöttisch. »Nun gut, dann zeig, was du kannst.«

Alisa gelang es nicht so gut wie Franz Leopold, dennoch hatte sie wie viele der anderen jungen Vampire in dieser Nacht einiges gelernt, bis Catriona die verwirrten Schafe endgültig entließ und sich mit ihren Schützlingen auf den Rückweg machte. Luciano, der neben Alisa herging, schwieg verstimmt.

In Rom waren die Mitglieder seiner Familie stets im Vorteil gewesen, da sie über Generationen gelernt hatten, eine Art Resistenz gegen die Macht der Kirche aufzubauen – auch wenn diese bei Luciano schwächer entwickelt war als bei Chiara und seinem Cousin. Nun jedoch schien es sich abzuzeichnen, dass ihm und den anderen seines Clans ein schweres Jahr bevorstand. Alisa liebte Herausforderungen und hatte Spaß daran, sich anzustrengen, bis der Erfolg ihr recht gab. Dieser Ehrgeiz war Luciano fremd. Sie hörte ihn leise seufzen und wusste nicht, was sie ihm zum Trost sagen konnte.

Franz Leopold, der vor ihr gelaufen war, blieb plötzlich stehen. »Sie ist zurück«, hauchte er. Wie erstarrt stand er am Ausgang des Weges und sah zum Tor der Vorburg hinüber, aus dem nun zwei Gestalten traten: ein weißer Wolf und eine zierliche Vampirin mit langem silbernem Haar, in dem der Nachtwind spielte. Gemessenen Schrittes kamen die beiden auf sie zu.

IVYS UND SEYMOURS RÜCKKEHR

Ivy blieb vor Franz Leopold, Alisa und Luciano stehen. Sie spürte das Aufblitzen in Franz Leopolds Geist und sah für einen Moment, wie er sie in seine Arme zog, doch dann war das Bild bereits verweht, und er starrte sie nur mit unbeweglicher Miene an.

Luciano legte ihr den Arm um die Schulter, zuckte dann aber zurück und senkte verlegen den Blick. »Ivy, welch eine Freude, dich zu sehen.«

Nur Alisa strahlte sie offen an und umarmte sie herzlich. »Ivy, wir haben uns schon gewundert, wo du steckst. Mervyn wusste es auch nicht. Ja und auch du, Seymour, dich haben wir ebenfalls vermisst«, fügte sie hinzu und ging vor dem weißen Wolf in die Knie. Da seine Nackenhaare glatt blieben, streichelte sie ihn. Luciano hielt sich lieber von ihm fern. Seymour hatte seine Launen und ließ sich nur von wenigen Vampiren anfassen.

Ivy freute sich, Alisa wiederzusehen und auch den etwas unbeholfenen Luciano, obgleich seine Verehrung ihr ein wenig unangenehm war. Sie wollte ihn gar nicht in Verlegenheit bringen, doch manches Mal wusste sie einfach nicht, wie sie sich ihm gegenüber verhalten sollte. Sie zögerte, ehe sie sich dem Dracas zuwandte.

»Leo, ich begrüße dich auf der grünen Insel. Ich hoffe, dein Eifer, unser Land und seine Bewohner zu studieren, ist ungebrochen«, sagte sie und betete, ihre Stimme würde wie immer klingen.

»Oh ja, wir hatten heute Nacht bereits die Gelegenheit, eure faszinierenden Geschöpfe kennenzulernen. Schafe und noch mehr Schafe. Welch Herausforderung für unseren Geist!«

Sein Tonfall war hart und arrogant, und Ivy kostete es Mühe, nicht zusammenzuzucken. Seine Stimme war so weich gewesen, als er das letzte Mal mit ihr gesprochen hatte, dass sie den kalten Klang, der ihr meistens eigen war, fast vergessen hatte.

»Tu nur nicht so«, fuhr ihn jetzt Luciano an. »Du hast auch eine ganze Weile gebraucht, bis du es hinbekommen hast.«

»Und du hast es gar nicht geschafft«, konterte Franz Leopold und wandte sich von ihnen ab.

Alisa seufzte. »Du siehst, es hat sich nichts geändert. Lass uns hineingehen. Dann kannst du uns erzählen, wie du deinen Sommer verbracht hast.«

Gerade das hatte Ivy nicht vor, und so stellte sie Luciano die Gegenfrage und lauschte seinem Schwall von Erlebnissen.

»Unser feiner Bibliothekar Leandro ist übrigens spurlos verschwunden«, sagte er. Ivy horchte auf und warf Alisa einen Blick zu. Sie machte ein grimmiges Gesicht bei dem Gedanken an den verräterischen Servienten der Nosferas, der sie in Rom kläglich im Stich gelassen hatte.

»Dann ist Leandro also seiner gerechten Strafe entkommen«, murrte Alisa.

Luciano hob die Schultern. »Ich weiß es nicht. Entweder ist er geflohen, oder der Conte hat ihn unauffällig beseitigen lassen, obwohl er immer wieder betont, es gebe nichts, was die Vernichtung eines Vampirs durch einen anderen rechtfertigen könnte.«

»Wenn er geflohen ist, dann ist er jetzt irgendwo alleine unterwegs«, sagte Ivy nachdenklich. »Ein Ausgestoßener, über den niemand mehr spricht, der in Vergessenheit gerät und doch weiterexistiert.«

Alisa sah sie aufmerksam an. »Du meinst, es könnten noch andere Vampire dort draußen existieren, die keinem Clan angehören oder zumindest nicht mehr?«

Ivy nickte. »Ja, das wäre eine Erklärung. Dennoch glaube ich nicht, dass sie spurlos verschwinden können. Irgendjemand muss sich erinnern. Und dann ist es auch möglich, ihre Fährte wieder aufzunehmen.« Seymour knurrte leise.

»Du glaubst also nicht, dass wir uns in Rom geirrt haben?«, fragte Alisa leise.

Ivy schüttelte den Kopf. »Nein!«, sagte sie mit Nachdruck, und die Erinnerung an den riesenhaften Schatten ließ sie schaudern. »Nein, wir haben uns nicht geirrt. Irgendetwas ist dort draußen ...« Sie sah auf den Ring an ihrem Finger, dessen Echsenaugen grün aufblitzten, und wieder einmal fragte sie sich, warum sie ihn nicht einfach ins Meer hinausschleuderte. Ja, warum sie ihn überhaupt aufgehoben hatte. Sie spürte die Blicke der anderen und versteckte die Hand rasch in den weiten Ärmeln ihres Gewandes. »Lasst uns hineingehen«, schlug sie vor. Die drei Freunde waren die Letzten, die noch vor dem Tor standen. Die anderen hatten die Zugbrücke längst passiert.

»Ich freue mich, euch auf Dunluce Castle begrüßen zu können«, sagte Ivy herzlich, als sie das Tor zur Vorburg durchschritten hatten und auf die Zugbrücke und das dahinter aufragende Torhaus zustrebten. Im äußeren Hof gingen einige der irischen Servienten noch ihren nächtlichen Arbeiten nach, während sich die Familie wie gewöhnlich im Saal von Manor House versammelt hatte, um in den letzten Stunden vor dem Morgengrauen einem Geschichtenerzähler oder Barden zu lauschen. Neben der üblichen Tafel standen nun zwei langen Tische im hinteren Teil des Saals, an dem die anderen jungen Vampire bereits saßen, tönerne Becher in den Händen.

»Luciano, sieh, es gibt frisches Blut«, sagte Ivy und führte die Freunde auf die letzten freien Plätze zu.

Luciano, gab sich desinteressiert, obwohl Ivy seine Gier spüren konnte. Betont langsam schlenderte er zu dem freien Hocker neben Tammo. Alisa und Ivy nahmen ihm gegenüber Platz.

»Ah, das habe ich gebraucht«, sagte Alisa.

»Es ist Schafsblut«, gab Maurizio Auskunft. »Sie halten ihre eigene Herde für jene Lycana, die das Ritual noch nicht vollzogen haben.«

Ivy nickte. »Ja, sie haben die Herde über den Sommer um ein

Vielfaches vergrößert, damit ihr alle satt werdet.« Sie betrachtete Luciano von der Seite. Seine Hände zitterten ein wenig, und es schien ihn alle Kraft zu kosten, dem Drang, das Blut hinunterzustürzen, nicht nachzugeben.

»Du bist über den Sommer gewachsen«, sagte sie.

Luciano hob den Blick und strahlte sie an. Für einen Augenblick hatte er seinen Blutdurst vergessen.

*

Als die Servienten die Becher abgetragen hatten, fand Alisa endlich die Gelegenheit, Ivy die Frage zu stellen, die sie nicht losließ.

»Wo warst du?« Wie gut wäre es jetzt, wenn sie Franz Leopolds Kräfte besäße.

Dass der Wiener noch immer zu nah saß, merkte sie gleich. Er hatte den Gedanken offensichtlich aufgefangen, denn er verbeugte sich leicht in ihre Richtung und formte die Worte: »Das würde dir bei ihr auch nichts nützen!«

Ivy lächelte Alisa an. »Ah, ich dachte mir bereits, dass du dich nicht so leicht abweisen lässt.«

»Ja, bitte sag es uns. Ich sterbe vor Neugier!«

»Diese Gefahr halte ich für äußerst gering«, gab Ivy zurück. »Sagen wir, Seymour und ich hatten einen anstrengenden und sehr lehrreichen Sommer.«

»Lehrreich? Ihr hattet zusätzlichen Unterricht?«

Ivy schmunzelte. »So könnte man es auch nennen.«

»Was? Ist das dein Ernst? Einen ganzen Sommer lang? Was für eine schreckliche Strafe«, rief Tammo laut.

Einige Lycana sahen von ihren Plätzen zu den Erben herüber, und der Vorwurf in ihrem Blick ließ Ivy, die zu einer Entgegnung angesetzt hatte, verstummen. Ein großer, schlanker Vampir war in die Mitte getreten und schlug die Saiten einer altmodischen Leier an. Sein langes Haar war ergraut, die dichten Augenbrauen jedoch noch schwarz, sodass sie seinem hageren Gesicht ein düsteres Aussehen verliehen.

»Das ist Turlough«, gab Ivy Auskunft. »Er ist kein Barde. Er gehört noch zu den *fili* und ist der älteste der Dichter. Keiner weiß, *wie* alt er ist. Selbst die Altehrwürdigen berichten nur, dass er schon immer durch die irischen Berge und Moore gestreift ist.«

»Was heißt immer?«, widersprach Luciano. »Wenn er ein Unreiner ist, dann muss er irgendwann als Mensch gelebt haben und dann gebissen worden sein, und falls er ein Vampir reinen Blutes der Lycana ist, muss er irgendwann geboren worden sein.«

»Wir können nicht sagen, ob er das eine oder das andere ist. Und er selbst ist nicht bereit, darüber zu sprechen.«

»Obwohl er hier mit euch auf Dunluce Castle wohnt?«

Ivy wehrte ab. »Aber nein, er bleibt nie länger als eine Nacht an einem Ort. Seit Jahrhunderten führt er nun das Leben eines reisenden Barden. Aber ursprünglich war er ein *fili*, einer der hoch angesehenen adeligen Dichter am Hof von Tara. Es geht das Gerücht um, dass er vom alten keltischen Hochkönig Laoghaire abstammt.«

»Dann wäre er doch ein Unreiner«, stellte Alisa fest. »Und vermutlich mehr als tausend Jahre alt! Ist das möglich? Wann hat dieser Hochkönig gelebt?«

»Das muss in der Mitte des 5. Jahrhunderts gewesen sein. Die Überlieferung schreibt, der heilige Patrick habe den heidnischen Hochkönig von Tara zum Christentum bekehrt. Man sagt, Turlough sei der jüngste Sohn des Königs gewesen. Allerdings nicht mit einer seiner Ehefrauen gezeugt, sondern mit einer Moorfee. Andere erzählen, es sei eine Zauberin gewesen, die Laoghaires Blut getrunken habe.«

»Oh!«

Die anderen schwiegen beeindruckt und lauschten dem Dichter, der nun seine Stimme erhob. Sie war tief und voll, umrankt von den Klängen der Saiten. Selbst in Tammos Miene trat ein verzückter Ausdruck. Allerdings hielt dieser nicht lange an. »Ich verstehe ihn nicht. Was sind das für seltsame Wörter? Singt er in Gälisch? Wovon handelt die Geschichte?«

»Es ist die Sage von der Meerfrau Albhine und Ruad, dem Sohn Rigdonns, König der Meermänner«, erklärte Ivy bereitwillig.

»Und, ist sie spannend?«

»Aber ja! Sie handelt von Liebe und Verrat, von Untreue und Rache wie so viele Geschichten.«

»Kann eine Liebesgeschichte spannend sein?« Tammo sah sie misstrauisch an.

Ivy schmunzelte. »Ruad teilte mit der Meerfrau Albhine das Lager und versprach ihr ewige Treue, doch dann segelte er davon und vergaß sie. Als Ruad sieben Jahre später wieder über das Meer fuhr, wartete Albhine auf ihn und zeigte ihm seinen Sohn, den sie geboren hatte. Wieder versprach er, sie bald heimzuholen, doch sie las die Lüge in seinem Herzen. Da erwürgte sie den Knaben vor den Augen seines Vaters und zerschmetterte sein Schiff an einem Felsen, dass er und seine Männer den Tod in den Fluten fanden.«

Tammo fasste sich unwillkürlich an den Hals. »Ja, nicht schlecht«, sagte er hoheitsvoll. Allerdings gab der Dichter eine wesentlich ausführlichere Version zum Besten, und so verstrich mehr als eine Stunde, bis der letzte Ton verklang und er die Leier sinken ließ. Ernst erhoben sich die Lycana, verneigten sich und zollten dem *filí* ihren Respekt. Dann forderte Donnchadh die jungen Vampire auf, ihre Särge aufzusuchen.

»Es wird Zeit für euch, meine Schützlinge. Die Nacht verrinnt. Ruht euch aus bis zum Abend, dann wartet eine weitere Lektion auf euch.«

»Wenn es nur nicht wieder Schafe sind«, brummte Franz Leopold und verließ noch vor den anderen den Saal.

*

Sie liefen durch das nächtliche Moor. Ihre Pfoten trommelten über den hier oben an den Hängen steinigen Boden. Peregrine hatte ein verirrtes Schaf gerissen. Großzügig hatte er Áine das frische Blut überlassen und sich dann über die Reste hergemacht.

Nun verschwand der Mond bereits hinter den Bergspitzen der Twelve Bens, und die beiden Wölfe machten sich Seite an Seite auf den Weg ins Tal. Je tiefer sie kamen, desto vorsichtiger mussten sie sein. Der Boden wurde schwarz, feucht und schlüpfrig, und immer wieder mussten sie unter Riedgras versteckten Tümpeln ausweichen, in deren Morast sie vermutlich versunken wären.

Du musst nicht mit mir gehen. Es ist spät geworden. Wir können uns hier trennen. Sie sandte ihre Gedanken an seinen Geist.

Der große graue Wolf schüttelte den Kopf. *Die Zeit kümmert mich nicht. Ich bringe dich bis zur Mine wie immer. Und wenn du nicht so eigensinnig wärst, dann würde ich dich bis zu den Toren der Burg begleiten.*

Sie gab einen Laut des Erschreckens von sich und sah ihren Begleiter vorwurfsvoll an. *Das haben wir bereits oft genug besprochen. Du weißt, was geschehen würde. Ein Werwolf und eine Vampirin? Fordere sie nicht heraus!*

Er blieb neben ihr stehen und leckte ihre Schnauze. *Meinst du, ich habe Angst?*

Ihr Kläffen klang wie ein trauriges Auflachen. *Ich sollte mich eher fragen, ob ich um dich Angst habe oder um die, die sich heute meine Familie nennen, mein wilder Kämpfer. Wenn du mich liebst, dann nimm jetzt Abschied von mir und kehre in die Berge zurück.*

Zu meinesgleichen. Es klang traurig.

Ja, zu deinesgleichen. Sie hielt an, entfernte sich ein wenig von ihm und verschwand in der Nebelwolke, die ihm so vertraut war. Als die junge Frau hervortrat, hatte auch ihr Begleiter seine Wolfsgestalt abgelegt. Während ihre Haut rein weiß schimmerte, ihr Haar seidig glatt und ihr Gewand ohne jeden Fleck war, sah man ihm an, dass er die Nacht im Moor verbracht hatte. Seine eingefallenen Wangen waren verschmiert, trockene Blätter hatten sich in seinem verfilzten Haar verfangen, seine Kleider hingen schmutzig und zerrissen von seinem mageren Körper herab.

»Was findest du nur an einer Kreatur wie mir«, sagte er mit einem Seufzer, als er ihren liebevollen Blick bemerkte.

»Ich habe keine Ahnung«, antwortete sie mit einem schelmischen Lachen, trat näher, zog ihn an sich und küsste ihn. »Vielleicht bin ich verrückt oder sehne mich nach Erlösung, oder ich liebe einfach nur das Prickeln der Gefahr.«

»So wird es wohl sein. Pass auf dich auf, meine schöne Áine, bis wir uns wiedersehen, denn was soll ich ohne dich auf dieser Erde anfangen?« Zu seiner Überraschung hatte sie sich abgewandt und schien ihm gar nicht mehr zuzuhören. »Was hast du?«

»Still! Kannst du es nicht spüren? Da sind Menschen unterwegs!«

Peregrine zuckte mit den Schultern. »Ja, und? Es sind die Minenleute. Vielleicht fangen sie heute schon vor dem Morgengrauen mit ihrer Arbeit an. Unter Tage ist es sowieso dunkel und sie sind auf das Licht ihrer Lampen angewiesen.«

Áine schüttelte nachdrücklich den Kopf. »Nein, das sind nicht die Arbeiter der Mine. Ich kenne sie. Die Fenster ihrer Hütten sind schwarz. Noch liegen sie in tiefem Schlaf. Nimm die Witterung auf. Die Spur führt zu der verlassenen Hütte dort drüben unter der Baumgruppe.«

»Du hast in dieser Gestalt die schärferen Sinne. Doch was geht es uns an, dass die Hütte nicht mehr verlassen ist?« Dennoch folgte Peregrine der Vampirin. Vorsichtig schlüpften sie zwischen Dornen und Buschwerk hindurch, darauf bedacht, sich durch keinen Laut zu verraten, bis sie die Hütte sehen konnten, die wie geduckt unter den Zweigen eines der wenigen alten Bäume stand, die noch nicht Opfer der Äxte und zu Baumaterial für die königliche Flotte Englands geworden waren.

»Siehst du«, wisperte Áine und deutete auf die mit grobem Stoff verhängten Fenster, durch die dennoch ein rötlicher Schein nach außen drang.

»Ja, da sind Menschen. Aber was kümmert uns ihr Geschick? Du solltest lieber zusehen, dass du rechtzeitig zur Burg zurückkehrst. Die Sonne ist nah.«

»Siehst du das Zeichen dort auf der Schwelle? Ich kenne es! Wie lange habe ich es nicht mehr gesehen«, sagte sie, und ihre Stimme klang träumerisch und wie von fern.

Peregrine hörte ihr nicht zu. Er blickte angestrengt den Pfad entlang, der vom Hügel herab auf die Hütte zuführte. »Ich wittere die kleinen Brüder. Wie ungewöhnlich, dass sie sich zu dieser Zeit so nah an die Menschen heranwagen.«

Áine sah sich suchend um. Plötzlich wurde sie von Peregrine gepackt. Er zog sie an sich, wie um sie zu beschützen. »Schnell, weg von hier. Dort ist noch ein Mensch unterwegs. Ich weiß es, obwohl ich ihn nicht hören kann.«

Verwirrung breitete sich auf seinem Gesicht aus. Auch Áine sah sich irritiert um. Sie konnte die Wölfe riechen, aber was war das für ein Mensch, den man ahnte und doch nur wie einen flüchtigen Schemen wahrnehmen konnte?

»Ihr solltet diesen Ort jetzt verlassen«, erklang eine Stimme ganz nah. Sie war gütig und voller Wärme. Dann trat eine Frau zwischen den Büschen hervor. Die Zweige rauschten, als die beiden grauen Wölfe ihr folgten und sich neben ihr auf die Hinterbeine niederließen. Áine und Peregrine starrten die Alte für einige Augenblicke wortlos an.

»Es tut mir leid, wenn euch die alte Magie verwirrt hat. Ich ziehe es vor, am Tag und in der Nacht unbemerkt zu wandern«, fügte sie hinzu und legte mit ihrem Lächeln ihr wettergegerbtes Gesicht in tausend Falten.

»Tara, was tust du hier?«, wollte Áine wissen.

»Ich bin immer auf der Wanderschaft, durch die Berge und Moore, hinauf in den Norden und wieder zurück, seit ich meinen Druidenstab zum ersten Mal in die Hand genommen habe. Doch ich sollte fragen, was euch hier zusammengeführt hat.« Sie sah von Áine zu Peregrine, der noch immer den Arm um ihre Taille gelegt hatte, und seufzte dann. »Nein, ich frage lieber nicht. Manches Mal ist es besser, nicht alles zu wissen.«

»Du wirst doch niemandem davon erzählen?«, sagte Áine erschrocken.

»Was ich nicht weiß, kann ich auch nicht erzählen. Ich bin heute Nacht nur durch das einsame Moor gewandert.«

Áine lächelte die Druidin an. »Ich danke dir, Tara. Bist du auf dem Weg nach Aughnanure? Soll ich dich begleiten?«

Tara nickte. »Ja, ich werde in der Burg vorsprechen und Gareth einen Besuch abstatten. Doch ich bin eine alte Frau und nicht so schnell zu Fuß. Du dagegen bist wie der Wind in den Wipfeln. Eile und kehre heim!«

Áine legte die Hand auf die Brust und verneigte sich. »Dann werde ich dich heute Abend sehen.« Sie drückte noch einmal Peregrines Hand, dann war sie auch schon verschwunden. Flink und geräuschlos wie der Schatten einer Wolke, die im Sturmwind über das Land huscht.

Die Druidin wandte sich Peregrine zu. »Auch für dich wird es Zeit. Es ist die Stunde, da die Jäger in die Höhlen zurückkehren. Sie sollten dich nicht vermissen, oder?«

»Und du? Was machst du hier? Es ist kein Zufall, dass wir dich hier treffen. Du bist uns doch nicht etwa gefolgt?« Er sah sie mit misstrauisch zusammengezogenen Brauen an.

Die alte Frau hob abwehrend die Hände. »Euch gefolgt? Aber nein. Unser Zusammentreffen ist ein Zufall, nicht jedoch, dass ich hier an diesem Ort bin, das hast du richtig erkannt.« Sie ging ein paar Schritte auf den Eingang der Hütte zu.

»Warum nur interessieren sich heute Nacht alle für diese armselige Hütte und die vermutlich genauso armseligen Menschen in ihr?«, fragte er mürrisch.

Tara wandte sich zu ihm um und betrachtete ihn nachdenklich. »Weißt du, in solchen armseligen Hütten werden zuweilen die Geschicke ganzer Länder bestimmt. Hat Áine das Zeichen auf der Schwelle gesehen?« Widerstrebend nickte er. »Dann wundert es mich nicht, dass es ihre Neugier geweckt hat. Sie ist – nun sagen wir – außergewöhnlich für ihre Spezies.«

»Das ist sie!«, knurrte Peregrine, so als müsse er ihre Ehre verteidigen. Die Druidin ließ sich jedoch nicht aus der Ruhe bringen.

»Sie nimmt noch immer viel Anteil am Geschick der Menschen dieses Landes. Und dieses Zeichen dort kennt sie aus der Zeit, da ihr Name noch Anne Devlin war.«

»Dann sollte ich sie von hier fernhalten!«

Die Druidin betrachtete ihn mit einem milden Lächeln. »Aber ja, das solltest du, wenn es in deiner Macht steht.«

Peregrine knurrte, doch dann teilte ein Lächeln seine Lippen. »Du siehst viel, Druidin Tara.« Und mit diesen Worten trat er zurück in die Büsche. Einige Augenblicke später jagte ein großer grauer Wolf zurück in die Berge.

*

»Wenn ihr mehr aus eurem Geist und Körper herausholen wollt, dann müsst ihr ihn zuerst einmal von allem Schädlichen und Überflüssigen reinigen«, sagte der Lycana, der sie heute Nacht bei ihren Studien begleiten würde. Zu ihrer Überraschung blieb Catriona in der Burg zurück. Ainmire war der Name des Reinen, und wie die eines Great Lord waren auch seine Haltung und die Miene, mit der er die jungen Vampire betrachtete. An seine Seite traten Ciarán und Berghetta. Der Vampir war – obwohl er ein wenig einfältig aussah – ein Meister der Verwandlung, wie Ivy den anderen flüsternd mitteilte. Berghetta war dagegen eine beeindruckende Erscheinung.

»Reinigt euren Geist und euren Körper!«, wiederholte Ainmire.

»Und wie macht man das?«, wollte Luciano wissen, bereute aber sogleich seine Frage, als der Lycana seine Aufmerksamkeit auf ihn richtete. Ainmire war groß und hatte die Statur eines Kämpfers. Sein dunkles Haar flatterte im Wind. Mit ebenso dunklen Augen sah er Luciano nun an, dass es diesen schauderte.

»Wir wollen die Natur und ihre Kreaturen beherrschen, also müssen wir zuerst unseren Geist der Natur öffnen, indem wir ihn und unseren Körper den Elementen aussetzen. Wir werden zunächst an der Küste entlanglaufen. Versucht, es den Nachtvögeln gleichzutun. Fühlt den Wind und lasst ihn euren Geist auf seinen

Schwingen tragen. Er wird euch schneller machen, leichtfüßiger, wie das Wild in den Bergen.«

»Wie lange werden wir laufen?«, fragte Luciano beunruhigt. Sein Leib bebte bereits jetzt vor Bluthunger.

»Nur ein paar Stunden«, sagte Ainmire leichthin. »Ihr wollt in dieser Nacht ja noch viel lernen.«

Luciano ächzte, setzte sich aber tapfer in Bewegung, als Ainmire sie aufforderte, ihm zu folgen. Die Worte waren noch nicht verweht, da hatten er und seine beiden Begleiter die Zugbrücke bereits hinter sich gelassen, und als Luciano die Holzbohlen betrat, liefen sie bereits auf das äußere Tor zu. Es war nicht möglich, auch nur annähernd mit ihnen Schritt zu halten. Außerhalb der Burg warteten sie auf die jungen Erben und drosselten ihr Tempo dann ein wenig. Dennoch war Luciano in seinem vierzehnjährigen Dasein noch nie so gerannt. Nun ja, vielleicht damals bei ihrem Wettstreit mit Franz Leopold und seinen Dracas, aber sonst?

Luciano dachte nicht weiter darüber nach. Er dachte an gar nichts mehr. Er brauchte alle Kraft, um nicht zurückzufallen, und doch bildete er mit Ireen, Raymond, Marie Luise und Karl Philipp, der sich vermutlich nur nicht anstrengen wollte, den Schluss. Nur sein Vetter Maurizio war noch langsamer, während Alisa und Franz Leopold direkt hinter den Lycana waren.

Und wo war Ivy? Luciano erlaubte es sich, den Blick schweifen zu lassen, und fiel prompt einige Schrittlängen zurück. Da tauchte sie mit Seymour an seiner Seite auf und schenkte ihm ein warmes Lächeln.

»Das erinnert mich an unseren Wettlauf zur Engelsburg. Das war ein Abenteuer!« Sie tänzelte neben ihm her, als würde der Wind sie tragen. Ihre Füße schienen den Boden kaum zu berühren. »Ja, wir hatten eine schöne Zeit bei deiner Familie in Rom.«

Luciano rang sich ein Lächeln ab und versuchte, schneller zu laufen. »Ja, das war gut. Da mussten wir nicht solche Strecken rennen, sondern durften in der Domus Aurea oder den Kirchen und Katakomben unsere Übungen machen.«

Ivy hob erstaunt die Augenbrauen. »Genießt du diesen Lauf denn gar nicht? Nur der weite Himmel über uns. Schau über das friedliche Land und das Meer, das sich vom Fuß der Klippe ausbreitet, bis es sich in der Ferne verliert. Der Nachtwind weht köstliche Gerüche heran und beflügelt unsere Schritte. Hör auf, gegen ihn zu kämpfen. Atme tief und spüre seinen Duft mit allen Sinnen. Du musst ihn in dich aufnehmen und mit ihm reisen, denn auch du bist ein Teil dieser Natur.«

Luciano unterdrückte seinen Widerspruch. Das hätte nur unnötig Kraft gekostet. Dennoch musste er zugeben, es war wirklich wunderschön hier und die Gerüche waren verheißungsvoll. Luciano sah auf das Meer hinaus, das im Mondlicht so silbern glänzte wie Ivys Haar.

Sie verließen nun den Weg, der sich am Rand der senkrecht abstürzenden Klippen entlangschlängelte, und folgten einem steilen Pfad abwärts zu einer felsigen Plattform, die immer wieder von Wellen überspült wurde. Die Gischt zerstob in weißen Schaumfetzen um die regelmäßig geformten schwarzen Steinsäulen, die wie Treppen oder Mauerreste einer Burg aus dem Meer ragten.

»Wir nennen es Giant's Causeway«, erklärte Ivy. »Ist es nicht fantastisch? Die Druidin Tara behauptet, hier habe sich einst ein riesiger Vulkan erhoben, dessen schwarze Lavaströme sich, als sie kalt und hart wurden, in diese Säulen teilten, aber die Legende berichtet etwas anderes.«

Luciano lauschte ihrer Geschichte über den Riesen, der einen Damm bauen wollte, und merkte plötzlich, dass sie nicht mehr am Ende der Gruppe liefen. Die Lauferei schien ihn nicht mehr so anzustrengen, obwohl der Pfad nun anstieg und in mehreren Stufen wieder auf die Klippe hinaufführte. Mal war der Untergrund schwarz und felsig, dann wieder von leuchtendem Rotbraun.

Luciano wusste nicht, wie lange sie schon unterwegs waren, aber es schien ihm, als könne er nun immer weiterrennen. Ein Lachen stieg in seiner Kehle auf.

»Was ist? Worüber lachst du?«, erkundigte sich Ivy.

»Nichts Bestimmtes. Mir war einfach nur danach«, erwiderte Luciano.

Sie liefen noch eine Weile, dann blieb Ainmire stehen und deutete auf eine Insel vor der Küste. Sie war nicht besonders groß, doch eine tiefe Schlucht trennte sie vom Festland. Mit Donnergetöse trieben die Wellen das Wasser durch den Spalt, dass die Gischt fast bis zu ihnen heraufspritzte. Eine schmale Hängebrücke führte auf die andere Seite.

»Die Fischer kommen hier heraus, um Lachse zu fangen«, sagte Ivy zu Luciano, der hinter ihr die schwankende Brücke betrat. »Sie ziehen direkt um den Felsen herum. Daher nennen die Fischer ihn *carrick-a-rede,* also Fels im Weg.«

»Und was machen wir nun?«, fragte Alisa, als sie alle drüben waren, und sah den Lycana fragend an, dessen langes Haar im Nachtwind flatterte.

»Nun habt ihr Körper und Geist geläutert. Spürt die Kraft, die in Land und Meer wohnt, und nehmt sie in euch auf. Es gibt magische Orte, an denen Kraftadern zusammenlaufen. Dies ist einer von ihnen. Wenn ihr lernt, sie zu erspüren, könnt ihr euch an ihnen stärken.« Er streckte die Arme zu beiden Seiten aus und legte den Kopf in den Nacken.

»Der ist ja total übergeschnappt«, schimpfte Anna Christina. Ihr Vetter Karl Philipp nickte.

»Ich fand das Jahr in Rom schon reine Zeitverschwendung, aber das hier ist eine Farce, für die mir die Worte fehlen!«

»Die Iren sind schon ein wenig seltsam«, sagte Ireen und sah zu Malcolm, als erwarte sie seine Zustimmung. Er zögerte.

»Na ja, anders als wir sind sie auf alle Fälle.«

»Sie sind verrückt!«, sagte Raymond ungewöhnlich bestimmt.

Ainmire ließ die Arme sinken und sah zu den Dracas und den Vyrad hinüber, aber sein Tonfall blieb gelassen.

»Nehmt so viel der Energie der Erde auf, wie ihr könnt, und dann suchen wir uns einen geeigneten Platz für eure heutige Lektion. Auf halbem Weg hierher habe ich am Fuß der Klippen viel

Leben gespürt. Dort werden wir beginnen.« Und schon war er verschwunden. Luciano wandte sich um und konnte ihn gerade noch von der Hängebrücke an Land springen sehen. Die beiden anderen Lycana folgten ihm auf dem Fuß.

»Ich kann es nicht glauben. Wir sind für nichts und wieder nichts bis hierhergelaufen und müssen nun die halbe Strecke wieder zurück?«

»Keineswegs für nichts!«, korrigierte ihn Ivy, die Seymour über die wackeligen Bretter half. »Hast du nicht zugehört? Dieser Ort stärkt uns. Kannst du es nicht fühlen?«

Luciano wollte protestieren und ihr sagen, dass alles, was er spüren könne, Erschöpfung sei und nagender Hunger, aber da bemerkte er, wie frisch er sich fühlte und seltsam leicht. Mit einem Lächeln auf den Lippen lief er Ivy nach.

GIANT'S CAUSEWAY

Die Übung verlief ähnlich wie in der Nacht zuvor, nur dass es sich dieses Mal nicht um Schafe handelte. Ainmire gab noch ein paar Hinweise, wie sie Tiere aufspüren und sich deren Geist untertan machen konnten, dann überließ er es ihnen selbst, die Objekte ihrer Forschung zu wählen und zu sich zu rufen.

Mervyn war innerhalb weniger Augenblicke von einer ganzen Wolke Fledermäuse umschwärmt.

»Angeber!«, knurrte Luciano.

»An was wirst du dich versuchen?«, fragte Alisa.

Luciano hob die Schultern. »Keine Ahnung. Ich kann überhaupt kein Tier entdecken – außer Seymour natürlich. Ainmire hat sich geirrt oder sie haben sich inzwischen alle davongemacht.«

Ivy widersprach ihm. »Sie sind da, auch wenn du sie nicht sehen kannst. Die Seevögel, die in ihren Nestern oder in den Felsnischen ruhen, die Greife dort oben auf der Klippe, die Kaninchen und Mäuse in ihren Löchern im Grashang am Fuß der Felsen, Marder und Fuchs – und nicht zuletzt die unzähligen Tiere im Wasser.«

»Oh ja, die Tiere im Wasser, das ist wirklich ein hervorragender Einfall«, spottete Franz Leopold. »Das möchte ich sehen, wie du einen Fisch oder eine Qualle an Land lockst!«

Alisa wollte ihn schon anfahren, doch Ivy hob den Arm. »Ich würde sie nicht an Land locken. Es ist nicht ihr Element und ich möchte ihnen keinen Schaden zufügen. Aber rufen kann ich sie.« Sie stieg die Basaltsäulen hinab, bis zu einer Stufe, an der die Wellen zu Gischt zerstoben, und streckte die Hand aus. Plötzlich sprang ein Fisch aus den Fluten über Ivys Arm und fiel dann wieder ins Wasser. Drei weitere folgten ihm. Ivy kehrte zu den anderen zurück, die sie sprachlos anstarrten.

»Vielleicht wäre der Marder, der dort hinter dem Busch herumschleicht, eine Herausforderung für dich?«, schlug sie Franz Leopold vor. Alisa entschied sich für ein Kaninchen und stapfte zu den Grasmatten, die den Schuttkegel am Fuß der Klippen überzogen.

»Und du, Luciano, welches Tier wirst du auswählen?«

Der Nosferas kaute an seiner Lippe, dann lächelte er schlau. »Seymour, hierher, komm hierher zu mir.« Der Wolf betrachtete ihn aufmerksam, dann sah er zu Ivy hoch. Als diese nickte, trottete er zu Luciano. Der strahlte.

»Siehst du, ich habe meine Aufgabe bereits erledigt. Ich habe einen Wolf zu mir gerufen.«

Ivy lachte. »Ich glaube nicht, dass Ainmire das durchgehen lassen wird.«

»Nein, das glaube ich auch nicht«, erklang die tiefe Stimme des Lycana. »Da wirst du dir schon etwas anderes einfallen lassen müssen. Wer seine Aufgabe zufriedenstellend gemeistert hat, kann nach Dunluce Castle zurückkehren. Mit allen anderen werde ich bis zum Morgengrauen üben.« Dann wandte er sich Ivy zu.

»Nun, Ivy-Máire. Beeindrucke mich!«

Ivy flüsterte vor sich hin und winkte mit den Fingern. Es begann zu rascheln. Überall krochen kleine graubraune Fellbündel aus Spalten und Löchern. Aufgeregt piepsend eilten die Mäuse auf Ivy zu.

»Es wird gleich Unruhe unter ihnen geben«, bemerkte Ainmire leicht gelangweilt.

»Ich weiß!«, gab Ivy zurück. »Ich habe den Uhu bemerkt.« Sie deutete in die Richtung eines Felsvorsprungs, von dem sich nun ein Schatten löste. Lautlos kam der große Vogel angeflogen, glitt kaum einen Schritt über den Boden hinweg. Die Mäuse bemerkten ihn nicht oder standen so unter dem Bann von Ivys Ruf, dass sie weiter auf sie zueilten.

»Das gibt ein Gemetzel«, sagte Luciano, der das Schauspiel fasziniert beobachtete. Ivy stieß ein paar kurze Laute aus, und der

Uhu schwebte über die Mäuse hinweg, ohne Notiz von ihnen zu nehmen, und landete dann auf Ivys Arm. Er gab leise Töne von sich und rieb seinen Kopf an ihrer Schulter, während die Mäuse nun wie ein Wasserstrudel um Ivys Füße wogten.

»Du hast die Eule entgegen ihres Jagdtriebs zu dir gerufen, während sie ihre Beute bereits im Visier hatte, und die Mäuse an der Flucht gehindert.« Ainmire nickte. »Ja, ich bin beeindruckt. Du kannst sie wieder entlassen.«

Er ging weiter, um zu sehen, was seine anderen Schützlinge machten. Joanne und Fernand hatten zwei Ratten gerufen. Tammo mühte sich mit einem Sturmvogel ab, der aber nicht so recht aus seinem Nest herabkommen wollte. Chiara hatte ein Wiesel gefunden, Ireen kniete vor einem Dachsbau, und Malcolm versuchte, sich vor dem Angriff einiger wütender Möwen zu schützen, die er aus dem Schlaf geschreckt hatte.

Ainmire ging auf Alisa zu, der es endlich gelungen war, ein junges Kaninchen aus seinem Bau zu locken. Sie lächelte zu dem Lycana hoch, als plötzlich ein brauner Schatten angeschossen kam.

»Ja, pack es!«, hörte sie Franz Leopolds Stimme, und der Marder schoss auf das verwirrte Tier zu.

»Nein!« Alisa hechtete nach vorn und wollte den Marder fassen, doch er schlüpfte durch ihre Hände. In diesem Augenblick entglitt das Kaninchen ihrer Kontrolle und überließ sich wieder seinen Instinkten. Es hechtete in seinen Bau zurück und verschwand. Der Marder wäre ihm sicher gefolgt, hätte Alisa ihn nicht doch noch am Schwanz erwischt. Das Tier kreischte böse und biss ihr in die Hand. Alisa machte sich los und packte den Marder am Nackenfell. Er zappelte und wehrte sich. Unsanft drückte sie ihn Franz Leopold in die Arme.

»Da, nimm das Vieh!«

»Unser Geist soll sie im Zaum halten, nicht rohe, körperliche Gewalt!« Er lächelte überlegen und ließ den Marder los, der noch immer wütend keckerte, jedoch eine Weile auf Franz Leopolds

Arm sitzen blieb, um sein Fell wieder in Ordnung zu bringen, ehe er auf den Boden sprang und im Gebüsch verschwand.

»Das Kaninchen war dabei, mir zu gehorchen, wenn du es nicht verjagt hättest!«, rief sie vorwurfsvoll.

Franz Leopold lächelte noch immer. »Hätte ist zu wenig. Du hattest es einfach nicht richtig unter Kontrolle!«

Sie setzte zu Protesten an, aber Ainmire mischte sich ein. »Es ist sehr schwer, ein Tier gegen seine wichtigsten Instinkte zu lenken. Und die Flucht in Todesgefahr ist einer der stärksten! Dagegen wird, einen Marder nach seiner Beute zu schicken, von diesem gerne befolgt. Daher sage ich, ihr habt es beide gut gemacht und seid für heute entlassen.«

»Das ist das erste Gute, was ich in dieser Nacht höre!«, sagte Franz Leopold.

Das fand Alisa zwar nicht, dennoch freute sie sich über das Lob.

»Lass uns gehen«, schlug Franz Leopold vor. »Ivy ist schon längst fertig.«

»Ja, aber ich glaube, Luciano nicht.«

»Und? Muss mich das kümmern? Wenn du auf den warten willst, dann kommst du – wenn du Glück hast – kaum rechtzeitig vor Sonnenaufgang zur Burg zurück.«

Alisa ignorierte sein Lästern und trat zu Luciano, gerade als Ainmire ihn zum dritten Mal aufforderte, die Aufgabe der Nacht zu erfüllen.

Alisa konnte Lucianos aufsteigende Panik spüren. Sein Blick huschte hektisch umher, bis er an einem kleinen Gegenstand hängen blieb. Was war das? Alisa beugte sich ein wenig vor. Das leere Gehäuse einer Meerschnecke, das die Brandung an Land gespült hatte. Nein, nicht leer. Plötzlich erzitterte die kleine Kalkspirale. Winzige Fühler tasteten ins Freie. Ein Paar Scheren erschienen. Dann schoben sich zwei Paar Beine unter dem Schalenrand hervor. Mit den anderen beiden musste der Krebs seine Behausung festhalten, die seinen verletzlichen Hinterleib schützte. Mit trippelnden Bewegungen begann er, die sandige Mulde zu durchqueren.

»Nun, Luciano?«, fragte Ainmire. »Hast du ein Studienobjekt gefunden?«

»Aber ja!«, rief der Nosferas, sprang auf und ließ sich in der Mulde auf die Knie fallen. Er streckte die Hand vor, sodass der kleine Einsiedlerkrebs direkt in sie hineinlief. Der Lycana sah ihn verblüfft an, Alisa und Ivy lachten.

»Was denn?«, empörte sich Luciano. »Ich habe die Aufgabe bestanden. Ich habe ein Tier gefunden und es ist zu mir gekommen. Ihr habt es alle gesehen!«

Ainmire schwankte zwischen Ärger und Belustigung.

»Ich darf doch jetzt mit den anderen nach Dunluce zurück?«

»Nun, wenn du es möchtest und denkst, du hast für heute Nacht genug geübt.«

»Ja!«, rief Luciano im Brustton der Überzeugung. »Heute Nacht habe ich genug geleistet.«

*

»Ah, Druidin Tara, du bist noch da. Wie schön, dass du uns auf Aughnanure besuchst.« Áine wirkte ein wenig verlegen.

»So würden das sicher nicht viele Bewohner von Aughnanure ausdrücken. Nein, auf überschäumende Wiedersehensfreude darf ich nicht hoffen.«

»Sie meinen es nicht böse«, beeilte sich Áine zu versichern. »Niemals würden sie dir etwas antun.«

Die Druidin gluckste leise. Der Gedanke, dies könne jemand versuchen, belustigte sie offensichtlich.

»Außerdem kommst du ja nicht, um uns zu besuchen, sondern wegen der Eiben, die Aughnanure ihren Namen gaben.«

»*Achadh na n-Iubhar*«, sagte Tara und nickte. »Das Feld der Eiben. Es sind erstaunliche Gewächse. Mit ihren mächtigen, hohlen Stämmen und dem Gift, das in ihren Beeren und Nadeln wohnt, waren sie den Kelten schon immer heilig.«

»Alt wie Druiden werden sie«, sagte Áine mit einem Lächeln.

»Ja, und dennoch sind nur wenige von ihnen übrig geblieben. Vielleicht sind die drei dort vor der Burg die letzten, denen die alte Magie noch innewohnt. Ich hoffe, ihr schafft es, sie vor den hungrigen Äxten der Menschen zu beschützen!«

Áine lächelte schief. »In der Nacht ja, doch die Menschen ziehen selten bei Nacht los, um Holz für ihre Feuer, Werkzeuge oder Häuser zu schlagen.«

Tara runzelte die Stirn. »Ihr lasst es ja auch nicht zu, dass sich Menschen bei Tag zufällig in die Burg verirren, während ihr in euren Särgen ruht. Da wird es euch doch möglich sein, diese Bäume zu schützen!«

Die Vampirin hob die Schultern. »Das musst du nicht mit mir besprechen. Ich bin nichts als eine Servientin. Rede mit Gareth oder am besten gleich mit Donnchadh, wenn es für dich so wichtig ist.«

»Für mich?«, rief die Druidin. Es war einer der seltenen Momente, in dem sie die Fassung verlor. »Für uns alle ist es wichtig. Für unser Land!«

Áine wandte sich dem Tor zu. »Nun ja, da wirst du recht haben. Sprich mit Gareth. Ich muss jetzt gehen. Ich wünsche dir gute Tage und Nächte, bis wir uns wiedersehen.«

Tara hielt sie zurück. »Áine, wohin gehst du?«

Ein Ausdruck von Verärgerung huschte über das junge Frauengesicht. »Druidin Tara, ich wüsste nicht, dass ich dir Rechenschaft über mein Tun ablegen müsste!«

Die alte Frau seufzte. »Ach Áine, ich fürchte um dich – und um deinen Begleiter, mit dem du heute Nacht wieder die Moore aufsuchen willst.«

»Das geht dich nichts an«, sagte die Vampirin.

»Du bringst ihn und dich selbst in Gefahr. Du weißt, dass keine Seite eure Entscheidung billigen wird. Ihr könnt es nicht ewig geheim halten – wenn es das überhaupt noch ist.«

»Das geht dich nichts an«, wiederholte sie trotzig.

»Nein, ihr wisst um die Gefahr, mehr kann ich nicht tun. – Nur den einen Rat will ich dir noch geben: Halte dich von der Hütte fern. Da braut sich etwas zusammen, das blutig enden wird, und es wäre unklug, sich ohne Notwendigkeit zwischen die Fronten zu begeben. Es interessiert dich und weckt deine Neugier, ich weiß, aber denke daran, es ist nicht mehr deine Welt.«

Die Druidin hätte Widerspruch erwartet, aber Áine presste nur die Lippen aufeinander. Sie hob zum Abschied die Hand und dann war sie auch schon über den Fluss hinweg im dichten Gebüsch verschwunden. Kopfschüttelnd sah ihr Tara nach.

»Möge die Nacht dich beschützen«, murmelte sie. Dann verließ sie ebenfalls den Burghof, wenn auch viel langsamer. Sie zog ein goldenes, sichelförmiges Messer aus ihrem Gürtel und ritzte einen der alten Eibenstämme. Dabei murmelte sie in der alten Sprache die Beschwörungsformel, die nur noch wenige kannten, und begann, einen mächtigen Schutzring um die Burg und die heiligen Bäume zu errichten.

Áine lief durch die Nacht. Die Luft war frisch und roch würzig, und so vergaß sie schnell ihren Groll auf die alte Frau. Die Nacht war so schön und flüsterte ihr süße, verführerische Versprechen zu. Irgendwo dort draußen war Peregrine und er wartete auf sie! Áine beschleunigte ihren Schritt. Wie der Sturmwind rauschte sie durch die Zweige und erreichte kurz darauf ihren Treffpunkt, aber sie konnte weder den Wolf noch den Mann entdecken, obwohl der Platz noch immer nach ihm roch: die schwarze Erde, die Steine, die Büsche. Sie atmeten glückliche Erinnerungen.

Ruhelos schritt Áine auf und ab. Wo er nur blieb? Düstere Gedanken wucherten wie Unkraut. Er hatte es sich anders überlegt und war nicht mehr bereit, das Risiko auf sich zu nehmen. Er war in eine Falle gelaufen, gejagt und gefasst worden. Irgendwo dort draußen im Moor beendete er sein Leben oder hatte es bereits verloren. Er würde nie mehr zu ihr kommen!

»So ein Unsinn!«, sagte sie barsch. »Er verspätet sich, na und?

Das muss nichts bedeuten.« Doch so leicht ließ sich das Gift der Furcht nicht vertreiben. Sie musste sich ablenken.

»Es ist nicht mehr deine Welt«, hatte Tara gesagt. Gut, sie würde sich nicht einmischen. Doch man könnte ein wenig lauschen, falls sie sich heute Nacht wieder in der Hütte trafen. Was konnte es schaden, das zu überprüfen? Áine witterte noch einmal in die Richtung, aus der Peregrine kommen würde, und machte sich dann zu der Hütte auf.

Ja, die Menschen waren wieder da. Sie sah den Lichtschimmer unter dem Türschlitz und zwischen den nicht ganz geschlossenen Vorhängen. Und sie roch ihre Gegenwart. Áine musste keine besondere Vorsicht walten lassen, um sich der Hütte unbemerkt zu nähern. Die Sinne der Menschen waren nur grobe Werkzeuge. Sie waren blind und taub und ihre Instinkte über die Jahrtausende hinweg verkümmert. Wie leicht war es, sie zu überraschen. Böse zu überraschen!

Einst war ich auch so ahnungslos, dachte sie, wischte die Erinnerungen, die in ihr aufstiegen, jedoch energisch beiseite. Eigentlich hätte sie solche Gefühle gar nicht haben dürfen – wenn man den anderen Vampiren Glauben schenkte. Doch waren sie ehrlich zu ihr? Außerdem hatte sie nicht mit allzu vielen darüber gesprochen. Dies war kein Thema, über das man sich in den Ruhestunden in der Halle unterhielt.

Áine richtete ihre Aufmerksamkeit auf die Menschen hinter der Tür. Es waren vor allem Männer. Sie konnte ihren schärferen Schweiß riechen. Auch strahlte ihr Blut ein wenig wärmer als das der Frauen. Oder besser gesagt der Frau, denn es war nur eine Erwachsene unter ihnen. Áine spähte durch den Vorhangschlitz. Sie konnte das Gesicht der Frau nicht erkennen, doch so wie die Männer sie behandelten, musste sie sehr hübsch sein. Das zweite weibliche Wesen war ein junges Mädchen. Vierzehn oder fünfzehn, schätzte die Beobachterin. In der schmerzhaften Phase der Wandlung begriffen, nicht mehr Kind und auch noch nicht ganz Frau. Ihr Antlitz war ein offenes Buch rasch wechselnder Emotionen. Sie war ergriffen von der Atmosphäre der Heimlichkeit und der Gefahr. Sie war stolz darauf, dabei zu sein, und auch wütend, dass sie von den Männern nur geduldet, nicht jedoch ernst genommen wurde. Bier durfte sie ihnen bringen, Käse und Speck, aber nicht mit ihnen diskutieren! Eifersucht wallte immer wieder in ihr hoch, auf den Jungen an ihrer Seite, der ihr so verblüffend ähnlich sah und in ihrem Alter sein musste. Es drängte sie danach, etwas Verwegenes zu wagen, und doch war sie schon so weit, dass sie um die Gefahr wusste und das Leid erahnen konnte, das über ihnen allen schwebte. Das machte ihr Angst, aber es gelang ihr, die aufkeimende Panik zu unterdrücken.

Warum nur kam es Áine so vor, als könne sie genau fühlen, was in dem jungen Mädchen vorging?

»Da ist jemand vor der Tür, der uns belauscht«, flüsterte das Mädchen plötzlich. Die Männer verstummten. Furchtsame Blicke wanderten zum Fenster und zur Tür und dann zu dem Durchgang, der zu einem kleinen Nebenraum führte.

»Hast du etwas gehört?«, fragte die Frau, die die Männer Karen nannten, und sah sich hektisch um. Nun konnte Áine zum ersten Mal ihr Gesicht sehen. Sie war wirklich sehr schön. So makellos, wie auch sie einst gewesen war. Bevor sie ihr diese Narben zugefügt hatten. Unwillig schüttelte Áine den Kopf und richtete ihre Aufmerksamkeit wieder auf die verschreckte Gruppe Menschen in der Hütte. Die Ausdünstungen der Furcht, die durch alle Ritzen drangen, weckten den Blutdurst in ihr. Sie spürte, wie ihre Eckzähne sich vorschoben, bis sie – spitz und gefährlich scharf – über ihre Lippe ragten.

»Gehört nicht«, sagte das Mädchen langsam. »Es ist nur so ein Gefühl …«

»Wenn wir jetzt anfangen, uns nach Nellies Gefühlen zu richten, dann können wir das Ganze gleich sein lassen«, sagte der Junge verächtlich.

»Cowan, halte den Mund!«, fuhr sie ihn an, senkte dann aber die Stimme. »Ich kann nicht sagen, woher ich es weiß, aber ich bin mir sicher: Dort draußen ist jemand und belauert uns. Jemand oder etwas …« Ihre zitternde Stimme brach ab. Die Augen weiteten sich und starrten zu dem schmalen Spalt zwischen den Vorhängen, durch den Áine in die Hütte spähte.

Die Vampirin war sich sicher, dass das Mädchen sie nicht sehen konnte, dennoch wich sie unwillkürlich ein Stück zurück, ohne das ernste Mädchengesicht aus den Augen zu lassen.

Nellie, dachte sie und betrachtete das Mädchen interessiert. *Bewahre dir dein feines Gespür und lass es dir nicht von den alten, abgestumpften Ignoranten nehmen. Wenn du Gefahr witterst, dann ist sie auch da!*

Es kümmerte Áine nicht, dass die Männer nach Flinten, Spießen und Äxten griffen.

»Vier zur Hintertür, die anderen mir nach«, befahl einer der Männer. »Cowan und Nellie, ihr rührt euch nicht von der Stelle. Fynn, du bleibst bei ihnen und sorgst dafür, dass ihnen nichts geschieht. Folgt mir!« Er beachtete Cowan nicht, der dagegen protestierte, wie ein Kind behandelt zu werden. Nellie sah mit glasigem Blick zum Fenster.

»Ihr könnt dieses Wesen nicht fangen«, hauchte sie, doch vermutlich hörten die Männer ihre Worte nicht. Sie versammelten sich hinter der Tür und stießen sie dann auf. Der warme Schein der Lampe schwappte über die Schwelle und flutete über morastigen Boden und niedergetretenes Gras, über Büsche und Unkraut. Áine hatte sich längst abgewandt und verschwand lautlos.

»Hier ist niemand«, sagte einer der Männer, der eine Axt in beiden Händen hielt.

»Wir haben auch nichts gefunden, Myles«, bestätigte der, der die Gruppe von der Hintertür her um die Hütte herumführte.

Myles sog die Luft ein und sah sich misstrauisch um. Dann sank er in die Hocke und betrachtete die Fußspuren im Morast. »Und doch könnte ich schwören, dass Nellie sich nicht geirrt hat.«

Die anderen zuckten nur mit den Schultern. »Das sind alles nur unsere eigenen Spuren.«

»Können wir uns da ganz sicher sein?«, fragte Myles und sah in die Runde. Die anderen schwiegen. Er erhob sich und folgte ihnen in die Hütte zurück. »Vielleicht sollten wir es heute dabei belassen. Und das nächste Mal bringen wir die Bluthunde mit.«

Unbeschwert lief Áine durch die Nacht. Myles' letzte Worte vernahm sie nicht mehr.

*

Die jungen Vampire lagen in ihren Särgen und dämmerten dem Sonnenaufgang entgegen. Alisa lag zwischen ihren Zeitungen und Büchern, Luciano hatte die Hand um ein kleines Samtsäckchen geschlossen, das eine silberne Haarsträhne enthielt. Nur Franz Leopold war unbemerkt wieder aus seinem Sarg geschlüpft, strich nun an den Sarkophagen entlang und lauschte den Gedanken derer, die darin ruhten. Er ging von den Särgen der Dracas an denen der Vamalia, der Nosferas und der Pyras vorbei. Er stutzte, als ein Gedankenfetzen ihn streifte, der ihm seltsam vorkam. Dann erreichte ihn ein Bild aus Malcolms Sarg, das eindeutig Alisa in einer verführerischen Pose zeigte. Franz Leopold zog eine Grimasse und wanderte weiter. Die jungen Lycana ruhten nicht hier in diesem Raum. Mervyn war ihm egal, doch wo stand Ivys Sarg? Bei denen der anderen Clanmitglieder? Vielleicht im oberen Stockwerk über der großen Halle.

Franz Leopold trat in den kleinen Hof hinaus und blieb dann zögernd stehen. Die Servienten hatten sich in dem Gebäude auf der anderen Seite bereits zur Ruhe gelegt. Das hoffte er jedenfalls. Matthias' Anwesenheit konnte er im Moment nicht brauchen. Also, wohin nun? Er sah sich suchend um. Plötzlich glaubte er, unter dem Torbogen auf der Nordseite etwas Weißes aufblitzen zu sehen. Er durchquerte den Hof und trat durch den Bogen. Sein Blick glitt über die brüchige Steinbrüstung auf die Weite des Meeres hinaus, das unter dem verblassenden Himmel wie Perlmutt schimmerte. Dann entdeckte er die Gestalt, die links neben dem halb verfallenen Turm an der Brüstung stand und über das Meer hinausschaute. Der Wolf zu ihren Füßen wandte sich um und starrte ihn aus seinen gelben Augen an, doch Ivy zeigte keine Anzeichen, dass sie ihn bemerkt hatte. Ohne den Wolf aus den Augen zu lassen, trat Franz Leopold näher.

»Solltest du nicht in deinem Sarg sein?«, fragte Ivy, ohne sich umzudrehen. Vermutlich wusste sie von seiner Anwesenheit, seit er den Schlafraum verlassen hatte. Es war schwer, etwas vor ihr zu verbergen.

»Du nicht ebenfalls?«, sagte er nur und trat neben sie an die Brüstung, unter der der Fels bis ins schäumende Meer abbrach. Franz Leopold zog ein kleines Päckchen aus der Tasche und reichte es Ivy.

»Ein Geschenk? Für mich?«

Verlegen wandte er den Blick ab. »Ach, nichts Besonderes. Es ist mir zufällig in die Hände geraten.« Welche Mühe es Matthias gekostet hatte, es zu bekommen, erwähnte er nicht.

Ivy wickelte es aus und sah auf das Buch hinab. »Geschichten über Werwölfe«, las sie und verstummte dann. »Das ist sicher eine spannende Lektüre. Ich danke dir«, sagte sie nach einer langen Pause und steckte das Büchlein in ihre Tasche.

Franz Leopold kam sich plötzlich einfältig vor. Er beugte sich über die Brüstung, als gäbe es dort unten etwas Faszinierendes zu entdecken. War hier unter ihnen nicht der Zugang zu der Grotte, in der ihr Schiff angelegt hatte?

»Die Aussicht ist herrlich, nicht wahr?« Ivy lächelte ihn an. »Ich liebe die Zeit des Morgengrauens, wenn die Samtfarben der Nacht verblassen und der Himmel sich zaghaft zu färben beginnt. Welch ein Spiel prächtig schillernder Farben, das wir in der Nacht niemals zu sehen bekommen. Da ist nur alles düster blau, grau und schwarz. Der Beginn des Tages ist ein lockendes Versprechen unglaublicher Pracht, die uns jedoch immer verwehrt sein wird.«

Franz Leopold rückte ein wenig näher heran, nicht jedoch ohne dem Wolf einen schnellen Blick zuzuwerfen. Seymour starrte ihn noch immer an, schien jedoch keine Gefahr für seine Herrin zu wittern und blieb daher ruhig sitzen.

»Ich habe mir niemals Gedanken über die Farben des Tages gemacht. Kann es noch mehr geben als die Pracht der Kleider, die die Frauen in der Oper oder den Ballsälen tragen? Ich denke nicht!«

Ivy schenkte ihm ein kurzes Lächeln. »Ich weiß es nicht. Ich habe noch keinen Ballsaal gesehen. Vielleicht hegt man seltsame Gedanken, wenn man unter so vielen Schafen aufwächst.«

Franz Leopold lächelte zurück. »Daran kann es nicht liegen. Wenn die Schafe Einfluss auf dich gehabt hätten, wäre deine Geisteswelt jetzt eine trübe, neblige Brühe, die sich mit kaum mehr als Gras beschäftigen würde.«

»Saftiges Gras, das wie Smaragde im Sonnenlicht schimmert«, sagte Ivy und kicherte.

Franz Leopold verdrehte die Augen. »Bitte lass uns das Thema wechseln.«

»Gut, keine Schafe mehr, ich verspreche es!«

Was redeten sie nur für einen Unsinn! Und doch hätte er noch Stunden hier neben ihr stehen wollen und einfach ihrer Stimme lauschen. Sie hatte die Hände auf die steinerne Brüstung gelegt. Wie schmal und zart ihre Finger waren. Seine Hand lag kaum ein paar Zoll neben der ihren. Er musste den Stein fest umklammern, damit sie nicht aus Versehen näher heranrückte. Ivy trug noch immer diesen Ring in Form einer Echse, der ihm bereits bei ihrem Abschied in Rom aufgefallen war. Sie schien seinen Blick zu spüren. Hastig zog sie die Hand zurück und verbarg sie unter dem silbrigen Stoff ihres Gewandes.

»Nun, worüber sollen wir dann reden? Ich kann dir ein wenig über Dunluce Castle erzählen, wenn es dich interessiert.«

Es war ihm egal, worüber sie redete, Hauptsache, der Klang ihrer Stimme versiegte nicht, daher nickte er.

»Du weißt vermutlich schon, dass die erste Burg hier auf diesem Felsen bereits von den Kelten errichtet wurde.«

Den Kopf ein wenig schief gelegt, betrachtete er Ivys Profil, das sich immer heller gegen die grob behauenen schwarzen Steine der Turmmauer abhob, während das Meer wie ihr Haar zu schimmern begann.

»Die Grundmauern, die du hier siehst, stammen von einer späteren Anlage aus dem 13. Jahrhundert. Die Burg wurde oft belagert, denn der Platz war begehrt, aber erst im 16. Jahrhundert gelang es einem MacDonnell aus Schottland, Dunluce einzunehmen. Er ließ sich hier nieder, bis im Jahr 1639 ein Sturm die Grundfesten der Burg erschütterte.« Ivy mache eine dramatische Pause.

»Und dann? Sind die MacDonnells vor ein bisschen Wind geflohen?«, spottete Franz Leopold.

»Das Meer hat sich in dieser Nacht einen Teil der Burg geholt. Wenn ich die Augen schließe, dann meine ich, es fühlen zu können. Wie der Sturm um die Mauern heult und die haushohen Wogen gegen die Felsen donnern, dass die Grundfesten der Burg erzittern. Die Familie saß wohl im Saal des Manor House, wärmte sich vor dem großen Kamin und wartete auf das Mahl, das die Dienerschaft hier in der Küche vorbereitete. Ich weiß nicht, ob sie so beschäftigt waren, dass sie das Knacken und Beben nicht spürten, oder ob die Furcht vor ihrem gestrengen Herrn sie ausharren ließ, bis es zu spät war. Welle um Welle rollte heran und zerstob an der Felswand, doch jede nahm ein wenig der Klippe mit sich, höhlte die Grotte weiter aus, weitete Spalten und brach Stücke aus dem Fels.«

»Bis sie in sich zusammenstürzte!«

»Ja, bis sie zusammenstürzte, die Außenmauer mitriss und einen Teil der Türme, die Vorratskammer und die Küche samt den Bediensteten, die darin arbeiteten. Alles versank im Strudel der aufgewühlten See und wurde ins Meer hinausgesogen. Daraufhin bestand die Herrin des Hauses darauf, die Burg zu verlassen.«

Schweigend sahen sie auf das heute glatte Wasser hinaus, das in jener Nacht wie ein Hexenkessel gewütet haben musste.

Franz Leopold gähnte herzhaft. »Verzeih, es hat nichts mit deiner Geschichte zu tun. Ich könnte noch stundenlang mit dir hier stehen …« Ein weiteres Gähnen beendete seinen Satz. Ivys Gesicht verschwamm vor seinen Augen. Die Sonne musste in ein paar Minuten aufgehen, und dennoch stand sie an der Brüstung und sah in die Ferne.

»Unsere Zeit ist abgelaufen«, sagte er schleppend. »Lass uns zu unseren Särgen gehen.« Er wandte sich ab und tappte schwerfällig auf den Durchgang zu, doch Ivy starrte noch immer auf das Meer. »Komm, sonst schlafen wir hier noch ein und dann wird es für uns kein Erwachen mehr geben.«

»Ich möchte wissen, was das für ein Boot ist. Den Lycana gehört es nicht, und auch keinem Fischer, den ich kenne.«

»Ja, und?«

»Wenn ich mich nicht täusche, hält es direkt auf den Eingang der Grotte zu. Wie geschickt es um die Felsen manövriert. Der Steuermann scheint etwas von seinem Handwerk zu verstehen.«

Widerstrebend kam Franz Leopold zurück und betrachtete das Fischerboot. Ja, es kam auf die Grotte zu. »Was kann es hier wollen?«

»Hier gibt es nichts außer ein paar Fischerhütten – und die Burg Dunluce!«

»… zu der ein direkter Zugang von der Grotte aus existiert!«, ergänzte Franz Leopold, auf den Ivys Unruhe trotz der bleiernen Müdigkeit übergriff. »Was können wir tun? Es ist fast Tag.«

»Ja, ich weiß, aber sollen wir uns einfach in unsere Särge legen, während dort unten irgendwelche fremden Menschen oder Vampire anlanden und in die Burg einzudringen versuchen? Können wir sicher sein, dass sie nichts Böses im Schilde führen?«

Franz Leopold schüttelte den Kopf, wobei ihm ein wenig schwindelig wurde, und ließ es zu, dass Ivy ihn über den Küchenhof zog. Sie eilten durch den Torbogen in den großen Hof, wobei es Franz Leopold vorkam, als würde er durch Wasser waten. Ivy führte ihn durch das Gebäude, das an der Nordseite des Manor

House angebaut war, und dann durch einen kurzen, überwölbten Gang, der am Fuß einer der runden Türme endete. Ivy streckte gerade die Hand aus, als die Tür aufschlug und ihnen eine Gestalt entgegentaumelte.

»Ireen?«, rief Ivy erstaunt.

»Sie haben sie vernichtet, einfach so! Ich konnte nichts tun«, stammelte sie. Entsetzen verzerrte ihre Miene.

Franz Leopold umschloss ihren Arm. »Wer sind sie? Und wer wurde vernichtet? Sprich in klaren Sätzen!«

»Ich weiß nicht, wer sie sind und woher sie kommen. Gwenda wollte mich beschützen, und nun ist sie vernichtet!«

»Gwenda? Dein Schatten?«, versicherte sich Ivy. Ireen nickte.

Franz Leopold tauschte einen Blick mit der Lycana. Er fühlte sich plötzlich wieder hellwach. »Wer? Wer hat ihr das angetan? Waren es Menschen?«

Ireen hob nur hilflos die Schultern.

»Wir sollten in Erfahrung bringen, was dort unten vor sich geht!«, knurrte Franz Leopold.

Ivy nickte. Ihre Miene zeigte Entschlossenheit. »Ja, das sollten wir!«

»Nein!«, schrie Ireen und klammerte sich an Ivy. »Sie werden auch euch abschlachten, wenn sie euch sehen!«

»Wir werden achtgeben, dass sie uns nicht zu sehen bekommen«, entgegnete Franz Leopold. Ivy schickte Ireen zu ihrem Sarg. Sie wirkte erleichtert, dass sie nicht aufgefordert wurde, mitzukommen. Der Schock schien sie ihrer letzten Kräfte beraubt zu haben. Ihr Blick irrte rastlos umher. Sie wankte und musste sich an den Mauersteinen festhalten.

»Geht nicht!«, sagte sie kläglich, schlich dann aber mit hängendem Kopf davon.

»Wir nehmen die Wendeltreppe. Sie führt uns direkt in die Grotte. Es gibt genug Vorsprünge und Nischen, von denen aus wir unentdeckt herausfinden können, wer in Dunluce eingedrungen ist.«

Franz Leopold schwieg. Die Erschöpfung kehrte mit Macht zurück. Er benötigte all seinen Willen, um nicht auf der Stelle einzuschlafen. Ivy zog ihn weiter. Er ließ die Hand an der Wand entlanggleiten, um den Schwindel zu besiegen, und dennoch sah er wie durch Nebel und hörte ihre Stimme aus weiter Ferne.

»Wir müssen noch näher heran.« Er spürte ihre zierliche Hand in der seinen, die ihn mit erstaunlicher Kraft vorwärtszog.

Ich kann nicht mehr. Der Ärger über seine Schwäche, der wie eine Welle durch seinen Geist schwappte, ließ ihn für einige Augenblicke wieder klarer sehen. Er sah das Boot an der Anlegestelle liegen und zwei Männer mit einer warmen Aura längliche Kisten ausladen. Nahe am Steg lag ein Körper in einer Blutlache. Er regte sich nicht mehr. Nur das Blut floss noch immer. Der abgeschlagene Kopf starrte sie aus blicklosen Augen an.

Ivy kroch noch ein Stück näher. »Bei allen Dämonen der Nacht, in den Kisten ruhen Vampire – fremde Vampire, oder bist du anderer Meinung, Seymour?«

Der Wolf gab eine Reihe von seltsamen Tönen von sich, dann sprach Ivy schnell ein paar Sätze in Gälisch. Sie wollte gerade noch näher heranschleichen, als Seymour nach ihrem Gewand schnappte und sie festhielt.

»Was?« Sie fuhr herum und starrte Franz Leopold an, der in diesem Moment auf die Knie sank.

»Es tut mir leid«, hauchte er und schloss die Augen. »Wir müssen zurück. Uns in Sicherheit bringen. Sonst werden sie uns vernichten!«

»Leo, steh auf«, flüsterte sie eindringlich in sein Ohr und zog an seinem Ellenbogen. Zu seinem Erstaunen gehorchte sein Körper und ließ sich bis zur Treppe zurückgeleiten. Er konnte zwar nichts mehr sehen, doch seine Hände fühlten wieder die gerundete Wand. Dann spürte er, wie seine Beine ein zweites Mal nachgaben und er auf eine Treppenstufe sank. Seymour winselte und stupste ihm auffordernd gegen die Wange, doch Kraft und Willen waren restlos aufgezehrt. Die Natur forderte ihren Tribut.

»Seymour, was machen wir jetzt? Wir müssen hier schnellstens verschwinden und den Zugang zur Burg blockieren.«

Der Wolf antwortete ihr in seiner Sprache. Franz Leopold fühlte Ivys Hand an seiner Wange. Ihr Atem strich über sein Ohr. Dann glaubte er, ihre kühlen Lippen auf den seinen zu spüren. Wie kam sein Geist nur dazu, ihm so etwas vorzugaukeln? Eine fremde Stimme hallte durch die Finsternis, dann kam es ihm vor, als griffen Hände nach ihm und höben ihn hoch. Er wurde getragen. Dann schwebte sein Geist endgültig davon.

UNGEBETENE BESUCHER

»Eine Prise?« Der drahtige, kleine Mann zog eine verbeulte Dose
aus der Hosentasche und hielt sie dem anderen hin. Der bedien-
te sich großzügig von dem Schnupftabak, nieste zweimal und
schnäuzte sich in seinen Ärmel.

»Fergal, mach nicht ein Gesicht wie drei Wochen Sturm!«, sagte
der Drahtige und hieb dem anderen, der ihn nicht nur um einen
Kopf überragte, sondern auch doppelt so breit war, kamerad-
schaftlich auf den Rücken.

»Angus, die Sache schmeckt mir nicht«, sagte der und spuckte
auf den Boden. »Wenn ich nur daran denke …«

»Ach, du weißt, dass das Denken nicht deine Stärke ist. Dafür
kannst du zupacken, wenn es gefragt ist. Mir gefällt dieser Klang
ganz außerordentlich und alles andere interessiert mich nicht!« Er
klimperte mit ein paar Münzen, die er in der Tasche trug.

Ein dritter Mann kam an Deck und gesellte sich zu den beiden.
Er musste die Worte gehört haben, denn er sagte: »Angus, du bist
und bleibst ein Esel. Ein geldgieriger, dummer Esel!«

»Ich bin nicht nur gierig nach Geld, nun habe ich es auch reichlich in der Tasche, und du in deiner auch, Liam.«

Der Seemann stützte die Ellenbogen auf die Reling und ließ
den Blick über das kleine Hafenbecken schweifen, in dem die *Dobharchu* seit dem frühen Morgen vertäut lag. Im Gegensatz zu den
anderen Booten hier hatte die *Dobharchu* allerdings weder Fisch
noch Muscheln oder Krebse gebracht, um sie auf dem Markt zu
verkaufen. Ihr Laderaum war leer und würde es bleiben, bis der
Schreiner die fünf bestellten Kisten lieferte. Noch vor Einbruch
der Nacht, so lautete die Abmachung.

»Angus, sag mir eines. Was nützt dir das Geld, wenn du tot

bist oder Schlimmeres?« Der drahtige Seemann zuckte mit den Achseln.

»Nein, nimm das nicht so auf die leichte Schulter. Ich sehe es nicht, dass wir da mit heiler Haut wieder herauskommen und uns auch noch des Geldes erfreuen dürfen.«

»Warum hast du dich dann darauf eingelassen?«, fuhr ihn Angus an.

»Ich hab mir am Anfang nichts Böses dabei gedacht«, sagte Fergal.

»Was für ein Wunder«, giftete ihn Angus an. »Dass du den Kopf nur hast, um dein Ungeziefer spazieren zu tragen, wissen wir. Aber was hat Liam für eine Ausrede. Oder kam es dir nicht verdächtig vor?«

»Dass es sich nicht um einen gewöhnlichen Auftrag handeln konnte, wussten wir alle spätestens, als uns dieser bleiche Kerl die Summe nannte, die er zu zahlen bereit war. Doch ich dachte an Schmuggelware oder Waffen. Dass wir es mit den Kräften des Bösen zu tun bekommen, darauf war ich nicht vorbereitet – und dann habe ich mir eingeredet, sie würden uns schon in Ruhe lassen. Schließlich brauchten sie uns, das Schiff zu steuern und sie zu ihrem Ziel zu bringen. Dann würden wir sie aussteigen lassen, das Geld kassieren und uns auf Nimmerwiedersehen davonmachen. Ja, so dachte ich zu Anfang.«

»Aber jetzt nicht mehr«, ergänzte Columban, der vierte Mann der Crew, der vom Schreiner zurückgekehrt war und gerade an Bord stieg. Er sah kränklich aus und wirkte heute fast so bleich wie die unheimlichen Gäste, die sie in den Laderäumen transportiert hatten, obwohl sein Gesicht sonst wie das aller Seeleute von Wind und Sonne gebräunt war. Er stellte sich zum Rest der Mannschaft und nahm sich dankend eine Prise aus Angus' Schnupftabakdose.

»Ich wusste es von Anfang an«, sagte Columban. »Meine Großmutter erzählte mir als Kind immer von diesen Geschöpfen der Nacht, Blutsauger, die durch die Moore streifen und kleine Kinder stehlen, um sich an ihnen zu laben. Ihr Blut soll ihnen am besten munden. Und doch sind auch Männer und Frauen, ja selbst Greise nicht vor ihnen sicher. Ich hätte nicht gedacht, dass sie mich einst heimsuchen würden, hier, so weit weg von den Mooren. Doch als Angus sie mit an Bord brachte, wusste ich, wen ich vor mir habe und dass mein Leben verwirkt ist.«

»Warum bist du dann überhaupt mitgekommen? Du hättest im Hafen von Dublin zurückbleiben können«, sagte Liam.

»Jetzt kommt er uns gleich mit einer rührseligen Versicherung seiner Freundschaft und der Treue, die die Mannschaft eines Schiffes in jeder Gefahr halten muss«, lästerte Angus.

»Halt den Mund!«, herrschte ihn Liam an. Er kehrte nicht oft den Kapitän heraus, doch dann gehorchte man ihm besser.

»Warum bist du mitgekommen«, wiederholte er seine Frage nun wieder mit seiner ruhigen, freundlichen Stimme.

»Allein der Vorschuss, den du uns ausgezahlt hast, war beträchtlich«, sagte der Seemann und wurde ein wenig rot. »Und ich dachte, vielleicht gelingt es mir ja, auch den Rest meines Anteils zu erhalten – selbst wenn es mein Leben kostet.«

»Unser guter Columban! Ich wusste ja gar nicht, dass du so geldgierig bist wie ich.« Angus grinste.

»Wenn wir dabei sterben, haben wir nichts von dem Geld«, warf Fergal ein.

Angus klopfte ihm anerkennend auf die Schulter. »Was bist du doch für ein schlaues Kerlchen.«

»Ich brauche das Geld nicht für mich«, sagte Columban. »Meine Frau ist schwer krank und kann nicht arbeiten. Ich habe sieben Kinder daheim. Wenn sie auch noch den zweiten Anteil erhalten, sind sie für die nächsten Jahre versorgt.«

»Unser guter Columban«, sagte der Kapitän herzlich. »Wenn sie uns das versprochene Geld bezahlen und nur einer von uns überlebt, dann wird deine Familie ihren Anteil bekommen!« Er sah die anderen scharf an.

»Natürlich«, bestätigte Fergal, und sie wussten, dass er es so meinte. Angus allerdings mied den Blick des Kapitäns, als er ihm mit wenig Enthusiasmus zustimmte. Dafür setzte er eine betont heitere Miene auf, die ein wenig unecht wirkte.

»Ach, was seid ihr doch alle für Schwarzseher! Liam hat es vorhin doch selbst gesagt. Sie brauchen uns. Also können sie uns gar nichts antun, wenn sie ihren Plan nicht selbst zum Scheitern verurteilen wollen.«

»Und was ist, wenn sie an ihrem Ziel angelangt sind?«, wandte der Kapitän ein.

Panik huschte über Angus' unrasiertes Gesicht. Doch er hatte sich schnell wieder im Griff und machte eine wegwerfende Handbewegung. »Dann brauchen sie uns immer noch für die Rückfahrt nach Dublin.«

»Das nimmst du an«, sagte Columban. »Wie kannst du sicher sein, dass sie ein Schiff für ihre Rückfahrt brauchen – ja, dass sie überhaupt nach Dublin zurückkehren wollen?«

Angus wurde bleich, doch es war Fergal, der den Vorschlag machte. »Wir haben bis zum Einbruch der Nacht Zeit. Wir können uns mit der Anzahlung begnügen und uns aus dem Staub machen, bevor sie zurückkehren. Wir verschwinden einfach von hier.«

»Sie haben gedroht, dass sie uns jagen und finden werden«, sagte Columban leise. »Und ich glaube ihnen.«

Mit einer abrupten Bewegung wandte sich Angus ab und begann, mit aufgesetztem Eifer sich an den Tauen zu schaffen zu machen. »Da haben diese Gestalten aber jemandem ganz schön Angst eingejagt. Pass bloß auf, dass du mit deinen zitternden Knien nicht bei der ersten Welle über Bord gehst.«

Der Kapitän betrachtete Angus mit unbeweglicher Miene, doch der sah nicht von seinen Tauen auf. Schließlich wandte sich Liam ab.

»Dann macht alles zum Auslaufen fertig, dass wir bereit sind, wenn sie uns den Befehl geben.«

»Ich dachte, du allein gibst hier die Befehle«, sagte Fergal. »Du bist doch der Kapitän, nicht?« Er wiegte den Kopf hin und her, begab sich aber unter Deck, um nach dem Stand des Bilgenwassers zu sehen.

*

Die ersten Gedanken regten sich in Franz Leopolds Geist, sobald die Sonne hinter dem Hügel verschwunden war, und er wusste, dass er sofort wach werden und aus seinem Sarg herausspringen musste. Es war, als habe diese Gewissheit den ganzen Tag über dicht unter der Oberfläche gelauert.

Mit einem kräftigen Stoß schob Franz Leopold die Platte beiseite. Er sprang auf die Füße und hockte geduckt einige Augenblicke in seinem Sarg, den Blick rasch nach allen Seiten gesandt. Er sog die Luft ein. Es gab nichts, das Anlass zur Beunruhigung gegeben hätte. Hatte er nur geträumt? Die Bilder huschten durch seine Erinnerung. Ivy, wie sie an der Brüstung stand und über das Meer hinaussah, das Boot, das sich der Grotte näherte, fremde Stimmen und Gerüche, Schwindel und Dunkelheit und dann ein Kuss? Dann kam die Erinnerung an Ireens schreckgeweitete Augen zurück und an den verstümmelten Körper in der Grotte unten.

Franz Leopold schüttelte den Kopf, als müsse er ein lästiges Insekt vertreiben. In den Sarkophagen um ihn herum begannen sich die anderen jungen Vampire zu regen. Rasch glitt der Dracas aus seinem Sarg und lief in den Hof hinaus. Von den Servienten war noch keiner zu sehen. Wie ungewöhnlich. Normalerweise stand Matthias schon neben seiner Ruhestatt bereit, wenn Franz Leopold erwachte. Hatten die Ereignisse im Morgengrauen ihn früher als sonst ins Leben zurückgerufen? Dann sicher nicht ohne Grund! Er lief durch den Torbogen auf den Eingang zur großen Halle zu, als ihm Seymour mit gesträubtem Fell entgegengerannt kam.

»Leo!«, hörte er Ivys Stimme von der Treppe her. Die letzten fünf Stufen nahm sie in einem Sprung.

»Wer waren die Männer?«, rief er ihr zu. »Haben sie noch mehr von uns getötet?«

»Ich weiß es nicht«, antwortete Ivy und lief auf den Ausgang der Halle auf der anderen Seite zu.

Franz Leopold folgte ihr. »Wir müssen nachsehen, ob es ihnen gelungen ist, in die Burg einzudringen!«

»Das ist unmöglich«, erwiderte Ivy, doch der Klang ihrer Stimme verriet ihm, dass dies nur eine Hoffnung war, nicht Überzeugung. Schon standen sie am Fuß des massigen Turmes. Ivy tauchte vor ihm in das runde Gelass ein und blieb vor dem blockierten Zugang abrupt stehen.

»Der Zugang ist von dieser Seite verrammelt. Das ist keine der Fallen, die auf der Treppe eingebaut worden sind. Irgendjemand hat die Fremden daran gehindert, in die Burg einzudringen und noch mehr Schaden anzurichten«, sagte Franz Leopold, nachdem er den Schutzwall in Augenschein genommen hatte. »Warst du das?«

Ivy ging nicht auf seine Frage ein und begann stattdessen, Steine und Hölzer wegzuräumen. Seymour knurrte noch immer leise.

»Los, hilf mit. Wir müssen nachsehen, ob noch jemand in der Grotte ist.«

Franz Leopold warf einen Blick auf seine weichen weißen Hände mit den perfekt manikürten Fingern und seufzte. Dann griff er nach einem Balken und warf ihn zur Seite. In diesem Moment näherten sich Stimmen. Mehrere Vampire eilten aus dem Saal über den schmalen Hof und drängten dann in das enge Turmgelass. Es wunderte Franz Leopold nicht, Matthias unter ihnen zu sehen. Natürlich hatte er inzwischen bemerkt, dass der Sarg seines Herrn leer war, und sich unverzüglich auf die Suche gemacht. Die anderen waren der Clanführer der Lycana, Donnchadh, sein Schatten Catriona, Ainmire und Berghetta, zwei Lycana, die Franz Leopold nicht kannte, und – das allerdings überraschte ihn ein wenig – Luciano und Alisa.

»Was ist hier los?«, verlangte Donnchadh zu wissen und deutete auf den verbarrikadierten Zugang.

Ivy berichtete in einigen Sätzen, was sich am frühen Morgen zugetragen hatte. Wie geschickt sie die Einzelheiten überging, die Franz Leopold nur ungern vor den anderen erwähnt gehabt hätte!

In Windeseile räumten die herbeigerufenen Servienten Steine und Hölzer zur Seite und liefen dann die Wendeltreppe hinunter. Donnchadh und Catriona folgten ihnen. Und da niemand sie aufhielt, stiegen auch die vier jungen Vampire in die Grotte hinab.

»Jedenfalls haben sie nicht versucht, in die Burg zu gelangen«, sagte Donnchadh. »Die Fallen wurden nicht ausgelöst.«

»Wenn sie denn so funktionieren, wie sie gedacht sind!«, murmelte Franz Leopold.

Catriona wandte sich um und fixierte ihn, bis er den Blick senkte. »Das tun sie, es sei dir versichert, junger Dracas!«

Die Servienten traten bereits in die Grotte. Wie Raubtiere vor dem Sprung schoben sie sich langsam vorwärts, während sie ihre Umgebung aufmerksam mit allen Sinnen abtasteten. Kein Boot lag vor Anker, und auch die Kisten, von denen Ivy berichtet hatte, waren verschwunden. Dafür hatte jemand den Körper der britischen Servientin mit ausgestreckten Armen und Beinen auf dem Steg drapiert und ihren Kopf auf einen Steinblock gelegt, sodass sie ihnen nun entgegenblickte. Alisa stöhnte. »Ireen hat unglaubliches Glück gehabt!«

Donnchadh und seine Begleiter scharten sich um den Körper Gwendas. Sie sprachen gälisch, aber ihr Zorn war deutlich zu hören.

Luciano reckte die Nase in die Luft. »Es waren Menschen!«

»Und Vampire«, ergänzte Ivy. Die anderen sahen sie ungläubig an.

»Es waren mehrere Vampire in ihren Kisten, die von den Männern hier ausgeladen wurden. Vermutlich stammen sie nicht aus Irland. Ganz sicher gehören sie nicht zu den Lycana. Ich kann aber nicht sagen, ob die Menschen oder die Vampire Gwenda vernichtet haben. Dazu müssten wir näher heran!«

In diesem Moment bemerkte sie der Clanführer. »Was habt ihr hier verloren? Wir werden den Fall untersuchen. Geht zurück in die Halle. Dort wird den Schülern Blut gereicht, bevor sie zu ihrer heutigen Lektion aufbrechen.« Er machte eine Handbewegung, als wolle er sie verscheuchen.

Luciano holte Luft, wie um zu einer Protestrede anzusetzen. Doch was konnte er schon sagen? Dass sie neugierig waren und deshalb bleiben wollten, um zu erfahren, was der Clanführer und seine Lycana herausfanden? Das würde Donnchadh wohl kaum beeindrucken.

»Lass es!«, zischte Alisa und packte ihn am Ärmel. »Hier können wir nichts mehr tun.«

Luciano hob resignierend die Schultern. »Dann gehen wir eben zu den anderen in die Halle.« Er schritt auf die Treppe zu.

»Ja, es gibt Blut. Das müsste deinen Vorlieben entgegenkommen«, spottete Franz Leopold.

»Ich glaube dir, wenn du sagst, dass hier fremde Vampire waren«, sagte Alisa leise zu Ivy. »Aber was bedeutet es, dass wir ihre Aura jetzt nicht spüren?«

»Dass sie vielleicht den Steg, aber nicht die Grotte betreten haben«, ergänzte Ivy und nickte langsam. »Aber ja, das ist die Lösung. Warum bin ich nicht gleich darauf gekommen! Wir müssen der Spur der Menschen folgen, wenn wir die Vampire finden wollen. Da sie die Fallen nicht ausgelöst haben, gibt es nur zwei Wege, auf denen sie die Grotte verlassen haben können. Mit dem Boot auf das Meer hinaus oder in ihren Kisten den Gang hier weiter bis zu seinem Ausgang in der Felsflanke.«

»Wenn sie mit dem Boot weggefahren wären, hätten sie die Kisten gar nicht erst ausgeladen«, sagte Alisa.

»Eben!« Franz Leopolds dunkle Augen funkelten. »Also dann los! Hier führt die Spur der Menschen lang. Ich kann noch immer ihren Schweiß riechen.«

»Vielleicht war es anstrengend, die schweren Kisten zu tragen«, meinte Alisa.

»Das nehme ich an.« Ivy, die den Weg am besten kannte, eilte ihnen voran.

»Macht schnell, ehe sie uns aufhalten«, drängte Alisa.

Sie liefen den sich stetig verengenden Gang entlang, bis er sie durch ein niederes, rundes Loch ins Freie spie. Seymour schoss als Erster hinaus und ließ ein kurzes Kläffen erklingen, nachdem er sich davon überzeugt hatte, dass niemand auf der Lauer lag. Nacheinander schlüpften die Vampire auf den schmalen Weg hinaus, dessen eine Abzweigung an den steilen Hang geschmiegt zum Torhaus hinaufführte. Sie war so schmal und steil, dass ein Mensch sie sicher nur schwer hätte erklimmen können. Auf keinen Fall jedoch mit den großen Kisten! Der andere Pfad durchquerte die Schlucht zwischen dem Burgfelsen und dem Festland und führte auf der anderen Seite in flachen Stufen bis zu den Klippen. Hier hätten die Männer die Kisten sehr wohl hinauftragen können.

»Die Fährte ist deutlich genug. Kommt!«, rief Franz Leopold und lief los. Die anderen folgten ihm. Das Jagdfieber hatte ihn erfasst und überdeckte sogar die Blutgier, die jeden Vampir nach dem Aufwachen überfiel. Vielleicht würde man ja beide Leidenschaften befriedigen? In seinem Geist sah er die kräftigen, verschwitzten Seeleute, die von der Schlepperei erschöpft neben den Kisten in den Schlaf gesunken waren. Er sah ihre Hälse, unter deren schmutziger Haut das warme Blut verführerisch pulsierte.

»Solch Gedanken sind gefährlich«, raunte ihm Ivy zu, die nun dicht an seiner Seite lief.

»Du willst nicht, dass man in deine Gedanken eindringt, dann unterlass es gefälligst auch, in meinem Geist herumzuschnüffeln!«

Ivy zuckte zusammen. »Verzeih! Der Drang war so stark, dass er dich wie eine Wolke umgab. Es war keine Absicht!«

»Dann solltest du dich vielleicht ein wenig von mir fernhalten, damit du nicht Gefahr läufst, von dieser Wolke verschluckt zu werden«, sagte er scharf, obwohl er es gar nicht wollte.

»Verzeih«, sagte sie noch einmal und ließ sich zu seinem Bedauern ein wenig zurückfallen.

Sie folgten dem Pfad im Laufschritt auf die Klippe hinauf und dann an ihrer Kante entlang ein Stück nach Osten. Hier, in ein kleines Tal eingetieft, führte er auf eine Hütte zu, die sich kaum von den schwarzen Felsen unterschied, in die ihre Rückwand eingepasst war. Das Dach verschwand nahezu unter einer vorstehenden Felsplatte.

»Jetzt haben wir sie!«, triumphierte Franz Leopold.

»Warte auf uns«, drängte Alisa und beschleunigte ihren Schritt. »Wir wissen nicht, was uns da drin erwartet. Ja, nicht einmal, wie viele es sind. Sie haben bereits bewiesen, dass sie gefährlich sind und vor nichts zurückschrecken!«

»Hast du etwa Angst?«, höhnte er.

»Ich bin nur vorsichtig, das ist alles.«

Franz Leopold spürte, dass sie die Wahrheit sagte. Nur bei Luciano konnte er unter der Aufregung Furcht erkennen. Doch ehe er eine böse Bemerkung machen konnte, stand Ivy neben ihm und legte die Hand auf seinen Arm. Eine Welle der Verstimmung schwappte über ihm zusammen, doch er verdrängte das Gefühl, als Ivy ihn daran gemahnte, was in diesem Augenblick das Wichtigste war.

»Lassen wir unseren Geist vorauseilen«, sagte sie leise. »Kannst du sie spüren?«

Franz Leopold fühlte ihre schlanken Finger auf seiner Haut, und es fiel ihm schwer, sich zu konzentrieren. Vermutlich auch, weil er einen nicht unwesentlichen Teil seiner Kraft brauchte, die Gedanken vor ihr zu verbergen, die sie nicht erfahren sollte. Er mied ihren Blick.

»Es sind keine Menschen in der Hütte«, gab Franz Leopold Auskunft.

»Natürlich nicht«, erwiderte Alisa ungeduldig. »Sie haben die Kisten hierhergetragen, sie abgestellt und sind dann zurückgegangen zu ihrem Boot und davongesegelt. Sonst wäre das Schiff ja noch in der Grotte.«

»Und wenn sie sich getrennt haben, Fräulein Neunmalklug?«, widersprach Franz Leopold.

Alisa klappte den Mund zu. »Nun ja, das wäre möglich«, gab sie widerstrebend zu.

Ivy beendete den Disput. »Ich kann auch keine Menschen wahrnehmen! Bei den Vampiren bin ich mir nicht ganz sicher. Ich wittere sie und doch fehlt die Präsenz. Sollen wir hineingehen? Wenn sie da drin sind, haben sie unsere Anwesenheit vermutlich längst bemerkt.« Ivy sah die anderen fragend an.

Zu ihrer aller Überraschung stellte Luciano sie vor vollendete Tatsachen und stieß die Tür so heftig auf, dass sie mit einem Knall gegen die Wand schlug. Mit einem Sprung waren sie im Innern und sahen sich hastig um.

»Sie sind ausgeflogen«, sprach Alisa das aus, was sie alle mit Augen und Sinnen erfassten.

»Aber sie waren hier.« Ivy deutete auf die fünf Kisten, die an der Wand standen. Rasch versicherte sie sich, dass sie wirklich leer waren. Sie kniete nieder, schloss die Augen und sog den Geruch ein. »Einer kommt mir irgendwie bekannt vor, die anderen sagen mir nichts.« Sie winkte Franz Leopold zu sich und er folgte ihrem Beispiel.

»Und? Was meinst du?«

»Was und? Der Geruch sagt mir nichts.«

Ivy machte ein nachdenkliches Gesicht und sah zu Luciano hinüber. »Hm, wenn du meinst«, murmelte sie ohne rechte Überzeugung.

»Was machen wir jetzt?«, wollte Luciano wissen, der Ivys inneren Kampf anscheinend nicht bemerkte.

»Jetzt eilt ihr zum Unterricht«, erklang eine Stimme von der Tür her. Die vier fuhren herum.

»Hindrik!«, stöhnte Alisa. »Wie kannst du nur stets so entsetzlich wachsam sein.«

Hinter ihm traten Matthias und Francesco ein.

»Uns ist aufgefallen, dass ihr nicht zum Mahl erschienen seid.

Da lag der Verdacht nahe, dass ihr den Spuren folgt, obwohl Donnchadh mit seinen Getreuen durchaus in der Lage sein dürfte, die Gefahr ohne eure Hilfe zu beseitigen.«

Alisa warf ihm einen vorwurfsvollen Blick zu, doch Hindrik schüttelte nur den Kopf. »Nein, du musst nichts sagen. Ich weiß, darum geht es nicht, dennoch muss ich euch vier nun zurückschicken. Das Mahl ist beendet und alle Schüler sammeln sich vor dem Torhaus für ihre heutige Lektion. Es wäre nicht gut, wenn ihr fehlt.«

»Das Mahl ist schon zu Ende?«, rief Luciano entsetzt.

»Du meinst, sie könnten uns zurücklassen?«, fragte Alisa nicht minder bestürzt.

Ivy schmunzelte. »Dann lasst uns zurückeilen und den Rest den Männern des Clans überlassen.«

»Uns wird nichts anderes übrig bleiben«, stimmte Franz Leopold enttäuscht zu.

Und so kehrten sie auf dem Pfad am Rand der Klippen zurück, traten durch das Tor der Vorburg und eilten in den Hof, wo sie sich so unauffällig wie möglich unter die anderen Erben mischten.

∗

Es war erst eine Stunde nach Mitternacht und viele der Lycana unterwegs auf der Jagd. Donnchadh und einige seiner Getreuen hielten sich in der Grotte auf. Die meisten der Erben saßen in der Halle beisammen oder lungerten am Ausgang der Grotte herum, um die eine oder andere interessante Neuigkeit abzufangen. Auch die Altehrwürdigen der Lycana hielten sich in der Halle auf, um sich zu beraten. Im Nebenhaus waren zwei jüngere Frauen dabei, irgendwelche Dinge in Kisten zu packen. Unreine vermutlich. Der Zeitpunkt war günstig.

Die junge Vampirin schlenderte durch die Burg. Sie durchquerte den großen Hof, passierte den Torbogen und trat bis an die bröckelnde Brüstung heran. Für den Rückweg benutzte sie die andere Seite. Noch einmal durchquerte sie den Saal. Keiner nahm von ihr Notiz. Gut. Sie würde nicht auffallen. Sie kehrte zu ihrem Sarkophag zurück, nahm eine kleine Dose heraus und verbarg sie in ihrem weiten Ärmel. Dann trat die Vampirin in den Hof zurück und schritt auf das Torhaus zu. Bevor sie es passierte, streifte sie sich die Kapuze über den Kopf. Zum ersten Mal war sie froh darüber, dass alle Lycana diese in Schnitt und Farbe kaum zu unterscheidenden Kleider trugen. Die Vampirin ging langsam, zwang sich zu einem schlendernden Schritt, so als gäbe es kein Ziel, dem sie zitternd vor Unruhe zustrebte. Unhörbar passierte sie die Planken der Zugbrücke. Ein paar Unreine kamen ihr entgegen und neigten grüßend den Kopf in ihre Richtung, beachteten sie aber nicht weiter. Niemand hielt sie an. Niemand fragte, was sie vorhabe. Es war geradezu lächerlich einfach! Die Vampirin behielt ihren gemächlichen Schritt bei, bis sie vom Tor aus nicht mehr gesehen werden konnte. Kaum jedoch war sie hinter der ersten Biegung des Weges verschwunden, rannte sie los. Im Laufen zog sie die Dose aus dem Ärmel und öffnete sie. Fiepend hob sich eine kleine Fledermaus in den Nachthimmel und war auch schon verschwunden. Sie sah ihr nicht nach. Sie lief nur weiter, bis sie den Ort erreichte, an dem sie auf weitere Anweisungen warten sollte. Eine frischgrüne Ulme erhob sich neben dem Skelett eines anderen Baumes, dessen Rinde silbrig im Mondlicht schimmerte. Wie Knochenfinger reckten sich die Zweige in die Höhe, vom Wind geschüttelt, als wohne eine unheilige Lebensform in ihnen. Unter der Ulme plätscherte Wasser aus einem hölzernen Rohr in einen kastenförmigen Steintrog. Die Vampirin ließ sich auf dem Rand nieder. Prüfend sah sie in den Himmel hinauf. Es würde sicher noch einige Stunden dunkel sein. Wie lange würde sie warten müssen? Wie schnell wäre ihr Signal dort und wie lange würde es dauern, bis – ja, bis was geschah? Sie wusste es nicht, doch ihr blieb nicht viel Zeit, darüber zu rätseln. Eine Fledermaus, viel größer als die, die sie geschickt hatte, schwebte hernieder, umkreiste sie zweimal in einem engen und dann in immer weiteren Kreisen und kehrte schließlich in die düsteren Schatten der Ulme zurück.

Die Vampirin beobachtete sie aufmerksam. Da, eine Nebelwolke schien sich aus dem Nichts zu verdichten, formte wabernde Schwaden, die sich zu drehen begannen, bis sie die Fledermaus verschlangen. Der nächste Windhauch verwehte den Dunst.

Die Vampirin hatte nichts anderes erwartet, und doch hielt sie unwillkürlich den Atem an, als sich die Gestalt aus den letzten Nebelfetzen schälte und auf sie zutrat. Auch sie trug ein langes Gewand, das ihren Körper verhüllte, und eine Kapuze, die den Blick auf ihre Züge verwehrte. Nur war ihres nicht grün, sondern schwarz. Die Stimme war aber eindeutig die einer Frau, auch wenn sie tief klang und mit einem harten Akzent sprach.

»Ich habe dein Signal empfangen. Nun, so sprich. Beantworte nur meine Fragen, kurz und klar. Und dann kehre zurück und errege keine Aufmerksamkeit. Wenn du mich erreichen willst, dann schicke mir meinen Boten.« Sie reichte ihr eine Dose, ähnlich der in ihrer Tasche, in der es leise flatterte.

»Wer seid Ihr? Ich habe bisher nur mit den beiden Vampiren gesprochen.«

»Das tut nichts zur Sache!«

»Aber wie soll ich Euch ansprechen?«

Die Frau zögerte einen Moment, dann sagte sie: »Sprich mich einfach mit Fürstin an. Und nun sage mir, was ich wissen will.«

ÜBERSTÜRZTE ABREISE

Als sie bereits kurz nach Mitternacht wieder in Dunluce Castle ankamen, machten sich Alisa und die anderen als Erstes auf die Suche nach Hindrik.

Sie fanden ihn mit ein paar Servienten der Lycana in der Grotte unter der Burg.

»Was machen die da?«, fragte Luciano, nachdem sie den Arbeiten mit Steinen, Brettern, Seilen und dünnen Drähten einige Augenblicke zugesehen hatten.

»Sie errichten noch ein paar Fallen, damit es keinem ungebetenen Gast mehr gelingt, auch nur in die Grotte einzudringen. Der Tod der fremden Servientin hat ihnen einen gehörigen Schrecken versetzt. Wie leicht hätte es einen der Erben treffen können!«

»Habt ihr die Fremden gefunden?«, hakte Alisa nach.

Hindrik schüttelte den Kopf. »Nein, aber wir haben die Särge verbrannt.«

Alisa war schockiert, während Luciano und Franz Leopold einmütig meinten, diese drastische Maßnahme sei durchaus berechtigt, auch wenn sie noch nicht wussten, ob die Vampire oder ihre menschlichen Begleiter das tödliche Schwert geführt hatten.

»Es war notwendig, den Eindringlingen ihre Rückzugsmöglichkeit zu nehmen«, betonte Hindrik. »Es war ein Siegesfeuer – wenn auch in meinen Augen ein wenig verfrüht. Sie sind uns entwischt, und wir wissen nicht, wer sie sind und woher sie kommen. Donnchadh schließt aus, dass sie aus Irland stammen.«

»Die Frage ist: Aus welchem Land kommen sie? Gehören sie zu einem Clan, oder gibt es Vampire, die unabhängig von den Familien existieren? Ich dachte zuerst, eine mir bekannte Aura aufzunehmen und dann wieder etwas völlig Fremdes, das mich verwirrt.«

»Viele spannende Fragen«, bestätigte Hindrik und folgte dann dem Ruf einer jungen, sehr hübschen Servientin, die ihn bat, ihr beim Aufbau einer komplizierten Falle zur Hand zu gehen.

»Das ist nicht gut!«, sagte Franz Leopold schroff.

»Was?«, fragten Ivy und Alisa gleichzeitig.

»Dass sie Fremde beim Einbau der Fallen helfen lassen.«

»Fremde? Das ist doch nur Hindrik!«, widersprach Alisa.

»Er ist aus Sicht der Lycana ein Fremder«, beharrte Franz Leopold. »Diese Vertrauensseligkeit könnte sich als großer Fehler erweisen.«

»Aber sie haben die Akademie gegründet, damit sie uns zusammenführt und Vertrauen stiftet zwischen den Familien!«, rief Alisa.

»Und dennoch sind diese Eindringlinge vielleicht Angehörige eines unserer Clans, die anders denken und das neue Bündnis zerstören wollen, solange es noch so brüchig ist«, meinte Luciano. »Denkt an Leandro und all die anderen in der Domus Aurea, die von dem Plan, die Feinseligkeiten zu begraben, gar nicht entzückt waren.«

»Vermutlich haben sie unter den Schülern oder ihren Schatten Mitwisser und Mithelfer.« Franz Leopold sah bedeutungsvoll in die Runde.

»Was? Das glaubst du doch nicht ernsthaft!« Alisa war entsetzt. »Ich traue nicht einmal dir zu, dass du gegen die Akademie intrigierst und fremde Vampire in die Burg führst, die uns anderen schaden sollen.«

Franz Leopold deutete eine Verbeugung an. »Das ist zwar sehr freundlich von dir, aber auch naiv und daher gefährlich! Ich bleibe vorsichtig – und ich will erfahren, wer diese Eindringlinge sind.« Franz Leopold wandte sich zum Gehen.

»Wo willst du hin?«, rief ihm Alisa nach.

Er drehte sich noch einmal um und sah sie verständnislos an. »Nachsehen, was die Observierung der Lycana bisher erbracht hat, was sonst?«

Die drei folgten ihm. Sie bemühten sich um eine unschuldige Miene und schlenderten an den Lycana vorbei, die noch immer mit ihren Fallen beschäftigt waren. Die irischen Vampire beachteten sie jedoch gar nicht. Alisa war froh, dass Hindrik nicht zu ihnen herübersah. Er hätte bestimmt bemerkt, dass sie etwas vorhatten, das nicht in Donnchadhs Sinne war.

Sobald sie um die Biegung kamen und von den anderen nicht mehr gesehen werden konnten, fingen sie an zu laufen. Luciano brummelte zwar vor sich hin: »Als ob ich in den vergangenen Nächten nicht genug gerannt wäre«, aber er hielt mit ihnen Schritt und folgte Ivy den schmalen Pfad durch die Schlucht und auf der anderen Seite zur Klippe hinauf. Ehe sie sich der verborgenen Hütte an der Felswand näherten, schlugen sie einen Bogen und pirschten sich dann vorsichtig näher heran. Sie wollten von keiner Seite entdeckt werden!

»Dort drüben halten sich zwei von Donnchadhs Männern verborgen«, sagte Franz Leopold leise. Die anderen reckten die Köpfe. Sie brauchten eine Weile, bis sie die beiden Gestalten erkennen konnten.

»Du hast einen scharfen Blick, Leo.« Ivy nickte ihm anerkennend zu, doch er machte eine wegwerfende Handbewegung.

»Jeder Vampir, der nicht schon auf dem Lotterbett eines Altehrwürdigen vermodert, muss sie sehen.«

»Das ist wieder die typische Reaktion eines Dracas!«, schimpfte Alisa. »Wie wäre es mit: Danke für das Kompliment?«

»Eine Selbstverständlichkeit zu erwähnen, ist kein Kompliment«, gab Franz Leopold kalt zurück. »Ja, es grenzt sogar an eine Beleidigung. Bedeutet es nicht, dass der andere deine Fähigkeiten bis dahin völlig unterschätzt hat?«

»Ach, dann willst du Ivy unterstellen, sie habe dich mit dieser Bemerkung beleidigen wollen?«, rief Alisa hitzig.

»Jetzt hört doch mal mit dieser kindischen Streiterei auf und dämpft eure Stimmen!«, fuhr sie Luciano an. »Warum haben wir uns erst angeschlichen, wenn wir dann so herumbrüllen? Seht, dort drüben sind noch einmal zwei, und wenn ich mich nicht täusche, halten sich zwei weitere unten in der Bucht verborgen, für den Fall, dass die Fremden mit einem Boot anlanden wollen. Wir kommen also genauso wenig wie die Eindringlinge ungesehen an die Hütte heran.«

»Das ist ja auch nicht unser Ziel«, belehrte ihn Alisa. »Wir wollen nur sehen, was hier passiert.«

Für eine Weile schwiegen sie und behielten sowohl die Hütte als auch die Lycana im Auge, die sie bewachten.

»Ich glaube nicht, dass sie uns so einfach in die Falle gehen«, sagte Ivy plötzlich. »Noch immer liegt der Brandgeruch der zerstörten Särge in der Luft. Das wird sie frühzeitig warnen.«

Alisa atmete tief ein. »Können sie den Geruch ihn nicht für eins der Feuer halten, die die Menschen entfachen, um sich zu wärmen oder ihr Essen zuzubereiten?«

»Selbst hier in der Gegend heizen und kochen die Menschen mit Torf. Das ist billiger als Kohle oder gar Holz, das in Irland zu einem wertvollen Gut geworden ist, nachdem sich über Jahrhunderte hinweg keiner gescheut hat, die Insel von ihrem Kleid aus Wäldern zu befreien. Ein Torffeuer riecht ganz anders als verbranntes Holz!«

»Die meisten Vampire machen sich nicht viele Gedanken über die Menschen – solange sie nur reichlich vorhanden sind und uns zur Stärkung dienen.« Luciano zögerte kurz, ehe er sagte: »Wenn wir nur wüssten, aus welcher Richtung sie sich nähern, dann könnten wir ihnen dort auflauern.«

»Oder wir folgen der Aura der fremden Vampire. Wer weiß, vielleicht ist ihr Versteck näher, als wir glauben.« Wieder trat dieses Funkeln in Franz Leopolds Blick, das ihm, trotz seiner makellosen Schönheit, etwas von einem Raubtier verlieh.

Alisa nickte. »Dort oben, als wir den Bogen schlugen, haben wir ihre Fährte gekreuzt. Das wäre ein Anfang.«

»Bist du dir sicher?«, hakte Luciano nach. »Ich habe nichts bemerkt.«

»Natürlich nicht!«, murmelte Franz Leopold, doch Ivy unterbrach ihn.

»Seymour und ich haben sie auch gewittert.«

Alisa begann bereits, sich auf allen vieren zurückzuziehen, bis sie von den Lycana nicht mehr gesehen werden konnten. Die anderen folgten ihr. Sie liefen in geduckter Haltung bis zu der Stelle, an der sie die Spur wahrgenommen hatten. Etwas widerstrebend musste Franz Leopold eingestehen, dass die beiden Mädchen recht hatten.

»Vermutlich hat Seymour die Fährte entdeckt«, brummte er, beließ es aber dabei. Das Jagdfieber hatte ihn ergriffen. Ein wenig nach vorn gebeugt, die Augen und alle anderen Sinne auf den Boden gerichtet, verfolgte er die Spur. Seymour überholte ihn und übernahm die Führung. Seine Witterung war so scharf, dass er nur so dahinflog und die jungen Vampire in Laufschritt verfallen mussten, um dicht hinter ihm zu bleiben.

»Der ist aber schnell unterwegs!«, keuchte Luciano. »Dass er da überhaupt noch was riechen kann.«

»Ja, er ist gut. Wir kriegen sie«, frohlockte Franz Leopold. Ivy und Alisa wollten seine Zuversicht allerdings nicht teilen.

»Ich frage mich, warum die Mitglieder deines Clans sie nicht gefunden haben«, sagte Alisa leise, ohne das Tempo zu drosseln.

Ivy nickte. »Ja, diese Frage schwirrt mir auch im Kopf herum. Leo mag nicht viel von den Fähigkeiten der Lycana halten, doch ich versichere dir, sie sind durchaus in der Lage, einer Spur zu folgen, die kaum einen Tag alt ist!«

»Das bezweifle ich nicht. Wenn die Spur auf dem Boden verläuft.«

Die beiden Vampirinnen sahen einander bedeutungsvoll an. »Ich sehe, unsere Befürchtungen gehen in dieselbe Richtung«, sagte Ivy.

Sie folgten der Fährte über ein steiniges Kartoffelfeld und am Rand zweier Schafweiden entlang und bogen dann in einen von Feldsteinmauern gesäumten Weg, der sich bald darauf in ein

Bachbett absenkte. Ein schmaler Holzsteg führte über das klare Wasser, das zwischen schwarzem Geröll dem Meer zufloss. Seymour lief auf die Brücke hinaus, blieb stehen, witterte nach allen Seiten und jaulte dann mit in den Nacken gelegtem Kopf.

»Bedeutet es das, was ich denke?«, fragte Alisa und drängte sich an Ivys Seite auf den Steg. Sie nickte.

»Geh weiter!«, schimpfte Franz Leopold den Wolf, drängte sich an ihm vorbei und sprang ans andere Ufer. Der Dracas drehte den Kopf langsam nach links, dann nach rechts und wieder nach links. Mit einem Seufzer wandte er sich zu den anderen um.

»Sie sind hier nicht rübergekommen. Ist es das, was der Wolf uns mit seinem Gejaule sagen will?«

»Ja, die fremden Vampire haben den Steg nicht betreten«, bestätigte Ivy.

»Vielleicht sind sie durch das Wasser gewatet, um ihre Spuren zu verwischen?«, sagte Alisa eifrig und begann, am Ufer entlang nach ihrer Witterung zu suchen. Seymour gesellte sich zu ihr und half. Sie fanden eine Stelle, an der der Geruch viel deutlicher war. Hier mussten sie sich ein wenig länger aufgehalten haben. Dann führte die Spur zum Bach hinunter und verschwand im Wasser.

»Also doch!«, schimpfte Alisa. »Sie lassen das fließende Wasser ihren Helfer sein. Wir müssen beide Ufer absuchen. Vielleicht haben sie nur wenige Schritte im Bach getan, und wir können ihre Spur an der Stelle aufnehmen, an der sie den Wasserlauf wieder verlassen haben.«

Franz Leopold kehrte über den Steg zurück und ging auf Ivy zu. »Täuschen mich meine Sinne oder kann ich Erleichterung bei dir spüren?« Nun starrten Alisa und Luciano sie ebenfalls an. Ivy lächelte ein wenig schief.

»Du hast richtig gefühlt, Leo, aber halt«, sie hob die Handflächen und wich einen Schritt zurück. Seymour stellte sich sofort vor sie und knurrte. »Bevor euer Misstrauen wie eine Flamme in trockenem Holz auflodert, hört, warum mich dieses Gefühl überkam, als sich die Spur im Bach verlor. Dass wir die Eindringlinge nicht würden finden können, hat sich auch Alisa bereits gedacht. Warum sonst hätten die anderen Lycana die Spur aufgeben sollen?« Franz Leopold schnaubte abfällig, aber Ivy ignorierte es.

»Eine Fährte vom Wasser abwaschen zu lassen, dass kein Bluthund ihr mehr folgen kann, ist ein einfacher Trick, den selbst viele Menschen kennen. Für Vampire gibt es jedoch noch andere Möglichkeiten, keine Spuren zu hinterlassen – je nachdem, wie mächtig sie sind und welche speziellen Fähigkeiten sie haben.«

»Du meinst, wenn es ihnen möglich gewesen wäre, sich in Nebel aufzulösen oder in eine Fledermaus zu wandeln, dann hätten sie es auch getan«, meinte Luciano, der lange geschwiegen hatte.

»Ja genau. Ist es nicht ein Gefühl der Erleichterung wert, zu erfahren, dass die Kräfte des Gegners nicht so stark sind, wie man zuerst befürchtet hat?«

Franz Leopold hob die Schultern. »Und selbst wenn sie sich in irgendwelche Flugungeheuer verwandeln könnten, was würde das ausmachen? Sie sind vermutlich nur zu fünft und sie befinden sich in einem fremden Land.«

Die Freunde beschlossen, dem Bachlauf zu beiden Seiten zu folgen, bis sie die Spur wiederfanden, doch dazu kam es nicht.

»Da ist jemand!«, rief Luciano, und alle fuhren herum.

»Das sieht nach Ärger aus«, sagte Alisa, als sie die Gestalten erkannte, die ihnen entgegeneilten.

»Ja, das vermute ich auch«, bestätigte Franz Leopold ungerührt. Luciano dagegen zog ein wenig das Genick ein, als die drei Schatten auf sie zustürmten.

»Lernt ihr denn gar nicht dazu?«, stöhnte Hindrik. Matthias und Francesco begnügten sich damit, ihren Herren finstere Blicke zuzuwerfen.

»Wir lernen doch dazu«, entgegnete Alisa und feixte. »Es fällt uns immer leichter, uns euren wachsamen Sinnen zu entziehen. Das sind wertvolle Lektionen!«

Hindrik bedachte sie mit einem strafenden Blick. »Alisa, du bist zu gerissen für einen gealterten Vampir.«

Sie versetzte dem Servienten, der seinem Aussehen nach zu urteilen in der Blüte seiner Jahre stand, einen Rippenstoß. »Spotte nicht!«

»Ich bin ganz ernst. Und die Lage ist es auch! Das ist kein Spiel! Eine Servientin wurde vernichtet. Habt ihr das schon vergessen?«

Alisa senkte beschämt den Kopf. »Nein, natürlich nicht. Deshalb wollen wir ja helfen, die Mörder zu finden.«

»Und begebt euch dabei in Gefahr!«, polterte Hindrik.

»Wir sind doch zu viert und haben Seymour dabei«, verteidigte sich Alisa kleinlaut, doch Hindrik ging nicht darauf ein.

»Folgt mir schnell, wenn ihr nicht erleben wollt, wie es ist, wenn Donnchadh einen seiner Zornanfälle bekommt, für die er berüchtigt ist.«

Alisa warf Ivy einen schnellen Blick zu, die steile Sorgenfalte auf ihrer Stirn ließ sie ihren Schritt beschleunigen.

»Gibt es etwas Neues?«, drängte Alisa, die neben Hindrik wie vom Sturmwind getrieben über das Feld flog, sodass ihre Füße kaum den Boden zu berühren schienen.

»Donnchadh und ein paar andere Lycana warten in der Grotte auf euch. Ihr seid die Letzten, die an Bord kommen müssen, ehe wir in See stechen.«

Ivy schloss an seiner anderen Seite zu ihm auf. »Was? Wir verlassen Dunluce Castle? Das war nicht geplant! Zumindest jetzt noch nicht.«

»Die mutigen Lycana fliehen vor fünf fremden Vampiren! Ich fasse es nicht«, rief Franz Leopold aus.

Luciano sagte nichts. Er war zu sehr damit beschäftigt, mit den anderen Schritt zu halten.

*

»Und? Tut sich etwas?« Eine Gestalt trat auf den Beobachter zu, der seit mehr als einer Stunde völlig reglos auf dem schmalen Felsvorsprung stand.

»Jovan, du bist zurück. Haben sie die Verfolgung aufgegeben?«
Der große, hagere Mann sprach mit hartem Akzent. Sein Haar
und die buschigen Brauen waren dunkel und seine Wangenknochen sprangen scharf in dem kantigen Gesicht hervor. Im Gegensatz zu dem Mann, den er Jovan genannt hatte, war er keinesfalls
schön zu nennen.

Der andere lachte hart. »Ja, Danilo, sie haben aufgegeben. Im
Wasser haben sie unsere Spur verloren. Wobei ich mich immer
noch frage, warum wir durch den Bach gehen mussten.«

Danilo sah den anderen Vampir mit unergründlicher Miene an.
»Weil die Lycana bemerken sollten, dass sich die Fährte im Wasser
verliert. Gerade sie wissen, dass es noch andere Wege gibt, spurlos
zu verschwinden. Warum sollten wir ihnen mehr über uns verraten als im Moment notwendig?«

Jovan nickte langsam. »Ja, du hast recht. Es ist immer gut, noch
ein paar Überraschungen bereitzuhalten.«

Drei weitere Vampire gesellten sich zu ihnen. Eine der Frauen
war ebenso groß und hager wie Danilo und auch ihre Züge glichen den seinen. Allerdings war ihr Haar länger, die Brauen nur
feine, gebogene Striche auf der weißen Haut.

»Ah, Tonka, da bist du ja. Hat sie Kontakt aufgenommen?« Die
Vampirin nickte. »Gut. Gibt es etwas Neues?«

Tonka lächelte kalt. »Sie rüsten sich zum Aufbruch. Was soll
man auch sonst von ihnen erwarten? Sie sind wie ihre keltischen
Vorfahren. Die saßen auch nur in ihren Festungen, jede Familie
für sich ein kleines *túatha* – Königreich«, übersetzte sie, als sie den
fragenden Blick des Vampirs bemerkte, ein großer Mann, massig
wie ein Bär mit schwarz glänzendem Haar.

»Es gab keine Dörfer und keine Straßen, von Städten gar nicht
zu reden. Jeder kochte sein eigenes Süppchen. Man stritt sich und
bekämpfte einander um ein paar Frauen oder Schafe und ließ die
Eroberer ungehindert das Land überfluten – erst die Wikinger,
dann die Normannen oder Angelsachsen, wie sie sich später nannten. Statt sich gegen die Eindringlinge zusammenzuschließen,

zogen sich die Iren in die Wälder und Moore zurück, und das tun sie auch heute noch, wenn sie sich bedroht fühlen, Menschen wie Vampire.« Sie lachte. »Wir haben das Wild aufgescheucht. Nun müssen wir ihm nur noch folgen, und dann haben wir sie genau da, wo wir sie haben wollen!«

»Du weißt eine Menge über diese verachtenswerte Familie und ihr rückständiges Land«, bemerkte Piero, der Bärengleiche, der den Worten der alten Vampirsprache einen weichen, melodischen Klang gab.

»Ja, ich habe alles genau geplant. Man darf nichts dem Zufall überlassen, sondern muss über seine Gegner Bescheid wissen – oder soll ich sagen, über seine Opfer?« Sie verzog den Mund, dass ihre gefährlich spitzen Raubtierzähne zu sehen waren. Die zweite Vampirin, die sich im Hintergrund gehalten hatte, lachte laut. Sie war kleiner als Tonka und Danilo und kräftiger gebaut. Ihr Haar war grau und ihr Gesicht wie zerknittertes Pergament.

»Macht sich der ganze Clan nach Westen auf?«, wollte Piero – wie er sich vor seinen neuen Verbündeten nannte – wissen.

Tonka sah ihn verächtlich an. »Nein, natürlich nicht. Das wäre nicht in unserem Sinne. Der größte Teil bleibt zurück, um die Eindringlinge zu fangen, die es gewagt haben, die altehrwürdigen Hallen von Dunluce zu entweihen.« Wieder dieses wölfische Grinsen. »Sie schicken nur die wertvollen Erben mit ein paar Begleitern weg.«

Danilo nickte. »Gut, dann werden auch wir uns jetzt auf den Weg machen.«

»Wir sollten hoffen, dass sie nicht zu viele erfahrene Beschützer bei sich haben«, sagte Piero und richtete seinen Blick auf ein Schiff, das nun am Fuß der Klippe auftauchte. »Die Servienten der jungen Vampire nicht zu vergessen.«

Danilo machte eine wegwerfende Handbewegung. »Das ist ganz und gar gleichgültig. Sie werden uns nicht aufhalten.«

*

Die beiden Schiffe der Lycana segelten hart am Wind nach Nordwesten, um die nördlichste Spitze Irlands zu umrunden. Alisa, Ivy, Franz Leopold und Luciano reisten mit ihren Schatten in der Begleitung von Donnchadh, Catriona und zwei weiteren Lycana auf dem kleinen Küstensegler, der sie bereits nach Dunluce Castle gebracht hatte. Die anderen waren in einem größeren und dennoch schnelleren Schiff vor ihnen. Der Rumpf war schmaler, seine beiden Masten höher, daher hatte es nicht in die Grotte einfahren können. Es ankerte stets in der Bucht im Westen unterhalb eines felsigen Bogens aus weiß schimmerndem Fels. Die Vampire und ihre Särge mussten mit Ruderbooten vom Steg zum Schiff gebracht werden, wo sie ungeduldig warteten, bis Hindrik mit den Freunden endlich an Bord der *Cioclón* sprang und Donnchadh den Befehl zum Aufbruch gab. Ein kräftiger Wind blähte die Segel und brachte sie rasch voran. Als der Himmel verblasste, lösten sich im Westen die Felsen von Malin Head aus dem Dunst. Alisa betrachtete die Wellen, die an den Felsen zerbarsten und ihre Gischt hoch in den Nachthimmel schleuderten.

»Was ist das für ein Turm?«, fragte sie Ivy.

»Es ist ein Wachturm, den die Engländer zu Anfang des Jahrhunderts aus Angst vor einer Landung der Franzosen gebaut haben. Man traute es Napoleon durchaus zu, dass er sein Augenmerk auf Britannien richten und eine Invasion in Irland beginnen könnte. Schließlich waren die Franzosen und die Spanier katholische Glaubensbrüder der Iren, die man im Kampf gegen die verhassten Anglikaner gern unterstützen wollte. Schon Königin Elisabeth I. fürchtete sich vor kaum etwas so sehr wie vor der *Spanischen Armada*. Zeit ihres Lebens hat sie alles daran gesetzt, dass Irland für die Spanier nicht zum Tor nach England wurde.«

»Haben die Spanier es wenigstens versucht?«, fragte Alisa.

»Versucht ja, aber gelungen ist ihnen die Landung nicht. Bis auf kleine Verbände ab und zu, die nichts auszurichten vermochten. Die stürmische See wurde ihnen zum Verhängnis! Die stolze *Armada* der Spanier versank in einem Orkan vor der irischen Küste.

Und was taten die Iren, nachdem sie sahen, dass die Spanier nicht mehr dazu taugten, sie vom englischen Joch zu befreien? Sie plünderten die Wracks und verkauften die Seeleute und Soldaten, die sich lebend ans Ufer retten konnten, in britische Gefangenschaft. Nun, so hatten sie wenigstens ihre Beutel ein wenig aufgefüllt, wenn schon der große Befreiungskrieg ins Wasser fiel!«

»Die Menschen hier haben eine seltsame Vorstellung von Ehre und Treue«, meinte Franz Leopold, der in der Nähe stand und ihnen zugehört hatte.

Catriona kam an Deck und schickte alle in ihre Kisten. Auch Murrough, der wieder ihr Bootsführer war, begab sich zur Ruhe.

»Lassen sie das Schiff nun einfach treiben, bis es dunkel wird?«, fragte Alisa verwirrt. »Wir sind auf offener See. Da kann man nicht ankern.«

»Nein, wir werden weitersegeln«, bestätigte Ivy. »Es gibt Mittel und Wege, nicht vom Kurs abzukommen.«

Alisa wollte sich damit nicht begnügen, aber Catriona begleitete Ivy zu ihrer Kiste, und Hindrik stand mit ernster Miene neben der ihren, sodass ihr nichts anderes übrig blieb, als sich zur Ruhe zu legen.

*

Eine neue Nacht senkte sich über das Meer. Ivy stand an der Reling und sah auf die Wellen mit ihren weißen Kronen hinab. Ihre Stirn legte sich in Falten und glättete sich dann wieder. Franz Leopold beobachtete sie eine Weile, dann trat er an ihre Seite.

»Was denkst du?«

»Ich habe mich gerade gefragt, ob die fremden Vampire je vorhatten, zu ihren Kisten in der Hütte zurückzukehren.«

»Wir Vampire benötigen einen dunklen Ort, an den wir uns während des Tages zurückziehen können! Diese Kisten schienen mir durchaus dafür geeignet und wurden von ihnen zuvor ja auch zu diesem Zweck gebraucht«, dozierte Franz Leopold mit erhobenem Zeigefinger.

Ivy lachte auf, wurde dann aber gleich wieder ernst. »Ach Leo, wann begreifst du, dass auch andere durchaus ihren Geist zu nutzen verstehen. Es könnte sich eines Tages als tragischer Fehler erweisen, wenn du nicht nur deine Freunde, sondern auch deine Gegner unterschätzt.«

»Gut, dann lege mir deine Gedankengänge dar. Ich sage dir dann, ob sie es wert sind, dass wir sie weiterverfolgen, oder ob es sich dabei nur um die überspannte Fantasie eines weiblichen Gehirns handelt.«

Ivy verzichtete darauf, auf diese neue Provokation einzugehen. »Sie müssen vorher gemerkt haben, dass sie Dunluce erst erreichen, wenn es zu spät ist, in jener Nacht noch etwas auszurichten.«

»Sie haben die Unreine vernichtet«, widersprach Franz Leopold.

»Aber war die Tat geplant? Für mich sieht es eher nach einer spontanen Reaktion aus. Sie wurden überrascht und haben gehandelt!«

»Worauf willst du hinaus? Sie hätten die Spuren ihres Verbrechens nicht tilgen können, selbst wenn sie es versucht hätten. Der Geruch des Blutes lässt sich nicht einfach wegwaschen. Außerdem ist Ireen ihnen entwischt und konnte uns berichten.«

Ivy wiegte den Kopf hin und her. »Das ist alles richtig, und dennoch frage ich mich: Warum sind die Seeleute zu dieser späten Stunde überhaupt in die Grotte gefahren und haben dort festgemacht?«

Der Dracas hob die Schultern. »So lautete ihr Befehl. Das Meer ist unberechenbar. Da kann sich eine Reise leicht um ein paar Stunden verlängern.«

»Und warum haben die Vampire den Befehl nicht geändert? Es wäre doch ein Leichtes gewesen, eine andere Bucht anzulaufen oder gar den nächsten kleinen Hafen, der nur wenige Meilen von Dunluce entfernt ist.«

»Dann haben sich die Seeleute hier nicht ausgekannt.«

Ivy warf ihm einen Blick zu. »Leo, von der Seefahrt verstehst du nichts. Sie wären nicht unbeschadet in die Grotte gekommen, wenn sie sich hier nicht gut auskennen würden. Die Seeleute kommen nicht aus einem fremden Land! Nein, ich denke, sie haben das gemacht, was die Vampire ihnen befohlen haben, und ich frage mich: Warum haben sie ihnen genau diese Anweisung gegeben? Dachten sie, wir könnten ihre Spuren nicht bis zu der Hütte verfolgen? Glaubten sie, wir würden die Ermordung eines fremden Schattens einfach so hinnehmen?«

»Dann haben sie die Entdeckung der Spur eben in Kauf genommen. Sie wussten, dass sie ihre Kisten längst verlassen haben würden, ehe der erste Lycana bei der Hütte auftauchte.«

Ivy nickte. »Ja, und deshalb hatten sie nie vor, dorthin zurückzukehren. Sie wussten, dass die Lycana sie dort erwarteten.«

»Schon möglich. Wo liegt dein Problem?«

Ivy holte tief Luft und ließ sie dann in einem Stoß entweichen, ehe sie weitersprach. »Ich frage mich, ob sie uns nicht ihre Anwesenheit wissen lassen *wollten*. Warum sonst haben sie den Körper der Servientin so schaurig drapiert, statt ihn dem Meer zu übergeben. Das ist die einzige logische Schlussfolgerung.«

Nun sah Franz Leopold sie verblüfft an. »Aber warum sollten sie das tun?«

»Das ist genau das, was mich beunruhigt«, antwortete Ivy. »Mir fallen nicht viele Möglichkeiten ein.«

»Und wie lauten die wenigen?«, wollte Franz Leopold wissen.

»Ein altes keltisches Sprichwort sagt in etwa: Wenn man auf den Busch schlägt, dann erwartet man, dass die Vögel darin auffliegen. Was, wenn unsere Reaktion genau die ist, die sie erreichen wollten?«

Franz Leopold pfiff durch die Zähne. »Du meinst, sie haben das Wild aufgescheucht, um es zu vertreiben?«

»Oder um es zu jagen!«

»Dann glaubst du, dass nicht die Lycana ihr Ziel sind? Wir sind es, die Erben der Clans!«

»Ich hoffe, ich irre mich«, sagte Ivy, doch Franz Leopolds Augen begannen zu leuchten.

»Dann werden wir also bald wieder auf ihre Fährte stoßen. Das gefällt mir. Es war mir wie ein Schluck fauligen Bluts in meiner Kehle, so einfach wegzulaufen, ohne die Eindringlinge zu finden oder auch nur hinter ihre Absichten zu kommen. Freust du dich denn nicht?«

Ivy schüttelte den Kopf. »Nein, ich hoffe, ich irre mich«, wiederholte sie.

ROCKFLEET CASTLE

Sie segelten bereits viele Stunden, als Murrough eine Bucht ansteuerte. Es war schon spät in der Nacht, und die Menschen, die in den verstreuten Hütten wohnten, schliefen sicher längst. Allerdings war der Morgen auch noch nicht so nah, dass die Fischer sich bereits zu ihren Fanggründen aufmachten. Franz Leopold stand neben Ivy und Seymour am Bug, als Alisa und Luciano sich zu ihnen gesellten.

»Wie konnten wir gestern nur das Mahl versäumen? Wenn ich nicht bald Blut bekomme, dann werde ich zum Berserker und stürze mich auf alles, was sich bewegt«, stöhnte Luciano und presste sich die Hand auf den Leib.

»Dann müssen wir uns wohl vor dir in Acht nehmen?«, spottete Franz Leopold. Luciano fauchte ihn an und zeigte ihm seine Reißzähne.

»So schwach ist unser Dickerchen bereits, dass er nicht einmal mehr Worte findet, sondern nur noch auf tierische Laute zurückgreifen kann.«

»Halte den Mund«, fuhr ihn Alisa an.

»Warum? Fällst du sonst auch über mich her und stößt mir deine Zähne in den Hals? Ich muss dich warnen, das Blut anderer Vampire bekommt uns nicht sonderlich.«

»Woher weißt du das? Hast du es etwa schon gekostet? So wie du ja auch – angeblich – genau weißt, wie Menschenblut schmeckt?«

Die beiden starrten einander zornig an, bis Ivy zwischen sie trat. Wie üblich klang ihre Stimme tief und ruhig. »Alle haben jetzt Hunger – und uns vier quält der Blutdurst am meisten, da wir gestern auf unsere Ration verzichtet haben. Dennoch ist es jedem Vampir möglich, noch viel länger ohne Blut auszuhalten. Wir müssen uns zusammenreißen und dürfen uns nicht in unsere Aggressionen hineinsteigern.«

»Noch länger ohne Blut aushalten?« Lucianos Stimme klang scharf. »Ich weiß, wie es ist, drei Tage nichts zu bekommen – im Gegensatz zu dir. Du hast dich in Rom vor der Strafe gedrückt.«

Alisa versetzte ihm einen Rippenstoß. »Nun sei nicht ungerecht. Ivy hat sich nicht gedrückt, das weißt du genau. Sie hat Seymour gepflegt, der sonst vermutlich an seiner Verletzung gestorben wäre.«

»Ja, und ich weiß immer noch nicht, warum der Conte ihr die Strafe wegen eines Wolfes erlassen hat!«, ereiferte sich Luciano, der sich nicht beruhigen wollte. Alisa und Franz Leopold tauschten einen schnellen Blick. Seymour knurrte leise.

Murrough beendete den Streit. Er kam nach vorn, um das Schiff an einer bröckelnden Kaimauer zu vertäuen. Die *Réalta*, das zweite Schiff der Lycana, hatte bereits festgemacht, und Alisa konnte ihren Bruder unter den Vampiren ausmachen, die sich um die Planke scharten, die auf den Kai hinausführte. Auch die anderen schienen streitlustiger als sonst. Eine Rangelei entstand, in die sicher die Pyras verwickelt waren. Sie hörte Ireen empört aufschreien. Dann erklang Malcolms Stimme, der seine Cousine vermutlich zu beschützen suchte.

»Dürfen wir jetzt an Land?«, drängte Luciano. Murrough schüttelte den Kopf. »Nein, nur ein paar Clanmitglieder und einige eurer Begleiter werden hier von Bord gehen.«

»Sie gehen auf die Jagd!«, rief Luciano vorwurfsvoll.

»Ja, das tun sie«, bestätigte der Seemann. »Und sie werden für euch frisches Schafsblut besorgen. Wenn sie ihre Blutgier befriedigt haben, werden sie zurückkommen und uns ablösen.«

»Was für ein unsinniger Aufwand, anstatt dass wir alle zusammen auf die Jagd gehen.« Franz Leopolds Augen glitzerten. Es schien, als würden rote Flammen in ihnen auflodern. »Wir sind stark genug, um mit Menschen fertig zu werden.«

Murrough musterte ihn. »So? Glaubst du das wirklich? Oder ist es nur die unvernünftige Gier, die dich dazu antreibt, einen Fehler zu wiederholen, der dich beinahe vernichtet hätte?«

Woher konnte er das wissen? Alisa und Luciano starrten erst ihn und dann Murrough an. Franz Leopold dagegen senkte den Kopf. Für einen Moment wirkte er verzweifelt, ja hilflos, und unendlich traurig. Es stand nicht nur in seiner Miene. Es umhüllte ihn wie eine Aura. Alisa richtete ihren Blick neugierig auf den Dracas. Wenn er doch nur davon erzählen würde! Sie wüsste zu gern, wie es dazu gekommen war und wie es sich anfühlte, menschliches Blut zu trinken.«

»Dann frage ihn in einem günstigen Augenblick«, raunte ihr Ivy zu. »Ich denke, er wird es dir erzählen.«

Alisa schüttelte heftig den Kopf. »Niemals! Ich werde seiner Überheblichkeit nicht auch noch schmeicheln. Sieh ihn dir an! Er ist schon wieder ganz der Alte.« Mit hoch erhobenem Kopf rauschte Franz Leopold davon.

»Ja, seine Beherrschung ist meisterhaft und er verliert nur noch selten die Fassung.«

Alisa sah sie verstimmt an. »Ivy, du hast einen Narren an ihm gefressen, nur weil er ein schönes Gesicht und eine perfekte Gestalt hat. Fällt dir nicht auf, dass du ihn immer verteidigst?«

»Und du? Fällt dir nicht auf, dass du ihn immer angreifst und schlechtmachst?«, entgegnete Ivy, ohne sich aus der Ruhe bringen zu lassen.

Alisa klappte den Mund auf und dann wieder zu. Erst nach einer Weile murmelte sie: »Nur weil er so widerlich ist – selbst wenn er nichts sagt und einen nur ansieht!«

Murrough hatte die Leinen inzwischen wieder gelöst. Bei schwachem Wind glitten sie tiefer in die Bucht hinein, immer am nördlichen Ufer entlang, das sich hier aus von Algen bewachsenem Geröll nur zögerlich erhob. Der Gestank nach Schlick und altem Fisch drang ihnen in die Nase. Er musste betäubend sein, wenn die Ebbe die riesigen Tangfelder freilegte.

Alisa wandte sich von Ivy ab und trat neben Murrough, der aufmerksam nach vorn sah. Vermutlich, um Untiefen rechtzeitig zu erkennen.

»Wohin fahren wir?«

»Wir werden vor Carraig an Chabhlaigh oder Rockfleet Castle, wie es jetzt genannt wird, ankern«, gab der Schiffsführer bereitwillig Auskunft. »Doch erwarte nicht zu viel. Unzählige Bauwerke hier heißen Castle und sind eigentlich nur steinerne Türme. Es gibt hier auf der Insel natürlich auch Turmburgen, die riesig in ihren Ausmaßen sind und einem ganzen Heer von Menschen Platz bieten – aber Rockfleet gehört ganz sicher nicht dazu!« Er lachte kurz auf. »Du kannst dich selbst davon überzeugen.«

Alisa spähte nach vorn. Sie steuerten gerade zwischen einer flachen Insel und dem Festland auf eine kleine Bucht zu, an deren Rand sich ein Turm sechs oder sieben Stockwerke hoch in den Himmel reckte. Ein nach innen zurückgesetztes Satteldach ragte über den Brüstungsring der oberen Plattform auf. Bei Flut waren drei Viertel der sich nach unten verbreiternden Grundmauern von Wasser umgeben. Murrough machte die *Cioclón* an der Kaimauer fest. Ein anderer Seemann schob die Planke hinüber. Aufmunternd nickte er den jungen Vampiren zu. Seymour lief als Erster an Land und sprang jaulend herum wie ein junger Hund. Solch ein Verhalten waren sie nicht von ihm gewöhnt, gab er sich sonst doch stets als zurückhaltender und aufmerksamer Wächter. Ivy sah ihm lächelnd zu.

»Er liebt Schiffe nicht besonders und ist froh, festen Boden unter den Pfoten zu haben.«

»Ja, so kommt es mir auch vor«, sagte Alisa, der es immer wieder schien, als würde die Erde unter ihr schwanken. Dass diese Täuschung rasch verging, hatte sie nach der Ankunft in Dunluce Castle erfahren. Inzwischen hatte das zweite Schiff ein Stück weiter draußen Anker geworfen und zwei Lycana ruderten die erste Gruppe zur Kaimauer hinüber. Tammo war der Erste, der an Land sprang und sich neugierig umsah.

»Lasst uns hineingehen«, forderte sie Ainmire auf, der auf der *Réalta* mitgefahren war. Ein schmaler, mit Steinplatten belegter Pfad schmiegte sich an die Turmmauer bis zu der spitzbogigen Eingangstür, von der aus Stufen direkt ins Wasser führten und nur bei Ebbe Stein um Stein freigelegt wurden. Ainmire drückte mit der Schulter gegen die von Salzwasser gebleichte und verzogene Holztür, bis sie mit einem Kreischen nachgab.

»Wohnt hier denn niemand?«, wollte Tammo wissen.

Ainmire schüttelte den Kopf. »Nein, die Menschen haben dies unbequeme Quartier schon vor vielen Jahren verlassen. Wir Lycana benutzen es ab und zu auf unseren Reisen. Vor allem wenn wir Nachrichten versenden wollen.«

Alisa sah Ivy fragend an. »Was meint er damit?«

»Du wirst es sehen, wenn wir in die oberen Stockwerke hinaufsteigen.«

Neugierig folgte ihr Alisa eine hölzerne Leiter hinauf. Erst ab dem nächsten Stockwerk wand sich eine enge steinerne Treppe nach oben. Die Wände bestanden aus groben, weiß getünchten Steinbrocken, und die Kälte, die sie ausstrahlten, ließ erahnen, wie dick sie waren. Bei Tag konnte es hier drin kaum heller sein als jetzt, waren doch nur schmale Schlitze in die Mauern eingelassen. Für Vampire ein guter Ort, für Menschen sicher nicht.

Ivy stieg leichtfüßig noch zwei Stockwerke weiter nach oben. »Siehst du?«

In den Nischen und kleinen Nebengelassen nisteten Greife. Überall lagen Zweige und andere Materialien verstreut, die sie zum Bau ihrer Nester herbeigetragen hatten. Die Nester selbst waren teilweise kunstvoll aus ineinander verflochtenen Zweigen aufgebaut und dann wieder nur als unordentliche Haufen aufgeschüttet. Eierschalen, Federn und Kot leuchteten weiß hervor. Feiner Staub mit scharfem Geruch wurde bei jedem Schritt aufgewirbelt.

»Es sind Bussarde und Sperber, und natürlich die Falken, die ihre verlassenen Nester benutzen. Sie sind uns zu Diensten – wenn wir es geschickt anstellen.«

Ivy legte den Finger auf die Lippen und stieg eine weitere Treppe hinauf. Alisa folgte ihr. Ivy winkte sie zu einer Nische. Dort saß auf einem Nest ein Wanderfalkenweibchen und sah die beiden Vampirinnen aus großen gelben Augen an. Ivy, die Seymour ausnahmsweise zurückgelassen hatte, beugte sich vor und streckte die Hand aus. Dabei gab sie leise Töne von sich. Der Vogel legte den Kopf schief, dann stieg er vertrauensvoll auf die ihm dargebotene Hand. Ivy hob den Falken hoch. Die Greifendame hatte eine imposante Größe, und als sie die Flügel entfaltete, berührte sie mit ihrer Spannweite von mehr als einem Meter beinahe die Wände auf beiden Seiten des schmalen Gelasses.

»Rufe sie zu dir«, forderte Ivy Alisa auf. Alisa trat bis zu dem niederen Türsturz zurück. Der Blick des Vogels schien sie zu durchdringen. Sie hielt ihm stand und forschte nach den Strömungen seiner Gedanken. Der messerscharfe Geist, der sie abschätzend taxierte, überraschte Alisa.

»Ja, es sind eigenwillige Persönlichkeiten, die für sich entscheiden, ob sie uns gehorchen oder nicht. Natürlich könnten die stärkeren der Lycana sie auch zwingen und ihren Willen niederringen, aber das tun wir nicht. Sie sind schneller und gewitzter, wenn sie uns freiwillig dienen. Hat man sie einmal gezwungen, dann bekämpfen sie uns bis an ihr Lebensende. Und sie geben ihre Erfahrungen weiter! So behandeln wir uns lieber mit gegenseitigem Respekt zu unser beider Vorteil. Und nun rufe sie zu dir.«

Alisa konzentrierte sich auf den Vogel und ihren Lockruf. Die Greifendame entfaltete noch einmal ihre Schwingen und sprang mit einem Satz auf Alisas Hand. Dann legte sie die Flügel sorgsam wieder zusammen, reckte den Hals und musterte die Vampirin.

Ein Poltern erklang auf der Treppe, dann kam Luciano in Sicht. »Ach, hier seid ihr!« Mit einem Krächzen floh der Vogel zu seinem Nest zurück und richtete sich dann auf, bereit zu Kampf oder Flucht.

»Nun hast du sie verjagt«, sagte Alisa enttäuscht. Doch ehe sie einen zweiten Versuch wagen konnte, kam noch jemand die

Treppe hoch – allerdings viel leiser als Luciano. Es war Catriona, die bereits von ihrer Jagd zurückgekehrt war.

»Unsere Freundin ist da. Das ist gut.« Sie trat vor, und der Falke flog auf ihre Schulter, ohne dass sie ihn erkennbar gerufen hätte. »Sie wird eine Nachricht für uns überbringen«, sagte Catriona und trug den Vogel behutsam zu einer Fensternische.

»Ich weiß nicht, wo sich die Druidin gerade aufhält. Du wirst sie suchen müssen. Fang in den Mooren von Connemara an.«

Die Greifendame sah sich noch einmal um, öffnete den Schnabel zu einem heiseren Schrei und ließ sich dann in die Nacht hinausfallen. Alisa fühlte fast so etwas wie Bedauern, als ihr Schatten sich in der Dunkelheit auflöste.

»Kommt mit hinunter«, forderte sie Catriona auf.

»Gibt es endlich Blut?«, wollte Luciano wissen.

Ein Lächeln spiegelte sich in dem schönen Gesicht. »Ja, es gibt Blut für die Erben«, sagte sie, und keinen wunderte es, dass Luciano wie ein Blitz die Treppe hinunterverschwand.

Später, als sie alle ihre Gier gestillt hatten, saßen Ivy, Alisa und Luciano auf der Kaimauer und ließen die Beine baumeln. Sie sahen dem träge in die Bucht zurückweichenden Wasser nach, das immer mehr tang- und algenbedeckte Felsen entblößte. Die anderen jungen Vampire streiften am Ufer entlang oder lagen im Gras, streng bewacht von ihren Schatten und den Lycana, die es hier offensichtlich nicht riskieren wollten, dass sich einer ihrer Schützlinge aus dem Staub machte. Malcolm saß mit seinen beiden Cousinen zusammen, sah aber immer wieder zu ihnen herüber. Vielleicht hätte er sich ihnen angeschlossen, wenn Ireen nicht seinen Arm ergriffen und eindringlich auf ihn eingeredet hätte. Tammo, Joanne und Fernand spielten ein Stück weiter mit Fernands Ratte. Die Dracas waren nicht zu sehen. Wahrscheinlich hatten sie sich bereits in ihre Särge zurückgezogen oder saßen auf der anderen Seite des Turms auf einer der Steinmauern.

So warteten sie auf den Morgenstern, dem der Ruf in die Särge folgen würde. Die Lycana hatten inzwischen die Kisten von den

Schiffen geholt und in den Turm geschafft. Den heutigen Tag würden sie im Schutz der alten Mauern verbringen.

»Warum fahren wir nicht weiter?«, fragte Alisa Murrough, als der mit den beiden letzten Kisten unter den Armen auf den Kai herübersprang.

»Die Winde sind nicht günstig. Wir müssen auf den Einbruch der Nacht warten.«

»Wird der Wind dann in die richtige Richtung drehen? Woher weißt du das?«

Murrough schmunzelte. »Ich weiß es nicht nur, ich werde dafür sorgen!« Und mit diesen Worten ging er davon. Die jungen Vampire sahen ihm nach.

»So wie der redet, könnte man meinen, er könne dem Wind befehlen«, sagte Luciano und lachte ungläubig.

»Vielleicht kann er das ja auch«, meinte Alisa und sah zu Ivy hinüber, aber die ging nicht darauf ein.

Franz Leopold kam herangeschlendert, zögerte kurz, als er sie sah, und setzte sich dann neben Ivy. Seymour und Luciano warfen ihm missbilligende Blicke zu.

»Ich frage mich, welche Menschen in solch einem Gemäuer gelebt haben«, sagte er mit einem Schaudern. »Sind das die Hallen der berühmten irischen Geschlechter? Wirklich beeindruckend!«

»Ja, dies war eine der Turmburgen eines berühmten Geschlechts im Westen der Insel und eine ganz besondere Frau hat hier im 16. Jahrhundert gelebt. Wenn es euch interessiert, erzähle ich euch von ihr.«

Ivy sah in die Runde. Alisa nickte begeistert, Luciano eher abwesend, und Franz Leopold sagte: »Ja, erzähle! Besser wir lauschen dem Schicksal einer Menschenfrau, als dass wir uns weiter nur der Langeweile dieser tristen Landschaft hingeben.«

Ivy ließ den Blick über die Weite des nächtlichen Meeres schweifen, dann begann sie mit ihrer melodischen Stimme zu erzählen. »Granuaile, deren gälischer Name Gráinne Ní Mháille lautete, war eine Tochter des O'Malley-Clans, dessen Burgen im 16. Jahrhundert rund um die Clew Bay zu finden waren. Sie war zweimal verheiratet und hatte mehrere Liebhaber, doch das soll uns jetzt nicht weiter interessieren. Nach dem Tod ihres ersten Mannes lebte sie in Rockfleet Castle, wenn sie nicht auf See war, und das war sie sicher die meiste Zeit. Granuaile, oder Grace O'Malley, wie man sie auch nennt, hätte gut von ihren Ländereien leben können. Sie war eine Zeitlang Oberhaupt ihres Clans, aber das genügte ihr nicht. Die Handelsbeschränkungen, die die englische Krone Irland auferlegt hatte, waren ihr ein Dorn im Auge. So scharte sie zweihundert Kämpfer um sich. Granuaile besaß eine ganze Flotte an Schiffen und mit dieser ging sie auf Beutezüge. Raubend und plündernd zog sie an der Küste von Schottland entlang und bis in den Süden Irlands. Die Engländer zitterten vor der berüchtigten Piratin Irlands, die noch zu ihren Lebzeiten zur Legende wurde. Auf Clare Island – das war die Insel, die wir am Eingang zur Clew Bay gesehen haben – besaß sie eine Burg mit einer eindrucksvollen Rundumsicht, die jedoch von der See aus nicht entdeckt werden konnte. Sie war eine wagemutige Frau, stolz und erfolgreich, und sie brachte damit nicht nur die Engländer gegen sich auf. Die Kaufleute von Galway forderten ihren Kopf. Und tatsächlich gelang es dem Earl of Desmond, sie bei einem Raubzug auf seinen Besitzungen zu fangen. Zwei Jahre war sie in einem Kerker eingesperrt, dann gelang ihr die Flucht – und sie widmete sich wieder der Freibeuterei. Als dann 1588 die *Spanische Armada* vor Irland auftauchte, kaperte sie die Schiffe, die sich zu weit von der Hauptstreitmacht entfernt hatten. Überlebende ließ sie grundsätzlich hinrichten. Dann wurde ihr Sohn gefangen und nach England gebracht. Granuaile reiste ihm nach. Fragt mich nicht, wie sie es geschafft hat, eine Audienz bei Königin Elisabeth zu bekommen. Es ist auch nicht überliefert, was zwischen den beiden Frauen geschehen ist. Aber Granuaile kehrte zusammen mit ihrem Sohn nach Irland zurück – und mit einer Leibrente für sich selbst! Gestorben ist sie 1603, im gleichen Jahr wie Königin Elisabeth.«

Die anderen schwiegen, als Ivy geendet hatte. So saßen sie noch eine Weile da, bis Hindrik auftauchte und sie mahnte, dass es Zeit für ihre Särge sei. Die vier erhoben sich und machten sich auf den Weg zum Turm, doch plötzlich blieb Seymour winselnd stehen und starrte aufs Meer hinaus. Sein Schwanz zuckte nervös, die Ohren waren hoch aufgerichtet. Ivy trat neben ihn und legte ihm die Hand auf den Kopf. Auch ihr Blick wanderte hinaus zu dem Schiff, dessen Kiel die glatte Wasserfläche durchschnitt.

»Könnte es nicht nur ein Fischerboot sein? Ein ganz harmloses Fischerboot?«, sagte Franz Leopold leise, als er hinter sie trat.

»Ja, das könnte es«, gab Ivy ebenso leise zurück. »Mein Gefühl sagt mir aber etwas anderes – und Seymour auch.«

»Ach ja, dein so kluger Wolf.« Franz Leopold legte den Kopf schief, als lausche er dem Klang seiner eigenen Worte.

»Außerdem fährt es nicht hinaus, wie es ein Fischerboot um diese Zeit tun müsste. Stattdessen kommt es von der See her in die Bucht.«

»Ah, ein wenig Logik untermauert Gefühl und Instinkt.«

»Du glaubst, dass ich falsch liege? Dass ich überreagiere?« Ihre Stimme verlor ein wenig von ihrer üblichen Gelassenheit.

Franz Leopold schüttelte den Kopf. »Nein, das glaube ich nicht. Ich bin ganz deiner Meinung. Dort draußen auf diesem Schiff reisen unsere Verfolger, und uns bleibt im Augenblick nichts anderes übrig, als unsere Särge aufzusuchen.«

»Kein beruhigender Gedanke«, sagte Ivy und drückte Seymour an sich.

Franz Leopold hob den Arm, als wolle er ihn schützend um Ivys Schultern legen. Seymour zeigte die Zähne und so ließ er ihn wieder sinken.

»Auch sie werden während des Tages ruhen müssen«, sagte er stattdessen. »Sieh, ich glaube, sie steuern die Insel an. Bis hierher würden sie es vor Sonnenaufgang auch nicht mehr schaffen.«

Ivy nickte. »Vampire müssen ruhen, ja, aber was ist mit den Menschen? Das letzte Mal waren Menschen an Bord. Glaubst du, sie reisen dieses Mal alleine?«

Franz Leopold zögerte mit seiner Antwort und musste sie dann gar nicht mehr geben. Ein drängendes Räuspern erklang hinter ihm. »Herr, es ist Zeit!«

Betont langsam wandte er sich zu der Stimme um. »Wie gut ist es doch, dass ich dich habe. Nun, da ich dich nicht einmal mehr brauche, um meine Fräcke in Ordnung zu halten, kannst du dich ganz darauf konzentrieren, mich jeden Morgen vor dem Verbrennungstod zu bewahren!«

»Herr, Ihr solltet mir nun zu Eurem Sarg folgen«, sagte der Servient emotionslos. Dafür schwang in Ivys Stimme heller Zorn. »Warum sprichst du so mit ihm?«

Franz Leopold sah sie erstaunt an. »Er ist nur mein Schatten, ein Unreiner, der mir dienen muss und der es gewagt hat, mein Gespräch mit dir zu unterbrechen.«

»Matthias ist ein Vampir, ein Dracas! Er gehört zu deinem Clan, ob er nun reinen Blutes ist oder nicht. Er hat Respekt verdient, wie jeder andere Vampir auch!« Sie wandte sich abrupt ab und stürmte zur Burg zurück, Seymour an ihrer Seite.

»Wenn du jetzt auch nur einen Ton von dir gibst, dann zerfetze ich dir die Kehle und werfe dich über die Mauer in den stinkenden Schlick«, drohte Franz Leopold mit einem tiefen Knurren in der Stimme.

Der Servient verbeugte sich nur stumm und folgte seinem Herrn zum Turm zurück.

*

Was für eine Nacht! Die ersten Stunden waren Regenschauer aus den dickbauchigen Wolken herabgestürzt, als wollten sie das Moor und alles, was in ihm lebte, ertränken. Gierig saugte der schwarze Boden die Wassermassen auf. Das Riedgras richtete sich nass glänzend den Regentropfen entgegen, fing sie auf und ließ sie an seinen Stängeln herabrinnen. Überall gluckste und plätscherte es. Dann plötzlich versiegte das Nass aus den Wolken, der Wind trieb sie auseinander und jagte sie über den Himmel nach

Osten davon. Mondlicht ließ das aufgeweichte Land erstrahlen und badete es in Silber.

Die beiden Wölfe traten unter der mächtigen Deckplatte des Hünengrabes hervor, unter die sie sich beim letzten Regenschauer geflüchtet hatten, um eng aneinandergepresst die Nacht zu genießen. Sie hatten sich in ihre menschlichen Körper verwandelt und sich ihrer Liebe hingegeben, während Regen und Wind ihnen ein Lied sangen.

Nun, nachdem die letzten Tropfen verwehten, war ihnen danach, durch das Moor zu rennen und die Kraft ihrer Wolfskörper zu spüren. Sie liefen los. Es war ein Wirbel des Glücks, der sie den Rausch der Vereinigung noch einmal empfinden ließ. Áine und Peregrine liefen den steilen Hang hinauf, ohne langsamer zu werden. Erst auf dem Grat hielten sie inne, ließen den Blick über das weite Land zu beiden Seiten schweifen und legten dann die Köpfe in den Nacken, um ihrer Freude Ausdruck zu verleihen. Der Klang ihrer Stimmen schwang sich auf und verebbte dann sanft. Sie sahen einander in die Augen. Die seinen waren gelb, wie die der meisten Wölfe. Doch Áines Augen waren auch in ihrer Wolfsgestalt vom tiefen Grün der irischen Weiden.

Plötzlich schwebte von dem Bergrücken im Norden ein Laut zu ihnen herüber, der sie aus dem Zauber ihrer Zweisamkeit riss. Er war fern und nur gedämpft zu hören, aber es war nicht das Echo ihrer eigenen Stimmen. Das was unverkennbar das Heulen von Wölfen – von Werwölfen! Aus dem Süden erklang die Antwort. Peregrine zog die Lefzen hoch. Áine wusste, er war besorgt. Sie konnten es sich nicht erlauben, auf seine Stammesgenossen zu stoßen. Sie selbst fürchtete sich nicht, doch sie wusste, dass er keine Ruhe finden konnte, ehe er sie sicher ins Tal zurückgebracht hatte. Sie leckte ihm über die Schnauze und lief dann in halsbrecherischem Tempo den Berghang hinunter. Wenn sie schon gehen mussten, dann würden sie sich wenigstens zum Schluss ein wildes Wettrennen liefern. Mit einigen Sprüngen Vorsprung flog Áine dem Talgrund zu. Es gelang ihr, den Abstand noch ein wenig auszubauen, doch dann rückte Peregrine Stück für Stück näher. Hatte er sie nur geschont? Der Zorn gab Áine Kraft, noch schneller zu laufen, doch als sie den Rand des Minengeländes von Glengowla erreichten, hatte er sie dennoch eingeholt und sprang ihr mit einem riesigen Satz in den Nacken. Die beiden Wölfe kugelten übereinander, schnappten nach der Flanke des anderen und blieben dann erschöpft und hechelnd nebeneinander liegen. Als sie wieder zu Atem gekommen waren, erhob sie sich, tat ein paar Schritte zurück, setzte sich auf die Hinterbeine und verschwand in einer Nebelwolke. Als sie aus den wirbelnden Schwaden in ihrer menschlichen Gestalt hervortrat, hatte sich Peregrine ebenfalls verwandelt. Er umarmte sie und sie küssten sich zum Abschied.

»Werde ich dich morgen wiedersehen?«, fragte er wie immer, und wie jedes Mal schenkte Áine ihm ihr trauriges Lächeln. »Aber ja, mein Geliebter, wenn Mond und Sterne und die Geister der Nacht uns gnädig sind.« Dann wandte sie sich ab und schritt langsam davon. Peregrine rührte sich nicht vom Fleck, bis sie zwischen den Büschen verschwunden war. Dann erst wandelte er sich zurück in seine Wolfsgestalt und lief ins Moor, hinter dem sich irgendwo im aufsteigenden Morgennebel die Spitzen der Twelve Bens erhoben.

Vielleicht war es der Rausch der Liebe, der ihre Sinne betäubte, dass sie den nächtlichen Lauscher nicht bemerkt hatten. Der rührte sich nicht vom Fleck, selbst jetzt, da Áine und Peregrine bereits in unterschiedliche Richtungen verschwunden waren. Doch seine Miene wandelte sich rascher als der Nachthimmel unter dem Sturmwind. Erstaunen, Entsetzen, Abscheu und dann ein verschlagenes Lächeln, das einer höchst zufriedenen Miene Platz machte.

»Widerwärtig«, murmelte er und machte sich tief in Gedanken versunken auf den Heimweg.

*

Der Wanderfalke flog durch die Nacht. Als der Morgen graute, tauchten bereits die Bergketten von Connemara aus dem Dunst auf. Der Greif ließ sich tiefer sinken. Wo sollte er seine Suche beginnen? Wer konnte schon sagen, wo sich die Druidin gerade aufhielt. Die Burg Aughnanure, die von einer Handvoll Lycana bewohnt wurde, wäre ein Anfang. Vielleicht wussten die Vampire, wo die Druidin zu finden war. Die Greifendame glitt über einen kahlen Bergrücken und dann durch ein kleines Wäldchen, das mit seinen paar Baumgruppen kaum mehr diese Bezeichnung verdiente. Da ging die Sonne auf und blendete die Falkendame für einen Moment. Ein Augenblick nur, doch lange genug, dass sie das Netz übersah, das zwischen zwei Bäumen aufgespannt war. Erst als sich ihre Flügel in den dünnen Schnüren verfingen, erkannte sie die Falle. Doch da war es bereits zu spät. Als hilfloses Knäuel hing sie in der Luft, bis ihr Häscher kam, sie zu holen. Aughnanure würde sie nicht mehr erreichen und auch ihre Nachricht nicht überbringen können.

BLUTHUNDE

Normalerweise kehrte Áine – wenn sie die Nacht zusammen verbracht und gemeinsam gejagt hatten – geradewegs nach Aughnanure zurück, doch heute spürte sie, dass ihre Blutgier noch zu stark in ihr brannte. Ja, sie hatte auch dieses Mal die Beute mit ihm geteilt, doch selbst in Wolfsgestalt war Fleisch für sie kein Genuss. Sie hatte zwar das Blut geleckt, das aus der aufgerissenen Kehle floss, aber es war nur Tierblut gewesen, das die Gier ein wenig dämpfte und sie weiterexistieren ließ, nicht jedoch die Lust entfachte, die nur menschliches Blut schenken konnte. Diese Ekstase war mächtiger als selbst die Vereinigung der Liebe. Vielleicht wusste er es, auch wenn sie ihm das nie gesagt hatte. Sosehr sie seine Gegenwart genoss, die gemeinsamen Nächte im Moor und die Jagd, so war nun ihr einziger Gedanke, an das frische Blut eines Menschen zu gelangen. Und die Menschen, die sie sogar bis hierher wahrnehmen konnte, waren die Minenarbeiter, die erschöpft von ihrem Tagewerk in dem Haus hinter der Lichtung schliefen.

Áine überlegte nicht lange. Ihr Geist tastete nach Peregrine. Er war auf dem Weg durch das Moor. Zu weit weg, als dass er ihre Gedanken noch empfangen könnte. Gut. Mit ein paar Sprüngen war die Vampirin auf der Lichtung. Sie huschte an der verwaisten Pferdewinde vorbei. Sie ahnte die Wärme der beiden Tiere in ihrem Stall, die bei Tag unermüdlich stumpfsinnig im Kreis gingen und das hölzerne Fass drehten, um die Last über ein großes Rad und zwei mehrere Meter lange Seile aus dem Schacht zu ziehen. Die Pferde schnaubten, als sie das gefährliche Raubtier witterten, aber Áine war an ihrem Blut nicht interessiert.

Lautlos näherte sie sich dem Haus. Genau genommen waren es mehrere schmale, aneinandergebaute Häuser. Die Menschen, nach deren Blut die Vampirin gierte, schliefen hinter diesen Türen, die kein Hindernis für sie darstellten. Áine blieb vor der letzten stehen. Hier schliefen die Kinder, deren junges Blut sie lockte. Für einen Moment stand sie ganz still, um den Nebel zu rufen, sich in den wirbelnden Wolken zu verlieren und schwerelos zu werden. Der grünliche Nebel kroch durch die Ritzen der Tür und schmolz im Innern des Häuschens wieder zu einer Gestalt zusammen.

Áine sah sich in dem Raum um, der den unteren Teil des Hauses einnahm: eine Feuerstelle, in der die Torfreste noch schwelten und beißende Schwaden durch den Raum ziehen ließen, ein roher Tisch mit einigen Hockern, ein Regal mit Tongeschirr und ein paar Lebensmittel. Eine einzelne Gestalt war am Tisch eingeschlafen und nach vorn gesunken. Nun ruhte der struppige Schädel auf den Armen. Der Leib hob und senkte sich im Rhythmus des rasselnden Atems. Der Mann hatte nicht einmal seine schweren Stiefel ausgezogen, an denen noch die lehmigen Gesteinssplitter der Grube klebten. Die Vampirin trat näher und roch an seinem Hals. Sie spürte das Blut unter der Haut pulsieren, obwohl sie so von Schweiß und Dreck bedeckt war, dass man die blaue Bahn nicht sehen konnte. Der scharfe Geruch des Schweißes störte sie nicht, doch die Ausdünstungen der Erde, die die Arbeiter ihrer Schätze beraubten, würden unangenehm bitter auf ihrer Zunge liegen: Schwerspat und Zink, Kupfer und Pyrit, Flussspat und Schwefel. Sie klebten nicht nur auf seiner schon lange nicht mehr gewaschenen Haut, sie flossen durch die Adern des alten Mannes, der seit mehr als zwei Dutzend Jahren in dieser Mine schuftete. Seine Lungen hatten sie aufgesogen, mit dem Wasser seiner Trinkflasche und seinem abendlichen Mahl hatte er sie zu sich genommen. Áine wandte sich ab. Nein, hier gab es Besseres als sein vergiftetes Blut. Sie eilte die schmale, leiterartige Treppe hinauf. Unter den schräg abfallenden Dachbalken schliefen mehrere Männer, Frauen und Kinder auf ihren Strohmatratzen. Áine trat an das erste Lager, in dem ein kleiner Junge sich an ein Mädchen klammerte, das sich schon bald zu den Erwachsenen zählen würde. Áine konnte spüren, dass ihr Körper bereit war, sie mit ihrer ersten Blutung zur Frau zu machen. Während der Knabe recht wohlgenährt wirkte, war das Mädchen erschreckend dürr, und dennoch reizte es die Vampirin, ihr Blut zu kosten. Vorsichtig wand sie die dünne Wolldecke aus den von harter Arbeit schwieligen und an einigen Stellen aufgeschürften Händen. Dann beugte sie sich hinab. Das Mädchen seufzte leise, als die spitzen Zähne ihre Haut durchbohrten. Das warme Blut schoss der Vampirin in die Kehle, sodass sie vor Lust aufstöhnte. Es war so wunderbar berauschend und belebend. Auch wenn bereits im Blut des Mädchens ein leicht bitterer Geschmack auszumachen war, so war er doch noch nicht stark genug, den Genuss zu trüben. Ja, er machte das Blut interessant.

Es kostete die Vampirin Mühe, sich zu beherrschen und aufzuhören, ehe der Herzschlag schwächer wurde. Ein paar Blutstropfen tränkten die Decke, als sie sie behutsam wieder über die Schlafende breitete. Das Mädchen würde sich erholen. Vielleicht, wenn die harte Arbeit und die karge Verpflegung ihren Körper nicht schon zu sehr geschwächt hatten. An diesem Tag allerdings und an einigen weiteren würde es nicht in der Lage sein, in einen Schacht zu kriechen oder mit einem Hammer Erzbrocken aus dem Gestein zu schlagen.

Als Nächstes versuchte Áine den Knaben. Sein Blut war rein. Er hatte noch nicht von der Schwere der Arbeit und der Finsternis der Mine gekostet. Auch von ihm konnte sie nicht so viel rauben, als dass sie sich gesättigt gefühlt hätte. Daher trank Áine zum Schluss noch von einem kräftigen, jungen Mann, der mit einer hochschwangeren Frau das Lager teilte. Befriedigt verließ sie das Haus und schlenderte über die Lichtung davon. Ganz satt würde sie sich allerdings nie fühlen, das lag in ihrer Natur als ruheloses Wesen der Nacht.

Wie so oft schweiften ihre Gedanken in die Vergangenheit, und sie bemerkte erst, wohin ihr Unterbewusstsein sie geführt hatte, als die Hütte bereits vor ihr auftauchte. Woher es wohl rührte, dass sie sich ihrer menschlichen Existenz noch so verbunden fühlte? Die Vampirin näherte sich im Schutz der Büsche und Bäume dem Fenster, um zu hören, was bei dem heimlichen Treffen heute Nacht besprochen wurde. Es waren mehr Männer da als beim letzten Mal. Áine witterte die Hunde, die im Nebenraum eingesperrt waren, achtete aber nicht auf sie, da gerade ein Name fiel, der sie aufhorchen ließ. Es war die Frau Karen, die sprach, und in ihrer Stimme klang der Überschwang von Begeisterung.

»Auf meiner Reise nach Dublin habe ich mit ihr gesprochen und sie hat ihre Unterstützung für unsere Sache zugesagt. Jane Elgee wird hierherkommen und mit uns sprechen!«

»Wer ist Jane Elgee?«, fragte der junge Cowan verständnislos, während seine Schwester einen Laut der Überraschung ausstieß.

»Sie ist eine Dichterin«, sagte Myles. »Elgee hieß sie vor ihrer Heirat mit dem Arzt William Wilde.«

»Eine große Dichterin!«, betonte Karen, die ihm ins Wort fiel. »Unter dem Decknamen ›Speranza‹ hat sie mit der britischen Regierung abgerechnet! Scharf wie unsere Bluthunde, sage ich euch. Als der Herausgeber der Zeitung *Nation* verhaftet wurde, übernahm sie das Blatt und brachte es – bis es 1848 verboten wurde – auf zweihundertfünfzigtausend Leser! Ein paar Jahre später heiratete sie Wilde, dem sie zwei Söhne geboren hat.«

Nellies Augen glühten vor Begeisterung. Das Mädchen träumte davon, selbst eine wichtige Rolle im Kampf gegen das Joch zu spielen, das das englische Königreich Irland auferlegt hatte. In ihren Gedanken beging sie bereits die kühnsten Heldentaten und sie litt tapfer für ihr Vaterland, mit unerschütterlicher Treue. Ein seltsames Gefühl stieg in Áine auf. War das etwa Mitgefühl?

Im Gegensatz zu Nellie konnte der angekündigte Besuch der Dichterin ihren Bruder nicht beeindrucken. »Ich verstehe nicht, was uns das bringen soll. Sie ist inzwischen eine alte Frau. Wir brauchen junge, kräftige Männer und Waffen!«

Seine Schwester sah ihn kopfschüttelnd an. »Du meinst also, diesen Kampf kann man alleine mit Muskeln gewinnen? Wozu ein Hirn, wenn man doch eine Waffe schwingen kann!«

»Mit dem Mundwerk einer Frau gewinnt man ihn jedenfalls nicht«, konterte Cowan.

»Das hat auch keiner gesagt. Doch wenn du dich mit den vielen fehlgeschlagenen Aufständen der Vergangenheit beschäftigt hättest, dann wüsstest du, dass es nicht nur an der Zahl der Männer und ihrer Waffen lag. Sie brauchen einen Anführer, der ihnen Mut gibt, wenn sie verzagen. Einen, der sie wortgewaltig in Begeisterung versetzen kann. Sie müssen ihm vertrauen und an ihn glauben, sodass keiner den Plan verrät. Denn das war weit häufiger der Grund des Scheiterns, als dass wir Iren besiegt worden wären.«

»Miss Neunmalklug, ich weiß. Aber wie du schon selbst sagst, wir brauchen einen Anführer, keine alte Dichterin!«

»Nun gebt aber endlich Ruhe, ihr beiden!«, herrschte Myles seine Kinder an. »Karen möchte noch etwas sagen.«

Die beiden klappten den Mund zu, wandten sich voneinander ab und schwiegen beleidigt, als Karen wieder das Wort ergriff.

»Mir ist bewusst, dass die Rebellen nach einem Mann als ihren Anführer suchen, daher freue ich mich, euch sagen zu können, dass Jane vermutlich nicht alleine reisen wird. Ihr Sohn Oscar wird sie begleiten. Oscar hat das Erbe seiner Mutter angenommen und zeigt schon jetzt, dass er mit Worten umzugehen weiß. Wenn wir ihn auf unserer Seite haben, könnte das die entscheidende Unterstützung sein, derer wir bedürfen, wenn wir losschlagen. Unsere Landsleute in Dublin müssen wissen, was los ist, damit sie sich im rechten Moment erheben und uns den Rücken freihalten. Die Presse muss unser Sprachrohr werden!«

So redete sie noch eine Weile voll Begeisterung, und die Männer hörten ihr zu, manche mehr, andere weniger überzeugt. Die beiden jüngsten Teilnehmer dagegen schmollten noch immer ein wenig und taten so, als ginge sie die ganze Sache nichts an. Während Cowan sich Brot und Käse widmete, trat Nellie an die halbhohe Tür zu dem zweiten kleinen Raum, hinter der die Hunde kläglich winselten. Sie sprach beruhigend auf die Tiere ein.

»Was ist nur mit euch los? Was führt ihr euch so auf? Nun seid endlich still. Es dauert noch eine Weile, bis ihr hinausdürft.«

Doch die Hunde wollten sich nicht beruhigen lassen. Áine sah, wie sich der Rücken des Mädchens plötzlich straffte, und sie konnte spüren, dass es begriff. Ganz langsam wandte sie sich um und ließ den Blick zum Fenster wandern, in dem Wissen, was sie dort finden würde, und dennoch mit dem Hauch der Hoffnung, dass ihr Gefühl sie trog.

Natürlich hätte sich die Vampirin rechtzeitig ungesehen davonmachen können. Vielleicht war es der Reiz der Gefahr, der sie stattdessen noch ein Stück näher herantreten und durch den Spalt sehen ließ, bis ihr Blick in dem des Mädchens versank. Die hypnotische Wirkung ließ sie erstarren. Ihre blauen Augen versanken in den tiefgrünen der Vampirin. Áine lockerte den Griff um ihren Geist ein wenig, sodass das Entsetzen Fuß fassen konnte. Nellie holte tief Luft und stieß dann einen klagenden Laut aus. Die Männer verstummten und wandten sich verwundert zu ihr um. Ihre Hand zitterte, als sie auf das Fenster zeigte.

»Da ist es wieder! Das Wesen ist zurückgekehrt«, hauchte Nellie und sackte gegen die Wand. Ihre Knie gaben nach, und so rutschte sie hinab, bis sie sich auf dem Boden zusammenkauerte. Myles reagierte als Erster.

»Lasst die Hunde los, schnell! Cowan, du kümmerst dich um deine Schwester.« Und schon war er bei dem Verschlag und riss die Tür auf. Diese Biester nur Hunde zu nennen, war eine grobe Untertreibung, dachte die Vampirin. Jaulend und kläffend drängten sie sich zur Tür, die Reißzähne entblößt und nach Blut lechzend. Doch das ihre würden sie in dieser Nacht nicht bekommen!

Myles griff nach seinem Gewehr. Mit der anderen Hand zog er den Riegel der Hüttentür zurück. Es wurde Zeit zu gehen! Die ersten beiden Hunde schoben bereits die Köpfe durch den Spalt, als sich Áine abwandte und auf die Büsche zulief. Ein Schuss krachte und die Kugel schlug in einen Baumstamm kaum einen Schritt von ihr entfernt. Wer hätte dem einfachen Fischer eine solch schnelle Reaktion zugetraut! Áine konnte die Hunde hinter sich hören. Nun, sollten sie nur versuchen, sie zu fangen. Das würde ein spannender Wettlauf werden. Sich in einen Wolf zu verwandeln, fehlte ihr die Zeit. Die Hunde waren bereits zu nah. Die Vampirin schlug einen Haken und umrundete das erste Dorf. Noch immer hörte sie das Kläffen hinter sich. Die Hunde waren ausdauernder, als sie gedacht hatte. Und auch schneller. Áine beschleunigte ihre Schritte noch ein wenig. Der Wind kühlte ihre Wangen und wehte ihr Haar zurück. Obwohl sie heute Nacht mit Peregrine bereits eine gute Strecke gerannt war, spürte sie keine Müdigkeit. Sie durfte die Hunde nicht zu nah an die Burg heranführen. Die Vampirin lief einen großen Kreis, konnte die Bluthunde aber nicht abschütteln. Es wurde Zeit, zu einem anderen Trick zu greifen. Rasch sah sie nach rechts und links, bis sie in dem von Moorgräsern und vereinzelten Büschen bewachsenen Tal einen Baum entdeckte, der ihr geeignet erschien. Sie lief darauf zu, erklomm den untersten, dicken Ast und zog sich hoch. Geschickt kletterte sie höher und hatte die Krone bereits erreicht, als die Hunde unter dem Baum schlitternd zum Stehen kamen. Natürlich erspähten sie ihre Beute in den Zweigen und sprangen kläffend am Baumstamm hoch. Hinauffolgen konnten sie ihr jedoch nicht, und bis die Männer mit ihren Gewehren kamen, wäre sie längst verschwunden.

Áine schloss die Augen und konzentrierte sich. Das Kläffen und Jaulen klang nur wie von weiter Ferne zu ihr. Sie spürte, wie ihr Geist den Nebel anzog. Seine kalten Schwaden leckten über ihre Haut und begannen zu kreisen. Die Stimmen von Männern drangen in ihr Bewusstsein. Sie waren schon näher, als sie geglaubt hatte. Der Nebel verwehte. Nein! Sie musste sich ganz auf ihre Verwandlung konzentrieren! Wieder verebbten das Gebell und die Stimmen, und dann fühlte sie das Ziehen und den kurzen stechenden Schmerz, der mit der Wandlung einherging. Als sie die Augen öffnete und der Nebel sich auflöste, nahm sie ihre Welt mit den Sinnen einer Fledermaus wahr. Sie breitete die Schwingen aus, ließ sich von dem Ast fallen und stieß eine schnelle Abfolge hoher Töne aus. So wenig sie sehen konnte, umso präziser zeichnete sich jedes Hindernis, an dem die Schallwellen abprallten, in ihrem Kopf ab. Áine flatterte einmal um die Köpfe der Bluthunde und flog dann zu den Männern, die mit einem weiteren Hund an der Leine verschwitzt und völlig außer Atem der Spur folgten.

Ich muss unser Spiel nun leider beenden, dachte sie, zog noch eine Schleife und flatterte dann in Richtung Aughnanure davon.

Oben, an den moorigen Hängen der Hügel, hatte Peregrine angehalten. Er wandte den Kopf und witterte nach allen Seiten. Auch wenn er nichts Ungewöhnliches riechen konnte, so war da dennoch etwas, das ihm nicht behagte. Das ihm gar Furcht einjagte. Nachdenklich ließ Peregrine den Blick ins Tal zurückwandern. In seinem Geist flackerte eine Regung, deren Ursprung irgendwo dort unten war. Áine! Eigentlich müsste sie längst zurück in Aughnanure sein, doch etwas ging dort vor sich, das ihren Geist in Aufruhr versetzte. Der Morgen war nicht mehr fern. Sie brauchte seine Hilfe! Mit langen Sätzen kehrte der Werwolf ins Tal zurück.

*

Sie brachen am frühen Abend auf, nachdem die Lycana ihnen noch einmal frisches Schafsblut besorgt hatten. Die *Cioclón* stach als Erstes in See, da die Kisten und ihre Besitzer nicht mühsam mit dem Beiboot übergesetzt werden mussten. Wieder waren Alisa, Ivy, Luciano und Franz Leopold mit ihren Begleitern an Bord, doch dieses Mal reisten auch Tammo, Joanne und Fernand mit ihnen. Fernands Ratte thronte frech auf seiner Schulter und ließ sich vom Fahrtwind das Fell zausen. Franz Leopold hielt ein wenig Abstand zu den beiden Pyras. Sie waren ihm ein Gräuel und verkörperten alles, was er verabscheute: Sie waren schmutzig, hatten kein Benehmen, sprachen ungeschliffen und waren hässlich! Franz Leopold sah auf seine gepflegten Hände hinab mit den sauberen und ordentlich spitz gefeilten Fingernägeln. Die der

Pyras dagegen waren schmierig braun, ihre Krallen wuchsen wild und brachen irgendwann von selbst ab. Und dann diese Ratte, der Fernand offensichtlich so etwas wie freundschaftliche Gefühle entgegenbrachte. Das war widerlich und lächerlich zugleich!

Franz Leopold fühlte Ivys Blick auf sich ruhen und wandte seine Gedanken rasch in eine andere Richtung. Obwohl er sich fragte, warum es ihn stören sollte, wenn sie seine Meinung erfuhr. Seine Ansichten waren gut und richtig und jeder durfte sie hören. Und doch fühlte er sich unwohl, wenn er daran dachte, was Ivy davon hielt. Franz Leopold fuhr herum und herrschte die Lycana an.

»Was ist? Warum siehst du mich so an?«

»Ich habe vor allem die Insel angesehen und nach dem Schiff Ausschau gehalten, das wir gestern entdeckt haben«, sagte sie ruhig.

Es ärgerte ihn, dass er sich schuldig fühlte, sie so barsch angefahren zu haben. Dennoch bemühte er sich um einen freundlichen Tonfall. »Und, hast du etwas entdeckt?«

»Entweder haben sie sich bereits bei Tageslicht aufgemacht oder das Schiff ist noch irgendwo verborgen.«

Franz Leopold stellte sich neben sie und tastete prüfend das Ufer ab, an dem sie in einiger Entfernung vorbeiglitten. »Ich kann nichts entdecken«, musste er zu seinem Bedauern eingestehen. Er wandte sich Ivy zu, doch dann schweifte sein Blick wieder über Joanne und Fernand. Die Pyras lachte gerade derb über etwas, das Tammo gesagt hatte, und ließ ihre Zahnlücke sehen. Der Schneidezahn war das Opfer einer Rauferei geworden. Allerdings musste man sich bei ihrer Vorliebe für Schlägereien wundern, dass es bisher bei diesem einen Verlust geblieben war. Franz Leopolds Oberlippe kräuselte sich verächtlich. Nichts könnte ihn dazu verleiten, sich mit Mitgliedern dieses Clans zu prügeln. Wenn man sich bekämpfte, dann mit ernsten Absichten in einem Duell mit dem Degen, dem Schwert oder ein paar Pistolen in der Hand!

»Hättest du lieber die Gesellschaft deines Cousins und deiner Cousinen hier an Bord?«, erkundigte sich Ivy, der wieder einmal nichts entging.

Franz Leopold dachte einen Moment nach, dann schüttelte er energisch den Kopf. »Aber nein!«, rief er aus tiefstem Herzen. Das Bild Anna Christinas stieg in ihm auf. Ihre makellose Schönheit verblasste beim Anblick ihres angewiderten Gesichtsausdrucks. Er konnte ihre schrille Stimme hören, mit der sie sich über alles beschwerte. Man konnte es ihr nicht recht machen! Und das hübsche Köpfchen der kleinen Marie Luise war so hohl, dass sie sowieso nur das nachplapperte, was ihre ältere Cousine sagte.

Und Karl Philipp? Seine edlen Züge wurden von einem Hauch Brutalität verdorben. Natürlich sprach er Franz Leopold aus der Seele, wenn er sich über die Bastarde der anderen Clans beschwerte, die man einfach nur verachtenswert finden konnte, nicht mehr wert als Ungeziefer. Es war nur sein rüder Ton, der Franz Leopold auf die Nerven ging.

Wirklich?

Franz Leopold war nicht sicher, ob er die Frage gehört oder nur gedacht hatte. Er sah Ivy an, wie sie vor ihm stand, den Kopf ein wenig zur Seite gelegt, die türkisfarbenen Augen aufmerksam auf ihn gerichtet. Der Fahrtwind spielte mit ihren langen silbernen Locken. Sie war so klug und so mutig und so schön ...

Er spürte, wie etwas seine Brust einengte, und wünschte, sie würde den Blick abwenden. Und dennoch gab es nichts, was er in diesem Moment mehr fürchtete. Ein Bild trat in seinen Geist. Erst neblig trüb, dann immer klarer. Es ließ ihn trocken schlucken. Seine Hände krampften sich um die Reling, so als müsse er sich selbst daran fesseln, um sich daran zu hindern, etwas Ungehöriges zu tun.

»Hier seid ihr!«, erklang plötzlich Lucianos Stimme neben ihm. »Was macht ihr da?«, fragte er misstrauisch.

Zum ersten Mal in seinem Dasein war er erleichtert über Lucianos Auftauchen und zugleich enttäuscht und wütend. Natürlich war Alisa nicht weit. Ivy wandte sich ihnen zu, als wäre nichts geschehen. – War denn etwas geschehen?

»Wir haben das Ufer der Insel abgesucht.«

»Abgesucht? Nach was denn?«, wollte Alisa wissen. Und so berichtete Ivy von dem Boot, das sie am Morgen in der Bucht gesehen hatten.

»Du siehst Gespenster«, sagte Luciano, als sie endete.

»Ach, und die Spuren in der Grotte und in der alten Hütte stammten auch von Gespenstern?«, ereiferte sich Alisa.

»Nein. Doch warum sollten sie uns verfolgen? Um uns zu vernichten?« Er lachte auf. »Wohl kaum. Sie sind nur zu fünft!«

»Offen angreifen werden sie uns sicher nicht«, gab ihm Alisa recht. »Wenn sie uns oder den Lycana schaden wollen, dann müssen sie schon zu einer List greifen. Sie hätten sich der Menschen bedienen können, während wir auf Dunluce in unseren Särgen lagen. Da wir noch immer unversehrt sind, nehme ich an, dass diese Menschen keine Vampirjäger sind.«

»Vampirjäger, die mit Vampiren reisen? Welch seltsame Vorstellung.« Luciano lachte.

»So abwegig ist das gar nicht«, widersprach Ivy. »Ein gemeinsamer Feind kann zu den seltsamsten Allianzen führen.«

»Wie wahr«, murmelte Luciano, und seine Miene verdüsterte sich. Sie alle wussten, woran er dachte. An seine eigenen Clanmitglieder in Rom, die die Familie und den Pakt der Vampire verraten hatten.

»Außerdem kann das durchaus ihre Absicht gewesen sein, dann jedoch erwies es sich als schwieriger, in Dunluce Castle einzudringen, als sie erwartet hatten. Und nun folgen sie uns mit ihren menschlichen Verbündeten, um auf eine gute Gelegenheit zu warten.«

Die vier schwiegen eine Weile. Es war Alisa, die die Stille brach. »Wenn du mit deiner Befürchtung recht hast, Ivy, dann haben wir Glück, dass wir heute Abend erwacht sind. Rockfleet hat uns nicht gerade viel Schutz geboten! Und wenn sie uns beobachtet haben, hätten sie uns während des Tages dort überfallen können ...«

Luciano schluckte trocken. »... die Särge öffnen, die Herzen durchbohren und uns die Köpfe abschlagen.«

»Überwinde deine legendäre Feigheit endlich«, rief Franz Leopold ärgerlich. »Schließlich bist du ja noch in einem Stück und unsere Verfolger sind nirgends mehr zu entdecken.«

»Äh, nicht ganz«, widersprach Alisa und deutete nach Süden. »Seht ihr das Schiff dort? Es sieht so aus, als habe es auf uns gewartet!«

Die anderen fuhren herum. Die Insel, von deren Burg aus Grace O'Malley einst die Bucht und das offene Meer überwacht hatte, hatten auch ihre Verfolger genutzt, um ungesehen auf ihre Beute zu lauern. Die Position war so gewählt, dass sie ihnen gar nicht ungesehen entkommen konnten, ganz gleich, in welche Richtung sie sich wandten. Nun, da sie die beiden Schiffe der Lycana entdeckt hatten, wurden Segel gesetzt. Allerdings waren die Seeleute des fremden Schiffes klug genug, den Abstand so zu wählen, dass sie einem unaufmerksamen Betrachter nicht aufgefallen wären.

Luciano meinte nach einer Weile sogar, sie würden ihnen gar nicht folgen, doch Ivy und Franz Leopold waren nach wie vor davon überzeugt. Alisa betrachtete unentschlossen den kleinen Fleck weißer Segel, der sich nur schwach vom Nachthimmel abhob. »Ich bin mir nicht sicher. Sollen wir Murrough davon erzählen? Er ist ein Seemann und kann es vielleicht besser einschätzen.«

»Was bringt es für einen Vorteil, wenn wir es ihm sagen?«, widersprach Franz Leopold, der als Einziger nichts von dem Vorschlag hielt.

»Er könnte sich zum Beispiel entschließen, den Tag über wieder durchzusegeln. Dann erschweren wir es den Verfolgern, mit uns Schritt zu halten. Ja, wenn Murrough ein besserer Seemann ist oder wir das schnellere Schiff haben, dann können wir sie vielleicht abhängen! Ist das kein guter Vorschlag?« Herausfordernd sah Alisa ihn an, doch Franz Leopold zuckte nur mit den Achseln.

»Tut, was ihr nicht lassen könnt.«

Da Ivy einverstanden war, gesellten sich die beiden Vampirinnen zum Bootsführer, der das Steuerruder übernommen hatte. Luciano folgte ihnen. Franz Leopold dagegen blieb an der Reling stehen und beobachtete weiter den winzigen Fleck auf dem nachtschwarzen Wasser, der ihr Verfolger war – vermutlich.

Murrough hörte sich an, was Alisa zu sagen hatte, und schwieg dann eine Weile, ehe er antwortete. »So, dann habt ihr es also bemerkt. Hätte ich nicht gedacht. Deshalb haben wir uns in den Turm zurückgezogen, den man leicht verbarrikadieren und gut verteidigen kann. Hätten wir einfach in der Bucht geankert, wären wir eine zu verlockende Beute gewesen.«

»Weißt du, wer sie sind und was sie wollen?«, drängte Alisa, doch der Seemann schüttelte nur den Kopf.

»Da müsst ihr Donnchadh und Catriona fragen. Ich weiß nur, es ist meine Aufgabe, dass sie uns nicht einholen, bevor ich euch an eurem Ziel abgesetzt habe. An Land müssen dann Donnchadh und Catriona für eure Sicherheit sorgen.«

»Wo liegt unser Ziel? Gehen wir nach Connemara in die Moore? Du könntest uns noch in dieser Nacht in Killary Harbour absetzen.« In Ivys Stimme schwang eine solche Sehnsucht, dass Alisa sie erstaunt ansah.

»Nein, nicht nach Connemara. Wir segeln bis zur Küste des Burren. In der Galway-Bucht werden wir anlanden.«

Ivy sah ihn überrascht an. »In den Burren? Aber was sollen wir da?« Doch ehe Murrough antworten konnte, nickte sie plötzlich wissend. »Die Höhlen, nicht wahr? Unser Ziel sind die Höhlen.«

»Ja, das vermute ich auch. So, und nun lasst uns zusehen, dass wir die besseren Winde abbekommen – sobald die *Réalta* nah genug ist.« Er reckte den Hals, um zu sehen, wo sich das zweite Schiff befand. Es segelte einige Schiffslängen schräg hinter ihnen, sodass sie sich nicht gegenseitig den Wind aus dem Tuch nehmen konnten. Murrough nickte zufrieden.

»Das hört sich an, als wollten wir uns unsere eigenen Winde schaffen«, sagte Luciano und lachte ungläubig. »Als ob so etwas möglich wäre.«

»Sieh ihn dir an«, flüsterte Alisa, ohne die Augen von dem Seemann zu wenden. »Ich glaube, das versucht er tatsächlich.«

Vom Bug kam Catriona zu ihnen ans Steuerruder und stellte
sich hinter den Schiffsführer. Sie wiegte sich im Takt der Wellen
und sprach leise Worte, dann klang es wie Gesang. Auch Murrough brummte in seinem tiefen Bass. Alisa konnte zwar kein
Wort verstehen, doch es schien eine Art Zwiegespräch zu sein.
Fasziniert starrte sie die beiden an. Luciano beugte sich über die
Bordwand und sah ins Wasser, dann wanderte sein Blick zu den
geblähten Segeln hinauf.

»Wir scheinen wirklich schneller zu fahren, und das Boot liegt
nicht mehr so schräg im Wasser.«

Ivy nickte. »Der Wind hat sich gedreht. Wir fahren jetzt vor dem
Wind. Dadurch gewinnen wir natürlich an Geschwindigkeit.«

»Welch ein Glück«, rief Luciano.

»Glück?«, murmelte Alisa. »Ob das mit Glück zu tun hat?« Sie
warf Ivy einen Blick zu, doch deren Miene blieb unbeweglich.

*

»Warum geht das so langsam?«, herrschte der Hagere den Kapitän
an.

»Wir sind so schnell, wie man mit diesem Schiff hart am Wind
segeln kann«, sagte Liam ungerührt, obwohl er einen Schauder
unterdrücken musste. Die Kälte der Nacht und des Meeres machten ihm nichts aus. Aber das, was die Gestalt ohne Schatten neben
ihm ausstrahlte, war die Kälte des Bösen.

»Und warum entfernen sie sich dann immer mehr? Du hast
gesagt, dein Schiff sei schneller als die ihren.«

Liam nickte. Äußerlich ließ er sich nicht aus der Ruhe bringen.
Er reichte Danilo sein Fernglas. »Da, seht hindurch. Betrachtet die
Stellung der Segel. Sie haben andere Winde. Dort vorn kommt
er von Norden und treibt ihre Schiffe vor sich her. Wenn wir die
Stelle erreichen und ebenfalls in diese Strömung geraten, dann
werden wir auch mehr Fahrt machen.«

»Wollen wir es hoffen«, sagte der bleiche Fremde. Dann schwiegen sie. Columban trat zu dem Kapitän und warf ihm einen bedeutungsvollen Blick zu.

»Was ist?«, fragte der leise.

»Wir werden den Wind nicht erreichen«, gab der ebenso leise zurück. »Siehst du die Schaumkronen? Sie scheinen vor uns zu fliehen.«

»Oder ihnen zu folgen«, brummte Liam. »So etwas habe ich noch nie erlebt. Sie waren vorhin auf der Höhe dieser Insel, und sieh, wie sich unser Schiff noch immer neigt und abmühen muss, um nicht nach Osten abzudriften.«

»Wo sind wir da hineingeraten?« Columban zog die Schultern hoch, als würde er frieren. »Was sind sie? Dämonen, die über den Wind gebieten können?«

»Wenn so etwas möglich wäre. Heilige Jungfrau, beschütze unsere Seelen«, stieß der Kapitän hervor.

Sie verstummten, als der hagere Fremde wieder zu ihnen trat. »Was ist nun? Ich kann sie kaum mehr am Horizont erkennen. Sie entwischen uns!«

Liam kämpfte darum, in die stechenden Augen zu sehen. Sie flackerten in tiefem Rot.

»Ja, wir werden sie verlieren, doch es ist nicht unsere Schuld. Es scheint fast, als wäre der Wind auf ihrer Seite.« Er nickte in die Ferne, wo im Süden die Segel mit bloßem Auge nicht mehr zu erkennen waren.

Liam erwartete, dass der Fremde zornig werden würde, doch er nickte nur ernst, fast anerkennend.

»Ich habe davon gehört. Nun gut, dann halte weiter Kurs. Wir werden sie schon wieder aufspüren.«

Und zu ihrer aller Erleichterung zog er sich zu den anderen vier Mitreisenden zurück.

DUNGUAIRE CASTLE

Der Schmerz traf sie so unerwartet, dass sie aufstöhnte. Für einen Moment dachte sie, sie sei verletzt, ehe sie begriff, dass es *seine* Qual war, die ihre Gedanken erreichte. Áine griff sich mit beiden Händen an die Brust. Ihr Herz drohte zu zerspringen. Sie wankte und fiel auf die Knie. Er rief nach ihr. Sie konnte seine Stimme in sich hören, obwohl er weit weg war. Ihre Verbindung war so eng, doch nun drohte sie für immer zu zerreißen. Verzweifelt suchte Áine nach einem Ausweg, auch wenn ihr Verstand längst begriff, dass es keinen gab. Trotz des Schmerzes kämpfte sie sich auf die Beine, lief auf das Tor zu und stieß es auf. Und wenn sie um die halbe Welt laufen müsste, sie würde ihn suchen und finden und ihm beistehen. Der heller werdende Himmel kümmerte sie nicht.

Die Pein ließ so plötzlich nach, wie sie gekommen war. Für einen Augenblick war Áine erleichtert, doch dann umklammerte Verzweiflung ihr Herz, als sie begriff. Sie lauschte in sich hinein. Nichts. Nur finstere Leere. Die Vampirin rannte los.

»Áine? Bleib stehen! Wo willst du hin?«

Sie sah das Bild einer alten Frau mit zwei Wölfen an ihrer Seite vorbeihuschen, doch es kümmerte sie nicht. Ihre Kraft und ihre Gedanken waren nur darauf gerichtet, Peregrine zu erreichen.

»Geal, Ciallmhar, haltet sie auf«, sagte die Druidin, griff ihren Stab fester und eilte der Vampirin nach. Zu Fuß hatte sie keine Chance, einen Vampir einzuholen, doch ein wenig konnte ihre Magie helfen, Áine zu bremsen – und das Tageslicht, das gleißend hell über den Horizont floss. Bei den ersten Scheunen des Dorfes holte Tara sie ein. Die beiden Wölfe hatten sich in ihr Gewand verbissen, und sie versuchte mit fahrigen Bewegungen, sich loszumachen.

»Weg, ihr Biester«, schrie sie. Die Druidin hatte noch keinen Vampir erlebt, der so die Fassung verlor. Sie murmelte ein paar Worte in der alten Sprache und legte ihr die Hand auf den Arm.

»Áine, was ist geschehen, dass du sehend in dein Verderben läufst? Die Sonne kennt kein Erbarmen.«

»Peregrine!«, schluchzte sie. »Es muss ihm etwas zugestoßen sein.«

»Im Augenblick kannst du nichts für ihn tun.« Tara spürte, dass Áines Geist für Vernunft nicht mehr zugänglich war. Blutrot schob sich die Sonne über die Hügel auf der anderen Seite des Lough Corrib und überschüttete die weite Wasserfläche mit Gold. Die Wölfe zerrten Áine in den Schatten der Scheune. Ihre Haut begann zu dampfen. Die Vampirin wankte. Tara schob das Scheunentor auf und führte Áine ins Dunkle. Schon fielen ihr die Augen zu. Die alte Druidin trug sie halb in eine Ecke, in der ihr die Bretterwände ohne Ritzen und Astlöcher schienen. Sanft ließ sie Áine zu Boden sinken, die bereits in ihre todesähnliche Starre verfallen war. Tara stapelte ein paar leere Kisten um sie auf und schob einen Berg an Heu zusammen, dass sie vom Tor aus nicht mehr zu sehen war. Mehr konnte sie nicht tun, außer zu hoffen, dass sie bis zum Abend ungestört blieb. Für einen Moment erwog sie, einen der Wölfe zu ihrem Schutz zurückzulassen, doch sie verwarf den Gedanken wieder. Würde einer der Bauern den Wolf bemerken, wäre hier die Hölle los, und das ganze Dorf würde zusammenlaufen, um den Räuber zur Strecke zu bringen. Nein, er könnte Áine eher in Gefahr bringen. Also ließ Tara sie allein und schloss das Tor sorgfältig hinter sich. Die Sonne stand nun eine Handbreit über dem Horizont und spiegelte sich in Millionen von Tautropfen auf jedem Halm. So etwas wie Bedauern huschte durch ihren Sinn, dass die Lycana dieses Wunder niemals bestaunen konnten. Dann machte sie sich auf die Suche nach dem Werwolf Peregrine.

*

Als es dunkel wurde und die Vampire wieder an Deck gehen konnten, waren es Alisa und Franz Leopold, die als Erstes an die Reling traten, um zu sehen, wie weit sie gekommen waren. Während Alisa mit geraffter Tunika hinaufstürmte, kam Franz Leopold hocherhobenen Hauptes und mit gemessenen Schritten hinterher.

»Kannst du etwas erkennen?«, fragte sie.

»Die Küste im Süden mit vorgelagerten Inseln. Scheint eine Bucht zu sein.«

»Das sehe ich auch«, rief Alisa ungeduldig. »Aber welche? Wo sind wir?«

Franz Leopold hob die Achseln. »Da musst du nicht mich fragen. Wichtiger ist die Frage, wo unsere Verfolger über den Tag abgeblieben sind. Wollen wir mal nachschauen?«

Alisa folgte ihm nach Achtern. Sie suchten den Horizont mit bloßen Augen ab, konnten aber nichts entdecken. Ivy gesellte sich zu ihnen mit einem Fernrohr in der Hand, doch auch durch das Wunderwerk der Optikerkunst war kein weiteres Segelschiff zu erkennen.

»Ich glaube, wir haben sie abgehängt«, sagte Alisa, nachdem sie ebenfalls durch das Fernrohr geblickt hatte. Sie gab es Murrough zurück, der wieder das Ruder übernahm.

»Das ist gut«, sagte er. »Wir sind über Tag besser vorangekommen, als ich dachte. Und sind sogar noch auf Kurs, und das, obwohl ich in meiner Kiste bleiben musste. Das hätte ich nicht zu hoffen gewagt. Aber anscheinend gibt es immer noch Dinge, die mich überraschen können.«

Seymour bellte. Es klang zornig. Ivy legte ihm die Hand in den Nacken. Sofort gab er Ruhe, gähnte stattdessen ausgiebig und rollte sich zu ihren Füßen zusammen.

»Ist ihm nicht gut?«, fragte Alisa besorgt. »So habe ich ihn noch nie erlebt.«

»Vielleicht kann ein Wolf ja seekrank werden«, sagte Luciano, der sich nun ebenfalls zu ihnen gesellte. »Wie lange sind wir noch unterwegs? Ich könnte einen Ausflug zu einer Schafherde gebrauchen.«

Franz Leopold verdrehte die Augen, doch da er ebenfalls wissen wollte, wann ihre Fahrt auf dem Schiff enden würde, schwieg er.

»Zwei, drei Stunden vielleicht. Dann gehen wir bei Kinvara an Land. Wir sind bereits in der Galway-Bucht. Das dort im Süden ist Black Head. Ein Stück weiter im Osten könnt ihr die Turmburg von Gleninagh sehen. Bis vor wenigen Jahren war sie von Menschen bewohnt, doch jetzt steht sie leer.«

»Werden wir dort den Tag verbringen?«, wollte Luciano wissen.

Der Seemann schüttelte den Kopf. »Nein, wir müssen weiter nach Osten bis zum Ende der Bucht. Der Turm ist sicher nicht schlecht, doch in der Nähe von Kinvara gibt es noch etwas Besseres!«

Murrough rief seinen Männern ein paar knappe Befehle zu und drehte am Steuerrad, bis der Bug genau nach Osten wies. Das Schiff neigte sich ein wenig nach Steuerbord. Aufgeregt beobachteten die jungen Vampire, wie das Ufer immer näher kam, sich Felsen und Büsche aus den Schatten lösten, Häuser und knorrige Bäume. Noch war es nicht einmal Mitternacht und ein paar Lichter waren zu sehen, erleuchtete Fenster oder schwankende Laternen, und vereinzelt Menschen.

Das Schiff glitt nun in eine sich wie ein Trichter verengende Bucht, die an ihrem Ende nach Süden gebogen war und in ein Tal überging. Dort, wo das kleine Flüsschen mündete, war eine Ansammlung von Häusern und Hütten auszumachen. Vor der Mole schaukelten Fischerboote im Wasser. Doch der Schiffsführer hielt nicht auf den Ort zu, sondern ließ das Steuerrad nach links wandern, wo sich ein kastenförmiger Schatten in den Nachthimmel reckte. Als sie näher herankamen, sahen die jungen Vampire, dass die Burg auf einer kleinen Insel stand, vom Festland immerhin noch durch einen wassergefüllten Graben mit einer Zugbrücke getrennt. Das Haupthaus war rechteckig und wie so oft hier turmartig gebaut, sodass sein zurückversetztes Satteldach die höchste Erhebung war. Allerdings gab es noch einen weiteren Turm, der, außen an die Ringmauer angesetzt, das Tor bewachte.

Catriona trat zu ihnen. »Wir werden gleich dort am Steg anlegen. Geht bitte rasch von Bord und direkt durch das Tor in den Hof. Keine Erkundungstouren oder sonstigen Experimente!«

Die vier sahen sie aus unschuldigen Augen an. »Aber nein, natürlich nicht«, sagte Ivy für alle.

Catriona schnaubte. »Murrough, du wirst das Schiff in der Felsenbucht verstecken und mit Tierney und Beagán nachkommen.«

Der Seemann nickte. »Werden wir erwartet?«

Eine kleine Fledermaus schwirrte um den Hauptmast. Catriona streckte die Hand aus. Das Tier flatterte zu ihr, umkreiste sie einmal und ließ sich dann auf ihrer Hand nieder.

»Oh ja, wir werden erwartet.« Sie schien dem Tier etwas in die großen, aufgestellten Ohren zu flüstern, dann hob sie den Arm und die Fledermaus flog wieder auf die Burg zu.

Wie Catriona vorausgesagt hatte, wurden sie im Burghof empfangen. Eine uralte Vampirin, die sicher zu den Altehrwürdigen gehörte, und zwei junge Vampire, die vielleicht ihre Servienten waren, kamen ihnen entgegen. Während die Alte nur den Kopf neigte, verbeugten sich die jungen Männer tief vor Donnchadh, an dessen Seite wie üblich Catriona stand.

»Möge euch eure Einkehr auf Dunguaire Castle eine gute Nacht bescheren«, schnarrte die Alte. »Kommt herein. Wir haben Blut für die Erben besorgt, wie du es verlangt hast.«

Alisa sah aus den Augenwinkeln, wie Luciano strahlte, und auch sie fühlte Erleichterung, den bereits wieder brennenden Blutdurst stillen zu können. Ivy sah man wie üblich nicht an, ob sie diese Qualen überhaupt kannte. Seymour dagegen wirkte heute Nacht ein wenig struppig und gähnte schon wieder herzhaft.

Nun senkte Donnchadh das Haupt. »Wir danken dir, Ulicia, dass du uns deine Gastfreundschaft gewährst.«

»Schon gut, schon gut, auch ich bin eine Lycana und weiß, was man dem Clan schuldig ist. Ich hoffe nur, ihr habt nicht vor, euch lange hier einzunisten. Ich brauche meine Ruhe! Ich bin nicht von Dunluce weggegangen, um nun ein Dutzend übermütiger Erben um mich zu haben.« Sie verstummte. Ihr Blick war über die Besucher geschweift, doch dann verharrte er plötzlich. Ihre Augen weiteten sich. Alisa wandte sich um, weil sie herausfinden wollte, wen sie so anstarrte. Es war Malcolm mit seinem jüngeren Vetter Raymond und den Cousinen Ireen und Rowena.

»Das sind doch nicht etwa Vyrad? Hast du mir verfluchte Engländer auf die Burg geschleppt?« Sie spuckte auf den Boden.

»Ulicia, mäßige dich«, sagte Donnchadh zwar noch immer leise, aber mit schneidender Stimme. »Auch die Vyrad haben den Pakt unterzeichnet, und so ist es nicht an uns, sie von dem Jahr in unserer Obhut auszuschließen.«

»Ach, und dann willst du Ivy und Mervyn wohl auch nach London zu Lord Milton schicken?«

»Ja, wenn das Los bestimmt, dass die Akademie für ein Jahr im Haus der Vyrad stattfindet, dann werden Mervyn, Ivy und Seymour ebenfalls dorthin reisen.«

»Seymour«, sagte die Altehrwürdige mit fast so viel Abscheu in der Stimme wie zuvor. »Wie ich sehe, weicht er noch immer nicht von Ivys Seite. Und Tierney hat sein Biest auch mitgebracht.« Sie sah zu dem Schiffsführer der *Réalta* hinüber, dessen Wolf aufrecht neben ihm saß und die Alte mit starrem Blick musterte.

»Ich wünsche keines dieser Biester in meiner Halle.«

»Ich werde Seymour nicht zurücklassen«, protestierte Ivy und funkelte Ulicia kampflustig an.

Diese funkelte zurück, doch plötzlich zerfurchten unzählige Falten ihr Gesicht, und sie zeigte ein lückenhaftes Gebiss. Ein schnarrendes Geräusch entwich ihrem Mund, und Alisa merkte erst nach einigen Augenblicken, dass sie lachte.

»Du hast einen starken Willen und die Macht des Geistes, wie alle in deiner so ungewöhnlichen Familie. Man könnte das natürlich auch schlicht als einen eisenharten Dickschädel bezeichnen, den du wohl einzusetzen weißt. Also gut, bevor du hier aus Protest im Hof zurückbleibst, nimm das Biest mit hinein.«

Ivy neigte den Kopf und sagte steif: »Ich danke dir, Ulicia. Das ist eine kluge Entscheidung.«

»Ob meine Entscheidungen klug sind oder nicht, wird die Zeit zeigen«, murmelte die Altehrwürdige. »Nun gut, wir sind lange genug hier herumgestanden. Kommt endlich herein.« Barsch fügte Ulicia hinzu: »Clotworthy, schließ das Tor und steig dann auf den Turm. Sag mir Bescheid, wenn sich draußen etwas Ungewöhnliches tut. Und du, Tadleigh, komm mit in die Halle und versorge unsere Gäste. Ich werde mich in mein Gemach zurückziehen.«

Der Saal war hoch und weiträumig. Der ebene Boden und die noch hellen Deckenbalken sprachen davon, dass dies nicht die ursprüngliche Halle der Burg sein konnte, die im 16. Jahrhundert auf den Resten einer alten Festungsanlage errichtet worden war. In der Ecke stand ein moderner Kachelofen, der nun natürlich nicht mehr benutzt wurde. Die Burg musste über die Jahrhunderte von Menschen bewohnt worden sein, die sie immer wieder umgebaut und ihren wachsenden Bedürfnissen angepasst hatten. Interessiert sah sich Alisa um. Luciano richtete seine Aufmerksamkeit mehr auf Tadleigh und auf die Krüge, die er nun hereintrug.

*

Sie wartete, bis die Erben in dem milden Rausch versunken waren, den ihnen das Tierblut schenkte. Die Lycana und die fremden Servienten würden später zum Dorf hinübergehen, wo es genug Beute für sie gab, um ihren Hunger zu stillen. Ihre Schützlinge mussten in der Burg zurückbleiben. Nicht unbewacht, wie sie vermutete. Im Augenblick jedenfalls waren die Neuankömmlinge mehr damit beschäftigt, die Räume der Burg zu besichtigen, als auf die jungen Vampire zu achten. Vielleicht war das die beste Gelegenheit, vielleicht die einzige, die sich ihr vor Sonnenaufgang bot! Zum Glück war sie so vorausschauend gewesen, die Dose am Abend aus ihrem Sarg zu nehmen und in der Tasche ihres Gewandes zu verbergen. Ihre Finger tasteten über die gerundeten Kanten. Noch einmal ließ sie den Blick unter ihren gesenkten Wimpern durch den Saal wandern, doch niemand schien sie zu beachten. Sie widerstand dem Drang, sich die Kapuze über den Kopf zu ziehen und ihr Gesicht zu verbergen. Dies hätte in dieser Situation vermutlich genau den gegenteiligen Effekt gehabt. Stattdessen schob sie sich unauffällig in Richtung Tür. Immer wieder blieb sie stehen, betrachtete hier eine Rüstung aus dem späten Mittelalter, dort zwei gekreuzte Schwerter an der Wand. Als Nächstes steuerte sie eine Fahne an, die neben der offenen Eingangstür an der Wand befestigt war. Scheinbar auf den alten Fetzen Stoff konzentriert, wartete sie auf den Moment, da sie unbemerkt aus dem Saal schlüpfen konnte. Sie warf noch einmal einen Blick zurück zu ihrem Vetter. Nein, er achtete nicht auf sie und hatte ihr den Rücken zugekehrt. Mit einer raschen Bewegung huschte sie durch den Türbogen und drückte sich auf der anderen Seite an die Wand. Mit einem Blick nach allen Seiten vergewisserte sie sich, dass keiner zu sehen war. So schnell sie konnte, bog sie in den kurzen Gang, der in das dem Hauptturm angebaute niedere Nebengebäude führte. Am Ende des Flures war der Zugang zum Wachturm, von dem aus man das große Eingangstor von außen gut im Blick hatte und natürlich auch jeden Eindringling unter Beschuss nehmen konnte. Links von ihr führte eine schwere, eisenbeschlagene Tür in den Hof hinaus. Der Riegel war nicht vorgeschoben. Gut, so konnte sie die Tür geräuschlos öffnen und durch den Spalt hinausschlüpfen.

Die Vampirin blieb in der Ecke zwischen Außenmauer und dem Anbau stehen und betrachtete den vor ihr liegenden Hof. Dass das große Tor verriegelt und mit einem dicken Balken gesichert war, wunderte sie nicht, doch sie brauchte die Burg nicht zu verlassen, um ihre Aufgabe zu erledigen. Sie fasste in ihre Tasche und zog die Dose heraus. Sie trat ein paar Schritte von der Mauer weg, löste behutsam den Deckel und hielt dann den unteren Teil mit ausgestrecktem Arm von sich weg. Ein unruhiges Flattern war zu hören, dann ein helles Fiepen, als die winzige Fledermaus ihre Flügel entfaltete und sich in den Nachthimmel erhob. Sie umkreiste noch ein paar Mal die einsame Gestalt im Hof, dann schwang sie sich über die Burgmauer und verschwand. Die Vampirin rührte sich nicht und sah noch immer auf die Stelle, an der die Fledermaus ihren Blicken entschwunden war, als eine Stimme hinter ihr sie zusammenzucken ließ.

»Was machst du hier draußen?«

Sie fuhr herum. Konnte er in ihrem Gesicht oder gar in ihren Gedanken lesen? Es war der Servient Clotworthy, dem die Altehrwürdige aufgetragen hatte, vom Turm aus das Tor zu bewachen. Hatte er gesehen, was sie getan hatte? Sie versuchte, den Gedanken daran aus ihrem Geist zu verbannen. Sie setzte eine möglichst unschuldige Miene auf und hob die Schultern.

»Nichts Besonderes. Ich wollte nur noch ein wenig die Burg betrachten und die Nachtluft genießen, bevor wir wieder in unsere Särge gesperrt werden.«

Er brummte nur und forderte sie auf, in den Saal zurückzukehren. Sie lächelte ihn an, wandte sich ab und eilte zurück. Ihre Aufgabe für heute war vollbracht.

Vor der Tür zum Saal blieb sie noch einmal stehen, holte tief Luft und schlüpfte dann hinein. Wo war ihr Vetter? Hatte er ihre Abwesenheit bemerkt? Rasch schweifte ihr Blick durch den Saal – und blieb an seinen Augen hängen, die auf sie gerichtet waren. Er stand zwar am anderen Ende neben Alisa, doch sie konnte die Frage in seinen Augen lesen:

Wo bist du gewesen?

Rasch tauchte sie zwischen den anderen jungen Vampiren unter. Sie würde ihm eine Weile aus dem Weg gehen, sodass er seine Frage hoffentlich vergessen hatte, wenn sie wieder in seine Nähe gelangte.

*

Danilo schritt unruhig auf und ab. Wenn er den Bug erreichte, hob er den Blick und sah zum Ufer hinüber, das sich schwach von der dunklen See und dem bewölkten Nachthimmel abhob, dann wandte er sich um und schritt wieder zurück. Er sagte keinen Ton, doch er strahlte einen solchen Zorn aus, dass Tonka darauf verzichtete, ihn anzusprechen. Sie wusste, wie gefährlich ihr Bruder in dieser Stimmung war. Nicht dass sie Angst vor ihm gehabt hätte wie beispielsweise die vier Seeleute, die eng aneinandergepresst auf den Planken neben dem Steuerrad kauerten, ohne sich zu rühren oder auch nur einen Ton von sich zu geben. Ihre Furcht überraschte Tonka nicht, doch auch der bärengleiche Vampir, der sich ihr als Piero vorgestellt hatte, obwohl das vermutlich nicht sein richtiger Name war, zog den Kopf ein, als könne er sich dadurch unsichtbar machen. Vermutlich hätte er dies auch getan, wenn er solche Fähigkeiten besessen hätte.

Tonka betrachtete den Vampir von oben bis unten und kräuselte verächtlich die Lippen. Er war trotz seiner körperlichen Stärke ein Schwächling und sie verachtete Schwächlinge! Warum nur belasteten sie sich noch immer mit seiner Gesellschaft? Sie könnten viel schneller vorankommen, wenn sie nur auf sich gestellt wären. Waren sie ihm etwas schuldig? Weil er sie aufgesucht und ihnen das Geheimnis verraten hatte? Tonka war immer noch neugierig, woher er es gewusst hatte – und warum er sich mit ihnen zu verbünden suchte. Vielleicht würde sie versuchen, es herauszufinden, ehe sie sich seiner entledigte. Sie wartete nur auf den richtigen Zeitpunkt – wenn sie sicher war, dass er keine Geheimnisse mehr vor ihnen verbarg, die ihnen nützlich sein konnten.

Ein leichtes Schwirren in der Luft lenkte sie ab. Tonka fuhr herum. Sie spürte Erregung in sich aufwallen. Hatte sie richtig gehört, oder wartete sie so drängend auf dieses Geräusch, dass ihre Sinne ihr etwas vorzugaukeln begannen? Ihr scharfer Blick durchschnitt die Schwärze der Nacht. Ja! Da war etwas, das mit hastigen Flügelschlägen auf sie zusteuerte. Tonka streckte die Hand aus und die kleine Fledermaus landete in ihrer Handfläche.

Behutsam schloss sie die Finger, dass das Tier nicht entkommen konnte, sie es aber auch nicht zerdrückte. Mit leichtem Schritt ging sie zu ihrem Bruder, der seine Wanderung über Deck noch immer unbeirrt fortsetzte.

»Danilo?«

Er hielt inne und wandte sich mit einer Bewegung um, als wolle er eine Beute anspringen und zu Boden reißen. Tonka unterdrückte den Impuls, zurückzuweichen.

»Was ist?« Er funkelte sie gefährlich an.

Tonka streckte ihm den Arm entgegen und öffnete dann vorsichtig die Hand.

Als Danilos Blick auf die Fledermaus fiel, verzog ein grimmiges Lächeln seine Lippen. »Endlich!«

Er wandte sich an die Seeleute. »Los, steht auf und macht eure Arbeit, für die wir euch angeheuert haben!«

»Wisst Ihr nun, wohin es geht?«, fragte der Kapitän mit bebender Stimme. Tonka spürte, welche Überwindung es ihn kostete, Danilo anzusprechen.

Der Vampir deutete auf die Fledermaus. »Unser Bote wird uns zeigen, wohin sich das Wild verkrochen hat. Schnell! Trödelt nicht so herum. Wollt ihr meinen Zorn spüren?«

Es hätte der Drohung nicht bedurft. Die vier Männer machten sich eilig daran, die Segel wieder aufzuziehen und in den Wind zu richten. Der Steuermann schwang das große hölzerne Rad herum, und dann nahm das Schiff Fahrt nach Osten auf, hinein in den Trichter der Galway-Bucht.

*

Die Druidin brauchte fast den ganzen Tag, bis sie den Werwolf aufspürte. Sie passierte die Dörfer Killarone und Oughterard und suchte dann das Gelände der Mine ab. Sie fragte ein paar ausgemergelte Frauen, die auf der Halde arbeiteten, ob in den frühen Morgenstunden etwas Außergewöhnliches geschehen sei, doch die schüttelten nur in stummer Erschöpfung die Köpfe.

Tara ging weiter. Ihre beiden Wölfe führten sie zu der abgelegenen Hütte, die nun allerdings verlassen war, doch die Spuren von Stiefeln und großen Hunden waren noch erschreckend frisch. Tara bückte sich zu einer kleinen Blutlache hinab. Ein Gefühl von Trauer breitete sich in ihr aus, als sie ihren Wölfen den Hang hinauffolgte. Sie entdeckte immer mehr Blut auf dem morastigen Boden, auf Blättern und abgeknickten Zweigen. Von Hunden oder von Wölfen? Die beiden grauen Tiere an ihrer Seite winselten leise. Tara schob mit ihrem Stab die stacheligen Zweige des Buschwerks zur Seite, das ihr den Weg versperrte. Sie musste sie nicht kraftvoll biegen. Sobald der Stab sie berührte, wichen die Zweige zurück und ließen sie und ihre Wölfe passieren. Tara sah die Ohren der Tiere nervös zucken.

»Ich kann sie auch hören«, sagte die Druidin leise und fragte sich, was das zu bedeuten habe. Dann hörten die Büsche plötzlich auf und gaben eine felsige Mulde frei, die an einer Wand endete, die nicht die Natur geformt hatte. Hatten die Menschen hier ebenfalls nach den Erzen gesucht, die ihnen so wertvoll waren? Der Anblick gab der Druidin einen leichten Stich. Es war wie eine Wunde, die man dem Berg zugefügt hatte und die nur langsam wieder verheilte.

Die Wunden, die man Peregrine zugefügt hatte, würden dagegen nie mehr verheilen! Sie hatte es geahnt, und doch wurde ihr Herz schwer, als sie ihn entdeckte.

Zuerst jedoch fiel ihr Blick auf die vier groß gewachsenen, ausgemergelten Gestalten, die sich über den Körper, der am Boden lag, beugten. Noch ehe sie herumfuhren, sah sie an ihrem Körperbau und den verfilzten, langen Haaren, dass es Werwölfe waren. Nun, als sie sich zu ihr umdrehten, erkannte sie die Mitglieder von Áthair Faolchus Sippe. Er selbst war nicht bei ihnen, dafür der ungezähmte Mac Gaoth und Ivarr, einer seiner Bewunderer. Mac Gaoth starrte die Druidin grimmig an und zeigte die Zähne.

»Tamara Clíodhna, was willst du hier? Das ist nicht deine Sache.«

»Er ist einer der euren, ich weiß«, erwiderte Tara freundlich. »Möge seine Seele unbeschadet in die Anderwelt gelangen und, wenn die Zeit reif ist, in einem neuen Körper zurückkehren.«

Der junge Werwolf knurrte. »Spar dir deine Worte. Er hat sie nicht verdient. Er war ein Verräter.« Er hob ein Seidentuch hoch, das ursprünglich sicher nicht Peregrine gehört hatte, und zog es über seine geblähten Nasenflügel. »Wisst ihr, was ich wittere? Vampire!«

»Das hat nichts mit seinem Tod zu tun«, wehrte Tara ab.

»Nein?«, rief ein anderer, an dessen Name sie sich nicht erinnern konnte. »Dann hast du die Lage nicht richtig erfasst, Druidin Tara. Wie verwunderlich. Lass dir sagen, er ist genau deshalb gestorben!« Er riss Mac Gaoth das Tuch aus der Hand und stopfte es mit einem Ausdruck der Verachtung in die Tasche.

»Nun folge deinem Weg und lass uns den unseren gehen. Und falls du noch einen gut gemeinten Rat hören willst: Halte dich für eine Weile von den Mooren Connemaras fern.« Er reckte den Hals und schob das Kinn vor. »Wer sich in Dinge einmischt, die ihn nichts angehen, der könnte Schaden nehmen. Hast du verstanden?«

Die Druidin nickte bekümmert. »Ja, deine Drohung war deutlich. Ich möchte nur, dass ihr keinen Fehler begeht.«

Er schnitt ihr das Wort ab. »Wir brauchen weder deine Erklärungen noch deinen Rat. Geh!«

Die vier Werwölfe hoben den Körper auf, der Taras Blicken bisher verborgen geblieben war. Wenn sie nicht gewusst hätte, dass es Peregrine sein musste, wäre es ihr vermutlich schwergefallen, ihn zu erkennen. Er steckte noch in seinem Wolfskörper, der regelrecht zerfetzt worden war. Der Tod hatte ihm sein menschliches Gesicht zurückgegeben, das jedoch blutig aufgerissen und in Pein zur Unkenntlichkeit verzerrt war. Tara wäre gern zu ihm gegangen, um ihn zu berühren und einen Segen zu sprechen, doch die vier grimmigen Mienen hielten sie zurück. So wandte sie sich ab und murmelte die alten keltischen Worte vor sich hin.

Die Druidin zog sich mit ihren Begleitern in die Büsche zurück, bis die Werwölfe sich mit ihrem Toten entfernt hatten. Dann kehrte sie zu der Stelle zurück, an der Peregrines Körper gelegen hatte. Reglos stand sie da und betrachtete die Spuren, die ihr verwirrende Geschichten erzählten. Die alte Druidin schüttelte den Kopf. Sie konnte nicht klar sehen, was hier geschehen war. Hatten die Menschen mit ihren Hunden ihn in die Enge getrieben und getötet? Oder waren es die Werwölfe seiner Sippe selbst gewesen, die ihm gefolgt, ihn beobachtet und seine Liebe zu einer Vampirin mit dem Tod bestraft hatten? Oder hatten gar die Lycana ihn auf dem Gewissen? Tara wusste es nicht. Sie würde Áthair Faolchu aufsuchen und mit ihm sprechen. Sie musste wissen, wie die Stimmung sich entwickelte. Auf keinen Fall durfte die alte Feindschaft zwischen Werwölfen und Vampiren wieder ausbrechen, die beide Seiten vor zweihundert Jahren an den Rand der Vernichtung geführt hatte. Nun, da sie ihren Hass dem Frieden geopfert hatten, durfte diese Affäre nicht alles wieder zerstören. Tara ging ein Stück des Weges zurück, schnitt mit ihrer Sichel einen Stechpalmzweig und brachte ihn dahin zurück, wo Peregrines getrocknetes Blut noch immer von seinem Leiden und Sterben sprach. Sie legte den Zweig auf den Boden. Die Stechpalme war für die Kelten das Symbol des ewigen Lebens, für Tod und Wiedergeburt. Seine immergrüne, wehrhafte Gestalt stand für die zähe Widerstandskraft eines Kriegers, für seinen Willen zum Überleben, aber auch für das tapfere Dahinscheiden, wenn er seinem Ende gegenübertrat. Welch passenderes Symbol hätte sie in Peregrines Gedenken hier niederlegen können?

DER BURREN

Áthair Faolchu sah die Druidin mit unbeweglicher Miene an. Sie unterdrückte den Impuls, ihr Anliegen zu wiederholen. Er hatte sie sehr wohl verstanden, doch vielleicht wusste er noch nicht, wie er sich entscheiden sollte, oder verfolgte eine Taktik. So blieb sie einfach mit geradem Rücken stehen und erwiderte seinen Blick. Welch schöne und kluge Augen er hatte. Sie empfand Respekt vor seiner Erfahrung und hoffte, dass die Weisheit des Alters seine Entscheidung leiten würde und nicht die zornige Wildheit, die in jedem Werwolf steckte.

»Tamara Clíodhna, mir ist bewusst, dass du dich um die deinen sorgst«, sagte er schließlich, als die spannungsgeladene Stille bald eine Ewigkeit währte. »Es ist der Instinkt einer Mutter, die ihre Jungen schützt und sie mit Klauen und Zähnen verteidigt, selbst wenn es sie das Leben kosten sollte. Daher kann ich dein Ansinnen gut verstehen.«

Tara unterdrückte eine unwillige Entgegnung und lächelte ihn stattdessen an. Sie hob die Hände. Schmal waren sie, von Sonne und Kräutern, die sie sammelte, dunkel gefärbt. Ihre Nägel waren ebenfalls dunkel, jedoch sorgfältig gekürzt. »Siehst du, keine Klauen, und ich versichere dir, ich werde auch nicht mit meinen mir verbliebenen Zähnen kämpfen und womöglich riskieren, in Zukunft nur noch Mus essen zu können.«

Der Schatten eines Lächelns huschte über die verdorrten Züge. »Es ist ein legitimer Versuch, dem Gespräch seine Schwere zu nehmen, doch die Tatsachen bleiben. Ich vertrete die Interessen meiner Sippe, und ich muss tun, was für sie am besten ist. Ich würde meiner Stellung als ihr Vater nicht gerecht, wenn ich diesen Vorfall ignorierte und keine Konsequenzen daraus zöge.«

Sie standen unter einem bleichen Mond unweit des Höhleneingangs und ließen ihre Blicke über das nächtliche Moor zu ihren Füßen wandern. Ab und zu drang der Ruf eines Nachtvogels zu ihnen. Der Wind rieb sich mit einem tiefen, klingenden Ton an den Felskanten. Dann erklang das helle Jaulen eines Wolfes in der Ferne. Zwei tiefere Stimmen antworteten von der anderen Seite her.

»Hör die Lieder meiner Kinder des Mondes«, sagte Áthair Faolchu. »Sie sind frei und genießen die Aufregung der nächtlichen Jagd. Ich muss alles tun, dass ihnen diese Freiheit erhalten bleibt.«

»Das wird dir nicht gelingen, wenn du die Bande zerstörst, die mit viel Mühe geknüpft wurden«, warf Tara ein, obwohl sie spürte, dass sie ihn mit ihren Worten nicht berühren konnte. »Wir haben einen Vertrag geschlossen!«

»Wir waren es nicht, die ihn brachen! Diese Bande, wie du sie nennst, haben uns keine Vorteile gebracht. Wir waren bereit zu teilen und müssen nun dafür bezahlen. Es wird Zeit, dass wir einen anderen Weg einschlagen. Wenn wir die Kraft unseres Landes für uns behalten, dann wird sie uns stärken, während unsere Gegner ihre Kräfte nach und nach einbüßen.«

»Die Lycana sind nicht eure Gegner!«

»Tamara Clíodhna, sie sind es heute und sie sind es immer gewesen. Wir haben lange genug die Augen verschlossen und die Anzeichen ignoriert. Mit List haben sie einen der unseren zu sich gelockt und ihn vernichtet. Wir werden ihn rächen!«

»Es waren nicht die Lycana, die ihn getötet haben!«, widersprach die Druidin.

»Kannst du dir da sicher sein? Hast du es mit eigenen Augen gesehen?«

Tara schüttelte den Kopf. »Nein, doch wenn du mich den Leichnam ansehen lässt, dann kann ich seine Verletzungen lesen und dir vermutlich sagen, was geschehen ist.«

»Das ist nicht mehr möglich. Meine Söhne haben die Leiche dem Berg zurückgegeben, wie es der Brauch ist.«

»Du hast dich nicht von ihm verabschiedet?«

Der alte Werwolf schüttelte den Kopf. »Peregrine hat sich nicht an die Regeln gehalten und mein Vertrauen missbraucht.« Die Druidin unterdrückte ein Stöhnen.

Die Werwölfe fühlten sich dem Moor und den Twelve Bens so verbunden, dass sie ihre Toten zu der – wie es schien – bodenlosen Spalte im Innern ihrer Höhle trugen und sie dort hineinfallen ließen. Dieses Mal war der übliche feierliche Zug wohl unterblieben. Falls an Peregrines Körper Beweise zu finden gewesen waren, dass nicht ein Vampir ihn getötet hatte, dann waren sie nun für immer verloren. Mac Gaoths zorniges Antlitz tauchte vor ihrem inneren Auge auf. Vielleicht hatten sie den Körper so schnell beseitigt, eben weil keine Spuren von Vampirzähnen zu sehen waren. Wollten sie gar die Bissspuren eines Werwolfs verbergen?

Tara überlegte, was sie noch sagen oder tun sollte. Den Bruch zwischen den Lycana und den Werwölfen konnte sie nicht mehr aufhalten. Er war bereits geschehen. Sie hoffte jedoch, dass ihre Stimme bei der Sippe noch immer etwas zählte.

»Áthair Faolchu, wir haben einander stets vertraut, und ich habe euch niemals Anlass gegeben, an mir und meinem Wort zu zweifeln.« Er neigte zustimmend das Haupt.

»Ich hoffe daher, dass ich bei deiner Sippe noch immer willkommen bin.«

»Wenn du dich nicht mit unserem Feind verbündest und uns zu schaden suchst«, sagte der Werwolf.

»Ich bin mit niemandem verbündet und suche niemandem zu schaden. Ich stehe hier als Mittler zwischen der Anderwelt der Geister und der Natur mit allen ihren Kreaturen.« Wieder nickte er.

»Werde ich also morgen hier noch willkommen sein? Und auch die, die unter meinem besonderen Schutz stehen?«

Der Werwolf sah sie aus seinen hellen Augen durchdringend an. »Ich weiß, woran du denkst und was du vorhast, Tamara Clíodhna.« Er zeigte zum Mond hinauf. »Du bist morgen willkommen und auch in der folgenden Nacht. Kehre wieder, wann du willst, doch ehe der Mond vollständig verblasst ist und die Nacht der Leere über uns kommt.«

Sie wagte nicht zu fragen, was dann geschehen würde. Noch konnte sie die Hoffnung hegen, dass sich bis zum nächsten Neumond alles zum Guten wenden würde. Die Druidin verbeugte sich.

»Dann werden wir uns also vor Neumond wiedersehen. Ich wünsche dir und den deinen, dass deine Weisheit dich leite und nicht dein Zorn.«

»Es ist deine Pflicht und dein Recht, so zu sprechen, denn du kennst die heiße Wut nicht, die in einem Werwolf brennt.«

»Ich kenne sie, auch wenn ich sie selbst nie gespürt habe«, sagte Tara leise. Für einen Moment fühlte sie sich nur wie eine alte Frau, deren Lebenskraft längst verbraucht war. Sie spürte den Blick des Werwolfs auf sich ruhen, in dem sie so etwas wie Verständnis lesen konnte, obwohl ihm jede Schwäche zuwider sein musste. Rasch schüttelte sie die schmerzenden Erinnerungen ab und straffte sich.

»Vor dem nächsten Neumond«, wiederholte die Druidin, wandte sich ab und schritt den Berg hinunter. Ihre beiden Wölfe folgten ihr.

*

»Wenn wir wenigstens in den Hof hinausdürften und auf die Ringmauer steigen«, stöhnte Tammo und stützte mit einem Ausdruck tödlicher Langeweile das Kinn in beide Hände. Niemand wunderte es, dass Fernand kurz darauf eine Rauferei anfing, in die sich Joanne natürlich sofort einmischte.

Anna Christina beschwerte sich über die Seefahrt, die sie hatte erdulden müssen, die schrecklichen Kleider, die sie zu tragen gezwungen war, und die Unbequemlichkeit der Burg, aber kaum jemand achtete auf sie. Zu häufig hatten sie ihre Klagen schon vernommen. Nur Marie Luise hing an ihren Lippen. Sie stimmte allem zu, was ihre ältere Cousine äußerte. Karl Philipp dagegen wurde es nun ebenfalls zu viel und er entfloh ihrer nörgelnden Stimme.

Die vier Vyrad aus London saßen etwas abseits in einer Ecke und warfen ihrer Gastgeberin ab und zu finstere Blicke zu. Ulicia hatte sich nicht wie angekündigt in ihr Gemach zurückgezogen, sondern saß auf ihrem Stuhl mit der hohen Rückenlehne und ließ wie eine Clanführerin den Blick hoheitsvoll durch ihre Halle schweifen.

Alisa sah zu den Londonern hinüber. Während Raymond so unsicher wie immer wirkte, hatte sich seine um ein Jahr jüngere Cousine Ireen über den Sommer zu ihrem Vorteil entwickelt. Zwar war sie mit ihren Sommersprossen und den etwas vorstehenden Zähnen noch immer keine Schönheit, doch die Ängstlichkeit in ihren Augen wich ab und zu einer Art grimmigen Entschlossenheit. Sie suchte auch nicht mehr dauernd Schutz bei Malcolm, der inzwischen fast zum Mann gereift war. Alisa unterdrückte einen Seufzer. Es hatte im vergangenen Jahr Augenblicke gegeben, da waren sie sich nahgekommen, und sie hielt die Erinnerung an das Gefühl gern in sich wach. Doch dann musste irgendetwas schiefgegangen sein. Alisa mochte nicht glauben, dass die Chance für immer vertan war. Ein leichter Schmerz regte sich bei dem Gedanke in ihr. Rasch sah sie zu Ivy hinüber, die in der Ecke am kalten Kachelofen neben Seymour kauerte. Franz Leopold stand bei ihr – schon wieder! – und sprach auf sie ein. Alisas Blick kehrte zu Malcolm zurück, der gerade zwei gekreuzte Schwerter an der Wand betrachtete. Wie zufällig schlenderte sie durch den Saal und trat neben ihn. Was sollte sie sagen? Es musste etwas Geistreiches sein oder etwas Lustiges, das ihn zum Lachen brachte, auf keinen Fall aber zu kindisch oder albern war. Alisa suchte in ihrem Kopf, fand aber nur Leere und Dunkelheit.

»Zum Glück ist diese Seereise zu Ende«, eröffnete Malcolm zu ihrer Erleichterung das Gespräch. Alisa nickte zustimmend, obwohl sie sich an Bord wohlgefühlt und die Reise als aufregend empfunden hatte.

»Ich hoffe, es geht nun endlich mit unserer Ausbildung weiter. Schließlich sind wir nicht nach Irland gereist, um die See und öde Landschaften zu sehen. Wir nehmen dieses Jahr auf uns, um von den Fähigkeiten der Lycana zu profitieren.«

Alisa wollte ihm nicht widersprechen, fand aber die Landschaften durchaus faszinierend. Außer ihrer Reise nach Rom war sie bisher noch nie aus Hamburg herausgekommen und kannte nur den Hafen und die dicht an dicht bebauten Straßen der Stadt. So lockte es sie, das weite Land, das man hinter der Küste erahnen konnte, kennenzulernen. Dem zweiten Punkt konnte sie dagegen aus tiefstem Herzen zustimmen.

»Ja, ich hoffe auch, dass es mit unserem Unterricht bald weitergeht. Ist es nicht unglaublich, welche Fähigkeiten die Lycana im Laufe der Zeit erworben haben? Die Demonstration am ersten Abend war wundervoll. Wie Donnchadh die Fledermäuse gerufen und sich dann in eine von ihnen verwandelt hat, und Catriona, die sich einfach in Nebel auflösen kann.«

»Möglich«, sagte Malcolm gedehnt. Ihre Begeisterung für die Iren schien ihm zu weit zu gehen. »Ich kann nichts dazu sagen. Wir waren ja nicht dabei. Aber so spektakulär kann es nicht gewesen sein.«

Alisa spürte, dass er ihre Zustimmung wollte, doch das ging ihr zu sehr gegen den Strich. »Ich möchte alles lernen, was sie können. Stell dir nur vor, welche Vorteile ihre Künste bringen. Die Gestalt eines jeden Tieres annehmen – oder gar sich einfach in Nebel auflösen zu können. Keine Tür, kein Gitter kann einen aufhalten!«

»Ja, das ist sicher hilfreich«, gab Malcolm widerstrebend zu. »Und ich bin froh, dass sich meine Befürchtungen nicht bestätigen.«

»Welche Befürchtungen?«, wollte Alisa wissen.

»Wie jeder weiß, sind die Iren ein zurückgebliebenes Volk, das noch im Mittelalter verhaftet scheint.« Sie unterdrückte einen Laut des Protests. »Dennoch hatte ich von den besonderen Fähigkeiten der Lycana gehört, und da sie ja keine Zivilisation in unserem Sinne kennen und in der wilden Natur leben, schien es mir glaubhaft. Daher habe ich zugestimmt, auch dieses Jahr der Akademie beizuwohnen, obwohl ich schon bald das Ritual vollziehen werde, das mich zu einem vollwertigen Mitglied des Clans machen wird. Deshalb – und weil ich dich wiedersehen wollte. Nicht erst, wenn ihr alle zu eurem Jahr nach London kommt.«

Alisa spürte, wie eine seltsame Hitze in ihr aufwallte. Dabei hatte es aus seinem Mund ganz natürlich geklungen. Sie sah zu Boden. Was sollte sie darauf antworten?

»Ich habe mich sehr gefreut, als ich dich in Dunluce bei den anderen Vyrad entdeckte«, sagte sie leise, ohne ihn anzusehen. Es schien ihr im Augenblick besser, ihre nackten Zehen zu betrachten. Da schoben sich auch seine Füße in ihr Blickfeld. Im Gegensatz zu ihr trug er die weichen Schlupfschuhe, die die Lycana ihnen angeboten hatten. Der Stoff seiner Hose und Tunika war in einem warmen Braunton gehalten. Alisa trug ein blasses Blaugrün. Noch immer blickte sie nicht auf, gerade weil er so nah an sie herangetreten war. Seine Hand tauchte vor ihrem Gesicht auf, legte sich unter ihr Kinn und hob es mit so viel Druck an, dass es ihr schwergefallen wäre, sich dagegen zu wehren.

»Was gibt es auf dem Boden so Interessantes?«, fragte er, doch sein Lächeln sagte ihr, dass er keine Antwort erwartete. »Es ist schön zu hören, dass auch dich unser Wiedersehen erfreut, auch wenn ich bisher nicht den Eindruck hatte. Es gelingt dir gut, deine Begeisterung zu verbergen!«

»Was?«, rief Alisa erstaunt. »Nein, das stimmt nicht. Ich habe es dir gesagt, als wir uns im Hof trafen.«

»Und dann? Seitdem hast du dich von mir ferngehalten und bist stets mit Franz Leopold und Luciano zusammengesteckt und mit dieser Ivy und ihrem Wolf.«

Alisa wollte protestieren. Na und? Sie waren ihre Freunde – zumindest Ivy, Seymour und Luciano. »*Ich* suche Franz Leopolds Gesellschaft ganz sicher nicht! *Er* hängt sich neuerdings wie eine

Klette an uns – oder besser gesagt an Ivy. Ich weiß nicht, warum sie das duldet.«

Malcolm blickte zu Ivy und Franz Leopold hinüber, die sich noch immer angeregt unterhielten. »Nun ja, eine einfache irische Vampirin kann sich geschmeichelt fühlen, wenn sich ein so gut aussehender Dracas für sie interessiert.«

Alisas Inneres fühlte sich nun noch heißer an, dieses Mal allerdings von ihrem aufwallenden Zorn. »Franz Leopold ist es nicht einmal wert, ihr die Füße zu waschen! Er kann sich glücklich schätzen, wenn sie so gütig ist, das Wort an ihn zu richten. Ivy ist die außergewöhnlichste und schönste Vampirin, die ich kenne, von deren Fähigkeiten wir alle nur träumen können!« Ihre Stimme war laut geworden und sie funkelte ihn mit in die Hüften gestützten Händen an.

Oh nein, was hatte sie getan? Ihr Temperament hatte wieder einmal die Oberhand über den Verstand gewonnen. Verlegen verschränkte sie die Arme vor der Brust.

Über Malcolms Gesicht huschte Verärgerung, doch dann lächelte er wieder, wenn auch nicht so warm wie zuvor. »Ich sehe, Ivy hat eine glühende Fürsprecherin gewonnen. Ich dachte immer, die Beeinflussung des Geistes sei eine Spezialität der Dracas. Doch sie setzt ihre Fähigkeiten und ihr ungewöhnliches Aussehen ebenso geschickt ein.«

»Sag das nicht so«, bat Alisa. »Sie ist einfach schön und klug und bewundernswert. Es ist kein Trick. Das würde gar nicht zu ihr passen. Ivy würde niemanden manipulieren. Du musst sie einfach besser kennenlernen. Willst du nicht mit zu ihr hinüberkommen?«

Malcolm lehnte höflich, aber bestimmt ab. »Sieh, meine Cousine Ireen ruft nach mir.« Er wandte sich ab und ging auf die Vampirin zu, die ein Jahr älter als Alisa war, jedoch jünger wirkte. Im Augenblick schien es allerdings nicht so, als verlange sie nach seinem Schutz. Ja, sie sah ihn eher fragend an, als er auf sie zutrat. Alisa seufzte und wandte sich ab. Mit hängenden Schultern ging sie zu Ivy zurück. Die Freundin sah auf und lächelte sie an.

»Ich habe dich bei Malcolm gesehen. Ihr habt euch lange unterhalten. Wie schön.«

Alisa zog eine Grimasse. »Gezankt wäre der passendere Ausdruck.«

»Oh! Dann lief es nicht so gut?«

Alisa warf die Arme in die Luft. »Ich habe es völlig vermasselt!« Weshalb, sagte sie lieber nicht. Sie wollte nicht, dass Ivy wusste, wie schlecht Malcolm über sie dachte und sprach. »Eine einzige Katastrophe«, stöhnte sie.

»Ja, das schien mir auch so«, sagte Franz Leopold mit einem falschen Lächeln.

»Ach, halte du den Mund!«, fuhr Alisa ihn an und stürmte davon.

*

Am nächsten Abend durften die jungen Vampire noch einmal ihren Blutdurst stillen, ehe sie mit ihren Begleitern Dunguaire Castle verließen. Der Abschied von der altehrwürdigen Ulicia fiel eher kühl aus. Zu sehr zeigte sie, wie froh sie war, die ungebetenen Gäste loszuwerden. Dafür verabschiedeten sich die jungen Vampire herzlich von den beiden Schiffsführern Murrough und Tierney, seinem Wolf Beagán und den anderen Seeleuten. Während die beiden Mannschaften mit den Schiffen der Lycana nach Norden zurückkehrten, machten sich der Clanführer und seine Begleiter mit den Erben in den Burren auf, wie er es nannte.

»Was ist ein Burren?«, fragte Alisa neugierig.

»Burren nennen wir die Gegend hier im Nordwesten von Clare. Ein Heerführer Cromwells soll diese Landschaft einmal so beschrieben haben: ›Kein Wasser zum Ertränken, kein Baum zum Hängen, keine Erde zum Begraben.‹«

Luciano lachte. »Der wusste, was er wollte. Hört sich ja sehr verlockend an. Und wer war dieser Cromwell? Einer eurer Führer?«

Ivy schüttelte heftig den Kopf. »Oh nein! Oliver Cromwell war einer der grausamsten englischen Heerführer, die Irland jemals heimgesucht haben.«

»Und auch einer der erfolgreichsten, als es darum ging, die aufständischen Iren in die Knie zu zwingen, das darfst du nicht unterschlagen!«, mischte sich eine Stimme ein. Malcolm war zu ihnen getreten und sah Ivy herausfordernd an.

Alisa blickte von Ivy zu Malcolm, die sichtbar dabei waren, in Rage zu geraten. »Ach, hört schon auf, über die Menschen und ihre Kriege zu streiten. Seht nach vorn. Ist das der Burren?«

Vier Augenpaare hoben sich und wanderten in das Tal, das sich nach Süden erstreckte und zu den Bergrücken zu beiden Seiten.

»Kein Wasser zum Ertränken, kein Baum zum Hängen, keine Erde zum Begraben«, sagte Luciano. »Kein sehr einladender Ort!«

Während das Tal noch von üppigen Weiden bedeckt war, fehlte den Berghängen und Kuppen fast jedes Grün. Graue Felsen reckten sich in mächtigen Plattformen übereinandergestapelt in den Himmel. Als sie den Talboden verließen und die ansteigenden Felsen erreichten, erkannten sie, dass die Oberfläche tief zerfurcht war, von geraden Rinnen und Löchern, die die Form verzweigter Äste und Blätter hatten. Manche sahen wie riesige Farnblätter aus. Allen gleich war, dass die Kanten scharf waren wie Klingen. Obwohl sie nun genau aufpassen mussten, wohin sie ihre Füße setzten, behielten Donnchadh und die anderen das Tempo ungemindert bei. Anna Christina schimpfte mal wieder vor sich hin und klagte über die Unannehmlichkeiten des rauen Landes. Marie Luise unterstützte sie. Während Ivys nackte Füße mit schlafwandlerischer Sicherheit ihren Weg fanden und stets auf der glatten Steinoberfläche landeten, beugte sich Luciano ein wenig vor, um nicht zu straucheln. Da er für jeden Tritt erst den rechten Platz suchte, fiel er schnell hinter der Gruppe zurück. Alisa ließ den Blick über die gefurchte Oberfläche huschen. Bald hatte sie ihren Rhythmus gefunden und schritt und sprang neben Ivy und Seymour her – und neben Franz Leopold, dessen Bewegungen trotz

des ungewohnten Untergrunds nichts von ihrer Eleganz einge-
büßt hatten. Malcolm dagegen hatte sich zu seinen Cousinen und
seinem Vetter zurückfallen lassen. Während Rowena, die wie üblich vor sich hin summte und den Blick in die Ferne schweifen ließ,
gar nicht zu bemerken schien, dass sich ihre Umgebung verändert
hatte, wirkten Raymond und Ireen ein wenig unsicher.

»Ist das Kalkgestein?«, wollte Alisa wissen. »Wie kommt es, dass
die Landschaft hier so anders ist?«

»Du hast richtig gesehen. Diese Berge bestehen aus mächtigen Kalksteinschichten. Wenn wir innehalten und die Oberfläche
genau betrachten würden, könnten wir überall Muscheln und
Schnecken im Gestein entdecken. Tara sagt, diese Berge waren
einst tiefer Meeresgrund.«

»Wie kann so etwas sein?«

»Die Erde lebt und unterliegt einem ständigen Wandel, hervorgebracht von Feuer, Wasser und Eis. Schaut euch um und blickt
ins Tal hinab. Wasser hat den so fest scheinenden Kalk weggewa-
schen. Und auch hier arbeitet es Tag und Nacht. Die kleinsten Brü-
che genügen dem Regenwasser, um hindurchzuschlüpfen. Dabei
nimmt es immer ein wenig Fels mit sich, erweitert die Risse, höhlt
ihn aus und formt dieses Labyrinth an Furchen. Irgendwo im Untergrund sammelt sich das Wasser zu einem unterirdischen Fluss
und kommt dann dort im Tal hervor, um dem Meer zuzueilen.«

»Ein unterirdischer Fluss?« Alisas Augen leuchteten. »Den würde ich gerne einmal sehen.«

»Das wirst du. Den Fluss, und das Höhlenlabyrinth, das er auf
seinem Weg geschaffen hat, denn das ist unser Ziel.«

Sie hielten an. Donnchadh, Catriona und die anderen waren
stehen geblieben und besprachen sich leise. Während die Nach-
zügler zu ihnen aufschlossen, schaute Alisa zu den oben abgeplat-
teten Bergen. Der Regen hatte Erde in den Rinnen und Mulden
angeschwemmt, sodass dort ein wenig Gras und vereinzelt auch
niedere Weiß- und Schwarzdornbüsche wuchsen. Zwischen den
Höhenzügen fiel der Blick in das grüne Tal ab. Der Übergang

zwischen grauem Fels und saftigem Grasland war wie mit dem Messer gezogen. Während auf dem felsigen Grund kein Mensch zu wohnen schien, standen unten im Tal verstreut Farmhäuser, Weiden waren mit Steinmauern abgetrennt, und am sanft ansteigenden Hang auf der anderen Seite erhob sich eine Turmburg. Ein paar niedere Häuser befanden sich zu ihren Füßen, Baumgruppen wie kleine Inseln und Weiden schlossen sich an. Weiter im Norden mündete das Tal schließlich in die Galway-Bucht.

»Kannst du unsere Verfolger entdecken?«, fragte Luciano, der sie endlich eingeholt hatte. Nun fehlten nur noch die beiden Dracasvampirinnen, Chiara und Maurizio mit seinem dicken Kater Ottavio, der als Letzter zu ihnen stieß. Alisa vermutete, weil er das Tier wieder für sich auf die Jagd geschickt hatte.

Alisa achtete auf jede Bewegung, konnte aber nichts entdecken. »Nein, ich sehe nichts. Entweder sind sie zu weit zurück oder sie haben unsere Spur tatsächlich verloren. Was meinst du, Ivy?«

»Ich hoffe, dass es uns gelungen ist, sie loszuwerden. Sie hatten uns bereits aus den Augen verloren, als wir die Bucht ansteuerten. Es ist recht unwahrscheinlich, dass sie uns an Land in Dunguaire Castle aufgespürt haben. In der Nähe waren sie jedenfalls nicht. Seymour konnte keine fremde Witterung aufnehmen.«

»Vielleicht müssen sie uns ja gar nicht sehen oder unseren Spuren folgen, um zu erfahren, wohin wir gehen«, sagte Franz Leopold lässig.

»Meinst du, sie können über Meilen hinweg Gedanken lesen? Das ist doch lächerlich«, fuhr ihn Luciano an.

Franz Leopold schüttelte den Kopf. »Das sicher nicht. Das schaffen nicht einmal die Meister der Dracas! Nein, ich denke eher an Verrat aus den eigenen Reihen! Eine Spezialität der Iren, wenn ich nicht irre.«

Alisa war sicher, dass Ivy nun protestieren und die Ehre der Lycana verteidigen würde, doch stattdessen senkte sie den Kopf. Trauer lag in ihrem Blick. »Ja, viel zu oft kommt eine Niederlage durch die Hintertür des Verrats herein. Ich hoffe, du irrst dich.

Sicher können wir allerdings nicht sein. Nicht solange wir nicht wissen, wer unsere Verfolger sind und was sie bezwecken.«

Luciano machte eine wegwerfende Handbewegung. »Ich denke nicht, dass sie von vornherein wussten, wohin wir reisen. Warum haben sie sonst im Schutz der Insel gewartet, bis wir an ihnen vorbeigesegelt sind? Sie haben Menschen an Bord und hätten den ganzen Tag dazu verwenden können, sich einen Vorsprung zu verschaffen. Ja, sie hätten einen Hinterhalt vorbereiten können, wenn sie so darauf aus sind, uns zu schaden oder uns zu vernichten.«

»Ein kluger Einwand. Ich hoffe, du hast recht und wir sind sie wirklich losgeworden.« Ivy sah den Dracas aufmerksam an. »Was ist, Leo? Wenn ich mich nicht täusche, dann bist du nicht meiner Meinung.«

»Nein, ich fände es nicht gut, wenn sie lediglich unsere Spur verloren hätten.«

»Vermutlich, weil du mit ihnen unter einer Decke steckst«, unterstellte Luciano.

Franz Leopold hob nur die Schultern. »Glaube, was du willst, Dickerchen, das kümmert mich nicht. Ich stelle mir nur die Frage, warum jemand den großen Aufwand betreibt, nach Dunluce zu fahren, Spuren zu legen und uns um die halbe Insel zu verfolgen. Es muss ein wichtiges Anliegen sein, das man nicht einfach aufgibt, nur weil das Wild einmal entkommen ist.«

Ivy betrachtete ihn nachdenklich. »Du meinst, sie werden alles tun, uns wieder aufzuspüren?«

»Ja, und deshalb können wir erst dann ruhig sein, wenn wir ihre Absichten erfahren und sie unschädlich gemacht haben.«

Wider Willen musste Alisa ihm zustimmen. »Dann müssten wir uns ja geradezu wünschen, dass sie uns finden.«

»Aber ja«, sagte Franz Leopold schlicht.

»Und, hast du vor, ein wenig nachzuhelfen?«, wollte Luciano wissen.

»Darüber sollte ich vielleicht nachdenken«, gab Franz Leopold zurück. Daraufhin wusste Luciano nichts zu sagen, und da Donnchadh und die anderen sich wieder auf den Weg machten, richtete er seine Aufmerksamkeit lieber auf seine Füße.

*

»Hast du ihre Spur gefunden?« Danilos Stimme klang ungeduldig und schroff. Der kleine, fast schwarze Wolf jaulte, dann verwandelte er sich zurück in die Vampirin Tonka.

»Ja, das habe ich«, sagte sie und strich sich das lange schwarze Haar aus dem Gesicht. »Sie waren in der Burg dort auf der Insel, da bin ich mir ganz sicher, aber sie sind nicht hier über die Brücke gegangen. Ein Schiff muss sie übergesetzt haben. Ich musste das ganze Ufer absuchen, bis ich ihre Fährte einige Meilen von hier aufspüren konnte. Sie führt nach Süden in das Tal hinein. Mehr kann ich dir noch nicht sagen. Ich bin umgekehrt, um zu berichten, da mir der Verdacht kam, du könntest vielleicht ungeduldig und gereizt werden!« Sie warf ihm einen vielsagenden Blick zu. Danilo knurrte.

»Gut, als Wölfe können wir ihrer Spur problemlos folgen und sind auch schneller als sie.« Er begann bereits, die Nebel zu rufen, doch Tonkas Räuspern ließ ihn innehalten. »Was ist?«

»Geliebter Bruder, ist dir schon wieder entfallen, dass unser reizender Begleiter Piero dieser Wandlung nicht mächtig ist?«

Danilo fluchte unschön. »Dann soll er sehen, wie er uns folgt.«

Der andere Vampir sah ihn entsetzt an. »Ich soll alleine reisen? Dieses Land ist mir fremd. Ich weiß nicht einmal, wo ich die Tage sicher verbringen kann.«

Die beiden Geschwister tauschten einen schnellen Blick. *Noch nicht*, sagten Tonkas Gedanken. *Wir brauchen ihn vielleicht noch. Immerhin hat er uns auf ihre Spur gebracht und uns alles über das Treffen und die Vereinbarung berichtet, was wir wissen müssen.*

Jetzt wissen wir es, also ist er entbehrlich, beharrte Danilo.

Piero sah unbehaglich von einem zum anderen, bis Tonka das Wort ergriff:

»Sie sind nur eine Nacht voraus. Wir werden sie einholen. Es gibt keinen Grund zu überhasteter Eile«, sagte Tonka versöhnlich. »Ich werde mich zum Wolf wandeln, damit ich ihre Witterung leichter aufnehmen kann, und ihr folgt mir. Sie werden irgendwo ein Versteck oder etwas Ähnliches aufsuchen, und dann haben wir sie in der Falle!«

»Und was machen wir mit den Fischern, die uns hergebracht haben?«, wollte Piero wissen.

Tonka sah zu dem vertäuten Boot hinüber. »Wir könnten uns von ihnen an der Stelle absetzen lassen, an der auch die Lycana an Land gegangen sind. Das spart uns, die ganze Bucht umrunden zu müssen. Und dann erhalten sie ihren Lohn!«

»Ihr wollt sie wirklich bezahlen und davonsegeln lassen?«, fragte Piero ungläubig. »Oder glaubt ihr, wir werden sie für unsere Rückfahrt brauchen, dass sie hier auf uns warten?«

Tonka schüttelte den Kopf und öffnete die Lippen zu einem wölfischen Grinsen. »Nein, ich denke, ihre Rolle ist hier und jetzt ausgespielt. Als ich von ihrem Lohn sprach, dachte ich an etwas völlig anderes!«

Piero erwiderte ihr Lächeln. »Ich sehe, wir sind uns einig. Dann lasst uns an Bord gehen und den letzten Teil unserer Seereise antreten. Ich kann es kaum erwarten, dass endlich alle ihre Belohnung bekommen.«

»Ja, Belohnungen sind etwas Schönes«, bestätigte Tonka und lächelte versonnen. »Auch wenn ich vermute, dass sie in diesem Fall anders ausfällt, als von einigen Beteiligten erhofft!«

»Hauptsache, sie fällt zu unserer Befriedigung aus«, sagte Danilo trocken und schwang sich in das kleine Beiboot, in dem sie eines der Besatzungsmitglieder ans Ufer gerudert hatte. Die anderen waren an Bord geblieben.

»Zum Schiff zurück«, befahl er, und der Seemann legte sich in die Riemen.

IN DER TIEFE VON AILLWEE

»Dort ist es«, rief Tonka, die das Ufer mit zusammengekniffenen Augen gemustert hatte. Sie waren erst ein wenig zu weit nach Westen geraten und mussten an der Küste entlang buchteinwärts zurückkehren, bis sie die Stelle erkannte, an der sie die Spuren der Lycana wahrgenommen hatte.

»Dort drüben ist ein Steg, an dem wir anlanden können.«

»Wenn es tief genug ist«, brummte der Kapitän. »Das hier ist kein Ruderboot.«

Die Vampirin warf ihm einen Blick zu, der ihm bis ins Mark fuhr. Er warnte ihn, nicht ihren Zorn herauszufordern. Doch was nützte es, wenn er ihr gehorchte und das Schiff auf Grund lief?

Liam schickte Columban zum Bug vor, um die Tiefe zu prüfen. Dann ließ er alle Segel bis auf die Fock einholen. Gemächlich hielt das Schiff auf den Steg zu.

»Beidrehen! Jetzt!«, rief Columban, und der Kapitän drehte das Steuerrad, bis sich das Schiff längsseits auf den Steg zuschob. Fergal und Angus standen mit den Leinen bereit und sprangen an Land, sobald das Schiff nahe genug herangekommen war. Sie legten die Taue um die Holzpfähle.

»Sollen wir hier liegen bleiben, bis Sie zurückkommen?«, erkundigte sich der Kapitän. »Unauffälliger wäre es, wenn wir weiter draußen ankern. Sie können uns mit einem Signalfeuer rufen, wenn Sie für die Weiterfahrt bereit sind.«

»Ich vermute einmal, wie werden nicht weiterfahren«, sagte der dunkle, bärengleiche Passagier, den sie Piero nannten. Sein Lächeln gefiel Liam gar nicht.

»Nun, dann geht es eben zurück«, sagte Angus. Seine Heiterkeit klang ein wenig gezwungen.

»Zurück nach Dublin«, wiederholte Columban leise. Er lächelte glückselig, weil er an seinen Lohn dachte, den er der Familie bringen würde.

»Wir werden euch für die Rückfahrt nicht brauchen«, widersprach die unheimliche Passagierin.

»Euer Part endet hier«, fügte ihr Begleiter hinzu, der ihr so ähnlich sah, dass Liam sie für Geschwister hielt. Die beiden anderen, die während der ganzen Fahrt nicht viel gesprochen hatten, schwiegen.

Der Kapitän sagte so ruhig wie möglich: »Gut, dann ist die Fahrt hier zu Ende und wir kehren alleine in den Heimathafen zurück. Dann bleibt uns nur, Ihnen weiter eine gute Reise zu wünschen und Sie um unseren Lohn zu bitten.«

Columban, Fergal und Angus drängten sich näher. In Angus' Miene spiegelte sich Gier, Columban sah hoffnungsvoll, aber auch ein wenig ängstlich drein, und Fergals Miene war wie immer ein wenig einfältig, obwohl sicher auch er den Augenblick herbeisehnte, an dem die unheimlichen Fahrgäste endlich verschwanden. Liam zwang sich, den Blick zu heben. Er sah erst in Danilos und dann in Tonkas Gesicht. Was er in diesen zu lesen glaubte, ließ seine Knie weich werden.

»Wir haben einen Vertrag geschlossen, an den Sie sich halten müssen!«, sagte er und streckte die Hand vor.

»An den wir uns halten müssen?«, wiederholte die Frau. Sie trat näher und fuhr mit dem langen Nagel ihres Zeigefingers über den bärtigen Hals des Seemanns, der all seine Selbstbeherrschung brauchte, um nicht zusammenzuzucken. »Jede Arbeit ist ihres Lohnes wert«, beharrte er. »Wir haben Sie auf meinem Schiff sicher hierhergebracht, wie Sie es wünschten.«

»Aber ja! Jeder wird seinen gerechten Lohn erhalten«, schnurrte die bleiche Frau. Liam sah, wie Angus erleichtert grinste, doch dem Kapitän wurde übel. Er konnte es in ihren Augen sehen. Das war ihr Ende. Liam öffnete den Mund. Er wollte den anderen zurufen, sie sollten sich in Sicherheit bringen. Über Bord springen und davonschwimmen, doch da legten sich die schmalen Finger mit den unglaublich langen Krallen um seinen Hals. Sie zog ihn mit einer Kraft an sich, die keine menschliche sein konnte. Ihr Blick schien ihn zu lähmen.

»Lauft!«, krächzte er, dann kam nur noch ein Stöhnen aus seinem Mund, als sich ihre nun plötzlich langen und messerspitzen Reißzähne in seinen Hals senkten. Für einen Moment waren seine Männer wie versteinert und starrten nur auf ihren Kapitän und die Frau, die ihn wie ein Kind festhielt und sich in seinen Hals verbiss. Columban reagierte als Erster und griff nach einem Bootshaken. Er sprang auf seinen Kapitän zu, um ihm zu Hilfe zu kommen, doch noch ehe er wusste, wie ihm geschah, hatte Danilo ihm die Waffe aus der Hand gewunden und sich auf ihn gestürzt. Angus wich zurück. Fergal dagegen stand einfach nur da und konnte das Grauen nicht fassen, das über sie hereinbrach. Piero legte den Arm um seine Schulter und biss zu. Mit einem verzweifelten Sprung hechtete Angus auf die andere Bootsseite und ließ sich ins Wasser fallen. Zu spät sahen sich die fünf Vampire nach dem Flüchtenden um. Angus war ein guter Schwimmer und ein geübter Taucher. Mit kräftigen Zügen schwamm er an den Felsblöcken entlang auf die offene Bucht hinaus. Erst als er dachte, seine Lungen müssten bersten, schoss er zur Oberfläche, um Atem zu schöpfen. Er warf einen raschen Blick zum Schiff zurück, war sich aber nicht sicher, in der Dunkelheit jemand erkennen zu können. Zumindest war ihm keiner nachgesprungen. Angus schwamm weiter, so schnell er konnte. Er würde bis zum Morgen im Wasser bleiben. Vielleicht fand er ein Fischerboot, das ihn aufnahm, ansonsten würde er so weit wie nur möglich von hier an Land gehen und niemals wieder zurückkehren.

Während Angus der Freiheit entgegenschwamm, starben sein Kapitän und seine beiden Kameraden. Die Vampire gaben sich dem Blutrausch hin. Erst als der Herzschlag ins Stocken geriet, hielten sie inne und ließen von ihren Opfern ab. Noch ehe die Körper auf die Planken des Schiffsdecks fielen, war das Leben aus ihnen gewichen. Ihre Seelen jedoch waren nun frei und machten sich auf ihren Weg in eine andere Welt. Danilo, Tonka, Jovan, Vesna und Piero sprangen an Land, lösten die Taue und gaben dem Schiff einen Stoß, dass es mit seiner toten Fracht langsam in die Bucht hinauszutreiben begann. Die fünf wandten sich ab und machten sich frisch gestärkt auf, den Spuren der Lycana zu folgen.

*

»Wir sind da!«, verkündete Ivy, als der Clanführer gegen Mitternacht das nächste Mal stehen blieb. Sie deutete auf eine schmale Öffnung in der vor ihnen aufragenden Felsstufe. »Hier ist der Eingang zur Höhle. Oder besser gesagt, zu dem unterirdischen Flusslauf und seinem Labyrinth verschiedener Gänge. Sie führen meilenweit in den Berg hinein.«

»Und warum haben wir den weiten Weg auf uns genommen, um hierher zu gelangen?«, wollte Luciano wissen.

Diese Frage bewegte offensichtlich noch mehrere der Gäste, die sich mit verständnisloser Miene umsahen. Es war Donnchadh, der sie ihnen beantwortete.

»Diese Spalte führt uns in die Tiefen von Aillwee«, sagte er mit seiner klingenden Stimme. »Die Höhle gehört seit Jahrhunderten zu den geheimen Rückzugsplätzen der Lycana. Als wir im Krieg mit den Werwölfen lagen, hat sie uns gute Dienste geleistet. Wir haben sie erkundet, in Besitz genommen und manche Stellen so verändert, dass sie unserer Verteidigung dienen. Hier sind wir nicht nur vor unliebsamen Überraschungen sicher, wir können auch das üben, wozu ihr alle nach Irland gekommen seid.« Stille folgte auf seine Worte, unterbrochen von der keifenden Stimme Anna Christinas:

»Eine schmutzige, enge, stinkende Höhle, in der es immer und überall stockfinster ist? Und womöglich müssen wir auf blankem Fels ruhen? Oder sollen wir unsere Särge den Berg hinaufschleppen?« Ihre Stimme steigerte sich zu einem panischen Kreischen.

»Beruhige dich, Mädchen«, unterbrach sie der Clanführer mit gepresster Stimme. Alisa ahnte, dass es ihm schwerfiel, die Beherrschung zu wahren. Catriona legte ihm die Hand auf den Arm und er verstummte. Stattdessen sprach die schöne Servientin.

»Lehmig ist es in Höhlen an manchen Stellen, das ist nicht zu vermeiden. Andere Teile hat das Wasser abgewaschen und glatt poliert wie geschliffenen Marmor. Teile des Höhlensystems sind sehr eng, es gibt aber auch domartige Hallen! Tiefste Dunkelheit herrscht tatsächlich in den Höhlen. Und das ist für uns ihr größter Vorzug.« Sie lächelte in die Runde. »Und zwar in mehrerlei Hinsicht.« Einige schüttelten die Köpfe. Auch Alisa wollte es nicht einleuchten, warum absolute Schwärze gut für sie sein sollte. Eine bewölkte Nacht war ideal. Mit dem wenigen Streulicht konnten Vampire noch sehr weit sehen, Menschen dagegen waren ohne zusätzliche Lichtquelle fast blind.

»Wie euch sicher bekannt ist, kann kein Mensch sich auch nur einen Meter weit in einer Höhle ohne Licht bewegen, ohne sofort die Orientierung zu verlieren. Menschen sind also auf Lampen und Fackeln angewiesen und daher leicht zu erkennen. Sie können sich weder bei Tag noch bei Nacht unbemerkt nähern. Einige unserer Servienten haben gelernt, Körper und Geist so zu stärken, dass sie auch nach Sonnenaufgang wach bleiben können. Natürlich müssen auch sie das Sonnenlicht fürchten – in einer Höhle jedoch sind sie sicher. So können sie euch auch während eurer Tagstarre bewachen und für eure Sicherheit sorgen. Ihr meint nun vielleicht, dass die Dunkelheit auch uns schwächt. Noch ist das bei euch der Fall, das muss aber nicht sein. Natürlich können wir unsere Augen nicht schärfer machen, als sie uns die Natur gegeben hat, doch wir können uns auf andere Weise behelfen. Die folgende Übung wird euch zeigen, wie. Nun, ich denke, jetzt haben auch die Letzten von euch den Ansporn bekommen, sich anzustrengen, denn wenn ihr diese Aufgabe beherrscht, dann seid ihr den anderen gegenüber weit im Vorteil. Donnchadh wird sie euch erklären.« Alisa sah, dass Ivy wissend lächelte.

»Du weißt, wovon sie spricht«, sagte sie vorwurfsvoll.

»Aber ja. Gedulde dich, du erfährst es gleich.«

Alisa richtete ihre Aufmerksamkeit wieder auf Donnchadh und Catriona, um ja nichts zu verpassen.

»Wenn uns unsere Augen nicht mehr dienen, dann müssen wir eben die rufen, die uns helfen können!«, sagte der Clanführer gerade. Catriona spreizte die Finger, wie sie es schon auf der Schafweide getan hatte, und nur Augenblicke später umkreiste eine kleine Fledermaus ihre Hand.

»Das kennen wir doch schon«, sagte Luciano ein wenig enttäuscht.

»Eine Fledermaus zu rufen, ist der erste Schritt«, erläuterte Donnchadh. »Das sollte einigen von euch bereits gelingen. Das Entscheidende ist nun, dass ihr eine solch enge Verbindung mit ihrem Geist eingeht, dass sie eure Augen ersetzt und euch sehen lässt.«

Alisa und Luciano wandten sich abrupt zu Ivy um, deren Kopf bereits eine Fledermaus umschwirrte.

»Du kannst das schon?«, wollte Alisa wissen und wunderte sich kaum, dass Ivy nickte. »Wie wundervoll! Dann können wir bald überall sehen.«

»Das wäre in der Cloaca Maxima nicht schlecht gewesen«, meinte Luciano. »Warum hast du es uns damals nicht gesagt?«

»Dort haben wir es nicht wirklich gebraucht. Der Boden war eben und führte nur geradeaus. Außerdem kann es nur funktionieren, wenn sich zumindest eine Fledermaus im Umkreis aufhält.«

»Wie weit darf sie von uns entfernt sein?«, erkundigte sich Franz Leopold.

»Das hängt von deinen Fähigkeiten ab. Je stärker du sie entwickelt hast, desto größer kann die Entfernung sein, über die es dir noch gelingt, das Tier herbeizurufen.«

»Dann können wir sie auch vorausfliegen und um Ecken spähen lassen? Sie nach Fallen suchen lassen?« Ivy nickte. Luciano war begeistert. Sie hob die Hände, um seine Freude ein wenig zu dämpfen.

»Vieles ist möglich, und manche der Lycana sind so mächtig, diese Kräfte zu beherrschen, doch es ist nicht leicht und erfordert viel Disziplin des Geistes und viel Übung. Ein Tier herbeizurufen ist der weitaus leichteste Teil.«

Lucianos Begeisterung verflog.

»Tja, mein Dickerchen, zu früh gefreut«, sagte Franz Leopold schadenfroh. »Ich fürchte, du wirst diese und noch alle weiteren Nächte, die wir in dem Höhlenlabyrinth verbringen, des Öfteren gegen Vorsprünge und Tropfsteine laufen, wenn du dich nicht ganz langsam und vorsichtig bewegst.«

»Nein, das wird er nicht«, widersprach Ivy mit fester Stimme. »Luciano wird es lernen, so wie ihr anderen auch. Und ich bitte dich, ihn nicht wieder so anzusprechen. Es ist nicht freundlich und trifft auch nicht zu. Ist dir nicht aufgefallen, wie er sich in den vergangenen Monaten gestreckt hat?«

Franz Leopold betrachtete ihn mit gerunzelter Stirn, doch bevor er zu einer Entgegnung ansetzen konnte, winkte Donnchadh ihnen, ihm durch die Spalte zu folgen.

»Das sieht richtig bequem und gemütlich aus«, meinte Luciano, als er sich auf die Knie hinabließ und in das dunkle Loch starrte.

»Ich finde es aufregend«, erklang Alisas Stimme aus der Finsternis. »Komm weiter. Es wird bald geräumiger. Wenn ich mich anstrenge, kann ich die Umrisse der Felsen vor mir erkennen.« Doch Luciano zögerte.

»Lass mich vorgehen, dann kann ich deine Hand nehmen«, schlug Ivy vor, der noch immer die kleine Fledermaus um den Kopf schwirrte. Mervyn hatte sich gleich ein halbes Dutzend gerufen, die, wie es schien, in begeisteter Erregung um ihn herumflatterten. Bereitwillig machte Luciano Platz und ließ Ivy und Seymour den Vortritt. Dann kroch er hinter ihr her.

»Du kannst dich jetzt aufrichten«, hörte er ihre Stimme dicht an seinem Ohr. Dann schoben sich ihre Finger in seine Hand. Er zuckte zusammen, als sei er einem Blitzstrahl zu nahe gekommen. Obwohl ihre Hand kühl war, fühlte es sich für ihn wie Feuer an.

»Komm weiter, der Grund ist hier recht eben. Ich sage dir, wenn du auf deinen Schritt achten musst.« Sie war ihm so nah, dass er ihren süßen Atem roch. Es fiel ihm schwer, ruhig zu atmen. Wie gnädig die Finsternis war! Ein schrecklicher Gedanke durchzuckte ihn. Konnte sie mit ihrer Fledermaus etwa so gut sehen, dass sie in seinen Gesichtszügen las? Hoffentlich nicht!

Luciano spürte seine Gegenwart, noch ehe die säuselnde Stimme zu ihm drang. »Sie kann in dieser Finsternis vielleicht nicht in deinem Gesicht lesen, aber ganz sicher in deinen Gedanken. Dachtest du etwa, dafür bräuchte man Licht? Du bist und bleibst ein Dummerchen!«

»Und du ein widerlicher Kerl«, erklang Alisas Stimme. Franz Leopold stöhnte auf.

»Oh, war das vielleicht dein Schienbein? Das tut mir aber leid. Ich kann in der Dunkelheit nichts erkennen.«

»Kommt weiter«, forderte Ivy sie auf, ohne auf den Streit einzugehen. »Wir haben noch ein Stück vor uns, bis wir die Halle erreichen.«

Da Donnchadh und seine Begleiter schon ein ganzes Stück voraus waren, überließ Alisa Ivy die Führung.

Bald hörten sie vor sich Wasser rauschen.

»Ist das der Höhlenfluss?«, fragte Alisa aufgeregt.

»Ein Teil von ihm. Warte kurz, dann sind wir da.«

Und schon konnten sie den feuchten Sprühnebel auf der Haut spüren. Das feine Rauschen steigerte sich zu einem Tosen, das jedes andere Geräusch verschluckte.

»Ein Wasserfall!«, rief Alisa und streckte die Hände aus.

»Ja, er stürzt in das Loch dort vorne hinab. Das Wasser verschwindet in eine tiefere Ebene. Das Höhlensystem besteht aus mehreren Stockwerken. Die oberen sind die ältesten und heute trocken. Auch sie hat der Fluss einst aus dem Stein gelöst, doch irgendwann traf er auf Spalten und Löcher, durch die er tiefer sickern konnte, und begann, dort ein neues Bett zu graben. Lasst uns weitergehen, unsere Kleider sind ja schon ganz durchweicht.«

Ein paar Mal wand sich der Höhlengang noch nach rechts und nach links, verzweigte sich, stieg an und fiel ab, dann sahen sie plötzlich einen Lichtschimmer. Zuerst dachte Alisa, die Wände würden leuchten, doch dann erkannte sie, dass es der Widerschein von Lampen oder Fackeln sein musste.

»Sieh an, unser gemütliches Schlafgemach«, sagte Franz Leopold, der so lange geschwiegen hatte, dass Alisa seine Anwesenheit fast vergessen hatte.

*

Die Druidin eilte den Berg hinunter. Es war nicht der Moment, ehrfurchtgebietend einherzuschreiten, den Druidenstab als Zeichen ihrer Macht in der Hand. Nun galt es, keine Zeit zu verlieren. Ihre beiden Wölfe waren immer ein Stück voraus, suchten den besten Pfad und wandten sich dann um, um auf sie zu warten.

»Ich komme ja schon! Ich weiß, wenn ich euch nicht aufhalten würde, wärt ihr schon längst am Ufer unten.« Tara schimpfte leise vor sich hin, als sich der Saum ihres Umhangs wieder einmal in den Dornen eines Busches verfing.

»Närrin«, schalt sie sich. »Du bist kein junges Ding mehr – und auch kein Vampir, der sich in eine Fledermaus oder einen Greif wandeln kann. Leider!«

Sie zügelte ihr Tempo ein wenig, da ihr Atem inzwischen zu einem Keuchen geworden war. Zum ersten Mal seit unzähligen Jahren hatte sie das Gefühl, die Ereignisse nicht mehr in der Hand zu haben. Sie entglitten ihren Fingern, und sie konnte nur ohnmächtig zusehen, wie damals als sie ihre Kinder verloren hatte – sie ihr mit List genommen worden waren!

Tara blieb stehen und presste die Hand auf die schmerzende Seite. Nein, es war nicht wie damals. Sie hatte nicht nur an Alter, sondern vor allem an Erfahrung und Wissen gewonnen, und sie würde nicht zulassen, dass so etwas noch einmal passierte!

»Nein, ich kann mir keine Flügel oder flinken Beine wachsen lassen«, sagte sie zu den beiden Wölfen, die sie fragend ansahen. »Aber ich kann mich derer bedienen, die von Mutter Natur damit ausgestattet wurden. Kommt! Wollen wir hoffen, dass er nicht beim Fischen draußen ist.«

Tara ging weiter, bis sie die armselige Hütte am Ufer des Lough Corrib erreichte. Ein Mann saß auf einer rohen Bank in der Morgensonne und leerte eine Schale Mus. Auf dem Tisch lagen auf einem Brett ein Stück Brot, Käse und ein geräucherter Fisch. Der Tonkrug daneben enthielt vermutlich Bier. Er nickte ihr stumm zur Begrüßung zu.

»Du bist schon zurück?«, fragte Tara, bemüht, sich nicht zu erschöpft auf ihren Stab zu stützen.

»Wie Ihr seht, *Tirana*«, antwortete der Fischer und schob sich ein Stück Brot in den Mund. Es bereitete ihm Mühe, es zu kauen, mit den wenigen Zähnen, die er noch hatte.

»Wie war der Fang?«

»Wie es für einen alten Mann angemessen ist. Wollt Ihr mein Frühstück mit mir teilen oder raus auf die Insel?«

Er kannte die Antwort anscheinend schon, denn er nahm den Krug in die eine Hand, Schale und Brett in die andere und brachte sie in die Hütte. »Ihr habt es eilig.« Es war eine Feststellung, keine Frage, und Tara nickte nur. Der Alte ging die wenigen Schritte zum Steg voran, an dem sein Boot vertäut auf dem glitzernden Wasser schaukelte. Tara sprang geschickt an Bord, ohne nach der dargebotenen Hand des alten Fischers zu greifen. Die Wölfe folgten ihr. Noch ehe sich Tara auf der schmalen Ruderbank niederließ, hatte der Alte bereits die Taue gelöst und das Segel gesetzt. Gemächlich glitt das Fischerboot auf den Lough Corrib hinaus.

»Wenn es schneller gehen soll, bräuchten wir mehr Wind«, sagte er teilnahmslos, den Blick in die Ferne gerichtet. Er schien sich nicht einmal zu wundern, als eine Böe das Segel blähte und das Boot rasch an Fahrt gewann. Bald schon kam die Insel, wie der Fischer sie nur genannt hatte, in Sicht. Inchagoill lag auf halbem

Weg zwischen Oughterard und Cong im Norden des Lough und hatte in den frühen Jahren des Christentums Mönche beherbergt: Einsiedler und Asketen, die es zu dieser Zeit viele in Irland gegeben hatte, immer auf der Suche nach den einsamsten Plätzen für ihre Klöster und Einsiedeleien. Bald schon erreichten sie die Anlegestelle.

»Soll ich warten?«

Die Druidin nickte. »Ja, es wird nicht lange dauern.«

»Und wohin wird es gehen?«

»Nach Cong hinüber. Ich reise in den Norden.«

Er fragte nicht weiter nach, sondern vertäute sein Boot und setzte sich dann auf die hölzerne Reling, um auf ihre Rückkehr zu warten.

Tara schritt auf die Ruine des Klosters zu, neben der sich die romanische Kirche erhob. Fuchsienbüsche blühten üppig zwischen den Mauerresten und auf dem Friedhof, dessen Gräber noch immer gepflegt wurden. Die Legenden behaupten, ein Neffe St. Patricks sei hier begraben. Doch das interessierte Tara nicht. Zwar hatte sich der Glaube der Kelten nach und nach mit dem Christlichen verwoben, doch sie war eine Vertreterin der alten Druiden, die ihre Tradition über die Jahrhunderte hinweg im Verborgenen fortgeführt hatten.

Eine Gestalt in einem langen weißen Gewand trat aus einer einfachen Hütte, legte die Hand auf die Brust und verneigte sich tief.

»Tamara Clíodhna, welch Freude und Ehre, Euch zu begrüßen.«

Es gab der Druidin einen leichten Stich, die junge Frau anzusehen, die sie schon so viel ihrer Kunst und Erfahrung gelehrt hatte. Sie war klug und von sanftem Wesen, hatte eine rasche Auffassungsgabe und fühlte sich mit ihrem Geist und ihrem Herzen dem alten Glauben verbunden. Sie war sehr mit ihr zufrieden. Und doch stimmte ihr Anblick sie traurig. Es hätte ihre Tochter sein sollen, mit der sie ihr Wissen teilte. Die Vergangenheit mischte sich mit der Gegenwart, und sie sah wieder ihr eigenes Kind aus der Hütte treten und sie begrüßen, freudig erregt, was es heute zu lernen gab. Vorbei und verloren. Sie hatte das Unheil nicht heraufziehen sehen, trotz ihrer hohen Gaben.

»Ist Euch nicht wohl? Wollt Ihr hereinkommen und einen Kräutermet trinken?«, fragte die junge Frau besorgt.

Tara schüttelte die schmerzliche Erinnerung ab. Ihre Tochter wäre inzwischen bereits ebenfalls eine alte Frau. Nun blieb sie ewig jung!

»Nein, Isleen, ich danke dir«, antwortete die Druidin und zeigte ihr ein Lächeln, um die Besorgnis zu zerstreuen, doch Isleen war schon zu lange ihre Schülerin, um Taras Anspannung nicht zu spüren.

»Ich reise nach Norden, nach Dunluce, und ich muss mich beeilen.«

Isleen stellte keine weiteren Fragen. »Dann hole ich Euch Álainn.«

»Ja, und bring mir auch den Adler. Ich muss Donnchadh eine Nachricht senden.«

Es dauerte nicht lange, bis Isleen die weiße Stute herausführte. Sie schnaubte leise, als sie die alte Druidin sah. Isleen ließ sie los. Das Pferd trabte auf Tara zu, blieb neben ihr stehen und rieb ihre Stirn an der Schulter der Frau.

»Álainn, die Schöne, die Göttliche, hell glänzend wie die Sonne am Mittag. Wir müssen schnell wie der Wind nach Norden reisen.« Die Stute wieherte und hob den Kopf. Ihr Blick richtete sich über den Lough nach Norden.

»Du hast sie gut gepflegt«, sagte Tara, die den Arm hob, um den Seeadler in Empfang zu nehmen. Majestätisch saß der Greif da, den Blick unverwandt auf die Druidin gerichtet.

»Ist einer der Falken gekommen?«, fragte sie. Isleen schüttelte den Kopf. »Nein, wir haben keine Nachricht von Dunluce erhalten.«

Tara nahm das Pferd am Zügel.

»Wann kann ich Euch zurückerwarten?«, fragte Isleen, die ihr mit einem kleinen Bündel in den Armen folgte.

»Vor dem nächsten Neumond, wenn die Götter uns gnädig sind!«

»Dann müsst Ihr wirklich wie der Wind reiten, aber ich sorge mich nicht. Ich habe Álainn darauf vorbereitet. Sie ist ausdauernd und stark. Sie wird Euch nicht enttäuschen.«

»Ich weiß. Und vielleicht muss ich ja nicht den ganzen Weg bis Dunluce reiten. Ich werde Tapaidh voraussenden, damit sie mir entgegenreisen können.«

Sie hob den Vogel ein Stück höher und näherte ihre Lippen seiner hinter den Federn verborgenen Ohröffnung. Er blinzelte zweimal, schien aber aufmerksam zu lauschen. Dann hob Tara den Arm. Der Adler breitete seine Schwingen aus und hob mit einem kräftigen Stoß ab, sodass der Abdruck seiner Klauen auf dem Ärmel ihres Gewands zurückblieb. Rasch schraubte er sich in die helle Morgenluft und schoss dann in Richtung Cong davon. Tara sah ihm nach, bis er ihren Blicken entschwunden war, dann ging sie zum Bootssteg hinunter, die Stute folgte ihr.

Der alte Fischer saß noch immer so da, wie sie ihn verlassen hatte. Nun erhob er sich und verbeugte sich linkisch vor Isleen.

»Wir sind bereit«, sagte die Druidin und führte das Pferd an Bord. Isleen reichte ihr ein Päckchen.

»Ich weiß, dass Ihr eine Meisterin der Askese seid, doch es kann nicht schaden, auf einer anstrengenden Reise seine Kräfte zu erhalten.«

Tara dankte ihr. Die Stute spielte mit den Ohren, wirkte ansonsten jedoch nicht nervös. Der Fischer legte ab und griff nach der Ruderpinne. Ein frischer Südwind trieb sie voran, direkt auf das kleine Städtchen Cong zu, das auf der Landbrücke zwischen Lough Corrib und Lough Mask lag. Nur wenig später legte das Boot in Cong an. Tara brachte die Stute an Land und stieg erstaunlich behände in den Sattel.

»Ich danke dir, Quintin. Mögen die Götter dir gewogen sein. Ich biete dir nicht mehr als meinen Segen, denn du würdest es wieder von dir weisen.«

Der alte Mann lächelte ein wenig traurig. »Ihr habt genug getan. Ich bin stolz, dass meine Enkelin zur Herrin von Inchagoill heranwächst, und es ist mir Lohn genug, sie von Zeit zu Zeit sehen zu dürfen, auch wenn sie in mir nur den alten Fischer sieht.«

»Warum willst du ihr nicht sagen, dass du ihr Großvater bist?«

Der Alte hob die Achseln. »Sie ist jetzt eine Druidin und gehört nicht mehr zu uns normalen Menschen. Isleen ist eine Mittlerin zwischen der Anderwelt, der Natur und den Menschen. Soll sie sich mit so niederen Dingen abgeben wie einem Großvater, der das Reißen im Rücken spürt und seine Finger in der Kälte des Morgens nur noch unter Schmerzen bewegen kann? Nein, mir genügt es, wenn ich sie von Weitem sehe und den Stolz in meiner Brust bewegen darf, dass sie mein Fleisch und Blut ist.«

Tara nickte ihm noch einmal zu und trieb dann die Stute in einen leichten Galopp. Sie durchquerten die Ländereien von Lord Ardilaun, der sich vor wenigen Jahren Ashford Castle am Ufer des Lough erbaut hatte. Das Brauereigewerbe hatte die Familie Guinness unermesslich reich gemacht.

Als Tara die Brücke beim Fischerhaus der Mönche erreichte, zügelte sie die Stute und ließ sie im Schritt über die Holzplanken gehen. Das kleine Häuschen auf einem Felsen mitten im Cong-Fluss hatte es den Mönchen einst erlaubt, durch ein Loch im Boden beim Fischfang auch bei schlechtem Wetter im Trockenen zu sitzen. Die Druidin passierte die Überreste der Abbey und des Klosters, die schon lange verlassen waren. Hinter dem trockenen Kanal ließ sie Álainn wieder in Galopp fallen. Er war ein Mahnmal, mit dem die Natur den Menschen ihre Grenzen aufzeigte, doch Tara fragte sich, ob die Menschen bereit waren, die Zeichen zu lesen. Der weitläufige Kanal mit seinen Schleusen und Treidelpfaden sah aus, als müsse jeden Augenblick das Wasser einschießen, um auf seinem Rücken Dampfschiffe vom Lough Mask nach Süden und wieder zurückzubringen. Doch dieser Kanal würde weiterhin nur Unkraut beherbergen, bis er einst verfallen und von der Natur zurückgeholt würde. In der Zeit des großen Hungers 1848 hatten sie begonnen, das Bett zu graben. Ein Programm der englischen Armenfürsorge, bei der es Brot nur gegen Arbeit gab. Ein Wunder, dass die ausgemergelten, hungernden Bauern es überhaupt geschafft hatten, das Kanalbett auszuschachten. Tara wusste nicht, wie viele trotz der einen warmen Mahlzeit am Tag an Entkräftung gestorben waren. Nach sechs Jahren Arbeit jedenfalls war der Kanal fertig und der Damm zum Lough Mask wurde durchstochen. Doch das einströmende Wasser kam nie im Lough Corrib an. Der löchrige Kalkstein saugte es in seinen Untergrund, wo es in unterirdischen Flüssen verschwand. Ob die Menschen etwas daraus gelernt hatten? Die Druidin bezweifelte es. Die Zeiten, da die Menschen die Stimme der Natur vernommen hatten und bereit gewesen waren, auf sie zu hören, waren lange schon vergangen.

FLEDERMÄUSE IN DER DUNKELHEIT

Das also sollte ihr neues Quartier werden. Alisa trat ein Stück vor und ließ den Blick durch die geräumige Höhle schweifen. Die Decke wölbte sich mehrere Dutzend Schritte in die Höhe, dass sie fast wie die Kuppel einer Basilika aussah. Der Boden war leidlich eben, die Steine vom Wasser erstaunlich glatt geschmirgelt. Bis auf die Reste in einigen Mulden war auch der Lehm ausgewaschen. Die Steinblöcke, die sich in der Mitte im Rund um eine Mulde scharten, waren sicher nicht ursprünglich hier gelegen, sondern von den Lycana hergebracht worden. Sie waren so regelmäßig geformt, dass Alisa vermutete, sie seien mit Werkzeugen nachbearbeitet worden. In der Mulde in der Mitte brannte ein kleines Torffeuer in einer Schale, das so viel Licht verbreitete, dass sie bis in den hinteren Teil der Höhle sehen konnte, in dem sich die Decke auf wenige Meter herabsenkte. Dort standen auf dem ebenen Boden einfache Särge aufgereiht. Das Holz war dunkel vom Alter und der Feuchtigkeit, aber sie würden nicht auf dem felsigen Boden ruhen müssen, wie Alisa angenommen hatte. Dennoch wunderte es sie nicht, dass Anna Christina sich nicht lobend über ihre neue Bleibe äußerte. Auch ein paar andere junge Vampire wirkten nicht erfreut. Ireen klagte, dass sie es nicht gewohnt sei, sich so weit unter der Erde zu befinden und Hunderte Meter Stein zwischen sich und dem Himmel zu wissen.

»Sollen wir hier jetzt monatelang eingesperrt sein, bis wir wieder nach Hause fahren?«, fragte sie entsetzt. Raymond sah sich missmutig um.

»Und ich dachte, die Iren befänden sich noch im Mittelalter«, murmelte Malcolm. »Dass es die Steinzeit ist, wäre mir nicht in den Sinn gekommen!«

Joanne und Fernand dagegen fühlten sich hier sichtlich wohl. »Es ist fast so schön wie die Labyrinthe unter Paris«, schwärmte Joanne. Fernand begann sogleich, die weitläufige Höhle zu untersuchen. Die Ratte thronte auf seiner Schulter und fiepte aufgeregt. »Sind das Bärenknochen hier in der Ecke?«, rief der Pyras. »Ich habe einen Reißzahn gefunden. Darf ich ihn behalten?«

»Aber ja, wenn du möchtest«, sagte der Lycana Niamh, der mit seiner Schwester Bridget mit auf die Reise gekommen war. Er trat zu Fernand und ging in die Hocke. »Du wirst hier noch viel mehr finden, wenn du ein wenig im trockenen Lehm scharrst.«

»Ehrlich?«, rief Tammo und machte sich sogleich auf die Suche. »Ich möchte mir so einen Zahn um den Hals hängen. Und vielleicht ein paar Wolfszähne.«

Seymour knurrte. »Oder vielleicht doch nur Bärenzähne«, verbesserte er sich hastig. Ivy schmunzelte.

»Kommen denn noch Bären in die Höhle?«, wollte Joanne wissen, die diese Vorstellung nicht zu beunruhigen schien. Marie Luise aber schlug die Hand vor den Mund, um einen Aufschrei zu unterdrücken. Doch zu ihrer Erleichterung und der Enttäuschung der Pyras schüttelte Niamh den Kopf. »Nein, es ist schon lange her, dass sie hier gelebt haben. Damals muss es noch einen anderen Zugang gegeben haben, der nun verschüttet ist. Jedenfalls sind die Knochen sehr alt und stammen aus einer Zeit, bevor die Lycana hierherkamen – weiter zurück, als das Gedächtnis der Familie reicht.«

Donnchadh ließ die Erben sich noch eine Weile umsehen, dann winkte er sie zu den Steinen in der Mitte. Da es nicht genug für die Gäste gab, trugen die Servienten einige der Särge heran und stellten sie in einem zweiten Kreis um die Steinblöcke herum auf. Ivy ließ sich auf einem der Särge nieder und sofort rutschte Luciano neben sie. Alisa konnte den Ärger in Franz Leopolds Augen aufblitzen sehen. Unschlüssig blieb er stehen und sah zu dem leeren Platz neben Alisa, doch da trat Malcolm neben sie und fragte höflich, ob sie etwas dagegen habe, wenn er sich zu ihr setzte. Sie schüttelte hastig den Kopf und überlegte gleichzeitig fieberhaft, wie sie vermeiden konnte, dass das Gespräch wie beim letzten Mal in einer Katastrophe endete. Aus den Augenwinkeln sah sie, wie Franz Leopold sich abwandte und zu seiner Familie ging. Er setzte sich neben Anna Christina, wirkte aber alles andere als glücklich über ihre Gesellschaft.

Alisa ließ den Blick über die anwesenden Vampire schweifen. Natürlich waren alle Erben der Clans da und die Schatten, die sie mitgebracht hatten. Während die Hamburger Vamalia dieses Mal nur von Hindrik begleitet wurden, hatten die Dracas jeweils ihren persönlichen Dienstboten mitgebracht. Der ehemalige Droschkenkutscher Matthias stand mit den anderen drei Servienten aus Wien etwas im Hintergrund. Die Londoner Vyrad wurden nach Gwendas Tod nur noch von dem kindlichen Vincent und zwei älteren Schatten begleitet, mit denen Alisa noch kein Wort gewechselt hatte. Luciano hatte natürlich Francesco bei sich und Chiara die Servientin Leonarda, die für immer wie ein dreizehnjähriges Mädchen aussehen würde. Aber auch Maurizio hatte seinen Schatten bei sich. Die Pyras aus Paris waren wieder einmal ohne Begleiter gekommen und schienen auch nichts zu vermissen.

Im mittleren Ring saßen die Lycana beisammen. Auf den ein wenig erhobenen Plätzen nahmen der Clanführer Donnchadh und Catriona Platz, dann der Vampir reinen Blutes Ainmire, der sie bei Giant's Causeway unterrichtet hatte, und die unreinen Geschwister Bridget und Niamh, die sich so sehr ähnelten. Alisa beugte sich zu Ivy hinüber.

»Wer sind die Lycana dort drüben?«

Ivy deutete auf eine majestätisch wirkende, große Frau mit eisgrauem Haar und harten, hellen Augen. »Das ist Morrigan. Ihr Name bedeutet ›Great Queen‹, was sehr gut zu ihr passt. Eigentlich gehört sie zu den Altehrwürdigen, doch sie ist nicht bereit, sich auf ihr Altenteil zurückzuziehen. Sie ist noch immer schnell und kräftig und besitzt unglaubliche geistige Kräfte.« Alisa betrachtete die Vampirin und nickte. Ja, das konnte sie sich sehr gut vorstellen.

»Berghetta kennst du ja bereits. Sie ist Morrigans Tochter.« Die Vampirin war blond und hatte die eisblauen Augen ihrer Mutter.

»Neben ihr sitzt Ian, ein Servient, der ein hohes Alter und viel Erfahrung in seinem jungen Körper verbirgt. Man sagt, dass er Königin Elisabeth I. mit eigenen Augen gesehen hat, aber ich kann dir nicht sagen, ob das der Wahrheit entspricht. Jedenfalls hat er mir von der Zeit berichtet, als Cromwell in Irland wütete. Das hat er jedenfalls selbst miterlebt!« Sie lächelte.

»Den Letzten der Runde, Ciarán, hast du ja bereits kennengelernt. Er ist ein reines Mitglied der Lycana. Er wirkt noch recht jung, aber lass dich nicht täuschen. Wir haben kein größeres Talent in den Reihen der Familie, wenn es um die Verwandlung in jedes nur mögliche Tier geht. Und natürlich kann er sich in Nebel auflösen und die Winde rufen, dass sie ihn dorthin blasen, wohin es ihm beliebt.«

Alisa betrachtete den Vampir aufmerksam. Zur Zeit seiner Wandlung mochte er zwischen zwanzig und dreißig gewesen sein. Mit seinem hellblonden Haar und der blassen Haut wirkte er ein wenig farblos und auch seine Gesichtszüge waren eher einfältig zu nennen. Er verschwamm geradezu neben der männlich markanten Persönlichkeit des Servienten Ian neben ihm. Alisa war noch in ihre Betrachtungen versunken, als sich Donnchadh, der sich bis dahin leise mit Catriona unterhalten hatte, erhob.

»Die Nacht ist weit fortgeschritten, doch ein paar Stunden bleiben uns noch, bis die Müdigkeit euch in eure Särge treibt. Hier unten können euch die Sonnenstrahlen zwar nichts anhaben, das wird aber nichts an eurem Schlafrhythmus ändern. Es gehört schon viel Kraft dazu, die eigene Natur zu überwinden. Aber das wird im Augenblick nicht notwendig sein. Wir beschränken unsere Unterrichtszeit auf die Nachtstunden.«

»Wie gnädig«, murmelte Luciano und zog eine Grimasse.

»Ihr werdet nun üben, euch eine Fledermaus zu rufen. Habt ihr erst einmal erreicht, dass sie bei euch bleibt, könnt ihr lernen, euch ihrer feinen Sinne im Dunkeln zu bedienen. Gebt nicht auf, auch wenn eure Bemühungen nicht sofort von Erfolg gekrönt sind, denn wer diese Lektion gelernt hat, besitzt einen unschätzbaren Vorteil.«

»Oh ja, ich benötige in den hell erleuchteten Ballsälen von Wien dringend ein paar Fledermäuse, die mir um den Kopf schwirren«, spottete Anna Christina. Donnchadh ignorierte sie, obgleich er ihre Worte sicher vernommen hatte.

»Catriona, Ainmire und Ciarán werden euch bei euren Übungen anleiten und euch unterstützen. Teilt euch in drei Gruppen auf.«

Er wartete, bis sich die jungen Vampire um die Lycana geschart hatten, dann löschte er das Feuer in der Mitte und ließ die Höhle in Finsternis versinken.

✳

Mit kräftigen Flügelschlägen durchschnitt der Seeadler die frische Luft. Flog durch Sonne, Wind und Regenschauer, ohne zu ermüden, sein Ziel ständig vor Augen. Er nahm sich keine Zeit zu jagen und auch nicht, sich auf einen Kampf mit dem Krähenschwarm einzulassen, der dies sichtlich provozierte. Schnell und ausdauernd war er, und er gönnte sich erst eine Ruhepause, als er im Hof von Dunluce Castle gelandet war.

Tapaidh saß auf einem Felsvorsprung und ließ die gelben Augen über die verlassen wirkende Burg wandern. Noch stand die Sonne eine Handbreit über dem Horizont. Wenig verwunderlich also, dass die Stille wie ein Leichentuch über der alten Festung lag. Tapaidh entschied, dass ihm noch genug Zeit blieb, seinen Hunger zu stillen, ehe die Bewohner ihre Särge verließen. Er beschloss, bei der Kolonie der Sturmvögel vorbeizufliegen. Vielleicht war der eine oder andere unerfahrene Jungvogel zu erbeuten. Ansonsten bot der Ozean genug Nahrung. Am liebsten waren ihm die alten und verletzten Fische, die mit trägen Bewegungen halb auf der Seite liegend nahe der Oberfläche herumpaddelten. Tapaidh öffnete seine Schwingen und ließ sich über die Kliffkante in die Tiefe fallen.

Als der Seeadler gesättigt zurückkehrte, war die Dunkelheit hereingebrochen, und es regten sich schattenhafte Gestalten auf Dunluce und seiner Vorburg. Im Tiefflug drehte er seine Kreise auf der Suche nach dem Vampir, dem er die Nachricht bringen sollte. Er war nicht zu sehen, und er konnte auch keinen anderen Vampir entdecken, der ihm bekannt gewesen wäre. Eine seltsame Unruhe überfiel ihn. Waren es nicht viel zu wenige dort unten? Wo waren all die anderen? Zögernd ließ er sich auf der Turmspitze nieder. Was sollte er jetzt tun? Zu irgendeinem der Vampire fliegen? Oder warten? Die Druidin hatte ihm eingeschärft, wie sehr die Zeit drängte.

Ein Schiff näherte sich der Zufahrt zur Grotte und wurde dann geschickt zwischen den Untiefen in die Öffnung manövriert. Der Adler konnte die Rufe des Bootsführers hören. Diese Stimme kannte er. Das war Murrough, dem auch Tara vertraute. Ohne weiter zu zögern, stieß der Greif hinab und flog in die Grotte.

Der Vampir zeigte kein Anzeichen von Überraschung, als der riesige Vogel plötzlich auf seiner Schulter landete.

»Tapaidh, was verschafft mir die Ehre?«

Der Vampir öffnete seinen Geist und nahm die Botschaft auf, die Tara ihm mit auf den Weg gegeben hatte. Der Adler spürte die Sorge und das Bedauern.

»Du wirst weder Donnchadh hier finden noch Catriona oder auch nur einen der Erben«, sagte Murrough. »Sie sind nach Aillwee gezogen.« Und er berichtete, was sich auf Dunluce zugetragen hatte. Der Adler legte den Kopf schief und lauschte den Gedanken. Es waren viele verwirrende Bilder, die er erst ordnen musste. Eines aber war ihm klar: Die unaufhaltsam verfließende Zeit war zu einem übermächtigen Feind geworden. Sobald Murrough verstummte, flatterte der Greif von seiner Schulter und flog in die Nacht hinaus, um Tara zu suchen, die mit jeder Stunde weiter in die falsche Richtung ritt.

*

Am Abend führten die drei Lycana, die sie in der vorherigen Nacht bei ihren Übungen unterstützt hatten, die Erben durch den Höhlengang zurück ins Freie. Nicht dass Franz Leopold die engen Gänge als bedrückend oder gar beängstigend empfunden hätte, wie seine Cousine Marie Luise oder der Vyrad Raymond, deren Gefühle er aufgefangen hatte. Er rümpfte die Nase über so viel Schwäche. Sie war eines Vampirs und insbesondere eines Dracas unwürdig! Dennoch freute auch er sich auf den hohen Himmel und den würzigen Geruch des Nachtwindes.

Nachdem in der vorherigen Nacht nicht einmal allen gelungen war, eine Fledermaus zu rufen und sie bei sich zu halten, wurden sie wieder in drei Gruppen aufgeteilt und setzten unter Anleitung ihre Übung fort. Franz Leopold blieb an Ivys Seite, die sich nach Kräften bemühte, Luciano zu helfen, an dem sie aus irgendeinem unbegreiflichen Grund einen Narren gefressen hatte. Er erntete sogar einen vorwurfsvollen Blick, als er nach einer Weile sagte: »Wie kann man sich nur so anstellen?«

Mit gleichmütiger Miene wandte er sich ab. Sie sollte ruhig wissen, dass er sich von keiner Vampirin maßregeln ließ – und schon gar nicht von einer Lycana, die noch in der Steinzeit lebte! Er beschloss, sie eine Zeit lang mit Verachtung zu strafen. Franz Leopold sah sich in seiner sechsköpfigen Gruppe um, die mit Catriona trainierte. Natürlich konnte es ihm nicht gefallen, von einer Unreinen Anweisungen entgegennehmen zu müssen. Wie konnte Donnchadh so etwas von ihnen verlangen?

Es kommt nicht auf die Blutlinie an. Allein die geistigen und magischen Kräfte machen den Vampir aus – und sie ist eine Meisterin, der unser Respekt gebührt!

Franz Leopold fuhr herum. Eigentlich konnte ihm nur Ivy diesen Gedanken geschickt haben, doch als er zu ihr hinüberblickte, sah er nur ihren Rücken, über den die silbernen Locken hinabflossen. Sie schien völlig auf Luciano und die kleine Fledermaus, die auf seiner flachen Hand saß, fixiert. Rasch wandte er sich wieder ab. Zu ihrer Gruppe gehörten noch Anna Christina und Fernand, auf deren Gesellschaft er überhaupt keinen Wert legte. Er hätte kaum sagen können, wen von beiden er unerträglicher fand: den schmutzigen, ungebildeten Pyras oder seine stets keifende Cousine. Sein Blick wanderte weiter zu Alisa, die mit einem zufriedenen Lächeln die Hand ausstreckte. Tatsächlich löste sich eine Fledermaus aus dem Dunkeln und flog auf sie zu. Doch gerade als sie auf ihrer Handfläche landen wollte, schoben sich Franz Leopolds Gedanken in die ihren und störten ihre Konzentration. Die Fledermaus drehte ab und verschwand. Alisa wirbelte zu dem Dracas herum, bereit, ihn mit ihrer Empörung zu überschütten, als Catriona sie ansprach. Offensichtlich hatte sie ihren fehlgeschlagenen Versuch beobachtet.

»Das war zu Anfang sehr gut, Alisa, doch du darfst dich nicht in deiner Konzentration stören lassen.« Ihre Stimme klang freundlich, doch der Vorwurf ärgerte Alisa. Die Klage über Franz Leopolds unfaires Eindringen in ihren Geist lag ihr auf der Zunge, aber sie schluckte sie hinunter. Das musste sie alleine mit ihm regeln!

Die schöne Servientin der Lycana betrachtete Alisa aufmerksam. »Du musst lernen, dich gegen Störungen zu verschließen. Dieses Mal war es der Dracas, ein anderes Mal wird es etwas anderes sein, das an deiner Aufmerksamkeit zerrt. Eine wahre Meisterin wird auch inmitten eines tobenden Sturmes den einmal geknüpften Faden nicht abreißen lassen. Wir werden später Übungen machen, bei denen ihr auf mehrere Dinge gleichzeitig achten müsst. Versuch es noch einmal!«

Alisas Wut amüsierte Franz Leopold. Doch bevor er seinen Triumph auskosten konnte, spürte er, wie Catriona mühelos in sein Bewusstsein eindrang. Er zuckte zusammen. Man musste die Unreine im Auge behalten! Sie war nicht nur klug und verfügte über mächtige Fähigkeiten. Sie war auch eine Persönlichkeit, deren Stärke man nicht unterschätzen sollte. Er versuchte, dem Ansturm standzuhalten, musste jedoch nach wenigen Augenblicken zähneknirschend seine Niederlage eingestehen. Er durchbohrte Catriona mit seinem Blick, was sie nur zu erheitern schien. Das verärgerte Franz Leopold noch mehr, dennoch sah er gebannt zu, wie Alisa zum zweiten Mal eine Fledermaus rief, sie einmal um ihren Kopf kreisen ließ und ihr dann befahl, auf ihrer Hand zu landen.

»Und nun verbinde deine Sinne mit ihren«, forderte Catriona. »Ich helfe dir.« Alisas Stirn legte sich in Falten, so sehr konzentrierte sie sich. Dennoch war der Versuch nicht von Erfolg gekrönt, das konnte Franz Leopold spüren. Ohne Vorwarnung fuhr die Lycana zu ihm herum und wies ihn an, die Fledermaus zu sich zu rufen.

»Lass sie los und entspanne dich ein wenig, ehe wir es ein weiteres Mal versuchen«, sagte sie zu Alisa. Franz Leopold freute sich, wie leicht es ihm fiel, die Fledermaus zu sich zu lenken. Sich ihrer Sinne zu bedienen, war dagegen etwas anderes. Er probierte verschiedene Möglichkeiten aus, doch erst als Catriona ihn unterstützte, war ihm, als könne er für einige Momente hören und riechen, was die Fledermaus wahrnahm. Es gelang ihm aber nicht, an das Echobild heranzukommen. Er stieß einen kurzen Knurrlaut aus, hatte sich aber sofort wieder unter Kontrolle.

»Das war schon sehr gut«, lobte Catriona. »Ihr werdet es nun noch ein paar Mal gemeinsam versuchen. Da du bereits ein Meister der Gedankenübertragung bist, wirst du Alisas Kräfte mit deinen stärken, sobald sie die Fledermaus zu sich geholt hat und ihre Sinne mit dem Tier teilen will.« Catriona wandte sich ab, um zu sehen, wie Ivy mit Luciano vorankam.

Alisa und Franz Leopold starrten sich an. Er konnte ihren Groll spüren. Dennoch sagte sie nach einer Weile mit bemüht ruhiger Stimme: »Wir haben in Rom bewiesen, was wir gemeinsam erreichen können. Also, fangen wir an. Es ist nur zu unserem Vorteil, wenn wir es schnell lernen!«

Franz Leopold nickte. »Ja, eine gewisse Unabhängigkeit in der Finsternis der Höhlengänge kommt mir durchaus erstrebenswert vor.«

Nur Momente später waren sie so in ihre Aufgabe vertieft, dass sie alles um sich herum vergaßen. Alisa sträubte sich zu Anfang. Erst als Franz Leopold über ihren unvernünftigen Widerstand schimpfte, ließ sie die Verbindung zu.

»Das ist unangenehm«, verteidigte sie sich. »Ich mache das nicht absichtlich. Mein Geist schützt sich ohne mein Zutun.«

»Allerdings nur mit mäßigem Erfolg!«, sagte Franz Leopold und schnitt ihre Widerworte gleich ab. »Wir können uns später noch ausgiebig streiten, wenn dir danach ist. Lass uns nun weitermachen. Ich will es schaffen. Das kann doch nicht so schwer sein, wenn die Lycana es alle mit Leichtigkeit vollbringen.«

Es war nach Mitternacht, als sie beide zugleich einen Schrei der Überraschung ausstießen. Zum ersten Mal in ihrem Dasein nahmen sie für ein paar Augenblicke die Welt um sich wahr, wie sie das Echo der hellen Rufe einer Fledermaus formte.

»Ist das nicht fantastisch?«, hauchte Alisa hingerissen.

»Konzentrier dich!«, herrschte Franz Leopold sie an, doch da war das Band bereits zerrissen. Trotz seines Ärgers konnte er sich eines Lächelns nicht erwehren. Er sah zu Ivy hinüber, die neben einem sichtlich frustrierten Luciano stand, sich aber weiter um ihn bemühte. Sie hob den Blick und erwiderte sein Lächeln.

»Komm, lass es uns noch einmal versuchen!«

»Was?«, erwiderte Franz Leopold abwesend.

»Lass uns weiterüben!«, drängte Alisa. »Wir müssen es länger schaffen und dann jeder für sich, wenn es uns in den Höhlen von Nutzen sein soll. He! Was ist mit dir?«

Franz Leopold schüttelte sich, als erwache er aus einer Trance. Am Ende der Nacht hatten es zwar nur wenige der Erben geschafft, sich die so fremdartigen Sinne einer Fledermaus zunutze zu machen, dennoch waren Catriona, Ainmire und Ciarán mit ihren Schützlingen zufrieden – sie machten Fortschritte.

Alisa und Franz Leopold konnten sich nun mithilfe ihres pelzigen Begleiters in tiefster Schwärze sicher bewegen – allerdings nur gemeinsam… Sobald sie es alleine versuchten, verloren sie das Tier nach wenigen Schritten und es flatterte davon.

Als Alisa dem Nosferas davon berichtete, grinste Luciano befreit: »Dann seid ihr nicht besser als wir. Ich kann es auch nur mit Ivy zusammen.«

»Nur mit dem Unterschied, dass Ivy es auch alleine beherrscht.«

Den Rest der Nacht durften sie nach eigenem Gutdünken verbringen, allerdings verbot ihnen Donnchadh, die Höhle zu verlassen. Während die meisten der Lycana und der fremden Servienten sich aufmachten, um zu jagen, saßen die Erben in der großen Höhle um das Torffeuer zusammen. Tammo machte sich schon bald mit Joanne und Fernand auf, um noch mehr Bärenzähne zu suchen. Die drei verschwanden in einem schmalen Gang.

»Ich finde, wir könnten uns hier unten ruhig auch ein wenig umsehen«, schlug Alisa vor. »Es gibt doch sicher noch viel mehr zu erforschen als den einen Weg zu dieser Halle, oder nicht?«

Ivy nickte. »Aber sicher. Wenn ich mich mit Luciano zusammentue und du dich mit Franz Leopold, dann dürften wir keine Schwierigkeiten bekommen.«

Alisa und Leopold zogen eine Grimasse. Doch während der Dracas noch mit seinem Schicksal haderte, hatte Alisa bereits eine Fledermaus gerufen.

»Dann lasst uns gehen«, sagte sie mit vor Abenteuerlust funkelnden Augen. Ivy übernahm mit Luciano an der Hand die Führung. Sie war zwar auch durch ihre Gedanken mit ihm verbunden, doch wenn sie ihn berührte, war es für ihn einfacher, die Bilder, die sie ihm sandte, zu erfassen. Vielleicht hätte Luciano diese Hilfe nicht gebraucht, doch sowohl Franz Leopold als auch Alisa argwöhnten, dass er sich absichtlich hilfloser stellte, als er war, um die Irin nicht loslassen zu müssen. Beide mochten sie den Gedanken nicht sonderlich. Alisa und Franz Leopold dagegen wahrten einen möglichst großen Abstand voneinander, um sich nicht versehentlich zu berühren. Die Verschmelzung ihrer Gedanken und Sinneseindrücke war schon seltsam genug.

Staunend folgten sie den Gängen der Höhle, die sie in ein verwunschenes Labyrinth führten. Immer wieder trafen sie auf den Höhlenfluss, kleine Bäche, die über Kaskaden sprangen, Wasserfälle oder tiefe, glasklare Seen, die man zuweilen nur durchqueren konnte, wenn man unter der sich herabsenkenden Decke hindurchtauchte. Da es auf trockenem Wege noch so viel zu entdecken gab, verzichteten die Vampire vorläufig auf Tauchversuche. Sie kamen durch niedere Gänge, in denen sie sich auf die Knie hinablassen mussten, und dann wieder durch Spalten, die so hoch waren, dass sie nicht einmal das Echo der Fledermaustöne zurücksandten. Ein paar Mal mussten sie über Verstürze hinwegklettern. Mannshohe Felsen waren von der Decke heruntergepoltert und hatten sich in einem wüsten Durcheinander ineinander verkeilt. Danach verengte sich die Höhle wieder zu einem Gang, in dem man gerade noch aufrecht gehen konnte.

»Kann jemand mal Licht machen?«, bat Alisa, als sie wieder einmal an einem unterirdischen See standen, in den der Gang sich absenkte, bis er unter der Wasseroberfläche verschwand. Ivy entzündete die kleine Binsenlampe, die sie mitgenommen hatte. Seymour senkte die Nase und roch an den Steinen, die knapp über die Oberfläche ragten.

»Was ist?«, fragte Luciano.

»Irgendjemand war hier und es ist noch nicht lange her«, sagte Alisa und sog prüfend die Luft ein.

»Keiner von uns«, meinte Ivy nach einer Weile und starrte auf das Wasser.

»Es ist trüb!«, stellte Alisa fest. »Meinst du, dort ist jemand durchgetaucht?«

»Vielleicht, aber es gibt keine nassen Fußspuren«, sagte Ivy langsam. Sie sprach ein paar schnelle Worte auf Gälisch zu Seymour.

»Das heißt, er ist von hier auf die andere Seite geschwommen«, stellte Franz Leopold fest.

»Gibt es noch Bären oder Wölfe hier unten?«, wollte Luciano wissen. »Ich finde, es liegt so ein Raubtiergeruch in der Luft.« Ivy schüttelte den Kopf.

»Weißt du, wohin der Gang auf der anderen Seite führt?«, fragte Alisa.

Ivy überlegte. »Ich glaube nicht. Er könnte mit den oberen Teilen der Höhle verbunden sein, aber ich bin mir ziemlich sicher, dass ich noch nie durch diesen Teich getaucht bin.«

»Dann wird es Zeit«, sagte Franz Leopold.

Alisa sah ihn ein wenig ungläubig an. »Du willst in das Wasser? Deine Kleider durchweichen lassen?«

Franz Leopold hob die Schultern. »Das, was uns die Lycana aufgezwungen haben, würde ich nicht als Kleider bezeichnen. Aber wenn du dich scheust, dich ein wenig nass und schmutzig zu machen, kannst du ja gerne zur großen Höhle zurückkehren und am Torffeuer auf uns warten.« Sein Ton klang verächtlich.

»Nein, mich scheuen weder Wasser noch Höhlenschlamm«, gab Alisa heftig zurück. »Ich hatte bisher nur den Eindruck, den Dracas sei nichts wichtiger als eine makellose Erscheinung.«

»Weil du dich stets von deiner Voreingenommenheit leiten lässt. Wie dreist von dir zu denken, du würdest uns kennen!«

In diesem Moment unterbrach Luciano sie. »Können wir die Fledermäuse überhaupt mit hinübernehmen?«

»Durch das Wasser?« Ivy schüttelte den Kopf. »Nein, wenn wir ihnen das befehlen würden, müssten sie ertrinken.«

Franz Leopold sah sie interessiert an. »Könnten wir das? Ober besser gesagt: Müssten sie diesem Befehl Folge leisten?«

»Nur wer über sehr große geistige Kräfte verfügt, kann ein anderes Wesen auf diese Weise in den Tod zwingen.«

»Wäre Catriona zum Beispiel dazu in der Lage? Oder Ainmire?«, fragte Luciano neugierig.

»Ja, Catriona könnte es, würde so etwas aber niemals tun!«

Missmutig betrachtete Luciano die trübe Wasserfläche. »Ohne Fledermäuse sehen wir dort drüben kaum etwas. Wir haben nur eine Lampe. Was soll dort auf der anderen Seite Spannendes sein, dass wir das alles auf uns nehmen müssen?«

Alisa und Franz Leopold sahen ihn nur vorwurfsvoll an. Ivy

beruhigte ihn mit dem Hinweis, sie könnten sich auf der anderen Seite wieder eine Fledermaus herbeirufen. »Aber du musst nicht mitkommen. Du kannst auch hier warten, bis wir zurück sind und dir berichten, was wir herausgefunden haben.«

»Auf keinen Fall!«, rief Luciano und platschte mit großen Schritten ins Wasser, bis es ihm an den Bauch reichte. »Also los? Kommt ihr endlich?«, sagte er noch, ehe er untertauchte. Die anderen warfen sich überraschte Blicke zu, folgten ihm dann aber nach. Sehen konnten sie unter Wasser nichts. Sie tasteten sich also an der linken Wand entlang. Zuerst fiel der Grund ab. Die Decke folgte ihm in stärkerer Neigung. Bald war zwischen Boden und Decke so wenig Raum, dass sie auf allen vieren kriechen mussten. Nun wurde der Grund ebener und der Gang glücklicherweise nicht enger. Er konnte nur wenige Meter lang sein, kam den vier Vampiren aber länger vor. Dann stieg der Boden wieder an und endlich durchbrachen sie die Wasseroberfläche. Noch konnten sie nur in unmittelbarer Umgebung schwache Schemen erkennen, dennoch gab der Klang ihrer Stimmen ihnen einen Eindruck davon, wie groß die Höhlung sein musste.

»Ruft euch eure Fledermaus«, sagte Ivy.

Alisa streckte die Hand aus und berührte den nassen Stoff von Franz Leopolds Arm.

»Du musst mich dazu nicht anfassen«, wehrte er ab und wich zurück. Ihre Gedanken fanden sich jedoch und verwoben sich in einem gemeinsamen Ruf. Es ging erstaunlich glatt, ohne die übliche Rangelei und die gegenseitigen Widerstände gegen den fremden Geist. Widerstrebend musste Franz Leopold zugeben, dass es angenehm war, mit Alisa zusammenzuarbeiten. Rasch unterdrückte er den Gedanken, ehe sie ihn vielleicht hätte aufschnappen können.

»Wir sind so weit«, sagte Alisa. »Wir haben wieder eine Fledermaus gefunden. Ivy? Wie ist es mit euch?«

»Wir sind auch bereit. Ich habe die gerufen, die uns schon zuvor geführt hat.«

»Was? Wie hast du das gemacht?«

»Ich habe sie aufgefordert, mir zu folgen.«

»Doch nicht durch das Wasser!«, rief Luciano entsetzt.

»Nein, natürlich nicht!« Ivy klang belustigt. »Ich habe ihr befohlen, einen anderen Weg zu suchen. Und nun wissen wir, dass dies nicht die einzige Verbindung der beiden Höhlengänge ist.«

»Wobei wir nicht sagen können, wie groß der andere Zugang ist«, meinte Alisa. »Vielleicht passt eben nur eine Fledermaus durch den Spalt.«

»Das ist möglich«, gab Ivy zu.

»Und wenn es keine andere Möglichkeit gegeben hätte? Hättest du sie dann gezwungen, sich ins Wasser zu stürzen?«, fragte Franz Leopold neugierig.

»Natürlich nicht! Ich hätte ihren Widerstand gespürt und sie entlassen!«

»Aber es wäre dir möglich gewesen«, bohrte er weiter. Ivy ging nicht darauf ein.

»Wo ist eigentlich Seymour?«, unterbrach Alisa und sah sich suchend um. »Ist er nicht mitgekommen?«

»Er muss atmen!«, erinnerte Ivy. »Ich wollte erst sichergehen, dass es auf der anderen Seite weitergeht und die Strecke unter Wasser für ihn nicht zu weit ist. Nun kann er gefahrlos nachkommen.«

Sie hatte den Satz kaum ausgesprochen, da teilte sich das von aufgewirbeltem Schlamm getrübte Wasser, und der Kopf des weißen Wolfs erschien. Mit einem mächtigen Satz sprang er ans Ufer und schüttelte sich, dass die vier Vampire ein zweites Mal durchnässt wurden.

Zwei Gänge führten von der Höhlung ab. Der Boden um den kleinen See war glatt und nass. Wasser rann in Fäden an den Wänden herab, sammelte sich am Boden und floss in den See. Alisa machte ein missmutiges Gesicht.

»Was ist?«, wollte Luciano wissen.

»Hier kann man keine Fußspuren hinterlassen. Das Wasser

nimmt den Geruch mit sich und verfälscht ihn. So bekommen wir nicht heraus, wer hier gewesen ist.« Sie sah zu Ivy und Seymour, doch die Lycana schüttelte ebenfalls bedauernd den Kopf.

»Wohin jetzt weiter? Dem Wasser nach Süden folgen oder dem anderen Gang, aus dem die Fledermaus zu uns gestoßen ist?«

Sie entschieden sich für den Gang, der nach Süden führte. Er wand sich und stieg dabei stetig an. Ein paar Mal zweigten schmälere Spalten ab, aber die vier folgten dem Hauptgang weiter, bis er in einer Art Kessel endete. Er musste sehr hoch sein, verengte sich aber in der Höhe. Sie legten die Köpfe in den Nacken und versuchten, die Ausmaße zu erahnen.

»Ich spüre frische Nachtluft«, sagte Luciano.

»Ah, er bekommt einen Höhlenkoller«, spottete Franz Leopold. »Zu viele enge Gänge in der lichtlosen Nacht.«

Doch Alisa reckte die Nase in die Luft. »Dann habe auch ich einen Höhlenkoller – oder Lucianos Sinne trügen ihn nicht.«

Ivy nickte. »Konzentriert euch auf eure Augen und nicht auf den Schall der Fledermäuse, dann könnt ihr das kleine Loch hoch oben in der Decke erkennen. So wie es aussieht, ist die Nacht bereits am Verblassen. Wir sollten umkehren.«

»Das ist ganz schön hoch«, sagte Alisa nach einer Weile. »Schade, dass die Wände so glatt und überhängend sind und noch dazu nass. Das macht es uns unmöglich, hochzuklettern und den Ausgang genau in Augenschein zu nehmen. Ich wüsste zu gern, ob da jemand reingekommen ist!«

»Wir können die Fledermäuse hochschicken, um alles näher zu betrachten«, schlug Franz Leopold vor, und schon flatterte das kleine Tier mit seinen ledernen Schwingen der Nachtluft entgegen. Sie konnten die Wände nun nicht nur besser sehen, sie rochen die frische Luft und spürten die zunehmende Helligkeit, die der Fledermaus in den Augen brannte, als sie für einen Moment durch das Loch stieß und über ihm eine Schleife drehte, ehe sie in die Höhle zurückkehrte.

»Da ist jedenfalls keiner reingekommen«, sagte Luciano, der

mit Ivys Hilfe die Eindrücke ebenfalls empfing. »Das Loch ist viel zu klein.« Er wandte sich ab und strebte wieder dem Gang zu. Alisa und Franz Leopold tauschten einen Blick. Ihre Gedanken begegneten einander.

Zu klein für ein Wesen in Menschengestalt!

»Was ist denn?«, fragte Ivy. Plötzlich bemerkten sie, dass Seymour nach allen Seiten witterte. Er hatte die Ohren angelegt und die Lefzen hochgezogen.

Franz Leopold beugte sich über einen Steinblock, dessen Oberfläche fast trocken war. Seine Nasenflügel blähten sich. »Wenn es nicht absolut unmöglich wäre, dann würde ich sagen, hier riecht es nach meiner Cousine Anna Christina und ihrem ekelhaften Parfum.«

HÖHLENBEGEGNUNGEN

Tara musste die Stute nicht antreiben. Sie ließ das Tier spüren, wie wichtig ihre Mission war, und vertraute darauf, dass sie ihr Bestes geben würde. Während die alte Druidin im Laufe ihres langen Lebens gelernt hatte, Müdigkeit und Hunger für eine Zeit lang zu unterdrücken und sich in eine Kammer ihres Geistes zurückzuziehen, um sich zu erfrischen, musste die Stute ihre Kräfte einteilen. Tara griff nicht ein und überließ es dem Tier, seinen Schritt zu wählen. Und die Schimmelstute verstand es, das Tempo kräfteschonend dem Gelände anzupassen. Nur wenn die Erschöpfung sie zwang, blieb sie auf einer Wiese stehen, um zu grasen und ein wenig zu ruhen, dann setzte sie von sich aus ihren Weg fort. Die beiden Wölfe blieben neben ihr. Nur einmal schlugen sie sich in die Büsche, um ein geschwächtes Reh zu jagen und zur Strecke zu bringen. Sie holten die Reiterin wieder ein, die gerade im Schritt einem steilen Pfad hinabfolgte. Im Tal jedoch war der Grund grasig und eben und sofort fiel das Pferd in einen flotten Trab. Eine bleiche Mondsichel stand am Himmel und mahnte die Druidin, wie wenige Nächte ihr noch bis Neumond blieben.

Die weitläufige Weide verengte sich auf einen Weg zu. Schafe glotzten schläfrig zu ihnen herüber. Die Stute verfiel in Galopp und setzte in einem eleganten Sprung über die Feldsteinmauer am Ende der Schafsweide.

»Große Ereignisse stehen ins Haus, wenn nächtliche Reiter durch das Land jagen!«

Tara zügelte das Pferd und wandte sich im Sattel um. Sie hatte die Gestalt in ihren Kleidern aus dunklen Stoffen und Fellen gar nicht gesehen. Der Mann trat unter dem alten Baum am Wegesrand hervor. Die Mondsichel warf keinen Schatten über den Weg. Tara ließ die Stute ein wenig näher treten, ehe sie ihn erkannte.

»Turlough, ich grüße dich. Möge das Mondlicht deinen Weg erhellen.« Der alte *fili* neigte das Haupt.

»Das wünsche ich dir auch, Tamara Clíodhna. Noch schenkt der Schein der schmalen Sichel dir einen sicheren Ritt durch die Nacht, doch die Schatten werden länger und überziehen das Land mit Finsternis.«

Die Druidin nickte. »Ja, das fürchte ich auch.«

»Es sind die finsteren Tage, die große Epen reifen lassen und den Dichtern Lieder und Geschichten für die Ewigkeit diktieren. Noch in Hunderten von Jahren wird man sie singen und erzählen. Sind es nicht die gemeinsamen Erinnerungen und der Schatz der Dichtung, die ein Volk zusammenhalten?«

Tara zog ein ärgerliches Gesicht. »Mag sein, dass du solchen Zeiten mit erwartungsvoller Spannung entgegenblickst, ich sehe meine Aufgabe darin, sie zu verhindern. Es ist die Finsternis des Krieges, die mit ihrer Knochenhand nach Irland greift.«

»Wieder einmal«, sagte Turlough. »Ein Krieg der Menschen?«

»Vielleicht auch das, doch ich sehe vor allem neue Kämpfe zwischen Werwölfen und Vampiren.«

Turlough hob die Schultern. »Sie haben immer gekämpft, mal mehr, mal weniger. Sie können sich nicht in Freundschaft und Harmonie verbinden, dazu sind sie zu verschieden.« Er verzog seinen Schädel zu einem Grinsen. »Es ist wie zwischen Engländern und Iren, zwischen Anglikanern und Katholiken. Selbst wenn es an der Oberfläche ruhig scheint. Der Brand schwelt im Verborgenen weiter, bis die Flammen neue Nahrung finden, um wieder hoch in den Himmel zu schlagen. Was nährte sie dieses Mal?«

»Eine Vampirin und ein Werwolf, deren Liebe die Grenzen ihrer Art überwinden wollte.«

»Sie wurden getötet? Von den Vampiren oder den Werwölfen?« Der alte *fili* nickte wissend.

»*Er* wurde getötet, von wem, kann ich nicht sagen. Sie lie-

222

ßen mich seine Leiche nicht sehen. Es ist gleichgültig, ob es die Vampire waren oder die Menschen oder gar die eigene Sippe als Strafe für seinen Verrat, was zählt, ist, dass Áthair Faolchu zwar das Richtige für seine Sippe will, aber die falsche Entscheidung getroffen hat.«

»Darf ich nach deinem Ziel fragen? Du bist auf dem Weg nach Norden.«

Die Druidin nickte. »Ich reite nach Dunluce.«

»Um das zu holen, was du zu schützen gelobt hast«, ergänzte Turlough.

Sie neigte den Kopf. »Dir entgeht nichts.«

»Das macht einen guten *fili* aus. Wie soll er sonst die wahren Heldentaten seines Volkes in Geschichten bewahren?«

Tara wollte etwas erwidern, doch das Rauschen von Flügeln ließ sie zum Himmel aufsehen. Ein Schatten huschte über sie hinweg und sie streckte instinktiv den Arm aus. Der Adler zog noch eine Schleife und landete dann auf ihrem Unterarm.

»Dein Bote?«

Turlough schwieg, als Tara nickte, und ließ ihr Zeit, mit dem Tier stumm Zwiesprache zu halten.

»Schlechte Nachrichten?«, vermutete der Dichter, der in ihrer Miene las.

»Die, die ich suche, sind nicht mehr in Dunluce. Sie sind nach Süden in den Burren gesegelt.«

Der Dichter hob erstaunt die Brauen, und so berichtete ihm Tara in knappen Sätzen, was der Adler ihr in Bildern vermittelt hatte. »Ich muss mich eilen. Ich habe viel der wertvollen Zeit, die uns bleibt, verloren. Vielleicht zu viel Zeit.« Sie hob zum Abschied grüßend die Hand. »Ich muss umkehren und nach Süden reiten. Ich frage mich, warum er mir keinen Falken geschickt hat.« Damit drückte sie dem Pferd die Fersen in die Flanken, dass es über die Mauer zurücksprang und über die Weide davonjagte. Der Adler flog über ihnen und bald waren sie den Blicken des Dichters entschwunden.

»Vielleicht ist diese Geschichte wert, ihren Verlauf mit eigenen Augen zu betrachten«, murmelte der *filí* nachdenklich und nickte dann. Mit einem Fingerschnippen rief er den Nebel zu sich und nur Augenblicke später schoss ein Baumfalke der Reiterin hinterher.

*

Die vier jungen Vampire sahen einander an. »Deine Cousine? Wie sollte sie hierherkommen?«, wollte Luciano wissen. »Das ist unmöglich!«

»Es ist nicht unmöglich!«, stellte Ivy fest, die Seymour um eine breite Säule herum gefolgt war. Die anderen drei eilten zu ihr. Die beiden Fledermäuse umkreisten die Gestalt, die mit angezogenen Beinen auf einem Steinblock hockte, die Knie mit beiden Armen umschlungen. Das Bild, das die Echosignale formten, war nicht so scharf, als dass man die Gesichtszüge hätte ausmachen können, aber das mussten sie auch nicht. Sie konnten ganz eindeutig Anna Christinas Geruch erkennen. Die Vampirin stieß einen Schrei aus und schlug nach den beiden Fledermäusen, die sie immer enger umkreisten.

»Weg mit euch. Ich habe euch nicht gerufen.«

Ivy zog die Lampe aus ihrer Tasche, wickelte sie aus dem Öltuch und entzündete den Docht. Im trüben Schein starrten sie die Dracas an, die ihrem erstaunten Blick mit Hochmut begegnete.

»Was ist? Was glotzt ihr mich so an? Verschwindet, ich habe euch nicht hergebeten!«

»Was tust du hier?«, platzte Alisa heraus. »Mit wem hast du dich getroffen?«

»Hast du den Verstand verloren? Ich bin den unerträglichen Lycana und dem Gewürm entflohen, das sie stolz die Erben nennen!«

Franz Leopold trat mit zwei schnellen Schritten zu ihr und packte ihr Handgelenk, dass sie vor Schreck und Schmerz aufschrie. »Ich glaube dir nicht. Du willst mir einreden, du bist durch einen wassergefüllten Gang gekrochen, nur um nicht mit den anderen zusammen in einer Höhle sein zu müssen? Für wie dumm hältst du mich? Also sag: Mit wem hast du dich hier getroffen? Ist er durch das Loch dort oben gekommen?«

Anna Christina starrte verwirrt zu dem Loch hinauf. Entweder war sie eine gute Schauspielerin, oder sie wusste wirklich nicht, wovon Franz Leopold sprach.

Er ergriff sie bei den Schultern und schüttelte sie. »Lüg mich nicht an! Das ist kein Spiel, falls du es noch nicht begriffen hast.«

Er ließ erst von ihr ab, als Ivy ihm die Hand auf den Arm legte. »Sie ist nicht durch das Wasser getaucht«, sagte sie bestimmt und deutete auf den Saum von Anna Christinas Gewand, der sich vor Nässe dunkel verfärbt hatte. Der Rest aber schien trocken.

»Das ist kein Beweis«, widersprach Franz Leopold. »Unsere Kleider sind auch schon fast wieder getrocknet.«

»Nicht aber unser Haar«, sagte Ivy. Franz Leopold fuhr trotz ihres Protests in die dunklen Locken seiner Cousine und musste widerstrebend zugeben, dass sie trocken waren.

»Wie bist du hierhergekommen, wenn nicht durchs Wasser?«

»Durch irgendwelche Gänge halt«, fuhr sie ihn patzig an. »Soll ich einen Plan zeichnen oder was?«

»Das wäre durchaus hilfreich«, sagte Luciano und erntete einen verächtlichen Blick.

»Wir werden den Weg schon finden, solange deine Spur frisch ist«, sagte Ivy.

»Zumindest wenn sie nicht ständig durch Wasser gewatet ist«, wandte Alisa ein.

»Ja, geht und sucht meine Spuren, aber lasst mich nun endlich wieder in Ruhe«, fauchte Anna Christina.

»Du solltest mit uns zurückkommen«, schlug Ivy in freundlichem Ton vor. »Es ist schon spät. Seht hinauf, der Himmel hellt sich auf.«

»Ich gehe, wann *ich* will«, schimpfte die Dracas, erhob sich aber und folgte den anderen. Bis zu dem Wasserloch, aus dem sie gestiegen waren, konnten sie Anna Christinas Spur nicht ausmachen, doch dann wurde der Grund trockener und ihr Duft stieg noch immer von den Steinen auf, die sie berührt hatte.

»Dann sind wir also völlig umsonst durch dieses Wasserloch gekrochen«, meinte Luciano missmutig.

»Nicht nur wir«, vermutete Franz Leopold, doch die anderen gingen nicht darauf ein. Aus einem Seitengang drang ein Geräusch, das wie eine Stimme klang. Sie verstummten und lauschten. Ein Poltern, als sei etwas gegen einen Felsblock gestoßen, und dann ein englischer Fluch.

»Ist das nicht Malcolms Stimme?« Alisa nahm Ivy die Lampe aus der Hand und eilte in den seitlich abzweigenden Gang.

»Malcolm!«

Er hörte auf, sein Schienbein zu reiben, und sah sie blinzelnd an. »Alisa, dich schicken die Götter der Nacht. Wie kann es nur so finster sein!«

Sie konnte sich ein Lächeln nicht verkneifen. »Das war nicht das erste Mal, dass du dich gestoßen hast?«

»Nein, verflucht!«, sagte er und rieb sich die Stirn, auf der sich bereits eine Beule gebildet hatte. Außerdem war der Stoff an seinem Ellenbogen lehmverschmiert.

»Dann klappt es bei dir mit den Fledermäusen noch nicht so gut«, schloss Alisa.

Er schüttelte mit tragischer Miene den Kopf. »Nein, und ich war nicht so umsichtig, eine Lampe mitzunehmen.«

»Das war Ivys Einfall. Obwohl wir die Lampe eigentlich nicht dringend gebraucht hätten. Wir haben herausgefunden, dass es mit den Fledermäusen einfacher geht, wenn man sich zu zweit zusammenschließt.«

»Und da hast du dich mit Ivy zusammengetan?«

»Nein. Ivy ist mit Luciano gegangen, und ich habe mir mit Franz Leopold eine Fledermaus gerufen, so wie wir es heute bereits unter Catrionas Anleitung geübt haben.«

»Bemüh dich nicht, das ist nichts für dich«, fiel ihr Franz Leopold, an Malcolm gewandt, ins Wort. »Das können nur jene, die ein Talent dafür haben, Gedanken zu lesen und in den Geist eines anderen einzudringen, wie wir Dracas.«

»Und die Lycana«, ergänzte Luciano.

Ein seltsamer Ausdruck trat in Malcolms Gesicht, den Alisa nicht so recht zu deuten wusste. »Was tust du hier eigentlich so weit weg von der großen Höhle?«, fragte sie ihn.

Er hob die Schultern und sah fast ein wenig verlegen drein. »Ich, nun ja, ich habe nach Ireen gesucht«, sagte er nach einigem Zögern. »Sie ist wohl wie viele andere ein wenig herumgewandert, und ich begann, mir Sorgen zu machen.«

»Und dann hat er sich verlaufen«, ätzte Franz Leopold, aber keiner beachtete ihn.

»Und wo sind Raymond und Rowena?«, fragte Alisa stattdessen weiter. »Warum haben sie dich nicht begleitet? Rowena hat ihre Fledermaus heute außergewöhnlich schnell beherrscht. Sie hätte dir in den finsteren Gängen eine Hilfe sein können.«

»Ja, vermutlich, doch ich habe die beiden nicht gesehen.« Wieder dieser Ausdruck. War das alles nur eine Ausrede? Warum?

»Willst du mir nicht bei der Suche helfen?«, bat Malcolm und sah Alisa aus seinen schrecklich schönen blauen Augen an.

»Ich? Aber ich weiß nicht, ob ich es schaffe, meine Gedanken mit deinen …« Alisa brach ab und fühlte sich aus irgendeinem Grund gezwungen, den Blick auf seine Schuhe zu senken. Sie spürte Franz Leopold in ihrem Geist und versuchte, ihn vor dem Dracas zu verschließen. Sie wollte nicht hören, was er ihr zu sagen hatte.

»Wenn wir die Lampe mitnehmen würden, bräuchten wir keine Fledermaus«, schlug Malcolm vor.

Gib ihm die Lampe und dann komm! Wir brauchen sie nicht. Aber halte sie hoch. Ich möchte sein dummes Gesicht sehen, wenn du den Vorschlag machst!

Alisa ignorierte ihn. »Ich komme gerne mit dir, deine Cousine zu suchen«, sagte sie und trat an seine Seite. »Geht ihr schon einmal vor. Wir kommen gleich nach«, rief sie den anderen zu und schritt dann rasch den Gang hinunter, ehe Franz Leopold noch eine seiner spöttischen Bemerkungen loswerden konnte.

»Beeilt euch lieber«, rief Ivy ihnen nach. »Auch wenn es hier drinnen dunkel bleibt, wird euch bei Sonnenaufgang der Schlaf übermannen!«

Alisa gab keine Antwort. Die kleine Lampe in der Hand, ging sie neben Malcolm her und genoss das Gefühl, mit ihm allein zu sein. Sie bogen mal nach rechts ab und dann wieder nach links. Sie folgte ihm und lauschte seiner Stimme, die von London und seiner Familie erzählte. Es dauerte eine ganze Weile, ehe Alisa auffiel, dass sie Ireens Spur gar nicht wahrnehmen konnte. Da war nur Malcolms Geruch.

»Sie war nicht hier!«

»Wer?«

»Ireen! Ich kann nicht den leisesten Hauch von ihr spüren.«

Malcolm sah ihr nicht in die Augen. »Dann muss ich sie wohl verloren haben. Drei Abzweigungen weiter vorn war es noch ganz deutlich.« Er nahm ihr die Lampe ab und ging voran. Mit schnellen Schritten führte er sie durch die Gänge. Alisa folgte ihm. Nachdenklich betrachtete sie seinen Rücken und versuchte, sich nicht davon ablenken zu lassen, wie geschmeidig er sich bewegte und wie schön sein Körper geformt war.

Irgendetwas war seltsam. Wenn sie nur nicht so müde wäre. Eine bleierne Erschöpfung, die ihr wohlbekannt war, griff nach ihren Gliedern und ihrem Geist. Sie würde sich nicht lange dagegen wehren können.

»Hier ist die Spur wieder«, sagte er mit schleppender Stimme. Er blinzelte träge, als würde ein Gewicht auf seine Lider drücken. Alisa schwankte. Malcolm fing sie auf und zog sie dicht an sich, sodass sie sich gegen seine Brust lehnen konnte. Das war ein schönes Gefühl. Ihr Kopf war so schwer und seine Schulter so einladend. Sein Arm umschlang ihre Taille und gab ihr Halt, während er in der anderen Hand die Lampe balancierte.

»Es ist nicht mehr weit«, sagte er undeutlich. »Ich weiß jetzt wieder, wo wir sind. Wir müssen da lang.«

»Schaffen wir es?«, fragte Alisa den Nebel, der sie umhüllte. Nur Malcolms Hand spürte sie ganz deutlich und sein Geruch durchdrang sie wie frisch prickelndes Blut.

»Ja, wir schaffen es. Lehn dich an mich. Ich führe dich zu deinem Sarg.«

Es war wirklich nicht mehr weit. Dennoch kam Alisa jeder Schritt wie eine Meile vor. Die Lampe erlosch. Schatten tanzten vor ihren Augen.

»Eine Fledermaus wäre jetzt nicht verkehrt«, nuschelte sie und versuchte, sich das Tier im Geist vorzustellen. Sie konnte helle Pfiffe hören und die Schwärze schien sich vor ihren Augen zu klären. Ein Windhauch wie von kleinen ledernen Flügeln streifte ihr Gesicht. Dann plötzlich konnte sie einen warmen Schein erkennen und der Gang endete in der domartigen Halle. Seymour kam mit heraushängender Zunge auf sie zugesprungen, Ivy folgte ihm. Sie schob sich zwischen Malcolm und Alisa und packte jeden an einem Arm. Malcolm sank in seine Kiste. »Schade, dass ich dich erst so spät gefunden habe«, hauchte er. Dann fiel er mit geschlossenen Augen zurück. Der Deckel schlug zu. Ivy begleitete Alisa zu der Kiste, die gleich neben ihrer stand.

»Ist Ireen zurückgekommen?«

Ivy nickte. »Ja, sie war bereits hier, als wir ankamen. »Wo wart ihr nur so lange?«

»Irgendwo in den Gängen dort draußen«, gähnte Alisa und ließ sich zurückgleiten. Der Deckel schloss sich, und die beruhigende Dunkelheit hüllte sie ein, während draußen die Sonne das Land mit ihrem Morgenlicht überflutete.

Ein letzter Gedanke huschte durch Alisas Sinn. Wie war es Anna Christina gelungen, sich ohne eine Lampe so weit von der großen Höhle zu entfernen? Außer Franz Leopold hatten sich die Dracas bisher geweigert, ernsthaft an den Übungen teilzunehmen. Ihre Leistungen waren noch schlechter als die der Nosferas, die sich wenigstens bemühten. Wenn es nicht einmal Alisa oder Franz Leopold gelungen war, sich alleine einer Fledermaus zu bedienen, hatte Anna Christina es ganz sicher nicht geschafft. Konnte sie sich durch dieses Labyrinth getastet haben? Oder war jemand bei ihr gewesen, der ihr geholfen hatte? Wenn ja, warum hatten sie seine Spur dann nicht bemerkt?

Die Totenstarre holte sie, ehe Alisa noch weiter darüber nachgrübeln konnte.

*

»Die Herrschaften wollen verreisen?«, fragte der Gast, als der Butler ihn mit einer höflichen Verbeugung in die Halle bat, in der sich einige Koffer und Hutschachteln stapelten. Der Butler nickte.

»Ja, soweit ich informiert bin, soll die Kutsche in zwei Stunden eintreffen.«

Dass der Butler nichts über Zweck und Reiseziel seiner Herrschaft verlautbaren würde, war dem Besucher klar, denn dies machte den Wert eines guten Butlers aus. So musste er sich mit seiner Frage gedulden, bis der Butler ihn in das Frühstückszimmer geführt hatte, in dem die Hausherrin und ihr Sohn bei einem verspäteten Frühmahl saßen. Das prächtige georgianische Haus am Merrion Square gehörte zu den ersten Adressen Dublins. Der Gast trat auf die ältere Dame zu und beugte sich galant über die ihm entgegengestreckte Hand.

»Lady Wilde, es ist mir ein Vergnügen.« Sie lächelte huldvoll. Selbst im Sitzen war sie eine eindrucksvolle Erscheinung mit ihrer ausgefallenen Garderobe und dem auffälligem Schmuck. Wenn sie sich allerdings zu ihren vollen ein Meter und achtzig erhob – meist noch von einem extravaganten Kopfputz gekrönt –, beherrschte sie jede Gesellschaft. Ob dies ihren verstorbenen Gatten mit seiner gerade einmal mittelgroßen Gestalt gekränkt hatte, wusste der Besucher nicht.

»Bram Stoker, wie schön, Sie wiederzusehen«, sagte die Lady mit ihrer tiefen, wohlklingenden Stimme. »Setzen Sie sich. Charles wird noch ein Gedeck auftragen. Wie geht es der bezaubernden Florence?«

Bram Stoker bedankte sich und wechselte hastig das Thema. Er wusste, dass ihm Lady Wilde ein wenig zürnte, weil ihm die von ihrem Sohn ebenfalls heiß umworbene Florence Balcombe im vergangenen Jahr die Hand zur Ehe gereicht hatte. Dabei konnte er gar nichts dafür – außer dass er sich genau wie Oscar in sie verliebt hatte. Aber es war Florences Entscheidung gewesen!

Bram begrüßte seinen Freund Oscar und ließ sich dann auf einen der kostbar bezogenen Stühle sinken.

»Charles, bringen Sie Wein für unseren Gast!«, rief die Lady, und der Diener beeilte sich, dem Befehl nachzukommen. »Oder lieber Tee? Oder eine heiße Schokolade?«

Bram blieb bei Wein. Während er an seinem Glas nippte, dachte er, dass Sir William Wildes Witwe durchaus zu leben verstand. Er war der führende Arzt gewesen, wenn es um Krankheiten der Augen und Ohren ging, hatte zahlreiche medizinische Bücher geschrieben und die erste Klinik für diese Leiden in Irland gegründet. Selbst Queen Victoria hatte vor etlichen Jahren nach seiner Beratung geschickt und ihn anschließend in den Ritterstand erhoben, was der Familie zu Reichtum und einem Platz in der höheren Gesellschaft verhalf.

»Was führt Sie zu uns?« Die Stimme Lady Wildes riss ihn aus seinen Gedanken.

»Henry Irving hat mir einige Wochen frei gegeben, nachdem wir eine anstrengende Theatersaison hatten, daher nutze ich die Gelegenheit, die Heimat zu besuchen. Und da ich hörte, dass Oscar ebenfalls in Dublin weilt, beschloss ich, bei Ihnen vorzusprechen. Aber genug von mir. Ich konnte nicht umhin, das Gepäck in der Halle zu bemerken …«

»Ich werde verreisen«, erklärte Lady Wilde. »Und mein Sohn Oscar hat freundlicherweise angeboten, mich zu begleiten.«

Bram Stoker meinte, Missmut über Oscars Miene huschen zu sehen. »Und wohin soll es gehen, wenn ich fragen darf?«

Er wusste nicht, was er erwartet hatte. Vielleicht eines der Seebäder, auch wenn es dafür vielleicht schon etwas spät im Jahr war, oder eine Reise nach Paris oder in den noch warmen Süden. Jedenfalls hatte er nicht mit der Antwort gerechnet, die die Lady ihm gab.

»Nach Connemara? In den Westen Irlands? In die Moore von Connemara? Gibt es dort etwas, das die beschwerliche Reise lohnt? Ich denke bei Connemara nur an einsame Weiten, dünne Schafe und arme Pächter, die sich an stinkenden Torffeuern die Hände wärmen.«

»Wir haben ein Landhaus am Lough Corrib«, sagte die Lady. »Hat Ihnen Oscar nie erzählt, dass er für den archäologischen Führer, den mein Gatte über Connemara schrieb, mit seinem Bruder Höhlen und Steinkreise und manch anderes Zeugnis der Vergangenheit skizziert hat?«

»Und außerdem kann man dort wundervoll angeln und jagen. Die Rebhühner solltest du einmal probieren!« Oscar verdrehte genießerisch die Augen. »Ich mag ja ein lausiger Reiter sein, aber von der Jagd verstehe ich etwas.«

»Dann gehen Sie auf die Jagd?« Zweifel schwang in Brams Stimme. Es fiel ihm schon schwer, sich seinen dandyhaft gekleideten Freund in einer Jagdhütte in den Weiten der Moore vorzustellen; aber erst seine Mutter?

Mutter und Sohn tauschten einen raschen Blick. Etwas Seltsames, Geheimnisvolles lag in der Luft. Dafür hatte Bram ein Gespür. Es ging um mehr als Forellen und Rebhühner. Er setzte sich kerzengerade in seinem Stuhl auf.

»Ich würde mich geehrt fühlen, wenn Sie mich als Freund der Familie betrachteten«, sagte er und sah die Lady an, die ihn mit strenger Miene musterte.

»Ich möchte Sie nicht kränken, Mr Stoker, aber es gibt Dinge, die sollten in der Familie bleiben. Ich hoffe, Sie verstehen das.«

»Mutter, er weiß über dein Pseudonym und deine Arbeit bei der Zeitung Bescheid«, warf Oscar ein. »Ich habe es ihm erzählt.«

Seine Mutter sah ihn überrascht an, fing sich aber sogleich wieder und trug den gleichmütigen Gesichtsausdruck zur Schau, wie es von einer Dame der Gesellschaft verlangt wurde.

»Nun, wenn du deinen Freund einweihen willst, werde ich mich nicht dagegenstellen. Du musst wissen, wem du dein Vertrauen schenkst.«

Bram war sich sicher, dass sie in diesem Augenblick an Florence dachte, doch Oscar, so kam es ihm vor, war längst darüber hinweg. Ja, er schien ihm sogar ein wenig erleichtert, dass sie seinen Antrag abgelehnt hatte, und zeigte keine Eile, sich einer anderen Dame zuzuwenden. »Wir, das heißt eigentlich Mutter, ist von einem Kreis junger Männer aus dem Westen angesprochen worden, ob sie nicht ihr schreiberisches Talent in ihre Dienste stellen wolle.« Seine Mutter hub zu Widerspruch an und Oscar korrigierte sich sofort. »Nein, nicht in ihre Dienste stellen, das ist falsch formuliert. Das Vorhaben mit ihrem Talent unterstützen würde.«

Bram sah von Mutter zu Sohn. »Was für Männer? Und was genau haben sie vor?«

»Es sind Nachkommen der alten Weggefährten der Young-Ireland-Bewegung der Fünfzigerjahre«, sagte die Lady nach einigem Zögern, »unterstützt von einigen Feniern, deren Väter einst nach Amerika auswanderten.«

Das *Vorhaben* musste sie nach diesen Worten nicht mehr erklären. Hatten die verschiedenen Bewegungen sich in der Wahl der Mittel auch unterschieden, so war das Ziel doch immer eine Emanzipation Irlands von England gewesen. Und dass diese Männer, die sich in den Mooren des Westens trafen, diese nicht mit Mitteln der Diplomatie zu erreichen suchten, war Bram sofort klar.

»Es war ein Fehler, dass wir im Jahr 1848, als in ganz Europa die Feuer des Umsturzes brannten, den Beginn des Aufstands verschoben haben«, sagte Lady Wilde.

»Es war das Jahr der großen Hungersnot«, warf ihr Sohn ein.

»Der Aufstand hätte mitten in der Erntezeit begonnen und noch mehr Tote gefordert.«

»Das musst du mir nicht sagen!«, rief seine Mutter in scharfem Ton. »Ich habe damals nach Duffys Verhaftung die *Nation* herausgegeben und alles versucht, das Feuer bis nach der Ernte weiterzuschüren, doch es zerfiel zu Asche – auch weil die erhoffte Unterstützung aus Amerika und Frankreich ausblieb. Und dann war die Chance vertan.«

Bram Stoker beugte sich in seinem Stuhl vor und sah die Lady durchdringend an. »Und Sie glauben, dass es dieses Mal funktionieren kann? Fürchten Sie nicht, dass Sie sich und Ihre Familie ins Unglück stürzen könnten, wenn dieser geplante Aufstand – wie so viele vorher – in einem lächerlichen Strohfeuer endet? Verzeihen Sie mir die offenen Worte, aber Ihr Gatte hatte nicht nur Bewunderer! Viele seiner Neider würden sich die Hände reiben.«

Für einen kurzen Moment dachte Bram, die Lady würde ihn des Hauses verweisen, doch das kurze Flackern in ihren Augen erlosch.

»Ich habe versprochen, nichts zu tun, was meine Söhne in Misskredit bringen könnte. Und dennoch …« Da war es wieder, das kriegerische Funkeln. »Niemand kann mich davon abhalten, meine Meinung zu Papier zu bringen. Und wenn diese Artikel helfen, mit der rechten Stimmung den Boden für einen erfolgreichen Aufstand zu bereiten, dann ist es meine Pflicht als Irin, mein Talent dafür zu nutzen. Mein Alter Ego *Speranza* ist zurück, und ich sage Ihnen, sie hat mit den Jahren nichts von ihrer Kraft verloren!«

Bram sah verstohlen zu Oscar hinüber, der nicht gerade glücklich wirkte. Er verstand, dass der Freund seine Mutter nur deshalb auf dieser Reise begleitete, weil es ihm nicht gelungen war, sie davon abzuhalten, und er nun hoffte, sie vor Schwierigkeiten zu bewahren, nicht jedoch, weil er selbst ein Gewehr in die Hand nehmen und sich unter die Rebellen einreihen wollte. Er war kein Mensch, der sich handgreiflich in das politische Geschehen einmischte. Er war ein Ästhet, der sich am Klang seiner eigenen Sonette berauschte. Und auch wenn er sich selbst gern reden hörte, so doch im Kreis von Gleichgesinnten, denen es um Kunst und Schönheit ging, nicht auf der politischen Bühne. So beredt sein Freund auch sein mochte, ob ihm sein Ziel in diesem Fall gelingen mochte, wagte Bram zu bezweifeln. Lady Wilde vermittelte nicht den Eindruck, als würde sie sich von irgendjemandem dreinreden lassen.

Sie aßen und tranken eine Weile schweigend. Der Diener schenkte Wein nach und verließ dann wieder das Zimmer. Brams Gedanken wanderten nach Westen zu einsamen Mooren und tapferen Männern, die mit wilder Entschlossenheit für ein freies Irland zu kämpfen bereit waren. Plötzlich kam ihm eine Idee.

»Dürfte ich Sie begleiten?« Mutter und Sohn starrten ihn gleichermaßen überrascht an.

»Was?«, sagte Oscar schließlich. »Du willst mit uns nach Connemara kommen? Hast du vor, dich als Revolutionär zu beweisen? Sei vorsichtig! Man kann dabei sehr leicht seinen Kopf verlieren.«

Bram fasste sich mit einem schiefen Grinsen an den Hals. »Danke für den Hinweis, mein Freund. Ich habe vor, meinen Kopf noch etliche Jahre auf den Schultern zu tragen. Ich gebe zu, ich bin neugierig auf die Verschwörer, aber auch auf den wilden Westen Irlands mit seinen kargen Landschaften, wohin einst die Engländer unsere großen Clans verdrängt haben, um sie nach und nach ihrer Macht zu berauben und auszuhungern. Es ist das Land unserer Geschichte – der Mythen und Sagen. Soll es nicht Werwölfe in den Mooren geben? Feen und Hexen und blutsaugende Vampire?«

Oscar schüttelte den Kopf. »Aber ja! Ihre Geschichten haben mich als Kind vor dem Einschlafen begleitet. Ich höre noch immer die Stimme meiner Mutter, wenn sie die Todesfee mimte oder eine Hexe!« Seine Mutter lachte.

»Mr Stoker, Sie sind offensichtlich auch ein Fantast. Ich frage mich, wie Sie es schaffen, Irvings Theater in London zu leiten, wenn Feen und Vampire durch ihre Gedanken geistern. Wollen Sie sich nicht wie Oscar vermehrt der Literatur zuwenden? Ich glaube, das würde zu Ihnen passen.«

Bram seufzte und zog eine tragische Miene. »Nichts wäre mir lieber, Lady Wilde, doch ich habe eine Frau zu ernähren und vermutlich bald auch ein paar Kinder und muss mein Augenmerk daher auch auf solch prosaische Dinge wie Geldverdienen richten.«

Lady Wilde ging nicht darauf ein. Über diese Dinge sprach man in der besseren Gesellschaft nicht. Stattdessen lächelte sie den Gast huldvoll an. »Wir würden uns freuen, wenn Sie uns nach Westen begleiten. Wann können Sie reisefertig sein? Wir planen, um die Mittagszeit abzufahren. Meine Kutsche ist bereits bestellt. Oscar wird reiten. Er kann sich nicht dazu durchringen, seiner Mutter in der Kutsche Gesellschaft zu leisten.« Sie schenkte ihrem Sohn einen vorwurfsvollen Blick.

Bram Stoker sprang auf. »Ich kann in einer Stunde mit meiner Tasche zurück sein. Mehr werde ich nicht brauchen. Allerdings müsste ich mir noch ein geeignetes Pferd besorgen.«

»Sie sind in meiner Kutsche herzlich willkommen, Mr Stoker!«

So einigten sie sich darauf, dass sie abwechselnd reiten würden. In Connemara könnten sie sich dann immer noch nach einem weiteren Pferd umsehen, sollte es sich als notwendig erweisen.

»Dann werde ich mich jetzt empfehlen, damit ich die Abreise nicht verzögere«, sagte Bram und beugte sich über die Hand der Lady. Er sah zu seinem Freund auf.

»Bis in einer Stunde also!« Leichtfüßig eilte er hinaus. Er spürte, wie das Reisefieber sein Herz schneller schlagen ließ. Die Abenteuerlust hatte ihn erfasst, und er ahnte, dass diese Reise so manche Überraschung für sie bereithalten würde.

JUNGE WÖLFE

Als Franz Leopold am Abend die Augen aufschlug, wusste er sofort, dass etwas nicht stimmte. Er konnte die Erregung der anderen Vampire spüren, die bereits aus ihren Särgen gestiegen waren. Noch ehe er den Deckel aufstemmen konnte, wurde er bereits geöffnet, doch es war nicht Matthias, der seinem Herrn behilflich sein wollte. Ivy sah mit ernster Miene auf ihn herab.

»Was ist los?«, drängte er und glitt aus dem Sarg. Zum ersten Mal war er froh, dass er sich nun nicht erst mit Seidenhemd und Weste, Hose, Frackjacke und seinen Lackkalbslederschuhen aus Mainz ankleiden lassen musste. Es wunderte ihn, dass das einfache Gewand der Lycana, das er seit Tagen am Leib trug, weder sonderlich verknittert noch schmuddelig war und nach wie vor angenehm auf der Haut lag, obwohl es vergangene Nacht in dem Tümpel durchnässt worden war.

»Was ist denn los?«, rief Alisa, die nun mit Luciano herbeieilte. Sie sah sich aufmerksam um.

»Seymour hat Spuren entdeckt, die hier nichts zu suchen haben!« Die Irin klang bedrückt.

»Unsere Verfolger?«, wollte Franz Leopold wissen.

»Das können wir noch nicht genau sagen. Seymour hat zwei fremde Wölfe gewittert – allerdings nur an wenigen Stellen. Es gibt keine durchgehende Spur vom Höhleneingang aus.«

»Und wenn es einfach nur ganz gewöhnliche Wölfe waren?«, schlug Luciano vor. »Hier ist überall Wasser. Ist es da nicht normal, dass sich der Geruch ab und zu verliert?«

Ivy schüttelte den Kopf. »Nein, es ist Magie im Spiel. Ich bin mir allerdings nicht sicher, ob wir es mit Vampiren in Tiergestalt zu tun haben.«

»Was denn sonst?«, wollte Luciano wissen.

»Werwölfe«, sagten Franz Leopold und Alisa wie aus einem Mund.

Ivy nickte ein wenig unglücklich.

»Ich glaube, das ist es, was Donnchadh und Catriona fürchten.«

»Warum?« Franz Leopold sah sie fragend an. »Ich dachte, der Krieg zwischen Lycana und Werwölfen gehört der Vergangenheit an.«

Ivy wiegte den Kopf hin und her. »Das ist schon richtig. Doch der Friede ist zerbrechlich und bedarf immer wieder heikler Verhandlungen. Außerdem dürft ihr euch die Werwölfe nicht als einen Clan vorstellen, der gemeinsame Ziele verfolgt. Die mächtigste Sippe ist die von Áthair Faolchu, die unter den Felsen der Twelve Bens über den Mooren von Connemara lebt. Doch es gibt verstreut noch zahlreiche unabhängige Werwölfe, die alleine oder in kleinen Gruppen umherziehen. Sie sind unberechenbar.«

»So unberechenbar wie die Lycana, die nicht in Dunluce hausen?«, fragte Franz Leopold und hob die Brauen.

»Du irrst dich, wenn du glaubst, einzelne Lycana würden sich gegen den Clan wenden, nur weil sie sich ein anderes Domizil gewählt haben. Sie sind vielleicht nicht immer sehr umgänglich, aber sie würden nichts tun, um einem anderen Lycana ernsthaft Schaden zuzufügen«, widersprach Ivy. Franz Leopolds Augenbraue wanderte noch ein Stück weiter nach oben, aber er schwieg.

»Seht, jetzt kommt Bewegung in die Sache«, sagte Luciano und lenkte ihre Aufmerksamkeit auf einige Vampire, die mit ernsten Gesichtern in die Höhle zurückkehrten. Es waren nicht nur Lycana. Sie sahen auch einige Servienten anderer Familien wie Hindrik und Francesco unter ihnen. Offensichtlich waren sie ausgeschickt worden, nach weiteren Spuren zu suchen, und trafen nun zusammen, um ihre Entdeckungen auszutauschen. Das wollten die vier aus erster Hand erfahren! So schnell, wie es ihnen möglich war, ohne aufzufallen, näherten sie sich bis auf Hörweite.

»Wir können hier nicht bleiben, solange wir nicht wissen, womit wir es zu tun haben«, sagte Donnchadh gerade.

»Sollen wir die Höhlen verlassen?«, rief Ainmire erstaunt. »Auf dem offenen Land sind wir viel angreifbarer! Wo sollen wir mit einer solch großen Gruppe jeden Tag einen sicheren Unterschlupf finden? Die Schiffe sind nach Dunluce zurückgekehrt. Bis wir Murrough gerufen haben, vergehen Tage.«

»Donnchadh hat nicht gesagt, dass wie Aillwee verlassen«, gab Catriona ruhig zurück. »Doch diese Höhle ist zu leicht zugänglich, als dass sie uns über Tag Schutz gewähren könnte. Wir wissen nicht, ob unsere unbekannten Besucher genauso zur Untätigkeit verdammt sind wie wir, sobald die Sonne aufgeht. Wir müssen also dafür sorgen, dass sie bei Tag nicht an unsere Särge herankommen.«

Donnchadh nickte. »Das ist genau das, was ich vorschlagen wollte!« Er sah in die Runde. Die Vampire nickten. »Wir werden uns aufteilen. Bridget und Niamh werden den Erben zeigen, wo sie ihre Särge aufstellen können. Ein paar ihrer Begleiter sollen ihnen helfen. Geht in die hintere kleine Säulenhalle. Wir anderen werden derweil alles vorbereiten, dass wir die Höhle am Morgen verschließen können – und wir werden diesen ungebetenen Gästen eine Überraschung bereiten!« Er sah für einige Augenblicke Catriona an, die seinen Blick erwiderte. »Also dann, an die Arbeit!«

Der Weg durch die engen Gänge, durch die die beiden Lycana-Geschwister sie führten, war beschwerlich, weil sie immer wieder mit ihrer unförmigen Last an einem Steinblock oder einer Kante hängen blieben. Während Ivy und Alisa ihre Kisten selbst trugen – Hindrik half Tammo, der einfach zu klein war, um mit dem Sarg alleine fertigzuwerden –, ließen sich Luciano und Franz Leopold die Last von ihren Schatten hinterhertragen.

»Francesco kann eure Särge nehmen, wenn er meinen abgesetzt hat«, bot er den Mädchen an und erntete von beiden ein Lächeln und freundliche Dankesworte. Franz Leopold ärgerte sich, dass ihm der Gedanke nicht gekommen war.

»Warum hast du nicht auch Ivys Sarg genommen?«, fauchte er Matthias an, der erstaunt die Brauen hob, was schon eine ungewöhnlich heftige Reaktion für den stoischen Droschkenkutscher war.

»Hattet Ihr mir das befohlen? Der Lycana zu helfen?« Seine Missbilligung war nicht zu überhören.

»Nein, aber du kannst ja auch mal mitdenken.« Franz Leopold wusste, dass er seinem Schatten gegenüber ungerecht war, aber es tat gut, seine Verstimmung an jemandem herauszulassen, statt sie zu schlucken und sich einzugestehen, dass er selbst nachlässig gewesen war.

Allerdings lehnten beide Vampirinnen das Angebot ab und trugen ihre Särge selbst zu der von mehreren Tropfsteinsäulen unterteilten Höhle, die nur durch einen niederen, torbogenartigen Zugang betreten werden konnte. Die beiden unreinen Geschwister überprüften sie in Menschengestalt und als Fledermäuse, doch sie konnten keinen noch so kleinen Spalt finden, durch den auch nur eine Assel hätte hinaus- oder hereinkriechen können. Zufrieden nickten sie und wiesen die jungen Vampire an, wo sie ihre Särge platzieren sollten. Dann machten sich Servienten noch einmal auf den Weg, um ihre und die Särge der Lycana ebenfalls in die Tropfsteinhöhle zu schaffen. Es war ein wenig eng, aber alle würden einen Ruheplatz finden.

»Solange die Arbeiten andauern, können wir in der großen Halle weiter unseren Unterrichtslektionen folgen«, sagte Ainmire und forderte sie auf, mit ihm zu kommen.

»Gehen wir heute Nacht gar nicht nach draußen?«, wollte Alisa wissen. Sehnsucht schwang in ihrer Stimme.

Ainmire schüttelte den Kopf. »Nein, das ist zu gefährlich. Solange wir nicht wissen, womit wir es zu tun haben, üben wir hier drinnen. Und ihr werdet euch heute auch nicht von der Gruppe entfernen!«

Franz Leopold schnaubte missmutig und auch Malcolm stieß einen ärgerlichen Laut aus.

»Und wann bekommen wir unsere Blutration?«, fragte Luciano.

Ainmire schüttelte bedauernd den Kopf. »Dafür ist heute Nacht keine Zeit.«

»Was?«

»Wir werden weder auf die Jagd gehen noch werden wir euch Blut in die Höhle bringen können. Diese Nacht müssen wir unseren Blutdurst bezähmen«, sagte er, als sei dies die leichteste Übung. Auf Lucianos Miene breitete sich Entsetzen aus und auch sein Vetter murrte. Hier in den Tiefen des Berges schaffte es nicht einmal sein Kater Ottavio, ihm Beute zu bringen. Ja, vermutlich musste selbst er in diesen Nächten hungern. Anna Christina schimpfte natürlich lautstark und beschwerte sich über die primitiven Bedingungen, denen sie ausgesetzt war. Marie Luise und Karl Philipp unterstützten sie, bis Ainmire Ruhe gebot.

»Reißt euch zusammen! Widmet euch eurer Aufgabe, als ob eure weitere Existenz davon abhinge. Wie schnell kann aus dieser Übung Ernst werden? Dessen solltet ihr euch immer bewusst sein. Dies kann der entscheidende Unterschied sein, der euch vor der Vernichtung bewahrt.«

Es kehrte Ruhe ein, und entschlossen machten sich die jungen Vampire daran, seine Anweisungen zu befolgen. Alisa und Franz Leopold schafften es bald, jeder für sich eine Fledermaus zu führen, und auch einige andere gingen schließlich sicher in raschem Schritt durch die finstere Höhle. Als Donnchadh und Catriona später von ihrer Erkundung zurückkehrten, zeigten sie sich überrascht und erfreut von den Fortschritten.

»Dann können jene, die bereits so weit sind, mit dem Gestaltwandel beginnen«, sagte er. Catriona nickte. Sie ging zwischen den Schülern umher, sah ihnen bei ihren Übungen zu und entschied dann, wer mit ihr kommen sollte. Zu Tammos großer Enttäuschung wählte sie zwar Joanne und Fernand aus, er selbst jedoch musste bei Ainmire bleiben.

»Du quälst die Tiere«, sagte Ainmire vorwurfsvoll, als sich die nächste Fledermaus schleunigst davonmachte, sobald Tammos Konzentration für einen Moment nachließ. »Du sollst sie nicht mit deinem Geist zerquetschen. Du sollst ihre Sinne nutzen!« Tammo seufzte und sah sehnsüchtig zu den anderen hinüber, die nun in der Mitte der Höhle um das Torffeuer saßen, das Catriona wieder entzündet hatte.

»Konzentriere dich! Willst du der Einzige sein, der später zurückbleiben muss, wenn wir uns in eine Schar Fledermäuse wandeln oder ein Rudel Wölfe, um die nächtlichen Weiten zu erkunden?«

Seufzend strengte sich Tammo an, eine neue Fledermaus zu rufen.

Um das Feuer versammelten sich derweil Alisa und Ivy, Franz Leopold, Fernand, Joanne, Rowena und kurze Zeit später auch Malcolm und Ireen. Catriona ließ den Blick über die gespannten Gesichter wandern.

»Wir sollten Anna Christina noch zu uns rufen. Franz Leopold, würdest du sie bitte holen?«

Er sah die Lycana verblüfft an. »Anna Christina? Ihr ist es doch nicht einmal gelungen, ein Schaf zu sich zu rufen, geschweige denn eine Fledermaus!«

Ein leichtes Lächeln huschte über das Gesicht der schönen Servientin. »Ihre Abscheu und ihr Trotz verbieten es ihr, uns zu gehorchen, aber sie ist nicht dumm und hat wohl erkannt, dass ihr diese Fähigkeiten von Nutzen sein können. Daher hat sie gut zugehört und ihre Kräfte trainiert, wenn keiner es gemerkt hat.«

»Keiner außer Catriona«, murmelte Franz Leopold. »Ich fürchte, ich habe sie unterschätzt.«

»Catriona oder Anna Christina?«, fragte Alisa.

»Vermutlich beide.«

»Es kam mir gleich seltsam vor, sie in dieser weit entfernten Grotte anzutreffen«, meinte Alisa nachdenklich. »Schon dort hätten wir merken müssen, dass sie sich auf Täuschung und Tiefstapelei versteht.«

Franz Leopold nickte und ging dann, seine Cousine zu holen. Mit versteinerter Miene trat sie zu den anderen. Alisa sah zu der restlichen Gruppe um Ainmire hinüber und fing Lucianos sehnsüchtigen Blick auf. Sie hätte ihm gern geholfen, doch was konnte sie tun? Sie fragte sich, ob es den Nosferas wirklich so schwerfiel, ihren Geist mit dem eines Tieres zu verbinden, oder ob er einfach nur die Anstrengung scheute. Denn anstrengend war es! Alisa fühlte sich jetzt schon, nach der Übung mit den Fledermäusen, ganz ausgelaugt, was natürlich auch daran lag, dass sie heute Nacht noch kein Blut zu sich genommen hatte.

»Werden wir uns in eine Fledermaus verwandeln?«, hörte Alisa Fernand aufgeregt fragen.

Catriona schüttelte den Kopf. »Nein, das wäre für den Anfang zu schwer. Wir müssen uns ein Tier suchen, das uns in unseren Fähigkeiten ähnlicher ist.«

»Dann keines, das fliegen kann«, sagte Joanne enttäuscht. Sie sah zu der Ratte, die auf Fernands Schulter thronte. »Wir könnten es mit Ratten versuchen.«

»Oder mit einer Katze«, sagte Rowena. »Sie ist ein Raubtier und uns ähnlicher. Es müsste daher einfacher sein.«

»Das ist richtig«, lobte Catriona. »Und doch denkt ihr nicht an das Tier, das uns in Wesen, Größe und Instinkt am nächsten steht. Vielleicht, weil euch die Aufgabe als zu gewaltig erscheint?«

Geistesabwesend strich Alisa über Seymours Fell. Ihre Hand hielt inne und sie starrte auf ihn hinab. »Ein Wolf!«, stieß sie hervor und ihre Stimme zitterte vor Erregung. »Wir werden die Gestalt von Wölfen annehmen!«

Catriona nickte, als sei dies die leichteste Aufgabe der Welt. »Ja, das werden wir.«

Begeisterung glühte in allen Augen und selbst Franz Leopold konnte seine freudige Erregung nicht verbergen. Nur Ivy zeigte keine Regung.

»Ihr alle könnt und werdet es schaffen, denn ich spüre, dass eure Kräfte stark genug sind«, sprach Catriona weiter. »Ihr müsst nur lernen, sie richtig einzusetzen. Doch bevor wir beginnen, möchte ich noch eine Warnung aussprechen, die ihr euch zu Herzen nehmen solltet. In keinem Augenblick ist ein Vampir so verletzlich wie während seiner Wandlung. Versucht niemals, euch im Augenblick höchster Gefahr zu wandeln, wenn ihr nicht wisst, ob euch noch genug Zeit bleibt, die Transformation zu vollziehen. Bedenkt, dass ihr euren Geist sammeln und ganz auf die neue Gestalt konzentrieren müsst. Wenn ihr halb auf die Schritte eines Verfolgers lauscht, wird es misslingen. Und auch hier, in der Sicherheit dieser Höhle, dürft ihr diese Übung nicht auf die leichte Schulter nehmen. Wenn ihr einen anderen Vampir beim Formwechsel stört, könnt ihr ihm ernsthaften Schaden zufügen.«

Ihre Worte dämpften den Überschwang der Begeisterung ein wenig. »Was kann denn passieren?«, fragte Alisa.

»Im schlimmsten Fall, dass die Wandlung nur halb vollzogen wird«, sagte Catriona, »und da wir zu diesem Zeitpunkt am schwächsten sind, kann es – vor allem einem jungen und unerfahrenen Vampir – passieren, dass wir in diesem Zustand bleiben, teils Vampir, teils Tier, nicht mehr in der Lage, uns selbst zu helfen.«

»Aber kann es nicht auch geschehen, dass unsere Kräfte nicht ausreichen und wir daher auch ohne fremden Einfluss Gefahr laufen, für immer als Zwitterwesen dahinzuvegetieren?«, fragte Alisa.

Hast du Angst? Dann solltest du verzichten und zu den Anfängern zurückgehen!

Alisa funkelte Franz Leopold böse an. »Nein, ich habe keine Angst, aber ich möchte vorher wissen, auf was ich mich einlasse. Denn Unwissenheit birgt die größten Gefahren.«

Catriona beendete den Disput mit einem einzigen Blick. »Die Antwort lautet ja und nein. Wenn ihr es auf eigene Faust versuchtet, könnte euch das durchaus widerfahren, nicht aber unter unserer Aufsicht. Sobald eure Kräfte schwinden, schreiten wir ein und unterstützen euch. So, und nun hört mir aufmerksam zu, während ich euch den Vorgang beschreibe. Leider ist das nur der kleinste Teil. Danach müsst ihr für euch herausspüren, wie ihr euch in ein anderes Wesen einfügt, bis ihr zu ihm werdet.«

Alle lauschten aufmerksam, denn obwohl Catriona versichert hatte, bei einem Unfall rechtzeitig einzugreifen, wollte es keiner so weit kommen lassen.

»So, und nun seid ihr dran.«

Franz Leopold spürte, dass Alisa nach Catrionas Erklärung noch verwirrter war als zuvor und nicht viel Hoffnung hegte, erfolgreich zu sein. Nun ja, sie war nur eine Vamalia. Er dagegen ...

Wie schwer es ihm fiel, selbstbewusst an seinen Erfolg zu glauben. Franz Leopold sah Ivy an, die seinen Blick erwiderte. Natürlich gelang es ihm wieder einmal nicht, in ihren Gedanken zu lesen, dafür sprach sie ihm aufmunternd zu.

Natürlich wirst du Erfolg haben. Du hast die Stärke und die Intelligenz. Nun brauchst du nur noch die Zuversicht. Glaube an dich und deinen Geist. Catriona verlangt nichts Unmögliches. Es ist bei euch über Generationen hinweg nur in Vergessenheit geraten. Hab Vertrauen!

Vertrauen? In seine eigenen Fähigkeiten? Franz Leopold straffte die Schultern. Ja, das konnte er. Er war ein Erbe der Dracas, die weit über den anderen Familien standen. Warum also sollte er nicht alles erlernen können, was die Lycana auszeichnete? Er sah zu Catriona hinüber, die gerade mit Malcolm den ersten Versuch startete. Aber Vertrauen zu jemand anders? Zu einer Lycana? Einer Unreinen?

Franz Leopold spürte einen kurzen, stechenden Schmerz. Er wandte sich um. Ivy sah ihn noch immer an. Und plötzlich erkannte er, dass er ihr vertraute. Ein Strahlen huschte über ihr Gesicht, dann wandte sie sich hastig Alisa zu.

Warum vertraute er ihr? Weil sie so überirdisch schön war? So perfekt, dass ihr Anblick fast schon wehtat? Weil ihr Wesen seine Seele berührte?

Vampire haben keine Seele, dachte er, und das gewohnt sarkastische Lächeln umspielte seine Lippen, während er Malcolms vergebliche Anstrengungen beobachtete. Nach einer Weile war er sichtlich erschöpft und Catriona wandte sich Rowena zu. Das Mädchen schloss die Augen und imitierte die Handbewegung, die die Lycana ihnen gezeigt hatte. Und tatsächlich umhüllten sie dünne Nebelschwaden, und ihr Gesicht begann, sich mit grauem Fell zu überziehen, doch dann ließ ihre Konzentration nach und sie riss die Augen auf. Das war vermutlich der Moment, in dem Catriona eingriff und ihr half, ihr normales Aussehen zurückzuerlangen. Sie lobte Rowena und kam dann zu Alisa, Ivy und Franz Leopold. Ihr Blick richtete sich auf das Mädchen mit den silbernen Locken.

»Ivy?«

Zu Franz Leopolds Erstaunen setzte diese eine trotzige Miene auf.

»Nun gut, dann hilf deinen Freunden. Es wäre vielleicht ganz gut, wenn ihr zu zweit zusammengeht und den, der sich an der Verwandlung versucht, mit eurer Kraft unterstützt.«

Schon stand Franz Leopold an Ivys Seite und sah Alisa herausfordernd an, doch da diese gerade von Malcolm angesprochen wurde, musste er sich keinem Widerstand stellen.

»Ihr könnt anfangen«, forderte sie Catriona auf und wandte sich dann ab, um Malcolm und Alisa zu helfen.

»Zeige es mir!«, forderte Franz Leopold Ivy auf. »Ich möchte sehen, wie du dich in einen Wolf verwandelst.« Sie würde Seymour sicher ähnlich sehen, mit einem weißen Fell, das silbern wie ihr Haar schimmerte. Ob ihre Augen türkis blieben? Doch Ivy schüttelte den Kopf.

»Nicht ich soll es lernen. Du musst üben und ich werde dir dabei helfen.«

»Ah, du kannst es gar nicht!« Sein Versuch, sie zu provozieren, lief ins Leere. Sie ging nicht darauf ein.

»Fang an! Konzentriere dich! Ich will zumindest sehen, wie du mit einem pelzigen Gesicht aussiehst.« Sie lächelte ihn an. In diesem Moment vergaß er alles. Wo sie waren, was sie hier taten. In seinem Inneren trugen sich merkwürdige Dinge zu, und ein Schwindel erfasste ihn, der nichts mit den wirbelnden Nebeln des Formwandels zu tun hatte. Er sah nur noch Ivy, ihr Gesicht, ihr wundervolles Haar und dieses Lächeln, das sich schmerzhaft wie ein Dolch in ihn zu bohren schien. Er hatte nicht gewusst, wie wundervoll Schmerz sein konnte! Franz Leopold stand nur da, völlig bewegungslos, und starrte sie an.

Ivys Lächeln wandelte sich erst in Verwunderung, dann in Verlegenheit. Wie konnte er annehmen, dass ihr auch nur eine seiner inneren Regungen entging! Der Gedanke hätte ihm unangenehm sein müssen, und er hätte sie mit einer hochmütigen Geste zurückstoßen sollen, doch er tat es nicht. Er hatte nicht einmal den Wunsch, es zu tun. So war es an Ivy, das Band zu zerreißen. Es tat weh. Und dieses Mal war keine Süße in dem Schmerz.

»Versuche es, Leo«, sagte sie sanft. »Ich werde dir helfen, wenn deine Kräfte nicht ausreichen.«

Wovon sprach sie? Franz Leopold schüttelte sich, wie um sich aus einer Trance zu befreien. »Ach ja, die Verwandlung.« Er sah sich um. Alisa schien Fortschritte zu machen und ein Stück weiter hockte ein kleiner grauer Wolf. War das etwa Rowena? Catriona half gerade Anna Christina, die wie üblich abweisend dreinsah und sich nicht zu bemühen schien. Vielleicht war es der Anblick seiner Cousine und ihre Überheblichkeit, die den Ehrgeiz in ihm weckte. Man konnte von den Lycana halten, was man wollte, sich in einen Wolf, eine Fledermaus oder gar in Nebel zu verwandeln, war großartig und würde ihm Vorteile auch gegenüber den anderen Dracas verschaffen.

Franz Leopold sammelte seine Gedanken, konzentrierte sich auf das Bild eines großen, prächtigen Wolfs und imitierte die Handbewegung, die Catriona ihnen gezeigt hatte. Warum nur schob sich immer wieder sein eigenes Bild vor sein geistiges Auge? Und das Bild von Ivy? Es musste an den Wolf denken! Ein dünner Nebelfaden zog sich zusammen und begann, ihn zu umkreisen, doch mehr wollte einfach nicht geschehen. Franz Leopold spürte, wie seine Kräfte schwanden. Er wollte sich aber verwandeln. Jetzt! In den schönsten und stärksten Wolf, den Ivy je gesehen hatte. Er sah sie wieder lächeln und plötzlich lief ein Schauder durch seinen Körper. Der Nebel um ihn verdichtete sich, wirbelte schneller. Etwas zerrte an seinem Gesicht und zog es in die Länge, sein Körper wand sich und zuckte. Er fiel auf alle viere und sah mit Staunen, wie seine Arme und Beine sich verformten. Fell brach durch den Stoff seines Gewandes, Hände und Füße wurden zu kräftigen Pfoten. Er wollte etwas sagen, doch nur ein helles Jaulen erklang.

Seymour trat vor ihn und betrachtete ihn aus seinen gelben Augen. Es war kein freundlicher Blick. Eher abschätzend, misstrauisch. Und dann hörte er seine Stimme. Es waren keine gesprochenen Worte, nur die Laute eines Wolfes, und dennoch konnte Franz Leopold ihre Bedeutung verstehen.

»Es waren *ihre* Kräfte. Du bist noch nicht so weit. Also bilde dir nichts darauf ein, sondern lerne, bis du es aus eigenen Kräften kannst!«

Ivy richtete ein paar Worte auf Gälisch an ihn, die Franz Leopold nicht verstand, doch ihre Stimme klang scharf. Seymour wandte sich abrupt ab und trottete zu Alisa hinüber. Dort setzte er sich auf die Hinterbeine, Ivy und Franz Leopold den Rücken zugekehrt. Ivy beachtete ihn nicht. Stattdessen sah er sie die Hand heben. Nur einen Wimpernschlag später war sie in einer Wand aus Nebel verschwunden, der genauso schnell wieder verwehte.

Ihre Augen waren noch immer türkis! Und ihr Fell silberweiß wie frisch gefallener Schnee im Mondlicht. Sie war kleiner als Franz Leopold und zierlicher. Sie tappte auf ihn zu und berührte seine Schnauze mit der ihren.

Das hast du sehr gut gemacht. Verwandle dich nun zurück, dann versuchen wir es noch einmal.

Noch ehe er seine Gedanken gesammelt hatte, trat sie bereits in ihrer menschlichen Gestalt neben ihn. Gemeinsam gelang ihnen auch seine Rückverwandlung. Franz Leopold keuchte leise, während Ivy keinerlei Anzeichen von Anstrengung zeigte.

»Franz Leopold, das war sehr gut«, lobte Catriona, der offenbar nichts entging. Sie verengte ein wenig die Augen und sah Ivy an.

»Wie schön, dass du dich doch noch durchgerungen hast, uns zu unterstützen!«

»Ich habe nie gesagt, dass ich dir nicht helfe!«, verteidigte sie sich. »Es ist nur …« Sie brach ab, als Catriona die Hand hob.

»Ich weiß. Übe noch einmal mit Franz Leopold und sieh dann, wer noch deiner Hilfe bedarf.« Ivy nickte nur. Dann begannen sie von Neuem.

»Und? Wie war es?«, drängte Luciano, als die Übungen beendet waren und sie sich zusammen am Feuer niederließen. »Ich habe gesehen, wie ihr euch verwandelt habt. Das war großartig. Ivys Wolf war eindeutig der schönste! Auch wenn sie kleiner als Seymour war.« Ivy schenkte ihm ein abwesendes Lächeln.

»Sagt mir, wie hat es sich angefühlt? War es schwer? Tut es weh?« Luciano ließ nicht locker. Ivy und Franz Leopold sahen einander nur stumm an und senkten dann wieder die Blicke. Hatten sie seine Frage überhaupt gehört?

»Du hast mit Malcolm geübt. Wie hat er sich angestellt?«, wandte sich Luciano an Alisa, da die anderen beiden offensichtlich nicht bereit waren, auf seine Fragen einzugehen.

»Er hat sich große Mühe gegeben«, sagte sie nach einem Zögern.

»Er hat sich Mühe gegeben«, äffte Franz Leopold sie nach. »Damit will sie ausdrücken, er ist ein Versager, eben ein Vyrad, der nichts weiter kann, als von den Kräften träumen, die andere besitzen. Das wolltest du doch sagen, nicht wahr?«

»Nein, wollte ich nicht!« Sie dachte an das wundervolle Gefühl, das sie empfunden hatte, als sich ihre Gedanken und Kräfte miteinander verbanden. Und daran, wie überrascht sie gewesen war, in sich eine größere Stärke zu finden als in dem um drei Jahre älteren Malcolm. Aber das lag sicher nur daran, dass es sich um eine Aufgabe handelte, die den Vyrad so fremd war. Den Vamalia allerdings ebenfalls! Alisa war verwirrt. Ihr Blick begegnete dem des Dracas. Sein Lächeln verhieß nichts Gutes.

»Ah, du fühlst dich ihm überlegen. Du hältst dich für etwas Besseres. War das nicht, was du den Dracas immer vorgeworfen hast?«

»Das ist etwas ganz anderes!«, empörte sich Alisa.

»Ist es das?«

»Ja! Ich denke nicht darüber nach, welche Familie die stärkere oder bessere ist. Ich war nur erstaunt.«

»Dann kann sich die starke Alisa jetzt ohne fremde Hilfe in einen Wolf verwandeln«, stichelte der Dracas weiter.

Alisa schüttelte den Kopf. »Nein, aber du kannst es ohne Ivy auch nicht. Also spiel dich nicht so auf! Vermutlich könnte Ivy auch Luciano die Gestalt eines Wolfes geben!«

Sie funkelten einander an, bis Ivy einen Seufzer ausstieß. »Hört auf, ihr beiden. Wenn es euch so überaus wichtig ist, zu erfahren, wie groß die Fähigkeiten des anderen sind, dann verbindet euren Geist und wandelt euch zu Wölfen! Ihr verfügt beide über genug geistige Stärke, auch wenn euch noch die Erfahrung fehlt.«

Luciano klatschte in die Hände. »Ja, lasst mich sehen, ob es euch gelingt!«

Alisa sah Franz Leopold an. »Gut, dann versuchen wir es«, sagte sie zögernd und streckte zaghaft ihre Gedanken nach ihm aus. Er griff rüde nach ihnen und umklammerte sie mit seinem Geist, dass Alisa leise aufschrie.

»Fang an!«, drängte er ungeduldig. »Was ist?«

»So kann ich mich nicht konzentrieren«, herrschte sie ihn an.

»Gut, dann beginne eben ich mit dem Wechsel. Bleib hier und husche nicht so mit deinen Gedanken umher. Wie soll ich mich sonst deiner Geisteskräfte bedienen?«

Alisa holte tief Luft, sagte aber nichts, sondern schloss die Augen.

Franz Leopold sah zu Ivy und Luciano hinüber, die ihre Aufmerksamkeit ganz auf ihn und Alisa gerichtet hatten. Ja selbst Seymour schien ihn interessiert zu mustern. Franz Leopold reckte sich ein wenig und bemühte sich um eine überlegene Miene. Er würde es schaffen – wenn die Vamalia nicht zu schwach war! Er umklammerte den Energiefluss, den sie ihm zur Verfügung stellte, und verband ihn mit seinem eigenen. Dann rief er den Nebel. Dieses Mal kam er gleich in dichten Schwaden und wirbelte um ihn, dass er Ivy und Luciano aus den Augen verlor. Er fühlte, wie sich seine Glieder zu winden begannen. Ein Gefühl von Triumph und Macht breitete sich in ihm aus. Er war brillant! Das bisschen, was er von Alisas Kräften brauchte, konnte man vernachlässigen. Er war ein Dracas und er konnte sich nun in einen Wolf verwandeln! Dass Alisa vor Anstrengung stöhnte und zu wanken begann, beachtete er nicht.

Die stolze Miene beherrschte noch immer seine Züge, als er sich wieder in seine normale Gestalt zurückgewandelt hatte. Alisa presste die Hände gegen die Brust und atmete stoßweise.

»Nun du, oder fühlst du dich zu schwach?«

»Ich schaffe das!«, keuchte Alisa. »Nun öffne mir deinen Geist.«

Franz Leopold gehorchte, obwohl auch er sich ausgelaugt fühlte. Er spürte, wie sie an ihm zog, doch überraschenderweise zweigte sie nicht so viel von seiner Energie ab, wie er erwartet hätte, was bedeutete, dass sie den größten Teil aus sich selbst schöpfte. Franz Leopold sah sie neugierig an. Nicht nur ihr Gesicht drückte Konzentration aus, ihr ganzer Körper bebte. Sie war wild entschlossen, es zu schaffen und dabei so wenig fremde Hilfe wie möglich anzunehmen. Wider Willen musste Franz Leopold ihr Respekt zollen. Das hatte er nicht erwartet.

Alisas Wolf war mittelgroß, sein Fell von dunklem Grau, die Augen blau. Sie sprang mit heraushängender Zunge auf Seymour zu, der den Kopf an ihr rieb und dann an ihrer Seite eine Runde durch die Höhle jagte. Dann kam sie zurück und nahm ihr menschliches Äußeres wieder an.

»Ihr wart beide gut«, sagte Ivy.

»Ja, viel zu gut«, ergänzte Luciano mit Sehnsucht in der Stimme.

Ivy legte ihm tröstend den Arm um die Schulter. »Du wirst es auch schnell lernen. Hab Vertrauen in deinen Geist und deine Kräfte.«

»Mich würde interessieren, was die Lycana herausgefunden haben und wie ihre Vorsichtsmaßnahmen für den Tag aussehen«, mischte sich Alisa ein, und die anderen waren einverstanden, sich die Arbeiten an der neuen Höhle anzusehen und ein paar Gespräche zu führen.

»Schließlich haben wir ein Recht darauf, zu erfahren, was sie planen«, verteidigte Luciano ihre Neugier. »Ich will heute Abend nicht erwachen und feststellen, dass jemand in die Höhle eingedrungen ist und unsere Existenz für immer ausgelöscht hat.«

Alisa kicherte. »Nur dass du es heute Abend nicht mehr feststellen würdest, wenn du während des Tages deinen Kopf verlierst.«

»So lustig finde ich diese Vorstellung nicht«, sagte Ivy ernst.

»Du meinst also, uns könnte wirklich etwas zustoßen?«, wunderte sich Franz Leopold.

Ivy nickte. »Ja, meine Ahnung sagt mir, dass wir diese Bedrohung nicht auf die leichte Schulter nehmen sollten. Es ist gut, dass sich Donnchadh und Catriona darum kümmern. Seymour wird über unsere Ruhe wachen und uns, wenn nötig, verteidigen – und auch Niamh und Bridget. Sie haben gelernt, die Todesstarre bei Tag zu überwinden, auch wenn sie in dieser Zeit viel schwächer und langsamer sind als in der Nacht.«

Luciano nickte anerkennend. Alisa tätschelte Seymours Nackenfell. »Dann können wir uns ja beruhigt in unsere Särge legen, nicht wahr? An euch drei kommt keiner vorbei!«

Zwar lag in ihrer Stimme ein Hauch von Spott, doch sie alle wussten, dass der Wolf und die beiden Servienten ernst zu nehmende Gegner waren – wenn sie es nicht mit zu vielen Eindringlingen zu tun bekamen.

IN DER FALLE

»Warte noch! Wir müssen uns erst vergewissern, dass sie ihre Wachposten am Höhleneingang abgezogen haben«, mahnte Tonka.

»Es wird bald Tag. Seht, der Himmel im Osten ist bereits gerötet«, drängte Piero.

»Das ist uns durchaus bewusst«, knurrte Danilo. »Wir hätten uns längst in der Höhle an einem günstigen Ort versteckt, wenn wir nicht auf deine Schwäche Rücksicht nehmen müssten!«

Was sollte er dazu sagen? Also schwieg Piero und bemühte sich, angesichts des Zorns der Geschwister eine gleichmütige Miene zu wahren. Denn obwohl Tonka es besser verbarg, wusste er, dass auch sie nahe daran war, die Geduld zu verlieren. Jovan und Vesna dagegen hielten sich raus und überließen sich der Führung der Geschwister. Endlich waren sie dem Ziel ganz nahe, doch die Lycana hatten offensichtlich Verdacht geschöpft. Wodurch hatten sie sich verraten? Piero war noch nicht in der Höhle gewesen, gerade um keine Spur zu hinterlassen, die die Lycana auf sie aufmerksam hätte machen können, doch anscheinend waren Tonka und Danilo nicht so umsichtig gewesen, wie sie angenommen hatten.

Sie müssten ihren Zorn gegen sich selbst richten, nicht gegen mich, dachte Piero. Nun würde es viel schwerer werden. Sie wussten nicht, was die Vampire über Nacht getan hatten, um sich vor der Gefahr zu schützen, die sie zumindest erahnten. Tonka war zwar einmal als Fledermaus hineingeflogen, hatte sich aber aus Furcht, entdeckt zu werden, nicht nahe genug herangewagt. So wussten sie nur, dass die Lycana die Höhlengänge durchsucht und ihr Quartier in einen anderen Teil des Labyrinths verlegt hatten.

»Wenn sie schlau sind, werden sie den Zugang verbarrikadieren«, sagte Piero düster.

»Jede Barrikade kann man entfernen«, behauptete Danilo.

»Ja, wenn man Zeit hat, und das ist genau das, was uns fehlt. Wie lange können wir unserem natürlichen Drang widerstehen, wenn die Sonne erst einmal aufgegangen ist und sie in ihre Särge getrieben hat? Zeit ist genau das, was wir nicht haben!«

»Sei unbesorgt. Wir haben nicht umsonst unsere beiden Unreinen dabei«, sagte Tonka und grinste. »Sie schaffen es durchaus, länger wach zu bleiben als andere Vampire!«

Piero schwieg. Er dachte an den weißen Wolf und hoffte, dass er sie nicht gebührend empfangen würde, wenn sie die Höhle betraten. Nicht dass er sich vor einem Wolf gefürchtet hätte – nachts, wenn er im Besitz all seiner Kräfte war –, doch der Zeitpunkt war ungünstig. Piero unterdrückte ein Gähnen.

»Sie sind weg!«, meldete Tonka, die als Maus zum Eingang gehuscht war und sich umgesehen hatte. Sie wandelte sich in einen Wolf und stürmte voran. Ihr Bruder tat es ihr gleich. Ihre Servienten folgten ihnen.

Fühlte man in Tiergestalt die bleierne Müdigkeit nicht so stark?, fragte sich Piero, dem es Mühe bereitete, hinterherzukommen.

Sie kamen an der großen Höhle vorbei, in der die Schwaden des erloschenen Torffeuers noch schwer in der Luft hingen. Die Särge, die dort in der vergangenen Nacht gestanden hatten, waren jedoch verschwunden. Doch da die Spur der zahlreichen Füße nicht zu verfehlen war, kamen sie rasch voran.

Als sie den neuen Rückzugsort der Lycana erreichten, spürten sie, wie draußen die Sonne aufging. Piero musste blinzeln, da die Umgebung vor seinen Augen immer mehr verschwamm, obwohl Tonka sich zurückverwandelt und eine Lampe aus der großen Halle entzündet hatte. Aus der Höhle, in der sich die Gesuchten eingeschlossen hatten, drang kein Laut mehr. Sicher lagen sie nun alle in ihren Särgen und schlummerten dem nächsten Abend entgegen. Er sah zu Danilo, der ebenfalls zu seiner menschlichen Gestalt zurückgekehrt war und gehässig grinste. Es würde für die Lycana ein böses Erwachen geben!

»Die Höhle hatte zwei Zugänge«, sagte Tonka ein wenig schleppend. Sie hielt sich noch erstaunlich gut. »Für den größeren hier haben sie schwere Blöcke verwendet. Das dauert zu lange. Dafür haben wir keine Zeit. Aber dort drüben können wir sicher durchbrechen. Jovan, Vesna, macht euch an die Arbeit! Und dann …« Sie beendete den Satz nicht und klopfte stattdessen an das Heft ihres Schwertes, das an ihrer Seite hing. Alle vier trugen solche Klingen. Nur Piero nicht. Er hatte nie gelernt, mit einem Schwert zu kämpfen.

Tonka ging ungewöhnlich langsam in den schmalen Spalt, in dem es noch vor wenigen Stunden einen Zugang zu der Höhle dahinter gegeben haben musste. Piero trat als Letzter ein. Angestrengt blinzelnd betrachtete er den dunklen Strich an der Decke. Was war das? Er lehnte sich zurück, um besser sehen zu können.

»Tonka, bring die Lampe hierher. Das solltet ihr euch ansehen.«

»Was ist? Du könntest uns lieber helfen!«, herrschte ihn Danilo an, doch seine Worte gingen in einem Prasseln herabfallender Steine unter. Die fünf warfen sich zu Boden, die Arme schützend über den Kopf gelegt. Als endlich wieder Ruhe einkehrte und sich der Staub ein wenig lichtete, rappelten sie sich auf. Ein paar Felsbrocken hatten sie getroffen und blutige Wunden gerissen, doch es war nichts, was nicht in ein paar ruhigen Nächten wieder heilen konnte. Diese würden ihnen allerdings nicht vergönnt sein. Sie waren gefangen!

Danilo sprach als Erster. Er fluchte und schimpfte in einer Sprache, die Piero nicht verstand, aber er musste die Worte nicht kennen, um zu wissen, was sie ausdrückten. Sie hatten sich in ihrer Müdigkeit nicht genug konzentriert und waren in die Falle der Lycana getappt. Nun würden sie bald in ihre Todesstarre verfallen. Ein kleiner Aufschub, bis die irischen Vampire sie am Abend in Empfang nahmen.

Danilo ließ seine Wut an den Servienten aus, die seiner Meinung nach die Schuld für dieses Debakel trugen.

»Hör auf zu fluchen«, sagte Tonka barsch, und zu Pieros Überraschung verstummte Danilo. »Lass uns lieber sehen, ob wir nicht eine Lücke finden, durch die wir hinauskriechen können.«

Piero ging die wenigen Schritte durch ihr Gefängnis und schüttelte den Kopf. »Da gibt es nichts. Wir können höchstens versuchen, die Steine wegzuräumen.« Er konnte sich nicht vorstellen, wie er es zustande bringen sollte, auch nur einen dieser Blöcke anzuheben. Er hatte kaum mehr die Kraft, die Augen offen zu halten und Worte zu formulieren! Wie gnädig wäre es, sich einfach in die Finsternis fallen zu lassen. Die Vorstellung, was ihn am anderen Ende erwartete, berührte ihn in diesem Moment nicht.

»Du wirst kein Loch finden, groß genug für *dich*! Wir könnten für *uns* vielleicht schon etwas finden«, sagte Tonka, und obwohl sie aus einer klaffenden Kopfwunde blutete, rief sie den Nebel und wandelte sich in eine Maus. Die beiden Servienten halfen ihr. Die Tiere bewegten sich ein wenig träge, doch schließlich fand Jovan einen winzigen Durchlass ins Freie, wo sich zwei Felsen gegeneinander verkantet hatten. Noch einmal wechselten sie ihre Gestalt.

»Das Loch führt nicht in die Höhle zurück, aus der wir gekommen sind, sondern in den schmalen Spalt. Ich habe jedoch einen Luftzug gespürt. Es muss eine Öffnung nach draußen geben. Wir können uns dort oben als Fledermäuse den Tag über verbergen und hinausfliegen, sobald es dunkel wird«, gab Jovan Auskunft.

»Und unser Plan ist wieder gescheitert«, knurrte Danilo.

»Aufgeschoben«, korrigierte Tonka. »Was ist? Hast du noch genug Kraft für den Übergang?«

»Muss ich ja wohl«, gab er undeutlich zurück.

»Moment, und was wird aus mir? Wollt ihr mich hier den Lycana und ihrem Zorn überlassen?«, meldete sich Piero zu Wort.

»Nein, wir überlassen dich nicht den Lycana«, sagte Tonka, doch ehe er Erleichterung fühlen konnte, hatte sie ihr Schwert mit der silbernen Klinge aus der Scheide gezogen und stieß sie ihm ins Herz. In seinem vor Erschöpfung fast starren Zustand fiel es ihm gar nicht ein, sich zu wehren. Piero fiel auf die Knie. Er wusste nicht, ob es Kälte oder Feuer war, das ihn verzehrte.

Der Schmerz war so allumfassend. War das das Silber? Er starrte Tonka mit vor Erstaunen weit aufgerissenen Augen an. Sie zeigte keine Gefühlsregung.

»Wir brauchen deine Hilfe nicht mehr, Piero, oder wie du sonst heißen magst«, sagte sie kühl, als sie die Klinge zurückzog.

»Mein Name ist Leandro«, sagte er flüsternd.

Danilo wandelte sich in einen Wolf und zerfetzte ihm die Kehle.

»Hör auf. Er ist deinen Zorn nicht wert. Er war nur ein Werkzeug, dessen wir nun nicht mehr bedürfen.« Danilo wandte ihr seine blutige Schnauze zu und trat dann zurück. Seine Schwester beendete das Werk der Vernichtung, indem sie Leandro den Kopf von den Schultern trennte.

»Nun lass uns gehen, ehe unsere Kräfte endgültig aufgezehrt sind.«

Als Mäuse krochen sie aus ihrem Gefängnis und wandelten sich dann in Fledermäuse, um hoch oben in der Spalte eine verborgene Nische zu finden, den Tag sicher zu überdauern.

*

Noch ehe Franz Leopolds Geist wieder klar und er vollständig erwacht war, hörte er die Stimmen. Sie klangen erregt! Der Dracas schob den Blutdurst, der seinen Geist beherrschen wollte, beiseite und stieß den Deckel auf. Er sprang aus dem Sarg und sah sich um. Rund um ihn regte es sich in den Kisten, Vampire stiegen mit einem Ausdruck von Verwirrung heraus. Er sah Luciano sich aufrappeln, gähnend, das Haar noch wirrer als gewöhnlich. Ivy und Alisa dagegen standen bereits bei den Lycana und einigen Servienten, die gerade die letzten Felsen beiseiteräumten, die über den Tag den Durchgang zu ihrer Zuflucht verschlossen hatten. Franz Leopold strich sich das Haar zurück und band es nachlässig zu einem Zopf, während er zu den beiden Vampirinnen eilte.

»Was ist los? Die Mauer hat doch gehalten?«

Beide nickten. »Ja, aber Niamh und Bridget haben gemeldet, dass die Falle ausgelöst wurde!«

»Dann werden wir gleich unseren Verfolgern gegenüberstehen«, sagte Alisa. »Was werden die Lycana mit ihnen machen?«

Ivy hob die Schultern und sah zu Seymour hinab. »Ich weiß nicht. Es kommt vielleicht darauf an, wer sie sind und was sie im Schilde führten.«

»Der Abend scheint jedenfalls spannend zu werden!« Franz Leopolds Augen glitzerten gefährlich. »Kommt, wir wollen nichts verpassen!«

Inzwischen hatte sich auch Luciano zu ihnen gesellt und so drängten sie sich hinter den anderen Lycana aus der Höhle. Das Erste, was ihnen auffiel, war der Duft von Blut. Menschenblut war es sicher nicht, und auch kein Tierblut.

»Dieser Geruch«, murmelte Luciano. »Ich kenne ihn. Ich dachte es schon in der Hütte bei Dunluce, aber das ist unmöglich!«

Einige der Servienten begannen sogleich damit, die Felsen wegzuschaffen, die die Spalte verschlossen hatten. Franz Leopold versuchte, die Stimmung der Lycana zu lesen. Sie waren erstaunlich gelassen, keine zitternde Unruhe, keine Blutgier. Waren sie so abgeklärt, oder hatte er verlernt, in den Gedanken anderer zu lesen? Er jedenfalls fühlte, wie seine Reißzähne hervordrängten und das Beben des Jagdfiebers ihn erfasste.

Alisa und Ivy packten mit zu, halfen neben Hindrik, Steine wegzutragen. Mit einem unterdrückten Seufzer griff Franz Leopold sich einen nicht zu großen Stein und trug ihn zu dem Haufen, den die anderen bereits aufgeschichtet hatten. Als er zurückkehrte, war das Loch so groß, dass man hineinsehen konnte. Er hörte Hindrik einen Pfiff ausstoßen.

»Holt eine Lampe!«

Luciano griff sich ein Licht, das in der Schlafhöhle auf einem Sarg stand, und reichte es Hindrik. Alle drängten sich an die Öffnung und versuchten, einen Blick zu erhaschen.

»Es ist niemand drin«, sagte Alisa überrascht, die nur den vorderen Teil sehen konnte. »Aber ich rieche Blut! Es erinnert mich an etwas – oder jemanden. Ich komme nur nicht drauf.«

»Niemand drin?«, wiederholte Franz Leopold. »Zumindest niemand, der uns noch eine Auskunft erteilen könnte«, ergänzte er, als seine Sicht die ganze Höhlung erfasste. Alisa drängte sich näher an ihn heran, bis auch sie den zerstörten Körper entdeckte.

»Da war jemand gründlich.« Alisas Atem ging schneller. Auch sie versetzte der Blutgeruch in Unruhe. Ivy dagegen schien unberührt.

»Wir müssen näher heran, um zu sehen, was mit ihm passiert ist«, drängte Franz Leopold.

»Selbst hat er sich jedenfalls nicht getötet«, stellte Luciano fest und machte Anstalten, durch das Loch zu kriechen, aber Donnchadh rief ihn zurück und schickte die jungen Vampire weg. Widerstrebend gehorchten sie.

»Geht mit Ainmire und Ciarán hinaus. Eure Servienten sollen euch zum Schutz begleiten.«

»Wir sollen wieder üben?«, rief Luciano entsetzt und presste sich beide Hände gegen die Brust. »Ich kann mich nicht konzentrieren. Ich kann an nichts mehr anderes denken als an Blut!« Er sah trotzig in die Runde. Vielleicht erwartete er, die anderen würden ihm widersprechen, doch selbst Alisa musste zugeben, dass die Nacht ohne Blut sie ausgelaugt hatte und sie ebenso dringend danach verlangte.

Donnchadh schenkte ihnen so etwas wie ein Lächeln. »Ja, ihr werdet auch heute Nacht trainieren, denn dieser Vorfall führt uns deutlich vor Augen, wie wichtig es ist, die Erben zu stärken!« Seine Hand wies auf die Überreste des Vampirs, die bereits begannen, zu Staub zu zerfallen. Luciano stieß einen Protestschrei aus.

»Aber zuerst«, unterbrach Donnchadh jedes weitere Widerwort, »zuerst werden sie euch zu einer Schafweide im Tal führen. Sobald ihr euch gestärkt habt, können wir den Unterricht fortsetzen. Und wir werden inzwischen untersuchen, was genau hier vorgefallen ist, und dafür sorgen, dass keiner in Gefahr gerät.«

Luciano strahlte. »Das ist das Beste, was ich seit Langem höre!«

»Und damit meint er nur den ersten Teil von Donnchadhs Aussage!«, betonte Franz Leopold, dem es schwerfiel, bei dem Gedanken an frisches Blut nicht ebenso erleichtert dreinzuschauen wie die anderen.

Ivy entschuldigte sich und ging mit Seymour ein Stück den Gang entlang, bis sie nicht mehr zu sehen waren. Franz Leopold blickte ihr nach und überlegte gerade, ob er ihr folgen sollte, als Seymour alleine zurückgetrottet kam. Seltsam. Er starrte den Wolf an. Wo war Ivy ohne ihn hingegangen?

Alisa an seiner Seite bewegte die gleiche Frage. Sie blickten sich an. Plötzlich stieß ihm Alisa in die Rippen. Eine Maus huschte die Steine hinauf und verschwand in der Spalte. Die beiden beugten sich ein wenig vor, um sie nicht aus den Augen zu verlieren. Seymour sprang zu Donnchadh und tat anscheinend alles, um den Clanführer für einige Augenblicke abzulenken. Mit angehaltenem Atem beobachteten Alisa und Franz Leopold, wie die Maus an der Blutlache schnüffelte und dann den Toten umrundete.

»Ivy-Máire!«, erklang Catrionas ungewöhnlich harsche Stimme. Alisa und Franz Leopold wandten sich erschrocken ab und postierten sich zwischen der Servientin und dem Loch im Felsenschutt. Franz Leopold spürte, wie die Maus hinter ihm aus der Spalte huschte. Nur wenige Augenblicke später trat Ivy auf Catriona zu.

»Du hast nach mir gerufen?« Ihre Miene war freundlich, aber undurchdringlich.

Auch Catriona ließ sich nicht anmerken, was sie dachte. So musterten sich die beiden Lycana eine Weile schweigend, bis Catriona sich den anderen Erben zuwandte, die inzwischen vollzählig versammelt waren:

»Es wird Zeit, dass ihr euch auf den Weg macht. Wir kümmern uns derweil um diese«, sie machte eine kleine Pause und sagte dann, »Unannehmlichkeit.«

So blieb ihnen nichts anderes übrig, als Ainmire und Ciarán die sich windenden Gänge bis vor die Höhle zu folgen.

»Tut das gut!«, rief Alisa, als sie über die Kalksteinfelsen ins Tal hinunterliefen. Sie sog die Nachtluft tief in sich ein und ließ sie genießerisch wieder entweichen. »So spannend ich solch ein Höhlenlabyrinth finde, ich vermisse doch schnell den Duft des Nachtwindes.«

Ivy stimmte ihr zu, während Luciano brummte, er habe nicht gerade den Nachtwind am meisten vermisst.

Franz Leopold holte Ivy ein, die leichtfüßig über die ausgewaschenen Spalten sprang, und raunte: »Was hast du herausgefunden?«

»Ich weiß nicht, was du meinst«, entgegnete sie und lief noch schneller, aber er ließ sich nicht abschütteln.

»Alisa und ich haben dich gesehen, mein kleines Mäuschen!«

Ivy wurde langsamer und stieß einen Seufzer aus. »Ich nehme an, das sollte kein Kosename sein, den du nun für mich zu verwenden gedenkst?«

»Nicht wenn er dir nicht gefällt.«

»Nein, er gefällt mir nicht!«, gab sie zurück. »Sprich nicht darüber.«

»Nur wenn du mir alles berichtest, was du gerochen und gesehen hast.«

»Und mir auch!«, mischte sich Alisa ein, die die beiden eingeholt hatte. Nur Luciano war wieder einmal weit zurückgefallen. »Mir spukt ein Einfall im Kopf herum, der ganz und gar unmöglich ist.«

Sie erreichten das Gatter zu einer Schafweide und hielten an, um auf die anderen zu warten.

»Leandro!«, sagte Ivy nur.

Alisa und Franz Leopold tauschten Blicke. »Also doch!«, stieß Alisa hervor. »Ich dachte, meine Sinne müssten mich täuschen. Aber was hat das zu bedeuten? Wie kommt ein ehemaliger Bibliothekar der Domus Aurea von Rom hierher nach Irland?«

»Und wer waren die anderen?«, ergänzte Franz Leopold. »Jedenfalls keine Nosferas.«

Ivy schüttelte den Kopf. »Nein, das ist sicher.«

»Und was wollen sie von uns?«, stellte Alisa die wichtigste Frage.

Die drei sahen sich ratlos an.

»Was hast du noch herausgefunden?«, drängte Franz Leopold.

»Ich schwöre, ich werde euch jedes Detail berichten, an das ich mich erinnern kann, doch nicht jetzt, solange die anderen in Hörweite sind.«

Das konnten sie nicht einmal als Ausrede abwehren, denn nun versammelten sich die jungen Vampire um die beiden Lycana. Die Servienten hielten ein wenig Abstand, bildeten einen Kreis um die Gruppe und ließen ihre Blicke aufmerksam schweifen. Ainmire und Ciarán riefen die Herde zu sich und brav kamen die Tiere angetrottet.

»Endlich Blut«, seufzte Tammo und sprach den anderen damit aus der Seele. Auch wenn nicht alle das zugegeben hätten.

Als sie ihren Blutdurst gestillt hatten, entließen sie die Tiere aus ihrem Bann und machten sich auf den Rückweg zur Höhle. Sie hatten es nicht sehr eilig, genossen die Nacht und unterhielten sich. Alisa, Franz Leopold und Luciano drängten sich an Ivy, um mehr zu erfahren, doch zu ihrem Ärger heftete sich Tammo an ihre Fersen und plapperte unaufhörlich über den Vernichteten und über die Fortschritte, die er vergangene Nacht gemacht hatte.

Genervt schickte Alisa ihren Bruder weg. Nun allerdings war er beleidigt und überschüttete sie mit Vorwürfen. Alisa verdrehte gequält die Augen. Endlich ließ Tammo von ihnen ab und folgte Fernands Ruf, der irgendetwas entdeckt hatte, das ihm interessant erschien.

»Nun?«, drängte Alisa. »Berichte!« Sie war stehen geblieben und verstellte Ivy den Weg.

Ivy hielt ebenfalls inne und legte den Kopf in den Nacken. »Seht ihr den Adler dort oben? Ich frage mich bereits die ganze Zeit, was das zu bedeuten hat. Er kam, als wir auf der Weide waren, und folgt uns seitdem.«

»Lenke nicht ab«, befahl Franz Leopold, doch Alisa lehnte sich zurück und verfolgte den Schatten am Himmel, der die Sterne verdunkelte. »Ich wusste nicht, dass sie auch nachts fliegen.«

»Tun sie auch nicht«, bestätigte Ivy.

»Dann haben wir es nicht mit einem gewöhnlichen Greif zu tun«, schloss Luciano. »Könnte einer der Lycana sich in einen Adler verwandelt haben, um uns zu beobachten?«

Ivy wiegte den Kopf hin und her. »Wäre schon möglich, aber ausgesprochen unwahrscheinlich. Ich habe ein seltsames Gefühl, wenn ich ihn ansehe. So eine Ahnung von großen Veränderungen.«

»Könntest du ihn nicht zu dir rufen?«, sagte Luciano plötzlich. »Es ist ein Tier, und du bist eine Meisterin, auch Tieren, die weit entfernt von uns sind, zu befehlen.«

»Ein Adler ist etwas anderes als eine Fledermaus«, warf Alisa ein. »Hat Catriona das nicht am ersten Tag gesagt? Es ist viel schwerer, einem hoch entwickelten Tier seinen Willen aufzuzwingen!«

»Ivy kann es trotzdem«, behauptete Luciano und sah die Freundin um Zustimmung heischend an. Statt einer Antwort streckte Ivy den Arm aus. Der Adler drehte noch eine Schleife und schoss dann in steilem Sinkflug auf die vier Vampire zu.

Ein Seeadler, stellte Alisa fest, obwohl es das erste lebendige Exemplar war, das sie zu Gesicht bekam. Allerdings war sie einmal mit einigen anderen Vamalia in eine Villa an der Elbchaussee eingedrungen und hatte die Sammlung ausgestopfter Tiere des Hausherrn bewundert, unter denen sich auch ein Seeadler befand.

Ivy betrachtete das stolze Tier, das schwer auf ihrem Arm wiegen musste. »Ja, es ist ein Seeadler – und zwar ein ganz besonderer. Er heißt Tapaidh, ›der schnell wie der Pfeil fliegt‹.«

»Er hat einen Namen?«, wunderte sich Alisa.

»Ja, denn er dient Tara und kommt geradewegs von Dunluce.«

»Tara, das ist die Druidin, nicht wahr?«, vergewisserte sich Luciano. »Was will denn ihr Adler hier in dieser Gegend?«

Doch Franz Leopold hatte längst begriffen. »Das ist kein Zufall. Er wurde gesandt, um uns zu suchen!«

»Ja, und zum Glück hat er uns endlich gefunden. Wir müssen uns eilen. Folgt mir, rasch!«

Ivy reckte den Arm, um dem Adler den Start zu erleichtern. Sobald er sich in die Luft erhoben hatte, lief sie los. Die anderen rannten hinter ihr her, schafften es jedoch nicht, mit ihr Schritt zu halten. Nur der Adler schoss so flink wie die Lycana durch die Luft und ließ sich auf ihrer Schulter nieder, als sie am Höhleneingang kurz innehielt. Dann verschwanden sie in der Spalte.

Franz Leopold fluchte. »So eilig kann es doch nicht sein!«

»Ja, sie hätte kurz auf uns warten können. Ich hoffe, wir verpassen nichts Wichtiges. Rasch, lass uns eine Fledermaus rufen, damit wir in der Höhle gut vorankommen.«

Im Laufen beschworen sie ihren kleinen Helfer, der auch tatsächlich angeflattert kam und sie ohne Zwischenfälle bis zur großen Halle führte, wo sie Ivy mit Catriona zusammen entdeckten. Der Adler saß noch immer auf ihrer Schulter. Seymour stürmte zu ihr und knurrte empört. Offensichtlich liebte er es gar nicht, von ihr abgeschüttelt zu werden. Als Alisa und Franz Leopold herantraten, verstummten die beiden Lycana.

»Ich werde Donnchadh holen«, sagte Catriona und ging davon.

»Was haben wir verpasst?«, fragte Alisa mit einem Hauch von Vorwurf in der Stimme.

»So wie es aussieht, muss ich nach Norden reisen. Wenn möglich, noch in dieser Stunde«, antwortete Ivy. Sie sah bedrückt aus.

»Was?«, riefen Alisa und Franz Leopold wie aus einem Munde. »Nach Norden?«

»Wohin?«

»Zurück nach Dunluce?«

»Das hat mit euch nichts zu tun«, wehrte Ivy ab. »Ihr werdet hier weiter in Sicherheit sein und …«

»In Sicherheit?«, rief Franz Leopold aus. »Du meinst, weil die Falle heute funktioniert hat. Leandro war nicht allein, das wissen wir! Oder willst du behaupten, er habe sich selbst die Kehle herausgerissen?«

Alisa fiel in die Vorwürfe ein. »Wir sind weder dumm noch blind, das solltest du wissen. Warum also verschweigst du uns so viel?«

»Weil es nicht immer von Vorteil ist, alles zu wissen. Es betrifft euch nicht.«

»Ach nein?«, ereiferte sich Alisa. »Dann war Lucianos Befürchtung, wir könnten über Tag in unseren Särgen vernichtet werden, also völlig aus der Luft gegriffen?« Sie zeigte auf den Nosferas, der in die Höhle gehumpelt kam.

»Ihr seid in Sicherheit. Die Lycana werden dafür sorgen, dass euch nichts passiert. Meine Reise hat nichts mit den Eindringlingen zu tun. Ihr müsst euch nicht fürchten.«

»Wir fürchten uns nicht«, rief Luciano, noch ehe die anderen den Mund aufmachen konnten. »Aber ich wüsste gern, womit ich es zu tun bekomme. Das ist besser, als gegen Schatten zu kämpfen!«

»Und es ist wohl auch nur fair, wenn du uns sagst, wohin wir gehen werden und warum«, sagte Franz Leopold ungewöhnlich sanft.

Alisa nickte heftig. »Aber ja! Du glaubst doch nicht etwa, dass wir dich im Stich lassen. Wir kommen mit dir!«

Ivy sah überrascht von einem zum anderen. Selbst in Lucianos Miene stand eine solche Entschlossenheit, dass kein Raum für Zweifel blieb. Auch er würde sein ewiges Dasein auf der Erde für sie geben.

»Es ist wirklich nichts, was euch betrifft«, wiederholte sie schwach. »Ich weiß, dass ihr neugierig seid und etwas erleben wollt, aber hier geht es um mehr ...«

Franz Leopold schnitt ihr das Wort ab. »Natürlich suchen wir das Abenteuer, aber das hat damit nichts zu tun. Wir werden dich begleiten und beschützen, weil wir Freunde sind!«

Seine Worte waren mit so viel Ernst gesprochen, dass selbst

Alisa nach Luft schnappte. Franz Leopold versprach einem Vampir, der nicht seinem eigenen Clan angehörte, seine Hilfe, leistete gar einen Treueschwur? Auch Ivy war für einige Augenblicke sprachlos und vielleicht ganz froh, dass nun Donnchadh auf sie zueilte und sie bat, ihm zu folgen. Der Adler auf ihrer Schulter begann, die ersten Anzeichen von Unruhe zu zeigen, und trat von einem Fuß auf den anderen. Wartete er auf eine Entscheidung, um sich wieder auf den Weg zu machen, um sie – ja, wem zu überbringen? Tara, der Druidin?

Alisa sah die beiden Vampire mit funkelnden Augen an. »Lasst uns zusehen, dass wir hören, was sie besprechen.«

»Zu dumm, dass wir uns nicht auch in Mäuse oder irgendein Insekt verwandeln können«, schimpfte Luciano, und ausnahmsweise hackte Franz Leopold nicht auf der Tatsache herum, dass der Römer sich noch nicht einmal in einen Wolf verwandeln konnte.

*

Es gab nun keinen Grund mehr, warum Áine die Gesellschaft der anderen Vampire meiden musste. Niemand wartete auf sie. Keiner empfing sie mit fast kindlicher Begeisterung, um sich in der Gestalt eines Wolfes mit ihr im Moor zu balgen, sie zu necken oder einfach nur mit ihr durch die Nacht zu rennen. Ein Wild aufzuspüren, ihr Fell zu lecken, sie in ihrem menschlichen Körper unter dem Sternenhimmel zu lieben.

Áine hatte nicht gewusst, dass ein Vampir sich so einsam und elend fühlen konnte. Und sie begann zu ahnen, dass dies nun für alle Ewigkeit ihr Schicksal sein würde.

Sobald es dunkel war, verließ Áine die Burg, überquerte den Fluss und machte sich auf den Weg. Obwohl sie nicht darauf achtete, in welche Richtung sie lief, wusste sie, dass ihre Beine sie am Bergwerk vorbei zu dem Ort im Moor tragen würden, an dem Peregrine gestorben war. Oder musste sie sagen, ihre Sehnsucht? Oder ihre Verzweiflung? Oder ihre Wut?

Áine wusste, was es hieß, den Geliebten zu verlieren. Hilflos hinnehmen zu müssen, dass sein Leben gewaltsam ausgelöscht wurde. Viel zu früh ausgelöscht wurde. Sie hatte es erlebt, als sie noch ein Mensch gewesen, als ihr Name noch Anne Devlin gewesen war. Die Engländer hatten Robert Emmet verhaftet und gehängt. Gerade einmal fünfundzwanzig Jahre alt war er geworden. Ihr Oheim Michael Dwyer, der die Partisanenkämpfe in den Wicklow Mountains befehligt hatte, war von seinen Anklägern nur nach Australien deportiert worden. Auch ihn hatte Anne niemals wiedergesehen. Und sie hatten ihr verwehrt, bei Roberts Hinrichtung dabei zu sein, um ihm in seiner schweren letzten Stunde Trost zu spenden. Sie war noch immer in einer Kerkerzelle gefangen gewesen. Gefoltert, geschwächt, dem Tode nah, weil sie sich geweigert hatte, Roberts Versteck preiszugeben. Noch heute fragte sich Áine, wie sie ihn dennoch hatten finden können. Hatte der Zufall sie auf seine Spur geführt oder hatte einer seiner Weggefährten ihn verraten? Einer, dessen Liebe nicht so groß gewesen war, Haft und Folter für ihn zu ertragen?

So vermischten sich die Gesichtszüge ihrer Geliebten in ihren Gedanken, während ihre Füße über Sumpfgras und rosa blühendes Heidekraut flogen. Nur ein paar ihrer Sinne waren auf das nächtliche Land gerichtet, um sie rechtzeitig vor Gefahren zu warnen. Doch sie war allein. Völlig allein.

Die anderen Bewohner von Aughnanure kümmerte es nicht, dass sie sich absonderte. Sie hatten vorher nicht gefragt und wollten auch jetzt nicht wissen, wohin sie ging und was sie tat. Es war ihnen egal. Oder etwa doch nicht? War ihre zur Schau getragene Gleichgültigkeit nur aufgesetzt?

Áine starrte auf die Stelle, an der Peregrine den Tod gefunden hatte. Es war ihr, als atme der Boden noch immer den Geruch seines Todeskampfes aus.

Ach Peregrine, warum musstest du sterben? War es meine Schuld oder warst du nur zur falschen Zeit am falschen Ort?

Und wer hatte ihn getötet? Es waren zu viele Spuren um diesen Ort. Werwölfe, Menschen und ihre Hunde – und Vampire. Waren sie ihr gefolgt und hatten ihn getötet, nachdem sie sich voneinander verabschiedet hatten? Die beiden Altehrwürdigen auf Aughnanure behaupteten, Áthair Faolchu wisse sehr wohl, dass die Jungen aus seiner eigenen Sippe den Werwolf getötet hätten, aus Eifersucht, Missgunst oder Rache oder einem anderen Grund, der die Vampire nichts anging, und dass sie nun diesen Todesfall als Vorwand nutzten, die alten Feindseligkeiten wieder heraufzubeschwören.

Áine sah auf die Erde hinab, die sein Blut aufgesogen hatte. Es war ihr egal, welche der beiden Seiten recht hatte und zu welchen Intrigen und Machtspielen sie seinen Tod missbrauchten. Ganz gleich, was sie nun reden oder tun würden, Peregrine konnten sie nicht zurückbringen. Er war für immer fort und sie musste die Ewigkeit ohne ihn verbringen. Áine wusste, dass es nichts mehr für sie gab, das Freude in ihr Dasein bringen könnte. Die Nächte, die vor ihr lagen, würden sich gleichen. Sie würde erwachen und ihren Blutdurst stillen, sie würde durch das Moor streifen, bis die Nacht sich neigte und es Zeit wurde, wieder in ihren Sarg zurückzukehren. Ein ewiger Kreislauf des Schmerzes. Vielleicht wäre es besser gewesen, wenn Tara sie in dieser Nacht nicht in der Scheune versteckt und sie stattdessen dem Feuer der Sonne überlassen hätte. Man sagte, es sei ein langes, qualvolles Sterben, und doch währte es nicht ewig. Dann läge der Schmerz nun hinter ihr und sie wäre nur noch ein wenig Asche im Wind, ein Nebelfetzen der Erinnerung: wie die Rebellen und Mitläufer, die Kinder und Frauen, die ihren Männern geholfen, sie versteckt und ihre Wunden versorgt und um sie gebangt hatten, wenn sie in den Kampf hinauszogen. Aber auch ihre Verräter und die Häscher, die nicht müde wurden, ihnen nachzujagen und sie an den Galgen zu bringen, um die englische Herrschaft zu festigen. Sie alle waren Staub. Wie Robert Emmet, der irische Patriot und Held, und Peregrine, der Werwolf aus den Mooren von Connemara.

DER WEG NACH CONNEMARA

Tara ritt durch die Nacht. Obwohl sie wusste, wie schmal die Mondsichel bereits geworden war, wanderte ihr Blick immer wieder nach oben. Sie war erschöpft, was kein Wunder war, nachdem sie die vergangenen Tage fast nur auf dem Rücken des Pferdes verbracht hatte. Nein, es war eher ein Wunder zu nennen, dass sie sich trotz ihres hohen Alters noch immer aufrecht hielt und es ihr gelang, den Wunsch nach körperlicher Ruhe zurückzudrängen. Das Einzige, was jetzt zählte, war, die Lycana zu finden und mit Ivy und Seymour zu den Twelve Bens zurückzukehren, bevor das Ultimatum verstrichen war, das Áthair Faolchu ihr gesetzt hatte.

Tara ließ die Stute eine Weile im Schritt gehen. Sie durfte das Tier nicht zu sehr drängen. Sie wusste, dass Álainn bereit wäre, ihr Leben zu geben, doch was würde sie gewinnen, wenn das edle Tier vor Erschöpfung unter ihr zusammenbrach? Sie würde nicht nur einen treuen Gefährten verlieren. Sie würde damit auch die letzte Chance verspielen, ihr Ziel rechtzeitig zu erreichen.

Die Reiterin überquerte einen grasigen Hügel und folgte dann einem schmalen steinigen Pfad ins Tal hinab. Der Regen hatte den Lehm aufgeweicht und ihn schlüpfrig gemacht. Tara ließ die Zügel locker und neigte sich ein wenig nach vorn. Sie vertraute dem Tier, dass es seine Reiterin sicher ins Tal bringen würde. Endlich hatte die Schimmelstute wieder festen Grund unter den Hufen. Sie wieherte und fiel von sich aus in einen flotten Trab. Tara klopfte den schimmernd weißen Hals.

»Álainn, meine Schöne, meine treue Freundin, uns bleibt nur zu hoffen, dass Tapaidh seinem Namen gerecht geworden und wie ein Pfeil nach Süden geflogen ist. Vielleicht sind sie ja schon auf dem Weg zu uns.«

Ihre Augen suchten den Nachthimmel nach einem Zeichen des Seeadlers ab, konnten ihn jedoch nicht entdecken. So blieb Tara nichts anders übrig, als weiterzureiten und zu hoffen.

Später, als der Himmel bereits verblasste, gönnte die Druidin ihrem Pferd eine weitere Verschnaufpause. Sie ließ sich im Takt der Hufschläge hin und her wiegen. Plötzlich schnaubte Álainn. Tara war sofort hellwach. Die Stute hatte etwas Ungewöhnliches bemerkt, das sie beunruhigte, und die Druidin kannte das Pferd gut genug, um diese Ahnung ernst zu nehmen. Im Schatten der hoch aufragenden Weißdornbüsche links des Pfades hielt sie inne und wandte sich im Sattel um. Da sah sie ihn, den alten Wolf, der so dürr war, dass seine Rippen unter dem räudigen Fell hervorstachen. Er kam um die Ecke getrottet und ließ sich dann auf den Hinterbeinen nieder, ohne den Blick von Pferd und Reiterin abzuwenden. Tara erstarrte. Die Stute schnaubte wieder, machte aber keine Anstalten zu fliehen. Ein Lächeln huschte über das faltige Gesicht der alten Frau, als sie ihn erkannte.

»Turlough! Ich hätte es mir denken können. Ein Barde muss da sein, wo die großen Geschichte stattfinden. Mögen die Götter mit uns sein und ein gutes Ende für uns bereithalten!«

Sie grüßte in seine Richtung und neigte den Kopf. Der Wolf erwiderte die Geste, kam aber nicht näher. So setzte Tara ihren Weg fort. Bis zum Morgen würde der *filí* ihr nun folgen, dann würde die aufgehende Sonne ihn bis zum Abend in ein Versteck treiben. Doch Tara war sich sicher, dass er sie im Laufe der nächsten Nacht wieder einholen würde. Er hatte ihre Spur aufgenommen und würde ihr folgen, um die Wende der Zeiten mit eigenen Augen zu sehen.

*

Wie sie insgeheim befürchtet hatten, war es nicht möglich, unbemerkt in Hörweite zu gelangen. Catriona entdeckte sie und schickte sie weg. Nur Seymour durfte an Ivys Seite bleiben, was ihnen natürlich nichts half.

»Warum können wir uns nicht mit ihm austauschen, wenn es uns gelingt, Fledermäuse für uns die Dunkelheit vertreiben zu lassen?«, schimpfte Luciano.

»Erstens gelingt dir nicht einmal das«, widersprach Franz Leopold mit einem Blick auf seine neuen Schrammen, »und zweitens ist der Geist eines Wolfes höher entwickelt und sein Wille ausgeprägter als der einer Fledermaus, schon vergessen?«

»Ich kann es schon«, wehrte Luciano ab. »Ich war nur zu sehr in Eile, um mich zu konzentrieren. Und was die Geisteskräfte eines Wolfes angeht, meint ihr, sie seien größer als die unseren? Sein Wille stärker als wir?«

»Natürlich nicht!«, rief Franz Leopold empört. »Es mag ja sein, dass die Nosferas einem Wolf unterlegen sind, aber du willst doch nicht etwa wagen, einen Dracas so schmählich zu beleidigen.«

Statt gekränkt zu sein, grinste Luciano über das ganze Gesicht, und nicht nur Alisa wurde klar, dass er Franz Leopold nun genau da hatte, wo er ihn haben wollte.

»Das freut mich zu hören. Dann wird es für dich ja auch kein Problem sein, Seymour später auszuhorchen.«

Franz Leopold fehlten für einige Augenblicke die Worte. Natürlich stand er weit über dem Wolf, dennoch zweifelte er daran, dass er diese Aufgabe schaffen konnte – vor allem dann nicht, wenn Seymour ihm nichts verraten wollte.

Warum eigentlich nicht?, fragte er sich, als er eine Stunde später den Wolf auf sich zukommen sah. Er ist nur ein Wolf!, redete er sich ein.

»Und? Willst du uns nicht endlich sagen, was los ist?«, drängte Alisa, die Ivy zum Höhlenausgang folgte, wo sie sich von dem Seeadler verabschiedete, um ihn auf eine neue Reise zu entlassen.

Franz Leopold ging hinter ihnen und versuchte, mit Seymour Kontakt aufzunehmen. Der Wolf wandte sich ihm zu und sah ihn scharf an. Immerhin hatte er es geschafft, ihm seinen Wunsch zu vermitteln. Franz Leopold fragte sich, wie der Wolf sich ihm verständlich machen würde. Mit einer Mischung aus Sinneseindrücken und Gefühlen? Der Dracas zuckte zusammen, als Worte wie Glockenschläge durch seinen Kopf hallten.

Ziehe deinen Geist zurück und wage es nicht wieder, den meinen zu berühren! Wenn du etwas wissen willst, dann frage Ivy selbst.

Der Wolf zog die Lefzen hoch und fletschte die Zähne, um seinen Worten Nachdruck zu verleihen.

Ivy drehte sich zu ihm um. »Was ist los?«

»Wir haben uns nur unterhalten. Allerdings war Seymour nicht sehr gesprächig.«

»Oh, du wolltest ihn aushorchen.«

»Ja, ohne Erfolg, wie dir vermutlich klar ist.«

Ivy lächelte den Wolf und dann ihre Freunde an. »Ihr lasst nichts unversucht, das ehrt euch. Doch nun stellt eure Bemühungen ein. Nein, ihr braucht nicht zu protestieren, denn Donnchadh wird uns in den nächsten Minuten alle zusammenrufen, um eine Entscheidung zu verkünden, die uns alle betrifft. Um es vorwegzunehmen: Ich konnte weder ihn noch Catriona überzeugen, mich und Seymour alleine ziehen zu lassen. Dennoch muss ich gehen! So schnell wie möglich.«

»Wir werden dich also begleiten!«, frohlockte Alisa.

»Ja, ihr und alle anderen. Da unser Höhlenversteck aufgespürt wurde und nicht mehr die nötige Sicherheit bietet, die sie sich versprochen haben, werden wir alle nach Aughnanure gehen.«

»Was ist Aughnanure?«, wollte Luciano wissen.

»Das Wort kommt vom Gälischen *achadh na n-iubhar,* was so viel wie Eibenfeld heißt.« Die drei Freunde sahen sie immer noch verständnislos an.

»Die Burg trägt den Namen, weil sie einst in einem Hain von Eiben erbaut wurde.«

»Und wann brechen wir auf?«, fragte Alisa.

»Ich vermute, sobald alle wieder in der Höhle versammelt sind.« Sie machten sich auf den Rückweg.

»Was passiert mit unseren Särgen?«, fügte Luciano hinzu.

Ivy hob die Schultern. »Ich weiß es nicht. Der Weg ist weit.

Egal in welcher Gestalt, eine Nacht ist schnell vorüber, bis man die Moore erreicht.«

Sie schlenderten nebeneinanderher durch die Gänge und näherten sich der Höhle, in der sie den Tag zugebracht hatten, als sie plötzlich Stimmen vernahmen. Wie angewurzelt blieben sie stehen und lauschten.

»Ich kann deinen Entschluss nicht akzeptieren!« Das war Donnchadhs Stimme, und er war dabei, die Fassung zu verlieren. So hatten ihn die Vampire noch nie erlebt. Die andere Stimme dagegen war ruhig und besonnen wie immer.

»Vieles läuft gerade nicht so, wie wir es uns gedacht haben, sonst wären wir vermutlich noch immer auf Dunluce und würden die Erben unterrichten, statt mit ihnen über die halbe Insel zu reisen.«

»Catriona, ich höre an deinem Tonfall, dass du den Vorfällen noch immer nicht den nötigen Ernst beimisst. Ja, mir drängt sich der Verdacht auf, dass es dir nur recht war, mit den Erben nach Süden zu reisen. Und nun willst du sie in die Moore schleppen. Reicht die Gefahr, der wir hier ausgesetzt sind, nicht aus? Willst du sie Áthair Faolchus Sippe zum Fraß vorwerfen? Hier in Aillwee haben wir die Lage unter Kontrolle. Können wir das in den Mooren auch sagen?«

»Beruhige dich, Donnchadh. Ja, es ist mir ein Vergnügen, den fremden Erben nicht nur Dunluce und seine Klippen zeigen zu können. Ich liebe den rauen Burren und die Weite von Connemara. Wäre es nicht ein Verlust, wenn sie es nie zu Gesicht bekämen? Es ist unser Land. Unsere Seele!« Donnchadh brummte nur.

»Doch du weißt, dass dies nichts mit meinem Entschluss zu tun hat, die Erben von Dunluce wegzubringen. Hast nicht auch du die Aura erkannt? Sie haben uns eindrucksvoll demonstriert, warum sie gekommen sind. Ich dachte, es gelingt uns, sie abzuschütteln. Mein Fehler war, sie zu unterschätzen. Ich hätte nicht gedacht, dass wir einen Verräter in unseren eigenen Reihen haben, doch anders kann ich mir das nicht erklären. Und gerade deshalb kann ich es jetzt nicht zulassen, dass Ivy und Seymour alleine nach Norden reisen.«

»Wir könnten ihnen jemanden zum Schutz mitgeben«, sagte Donnchadh lahm.

»Wen? Wie viele reine Lycana oder Servienten würde es benötigen, ihren Schutz zu garantieren?«

»Es ist ja nur, bis sie mit Tara zusammentreffen. Wir könnten auf sie warten ...«

»Warst du heute schon einmal draußen und hast einen Blick auf den abnehmenden Mond geworfen? Sein Licht schwindet schnell. Sie können es nicht mehr schaffen, wenn wir Tara nicht entgegenreisen. Wir wissen nicht, was die Werwölfe vorhaben, wenn das Ultimatum verstrichen ist.«

»Sie haben kein Recht, ein Ultimatum zu stellen!«

»Und dennoch tun sie es. Die Nacht des Neumondes, hat Áthair Faolchu gesagt.«

Donnchadh seufzte. »Und doch kann ich es nicht gutheißen, dass wir uns alle auf diesen Weg machen. Sie können sich ja noch nicht einmal verwandeln!«

»Nein, wir müssen in unserer menschlichen Gestalt bleiben. Und nun lass sie uns zusammenrufen. Mitternacht ist bereits nah.«

»Ich bin dennoch dagegen«, beharrte Donnchadh.

»Das ist dein Recht. Ich aber habe entschieden, dass Ivy nicht ohne meine Begleitung gehen wird.«

Donnchadh seufzte. »Dann gehen wir alle. Lass sie sich draußen vor dem Eingang versammeln.«

Die vier Vampire und der weiße Wolf duckten sich hinter die Steinblöcke, die den Tag über den Zugang zur Höhle blockiert hatten, als Donnchadh und Catriona an ihnen vorbeigingen.

»Dann kommt. Wir werden bald aufbrechen«, sagte Ivy betont munter. »Habt ihr noch etwas in euren Kisten, das ihr mitnehmen wollt? Ich vermute, sie bleiben hier. Sie würden uns zu sehr behindern.«

Luciano schien ihr nicht zugehört zu haben. Verwundert schüttelte er den Kopf. »Dass sie so mit ihm reden darf. Conte Claudio würde sich das von seinem Schatten nicht gefallen lassen.«

»Sein Schatten?«, murmelte Alisa. »Das ist wohl keine sehr zutreffende Beschreibung.«

Ivy wandte sich ab und ging mit Seymour in flottem Schritt voran, sodass die anderen sich eilen mussten, wollten sie sie nicht aus den Augen verlieren. Alisa packte noch ein kleines Bündel mit ihren wichtigsten Habseligkeiten, dann machten sie sich auf den Weg zum Höhlenausgang, wo sie schon erwartet wurden, wie Hindrik ihnen im Vorbeigehen ausrichtete. Er war noch auf der Suche nach Tammo und Sören.

»Tammo treibt sich sicher wieder mit diesen verfluchten Pyras herum«, schimpfte er und verschwand. »Als ob es nicht würdigere Erben gäbe, denen er seine Freundschaft schenken sollte!«

»Er mag die beiden wohl nicht«, stellte Luciano fest.

Alisa hob verwundert die Schultern. »Offensichtlich. Aber warum? Bestimmt nicht, weil sie ein wenig roh und schmutzig sind.«

»Vielleicht weil sie aus Frankreich stammen?«

Alisa antwortete nicht. Sollte Hindrik solchen Vorurteilen verhaftet sein? Sie würde dem bei Gelegenheit nachgehen!

Franz Leopold blieb ein wenig hinter den anderen zurück und rief sich eine eigene Fledermaus, die ihm den Weg zeigte. Wäre er nicht so tief in Gedanken versunken gewesen, hätte er vielleicht so etwas wie Stolz empfunden, dass ihm dies nach nur wenigen Nächten so spielend leicht gelang. Er dachte auch nicht darüber nach, wie Alisa ohne ihn zurechtkam. Ja, ihm war nicht einmal bewusst, dass sie forsch neben Luciano herschritt, als würden die Sterne ihren Weg beleuchten. Franz Leopold konnte im Moment nur an eines denken: an den Wortwechsel, den er zwischen Donnchadh und Catriona gehört hatte. Der Clanführer und sein schöner Schatten? Sie hatten alle hinters Licht geführt! Nun gut, Ivy schien nicht überrascht, und vielleicht wussten die Lycana Bescheid, doch den anderen Clanführern war es sicher nicht bewusst, wie die Iren sie genarrt hatten. Wenn er das Baron Maximilian berichten würde. Für einige Momente gab er sich der Vorstellung von diesem Gespräch hin, genoss das Erstaunen, das sich in Entsetzen und kurz darauf in Verachtung wandelte. Dann konnte er Baronesse Antonias scharfe Stimme hören und zuckte innerlich zusammen. Nein! Die Vision entglitt ihm und begann, ihn zu peinigen. Er wischte sie weg und konzentrierte sich auf seine Wut, um der Verwirrung zu entgehen. Sie hatten gewagt, die Dracas und die anderen Familien zu täuschen. Ivy hatte es gewagt, ihn zu täuschen!

So hielt er sich ein wenig abseits von den anderen, die sich mitten unter die wie ein Bienenschwarm summenden Erben begaben. Donnchadh sprang auf eine zwei Schritte über dem Grund vorstehende Kalksteinplatte und erhob die Stimme. Sie klang wieder ruhig, souverän, entschlossen, wie die eines Herrschers. Catriona stand stumm am Fuß der Felsen, die Hände in ihren Ärmeln verborgen, den Blick aufmerksam über die Lycana und die Fremden schweifend.

»Wen will sie mit dieser Farce täuschen«, schimpfte Franz Leopold, als sie ihn direkt ansah. Es schauderte ihn. Rasch wandte er sich ab und gesellte sich zu seinem Vetter und seinen Cousinen. Er merkte, wie Ivy ihn beobachtete. Sie strahlte eine ungekannte Traurigkeit aus, aber er beachtete sie nicht weiter.

Endlich rief Donnchadh zum Aufbruch. Die Lycana und die fremden Servienten verteilten sich zwischen den kleinen Gruppen der jungen Vampire, die wie fliehende Schatten dem Tal entgegenliefen. Franz Leopold blieb bei den Dracas, während Ivy und Alisa ihre Schritte Lucianos Geschwindigkeit anpassten.

»Ich dachte, seine Verwandtschaft geht ihm auf die Nerven«, sagte Luciano, als er Franz Leopold ein Stück weiter vorn entdeckte. »Mir jedenfalls würde Anna Christina den letzten Nerv rauben. Dagegen ist Chiara goldrichtig – auch wenn ich ihre Meinung nicht immer teile.«

»Chiara ist ein Goldstück!«, bestätigte Alisa, die stets so etwas wie Neid beim Anblick der unbeschwert fröhlichen Vampirin mit der schon so weiblichen Figur empfand.

Sie folgten der schräg abfallenden Kalksteinplattform ins Tal hinunter. Da Seymour ihnen den bequemsten Weg zwischen den scharfkantigen Furchen suchte, kamen sie gut voran. Ivy war seltsam in sich gekehrt.

»Es kommt mir fast falsch vor, dass Leo nicht in unserer Nähe ist«, sagte Luciano.

»Ja, ich hätte nicht gedacht, dass ich seine fehlende Gesellschaft einmal anders als mit einem Seufzer der Erleichterung kommentieren könnte«, stimmte ihm Alisa zu. »Ich habe mich an ihn gewöhnt, so verrückt das in meinen eigenen Ohren klingt.«

Luciano grinste. »Ja, klar, du brauchst jemand, mit dem du streiten kannst, und Franz Leopold ist dafür zu jeder Nachtstunde gut. Er bringt dein Blut in Wallung!«

»Das ist nicht wahr!«, widersprach sie heftig.

Luciano lachte. »Siehst du, jetzt nimmst du mich schon als Ersatz her, aber ich warne dich, ich kann nicht laufen und mich mit dir geistreich streiten. Beides zugleich ist mir zu viel!«

»Versuche nicht, mich für dumm zu verkaufen. Wir gehen doch ganz langsam. Du bist nur zu faul!«

»Nein, ich streite mich einfach nicht so gern wie Leo«, gab der Römer zurück.

Alisa sah noch einmal zu den Dracas hinüber, die ebenfalls nicht schneller vorankamen, vermutlich weil die beiden Mädchen wieder einmal ihren Protest gegen alles, was die Lycana von ihnen verlangten, bekunden wollten.

»Leo«, sagte sie leise und ließ das Wort in sich klingen. Natürlich verabscheute sie seine Art, und doch gab es eine ihr bisher unbekannte Seite ihres Selbst, die ihn vermisste und wünschte, er würde sich ihnen wieder anschließen. Sie sah Ivy an, die, den Kopf gesenkt, vor sich hin tappte. Ihre Gedanken schienen weit weg zu sein. Als Alisa sie jedoch betrachtete, schien sie es zu spüren und erwiderte ihren Blick.

»Lass ihm Zeit. Wenn er seine Gefühle sortiert hat, wird Leo sich entscheiden.«

»Für was?«

Ivy lächelte etwas kläglich. »Das weiß ich nicht. Es ist nicht einfach für ihn. Lange ist es ihm gelungen, seine Gefühle zu missachten, doch nun ist ihm das nicht länger möglich. Entsetzt muss er feststellen, dass er jenen Freundschaft entgegenbringt, die man ihn doch zu hassen und zu verachten gelehrt hat. Nun muss er sich eingestehen, was er empfindet, und sich dann entscheiden.«

Alisa wiegte den Kopf hin und her. »Ich will dir nicht widersprechen. Du bist diejenige, die in den Gedanken anderer lesen kann, doch schien es mir, als ginge es um Donnchadh und Catriona. Das Gespräch, das wir gehört haben, macht ihm zu schaffen.«

»Ja, das hat die Spirale in Gang gesetzt und ihn dazu gezwungen, darüber nachzudenken, was gut und richtig ist. Er braucht Zeit.«

»Die er ausgerechnet mit Karl Philipp und Anna Christina verbringt? Da kann nichts Gutes dabei herauskommen! Er war in den vergangenen Nächten fast erträglich. Ich wette, nun fällt er zurück in dieses widerliche Verhalten, das er in Rom stets an den Tag gelegt hat«, sagte Alisa überzeugt, doch Ivy schüttelte den Kopf.

»Lass dich überraschen.«

Sie erreichten wieder die Schafweide, die sie schon in den frühen Abendstunden aufgesucht hatten. Die Tiere blökten ängstlich, doch einige der Lycana, die sie zuerst erreichten, beruhigten sie, sodass sie neugierig und stumm die vorbeiziehenden Vampire anglotzten. Falls Luciano gehofft hatte, sie würden für einen kleinen Imbiss anhalten, wurde er enttäuscht. Donnchadh führte die Gruppe auf direktem Weg das Tal hinunter auf die Küste zu und dann am Ufer der Bucht entlang. Sie schlugen einen weiten Bogen um den kleinen Fischerort Ballyvaughan, wobei es Alisa schien, als würden sich immer wieder zwei oder drei der Lycana oder Servienten unauffällig absetzen, nur um sich ihnen einige Zeit später wieder anzuschließen, den Ausdruck von Zufriedenheit in ihren Gesichtern.

Die Nacht schritt voran, während der Clanführer sie mal an nach Fisch und Algen stinkenden Schlickflächen, die die Ebbe freigelegt hatte, vorbeileitete, dann wieder über eine weit in die Bucht vorspringende Landzunge führte, immer den kürzesten Weg wählend, wie Ivy versicherte.

»Sind wir hier nicht mit dem Schiff angelandet?«, frage Alisa. Ivy bestätigte die Vermutung. »Dann sind wir wieder auf dem Weg nach Dunguaire Castle?«

Luciano grinste, als Ivy nickte. »Ich vermute, Ulicia wird uns einen herzlichen Empfang bereiten!«

»Oh ja, sie wird außer sich vor Freude sein, uns so schnell wieder beherbergen zu dürfen«, fiel Alisa ein und lächelte verschmitzt.

Ivy mochte den Spaß nicht teilen. Sie nickte nur und sprach dann mit Seymour, was die anderen wie üblich nicht verstanden.

»Du solltest uns Gälisch beibringen«, sagte Alisa ein wenig ärgerlich.

Zum ersten Mal, seit sie Aillwee verlassen hatten, huschte ein Lächeln über Ivys Gesicht. »Warum sollte ich das? Dann wird es für mich viel schwerer, meine Geheimnisse vor euch zu verbergen.«

»Eben«, knurrte Alisa und lachte dann auch.

Der Morgen würde sicher noch zwei Stunden auf sich warten lassen, da tauchte die Silhouette von Dunguaire im fahlen Licht der hauchdünnen Mondsichel auf. Sie liefen am Ufer entlang und dann über die Zugbrücke auf die Insel hinaus. Ulicia empfing sie im Hof, und wie sie bereits vermutet hatten, strahlte sie Missmut aus, der sie fast wie Nebelschleier zu umwabern schien.

»Ach, ihr schon wieder. Ich hatte gehofft, euch längere Zeit nicht zu Gesicht zu bekommen.« Während der Clanführer sich offensichtlich darüber ärgerte, zeigte Catriona nur ihr feines Lächeln, das ihr eine tiefere Schönheit verlieh, als die missmutige Anna Christina sie je besitzen würde.

»Ja, wir sind wieder hier«, sagte Donnchadh barsch. »Und wir werden einen Tag hinter diesen Mauern zubringen. Schicke deine Servienten, dass sie unsere Ruheplätze richten. Wir ziehen morgen weiter, werden die Särge, die wir auf der Hinreise mitbrachten, aber noch länger bei dir lassen müssen.«

Ulicia hob die Augenbrauen und sah die beiden Vampire durchdringend an. »Kommt herein in die Halle und erzählt. Diese Geschichte möchte ich hören!«

Die Besucher drängten hinter ihr in die Halle. Einige gähnten, obwohl der Sonnenaufgang noch weit war. Alisa und Luciano eilten zu der Bank, die am nächsten zu den Plätzen stand, zu denen Ulicia den Clanführer und seinen Schatten führte. Ainmire gesellte sich ebenfalls zu ihnen. Die Hausherrin nahm in dem größten Stuhl Platz, der mit seiner hohen, mit Schnitzereien versehenen Rückenlehne sicher sehr unbequem war, in dem sie aber größer wirkte, ja fast majestätisch.

Ivy blieb zögernd stehen und sah zu dem Tisch hinüber. Catriona schüttelte kaum merklich den Kopf. So wandte sie sich ab und gesellte sich zu den Freunden. Zu ihrer Überraschung verließ Franz Leopold die Gesellschaft der Dracas und kam zu ihnen herüber.

»Ein Platz in guter Lauschposition?«, sagte er leise und hob in gespielter Rüge den Zeigefinger.

»Aber ja«, stimmte ihm Alisa zu. »Man muss zusehen, dass man etwas erfährt, will man nicht dumm sein Dasein beenden.«

»Still jetzt!«, zischte Luciano. Die vier spitzten die Ohren, aber bisher gab Ulicia nur ihren Servienten Anweisungen, wo die Gäste unterzubringen seien. Erst als die beiden verschwunden waren, wandten sich die Gespräche einem interessanteren Thema zu. Und doch wurden die Freunde enttäuscht, denn Neues erfuhren sie nicht. Entweder hatten die Lycana wirklich keine Ahnung, warum sie verfolgt wurden …

»Oder sie wollen es Ulicia nicht auf die Nase binden«, vermutete Franz Leopold.

»Warum sollten sie es ihr nicht sagen, wenn sie es wissen?«, wunderte sich Luciano.

»Vielleicht trauen sie ihr nicht?«, schlug Alisa vor.

Luciano schien nicht überzeugt. »Sie ist zwar schroff und ein wenig merkwürdig, wie so mancher Altehrwürdige, dennoch ist sie eine Lycana! Wenn sie ihr nicht trauen würden, hätten sie uns doch wohl nicht nach Dunguaire geführt. Meinst du, sie bringen uns aus der Höhle fort, nur um zu riskieren, dass Ulicia unseren Verfolgern die Tore öffnet?«

»Was für eine Rede!«, spottete Franz Leopold. »So durchdacht. Das sind wir von dir gar nicht gewöhnt!«

Alisa legte Luciano beruhigend die Hand auf den Arm. »Das war eine gute Überlegung. Und ich bin mir sicher, dass Donnchadh – oder Catriona – Ulicia und ihren Servienten zumindest so weit vertrauen, dass sie nicht fürchten, sie könnten uns den Feinden ausliefern.«

»Und doch haben wir einen Verräter in unseren Reihen«, sagte Ivy bedrückt.

»Das ist nur Catrionas Vermutung«, wehrte Luciano ab.

»Ich halte es für gewiss.«

Alisa kniff die Augen zusammen. »Und Donnchadh?«

»Sie sind sich in diesem Punkt einig, wie meist. Die Auseinandersetzung vorhin war sehr ungewöhnlich, und es tut mir leid, dass wir sie zufällig hören konnten.«

»Ach, es tut dir leid, dass wir die Wahrheit erfahren haben?«, brauste Franz Leopold auf. »Dass wir dahintergekommen sind, dass ihr Lycana alle anderen Clans zum Narren gehalten habt?«

Ivy schüttelte vehement den Kopf. »Niemand wird zum Narren gehalten! Donnchadh ist unser Clanführer, hinter dem wir Lycana stehen. Er ist ein im Leben und Kampf erfahrener Vampir reinen Blutes, der uns seit vielen Jahrzehnten ein guter Anführer ist.«

»Aber Catriona trifft die Entscheidungen! Eine Unreine, die nur sein schweigender Schatten sein sollte!«

»Weise Frauen sind eine uralte Tradition in Irland«, sagte Ivy ein wenig ausweichend. »Die Kelten haben Druidinnen geschätzt, Hochbardinnen, ja selbst Kriegerinnen, die ihre Sippe in den Kampf geführt haben. Frauen konnten Land besitzen, erben, sich von ihren Männern scheiden lassen und ihr Recht selbst vertreten. Doch als die Christen kamen und die alten Götter in den Hintergrund traten, mussten auch die Frauen lernen, sich mit einer Rolle in der zweiten Reihe zu begnügen.«

»Und?«, warf Franz Leopold in aggressivem Tonfall ein. »Was willst du uns damit sagen? Oder versuchst du nur, vom Thema abzulenken? Es geht nicht darum, dass sie eine Frau ist.«

»Ich versuche, dir zu erklären, dass es nicht so schwarz und weiß ist, wie du denkst. Es geht hier nicht um Betrug oder Vorspiegelung falscher Tatsachen. Das hat mit den anderen Clans gar nichts zu tun. Es ist eine gewachsene Tradition. Catriona ist die mächtigste, die älteste und die weiseste Vampirin der Lycana, und deshalb richtet sich Donnchadh nach ihren Vorschlägen, obwohl er unser Clanführer ist. Niemand spricht darüber. Er ist der Clanführer und sie ist sein Schatten. Wichtig ist nur das Wohl der Lycana.«

»Dann wissen gar nicht alle Lycana, dass eigentlich Catriona die Entscheidungen trifft?«, fragte Alisa ein wenig ungläubig.

»Nein«, sagte Ivy. »Ich denke, sie wollen es gar nicht wissen.«

DIE REISE GEHT WEITER

Sie waren schon tagelang unterwegs und auch nicht schlecht vorangekommen, doch nun hatte der Regen wieder eingesetzt, und je weiter sie nach Westen vorstießen, desto enger und schlammiger wurden die Wege. Bram Stoker hatte sich in den vergangenen Tagen unzählige Male die Frage gestellt, was ihn geritten hatte, sich auf ein solches Unternehmen einzulassen. Oder zumindest darauf zu bestehen, die bequemere Eisenbahn bis Galway zu nehmen. Statt die Errungenschaften der Zivilisation in London zu genießen, saß er in einer Kutsche und wurde bei jedem Stein von einer Seite auf die andere geschleudert. Nachts musste er in zunehmend verlausten Betten schlafen, und die Mahlzeiten, die in den Pubs am Weg geboten wurden, waren auch nicht gerade das, was er an Küchenraffinesse gewohnt war. Ja, die wenigen Stunden, die er sich auf dieser Reise wohlfühlte, waren, wenn er zu Pferd saß und der Kutsche vorausritt – wenn es nicht gerade wieder einmal wie aus Kübeln goss. Und dann riskierte er auch noch, unter die Partisanen zu geraten! Was, wenn sie ausgerechnet aufflogen, während sie sich in ihrer Gesellschaft befanden? Die Engländer verstanden in solchen Dingen keinen Spaß. Bram Stoker fasste sich an die Kehle und lockerte seine Halsbinde ein wenig, die ihm plötzlich zu eng erschien.

»Was ist mit Ihnen? Darf ich fragen, was Sie bewegt? Sie sehen aus, als sei Ihnen nicht wohl.«

Wie kann einem in diesem Foltergefährt, das sich Kutsche nennt, wohl sein?, lag ihm auf der Zunge, doch er schluckte die Worte hinunter und betrachtete stattdessen die Lady ihm gegenüber. Ihre große, massige Gestalt thronte aufrecht zwischen den Kissen. Sie konnte sich nicht zwischendurch bei einem Ritt draußen ein wenig lockern und erholen und saß stattdessen mit stoischem Gleichmut von morgens bis abends in diesem Höllengefährt, ohne zu klagen, ja ohne auch nur erkennen zu lassen, dass diese Fahrt unbequem und anstrengend für sie war. Und dabei war sie eine Dame und noch dazu mehr als zwei Dutzend Jahre älter als er – obwohl sie stets behauptete, erst im Jahr 1826 geboren zu sein, was sein Freund Oscar ihm einmal mit einem verschmitzten Lächeln erzählt hatte. »Daher mache ich mich stets zwei Jahre jünger. Es könnte ja jemand des Rechnens mächtig sein.«

Bram versuchte unauffällig, seine verkrampften Glieder auszustrecken. »Ich versinke gerade in Selbstmitleid, Lady Wilde, und frage mich, welcher Teufel mich zu dieser Reise überredet hat.« Er sah mit einem schiefen Lächeln zu ihr hinüber. Eine Windböe drückte gegen den Wagen und er hörte den Morast unter den Rädern wie ein gieriges Ungeheuer schmatzen.

Jane Wilde lächelte zurück. »Wenn Sie über die Situation scherzen können, sind Sie bereits auf dem Weg der Besserung. Eigentlich müsste ich sagen: Schämen Sie sich, Mr Stoker! Sie reisen nach London und Paris und bis in den Süden Italiens, scheuen aber eine Fahrt durch Ihr eigenes Heimatland, weil es zu unbequem ist?«

»Die Unbequemlichkeit allein schreckt mich nicht, obwohl ich zugeben muss, dass ich lieber zwanzig Meilen im Pferdesattel sitze als eine in diesem Gefährt.«

»Nun, bei diesem Regen ist es gar nicht so verkehrt, ein Dach über dem Kopf zu haben«, widersprach die Lady und federte elegant eine tiefe Furche ab, die die Kutsche einmal nach links und dann wieder nach rechts warf.

»Mag sein, aber ich fühle mich hier drinnen so eingesperrt. Für mich ist es das Schlimmste, mich nicht bewegen zu können!« Bram Stoker spürte, wie sein Mund trocken wurde und Panik in ihm aufzusteigen begann. Jane Wilde sah ihn ein wenig irritiert an.

»Ich war als Kind sehr krank«, erklärte er ihr. »Bis zu meinem achten Lebensjahr konnte ich weder gehen noch stehen. Niemand gab dem kränklichen Kind, das Tag und Nacht an sein Bett gefesselt war, eine Chance. Selbst die Ärzte hielten meine Genesung für ein Wunder. Ich kam mir damals oft vor wie lebendig begraben, eingeschlossen in einem dunklen Verlies für alle Ewigkeit, während sich draußen vor meinem Fenster im Licht der Sonne das Leben abspielte – ohne mich.«

Jane Wilde sah ihn aufmerksam an. »Ich verstehe. Oscar hat mir von Ihrer Passion für Tote und Widergänger aller Art erzählt und für Ihre Vorliebe, nachts auf Friedhöfen zu wandeln.«

»Ja, das Thema lässt mich nicht los. Manches Mal träume ich davon, in einem Sarg unter der Erde zu liegen. Aber ich lebe noch und höre plötzlich ein Kratzen und Scharren, und dann öffnet ein bleiches Weib den Deckel und sieht auf mich herab. Für einen Moment bin ich erleichtert und überglücklich, dass sie mich vor dem sicher geglaubten Tod gerettet hat, doch dann entblößt sie spitze Fangzähne und schlägt sie mir in den Hals, um mir nicht nur mein Blut, sondern auch meine Seele zu rauben. Ich habe Geschichten über solche Wesen gesammelt, und dabei ist mir aufgefallen, dass die meisten der irischen Sagen über Vampire und andere Untote aus dem Westen stammen.«

Die Lady hob ein wenig die Augenbrauen. »Und um solche Wesen zu finden, fahren Sie mit uns?«

Er wand sich. »Wie gesagt, es lässt mich seit meiner Kindheit nicht los.«

»Vielleicht muss man sich seinen Ängsten stellen. Es ist sicher nicht leicht, eine solche Kindheit zu überwinden.« Sie schwiegen eine Weile, dann wechselte Bram das Thema.

»Ich habe einige Ihrer Artikel gelesen. Früher als Junge, als ich lesen gelernt habe. Irgendjemand hat sie aus der Zeitung ausgeschnitten und aufgehoben. *The Famine Year* hat mich sehr beeindruckt.«

Die Lady neigte dankend den Kopf. »Es war mir ein inneres Bedürfnis.«

»Und es schreckte Sie nicht, dass Sie sich mächtige Männer zu Feinden machten? Sie konnten nicht davon ausgehen, dass Ihr Deckname Speranza ewig ein Geheimnis bleibt. Es war bekannt, dass Sie die Herausgabe der *Nation* übernahmen, als Duffy ins Gefängnis kam.«

»Ich weiß nicht, inwieweit mir die Gefahr bewusst war, in die ich mich begab. Mein Gott, ich war so jung und vom glühenden Eifer der Jugend erfüllt. Ich musste etwas für unser Land tun – gegen die Ungerechtigkeit, mit der die Engländer es seit Jahrhunderten überziehen! Und vielleicht war ja gerade auch die Gefahr der Reiz, der das besondere Kribbeln auslöst. Ich fühlte mich so wach und lebendig!«

War das der Grund, warum sie sich diesen Strapazen unterwarf? War es »Speranza« in ihrer gutsituierten Wohlanständigkeit zu langweilig geworden? Wollte sie das Alter für eine Weile vergessen und sich wieder so jung fühlen? Vielleicht.

Wieder holperten die Räder über einen Stein und Bram unterdrückte ein Aufstöhnen.

»Sie täuschen sich, wenn Sie glauben, ich würde die Unbequemlichkeit nicht spüren«, sagte die Lady. »Ich nehme sie als notwendiges Übel in Kauf. Das ist ein großer Unterschied. Die Wege sind erbärmlich, die Unterkünfte schaurig und das Essen armselig. Über dem ganzen Land liegt die Ruhe eines Leichentuchs. Und gerade deshalb müssen wir diese Fahrt unternehmen und unsere Augen schauen, Geist und Herz begreifen lassen. Warum will denn keiner in London oder Dublin sein Augenmerk auf Donegal richten, auf Mayo, Galway und Clare? Oder gar in diese, wie sie denken, von Gott verlassene Gegend reisen? Nicht nur die Natur hat diesen Teil Irlands bei der Verteilung seiner Schätze benachteiligt, die Engländer haben dazu beigetragen, dass die Grafschaften so arm bleiben. Sie haben uns den fruchtbaren Osten entrissen und die unbequemen Clans nach Westen in die Moore geschickt. Und als die Kartoffeln im Jahr fünfundvierzig zu faulen begannen, da sahen sie nur zu, wie die Menschen zu

Tausenden verhungerten oder sich auf schwimmenden Särgen nach Amerika einschifften, wie man die Auswandererschiffe damals nur noch nannte.«

Die Kutsche hielt an und Oscar kam ans Fenster geritten. »Dort an der Biegung liegt ein Pub. Wollen wir uns ein wenig aufwärmen und ein Bier trinken? Ich bin völlig durchweicht und bis auf die Knochen kalt, wie ein Toter!« Er schüttelte seinen Hut, dass die Tropfen nach allen Seiten flogen.

Sie stimmten zu, und Bram dachte plötzlich, dass dieses schaukelnde Folterinstrument bei dem Wetter vielleicht doch nicht die schlechteste Wahl war.

*

Kaum war das letzte Strahlen der Sonne erloschen, scheuchten die Lycana ihre Gäste in die große Halle. Donnchadh drängte zum Aufbruch. Ein Marsch von fast vierzig Meilen liege heute Nacht vor ihnen, kündigte der Clanführer den stumm lauschenden Vampiren aller Familien an. Sie würden unterwegs Gelegenheit bekommen, sich zu stärken, versicherte er, was nicht nur Luciano zu erleichtern schien.

Wie in der vorherigen Nacht teilten sich die Erben in kleine Gruppen auf, die jeweils von Servienten bewacht und von mindestens einem der Lycana angeführt wurden. Im Unterschied zu gestern gesellte sich Franz Leopold wieder zu ihnen. Ob er seine Verwandtschaft nicht länger ertrug oder er sich mit den Lycana wieder ausgesöhnt hatte, konnte Alisa nicht sagen. Es war ihr auch egal, Hauptsache, er fiel nicht wieder in seine üble Laune zurück, in der er jeden bis aufs Blut reizte. Vorläufig war er erstaunlich schweigsam und hielt sich ein wenig hinter ihnen. Er warf Luciano nicht einmal vor, zu langsam zu sein.

Die einzelnen Gruppen hielten ein wenig Abstand zueinander, gerade genug, um nicht zu sehr aufzufallen, aber nicht so viel, dass sie einander im Notfall nicht zu Hilfe hätten eilen können. Die Geschwister Bridget und Niamh wandelten sich zu Uhus und strichen lautlos über ihre Köpfe hinweg, beobachteten den Weg vor ihnen und die stille Landschaft, die sie zurückließen. Von ihren Verfolgern entdeckten sie keine Spur. Dennoch war sich Ivy sicher, dass sie noch immer hinter ihnen her waren.

»Da sich dieser Vampir in der Höhle nicht selbst ermordet hat, müssen die anderen entkommen sein. Es waren auf alle Fälle Vampire, und das heißt, sie müssen in der Lage sein, ihre Gestalt zu ändern, sodass sie als kleine Tiere oder Nebel durch ein winziges Loch hinausschlüpfen konnten. Jedenfalls sehe ich keinen Grund, warum sie ihre Verfolgung nun einstellen sollten. Und es wäre naiv zu glauben, wir könnten ihnen auf dem Landweg entwischen. Nicht nachdem sie uns auf See um halb Irland gefolgt sind.«

Franz Leopold nickte nachdenklich. »Wir lassen zu viele Spuren zurück. Warum nur haben wir nicht gleich damit begonnen, zu trainieren, uns in Fledermäuse oder Eulen zu verwandeln? Dann könnte uns niemand folgen und wir wären schneller.«

»Das ist schon richtig, aber ich vermute, du erinnerst dich noch an Catrionas Erläuterungen in der ersten Nacht.« Ivy ignorierte sein abfälliges Schnauben und fuhr mit etwas lauterer Stimme fort: »Es ist schwer, sich in Tiere zu verwandeln, die Eigenschaften besitzen, die uns fremd sind. Und dazu gehört ganz sicher das Fliegen!«

»Es ist schwer, es ist schwer«, äffte Franz Leopold sie nach. »Aber ihr Lycana könnt es – zumindest viele von euch. Also dürfte es auch für uns kein ernsthaftes Hindernis darstellen.«

»Das nicht«, gab Ivy zu, »ohne Übung kann es jedoch nicht gelingen.«

»Und warum üben wir dann nicht, statt hier nur stumpfsinnig durch die Gegend zu laufen? Kann man nicht auch während des Gehens trainieren?«

Ivy war überrascht, Luciano stöhnte. Alisa jedoch klatschte begeistert in die Hände. »Das ist der beste Vorschlag, den ich je aus deinem Mund gehört habe, Leo!«

Er verneigte sich spöttisch in ihre Richtung. »Gern geschehen!«

Alisa sah Ivy auffordernd an. »Du weißt, wie es geht. Sag uns, worauf wir achten sollen! Und dann versuchen wir es einfach.«

Ivy zögerte, doch schließlich nickte sie und begann, ihnen zu beschreiben, was der Unterschied zwischen einer Wandlung in einen Wolf, in eine Fledermaus oder gar in ein winziges Insekt war. Die drei Freunde hörten aufmerksam zu und machten sich dann an die Vorübungen, die Ivy ihnen empfahl. Sie half und korrigierte, und so verging die Zeit, ohne dass sie recht merkten, wohin sie ihre Füße trugen. Mal führte sie Donnchadh direkt am steinigen Strand entlang, dann wieder über flache Hügel, auf denen bei Tag Schafe weideten. Sie kamen an nur wenigen Fischerhütten vorbei, doch dann tauchten vor ihnen Lichter auf. Unzählige Lichter, die von vielen Menschen sprachen.

»Was ist das dort vorn?«, fragte Luciano, wahrscheinlich um Ivys Unterricht für einige Augenblicke zu unterbrechen.

»Das sind die Lichter von Galway, eine der größten Städte hier im Westen und doch nicht zu vergleichen mit Dublin oder gar Rom. Bis die Normannen es im 13. Jahrhundert eroberten, war es nur ein Fischerdorf, dann allerdings wurde es zu einem wichtigen befestigten Stützpunkt der Engländer.«

Obwohl die jungen Vampire neugierig auf die Stadt an der Mündung des Corrib gewesen wären, führten sie die Lycana im Osten an ihr vorbei. Dann jedoch näherten sie sich der Stadt wieder von Norden her.

»Ich habe das Gefühl, wir laufen im Kreis«, sagte Alisa.

»Das nicht. Doch ich vermute, wir werden den Corrib über die Brücken passieren. Wenn wir ihm weiter folgen, müssen wir eine Fähre benutzen oder hinüberschwimmen.«

»Was ihr für gewöhnlich tut, indem ihr euch in eine Forelle oder was weiß ich was verwandelt«, vermutete Luciano.

Ivy lächelte verschmitzt. »Nein, das habe ich noch nicht ausprobiert. Für gewöhnlich ziehen wir es vor, über das Wasser hinwegzufliegen.«

»Wobei wir wieder beim Thema wären«, murmelte Franz Leopold.

Donnchadh führte sie am Ufer entlang auf die Stadtmauer zu, bog dann aber zu einer steinernen Brücke ab, die sie auf eine Insel brachte, über der ein mächtiges Gebäude aufragte.

»Das Gefängnis, das die Engländer für die Aufständischen gebaut haben«, sagte Ivy. »Aber ich habe gehört, die Kirche denkt daran, hier eine Kathedrale zu bauen. Die alte Normannenkirche ist ihnen nicht mehr gut genug. Sie wollen in die Moore ziehen und den grünen Marmor von Connemara für ihr Gotteshaus brechen!«

Ihr wilder Gesichtsausdruck veranlasste die Freunde, zu fragen. »Was ist schlimm daran, dass sie ihre Kirche aus Marmor bauen?«

»Sie rauben Irlands Seele.« Als Ivy bemerkte, dass die anderen sie verwirrt und vielleicht auch ein wenig belustigt ansahen, versuchte sie, es ihnen zu erklären.

»Erinnert ihr euch noch an *carrick a rede*, den Fels im Weg?«

»Die kleine Insel, auf die wir in der ersten Nacht über diese Hängebrücke gelangt sind? Aber ja!«, rief Luciano.

»Ich sagte dir damals, es sei ein Ort mit besonderen Kräften. Überall in Irland gibt es solche Stellen, an denen sich Bahnen von Energie verdichten und kreuzen. Die Kelten glaubten, hier würden ihre Götter leben, andere sagen, hier ist man dem Land nahe oder seinem Schöpfer. Es ist egal, wie man es bezeichnet. Ich sage, dort lebt Irlands Seele. Dort können wir uns mit ihr verbinden und ihre Kräfte als Geschenk erhalten, um Irlands Natur zu führen.

Einer der Orte, an dem die Kräfte am stärksten sind, ist Connemara. Ich meine nun nicht die Berge, Seen und Moore – wobei die Berge die Sache noch am ehesten trifft, denn es ist das Gestein, das sich wie ein Band im Untergrund von Südosten bis an die Küste im Nordwesten der Grafschaft zieht. Den Marmor in Verbindung mit seinen Erzen haben die Menschen seit jeher geschätzt, um

Werkzeuge herzustellen, aber vor allem Waffen, mit denen sie sich gegenseitig töten können!« Ivy streckte den Arm aus und zeigte ihren schlichten Armreif aus grün gesprenkeltem Stein. »Das ist Connemara-Marmor, der mir seine Kraft gibt und mich an mein Land bindet.« Seymour brummte missmutig.

»Wenn die Menschen ihn abbauen, geht dann der Erde die Energie verloren?«, wollte Alisa wissen.

»Ja. Der Stein behält seine Macht noch eine Zeit lang, doch wenn er nicht mehr mit seinem Mutterfels verbunden ist, kann er sie nicht wieder erneuern. Und auch der Mutterfels wird schwächer, je mehr er von Spitzhacken zerschlagen und von Schwarzpulver in Stücke gesprengt wird.«

»Meinst du, die Menschen spüren seine Kraft und verwenden ihn gerade deshalb zum Bau ihrer Kirche?«, überlegte Alisa.

»Ich glaube, das Wissen über die Zusammenhänge ist mit den Kelten untergegangen. Die Kirche lehrt, dass dies Aberglaube sei. Und doch denke ich, dass manche Menschen die Energie wahrnehmen, auch wenn ihnen nicht klar ist, was sie spüren. Möglich, dass der Marmor daher stets als etwas Kostbares empfunden wurde und sie ihn deshalb abbauen und in ihre Kirchen schleppen, zu Ehren des Gottes, der die Druiden vertrieben hat.«

Sie verließen die Insel über eine zweite Brücke und wandten sich nun wieder nach Norden, immer dem Lauf des Corrib folgend, bis er sich zu einem riesigen See erweiterte, dem Lough Corrib.

Sie begannen wieder mit ihren Übungen, während sie dem Ufer folgten, bis Ivy rief: »Seht, wie nähern uns Aughnanure. Es ist nicht mehr weit!« Sie beschleunigte ihren Schritt, bis sie ein wenig Abstand zu den anderen hatte, und auch Seymour schien es plötzlich sehr eilig zu haben.

Franz Leopold legte den Kopf schief und betrachtete die zierliche Gestalt in ihrem silbrig schimmernden Gewand.

»Kommt es mir nur so vor, oder wollte Seymour nicht, dass sie mit uns über diese Dinge spricht«, flüsterte Alisa.

»Er ist ein Wolf!«, meinte Luciano. »Zwar ein sehr kluger Wolf, aber ein Wolf.«

»Und du glaubst vermutlich auch, dass die Erde eine Scheibe ist und sich die Sonne um sie dreht«, gab Franz Leopold zurück.

»Nein, dass das nicht stimmt, hat Galileo doch schon vor einigen Hundert Jahren herausgefunden!«, sagte Luciano beleidigt.

»Es war Nikolaus Kopernikus!«, widersprach Alisa. »Galileo hat ein Fernrohr gebaut und die Jupitermonde entdeckt, die Phasen der Venus und Berge und Krater auf dem Mond. Von der Kirche wurde er angeklagt, weil er sich zu Kopernikus' heliozentrischem Weltbild bekannte. Er widerrief zwar vor dem Inquisitionsgericht, blieb aber bis zu seinem Tod ihr Gefangener.«

»Was sind wir heute wieder für ein sprudelnder Quell des Wissens«, spottete Franz Leopold, während Luciano »Alte Besserwisserin« murmelte, was Alisa aber nicht zu stören schien, denn sie setzte hinzu: »Und Seymour ist ganz gewiss kein gewöhnlicher Wolf!«

»Ach ja? Was denn sonst? Ein Lycana, der ständig in Wolfsgestalt herumläuft?«

Alisa zögerte. »Das wäre möglich, aber ich glaube eher …«

»Seht, wer da kommt!«, unterbrach sie Ivy, die stehen geblieben war und zum Himmel hinaufzeigte. Die drei richteten ihren Blick nach oben.

»Ist das der Seeadler?«, wollte Franz Leopold wissen. »Zumindest ist es die Silhouette eines großen Greifs.«

»Ja, es ist Tapaidh.« Ivy streckte den Arm aus. Die Flügel weit ausgebreitet, die kräftigen Klauen vorgereckt, schoss der Adler auf sie zu. Ivy umschloss ihren Unterarm mit der anderen Hand, um den Schwung seiner Landung abzufangen.

»Er muss ganz schön schwer sein«, vermutete Luciano.

»Zumindest wenn er so herabgestürzt kommt«, stimmte ihm Ivy zu. »Nun? Was hast du zu berichten? Ist Tara eingetroffen?«

Der Vogel sah sie aus seinen durchdringenden gelben Augen an. Franz Leopold versuchte, die Gedanken aufzufangen, die er ihr sandte, aber es wollte ihm nicht gelingen. Konnte er seinen Geist abschirmen, obwohl er nur ein Vogel war? Er versuchte es noch einmal. Der Greif drehte den Kopf mit einem Ruck nach hinten und fixierte den Dracas.

»Lenke ihn nicht ab«, bat Ivy, deren Stimme enttäuscht klang.

»Was hat er gesagt?«, drängte Luciano, der sicher gar nicht erst versucht hatte, die Botschaft mit anzuhören. Bei Alisa dagegen war sich Franz Leopold nicht sicher. Sie lächelte so wissend in sich hinein.

»Tara ist noch nicht in Aughnanure eingetroffen. Ich habe ihn gebeten, nach ihr zu suchen. Ich hoffe, sie ist bereits in der Nähe und kommt vor Sonnenaufgang, damit ich noch mit ihr sprechen kann.« Ivy dankte dem Greif, der einen heiseren Schrei ausstieß und sich wieder in die Lüfte erhob.

»Kommt schnell weiter«, fordert Ivy die Freunde auf. »Wir sind gleich da.« Sie zeigte auf eine Baumgruppe vor ihnen. Die Freunde folgten ihrem Blick. Über den Blattkronen konnten sie einen Zinnenkranz aus grauen Steinblöcken erkennen.

»Aughnanure, das Feld der Eiben, dem magischsten Baum der Kelten«, sagte Ivy feierlich. »Kommt, lasst uns hineingehen. Ich möchte euch eine ganz besondere Vampirin vorstellen. Ihr Name ist Áine, und ich bin mir sicher, dass zumindest Alisa ihr bald schon gebannt an den Lippen hängen und ihren Geschichten lauschen wird.«

*

Áine kniete in der feuchten Erde. Der blutdurchtränkten Erde. Wieder einmal. Sie konnte ihn immer noch riechen, auch wenn es jede Nacht ein bisschen weniger wurde. Der Schmerz allerdings blieb unvermindert.

Sie wusste später nicht mehr, warum sie sie nicht gewittert hatte. Hatte ihre Trauer sie so blind und taub gemacht? Alle ihre Sinne vernebelt? Oder wollte sie tief in ihrem Innern vernichtet werden und sehnte das Ende herbei? Nun jedenfalls wehrten sich ihre Instinkte gegen die Gefahr. Das Jaulen und Heulen klang sehr nah. Zu nah! Sie sprang auf. Als Wolf wäre sie kaum schneller als die Meute und auch in ihrer menschlichen Gestalt würden sie sich an ihre Fährte heften. Sie musste fliegen. Sie rief die Nebel, doch nichts geschah. Áine hörte die trommelnden Pfoten.

Konzentrier dich! Dann geht es umso schneller!

Sie spürte die kalten Nebelschwaden um ihre Haut streichen. Gerade als sie das Bild der Fledermaus in sich rief, brachen sie durch die Büsche. Vier riesenhafte, zottige Bestien. Sie würde es nicht schaffen. Es war zu schwer. Ein Wolf zu werden war einfacher. Als Wolf würde sie sich wehren und gegen sie kämpfen können. Sie wischte die Fledermaus beiseite und ersetzte sie durch den Wolf, in dessen Gestalt sie mit Peregrine durch das Moor gelaufen war. Nacht für Nacht. Sie durfte jetzt nicht an Peregrine denken! Áine fühlte, wie Fell durch ihre Haut brach und ihr Körper sich zu winden begann. Ihr Gesicht zog sich in die Länge. Reißzähne wuchsen aus ihrem Kiefer.

In diesem Augenblick gruben sich die Fänge des ersten Angreifers in ihren Arm. Ein zweiter schnappte nach ihrer Kehle. Áine wich zurück und spürte, wie er nur die Haut zu fassen bekam. Sie warf sich auf die Seite. Die Fänge hielten ihr Fleisch gepackt. Sie waren stark, doch die Vampirin riss sich los. Der Preis waren zwei klaffende Wunden an Arm und Bein. Wenn sie nur die Wandlung beenden könnte! Dann würde sie es ihnen zeigen, doch der Blutverlust schwächte sie, und sie konnte sich nicht konzentrieren, während die Bestien weiter nach ihr schnappten. Áine wusste, dass sie ihnen nicht entkommen würde und sie auch nicht besiegen konnte. Leicht würde sie es ihnen jedoch nicht machen! Sie biss zu und riss ein Büschel Fell, Haut und Fleisch aus einer Flanke. Ein schmerzerfülltes Heulen stieg in die Luft. Sie wehrte sich gegen ihre drei Angreifer mit einer Wut, die ihr neue Kräfte verlieh. Doch da sprang plötzlich ein schwerer Körper gegen ihren Rücken. Vier kräftige Pfoten stießen sie nieder. Áine überschlug sich und fiel mit dem Gesicht voran in den schwarzen

Morast. Noch ehe es ihr gelang, sich umzudrehen, fielen sie über die Vampirin her.

Der Schmerz hüllte sie ein wie eine Wolke und nahm ihr den Verstand, aber sie kämpfte weiter. Dann schwand mit ihrem Blut, das im Moor versickerte, auch ihr Bewusstsein. Ihre Arme sanken herab, ihr Körper sackte in sich zusammen. Die vier Bestien ließen von ihrem Opfer ab, leckten sich die von ihrem Blut verschmierten Schnauzen und machten sich durch die Büsche davon. Der zerfetzte Körper blieb auf der Lichtung zurück, wo das Licht der schwindenden Mondsichel auf ihn herabfiel.

AUGHNANURE

Es war die letzte Nacht vor Neumond, als sich Tara von Norden her dem Lough Mask näherte. Da sie in Cong kein Boot erwartete, um sie direkt nach Aughnanure zu bringen, lenkte sie die Stute zum Westufer. Der Mond stand schon tief, als die Stute den schmalen Bergrücken überquerte, der in der Landbrücke zwischen dem Lough Mask im Norden und Lough Corrib im Süden mündete. Nun war es nicht mehr weit bis Oughterard und bis zur Burg Aughnanure. Nur noch über den Knockbrack hinüber. Die Stute nahm den Berghang mit erstaunlicher Leichtigkeit, obwohl sie seit Tagen mit nur wenigen Pausen unterwegs war.

»Meine tapfere Freundin!« Tara beugte sich vor und klopfte den Hals des Tieres. Die Stute schnaubte freundlich. Ohne dass die Druidin ihr einen Pfad vorgab, suchte sie sich den besten Weg durch das Gelände, in dem felsige Abschnitte mit moorigen Senken wechselten. Dann wieder war das dornige Gestrüpp so hoch und dicht, dass es dem Pferd die Beine blutig gerissen hätte. Álainn folgte einem schmalen Bachlauf nach Süden. Schon konnte Tara am Fuß des Berges einige Lichter aufblitzen sehen, die sicher zu den Höfen und Bergmannshäusern von Oughterard gehörten. Die Stute wandte sich nach links auf den See zu, da hier der Hang flacher wurde und mit grasigen Matten bewachsen war, sodass sie leichter vorankommen würde, doch die beiden Wölfe der Druidin, die meist vorausgelaufen waren, hielten plötzlich inne und witterten nach Westen den von Dickicht bewachsenen Hang hinunter.

»Was ist? Geal, Ciallmhar kommt, wir müssen uns eilen. Wir haben keine Zeit, auf die Jagd zu gehen.«

Die Wölfe gehorchten nicht. Sie winselten und jaulten zwar, widerstanden aber dem Ruf und drängten stattdessen weiter

Richtung Westen. Die Stute hielt inne, noch ehe Tara die Zügel annehmen konnte. Die Druidin saß ganz still auf dem Rücken des Pferdes und sah zu den beiden Wölfen hinüber, die sie unmissverständlich zum Mitkommen aufforderten. Nun, da sie ihre Sinne weit öffnete, statt sie nur auf das eine Ziel zu richten, das sie unbedingt rechtzeitig erreichen musste, spürte auch sie, dass hier etwas nicht in Ordnung war.

»Blut wurde vergossen«, sagte sie leise. Die Wölfe jaulten zustimmend. Noch einen Moment zögerte die Druidin. Konnte sie sich diese Unterbrechung erlauben? Vielleicht hatten die Lycana Aughnanure bereits erreicht und erwarteten sie? Tara sah zum Himmel auf. Es war bereits zu spät. Die schmale Sichel hing über den scharfen Bergkämmen von Connemara, bereit, hinter ihnen zu versinken. Heute Nacht würden sie sich nicht mehr zu den Twelve Bens aufmachen. Die Druidin unterdrückte einen Seufzer. Die Neumondnacht stand bevor, und sie mussten aufbrechen, sobald die Sonne untergegangen war, wollten sie rechtzeitig bei der Höhle anlangen.

Die Wölfe winselten. Tara legte der Stute die Hand an die Mähne.

»Komm, meine Liebe, dann wollen wir sehen, welch Untat in dieser Nacht verübt wurde.« Denn dass hier ganz in der Nähe großes Leid geschehen war, spürte sie immer deutlicher.

Sie kamen durch das dichte Gebüsch nur langsam voran, doch schon bald begann Tara zu ahnen, wohin die Wölfe sie führten. Es konnte allerdings nicht Peregrines Blut sein, das ihr Herz schwer werden ließ. Seit seinem Tod waren viele Nächte vergangen. Und doch hingen Schmerz und Trauer um ihn noch wie Nebelfetzen in den Zweigen.

Noch ehe die Wölfe sie auf die Lichtung hinausführten, wusste die Druidin, wen sie finden würde. Dennoch entfuhr ihr beim Anblick des geschundenen Leibes ein Aufschrei des Entsetzens. Tara ließ sich vom Pferd gleiten und eilte zu der Stelle, an der Áines Körper zusammengesunken war. Der Angriff konnte noch nicht lange her sein. Das Blut war noch nass und glänzte in schwarz schimmernden Lachen, die über den ganzen Kampfplatz verteilt waren. Tara legte Áine die Hände auf den reglosen Leib, der sich sicher bald in Staub auflösen würde. Was war vorgefallen? Den klaffenden Wunden nach zu urteilen, war sie von Wölfen oder großen Hunden angegriffen worden. Wie war es ihnen gelungen, so nah an die Vampirin heranzukommen? Sie musste sie doch frühzeitig bemerkt haben. Bei all ihren Erfahrungen mit Vampiren konnte sich Tara nicht vorstellen, wie sie hätte überrascht werden können. Und doch sprach das Bild vor ihr davon. Áine war mitten in ihrer Wandlung gestorben. Der Kopf war schon seltsam verzerrt, Gesicht und Arme von Fell bedeckt, und doch war das vor ihr mehr der Körper eines Menschen denn eines Wolfes.

Tara erhob sich und sah sich um. Dort drüben hatte der Kampf begonnen und dann hatten sich mehrere schwere Körper hier durch den Morast gewälzt. Die Druidin betrachtete den Platz, an dem sich die Angreifer auf Áine gestürzt haben mussten, und da verstand sie. An dieser Stelle war Peregrine gestorben. Áine war hierhergekommen, um zu trauern. Deshalb war es möglich gewesen, sie zu überrumpeln! Tara war überrascht. Sie hatte nicht gewusst, dass Vampire so sehr lieben – und um den Verlorenen so tief trauern konnten, dass selbst ihre feinen Instinkte sie im Stich ließen.

Ein Geräusch ließ sie herumfahren. Was war das? Die Wölfe eilten an Áines Seite und selbst die Stute reckte ihre Nase dem blutigen Körper entgegen. Da begriff Tara. Die Vampirin hatte das Geräusch von sich gegeben. Sie war nicht vollständig vernichtet. Natürlich hatte sich ihr Körper kalt angefühlt und es waren keine Atemzüge zu spüren. Vampire mussten nicht atmen, und sie erholten sich von jeder noch so schweren Verletzung, solange ihr Herz nicht durchbohrt und ihnen der Kopf nicht abgeschlagen wurde. Sie war auch nicht mit einer silbernen Waffe verletzt worden, die eine Heilung schwer oder gar unmöglich gemacht hätte.

Tara kniete sich neben die Vampirin, deren Züge sie nicht mehr erkennen konnte. Noch immer sickerte Blut aus ihren Wunden und tränkte die Erde. Ihr Körper war so zerstört, dass er sich erst in der Totenstarre des Tages regenerieren konnte. Doch konnten die Wunden überhaupt heilen, solange ihr Körper in der Verwandlung stecken blieb? Versuchen musste sie es, und dazu war es unumgänglich, sie schleunigst von hier weg und an einen sicheren und vor allem dunklen Ort zu bringen. Hier draußen in den Bergen würde die Sonne in wenigen Stunden das Werk vollenden, das die Reißzähne ihrer Angreifer begonnen hatten. Tara rief die Stute zu sich, die sich folgsam neben der Vampirin niederließ. Die Druidin zog den reglosen Körper über den Rücken des Pferdes und hielt ihn fest, bis das Tier wieder aufgestanden war. Dann stieg sie in den Sattel.

»Wir müssen vor Sonnenaufgang in Aughnanure sein«, schärfte sie der Stute ein, die wie zur Bestätigung leise wieherte. Dann trabte sie los. Sie ließ den Hang hinter sich und hielt auf das Dorf zu, das sich zu Füßen des Berges ausbreitete. Obwohl sich die ersten Menschen bereits von ihrem Nachtlager erhoben, nahm sich Tara nicht die Zeit, einen Bogen um Oughterard zu schlagen. Auf dem breiten Weg kamen sie schneller voran. Im Osten verlor der Himmel schon an Schwärze, als die Stute in den Hohlweg einbog, der zur Burg hinunterführte. Tara spornte die Stute ein letztes Mal mit aufmunternden Worten an. Selbst die Wölfe wirkten nun nach diesen Tagen erschöpft und trabten mit hängenden Köpfen an ihrer Seite. Tara aber saß noch immer gerade aufgerichtet im Sattel, als sie im ersten Lichtschimmer des neuen Tages in den Burghof von Aughnanure ritten.

*

»Wo sind Catriona und Donnchadh?«, fragte Alisa.

Ivy trat hinter den Freunden ins Freie. »Seht, sie sind auf dem Turm dort drüben mitten im Hof. Früher war er in die Mauer um den inneren Burghof eingebunden. Heute steht nur noch die äußere Mauer.«

»Ah, sie halten wieder geheime Besprechungen ab!« Franz Leopold sah zu dem runden Türmchen mit der konischen Spitze hinüber, das frei im grasigen Burghof stand. Er runzelte die Stirn, dann schüttelte er bedauernd den Kopf. »Ich vermute, sie haben diesen Ort mit Bedacht gewählt. Da kommen wir nicht unbemerkt an sie heran.«

»Wir nicht«, widersprach Luciano, »aber Ivy? Wie wäre es wieder mit einer Mäusevorstellung? So ein kleines Mäuschen im Gras fällt doch keinem auf. Und dann husch, die Stufen im Turm hinauf.« Die drei sahen Ivy erwartungsvoll an, die aber schüttelte den Kopf.

»Nein, es gibt Dinge, die bei den Lycana tabu sind, und den Führer des Clans bei einer Beratung zu belauschen, gehört ganz eindeutig dazu!«

»Und wie war das letztes Mal?«, wollte Luciano wissen.

»Das war etwas anderes. Ich habe mir nur die Überreste des Vampirs angesehen.« Die anderen wollten protestieren, aber Ivy schnitt ihnen das Wort ab. »Wir werden nicht lauschen! Kommt mit zum Fluss runter und lasst euch noch ein wenig aus der Geschichte der Burg erzählen. Es wird sowieso bald Zeit, die Särge aufzusuchen.«

Die drei Freunde tauschten einen missmutigen Blick. Ivy schien das nicht zu stören.

»Seht ihr, Aughnanure wurde auf einer Felsklippe über dem Drimneen erbaut. Wo heute Land ist, war einst ein kleines Hafenbecken, sodass Waren per Boot direkt im äußeren Hof angelandet werden konnten. Und dennoch war es möglich, diesen Zugang vom Wasser von der Umfassungsmauer zu beiden Seiten gut zu verteidigen.« Sie warfen einen Blick in das verlandete Becken und schlenderten dann an der äußeren Burgmauer entlang. Franz Leopold warf immer wieder einen Blick auf das Türmchen in der Mitte, das sie nun in weitem Bogen umrundeten. Noch immer standen die beiden dort zusammen und unterhielten sich lebhaft. Catriona war keine Vampirin großer Gesten, doch aus

Donnchadhs Handbewegungen konnte man schließen, dass sie sich nicht einig waren.

Sie umrundeten eine Mauer mit zwei Fenstern, deren Bögen mit kunstvollen Steinmetzarbeiten versehen waren. Auf der anderen Seite war der Boden mit Steinplatten belegt, auf denen zwei lange Tische und einige Bänke standen. Zusammen mit der Wand, die im rechten Winkel anschloss, schien das Ganze nicht zu der Verteidigungsmauer eines Burghofes zu gehören. Alisa sah fragend zu Ivy.

»Das sind die Reste der früheren Festhalle. Hier auf der Westseite, wo die Steinplatten zu dieser sumpfigen Wiese hin abfallen, ragte die Halle mit der Außenmauer bis in einen Seitenbogen des Flusses hinein. Ein steinernes Gewölbe trug die Mauern.«

»Sie haben die Halle über den Fluss hinausgebaut?«, wunderte sich Luciano.

»Ja, das war ganz praktisch. Im Boden gab es eine Falltür, durch die man zum Wasser gelangen konnte. So war es den Burgherren möglich, ihren Wein und die Vorräte dort unten zu kühlen – und es gibt Gerüchte, dass so mancher Burgherr unliebsame Gäste durch die Falltür entsorgen ließ.«

Luciano lachte auf. »Ah, auch in Irland versteht man sich auf die praktische Entsorgung von Leichen und unliebsamen Personen mithilfe von fließendem Wasser! Wie in der Cloaca Maxima in Rom.«

Ivy zwinkerte. »Du siehst, Iren und Römer sind gar nicht so verschieden.«

»Was ist mit der Halle passiert?«, fragte Franz Leopold, der seine Aufmerksamkeit endlich wieder den Freunden zuwandte.

»Das Gewölbe wurde vermutlich unterspült und ist irgendwann zusammengebrochen. Die Halle wurde über die gesamte Länge gespalten. Die westliche Hälfte kippte zur Seite und zerbarst. Danach wurde sie nicht wieder aufgebaut.«

Sie gingen zum inneren Hof zurück. Links war das Torhaus zu sehen, hinter dem eine Zugbrücke über den Graben führte, der mit dem Fluss verbunden war. Ein Karren näherte sich von der anderen Seite des Drimneen, ratterte über die Brücke und dann über den Damm zur Zugbrücke hinauf und durch das Tor. Zwei Lycana sprangen vom Kutschbock und begannen, Särge auszuladen. Bridget und Niamh kamen aus dem Turm und halfen ihnen, die Kisten hineinzutragen.

»Für die Erben müsste es jetzt reichen«, sagte Niamh erfreut.

Der Vampir, der auf dem Kutschbock gesessen hatte, nickte. »Nur einige ihrer Schatten müssen diesen Tag leider so auf dem Boden zubringen. Es ist zu spät für noch ein Fuhre.«

»Auf so viele Gäste auf einmal waren wir nicht vorbereitet«, sagte der andere, der sich je eine der Kisten unter den Arm geklemmt hatte. Sie waren mit Erde verschmiert und schon ein wenig angemodert. Alisa stieg der Duft des Todes in die Nase. Sie trat näher und schnupperte an den Kisten, die noch auf dem Wagen standen. Sie waren mehr oder weniger dunkel verfärbt. Durchdringender Verwesungsgeruch hüllte den Wagen wie eine Wolke ein. Es handelte sich offenbar nicht um neue Särge. Auch ein paar andere der Erben, die in kleinen Gruppen im Hof zusammengestanden hatten, kamen neugierig näher. Malcolm trat mit Raymond und Rowena heran. Ireen war nirgends zu sehen. Tammo befand sich wie üblich in Gesellschaft der beiden Pyras.

»Was sie wohl mit den ursprünglichen Insassen der Särge gemacht haben?«, fragte Luciano, der neben Alisa getreten war, und grinste.

»Du kannst sie ja fragen. Stammen die Särge vom hiesigen Friedhof?«

Niamh nickte. »Er gehört zu Oughterard. Dort gibt es stets frische Gräber. Sie begraben auch die Toten aus der Mine dort. Allerdings werden die armen Teufel, die oben im Abraum schuften, meist nur in ein Leinentuch gehüllt, da niemand den Sarg bezahlen will. Trotzdem sind noch genügend stabile Särge dort. Morgen werden wir das Problem behoben haben.« Er wandte sich ab und trug die nächsten Kisten in den Turm.

»Welche Mine?« Alisa sah Ivy fragend an. Wieder dieser Ausdruck von Zorn in ihren Augen, den Alisa auf der Gefängnisinsel von Galway zum ersten Mal an ihr bemerkt hatte.

»Glengowla«, sagte sie mit einem Ausdruck des Abscheus, als wäre schon allein dieses Wort eine Beleidigung. »Ausgerechnet die O'Flahertys, die einstigen Herren dieser Burg, ließen Stollen in den Marmor treiben, um an die Bänder aus Silber- und Bleierz heranzukommen. Direkt hinter Oughterard, am Lough Ateeaun – am See des Feenhügels, den die Menschen jetzt Bleiminensee nennen, denn Feen gibt es dort ganz gewiss keine mehr!«

Alisa wechselte schnell das Thema. Obwohl sie den tieferen Grund für ihren Zorn gern gewusst hätte. Die Menschen gruben in der Erde. Ja, das taten sie überall, wo es etwas zu finden gab, das ihnen half, ihre Technik zu verbessern oder einfach nur das Leben angenehmer zu gestalten. Es ging nicht nur um Erze oder edle Metalle für Schmuck und Münzen. Alisa dachte an die Schiffe mit Kohle, die im Hamburger Hafen anlandeten und dort entladen wurden. Scharen von Kindern aus den Gängevierteln lebten davon, selbst im Winter durch das eisige Wasser zu waten, um verloren gegangene Kohlestücke herauszufischen, die sie für ein paar Pfennige verkauften. Oder die neuen Frachter aus Amerika, die in Fässern Petroleum lieferten, das den stinkenden Waltran ersetzte. Wurde es nicht auch dem Boden entrissen? Alisa konnte darin nichts Frevelhaftes erkennen. Sie bewunderte die Menschen für ihren Erfindungsreichtum. Hatten sie nicht schon seit Tausenden von Jahren Bergbau betrieben? Der Marmor sei die Seele des Landes, hatte Ivy gesagt. Alisa konnte das nicht nachempfinden. Anderseits war auch der Glaube der Christen für Alisa nicht mehr als eine Sammlung alter Geschichten, die den Menschen halfen, die Misere ihres Lebens besser ertragen zu können. Und dennoch fügten ihre Heiligenbilder und Kreuze Vampiren Schaden zu und schwächten sie. Es brauchte Kraft und Übung, sich dagegen zur Wehr zu setzen. Vielleicht waren diese Felsen im Untergrund dagegen wirklich etwas, das Vampire stärkte?

Ein Ruf ließ alle herumfahren. Ein weißes Pferd erschien auf der Zugbrücke.

»Tara!« Mehr brachte Ivy nicht heraus, als sie die Stute und ihre Reiterin erkannte. Ihre Stimme klang seltsam bewegt, und sie fuhr sich mit der Hand über die Augen, als sie auf die Druidin zueilte. Die Freunde folgten ihr neugierig. Sie hatten die alte Menschenfrau in Rom kurz zu sehen bekommen, als sie angereist war, um sich um Seymours Verletzungen zu kümmern, die eine silberne Schwertklinge ihm zugefügt hatte. Alisa erinnerte sich noch an ihren Duft, nach süßem Menschenblut, nach Kräutern und Alter, aber auch nach Stärke und nach Magie! Zaghaft trat sie näher. Sie sah, wie sich Lucianos Nasenflügel blähten, als er ihren Geruch einsog. Zum Glück hatten sie nach ihrem Empfang in Aughnanure reichlich zu trinken bekommen. So war es nicht zu schwer, sich in der Nähe eines Menschen aufzuhalten und dennoch einen klaren Geist zu bewahren.

Alisa runzelte die Stirn, da ihr noch ein anderer Geruch in die Nase stieg. Blut, unverkennbar, aber kein menschliches. Dann entdeckte sie die reglose Gestalt, die über dem Pferderücken lag.

»Bei den Geistern der Nacht!«, rief Ivy entsetzt. Alisa lief zu ihr. Franz Leopold dagegen zögerte. War das eine Vampirin? Der Körper war so schrecklich zugerichtet, dass Alisa sich nicht sicher war. Warum hatte sie so ein lang gezogenes, pelziges Gesicht? Ihre Hände glichen eher Pranken. Und doch hatte sie auch menschliche Züge. Wenn Alisa sich auf ihr Inneres konzentrierte, stieg das Bild einer jungen Frau in ihr auf. Und sie roch nach Vampir und dem Clan der Lycana.

»Was ist das für ein Wesen?«, fragte Alisa leise, so als wäre die Frage ungehörig.

»Das ist die Lycana Áine«, sagte Ivy mit trauriger Stimme. »Oder sie war es einmal.«

»Was ist mit ihr geschehen?«, fragte Luciano und betrachtete den reglosen Körper neugierig.

»Sie wurde mitten in ihrer Wandlung angegriffen und so schwer verletzt, dass sie das Bewusstsein verlor. Es ist zu viel Blut geflossen, als dass sie wieder zu sich kommen könnte.«

»Aber sie wird sich während des Tages regenerieren«, sagte Franz Leopold, der auch ein wenig näher gekommen war. »Ist sie eine Unreine?«

»Áine ist eine Servientin, ja. Aber ich kann nicht sagen, ob die normale Heilung einsetzen wird.«

Alisa nickte. Sie verstand. »Weil ein Teil von ihr bereits Wolf ist.«

»Versuchen kann man es ja«, sagte Franz Leopold. »Und wenn es nicht funktioniert …« Er sprach den Satz nicht aus und zuckte stattdessen nur mit den Achseln.

Alisa fuhr zu ihm herum. »Dann ist es ja nur eine Unreine, wolltest du das sagen? Sie ist ja nichts wert, unwichtig, ob sie existiert oder vernichtet wird. Man kann sich ja neue Schatten besorgen!«

»Es ist immer wieder erstaunlich, welche Aggressionen in dir schlummern«, erwiderte er, ohne auf ihren Vorwurf einzugehen.

»Fasst bitte mit an«, forderte sie Tara auf. »Ich bin eine alte Frau und kann sie alleine nicht tragen. Es war Luciano, der vorsprang, den leblosen Körper in seine Arme nahm und Tara zum Turm folgte. Ivy zeigte ihm den schmucklosen Sarg im unteren Lagerraum, in dem Áine zu ruhen pflegte, und Luciano bettete sie erstaunlich sanft in ihre Kissen und schloss dann den Deckel.

»Könnt Ihr noch etwas für sie tun, um die Regeneration zu beschleunigen?«, fragte Alisa die Druidin. Sie wagte nicht, ihr direkt in die Augen zu sehen. Sie war sich ihrer Anwesenheit jeden Moment auf fast schmerzliche Weise bewusst. War es nur, weil Alisa es nicht gewohnt war, einem Menschen so nahe zu sein, oder rief die uralte Magie der Druiden, die sie wie eine Aura umgab, dieses Gefühl hervor?

»Wir können leider nur abwarten. Vielleicht schafft sie es, ihre Kräfte so weit zurückzugewinnen, dass sie die Wandlung in eine Richtung zu Ende bringen kann. Dann wird sie genesen. Wenn nicht, habe ich kein Mittel, ihr zu helfen. Ich habe so etwas nur einmal erlebt und da gab es keine Rettung mehr.«

»Du kannst ihr nicht helfen?«, rief Ivy aus. »Wenn nicht du, dann kann es niemand. Arme, verlorene Áine.« Sie klang erschüttert. Für einige Augenblicke stand sie still da, dann hob sie den Blick und sah die Druidin an. Sie war wie ausgewechselt. Sie strahlte nun vibrierende Unruhe aus.

»Wann brechen wir auf?«

»Heute Abend, sobald die Sonne untergegangen ist. Es ist die Nacht des Neumondes, wie Áthair Faolchu es bestimmt hat. Ich werde mich nun mit Donnchadh und Catriona besprechen.« Die Druidin ging in den Hof zurück. Ihre beiden grauen Wölfe folgten ihr.

Ivy sah Tara nach. In ihrer Miene war Missfallen zu lesen. Es war ein wenig seltsam, wie rasch ihre Stimmungen sich wandelten, seit sie Aughnanure vor kaum zwei Stunden betreten hatten. Nein, verbesserte sich Alisa, seltsam war, dass man es ihr ansah. Vielleicht hatte Ivy den Gedanken aufgefangen, denn sie setzte plötzlich das freundliche Lächeln auf, das sie so gut an ihr kannten.

Die Freunde folgten der Druidin ins Freie, doch weit kamen sie nicht. Catriona rief die Erben in den Turm und forderte sie auf, ihre Särge aufzusuchen. So folgten sie der Lycana durch den Rundbogen der Eingangstür, über der – hoch oben am Zinnenkranz – eine Pechnase vorsprang, durch die man in früheren Zeiten heißes Öl oder Pech schütten und ungebetene Besucher gebührend hatte empfangen können. War die Tür dennoch eingenommen, warteten Bogenschützen im ersten der sechs Stockwerke und schossen Pfeile durch ein Loch in der Decke auf die hereindrängenden Angreifer. Catriona führte sie die Wendeltreppe hinauf, die sich, wie in allen irischen Burgen, links herum nach oben wand. Wieder sollten die Verteidiger des Turms einen Vorteil haben. Sie konnten ihr Schwert rechts frei schwingen, während die Angreifer im engen Treppengewinde in ihren Bewegungen eingeschränkt waren. Ebenfalls Absicht sei es, dass die

Treppenstufen unterschiedlich hoch waren, erklärte Ivy Luciano, als er über die mangelnde Kunstfertigkeit der irischen Burgenbauer spottete. Nicht mangelndes Können sei hierfür verantwortlich. Sie sollten Stolpersteine für Fremde sein, die die Burg zu stürmen versuchten. Die Hausherren hatten bis dahin längst gelernt, welche Stufen höher und welche niedriger waren.

Sie stiegen bis zum oberen der Hauptstockwerke, über dem eine kunstvolle Decke aus Eichenbalken das Dach stützte. Wo einst der Hausherr Gericht gehalten hatte, standen nun die Särge der jungen Vampire aufgereiht. Die Särge der Burgbewohner befanden sich in den schmalen Kammern der Zwischengeschosse. Die Servienten der Gäste mussten sich im Lagerraum unten einrichten, während Catriona, Donnchadh und die anderen Lycana, die sie auf ihrer Reise begleiteten, im großen Saal im zweiten Geschoss ruhten, dessen riesiger Kamin davon sprach, dass sich das Leben der einstigen Burgherrenfamilie hier abgespielt hatte.

Bridget, die gerade mit Niamh die letzten Kisten zurechtrückte, zeigte einladend auf die Särge. »Sucht euch einen aus.«

Tammo saß schon in einer Kiste, die Nase gerümpft. Fernand und Joanne schienen nichts dabei zu finden, in einem eben erst ausgegrabenen Sarg zu ruhen. Auch Malcolm war schon da und die Dracas, die sich – was keinen wunderte – lautstark beschwerten. Alisa lächelte in sich hinein und stieg neben Luciano in einen der Särge, der offensichtlich noch nicht sehr lange im Boden geruht hatte. Das Holz war hell und roch auch nicht so stark nach Moder. Keine der Kisten war ausgepolstert.

»Wir haben die Stoffe und Kissen auf dem Friedhof zurückgelassen«, sagte Bridget, die Alisas Blick bemerkt hatte, entschuldigend. »Sie waren zu sehr von Leichensäften durchdrungen und verklebt.«

Alisa wehrte ab. »Das ist nicht weiter schlimm.« Sobald sie einmal in ihre Starre gefallen war, war es gleichgültig, ob sie auf weichen Kissen oder auf dem nackten Holzboden lag.

Die jungen Vampire stiegen in ihre Kisten und schlossen die

Deckel. Seymour legte sich auf Ivys Sarg. Als Letzte kam Ireen hereingehuscht und kletterte in die einzige noch offene Kiste. Catriona ließ den Blick noch einmal durch den Raum schweifen. Ruhe war eingekehrt. Nur hier und dort drang noch ein leises Raunen durch das Holz. Die Lycana wandte sich ab und stieg die Treppe hinunter, um ihren Sarg aufzusuchen, der wie immer an Donnchadhs rechter Seite stand.

*

»Du gehst noch einmal hinaus?«, fragte Oscar verwundert, der bei einem Humpen Bier und einer Zigarre in dem kleinen Gastraum der Herberge in Oughterard saß und die endlich wieder trockenen und warmen Füße von sich streckte. Das Landhaus der Wildes in der Nähe von Cong am Nordufer des Lough befand die Lady als zu weit entfernt, um dort ihr Hauptquartier aufzuschlagen, sehr zu Oscars Missfallen, der seinem Freund versicherte, dass sie es dort weitaus bequemer haben würden.

Bram Stoker rückte den Umhang zurecht und setzte sich den Hut auf. »Ja, ich muss mir noch ein wenig die Beine vertreten. Es ist eine herrliche Nacht.«

»Wir haben Neumond!«, widersprach Oscar.

»Ja, aber der Wind hat die Wolken weggeblasen. Es regnet nicht mehr und das Sternenlicht verleiht dem Land etwas Magisches.«

Oscar ließ den Bierkrug sinken. »Du willst doch nicht etwa jetzt, mitten in der Nacht, auf den Friedhof gehen?«

Ein Ausdruck von Verlegenheit glitt über das Gesicht des Freundes. »Warum nicht? Ich meine, wenn mich mein Weg dort vorbeiführt, kann ich einen Blick hineinwerfen.«

»Ha!«, rief Oscar und ließ die Zigarre vorschnellen, als sei sie eine Klinge. »Willst du mich für dumm verkaufen? Wenn dein Weg dich zufällig vorbeiführt! Du wirst deine Schritte auf direktem Wege dorthin lenken. Ich kenne deine Vorliebe für Leichen und Untote. Das ist nicht normal! Lass dir das vom Sohn eines großen Arztes sagen.«

»Dein Vater war Augen- und Ohrenarzt!«

»Ja, genau, und der würde dir sagen, was er davon hält, dass du überall Fantasiewesen siehst und hörst, die es nicht gibt.«

»Du glaubst also nicht, dass es sie gibt?«

»Ich glaube an vieles, aber Untote? Sagen wir, ich habe berechtigte Zweifel.« Er hob beinahe entschuldigend die Achseln.

»Dann hast du ja sicher keine Angst, dass ein Vampir mir mein Blut und meine Seele rauben könnte, wenn ich nachts auf einen Friedhof gehe«, sagte Bram, zwischen Bedauern und Belustigung schwankend.

»Nein, mein Freund, das habe ich nicht. Wenn dir also nicht einer dieser armen, halb verhungerten Bettler einen Stein über den Schädel zieht, um dir die Schuhe oder was auch immer zu stehlen, werden wir uns morgen beim Frühstück wiedersehen.«

»Ich werde auf meine Schuhe achtgeben«, versprach Bram, hob grüßend die Hand und verließ die Herberge. Er hatte sich den Weg bereits bei Tageslicht angesehen, sodass es ihm nun nicht schwerfiel, den Pfad zu finden, der zu dem ein Stück vom Dorf entfernten, mit einer Mauer umschlossenen Friedhof führte. Von der kleinen Kirche standen, wie bei so vielen im Westen Irlands, nur noch die Umfassungsmauern. Der Dachstuhl war irgendwann eingebrochen. Nach und nach hatten sich die Dorfbewohner die geborstenen Dachbalken als Brenn- oder Baumaterial geholt, denn Holz war in den Mooren ein knappes Gut. Und auch die Ziegel und Steine, die heruntergebrochen waren, konnte man gut gebrauchen. Die noch stehenden Mauern zu schleifen, kam den Menschen allerdings nicht in den Sinn. Sie gehörten immerhin zu einem Gotteshaus und waren gesegnet. Sie versprachen noch immer einen ganz besonderen göttlichen Schutz und so waren Begräbnisplätze innerhalb der Mauerreste von Kirchen oder Klöstern sehr begehrt.

Bram passierte das nur angelehnte Gittertor und ging zu der Ruine der Friedhofskirche hinüber. Dicht an dicht reihten sich am Boden die Grabplatten. Er bückte sich, doch das Sternenlicht war zu schwach, um die Inschriften zu entziffern. Auf manchen lagen vertrocknete Blumen.

Ein schabendes Geräusch ließ ihn herumfahren. Was war das? Bram lauschte. Es kam von jenseits der Kirchenmauern. Leise trat er an eine der Fensteröffnungen und spähte hinaus. Seine Augen hatten sich inzwischen an die Dunkelheit gewöhnt. Zwei Schatten machten sich an den Gräbern zu schaffen. Erde wurde angehäuft, dann zog einer von ihnen – eine zierliche Gestalt – einen Sarg aufs Gras hinaus. Bram schüttelte ungläubig den Kopf. Sie sah aus wie eine Frau. Wie konnte sie solche Körperkräfte besitzen? Wie erstarrt stand er da und konnte den Blick nicht abwenden, obwohl sein Körper ihn mit allen ihm zur Verfügung stehenden Mitteln warnte. Sein Rücken prickelte, seine Nackenhaare stellten sich auf. Kalter Schweiß stand auf seiner Stirn. All seine Sinne schrien: Gefahr! Lauf um dein Leben! Aber Bram Stoker rührte sich nicht vom Fleck.

Die Frauengestalt öffnete den Sarg, nahm die Leiche, die größer als sie selbst sein musste, heraus und warf sie in das offene Grab zurück. Mit Bewegungen, so schnell, dass Bram ihnen mit den Augen kaum folgen konnte, verschloss sie das Grab wieder und wandte sich dann einem anderen zu. Ihr Begleiter folgte ihrem Beispiel. Die Frage, warum sie das taten, wurde mit einem Mal unwichtig, als sich ihm die ungeheuerliche Erkenntnis aufdrängte: Das konnten keine Menschen sein! Sie waren zu schnell und zu stark. Ob sie einen Schatten warfen, konnte Bram nicht erkennen. Das Sternenlicht war zu schwach. Sein Unterbewusstsein hatte die Wesen längst erkannt, aber sein Verstand weigerte sich, es einzugestehen. Hatte er nicht immer gehofft, sie einmal zu Gesicht zu bekommen? Gehofft und gefürchtet! Sein Geist formte das Wort: Vampire! Sein Atem wurde flach und klang dennoch unnatürlich laut in seinen Ohren. Warum hatten sie ihn noch nicht entdeckt? Waren die Geschichten über ihre Kräfte übertrieben? Oder lenkten ihre Arbeit und der intensive Leichengeruch, der nun zu ihm herüberwehte, sie ab?

Zunehmend fasziniert beobachtete Bram die beiden Geschöpfe, wie sie immer mehr Särge ausgruben und über die Mauer der Einfriedung auf einen Wagen hoben. Zwei kräftige schwarze Pferde waren ihm vorgespannt. Sie standen so reglos da, dass sich Bram fragte, ob dies gewöhnliche Tiere waren. Ihr Fell schimmerte im Sternenglanz. Bram sah wieder zu den beiden Vampiren hin. Die Angst, die ihn noch vor wenigen Augenblicken zur Flucht gedrängt hatte, wurde träge und schläfrig. Wie anmutig sie sich bewegten! In seinem Kopf begann es zu rauschen. Jetzt erst bemerkte Bram, dass die Vampirin ihre Arbeit beendet hatte. Sie stand reglos vor der Mauer und starrte zu ihm hinüber. Sie sah in seine Augen, in seinen Geist, durch ihn hindurch. Er hätte eigentlich erschrecken müssen. Sich zu Tode ängstigen oder panisch die Flucht ergreifen, stattdessen rührte er sich nicht von der Stelle und erwiderte den Blick. Das Rauschen in seinem Kopf schied sich zu Tönen, die eine Melodie woben. Sie zog ihn an, rief nach ihm. Wie die Sirenen, die Odysseus ins Verderben locken wollten. Bram hatte keinen Schiffsmast, an den er sich hätte binden lassen können. Er fühlte, wie sich sein Körper zu bewegen begann, und er wusste, dass nicht er selbst es war, der ihn kontrollierte.

Oscar, du hattest unrecht, dachte er. Wirst du deine Meinung nun ändern, oder wirst du glauben, ein Landstreicher hätte mich niedergestreckt?

Plötzlich ließ das fremde Ziehen nach. Er sah, dass sich die Vampirin abgewandt hatte. Ihr Begleiter saß bereits auf dem Kutschbock und rief ihr etwas zu. Sie zögerte kurz. Noch einmal traf ihr Blick ihn bis ins Mark, dann schwang sie sich mit einem unglaublichen Sprung über die Mauer und auf den Wagen. Die Pferde zogen an.

Bram Stoker blieb in der leeren Fensteröffnung der Kirchenruine stehen, bis der Wagen entschwunden und der Hufschlag verklungen war. Noch konnte er es nicht recht fassen. Er hatte dem Tod und der Verdammnis in die Augen geschaut – und war ihm entkommen.

»Das glaubt mir Oscar nie und nimmer«, murmelte er, als er endlich wieder in der Lage war, sich zu bewegen. Mit schleppenden Schritten, als wäre er in diesen Minuten um Jahre gealtert, machte er sich auf den Rückweg zu ihrem Gasthaus. Der Blick der Vampirin brannte noch immer auf seiner Seele.

WETTLAUF GEGEN DIE ZEIT

Als Franz Leopold aus seiner halb vermoderten Kiste stieg, galt sein erster Gedanke Ivy. Ihr Sarg war bereits verlassen und sie und Seymour im oberen Saal nicht mehr zu sehen. Der Dracas flog nahezu die lange, gewundene Treppe hinunter. Er hielt nur inne, um einen Blick in die Halle mit der großen Feuerstelle zu werfen und festzustellen, dass sich Ivy auch hier nicht aufhielt. Franz Leopold kehrte zur Treppe zurück und stieß fast mit Alisa zusammen.

»Ist sie schon weg?«, rief Alisa ihm zu.

»Woher soll ich das wissen?«

Sie schossen durch den Torbogen ins Freie. Das dumpfe Klappern von Hufen auf Holz klang zu ihnen herüber.

»Sie sind auf der Zugbrücke!«

Sie rannten weiter und kamen an der Brücke an, als die Schimmelstute das andere Ufer erreichte. Ivy blieb stehen und wandte sich zu ihnen um. Seymour legte den Kopf in den Nacken und jaulte.

»Komm!« Alisa und Franz Leopold überquerten die Zugbrücke in wenigen Sätzen. Sie hatten nicht darüber gesprochen, waren jedoch beide entschlossen, Ivy nicht ohne ihre Begleitung gehen zu lassen. Mit ernsten Mienen traten sie vor sie und grüßten die Druidin auf ihrem Ross und die beiden Lycana aus Aughnanure, die sie anscheinend begleiten sollten.

»Verzeiht, dass ich mich nicht von euch verabschiedet habe. Wir sind in Eile, doch schon morgen Nacht kehren wir zurück.«

Franz Leopold knurrte. »Du weißt genau, dass wir dir nicht nachgelaufen sind, um uns zu verabschieden. Wir kommen mit!«

»Das ist nicht möglich«, mischte sich die Druidin ein. »Ihr werdet hierbleiben und euch auf eure Ausbildung konzentrieren. Das ist eure Aufgabe. Ivys Aufgabe ist es, heute Nacht mit mir zu kommen.«

»Was ist das Ziel eurer Reise?«, fragte Alisa, bekam aber keine Antwort. Die Druidin sah sie nur streng an.

»Kehrt in die Burg zurück, wo ihr sicher seid. Niemand sollte sich in diesen Nächten schutzlos draußen herumtreiben.«

»Gerade deshalb müssen wir mitkommen!« Franz Leopold war nicht bereit, so schnell aufzugeben.

Ein Lächeln huschte über das faltige Gesicht. »Das ehrt dich, Franz Leopold vom Clan der Dracas, dennoch muss ich meinen Befehl wiederholen: Kehrt in die Burg zurück! Glaube mir, Ivy ist in unserer Gesellschaft sicher«, fügte sie sanfter hinzu. Dann wandte sie ihr Pferd ab und es fiel sogleich in einen flotten Galopp. Die Vampire folgten ihr zu Fuß, die drei Wölfe liefen hinterdrein. Missmutig zogen sich Franz Leopold und Alisa bis zum Torhaus zurück.

»Habe ich etwas verpasst? Sind sie schon aufgebrochen?« Luciano kam atemlos über den Hof gelaufen und stürzte durch das Tor, wo er fast in Alisa hineinschlitterte.

»Wer verschläft und trödelt, verpasst immer etwas«, antwortete Franz Leopold kühl.

»Ivy ist mit der Druidin und zwei Lycana nach Westen gegangen. Die Wölfe begleiten sie, und das weiße Pferd, auf dem Tara gestern angekommen ist. Zu Fuß könnte die alte Frau wohl nicht mit ihnen Schritt halten, vermute ich, obwohl sie eine Druidin ist.«

»Wie schade, dass sie uns nicht mitnehmen«, sagte Luciano mit einem Seufzer. »Ich bin zu neugierig, was das alles zu bedeuten hat. Warum mussten wir alle hierherkommen? Was will die Druidin mit Ivy in dem trüben Moor?« Sein Blick wanderte über die Brücke hinweg nach Westen, wo die Reiterin und die Vampire schon nicht mehr zu sehen waren. Ein Ausdruck von

Entschlossenheit trat in sein Gesicht. »Wenn wir etwas erfahren wollen, dann werden wir ihnen wohl ohne Erlaubnis folgen müssen!«

Franz Leopold und Alisa fuhren herum und starrten ihn an. Dann erhellte ein Lächeln die Miene das Dracas. »Das ist das erste Vernünftige, das ich aus deinem Mund höre, Nosferas.«

»Vernünftig?«, widersprach Alisa zweifelnd. »Vernünftig wohl kaum, aber ein durchaus brauchbarer Einfall.« Luciano strahlte über das unerwartete Lob. Alisa sah sich aufmerksam um. »Unsere Aufpasser scheinen anderswo beschäftigt zu sein. Also los. Eine bessere Gelegenheit wird sich uns nicht bieten. Jetzt sind die Spuren noch frisch!«

»Und fang nun nicht an zu jammern, du würdest deine Blutmahlzeit versäumen, die sie gerade im Saal auftragen«, zischte Franz Leopold, der Lucianos leidende Miene richtig deutete.

»Ich wollte euch nur darauf hinweisen, dass es besser ist, solch eine Unternehmung gestärkt zu beginnen«, rief er beleidigt.

Alisa wiegte den Kopf hin und her. »Das ist nicht falsch gedacht. Ich fürchte nur, später werden wir keine Gelegenheit mehr bekommen, uns unbemerkt davonzuschleichen. Außerdem könnte der Abstand dann bereits zu groß sein. Die beiden Lycana sahen nicht gerade träge aus und die Druidin reitet ein außergewöhnliches Pferd. Über Ivy muss ich nichts sagen.«

Franz Leopold machte eine ungeduldige Handbewegung. »Warum stehen wir dann noch hier?« Die Worte waren kaum verweht, da hatte er die andere Seite der Zugbrücke bereits erreicht.

»Komm!«, rief Alisa und rannte ihm nach. Luciano stöhnte, doch er folgte ihr, so schnell er konnte. Auf der anderen Seite des Flusses ließen sie ihn aufschließen.

»Streng dich ein wenig an!«, herrschte ihn Franz Leopold an. »Du wirst schon nicht gleich zusammenbrechen.«

Sie liefen den leicht ansteigenden Feldweg zum Dorf hinauf, den die Reiterin und die Vampire vor wenigen Minuten genommen hatten. Luciano schwieg und konzentrierte sich auf das

Vorwärtskommen. Bei allen Dämonen der Nacht, liefen die beiden etwa noch schneller als sonst? Sie bewegten sich leichtfüßig und in seltsam synchronen Bewegungen voller Leichtigkeit und Eleganz. Wie machten sie das nur? Sein Körper war schlanker geworden und er war in den vergangenen Tagen viel gelaufen, und dennoch konnte er sich nicht mit ihnen messen. Lag das am Blut seiner Familie?

Der Abstand zwischen ihnen vergrößerte sich bereits wieder. Franz Leopold und Alisa hatten schon die ersten Scheunen erreicht. Sie hielten inne, um sich der Fährte zu vergewissern, dann schlugen sie einen Bogen nach rechts.

»Nicht trödeln!«

Sie umrundeten das Dorf und folgten dann einer Karrenspur nach Nordwesten. Der Himmel wurde nur von ein paar Sternen erleuchtet, die zwischen den rasch ziehenden Wolken schimmerten. Bald tauchte ein Friedhof mit einer halb verfallenen Kirche auf, dann ein Dorf. Wieder hatten die Reiterin und die Vampire den Weg verlassen, um den Häusern nicht zu nahe zu kommen.

»Luciano! Wir haben keine Lust, dauernd auf dich zu warten!«

Luciano versuchte, noch ein wenig schneller zu laufen, und zu seiner Überraschung bereitete es ihm keine Schwierigkeit. Er begann sogar, ein wenig aufzuholen. Misstrauisch forschte er nach ersten Anzeichen von Erschöpfung, doch stattdessen fühlte er sich seltsam gestärkt. Es war wie ein Rausch und er konnte nur mühsam einen Laut des Entzückens unterdrücken. Nun wandte sich die Spur nach Westen und folgte dem Ufer eines lang gezogenen Sees. Franz Leopold und Alisa hielten inne. Luciano stürmte an ihnen vorbei.

»Was ist? Könnt ihr nicht mehr? Auf mich müsst ihr nicht warten!«

»Halt! Bleib stehen!«, rief Franz Leopold. Luciano bremste und wartete, bis sie ihn eingeholt hatten.

»Was ist los?«

»Merkst du es denn nicht?« Franz Leopold verdrehte die Augen. »Die Spur verliert an Frische.«

»Sie sind schneller als wir«, ergänzte Alisa, als sie Lucianos ungläubigen Blick sah.

»Noch schneller?«

»Ja, ich fürchte, erst wenn die Berghänge steiler werden, muss zumindest das Pferd langsamer gehen.«

»Also dann weiter«, forderte Luciano die Freunde auf. »Warten bringt uns nicht ans Ziel!«

Alisa schüttelte den Kopf. »Sieh, der Pfad verläuft im Tal entlang nach Westen. Er folgt diesen schmalen Seen, und wir haben keine Ahnung, wann sie in die Berge abbiegen und es endlich steiler wird.«

»Das ist Pech, aber wir können es nicht ändern. Ihr wollt doch nicht etwa aufgeben und umkehren?« Er starrte sie entsetzt an.

»Natürlich nicht!«, wehrte Franz Leopold ab.

»Wir haben uns nur gefragt, ob ein Wolf in diesem Gelände nicht schneller vorankäme? Zumindest müsste er nicht innehalten, um immer wieder Witterung aufzunehmen.«

»Keine Ahnung.« Luciano zuckte mit den Schultern. »Und selbst wenn. Was würde uns das nützen?«

»Wir werden uns zu Wölfen wandeln!«, sagte Alisa bestimmt. Luciano spürte, wie sein Hochgefühl verflog. Da war sie wieder, diese Verzweiflung, dass die anderen schneller, schöner, eleganter und einfach besser waren. Er senkte den Kopf.

»Ich kann es nicht«, gestand er leise. »Wollt ihr mich hier alleine zurücklassen?«

»Du hast den Wechsel mit Ivys Hilfe geschafft, warum sollte es nicht mit unserer ebenfalls gelingen?«

»Was?« Er starrte sie aus großen Augen an.

»Franz Leopold muss sich mit meinem Geist verbinden und dann unsere Kräfte mit den deinen vereinen. Du machst einfach alles so wie bei deiner Übung, und wir geben dir die Energie, die dir fehlt.«

»Und ihr meint, das funktioniert? Ich möchte nachher nicht so aussehen wie diese Vampirin gestern.«

»Du musst dich natürlich konzentrieren.«

Franz Leopold hob die Schultern. »Aber wenn dir das Risiko zu groß ist, dann bleib hier und verkriech dich in irgendeinem Erdloch, bis wir zurückkommen.«

Alisa stieß ihm in die Rippen. »Halt den Mund! Natürlich wird Luciano nicht zurückbleiben. Bist du bereit? Können wir beginnen?«

Luciano bemühte sich um eine selbstsichere Miene und nickte. »Aber sicher. Fangt an!«

Luciano konzentrierte sich so stark auf das Bild des Wolfes, der er werden wollte, dass sich sein Gesicht verzerrte und ihm Schweiß aus allen Poren trat. Dann kam der Energieschub. Er war so stark, dass Luciano taumelte. Er fiel auf die Knie. Nebel wallte auf und hüllte seinen sich windenden Körper ein. Als er sich lichtete und der Schmerz in den Gliedern nachließ, sah er die Welt mit den Augen eines Wolfes. Ehrfürchtig betrachtete er seine haarigen Beine mit den Raubtierpfoten. Er öffnete und schloss den kräftigen Kiefer.

»Es war ganz leicht«, sagte Alisa erstaunt.

Franz Leopold stimmte ihr zu. »Und was dabei herausgekommen ist, kann man zwar nicht als kraftvoll und prächtig bezeichnen – sein Fell würde ich eher räudig nennen –, aber es ist unzweifelhaft ein Wolf!«

Luciano drehte sich ein paar Mal um die eigene Achse, in dem Versuch, sich zu betrachten, dann setzte er sich auf die Hinterbeine und sah die beiden erwartungsvoll an.

Alisa blickte Franz Leopold in die Augen. Es fiel ihr zunehmend leichter, sich ihm zu öffnen. Wieder überraschte sie ihre eigene Stärke. Die Nebel kamen sofort, als sie sie rief, und wirbelten so schnell und dicht wie nie. Sie fiel auf vier kräftige Pfoten hinab. Alisa wusste, dass sie jetzt ein prächtiger Wolf war, flink wie der Wind! Neben ihr stand Franz Leopold. Sein Fell war fast schwarz und glänzte seidig. Ihre Gedanken waren noch immer verbunden. Gleichzeitig sprangen sie los und jagten dann mit riesigen Sätzen das Tal entlang.

*

»Tara?« Der Vampir hatte sich ein wenig zurückfallen lassen und holte nun wieder auf. Die Druidin wandte sich im Sattel um, ohne ihr Tempo zu verringern.

»Was gibt es, Cameron?«, fragte sie den Lycana reinen Blutes, der schon vor vielen Jahren von Dunluce nach Aughnanure gekommen war.

»Wir werden verfolgt!«

Nun hatte er auch Ivys Aufmerksamkeit. »Vampire?«

Cameron nickte. »Zwei oder drei.«

»Weißt du, wer es ist? Es könnten die sein, die uns seit Dunluce folgen. Hat man dir von ihrer Landung in der Grotte erzählt? Einen der ihren haben sie in den Höhlen von Aillwee vernichtet, da er sich nicht aus der Falle befreien konnte und ansonsten in unsere Hände gefallen wäre.«

Cameron und Taber, der ebenfalls seit Langem auf Aughna nure lebte, nickten. »Wir sind über die Vorgänge informiert. Sollen wir zurückbleiben und ihnen auflauern?«

Tara nickte, doch Ivy widersprach. »Wenn sie zu dritt sind, könnte es für euch gefährlich werden. Sie haben bewiesen, dass sie Meister des Gestaltwechsels sind. Wir wissen nicht, welche Kräfte sie noch besitzen.«

Cameron legte die Hand an die Brust. »Unser Auftrag ist es, euch zu beschützen. Gehört es da nicht dazu, sich in Gefahr zu begeben?«

Natürlich hatte Cameron recht, aber Ivy fühlte sich unwohl dabei. *Manches Mal wünschte ich, ich wäre nur ein einfaches Mädchen, dessen Schicksal die Welt weder zum Guten noch zum Bösen wandelt.*

Seymour trat an ihre Seite und sah aus seinen gelben Augen

zu ihr auf. *Wirklich? Dann wäre deine Geschichte längst zu Ende und vermutlich würde sich keiner mehr an dich erinnern.*

Ivy sah ihn trotzig an. *Das ist nicht wahr. Ich wäre dort, wo ich hingehöre: an der Seite meiner Mutter!*

Um das Schicksal der Welt zum Guten oder zum Bösen zu wenden! Du bist kein einfaches Mädchen und du warst es nie! Hadere nicht mit deinem Schicksal. Ich tue es auch nicht.

Sie waren ein wenig hinter der Schimmelstute zurückgeblieben, nun holte Seymour sie mit ein paar schnellen Sätzen wieder ein. Ivy blieb an seiner Seite, die Stirn noch immer besorgt gerunzelt.

Cameron und Taber verwandelten sich in Falken und schossen den Weg zurück, den sie gekommen waren. Sie mussten nicht lange suchen. Schon bald entdeckten sie drei Schatten, die ihrer Spur folgten. Sie stießen hinab, um sie in Augenschein zu nehmen: drei Wölfe. Ein kräftiger Schwarzer mit schönem Fell, ein kleinerer Grauer und einer, der ein wenig zerzaust wirkte. Dass es sich um Vampire handelte, zeigte ihre zu schwach ausgeprägte Wärmeaura, die jedes Tier und jeden Menschen umhüllte, in dessen Adern warmes Blut floss. Sie flogen hoch über ihren Köpfen, dann drehten sie ab, um Tara zu berichten.

»Es sind also drei.« Sie schwieg und sah Seymour an. »Gut«, sagte sie nach einer Weile. »Ihr werdet sie einkreisen. Wir warten dort an der Wegbiegung.« Ivys Protest erstickte sie im Keim.

Die beiden Lycana wechselten ihre Gestalt nun ebenfalls in Wölfe und versteckten sich zusammen mit Seymour und den Wölfen der Druidin im Gebüsch rechts und links des Pfades.

*

Wir kommen gut voran, frohlockte Alisa.

Ja, die Spur wird deutlicher, stimmte ihr Franz Leopold zu.

Luciano fiel zurück. Er legte den Kopf in den Nacken und sah zum Nachthimmel empor.

Was ist? Verlassen dich deine Kräfte?, hörte er Franz Leopolds Gedanken.

Nein, ich habe mich nur gefragt, was das für Vögel sind.

Nun spähte auch Alisa nach oben, aber es war nichts zu sehen.

Jetzt sind sie weg.

Das ist doch unwichtig!, murrte Franz Leopold und lief weiter.

Der Pfad wand sich nun um einen mit Schilf und Moorgras fast völlig zugewachsenen See. Im morastig schwarzen Boden waren die Hufabdrücke so deutlich zu sehen, dass selbst ein Mensch die Fährte nicht hätte verlieren können. Wieder machte der Weg eine Biegung und führte zwischen dichtem Gebüsch hindurch. Alisa bremste, dass sich ihre Pfoten in den Schlamm gruben.

Wartet!, rief sie, doch ehe die Freunde reagieren konnten, brachen Schatten aus den Büschen. Vier Wölfe sprangen auf sie zu, die Lefzen hochgezogen, die Reißzähne entblößt. Franz Leopold knurrte und griff, ohne zu zögern, an. Luciano blieb wie erstarrt stehen. Er war kein Wolf. Er war ein Nosferas! Der Wunsch, zu seiner menschlichen Gestalt zurückzukehren, war so stark, dass die Nebel sich um ihn zusammenzogen, aber da schnappte ein starker Kiefer zu und verbiss sich in seiner Vorderflanke. Er jaulte vor Schmerz und ihm wurde schwindelig. Die Rückverwandlung hatte bereits eingesetzt und wurde nun jäh unterbrochen.

Hört auf!, schrie Alisa verzweifelt. Sie hatte die Wölfe der Druidin erkannt und schloss daraus, dass die anderen beiden die Lycana sein mussten, die Tara und Ivy begleitet hatten. Während sie sich im Kreis drehte und schnappend die beiden Wölfe der Druidin auf Abstand zu halten suchte, rief ihr Geist um Hilfe. Sie dachte nicht darüber nach, an wen sie sich wenden sollte.

Seymour!

Gemächlich kam der weiße Wolf aus dem Gebüsch geschlendert und setzte sich elegant auf die Hinterpfoten. Wäre es nicht gänzlich unmöglich gewesen, hätte Alisa geschworen, dass er lächelte. Noch immer wurde sie von Geal und Ciallmhar umkreist, sie schnappten jedoch nicht mehr nach ihrer Flanke. Dafür hatten sich Franz Leopold und einer der Lycana ineinander verbissen, während Luciano von dem anderen in Schach gehalten wurde.

Seymour, bitte, ich bin es, Alisa! Kannst du mich nicht verstehen? Erkennst du mich nicht? Und Luciano und Franz Leopold? Bitte, sag ihnen, sie sollen aufhören. Sie werden die beiden noch umbringen!

Seymour ließ ein kurzes Kläffen hören. Der Wolf, der mit Franz Leopold kämpfte, stieß ihn von sich und stellte sich, die Zähne drohend gefletscht, vor ihn hin. Seine Geste war klar: Unterwirf dich!

Bitte, Leo, tu es, flehte Alisa. Luciano, der ebenfalls dazu aufgefordert wurde, kam dem Befehl zögernd nach. Die Nackenhaare des Wolfes glätteten sich ein wenig, doch Franz Leopold blieb stur. Aus den Augenwinkeln erhaschte Alisa eine Bewegung. Etwas Weißes schoss so schnell an ihr vorüber, dass sie nicht sofort begriff, dass es Seymour war, der sich auf Franz Leopold stürzte. Er hechtete dem schönen schwarzen Wolf mit einem machtvollen Sprung in den Rücken. Seine Zähne waren an dessen entblößter Kehle, ehe Franz Leopold überhaupt merkte, was geschah.

Unterwirf dich, Franz Leopold de Dracas! Fordere nicht meinen Zorn heraus.

Der junge Wolf gab ein klägliches Winseln von sich. Seymour drückte seinen Kiefer noch ein wenig fester zu, dann ließ er von seinem Opfer ab und trat zurück.

Wandelt euch! Alisa versuchte, Franz Leopold zu finden, doch sein Geist verschloss sich vor ihren tastenden Gedanken. Sie fühlte Zorn in sich aufwallen. Warum verweigerte er sich? Was dachte er dadurch zu gewinnen? Glaubte er etwa, es sei ihre Schuld, dass die Wölfe ihnen aufgelauert hatten?

Die Wut stärkte ihre Kraft und Entschlossenheit, und ihr wurde plötzlich bewusst, dass sie es auch alleine schaffen konnte. Trotz der üblen Lage, in der sie sich befanden, durchströmte sie ein Glücksgefühl, als sie spürte, wie die Nebel sie einhüllten und ihr Körper wieder seine normalen Formen annahm.

»Das war sehr gut!«

»Ivy!«

Die Lycana trat zusammen mit der Druidin auf den Weg hinaus. Für einige Augenblicke war Alisa zu geschockt, um einen klaren Satz zu formulieren, dann stieß sie hervor: »Du hast die Wölfe auf uns gehetzt und zugesehen, wie sie uns fast zerfleischt haben? Ich kann es nicht fassen! Sieh dir an, was sie mit Luciano und Franz Leopold gemacht haben.«

Ivy sah kurz zu dem Dracas. »Die Wunde ist nicht tief. Sie wird dir keine großen Probleme bereiten. Wandle dich, dann kann Tara sie sich ansehen. Brauchst du Unterstützung?« Als Antwort zeigte er ihr drohend die Zähne.

»Ich nehme das für ein Nein«, sagte Ivy kühl und ging zu Luciano hinüber, der kläglich wimmerte. Alisa stapfte ihr hinterher, die Hände in die Hüften gestützt.

»Hast du gar nichts zu sagen?«

Ivy seufzte. »Doch, dass ihr uns aufhaltet und uns wertvolle Zeit durch die Finger gleitet. Was habt ihr euch nur dabei gedacht?«

»Wie sollten wir ahnen, dass ihr uns sofort angreift!«

»Wie konnten wir wissen, dass ihr es seid, die uns folgen? Cameron hat nur bemerkt, dass jemand hinter uns her ist, und da dachten wir natürlich, es seien diese Vampire, die uns seit Dunluce auf den Fersen sind und ganz sicher nichts Gutes im Schilde führen.«

Alisa war plötzlich ganz kleinlaut. »Ihr hättet uns von Anfang an mitkommen lassen sollen.«

Ivy lächelte ein wenig schief. »Ja, wenn ich mir mehr Gedanken darüber gemacht hätte, wäre mir klar geworden, dass ihr so etwas Verrücktes tun würdet, nur um eure Neugier zu befriedigen.«

»Das ist es gar nicht! – Nicht nur. Wir sind deine Freunde und wollen dir helfen.«

Ivy antwortete nicht. Besorgt sah sie auf Luciano hinab, der sich zu ihren Füßen mit sichtlichen Schmerzen wand. Er war kein richtiger Wolf mehr, aber auch seine menschlichen Züge konnten allenfalls erahnt werden.

Alisa erschrak. »Wie können wir ihn aus diesem Zwischenzustand befreien?«

Franz Leopold trat zu ihnen. Seine Hose war an der rechten Seite zerfetzt und Blut rann aus einer Wunde. Er zog das Bein ein wenig nach, was sein betont lässiges Auftreten ein wenig dämpfte.

»Das ist wieder einmal typisch. So etwas kann nur unserem Nosferas passieren.«

»Nein, das kann jedem passieren, der seine Kräfte überschätzt oder es zulässt, dass seine Konzentration im entscheidenden Moment gestört wird.«

»Kann nicht Tara ihm helfen?« Alisa sah die Druidin flehend an, doch zu ihrem Entsetzen schüttelte sie den Kopf.

»Das ist nichts, was man mit Kräutertränken heilen kann.«

Luciano sah so kläglich drein, dass Alisa den Blick abwenden musste. Welch schreckliche Vorstellung, wenn er immer in diesem Zustand gefangen bliebe. Was hatten sie sich nur dabei gedacht? Die Vorwürfe fraßen sich in ihre Eingeweide.

Ivy kniete sich neben Luciano. Sie umfasste seine zuckenden Vorderpfoten und sprach leise auf ihn ein. Alisa konnte die Worte nicht verstehen, doch der Wolf, oder was immer das Wesen jetzt war, wurde ruhiger.

Inzwischen hatten sich auch die beiden Lycana zurückverwandelt und standen nun mit den beiden Wölfen um Luciano und Ivy herum. Cameron, der mit Franz Leopold gekämpft hatte, blutete aus zwei Wunden, wo die Reißzähne des Dracas ihn erwischt hatten. Schweigend beobachteten sie, was passierte. Alisa hielt den Atem an. Ivy wirkte ungewohnt angespannt, die schönen Gesichtszüge fast wie im Schmerz erstarrt. Alisa spürte, wie die Druidin herantrat. Sie legte Ivy die Hand auf die Schulter und sprach einige gälische Worte. Dann trat sie wieder zurück. Ivy rief die Nebel, und für einige ewig während Momente konnte Alisa nicht erkennen, was vor sich ging. Sie hörte nur ein Knurren und Stöhnen. Als sich der Nebel lichtete, erhoben sich Ivy und Luciano in ihrer Vampirgestalt. Alisa stieß einen Schrei der Erleichterung aus und umarmte den Nosferas, dass er ein wenig ins Straucheln geriet. Dann drückte sie Ivy an sich. »Was würden wir nur ohne dich anfangen.«

»Vielleicht versuchen, euch nicht mehr in solche Schwierigkeiten zu bringen? Das wäre ein Anfang.«

Auch Luciano bedankte sich überschwänglich, während sich Franz Leopold weiterhin abweisend gab.

»Wir müssen weiter!«, mahnte nun die Druidin. Die Stute kam den Weg entlanggetrabt, als habe sie nur auf diese Worte gewartet.

»Gut, gehen wir«, stimmte Franz Leopold zu und stellte sich an Ivys Seite, doch diese schüttelte den Kopf.

»Tara, Seymour und ich werden unseren Weg fortsetzen, Cameron und Taber begleiten euch zurück nach Aughnanure.«

Franz Leopold sah sie mit flammendem Blick an. »Nein, wir kommen mit euch. Jetzt sind wir schon so weit …«

In ihren Augen brannte ein solch verzehrendes Feuer, dass er verstummte. »Geht nun.«

Franz Leopold ballte zornig die Hände zu Fäusten, aber er versuchte nicht, ihnen zu folgen, als Taras Stute den Weg hinaufjagte und Ivy und die Wölfe ihr nachsetzten.

»Das haben wir ordentlich vermasselt«, seufzte Luciano. »Statt dass wir mit ihr gehen und sie beschützen, haben wir sie auch noch ihrer Begleiter beraubt. Hoffentlich passiert ihr nichts. Ich könnte mir das nicht verzeihen.« Mit hängendem Kopf trottete er Cameron hinterher. Taber bildete die Nachhut.

»Sie hat ja noch Seymour zu ihrem Schutz«, tröstete Alisa, die sich jedoch ebenfalls nicht wohl in ihrer Haut fühlte.

»Seymour«, stieß Franz Leopold aus und knurrte. »Diesen verschlagenen Verräter, der mit Genuss zugesehen hätte, wie sie uns zerfleischen!«

»Vermutlich hat er uns nicht erkannt«, sagte Luciano.

Alisa schwieg. Vielleicht hatte er zu Anfang wirklich nicht gewusst, wer die drei Wölfe waren, die der Spur folgten. Doch selbst als sie ihn gerufen hatte, hatte er dem Ganzen nicht sofort ein Ende bereitet, sondern zugelassen, dass Franz Leopold und Cameron weiterkämpften. Warum? Ihr Herz war schwer. Es fühlte sich an, als habe sie einen Freund verloren.

*

Der alte Werwolf stand vor dem Eingang zur Höhle und ließ den Blick über die Weite der nächtlichen Moorlandschaft schweifen. Er hatten den jüngeren hinter sich längst bemerkt und wusste, warum er gekommen war, doch er wollte den Augenblick der Entscheidung hinauszögern, solange es möglich war.

Hinter ihm raschelte es, dann trat der Werwolf an seine Seite und deutete flüchtig eine Verbeugung an. Allein diese Geste sagte dem alten Sippenführer mehr als jedes Wort. Einige der jungen Werwölfe waren mit seinen Entscheidungen nicht mehr zufrieden und zollten ihm nicht den Respekt, der ihm gebührte. Noch mieden sie es, ihren Groll offen zu zeigen und für jedermann erkennbar seine Befehle zu verweigern, doch der Zerfall hatte längst begonnen.

»Áthair Faolchu, Mitternacht ist vorüber«, sagte der junge Werwolf schließlich, nachdem der Führer der Sippe offenbar nicht gewillt war, ihn zum Sprechen aufzufordern.

Áthair Faolchu unterdrückte den tiefen Seufzer, der in ihm aufstieg. »Ja, Mac Gaoth, ich weiß. Ich bin durchaus in der Lage, die Zeit in den Sternen zu lesen.«

Wieder diese Verbeugung, die mehr Verachtung als Respekt ausdrückte. »Wir müssen aufbrechen. Hast nicht *du* uns gesagt, dass wir die Höhle in der Mitte der Nacht des finsteren Mondes verlassen?«

Ich habe eurem Drängen nachgegeben, dass sich vor dem Tag der Übergabe etwas ändern muss, dachte Áthair Faolchu. *Es war nicht meine eigene Entscheidung. Vielleicht bin ich wirklich zu alt und zu schwach geworden und sollte die Geschicke der Sippe in andere Hände legen.* Er sah Mac Gaoth an, dessen Augen gefährlich in der Dunkelheit blitzten. Doch wohin würden die jungen Rebellen die Sippe führen?

»Noch ehe der Mond vollständig verblasst ist und die Nacht der Leere über uns kommt, das waren deine Worte.«

Áthair Faolchu spürte, wie Zorn in ihm aufstieg. »Du musst mir meine Worte nicht wiederholen. Mein Geist ist noch nicht so vom Alter verwirrt, dass er sich nicht mehr erinnern kann, was ich gesagt habe.«

»Das habe ich auch nicht bezweifelt.«

»Was bezweifelst du dann?« Schon als er die Worte aussprach, wusste er, dass es falsch war. Er spielte ihnen in die Hände. Warum sollte er sich vor ihnen rechtfertigen? Er war der Führer der Sippe.

»Dass die Stärke noch in dir wohnt, den Entscheidungen, die du in Worte gefasst hast, die entsprechenden Taten folgen zu lassen.« Der junge Werwolf sah ihn mit vorgerecktem Kinn an.

Áthair Faolchu konnte dem Rebell keinen Vorwurf machen. Er selbst hatte ihm den Knüppel in die Hand gegeben und Mac Gaoth hatte die Gelegenheit zuzuschlagen nicht ungenutzt verstreichen lassen. Nun war es an ihm, zu retten, was zu retten war.

»Ich sage dir, wann unsere Zeit gekommen ist. Und nun geh hinein und richte den anderen aus, sie sollen sich bereithalten!«

Für einen Augenblick fürchtete er, Mac Gaoth würde den Befehl verweigern, doch er neigte den Kopf und verschwand in den Tiefen der Höhle. Áthair Faolchu atmete tief durch. Ein Atemzug und noch ein zweiter. Wie viele würden ihm noch in Frieden vergönnt sein?

Alter Narr, es hat längst begonnen. Der Krieg hat sich wie eine finstere Wolke um uns zusammengezogen und verdunkelt die Welt. Dies sind nur die letzten Atemzüge, bevor der Sturm losbricht.

Er dachte über das Bild nach. Nein, es war nicht richtig. Der Krieg kam nicht von außen, um die Werwölfe mit Hass und Vernichtung zu überziehen. Der Sturm braute sich im Innern zusammen.

DIE TWELVE BENS

Ivy blieb stehen und betrachtete den leeren Höhleneingang. »Sie sind weg, nicht wahr?« Sie drehte sich zu Tara um.

Die Druidin nickte. »Ja, ich wusste es, als wir den Dolmen verlassen vorfanden. Sie hatten dort immer einen Wächter postiert.«

»Dann war unser Weg also umsonst? Ich bin von Aillwee bis zu den Twelve Bens geeilt für nichts?«

»Ich dachte, er würde auf uns warten. Ich habe die Verhältnisse falsch eingeschätzt. Sie sind schnell stärker geworden!«

»Vertraust du Áthair Faolchu etwa immer noch?«, fragte Ivy verwundert.

Die Druidin zögerte, dann nickte sie. »Ja, das tue ich, aber ich weiß nicht, wie viel Macht noch in seinen Händen ruht.«

»Dann meinst du, er ist noch da? Die Sippe ist ohne ihn vorausgezogen?«

Tara hob die Schultern. »Ich kann es dir nicht sagen. Ich habe ihm zugesichert, dass wir vor Neumond hier sein werden.«

»Das war um Mitternacht.«

Die Druidin nickte. »Ja, um Mitternacht. Vor mehr als zwei Stunden.«

»Dann lass uns nachsehen. Vielleicht haben wir noch nicht verloren.«

Ivy schritt forsch auf den Höhleneingang zu, Seymour an ihrer Seite. Tara folgte ihr. Die Stute hatte sie unten am Hünengrab zurückgelassen, bevor der Aufstieg zu steil für sie wurde. Ivy legte die Hand in Seymours Nacken. Manchmal war es tröstlich, ihn zu spüren und ihre geistige Verbindung so noch enger zu halten. Sie vertraute darauf, dass seine Instinkte ihre Wachsamkeit noch verstärkten. Ivy war sich der Gefahr bewusst, in die sie sich begab. Die Frist war abgelaufen, und keiner konnte sagen, wie die Werwölfe reagieren würden, deren alter Zorn auf die Vampire neu entfacht worden war. Aus Ivys Sicht waren es zwar die Werwölfe, die den Pakt gebrochen hatten, doch mit diesem Argument würden sie sich kaum besänftigen lassen.

Ivy rief eine Fledermaus, um ihre Umgebung besser erkennen zu können. Das gesamte Höhlensystem roch streng nach Raubtier. Es war, als wären die Gefühle von Generationen in den Stein gesickert. Die feine Note von Freude und Zuneigung wurde überlagert von den schärferen Gerüchen des Hasses und des Zorns.

Das hätte nicht passieren dürfen. Nicht solange wir auf dieser Welt existieren. Dafür wurde der Pakt geschlossen.

Eine Welle von Wut schwappte in Ivy hoch und wirbelte durch ihre Seele. Es war ihre Entscheidung gewesen, ja, und sie stand noch immer zu dem Opfer. Doch nun musste sie sich fragen, wozu sie es gebracht hatte. Es war alles umsonst gewesen.

Du hast es nie als Opfer empfunden. Es war deine freie Entscheidung und die meine. Niemand hat uns gedrängt. Erinnere dich!

Ivy war außerstande, die Erinnerung heraufzubeschwören. Sie fühlte sich leer und ausgelaugt, während ihr Blick unverwandt auf dem Steinpodest ruhte, auf dem noch vor wenigen Stunden der *cloch adhair* gelegen hatte. Sie konnte ihn sogar jetzt noch spüren, obwohl seine Strahlen wie die der verblassenden Sonne am Abend rasch erloschen.

»Sie haben die Twelve Bens tatsächlich verlassen«, sagte Ivy tonlos wie unter Schock. »Sie haben den *cloch adhair* von hier weggebracht.«

Tara trat neben sie und legte ihr die Hand auf die Schulter. »Wie ich es befürchtet habe. Doch sei nicht verzweifelt. Es ist nicht alles verloren. Es gibt immer neue Pfade, die sich uns unverhofft auftun.«

»Wenn wir nur zwei Stunden früher hier gewesen wären«, fuhr Ivy fort, als habe sie die Worte der Druidin nicht vernommen.

»Wenn sie uns nicht gefolgt wären und uns nicht aufgehalten hätten, wären wir vielleicht rechtzeitig gekommen!«

Tara legte ihr sanft den Arm um die Schulter. »Mein liebes Kind, du darfst deinen Freunden nicht die Schuld geben. Sie wollten dir helfen und dich beschützen.«

»Sie wollten ihre Neugier befriedigen!«

»Nun, vielleicht auch das«, gab die Druidin zu. »Aber ist das nicht ganz natürlich für Vampire ihres Alters? Entscheidend ist doch, dass sie dir nicht schaden wollten.«

»Entscheidend ist, dass sie uns geschadet haben!«

»Sie sind deine Freunde! Ein Nosferas, eine Vamalia und sogar ein Dracas. Ist das nicht wunderbar? Nach nur einem Jahr? Das übertrifft meine kühnsten Hoffnungen.«

Ivy schüttelte den Arm der Druidin grob ab und trat zwei Schritte zur Seite. »Was nützt es uns, wenn die jungen Vampire Frieden schließen, während die Werwölfe aus einem fadenscheinigen Grund in den Krieg ziehen! Wir wissen ja nicht einmal, wie Peregrine wirklich zu Tode gekommen ist. Vielleicht waren seine Mörder keine Vampire, vielleicht hatte er verdient zu sterben.«

»Ja, es ist ein Jammer, dass ich seinen Körper nicht mehr zu Gesicht bekommen habe. Vermutlich würde ich dann klarer sehen.«

»Das würde uns jetzt auch nicht weiterhelfen.« Seymour jaulte. Sie drehte sich abrupt zu dem Wolf um. »Was hast du dir eigentlich dabei gedacht, den Kampf nicht sofort zu unterbinden? Und behaupte nun nicht, du hättest sie nicht gleich erkannt!«

Alisa wurde kein Haar gekrümmt und Luciano hat sich selbst in diese missliche Lage gebracht. Wie konnte er auf die Idee kommen, sich in solch einer Situation rückzuverwandeln, wo er es vermutlich nicht einmal unter normalen Umständen ohne fremde Hilfe schafft!

»Er hat es nicht absichtlich versucht. Er war in Panik!« Seymour verdrehte die Augen. »Aber du brauchst nicht abzulenken. Du hast zugelassen, dass Cameron Franz Leopold beißt. Er hätte ihn ernsthaft verletzen können!«

Franz Leopold hat Cameron gebissen!

»Ach, und nun willst du mir weismachen, dass dies ein fairer Kampf war? Ein erfahrener Lycana gegen einen vierzehnjährigen Dracas, der sich zum ersten Mal in einen Wolf verwandelt hat?« Seymour schwieg und wandte sich ab, als würde ihn das Thema nicht interessieren.

»Ich rede mit dir!«

Es war eine Lektion, die diesem Dracas nicht geschadet hat! Es kann ihm nur guttun, wenn ihm jemand den stolzgeschwellten Kamm ein wenig stutzt.

»Er ist dir sehr zugetan«, mischte sich die Druidin ein. »Ich habe es in seinem Blick gesehen.«

Ivy senkte die Lider. »Die Dracas verachten alle anderen Familien.«

Die alte Frau lächelte weise. »Das mag in der Theorie so sein, und vielleicht ist er sich noch nicht recht im Klaren, welche Gefühle in ihm erwacht sind. Doch ich rate dir, sei vorsichtig. Noch mag es nur ein Flämmchen sein. Wenn das Feuer sich jedoch ausbreitet, kann es euch beide verzehren.« Der weiße Wolf knurrte. »Und Seymour hier ist ein wenig eifersüchtig, denn er spürt die wachsende Zuneigung, nicht wahr?« Tara streichelte ihm über den Kopf, ohne sich um die drohend gefletschten Zähne zu kümmern.

»Er hat keinen Grund und kein Recht, eifersüchtig zu sein!«, rief Ivy leidenschaftlich aus. »Er soll mich beschützen und sich ansonsten zurückhalten. Wer ist er, dass er sich als Richter über mein Leben und meine Entscheidungen aufführt?«

Ehe die Druidin antworten konnte, stieß Seymour ein warnendes Knurren aus und sprang an Ivys Seite. Tara und Ivy hatten das Geräusch im selben Moment bemerkt und fuhren herum. Ein steingrauer Wolf, alt und zottig, saß in einem Durchgang und musterte sie aus wässrigen Augen. Seymour stellte sich zwischen ihn und die beiden Frauen und entblößte seine Reißzähne. Der alte Wolf erhob sich und zog sich in den Schutz des Ganges zurück. Noch ehe Ivy und Tara entschieden hatten, ob sie ihm folgen sollten, trat ein Mann in die Höhle, dessen Erscheinung ebenso kläglich war wie seine Wolfsgestalt.

»Ich habe Stimmen gehört, die hier nicht sein sollten«, sagte er ein wenig undeutlich. »Du hast dich verspätet, Tara. Áthair Faolchu war nicht erfreut darüber. Er dachte, er könne den Felsbrocken aufhalten, ehe er den steilen Hang erreicht und – immer schneller und schneller werdend – talabwärts alles mit sich reißt, was ihm im Weg steht.« Er öffnete den Mund zu einer Art Grinsen und entblößte seine wenigen Zahnstumpen.

»Ja, das Schicksal war gegen uns«, gab die Druidin zu.

»Das Schicksal!« Der Alte spuckte auf den Boden. »Es ist immer leicht, das Schicksal verantwortlich zu machen. Wie bequem lässt es sich dann jammern, während man sich zurücklehnt und tatenlos die Hände in den Schoß legt.«

»Wir haben nicht vor, die Hände in den Schoß zu legen!«, gab Ivy zurück. »Es wurde ein Pakt zwischen Werwölfen, Druiden und Vampiren geschlossen, und es wird Zeit, dass wir die Werwölfe daran erinnern, dass auch sie sich daran halten müssen!«

Der Alte ließ wieder sein zahnloses Grinsen sehen. »Ah, wir kommen zum Kern der Sache. Die Werwölfe sagen, es waren die Vampire, die den Eid gebrochen haben.« Er kniff die Augen zusammen und ließ den Blick von Ivy zu Seymour wandern. »Nicht erst heute und mit Peregrines Tod, sondern von Anfang an!«

»Dann hätten sie den großen Rat einberufen müssen, bei dem man die Missverständnisse bespricht und aus der Welt schafft«, entgegnete die Druidin ruhig. »Den *cloch adhair* wegzubringen, um ihn vor uns zu verbergen, ist ein schlechter Weg. Der Tag der Übergabe naht!«

»Ja, die Jungen sind ungestüm und denken nicht recht nach«, stimmte ihr der Alte zu. »Aber so waren die Welpen zu allen Zeiten. Sie haben sich Streiche erlaubt, bekamen ihre Lektion und sind daran gereift.«

»Dies ist kein Streich junger Werwölfe!«, rief Ivy. »Sie bringen den *cloch adhair* wer weiß wohin. Sie könnten überallhin gehen, und vielleicht dauert es Jahrzehnte oder Jahrhunderte, bis man ihn wieder aufspürt!«

»Überallhin mit dem *cloch adhair*? Nein! Kind, was redest du für einen Unsinn. Kühle deinen Zorn, der deine Gedanken vernebelt. Und spurlos? Nein, ganz sicher nicht!«

Ivy atmete tief. Wie hatte sie nur so blind sein können? Sie mussten sich sofort aufmachen, den Spuren der Werwölfe zu folgen. Jede Minute, die sie hier verloren, vergrößerte den Abstand.

»Wir müssen los!«, drängte sie und verbeugte sich flüchtig in Richtung des alten Werwolfes. »Wir danken dir. Tara, komm schnell, vielleicht können wir sie noch einholen!«

Die Druidin sah zögernd von Ivy zu dem Werwolf, dann folgte sie ihr durch die Gänge zurück zum Höhleneingang.

»Ein scharfer Gedanke bringt einen meist schneller ans Ziel als flinke Pfoten!«, rief der Alte ihnen nach, doch Ivy hörte nicht mehr auf ihn. Ihr Geist war schon auf der Fährte der Werwolfsippe, die dort draußen in der Nacht unterwegs war, um den Stein, in dem die Seele des Landes wohnte, in ein neues Versteck zu bringen.

*

Ihr Rückweg dauerte länger als der Hinweg. Nicht nur dass sie keinen Grund mehr sahen, sich zu beeilen. Franz Leopold und Cameron machten ihre Wunden zu schaffen, auch wenn beide sich bemühten, es sich nicht anmerken zu lassen. Und Luciano wirkte seltsam ausgelaugt, obwohl seine Wunde bereits aufgehört hatte zu bluten. Sein Blick irrte leer über das weite Land. Vielleicht hatte die so gründlich schiefgegangene Rückverwandlung ihn all seiner Kräfte beraubt. Alisa trottete mit gesenktem Kopf hinter den Freunden her und wurde von Taber mehrmals ermahnt, sich ein wenig zu beeilen. Körperlich fehlte ihr nichts, aber war das ein Grund, guter Stimmung zu sein, wenn sie doch so kläglich gescheitert waren? Dass man sie entdeckt hatte, nun gut, damit hatten sie rechnen müssen. Und dass es aufgrund eines Missverständnisses zu einem Kampf kommen konnte, war ebenfalls nichts, was sie schreckte. Was allerdings tief in ihr nagte, war Seymours seltsames Verhalten und dass Ivy sich nicht für sie eingesetzt hatte. Wie konnte sie die Freunde zurückschicken, nachdem sie diesen langen Weg auf sich genommen hatten, um ihr und der Druidin beizustehen? Seymour hatte ihre Freundschaft verraten und Ivy ebenso.

»Alisa, trödle nicht so! Wir wollen Aughnanure noch vor Sonnenaufgang erreichen!«

Sie warf Taber einen missmutigen Blick zu, beschleunigte aber ihre Schritte. Bald tauchte vor ihnen das Dorf auf und zu ihrer Rechten der seltsam kahle Berghang, der Alisa schon auf dem Hinweg aufgefallen war. Überall sonst waren die Hänge von Heidekraut, Gebüsch und in den Niederungen von Sumpfgras bedeckt, doch hier sah es aus, als habe ein riesenhaftes Tier mit einem gewaltigen Prankenhieb die Flanke des Hügels aufgerissen. Eigentlich war Alisa zu empört, um mit ihren Bewachern auch nur ein Wort zu wechseln, doch die Neugier war stärker, und so ließ sie sich zu Taber zurückfallen und deutete auf das nackte Gestein.

»Das ist der Abraum der Glengowla-Mine«, sagte er brüsk.

»Ah, ich habe davon gehört. Die Menschen bauen dort Erze ab, um Metall zu gewinnen.«

»Ja, früher haben sie dem Land sein schützendes Kleid geraubt, seine Bäume gefällt und nach England verschifft, bis nur noch das Moor zurückblieb, auf dem man kaum ein paar Schafe satt bekommt. Nun schlagen sie das steinerne Herz der Insel entzwei, teilen es in Erzbrocken und Abraum und lassen diesen wie einen weggeworfenen Kadaver liegen.«

»Ivy sagt, der Marmor von Connemara ist die Seele von Irland.« Alisa lachte unsicher.

»Du verstehst es nicht?«, sagte Taber mit einem aggressiven Unterton.

Alisa hob die Schultern. »Nicht so ganz.«

»Dann will ich es dir erklären.« Taber blieb stehen und betrachtete sie nachdenklich. Seine Miene war nun freundlicher. »Jedes Lebewesen, ob Mensch oder Pflanze oder Tier, schöpft seine Kraft aus Erde und Sonne. Wir gehören zu den wenigen Wesen, die ihre Energie nicht aus der Sonne ziehen können. Stattdessen vernichtet sie uns. Umso mehr sind wir auf die Erde angewiesen. Zur Zeit der Kelten kannten die Druiden die Plätze fruchtbarer Energie und wussten sie zu nutzen. Es waren heilige Orte oder Regionen. Heute haben die Menschen vergessen, auf ihre Sinne zu hören. Aber wir schöpfen aus diesen Orten noch immer unsere Stärke, indem wir eins werden mit der Natur: Wenn wir uns in ein anderes Geschöpf verwandeln oder uns für eine Zeit lang in ihr auflösen, um gestaltenlos mit dem Wind zu reisen. Sieh das Tal hinunter, das sich nach Nordwesten windet. Hier zieht sich ein Band von Marmor und Erzen entlang bis nach Clifden an der Küste. Es reiht sich ein schmaler See an den anderen. Die Berge zu beiden Seiten sind dagegen aus Granit. Dieser Marmor aber, der hier zutage tritt, zieht seit Jahrtausenden die Energie der Umgebung an und bewahrt sie. Eine unerschöpfliche Quelle der Kraft! – Wenn die Menschen ihn nicht Stück für Stück zerschlagen und von hier wegschaffen. Ihr habt euch in Wölfe verwandelt. Ist euch das zuvor überhaupt schon einmal gelungen? Und wenn ja, dann so leicht? Ihr wart schnell wie der Wind! Seid ihr schon einmal so gelaufen, ohne zu ermüden? Dies ist die Macht, die Connemara euch schenkt!«

Alisa machte ein enttäuschtes Gesicht. »Dann war das nur hier möglich? Ja, ich habe mich gewundert und war erfreut, dass wir so rasch Fortschritte gemacht haben. Heißt das, wir werden dies an einem anderen Ort nicht wiederholen können?«

Der ältere Vampir lächelte. »Nein, das heißt es nicht. Ihr habt nun verstanden, wie es geht, und es wird euch mit jedem Mal leichter fallen. Ihr werdet lernen, auch die schwachen Energiefelder der Erde zu spüren und euch nutzbar zu machen. Aber nun komm, die anderen haben das Dorf schon fast erreicht.«

Er lief so schnell, dass Alisa ihm nicht folgen konnte, obgleich sie nie schneller gerannt war. Der Wind zerrte an ihrem Haar, und sie fühlte sich so kraftvoll und doch auch leicht, als wäre sie ein Blatt, das vom Sturmwind getrieben wird. Ein Jauchzen stieg in ihrer Kehle auf. Bald schon hatten sie die anderen wieder eingeholt.

»Ich wüsste nicht, dass es einen Grund gibt, so fröhlich zu sein«, begrüßte sie Franz Leopold mit einem Blick voller Abscheu.

Alisa schwieg. Wenn er es nicht fühlen konnte, wie sollte sie es ihm erklären?

Zurück in Aughnanure, erwartete sie erst einmal ein Strafgericht, was keinen der drei wunderte. Ärgerlich war allerdings, dass sie es auf sich nehmen mussten, ohne wirklich etwas erfahren oder erreicht zu haben.

»Da hätten wir auch hierbleiben können«, maulte Luciano.

»Immerhin ist Franz Leopold um einige Bisswunden reicher«, fügte Alisa mit einer Grimasse hinzu.

Er funkelte sie an, sagte aber nichts, da Catriona gerade seine Verletzungen inspizierte. Außer der klaffenden Beinwunde hatte er nur Kratzer, die bereits verkrustet waren. Aus der Beinwunde aber rann noch immer frisches Blut.

»Lass dir dein Bein verbinden und trinke eine zusätzliche Portion, damit es schneller heilt. Luciano, du solltest auch mehr trinken als sonst, dann wird deine Schwäche bald vergehen.«

Luciano gelang es nicht, sein Strahlen völlig zu verbergen. Er hatte vermutlich befürchtet, zur Strafe gar nichts mehr zu bekommen. Doch bevor sie zu den anderen in die Halle entlassen wurden, entlud Donnchadh das Donnerwetter über ihnen.

Alisa legte die Hände übereinander und senkte den Blick. Diese Haltung hatte sich bei Strafpredigten stets bewährt. Zumindest würde sie den Führer der Lycana nicht noch mehr in Wut versetzen. Luciano folgte ihrem Beispiel. Franz Leopold dagegen richtete sich stolz auf und sah den Clanführer herausfordernd an. Mit so einem Verhalten tat er ihnen allen keinen Gefallen. Er machte es nur noch schlimmer, indem er ungefragt das Wort ergriff.

»Wollt Ihr wissen, warum wir das getan haben? Oder geht es Euch nur darum, Eure Wut an uns auszulassen?« Alisa verdrehte die Augen. Das würden sie nachher alle gemeinsam ausbaden müssen!

Donnchadh starrte Franz Leopold an, der die Überraschung des Lycana dazu nutzte, weiterzusprechen.

»Wir sind Ivy und der Druidin gefolgt, um ihnen beizustehen. Ihr habt ihnen zwei Begleiter mitgegeben, nun ja, das ist immerhin etwas. Doch angesichts einer Gruppe fremder Vampire, die uns seit Dunluce folgen, und des drohenden Krieges der Werwölfe hielten wir die Schutzmaßnahmen für nicht ausreichend. Freunde sind dazu da, dass sie in Zeiten der Gefahr füreinander einstehen. Dies ist so eine Zeit, und es ist unverantwortlich, dass wir nicht nur wie Kinder zurückgeschickt, sondern Ivy und die Druidin auch noch ihrer beiden Begleiter beraubt wurden!«

Donnchadh war sprachlos und warf Catriona einen Hilfe suchenden Blick zu. Alisa war es, als würde die Lycana schmunzeln, doch dann wurde ihr Gesicht wieder ausdruckslos, ganz das Bild der treuen Servientin.

Donnchadh räusperte sich. »Das sind sicher edle Motive. Aber du kannst mir glauben, dass wir keinen unserer Lycana leichtfertig einer Gefahr aussetzen, und Ivy schon gar nicht. Ihr braucht also nicht um sie zu fürchten. Es ist nicht eure Aufgabe, zu entscheiden, sondern die meine, daher werdet ihr euch in Zukunft an die Anweisungen halten, die ich gebe, und euch nicht ohne meine Erlaubnis entfernen.«

»Was wäre die Strafe, wenn wir dem zuwiderhandeln?«, wollte Franz Leopold wissen. Sein unverschämter Mut schien Donnchadh zu überraschen.

»Ich behalte mir vor, euch zu euren Familien zurückzuschicken und eure Ausbildung in Irland für beendet zu erklären.«

Alisa durchfuhr ein tiefer Schreck. Das durfte auf keinen Fall passieren. Nicht nur dass es nichts Wichtigeres gab, als so viel wie möglich zu lernen und ihre Fähigkeiten zu trainieren. Der

Gedanke, von den anderen getrennt zu werden, ließ Panik in ihr aufsteigen. Wie würde sie sie vermissen: Luciano und seine Cousine Chiara, Malcolm und natürlich Ivy und Seymour, auch wenn sie ihnen gerade zürnte, die beiden Pyras, die trotz ihrer groben Art treue Kumpane geworden waren, in deren Gesellschaft sich Tammo nicht umsonst meist befand. Mervyn und die kleine, stets verträumte Rowena. Mit Erstaunen erkannte Alisa, dass auch Franz Leopold ihr fehlen würde. Sie riss die Augen auf und starrte ihn an.

»Ein beängstigender Gedanke, nicht wahr«, raunte er ihr zu. Offensichtlich war es ihm wieder einmal gelungen, unbemerkt in ihren Geist einzudringen. Ein seltsames Lächeln umspielte seinen Mund und stieg bis in die dunklen Augen. Zum Glück sprach Donnchadh weiter und lenkte ihre Aufmerksamkeit auf seine Worte.

»Geht nun hinein und lasst euch mit Blut versorgen. Ihr bleibt im Turm, bis es Zeit wird, die Särge aufzusuchen. Der Tag ist nicht mehr fern. In zwei Stunden geht die Sonne auf.«

»Werden Ivy und Seymour bis dahin zurückkehren?«, fragte Luciano zaghaft. »Wenn nicht, wo werden sie einen sicheren Unterschlupf finden?«

Donnchadh sah ihn an. »Nein, ich glaube nicht, dass sie Aughnanure heute noch erreichen können. Sie werden den Tag über im Schutz der Höhlen der Twelve Bens zubringen.«

»Ihr braucht euch nicht zu sorgen«, fügte Catriona mit weicher Stimme hinzu. Dann führte sie sie in die Halle hinauf.

*

Seymour und die beiden Wölfe der Druidin liefen vor dem Eingang der Höhle auf und ab, die Nase dicht am Boden, bis sie aus dem Gewirr der Gerüche die richtige Spur herausgefunden hatten. Die drei heulten im Chor, als sie sich sicher waren. Ivy eilte zu ihnen.

»Tara, komm! Beeil dich, sie haben schon zu viel Vorsprung.«

Die Druidin sah besorgt zum Nachthimmel auf, sagte aber nichts. »Sie ziehen nach Norden über den Pass.«

Tara nickte. »Solange wir in den Bergen sind, kann mir Álainn nichts nützen, aber wenn wir ins Tal gelangen, brauche ich ihre Dienste.«

»Mit oder ohne Pferd, Seymour und ich sind viel schneller!«

»Ich weiß, mein Kind. Auch die Kräfte eines Druiden haben Grenzen. Ich kann nicht auf den Schwingen eines Adlers reisen. Geh du mit Seymour voran. Ich folge mit Geals Hilfe deiner Spur. Ciallmhar sende ich zum Dolmen, um Álainn um die Twelve Bens herum nach Norden zu geleiten. Sie sollen mich am Fuß des Berges erwarten.«

»Gut, dann machen wir uns auf die Suche.«

»Ivy!«

»Ja?«

»Wenn du sie gefunden hast, kommst du zurück. Du wirst dich ihnen nicht nähern! Versprich es mir. Ich vertraue Áthair Faolchu noch immer, doch es gibt zu viele unter ihnen, die uns nicht freundlich gesinnt sind.«

Ivy gab das verlangte Versprechen nur widerwillig. Dann spornte sie Seymour an, der Spur zu folgen, so schnell er konnte. Sie selbst verwandelte sich in einen Falken, um hoch über ihm zu schweben und den Berghang weit überblicken zu können. Tara sah ihr nach, bis sie sie am Nachthimmel nicht mehr ausmachen konnte. Dann packte sie ihren Stab fester und machte sich mit Geal auf den Weg, Seymour zu folgen.

Ivy stieg hinauf bis zum Pass und spähte den Nordhang hinunter, konnte aber keine Bewegung ausmachen. So kehrte sie zu Seymour zurück und blieb in weiten Kreisen über ihm. Immer wieder stieß Ivy zu dem Wolf hinab, dessen weißes Fell sie gut erkennen konnte, selbst wenn die Fährte ihn durch Buschwerk führte.

Kommen wir ihnen näher? Das war die drängende Frage.

Sie sind schnell unterwegs. Noch kann ich es nicht sagen.

Ivy flog wieder zum Pass. Ungeduldig strich sie den Grat entlang, bis Seymour ihn endlich überwunden hatte. *Kannst du nicht ein wenig schneller laufen?*

Nein, das kann ich nicht! Ich muss an der Fährte dranbleiben. Durch deine Ungeduld finden wir sie nicht früher. Was ist mit dir los, Ivy? Wo ist deine Gelassenheit, die ich an dir immer bewundert habe? Das freundliche Lächeln, mit dem du jede schwierige Lage zu meistern imstande warst?

Ivy landete auf einem Felsvorsprung. *Du hast recht, mich zu rügen. Es ist unverzeihlich, die Fassung zu verlieren. Es wird nicht mehr vorkommen. Das Verschwinden des Steins hat mich mehr berührt, als ich es für möglich gehalten hatte.* Seymour knurrte.

Was?

Bist du sicher, dass der Stein dich so durcheinanderbringt und nicht etwa dieser Dracas?

Ja, das bin ich! Und ich will nichts mehr über dieses Thema hören! Der Falke schraubte sich in die Luft, bis er nicht mehr zu sehen war.

Du wolltest deine Fassung nicht mehr verlieren!

Er war sicher, dass seine Gedanken sie erreichten, doch sie verweigerte ihm eine Antwort. Seymour schüttelte sich und konzentrierte sich dann wieder auf die Witterung vor ihm. Die Werwölfe mussten sehr schnell gelaufen sein. Obwohl er den Pass überquert und die Hälfte des Berghangs hinter sich gelassen hatte, kam ihm der Verdacht, dass er ihnen nicht näher kam. Sollte er Ivy zum Umkehren zwingen und sie in die Höhle am Gipfel zurückschicken? Wo sonst könnte sie sicher den Tag zubringen? Auf Taras Rat konnte er nicht hoffen. Sie war weit zurück und hatte vermutlich noch nicht einmal den Grat erreicht. Seymour lief noch schneller, obwohl der Hang steil und rutschig war. Und er fragte sich, ob dieser Weg sie direkt ins Verderben führte.

ANNE DEVLIN

»Oscar, so glaube mir doch!«, beschwor Bram Stoker seinen Freund. »Ich stand in der Ruine der Friedhofskirche und diese Vampirin hat mich direkt angesehen. Mir ist das Blut in den Adern gefroren!«

Oscar Wilde hob die Hand und berührte kurz die Wange seines Freundes. »Inzwischen scheint es sich wieder erwärmt zu haben.«

»Du glaubst mir nicht.« Bram widmete sich wieder seinem Frühstück und lud sich Eier mit Speck auf den Teller.

»Oh, ich glaube dir, dass du in dieser Ruine gestanden bist und eine Frau gesehen hast. Nur, ob diese Frau eine Vampirin war, das wage ich zu bezweifeln.« Er beugte sich vor, die Gabel wie eine Waffe in der Hand. »Ich glaube an viele merkwürdige Dinge: an Spiritualismus und die Kraft magnetischer Schwingungen und vor allem an die Kunst des Handlesens. Doch wenn diese Blutsauger so sind, wie du mir erzählt hast, dann frage ich mich, warum du mir jetzt noch sehr lebendig gegenübersitzt. Zeige mir deinen Hals! Er scheint mir so unversehrt wie am Abend zuvor.«

Bram aß schweigend seine Rühreier, dann sagte er: »Dass sie nicht einmal versucht hat, mich zu beißen, kommt mir auch ein wenig seltsam vor. Es war eine gute Gelegenheit. Sie waren zu zweit. Ich hätte ihnen nicht entkommen können. Ja, es war mir, als würde allein ihr Blick mich lähmen und mich meines Willens und meiner Kraft berauben.«

»Sie hat von Weitem gerochen, dass dein Blut ihr nicht munden würde«, spottete Oscar. »Wir müssen uns Gedanken darüber machen, warum! Vielleicht stimmt mit dir etwas nicht, mein Freund. Du solltest dich vom Arzt deines Vertrauens untersuchen lassen.«

Bram runzelte die Stirn. »In vielen Ländern werden Vampire

mit Weihwasser, Kreuzen und Hostien gejagt. Vielleicht haben die Kirchenmauern mich geschützt, obwohl sie nur noch eine Ruine sind. Denke daran, wie begehrt die Begräbnisplätze gerade in den Überresten von Klöstern und Kirchen sind. Die Grabplatten drängen sich dicht an dicht. Die Menschen glauben daran, dass dieser Boden geheiligt ist, egal ob das Kirchenschiff ein Dach trägt oder am Altar noch Messen gelesen werden.«

»Vermutlich wissen die Menschen, dass sie nicht zum Wiedergänger werden können, wenn sie sich innerhalb dieser Mauern begraben lassen. Oder auch, dass ihre Gräber nicht von Untoten geschändet werden können«, schlug Oscar vor.

»Ein kluger Gedanke«, stimmte ihm Bram zu, obwohl er wusste, dass sein Freund noch immer seinen Spott mit ihm trieb.

»Was ist ein kluger Gedanke?«, verlangte Lady Wilde zu wissen, die gerade die Gaststube betrat. »Einen guten Morgen wünsche ich«, fügte sie etwas verspätet hinzu.

»Sich in der Ruine eines Klosters begraben zu lassen, um nicht als blutsaugender Wiedergänger auf die Erde zurückkehren zu müssen«, gab Oscar gut gelaunt Auskunft. »Du solltest darüber nachdenken, Mutter.«

»Das halte ich für Unsinn.«

»Bram ist fest davon überzeugt, heute Nacht einer Vampirin begegnet zu sein. Nur sein taktisch guter Standpunkt hinter den Mauern einer Kirche haben ihm die Seele und sein Leben gerettet.« Oscar grinste breit und weidete sich an der Verlegenheit seines Freundes, der unter dem strengen Blick Lady Wildes ein wenig zu schrumpfen schien.

»Bram hat eine unerklärliche Vorliebe für nächtliche Friedhofsbesuche, und wenn ich mir seine Erlebnisse so anhöre, komme ich direkt in Versuchung, ihn einmal wieder zu begleiten. Die Nacht in Rom auf dem Friedhof der Fremden habe ich noch deutlich in Erinnerung. Ich habe am Grab von Percy Shelley ein Gedicht geschrieben. Ich kann nicht leugnen, dass mich die Atmosphäre inspiriert hat. Soll ich dir das Gedicht vortragen, Mutter?«

Lady Wildes Gesichtsausdruck wurde noch strenger. »Oscar, hör mit diesem kindischen Gerede auf. Wir haben Wichtigeres zu besprechen. Karen wird uns am Gasthof abholen und zu dem Treffen der Gruppe bringen.«

»Wer ist Karen?«, wollte Bram wissen.

»Eine kluge Frau, der es nicht genug ist, am Herd zu stehen und die Kinder ihres Mannes zu gebären, während er allein die politischen Geschicke des Landes beeinflussen kann.«

»Herr im Himmel, sie gehört doch nicht etwa zu diesen verdrehten Frauenrechtlerinnen?«, rief Oscar.

»Hier geht es um die Befreiung Irlands, nicht die der Frauen! Und wenn du etwas gegen Frauen hast, die für ihr Land kämpfen, dann sage es frei heraus, mein Sohn. Dann würde mich nur interessieren, warum du mich hierherbegleitet hast?«

Sie konnte durchaus eine bedrohliche Erscheinung sein, wenn sie sich zur vollen Größe aufrichtete und diese Miene aufsetzte. Oscar widmete sich hastig seinem geräucherten Fisch und stopfte sich den Mund so voll, dass er unmöglich hätte antworten können, ohne die Regeln des Anstands mit Füßen zu treten. Die Lady sah ihn noch einige Augenblicke scharf an, dann orderte sie mit herrischer Stimme Tee und Toast, was ihr ein herbeigeeilter Kellner mit zahlreichen Verbeugungen sofort zu bringen versprach.

*

»Und was machen wir jetzt?«, fragte Luciano mit vor Langeweile träger Stimme. Er war gesättigt, Franz Leopolds Wunden verbunden, und es schien noch zu früh, sich in die Särge zurückzuziehen. Die Freunde schlenderten in der Halle umher und stiegen dann hinauf in den Saal, in dem ihre Särge standen. Für einige Augenblicke fesselte sie die Entdeckung einer geheimen Kammer. Schräg gegenüber der Wendeltreppe war eine Falltür im Boden eingelassen. Sie war so geschickt in die Bohlen eingefügt, dass sie sie erst jetzt ausmachen konnten. Franz Leopold stemmte sie auf. Eine steinerne Schräge fiel in eine schmale Kammer ab. Sie war so glatt und steil, dass man, einmal ins Rutschen gekommen, sicher nicht wieder emporklettern konnte. Zumindest schien dies für einen Menschen unmöglich zu sein. Die Kammer selbst war recht hoch und schmal und fügte sich daher von außen und innen unsichtbar in die massive Außenwand ein. Alisa kroch ein Stück in die Schräge hinab, während Luciano ihre Fußknöchel festhielt.

»Und? Was siehst du?«

»Nur diesen tiefen, schmalen Raum. Es riecht ziemlich streng. Ich frage mich, wozu dieses Versteck diente.«

»Viele Burgen haben solche Verstecke«, sagte eine Stimme hinter ihnen. Luciano erschrak so heftig, dass er Alisas Fußknöchel losließ. Mit einem Aufschrei rutschte sie kopfüber die Rampe hinunter und schlug hart auf den Boden der Kammer.

»Verflucht, Luciano!«, schimpfte sie, als sie sich aufrappelte und sich alten Fledermausmist von den Kleidern klopfte. Sie versuchte, die Wände zu erklimmen, doch sie waren sehr sorgfältig geglättet worden, sodass ihre Finger keinen Halt fanden.

»Und, wie gefällt dir dein neues Zuhause?«, rief Franz Leopold zu ihr hinunter.

»Dunkel und gemütlich«, gab Alisa zurück. »Zumindest sehr nachhaltig vor dem Sonnenlicht schützend.«

»Deshalb haben es die ersten beiden Lycana, die hier wohnten, auch als ihr Schlafquartier benutzt«, sagte Ainmire, der die drei so erschreckt hatte. »Doch dann kamen Cameron und Taber dazu und Áine, Crogher und Maura, und so zogen sie in die kleinen Kammern neben der Halle.«

»War Gareth der erste Lycana, der sich hier niederließ?«, wollte Franz Leopold wissen.

»Ja, Gareth und Mabbina haben dieses Versteck benutzt, denn hier konnten sie sicher sein, dass kein zufälliger Besucher sie bei Tag entdeckt. Heute haben wir mit Taras Hilfe einen Bann um die Mauern der Burg gezogen, der Menschen in Furcht und Schrecken versetzt und sie von hier fernhält.«

»Aber zu welchem Zweck wurde die Kammer errichtet? Die

Erbauer konnten ja nicht ahnen, dass sie ein paar Vampiren später gute Dienste leisten würde«, sagte Luciano.

Ainmire schmunzelte. »Nein, so weitsichtig waren die O'Flahertys sicher nicht. Wir vermuten, dass sie sie als geheimen Kerker nutzten. Hier oben in der Halle wurde ja Gericht gehalten, und ab und zu endete ein Verfahren wohl damit, dass der Gefangene auf Nimmerwiedersehen in der Kammer verschwand.«

»Und dann?«, rief Alisa aus der Tiefe, die Ainmires Worten mit Interesse gelauscht hatte.

»Dann hat der Hausherr sie vermutlich verhungern lassen und sich noch eine Weile an ihrem immer schwächer werdenden Wehklagen ergötzt.«

»Welch reizende Zeitgenossen!«, rief Franz Leopold.

»Gareth erzählte mir, er habe einige Knochen aus dem Versteck getragen, ehe er sich sein Lager dort einrichtete.«

Und wie ist er hier wieder herausgekommen?, fragte sich Alisa ratlos. Ob er sich jeden Abend in eine Fledermaus verwandelt hatte? Leider war ihr dieser Ausweg nicht möglich. Obwohl es sie ärgerte, musste sie die anderen um ein Seil bitten, um wieder hinaufzukommen.

»Wie geht es Áine?«, fragte Alisa, als sie wieder oben in der Halle stand.

»Unverändert. Aber manches Mal kehrt ihr Geist zurück und sie erkennt ihre Umgebung. Ansonsten murmelt sie immer etwas von Werwölfen. Kein Wunder, so wie diese Bestien sie zugerichtet haben.« Er ballte die Fäuste und Wut trat in seinen Blick. »Das werden sie uns büßen!«

Alisa, Franz Leopold und Luciano stiegen die Wendeltreppe mit ihren unregelmäßigen Stufen hinunter bis in die große Lagerhalle hinter dem Wachraum, in dem noch immer ein paar rostige Waffen herumlagen. Jemand hatte Áines Kiste aufgeklappt. Zaghaft traten die drei Vampire näher und betrachteten die Gestalt, halb Mensch, halb Wolf, die reglos mit geschlossenen Augen auf dem Rücken lag. Alisa kam es vor, als seien ihre Züge ein wenig menschlicher geworden, wenn auch das Gesicht noch immer von Fell bedeckt war. Seitlich an Wange und Hals waren Narben zu erkennen, die jedoch älteren Datums zu sein schienen. Alisa gab den Jungen einen Wink, sich zurückzuziehen. Offensichtlich war die Vampirin nicht bei Bewusstsein.

»Was wollt ihr?«, knurrte eine tiefe Stimme.

Für einen Moment war sich Alisa nicht sicher, wer gesprochen hatte, doch da öffnete Áine die Augen. Sie waren von intensivem Grün und musterten sie überraschend aufmerksam. Verwirrt schien der Geist, zu dem dieser Blick gehörte, jedenfalls nicht.

»Wer seid ihr? Ich kenne euch nicht.«

Luciano übernahm es, sie vorzustellen. Er verbeugte sich durchaus elegant und nannte ihre Namen und die Familien, von denen sie stammten.

»Ein Dracas, eine Vamalia und ein Nosferas an meinem Sarg. Ich hätte nicht geglaubt, dass ich so etwas Seltsames einmal erleben würde. Und was habt ihr hier zu suchen?«

»Donnchadh und Catriona haben uns hergebracht«, sagte Alisa.

»Ja, aber nur weil dieser Adler Ivy eine Nachricht von der Druidin Tara überbracht hat und sie sie nicht alleine reisen lassen wollten«, fügte Luciano an.

»Und weil wir in den Höhlen von Aillwee nicht mehr sicher waren, nachdem irgendwelche Vampire, die bereits bewiesen haben, dass sie nichts Gutes im Schilde führen, uns von Dunluce her gefolgt sind«, ergänzte Franz Leopold.

So etwas wie ein Lächeln huschte über das haarige Gesicht. »Wenn ich nicht mit Tara vor ihrem Aufbruch gesprochen hätte, wäre ich nun verwirrt. Doch das wollte ich gar nicht hören. Warum steht ihr hier vor meinem Sarg? Wollt ihr euch an meiner Bestiengestalt weiden?«

Luciano sah ein wenig verlegen zur Seite, aber Alisa schüttelte vehement den Kopf. »Aber nein. Dennoch muss ich zugeben, dass ich mich frage, wie du in diese missliche Lage geraten konntest.«

»Ich habe durchaus Talent, mich in Schwierigkeiten zu bringen.« Ihr Blick schien in weite Ferne gerichtet zu sein. Dann jedoch sah sie wieder in die drei neugierigen Gesichter.

»Liebe und Treue bringen Verderben. Das habe ich nicht nur in diesem Leben bitter erfahren müssen.«

Alisa protestierte, Franz Leopold jedoch nickte mit nachdenklicher Miene. »Wenn man seinem Gefühl erlaubt, sich dem Falschen zuzuwenden, kann man leicht verloren gehen.«

Áine fixierte den schönen jungen Vampir. »So wie es sich anhört, weißt du, wovon du sprichst.« Sie starrte ihn an, ohne zu blinzeln, bis Franz Leopold unruhig von einem Fuß auf den anderen trat.

»Du sprichst von diesem und von dem Leben zuvor. Dann ist dies nicht das erste Leid, das du erfahren musstest. Willst du uns davon erzählen? Wir haben noch Zeit, bis der Tag uns in unsere Särge ruft.«

Alisa sah Franz Leopold erstaunt von der Seite an. Es klang so, als würde er sich tatsächlich für die Geschichte der irischen Servientin interessieren. Oder war es nur ein Versuch, sie davon abzubringen, in seinen Gedanken zu forschen? Von welcher Liebe sprach er und warum sollte sie ihm Verderben bringen? Sie würde es herausfinden! Áine begann zu erzählen und darüber vergaß Alisa Franz Leopold und seine Geheimnisse.

»In meiner früheren Existenz trug ich den Namen Anne Devlin. Mein Onkel, Michael Dwyer, bei dem ich aufwuchs, befehligte in den Jahren vor 1800 ein Partisanenregiment in den Wicklow Mountains im Osten, die für ein freies Irland fochten. Ich wuchs also mit den Kämpfern auf und wurde eine glühende Mitstreiterin. Ich war nicht die einzige Frau. Das war vielleicht etwas Neues an diesem Aufstand, dass Frauen nicht nur die Verwundeten pflegten und um ihre Männer bangten.

Wir sahen, wie die Franzosen sich der drückenden Last des veralteten Königtums entledigten, und auch wir Iren wollten unsere Bastille erstürmen und die Engländer ein für alle Mal von unserer Insel vertreiben. Die Franzosen sicherten uns ihre Hilfe zu. Bereits im Jahr 1796 segelten vierzehntausend bewaffnete Franzosen in die Bantry Bay in Cork, doch ein Sturm verhinderte ihre Landung. Natürlich war der Versuch den Engländern nicht verborgen geblieben, und so sandten sie General Lake, um die United Irishmen, wie sich die Freiheitskämpfer damals nannten, zu brechen. Er setzte auf Folter und verbrannte Erde, und so wurden bald einige unserer Anführer verhaftet. Dublin war fest im Griff der englischen Spitzel und Geheimpolizisten, doch im Süden, in Wexford und Waterford, waren unsere Revolten erfolgreich. Nun, ich will euch nicht mit alten Geschichten langweilen. Unser Problem war, dass wir keine zentrale Führung hatten, die die Aufstände koordinierte, sodass die Engländer immer wieder die einzelnen Feuer austreten konnten, die an verschiedenen Stellen aufflackerten. General Lake gab Befehl, keine Gefangenen zu machen. Alle Aufständischen, die in seine Hände fielen, wurden getötet. Und obwohl er in diesen Jahren schätzungsweise dreißigtausend von uns umbringen ließ, gaben wir nicht nach. Wexford verlor ein Viertel seiner Bevölkerung. Lake wurde immer brutaler, deportierte, hängte, pfählte, wie im tiefsten Mittelalter.«

»Und die Liebe, die dir zum Verhängnis wurde?«, wagte Alisa zu fragen, als sie eine Pause machte und ihre Gedanken wieder davonzugleiten schienen.

»Robert Emmet war sein Name. Er war noch kaum ein Mann zu nennen, als er sich bei den ersten Aufständen dieser Jahre hervortat. Mein Onkel stellte ihn mir vor und ich – nur wenige Jahre jünger als er – war sofort in Liebe entflammt. Doch dann begann General Lake mit seinem Vorstoß und Robert floh mit ein paar Freunden nach Frankreich. Vier Jahre später kehrte er zurück, einen Plan für einen neuen Aufstand im Gepäck. Er wollte Dublin einnehmen, denn nur dann, so sagte er, würde ein erfolgreicher Aufstand auch zur Freiheit Irlands führen. Als ich hörte, dass er wieder im Land sei, setzte ich alles daran, ihm zu begegnen. Ich sagte ihm, dass ich eine Stellung suche, da mein Onkel mich auf seinem Kriegszug nicht mitnehmen wollte, und so wurde ich Haushälterin in seinem Dubliner Stadthaus. Und nicht nur das.« Ein wenig verlegen sah sie zur Seite. »Ich weiß nicht, ob er mich so sehr liebte wie ich ihn. Unsere Zeit war so kurz und oft kam er in der Nacht nur für ein paar Stunden. So blieb uns die Leidenschaft verbotener Nächte, gefolgt von Einsamkeit und Angst, wenn er wieder loszog – die Spitzel der Engländer im Nacken –, um die Vorbereitungen für den Aufstand voranzutreiben. Er war gezwungen, sich zu verstecken, doch ich wusste stets, wo er war, und leitete die an ihn gerichteten Nachrichten weiter.

Ich weiß nicht, wer den Spitzeln den Tipp gab, doch eines Morgens waren sie da, brachen die Tür auf und zerrten mich aus meinem Bett. Sie verbanden mir die Augen und schleiften mich in die Kerkerzelle irgendeines Gefängnisses. Sie wollten wissen, wo sich Robert versteckt hielt, und dazu war ihnen jedes Mittel recht. Oh, ich sage euch, es gibt unendlich viele Methoden, einem Menschen Qualen zu bereiten, und sie waren in ihrer Auswahl sehr großzügig! Es fing mit unendlichen Verhören und Schlägen an und steigerte sich, bis ich dachte, dem Wahnsinn zu verfallen. Aber ich sagte ihnen kein Wort. Ich hatte meiner Liebe Treue bis zum Tod geschworen, und ich war nicht bereit, dieses Versprechen zu brechen.«

»Diese Narben auf deiner Wange sind alt. Stammen sie noch aus der Zeit, als du ein Mensch warst?«, fragte Alisa schüchtern.

Áine strich sich über die haarige Wange und Schläfe, die durch zwei weiße, kahle Striche zerteilt wurden. Sie nickte.

»Ja, das sind zwei der zahlreichen Spuren, die die Folterwerkzeuge der Engländer in meiner Haut zurückgelassen haben. Die Wunden in meiner Seele waren noch tiefer, aber die konnte keiner sehen.

Zwei Jahre haben sie mich gequält. Dann bekamen sie Robert ohne meine Hilfe in die Hände. Ich weiß nicht, war es Zufall oder hat ein anderer seiner Vertrauten sie verraten. Robert führte den Aufstand im Sommer 1803 an – doch er wurde innerhalb weniger

Stunden niedergeschlagen. Die Engländer waren gewarnt worden. Robert und viele seiner Kampfgenossen wurden verhaftet. Er wurde mit zwanzig seiner Freunde gehängt, während ich noch immer im Kerker saß. Ich durfte mich nicht einmal von ihm verabschieden. In der Stunde seines Todes nicht bei ihm sein.

Nicht dass er meinen Beistand gebraucht hätte. Er war erst fünfundzwanzig Jahre alt, aber er war ein Held. Als man ihm den Strick um den Hals legte, sprach er: ›Erst wenn mein Land seinen Platz unter den Nationen der Erde einnimmt, erst dann und nur dann lasst mir meine Grabschrift schreiben.‹« Sie schwieg.

»Und wie ging es weiter?«, wollte Luciano wissen. »Bist du im Gefängnis zum Vampir gemacht worden?«

Áine schüttelte den Kopf. »Nein, nachdem Robert tot war und sie ihn irgendwo verscharrt hatten, ließen sie mich gehen, gebrochen, erschöpft und ohne einen Pence. Meine Familie war schon lange tot, mein Onkel nach Australien deportiert worden. Ich war noch jung, aber mein Leben war zu Ende, und so suchte ich den Tod – und fand ein anderes Leben.«

»Doch das ist eine Geschichte für eine andere Nacht«, unterbrach Catriona, die unbemerkt hinter sie getreten war. »Es ist Zeit! Folgt mir hinauf zu euren Särgen.«

Die drei verabschiedeten sich von Áine und stiegen schweigend hinter der Lycana die Wendeltreppe zur oberen Halle hinauf, jeder in seinen eigenen Gedanken gefangen.

*

Die junge Vampirin ging unruhig im Hof auf und ab. Sie hatte genug Gespräche belauscht, um zu wissen, dass die Burg einen magischen Schutz gegen Fremde besaß. Also war es ihre Aufgabe, einen Weg zu finden, wie die Verfolger diesen Schutz umgehen konnten, oder die Erben, um die es ging, mussten die Burg verlassen. Sie zerbrach sich den Kopf, doch ihr fiel weder für die eine noch für die andere Möglichkeit eine Lösung ein. Alle waren in Aufregung, weil Alisa, Luciano und Franz Leopold sich unerlaubt entfernt hatten, diese Dummköpfe. Wegen ihnen würden die Sicherheitsmaßnahmen nun vermutlich noch verschärft. Und Ivy war mit dieser Druidin und den Wölfen unterwegs. Vielleicht nutzten sie ja die Gelegenheit, ihrer habhaft zu werden. Immerhin waren die beiden Begleiter, die mit ihr ausgesandt worden waren, mit den drei Ausreißern zurückgekehrt. Vielleicht war das ja die erste gute Gelegenheit, einen Vorstoß zu wagen. Doch wussten sie überhaupt, dass Ivy gerade kaum geschützt durch die Moore strich? Oder warteten sie dort draußen vor den Mauern auf eine Chance – oder auf eine Nachricht von ihr?

Die Vampirin schlenderte möglichst unauffällig zum Tor und schlüpfte hinaus. Sie eilte über die Brücke und tauchte in den grünen Hain ein, dessen Unterholz so dicht war, dass sie selbst von einem Posten auf der Mauer nicht mehr gesehen werden konnte. Sie blieb stehen und lauschte. Nur der Wind rauschte in den Bäumen. Sie schloss die Augen und versuchte, ihre Sinne auf die Anwesenheit eines fremden Wesens auszurichten. Sie spürte eine Aura, die zu keinem der hier versammelten Clans passte. Und noch ehe sie die Augen wieder öffnen konnte, legten sich schlanke Finger um ihren Arm.

»Du hast uns lange warten lassen! Wir streichen hier seit Stunden um die Mauern und dachten schon, du würdest deinen Schwur brechen wollen. Du weißt doch noch, was dann passiert?«

Die junge Vampirin versuchte, ihren Arm aus dem Griff der Frau zu lösen, doch sie war zu stark.

»Vielleicht ist euch nicht entgangen, dass es ziemliche Aufregung gab, weil sich drei der Erben heimlich davongemacht haben. Wenn ihr schon seit dem Abend hier seid, wisst ihr auch, dass Ivy und ihr Wolf mit der Druidin ins Moor gegangen und noch nicht zurückgekehrt sind. Mervyn ist allerdings nicht dabei. Er ist, glaube ich, unten am Fluss, um sich mit irgendwelchem Gewürm abzugeben.« Ihre Miene zeigte Abscheu.

»Außerhalb der Burgmauer?«, fragte Danilo, der neben sie getreten war.

Sie schüttelte den Kopf. »Nein, man kann vom Hof aus ans Wasser hinunter.«

»Hast du erfahren, was das für ein Schutz ist, der um die Burg gelegt wurde?«

»Ich habe versucht, ein paar der hier ansässigen Lycana auszufragen, aber sie waren nicht bereit, zu sehr ins Detail zu gehen. Ich weiß nur, dass dies schon immer ein magischer Platz war, der Eiben wegen. Nun sind sie zwar fast alle verschwunden, doch den Lycana ist es gelungen, gemeinsam mit einem Zauber der Druidin einen Bannkreis zu errichten.«

Die vier fremden Vampire wechselten einen Blick. Ehe Tonka noch weiter in sie dringen konnte, hörten sie einen Ruf von der Burg her.

»Das ist mein Vetter. Ich sollte gehen, ehe jemand Verdacht schöpft. Bitte lasst mich los.«

Tonka lockerte ihren Griff und mit einem Ruck entzog die Vampirin ihr den Arm. Ohne sich zu verabschieden, raffte sie ihr langes Gewand und wand sich aus dem Unterholz. Mit langen Sätzen lief sie über die Zugbrücke und auf das Tor zu, unter dem sie von ihrem Vetter in Empfang genommen wurde.

»Wo warst du? Weißt du nicht, dass es gefährlich ist, sich alleine draußen herumzutreiben? Sie haben es uns nicht aus einer Laune heraus verboten!«

»Und du meinst, du bist der Richtige, mir das zu sagen?«, murmelte sie. Es fiel ihr schwer, ihn nicht wütend anzufahren. Er nahm sie beim Arm, und obwohl ihr danach war, sich loszureißen, ließ sie sich von ihrem Cousin in den Turm führen und folgte ihm in die obere Halle hinauf, wo die anderen bereits in ihren Särgen lagen.

*

Die Nacht neigte sich unerbittlich ihrem Ende zu und noch immer folgte der weiße Wolf den Spuren. Der Falke kreiste im zunehmend heller werdenden Himmel und schoss dann nach Westen davon.

Ivy, komm zurück!

Sie wollte nicht auf ihn hören, auch wenn sie wusste, dass es vernünftig gewesen wäre.

Du musst dir einen Platz für den Tag suchen. Lass sie ziehen. Ich kann ihrer Spur weiter folgen, während du ruhst, aber komm jetzt zurück!

Ivy und Seymour hatten die Twelve Bens hinter sich gelassen und waren bis ins Tal abgestiegen, das in einem Bogen von Nordwesten her kommend die Berggruppe umschloss. Am Ufer des Lough Inagh hatte Seymour die Fährte verloren und musste eine ganze Weile suchen, ehe er sie am anderen Ufer wieder entdeckte. Die Werwölfe waren durch das flache Wasser gewatet. Sicher nicht aus Zufall. Sie ahnten, dass die Vampire versuchen würden, sie aufzuspüren.

Nun stiegen sie zu einem Ausläufer der Maumturk-Berge auf. Es war inzwischen schon so hell, dass die ersten Menschen vermutlich bereits ihr Tagewerk aufnahmen. Der Himmel im Osten begann, sich rosarot zu verfärben.

Ivy, komm hierher. Hier ist ein Hünengrab. Die Platte ist zwar abgerutscht, doch die Höhlung darunter müsste groß genug sein.

Er spürte ihren Widerstand. Sie hatte die Werwölfe noch immer nicht gesichtet. Wie weit konnte sie noch kommen, ehe die Sonne sie mit ihren Flammenschwertern vom Himmel holte?

Ich fliege nur noch zum Grat hinauf und werfe einen Blick auf die andere Seite.

Nein!

Sie wollte nicht auf ihn hören. Seymour erwog, ihr zu folgen, doch dann würde sie womöglich die Höhlung nicht gleich finden. Die schräge Platte, die nur noch auf zwei ihrer ursprünglichen Stützsteine ruhte und eine nach Norden geöffnete Erdhöhle überdachte, war aus der Luft sicher nicht leicht auszumachen. Nein, es war vernünftiger, wenn er hier auf sie wartete und sie mit seinen Gedanken leitete.

Da sind sie! Sie sind bereits unten im Tal und ziehen nach Osten auf Cong zu.

Ivy! Komm jetzt. Kannst du die Sonne nicht spüren?

Natürlich konnte sie. Ihre Gedanken waren träge geworden, ihre Worte klangen schleppend in seinem Geist, doch er spürte, dass sie sich näherte. Sie hatte der Versuchung widerstanden, sich wie ein Pfeil in die Tiefe zu stürzen. Denn was hätte sie dort tun sollen? Den Werwölfen den Stein entreißen? Nur um dann vor ihren Füßen im Schein der aufgehenden Sonne zu Asche zu verbrennen!

Ich komme!

Das war ihr letzter Gedanke, den er empfing, dann schoss ein Schmerz durch seinen Leib, dass er in Pein aufheulte. Seymour setzte seine Pfoten auf den Stein und reckte die Schnauze in die Luft, obwohl er sich am liebsten in dem dunklen Erdloch zusammengerollt und seiner Pein hingegeben hätte. Er konnte sie in seinem Geist schreien hören – vor Entsetzen und Qual. Seine Augen tasteten den Himmel ab. Dann sah er sie wie eine verglühende Sternschnuppe abstürzen. Sie hatte gerade den Grat wieder überwunden, als der erste Sonnenstrahl ihre Falkengestalt traf und ihr Gefieder in Brand setzte. Er wusste nicht, ob sie sich absichtlich herabfallen ließ, um den sengenden Strahlen zu entgehen, oder ob sie mit dem brennenden Gefieder nicht mehr in der Lage war, sich in der Luft zu halten. Seymour lief los. Er hetzte den Berghang hinauf. Der Schmerz wich einem dumpfen Dröhnen. Ihre Gedanken wirbelten in wirren Fetzen herab. Sie war in den Schatten der Berge eingetaucht, doch ihr Gefieder zog noch immer eine Rauchfahne hinter sich her. Seymour rannte wie noch nie in seinem Leben, doch er konnte sie nicht auffangen. Sie fiel wie ein Stein in ein Gebüsch. Als er sie erreichte, lag sie auf dem Rücken im Gras, die Flügel ausgebreitet, die Augen geschlossen, der Schnabel halb geöffnet. Einer ihrer Flügel war wie ein Ast im Sturmwind abgeknickt, die Federpracht des Falken schwarz verfärbt. Es stank nach verbrannten Federn.

Du dummes, stures Ding, dachte er zärtlich. Der Anblick ihres geschundenen Vogelkörpers war mehr, als er ertragen konnte.

So vorsichtig wie möglich nahm er sie ins Maul und trug sie in raschem Lauf den Berg hinunter. Dann bettete er sie in die Erdhöhle und verschloss diese mit zwei kleineren Steinplatten, die er gerade noch bewegen konnte. Nun blieb ihm nichts anderes übrig, als ihre Totenstarre zu bewachen und zu hoffen, dass die natürlichen Dinge ihren Lauf gingen und die Heilung einsetzte. Den Spuren konnte er immer noch folgen, wenn Ivy vollständig wiederhergestellt war.

So saß er auf einem ins Tal hinausragenden Stein und beobachtete das Land unter sich. Endlich, gegen Mittag, nahm er eine Bewegung wahr. Es war Tara auf ihrer weißen Stute mit den beiden Wölfen. Seymour ließ einen klagenden Laut hören. Die beiden Wölfe im Tal antworteten. Die Druidin trieb das Pferd an, doch auf halber Höhe war sie gezwungen, abzusteigen und zu Fuß weiterzugehen.

»Wo ist sie? Was ist mit ihr geschehen?«, fragte sie schon von Weitem. »Mir war, als könne ich Angst und Schmerz spüren.«

Sie wollte nicht von der Spur ablassen, bis es fast zu spät war. Die Sonne hat sie getroffen.

Die Druidin sank auf die Knie und barg ihr Gesicht in den Händen. Es war viele Jahre her, dass Seymour sie das letzte Mal die Fassung hatte verlieren sehen. Beruhigend leckte er über ihre Hände.

Fasse dich. Sie ruht jetzt unter dieser Steinplatte, bis der Abend kommt.

Der Kopf der Druidin ruckte, die Hände sanken herab. »Hat sie versucht, sich zurückzuwandeln?«

Nein, sie hat bei ihrem Sturz das Bewusstsein verloren. Als ich sie unter den Stein bettete, regte sie sich. Sie ist zu klug, es in diesem Zustand zu versuchen.

»Hoffen wir es, denn sonst wird sie wie Áine enden, für die ich keine Hoffnung mehr hege.«

Sie schwiegen. Obwohl Seymour Ivy versprochen hatte, über Tag die Spur weiterzuverfolgen, rührte er sich nicht von Taras

Seite, die mit geschlossenen Augen dasaß und in einen leisen Singsang verfallen war. Sprach sie wieder mit den alten Göttern?

Kein Gott auf dieser Welt würde einem Vampir helfen!, dachte Seymour bitter, doch er störte sie nicht.

DIE GESCHICHTE DES
CLOCH ADHAIR

Die Sonne sank im Westen herab und näherte sich dem Horizont. Die Druidin saß noch immer neben Seymour, während ihre beiden Wölfe zu ihren Füßen lagen. Beide hatten ihren Blick starr auf den nun nicht mehr blendenden roten Ball gerichtet, der mit dem Grat der gegenüberliegenden Bergkette zu verschmelzen schien. Goldenes Licht rann wie glühende Lava die Berghänge herab und erlosch. Der Moment, den sie sehnsüchtig und mit noch mehr Furcht erwartet hatten, war gekommen. Tara erhob sich steif. Seymour stellte sich an ihre Seite. Ihre Hand tastete Hilfe suchend nach seiner tröstlichen Wärme. Die Augenblicke dehnten sich zur Ewigkeit. Die Sonne war untergegangen, doch noch rührte sich nichts in der kleinen Erdhöhle unter dem Hünengrab.

Sollen wir die Platte beseiteschieben?

»Kannst du ihren Geist erreichen?«, fragte die Druidin kaum hörbar.

Seymour streckte zaghaft seine Gedanken aus. Ihre Präsenz kam so plötzlich über ihn und war so überwältigend, dass er zurücktaumelte.

Es ist verflucht eng hier drin! Hättest du nicht etwas Größeres suchen können?

Die Steinplatte erbebte. Ein zweiter Stoß brachte sie ins Wanken. Sie richtete sich träge auf, verharrte einen Moment in senkrechter Stellung und fiel dann mit einem dumpfen Dröhnen zu Boden. Seymour und die Druidin mussten zurückspringen, um ihre Füße in Sicherheit zu bringen.

Ivy krabbelte aus dem Erdloch, richtete sich auf und klopfte sich die Erde aus dem Gewand. »Was starrt ihr mich so an? Gehen wir! Sie haben schon viel zu viel Vorsprung.«

Da stand sie, strahlend schön wie der Vollmond. Schimmernd

fielen ihr die silbrigen Locken über den Rücken herab. Ihre Haut war fast durchsichtig wie Perlmutt und unversehrt. In den türkisfarbenen Augen blitzte der Tatendrang. Tara ließ einen Aufschrei hören und zog Ivy in einer ungewohnten Geste an ihre Brust. Seymour drückte sich an ihre Beine.

»Es ist alles gut«, versuchte Ivy leichthin zu versichern, doch auch ihre Stimme klang belegt. »Kommt, lasst uns gehen. Die Spuren verblassen mit jeder Stunde, die wir ungenutzt verstreichen lassen.«

Seymour rieb den Kopf an ihrem Schenkel, doch dann biss er ihr plötzlich in die Hand.

»Au! Was soll das? Wie kannst du nur? Sieh, es blutet!« Ivy steckte sich die aufgerissenen Finger in den Mund und warf dem Wolf einen vorwurfsvollen Blick zu.

Tu so etwas nie wieder! Meine Aufgabe ist es, dich zu beschützen. Wie soll ich ihr gerecht werden, wenn du nicht auf mich hörst? Du weißt, wie knapp du entkommen bist!

»Ja«, gab Ivy kleinlaut zu. »Und es wäre mit mir vorbei gewesen, wenn du mich nicht geholt und in die Höhle gebracht hättest. Ich besaß nicht mehr die Kraft dazu. Danke!« Sie sah ihm einen Augenblick in die Augen, dann wandte sie sich ab. »Wir müssen los. Wirst du mit uns über den Grat steigen?«

»Ich werde mit Álainn den Weg über den Maumeenpass nehmen und dann wieder zu euch stoßen. Nimm Ciallmhar mit und schicke ihn mir, wenn ihr den Berg überquert habt. Wenn wir wissen, welche Richtung sie einschlagen, kehren wir nach Aughnanure zurück.« Sie sah den Widerstand in Ivys Augen aufblitzen, doch die Druidin ließ sich nicht beirren.

»Wir müssen ihnen sagen, was geschehen ist! Willst du, dass sie in Gefahr geraten, weil sie nicht ahnen, dass wir unsere Mission nicht erfüllt haben? Eine kriegerische Aktion seitens der Werwölfe ist wahrscheinlicher denn je!«

»Nein, das will ich nicht.«

Ivy machte sich mit Seymour und dem grauen Wolf der Druidin auf den Weg über den Grat, während Tara mit dem anderen Wolf zu ihrem Pferd abstieg und dann, so schnell wie sie konnte, nach Süden ritt, bis eine tiefe Kerbe in der Bergkette ihr den Weg zum Pass wies.

Ivy verzichtete dieses Mal darauf, die Gestalt des Falken anzunehmen. Die Werwölfe hatten zu viel Vorsprung, als dass sie hoffen konnte, sie aus der Luft zu entdecken. Stattdessen verwandelte sie sich in einen Wolf mit silber schimmerndem Pelz und jagte vor den anderen den Berghang hinauf und auf der anderen Seite wieder hinunter. Sie war sich sicher, dass die Fährte sie über die Landenge zwischen dem Lough Mask und dem Lough Corrib führen würde, doch kurz hinter dem kleinen Dorf Maum liefen die Spuren zum Ufer hinunter. Ivy wollte es nicht glauben. Sie folgte ihnen bis zu einem halb vermoderten Steg, ging ein Stück zurück und vergewisserte sich, dass sie keinen Fehler gemacht hatte. Dann kehrte sie zu dem Steg zurück, wo Seymour auf sie wartete. Ciallmhar hatte sie zu seiner Herrin geschickt. Ivy nahm wieder ihre richtige Gestalt an, ließ sich auf die Holzplanken fallen und stützte den Kopf in die Hände.

»Sie haben ein Boot genommen!«, stöhnte sie.

Ja, sie sind schlau und wissen, dass man sie verfolgt, um zu erfahren, wohin sie den Stein bringen. Und Wasser ist der einzige Weg, wenn sie keine Spuren zurücklassen wollen.

Ivy starrte auf den nächtlichen See hinaus. Obwohl sie keine Hoffnung hegte, dass die Werwölfe in ihrem Schiff noch in der Nähe waren, nahm sie noch einmal die Gestalt des Falken an und flog über die glatte Wasserfläche des Lough. Seymour wartete ungeduldig am Ufer. Er ließ sich keinen Augenblick aus ihren Gedanken drängen und mahnte sie bald schon, zurückzukehren.

Du weißt, dass du sie auf diese Weise nicht finden kannst.

Widerstrebend flog Ivy ans Ufer. »Sie können nicht ewig auf dem See bleiben. Irgendwo müssen sie an Land gehen und dann gibt es auch wieder eine Fährte«, sagte sie, als sie sich zurückgewandelt hatte. »Wir müssen sofort nach Aughnanure und dann in

Gruppen das Ufer absuchen. Wenn wir uns beeilen, ist sie noch frisch genug, dass wir sie aufspüren können.«

Der Lough ist groß. Und der Corrib mündet in die Galway-Bucht.

Dieser Gedanke war Ivy noch gar nicht gekommen. Sie ließ sich neben ihm auf den Steg sinken. »Du meinst, sie fahren auf das Meer hinaus?«

Möglich wäre es. Aus ihrer Sicht klug, wenn sie ein Versteck suchen, das die Vampire vielleicht jahrhundertelang nicht entdecken. Eine Grotte an der einsamen Küste oder eine der kleinen Inseln?

Ivy sagte nichts. Sie saß nur stumm da, den Blick auf das Wasser gerichtet, bis sie den Hufschlag der Schimmelstute hörte.

»Sie sind also über den Lough gefahren«, sagte die Druidin. »Ich habe es befürchtet, seit ihre Spur nach Osten bog.«

»Uns bleibt nichts anderes übrig, als nach Aughnanure zu eilen, um die Suche mit verstärkten Kräften fortzusetzen. Und wenn wir jeden Schritt des Ufers absuchen!«

Und wenn sie zum Meer sind?

»Wenn sie zum Meer hätten wollen, warum sind sie dann nicht gleich nach Westen zur Küste gegangen?«, widersprach Ivy.

Um uns in die Irre zu führen?

»Mag sein.«

Ivy schritt auf die Druidin zu und folgte dann der Stute am westlichen Ufer des Lough entlang, bis die Boote der Fischer von Oughterard in Sicht kamen, die ruhig auf dem spiegelglatten See lagen.

*

Nein, sie war noch nicht zurückgekommen. Franz Leopold hatte bis zur letzten Minute gehofft, Ivy würde auftauchen, auch wenn ihm eigentlich klar war, dass sie den Weg bis zu den Berggipfeln, die sie Twelve Bens nannten, und zurück nicht in dieser Nacht schaffen konnte. Vor allem, da er nicht wusste, was der Zweck ihrer Reise war und wie viel Zeit er in Anspruch nehmen würde. Dennoch fühlte er eine seltsame Leere, als er nun neben ihrem verlassenen Sarg stand, der den Tag über nicht benutzt worden war.

»Ich kann es kaum erwarten, dass sie zurückkommt und uns alles genau berichtet«, sagte Alisa, die an seine Seite getreten war. Er brummte nur und machte sich auf den Weg in den Saal einen Stock tiefer. Dort wartete auf die Erben nicht nur ihre Blutration, sondern auch die Nachricht, dass ihre Lektionen in dieser Nacht fortgeführt werden würden.

»Wir haben durch unsere Reise viel Zeit verloren, auch wenn ihr dabei sicher etwas gelernt habt, nun aber wird es Zeit, dass wir mit unseren Verwandlungen fortfahren. Noch haben es nur wenige geschafft, die Gestalt eines Wolfes anzunehmen, von schwierigeren Formwechseln ganz zu schweigen.« Donnchadh sah in die Runde.

»Müssen wir wieder die ganze Nacht hierbleiben?«, fragte Tammo.

»Ja, es wäre viel schöner, draußen zu üben«, pflichtete ihm Ireen bei.

»Es ist unerträglich, in diesem Turm eingesperrt zu sein!«, fügte nun auch Anna Christina hinzu.

»Wir waren ja gar nicht nur im Turm, sondern auch im Hof«, korrigierte Malcolm, der aber ebenfalls dafür stimmte, Aughnanure für ein paar Stunden zu verlassen. Keiner der Erben wollte wieder die ganze Nacht im Schutz der Burgmauern zubringen.

Donnchadh warf Catriona einen Blick zu, dann nickte er. »Gut, wir werden zum Friedhof von Oughterard gehen. Dort können wir ungestört arbeiten, und die anderen haben die Möglichkeit, abwechselnd auf die Jagd zu gehen, während ihr euch an eure Übungen macht.«

Es kamen alle mit, die sie seit Dunluce begleitet hatten. Nur die Bewohner von Aughnanure entschieden, die Nacht lieber unter sich zu bleiben und ein Dorf im Süden des Lough aufzusuchen.

Donnchadh und Catriona führten ihre Schützlinge zum Ufer hinunter und folgten dann einem schmalen Pfad am Wasser entlang, bis sie auf die Fischerboote des Dorfes stießen. Schon jetzt sahen sie im Westen den Turm der halb zerfallenen Friedhofskirche aufragen. Die schmiedeeiserne Tür hing ein wenig schief in ihren verrosteten Angeln und kreischte, als Donnchadh sie aufstieß. Der Führer der Lycana ließ es zu, dass sich die jungen Vampire erst einmal auf dem erstaunlich weitläufigen Friedhof umsahen.

In einer Ecke waren offensichtlich die Gräber der Bergleute und der vielen Armen, die für eine Handvoll Münzen mit dem Hammer das Erz aus dem Marmor schlugen. Es gab auch sehr alte Gräber, ein paar mit reich verzierten Grabplatten, aber noch mehr nur mit einfachen Steinen oder Kreuzen. Die wertvollsten Gräber schienen entweder nah der Kirche oder gar im Boden des Kirchenschiffs eingelassen, wobei sie ausgehoben worden sein mussten, nachdem die Kirche dem Zerfall preisgegeben worden war.

Franz Leopold fiel auf, dass die Lycana und auch die meisten der Servienten, die mit den Erben gekommen waren, die Kirche mieden. Sie blieben lieber außerhalb der Mauern, während Alisa, Luciano und er durch das nun dachlose Kirchenschiff schlenderten und die Grabplatten betrachteten. Ohne recht darüber nachzudenken, wappnete sich der Dracas bereits bei den ersten Anzeichen von Unruhe und formte aus seinen Abwehrkräften einen Schild, der ihn vor dem Schmerz und dem Trüben der Sinne bewahrte, die die Nähe von kirchlichen Gegenständen und Schutzsprüchen zur Folge hatte. Auch Alisa an seiner Seite verriet keine Anzeichen von Unwohlsein und beugte sich neugierig zu manchem Segensspruch hinab. Wider Willen musste er Conte Claudio und dem Clan der Nosferas Respekt zollen. Sie hatten das vergangene Jahr gut genutzt, die Erben gegen die Kirchenmagie zu schützen, und die Vampirjäger aller Länder damit einer ihrer wirksamsten Waffen beraubt.

Franz Leopold strich über die Figur eines kleinen Schutzengels, der den Toten in seinem Grab vor den Wesen der Nacht beschützen sollte, und fühlte den zu einem Kribbeln abgeschwächten

Zauber auf seiner Haut. Der Dracas lächelte breit. Und nun lernte er auch noch, sich Tiere zu unterwerfen und sich ihrer Gestalt zu bedienen.

Alisa und Luciano verließen die Kirchenruine und schlenderten weiter zwischen den Gräbern umher. Mit etwas Abstand folgten ihnen Matthias und Francesco. Hindrik hatte die Überwachung von Tammo und – zu seinem Leidwesen – der beiden Pyras übernommen. In der Ecke des Friedhofs, die am weitesten vom Dorf entfernt war, entdeckten sie eine große Anzahl von Gräbern, die alle innerhalb weniger Jahre entstanden sein mussten. Sie waren schlicht, ja zum Teil muteten sie wie Massengräber an. Nur wenige hatten Steine mit Namen und Jahreszahlen. Franz Leopold beugte sich vor, um sie zu entziffern.

»Sie scheinen alle in den Jahren 1846 bis 1848 gestorben zu sein.«

»Meint ihr, das sind die Opfer der Aufstände, von denen uns Áine erzählt hat?«, fragte Alisa.

»Nein, sie sind keine Kinder der Revolution, obgleich man sie durchaus zu den Opfern der Unterdrückung zählen kann«, sagte Ainmire, der Malcolm und Ireen zu ihnen führte. »Es sind die Opfer der großen Hungersnot. Es war das Jahr 1845, als die Kartoffeln in der Erde verfaulten, und auch im folgenden Jahr vernichtete diese Krankheit die Ernte. Es kam zu einer Hungersnot, wie sie Irland noch nicht erlebt hatte. Die Menschen starben zu vielen Tausenden an Erschöpfung oder an Krankheiten wie Cholera, die sich rasch ausbreiteten. Ganze Dörfer verwaisten, und wir hatten über Jahre jede Nacht lange Wege, um gesundes Blut zu finden.«

Malcolm steuerte auf Alisa zu und nahm wie selbstverständlich den Platz an ihrer Seite ein. Er legte die Hand auf ihren Arm und sie lächelte ihm zu.

Franz Leopold fühlte eine Welle von Zorn in sich aufsteigen und das Bedürfnis, seinen Arm wegzustoßen oder noch besser dem eingebildeten Vyrad ins Gesicht zu schlagen. Was drängte er sich ihnen ständig auf? Doch Alisa hatte nichts dagegen. Ihre offensichtliche Freude war geradezu widerlich! Ja, er konnte fast trunkene Erregung spüren. Franz Leopold zwang sich, seine Gedanken von ihrem Geist zu lösen. Er war enttäuscht, dass er nun nicht mit ihr zusammen üben würde.

Nein, enttäuscht war ein zu starkes Wort. Ihm lag natürlich nichts an Alisa. Einer Vamalia! Es war nur angenehm, mit jemandem nicht ganz so ungeschickten oder einfältigen zusammenzuarbeiten. Daher kam eine Übung mit Luciano natürlich nicht infrage! Außerdem rief Ainmire den Nosferas zu sich, um ihm zu helfen, seine Schwierigkeiten bei der Wandlung zu überwinden. So blieb nur das kleine Londoner Mädchen – Ireen. Franz Leopold betrachtete sie verächtlich. Sie war klein für ihre fünfzehn Jahre, ihr Körperbau noch zu kindlich. Die vorstehenden Zähne und die Sommersprossen unterstrichen ihre Unscheinbarkeit noch. Allerdings war der stets ängstliche Ausdruck, mit dem sie wie ein Geist durch die Domus Aurea in Rom gehuscht war, verschwunden, wie Franz Leopold plötzlich mit Erstaunen feststellte. Sie traute sich, ihm in die Augen zu sehen.

Franz Leopold hob die Brauen. Der blasierte Blick, den er so gut beherrschte, sollte ausreichen, der Vyrad zu zeigen, wo ihr Platz war, doch sie zuckte mit keiner Wimper.

»Nun, fangen wir an? Willst du zuerst? Ich helfe dir mit meinen Kräften.«

Franz Leopold nickte gnädig. Eigentlich konnte er darauf verzichten. Was konnte dieses klägliche Wesen schon an Energie sammeln, um ihn zu unterstützen? Er brauchte Ireen nicht. Im Moor war er mit dem Wechsel schon gut alleine zurechtgekommen, und hier gab es bestimmt auch genug Kraftströme im Untergrund, derer er sich bedienen konnte. Ein Stück weiter hatte Alisa bereits die Gestalt ihres Wolfes angenommen. Franz Leopold wandte den Blick ab und richtete ihn auf sein Inneres. Noch reichten seine Kräfte nicht aus. Sein Geist tastete nach den Strömen der Gesteine im Untergrund. Da schoss ein Energiestrahl durch ihn hindurch, der ihn überrascht die Augen aufreißen ließ. Er brauchte einige Momente, ehe er begriff, dass er von Ireen stammte. Sie sah ihn fragend an.

Franz Leopold war so verblüfft, dass er nur zurückstarren konnte. Wer hätte das gedacht! Er fasste sich rasch und schon kreisten die Nebel und er trat als Wolf aus ihnen hervor. Es wunderte ihn nun nicht mehr, dass Ireen mit seiner Unterstützung keine Schwierigkeiten hatte, seinem Beispiel zu folgen. Sie nahm sogar so wenig seiner Energie in Anspruch, dass er sich fragte, ob sie es nicht auch alleine geschafft hätte. Ihr Vetter Malcolm dagegen entzog Alisa all ihre Kraft, was er schon allein an ihrem verzerrten Gesicht ablesen konnte. Franz Leopold sah zu Luciano hinüber, der sich unter Ainmires Anweisungen abmühte und kurz darauf tatsächlich in Wolfsgestalt dastand. Er wirkte weniger räudig als bei seinem ersten Versuch im Moor. Vielleicht war er ja doch kein hoffnungsloser Fall. Franz Leopold und Ireen wandelten sich noch einmal mit gegenseitiger Hilfe, dann versuchten sie es alleine und waren zu ihrer Freude erfolgreich.

»Ich denke, das reicht für heute«, sagte Franz Leopold mit einem Seitenblick auf Ainmire, der sich ganz auf Luciano konzentrierte. Er wollte vorschlagen, dass sie jeder alleine noch ein wenig trainieren konnten, doch Ireen war schneller, nickte ihm zu und zog sich dann in einen anderen Teil des Friedhofs zurück. Das war Franz Leopold nur recht. Sein scharfes Gehör hatte nämlich einen Wolf vernommen, dessen Ruf ihm bekannt vorkam. Er näherte sich von Norden her!

Unauffällig tauchte Franz Leopold hinter den Grabsteinen unter und huschte zu dem Eingang, der dem Dorf am nächsten lag. Er erhaschte einen Schimmer von weißem Fell und dann einen silbernen Haarschopf. Ein seltsam flatterndes Gefühl breitete sich in ihm aus. Franz Leopold öffnete die Tür und verneigte sich, als Ivy und Seymour zwischen den Büschen hervortraten und auf den Friedhof zugingen. Sie zeigte sich nicht überrascht, ihn hier zu sehen, doch sie war auch eine Meisterin darin, ihre Züge zu beherrschen und Gedanken zu verbergen.

»Ihr seid spät dran«, sagte er mit strenger Stimme und merkte, wie er gegen seinen Willen lächelte.

»Der Unterricht hat bereits begonnen? Ich bin untröstlich!«, gab Ivy zurück und erwiderte das Lächeln. Sie trat ein und Franz Leopold schloss hinter ihr die Pforte.

»Und? Wie ich sehe, bist du mit deinen Übungen schon fertig, oder hast du dich unerlaubt entfernt?«

»Würde ich so etwas tun?«

Sie lachte. Seymour ließ ein tiefes Brummen hören. »Wie lief es?«, erkundigte sie sich in bemüht neutralem Ton.

»Oh, nicht schlecht. Wir haben ja sozusagen den Praxiseinsatz in den Mooren geübt und profitieren nun von dieser interessanten Erfahrung.«

Zu seiner Überraschung senkte Ivy den Blick. »Es tut mir leid.«

»Was? Dass du unsere Unterstützung abgelehnt und uns zurückschleppen hast lassen?« Er konnte nicht verhindern, dass der Ärger wieder in ihm hochschwappte.

»Es ist ein wunderbares Gefühl, so treue Freunde zu haben, und gerade weil ich mich euch und eurem Wohl so verpflichtet fühle, musste ich diese Entscheidung treffen. Ich hätte um euch fürchten müssen und um unsere Mission.« Sie seufzte tief.

»Dann ist eure Mission also geglückt, nachdem ihr euch unser entledigt hattet.«

Ivy schüttelte den Kopf. »Nein, wir sind zu spät gekommen. Sie waren schon weg.«

»Wer? Und was habt ihr dort getan? Ich will verstehen, was so wichtig ist, dass wir von Aillwee hergeeilt sind. So dringlich, dass dieses Scheitern dich in eine solch verzweifelte Stimmung stürzt. Nein, streite es nicht ab, ich kann es fühlen, obwohl du es vor mir zu verbergen suchst.« Er griff nach ihrer Hand und zwang sie, sich ihm zuzuwenden.

»Es ist kompliziert. Wo soll ich beginnen?«

»Wie wäre es mit dem Anfang? Und glaube mir, meine geistigen

Fähigkeiten sind durchaus so ausgeprägt, dass sie auch komplizierte Zusammenhänge erfassen können!«

Ivy überlegte kurz, dann sagte sie: »Vielleicht begann es mit dem Stein, den wir *cloch adhair* nennen, den alten Stein, da er schon immer da gewesen zu sein scheint.«

»Ja, erzähle uns von dem Stein und von deiner Mission, die dich durch die Moore und in die Berge geführt hat!«, erklang unvermittelt Alisas Stimme. Franz Leopold fuhr herum. Sie wurde nicht nur in der Kunst des Gestaltwandels immer besser, sie verstand es inzwischen für seinen Geschmack auch viel zu gut, sich unbemerkt anzuschleichen. Oder begann Ivys Gegenwart, seine Sinne zu trüben? Ivy entzog ihm ihre Hand. Gemeinsam schlenderten sie zu den Mauern der alten Kirche. Hier drin waren sie ungestört.

»Wo ist Luciano?«

»Er und Malcolm haben unter Ainmires Aufsicht noch eine Extrastunde. Er macht sich langsam. Luciano, meine ich.« Über Malcolm verlor Alisa kein Wort, aber Franz Leopold fing einen Gedanken der Enttäuschung darüber auf, dass seine Fortschritte so zaghaft waren. Er grinste sie an, doch Alisa mied seinen Blick.

»Nun, Ivy?«

»Der *cloch adhair* wird schon auf einigen Tafeln in Oghamschrift erwähnt, die vor Christi Geburt angefertigt wurden. Von gebildeten Angehörigen der ersten hier lebenden keltischen Gesellschaft. Und doch sprechen sie nicht davon, ihn angefertigt zu haben! Er scheint noch älter zu sein. Vielleicht stammt er aus der Zeit, in der die Megalithen und Dolmen entstanden, die Steinkreise und Newgrange. Der *cloch adhair* hat die Form der Insel Irland und es schlummern unglaubliche Mächte in ihm. Er muss tief aus der Erde stammen, gleicht aber in seinem Äußeren dem Marmor von Connemara mit seinen Erzeinschlüssen. Seine Kraft ist so stark, dass sie pulsiert wie ein Herz. Und so ist es nicht falsch, wenn ich sage, er ist das Herz Irlands und das Band aus Marmor unter dem Moor Irlands Seele. Jedenfalls haben die

Druiden den Stein von Generation zu Generation an den Mächtigsten von ihnen weitergeben. Seine Aufgabe war es, das Herz Irlands in der Höhle oben in den Beanna Beola, wie die Kelten die Twelve Bens nannten, zu bewachen. Doch wie das so ist mit den mächtigen Artefakten dieser Erde, ein Geheimnis bleibt nicht lang ein Geheimnis und dann erwachen Begehrlichkeiten. Als die christlichen Mönche die Druiden zu verdrängen begannen, haben sie sich auf die Suche nach dem Stein gemacht, um ihn zu vernichten, denn wie konnte etwas mächtiger sein als ihr Kreuz und ihre Reliquien? Doch es gelang ihnen nicht, den Stein in die Hände zu bekommen, was, wie man sagt, der Verdienst eines großen Druiden war.« Sie machte eine bedeutungsvolle Pause. »Sein Name war Turlough.«

Alisa und Franz Leopold sahen sie verständnislos an, doch dann erhellte die Erinnerung fast gleichzeitig ihren Geist.

»Turlough? Der Barde, den wir auf Dunluce gesehen haben?«

»Der *filí*!«, verbesserte Alisa. Ivy nickte. »Du willst aber nicht behaupten, dass er selbst es war!«

»Doch, genau das behaupte ich! Vielleicht hat er damals nach Unsterblichkeit gesucht, um den Stein weiter zu beschützen, jedenfalls wurde er zu dem, was er heute ist: der letzte *filí* aus der Zeit der großen keltischen Könige – und ein Vampir, der älteste Lycana, der heute noch existiert.«

»Streng genommen aber ein Unreiner, kein Lycana im Sinne der Blutlinie!«, widersprach Franz Leopold.

»Können wir das mit Sicherheit sagen? Die Herkunft der Vampire und der sechs heute noch existierenden Familien liegt im Dunkeln. Jedenfalls kam der Stein so in die Hände der Vampire. Doch es gab noch eine andere magische Spezies auf der Insel, die um Einfluss und Macht rang – und zu manchen Zeiten einfach ums Überleben kämpfte, denn die Werwölfe wurden gnadenlos gejagt, von Menschen und auch von Vampiren. Dennoch gelang ihnen durch eine List, den jahrhundertelangen Krieg mit den Vampiren zu ihren Gunsten zu entscheiden.«

»Sie haben den Stein geraubt!«, vermutete Alisa.

»Ja, sie besetzten die Höhle auf den Twelve Bens. Ich weiß nicht, ob sie Turlough Gnade gewährten oder ihn nicht vernichten konnten, jedenfalls verließ er Connemara und ist seitdem zu einem ruhelosen Wanderer geworden. Vampire, Werwölfe und Druiden, die Fürsprecher der Menschen, sahen ein, dass es Zeit wurde, das Töten und Vernichten zu beenden. Es war Taras Verdienst, dass sie sich auf ein Treffen einließen, bei dem sie die Bedingungen eines Friedens aushandelten. Sie kamen bei den Megalithen von Srahmee zusammen, oben in Murrisk an der Clew Bay, und berieten. Auch Turlough war dabei und der Werwolf Áthair Faolchu, Donnchadhs Großvater, der die Lycana damals vertrat, und ein Dutzend anderer.«

»Und Catriona?«, wollte Alisa wissen.

»Ja, auch Catriona«, stimmte Ivy ein wenig widerstrebend zu. »Es ging hoch her bei diesen Beratungen und die Forderungen wogten hin und her. Ich will euch mit den verschiedenen Positionen nicht langweilen. Jedenfalls unterbrach Turlough den Streit, als er zu eskalieren drohte, um etwas Unglaubliches zu berichten. In seiner langen Zeit als Hüter des *cloch adhair*, trug es sich zu – es war in der Nacht einer ganz besonderen kosmischen Stellung der Planeten –, dass der Stein zu pulsieren begann und sich drei nahezu runde Stücke von seiner Unterseite lösten. Turlough begann, sie zu bearbeiten, bis sie zu drei wundervollen Armreifen wurden. Diese Kinder des irischen Herzens legte er nun in die Mitte des Megalithgrabes und begann, von einem Pakt zu sprechen, den der *cloch adhair* selbst zusammenhalten würde.«

»Ein Reif für die Vampire, ein Reif für die Werwölfe und einer für die Druiden«, sagte Alisa.

Ivy nickte. »Ja, genau so lautete sein Vorschlag.«

Plötzlich schnellte Franz Leopold vor und umschloss Ivys Handgelenk. Er schob ihren Ärmel ein Stück zurück und entblößte den Reif, den sie trug, seit sie einander das erste Mal gesehen hatten.

»Das ist er, nicht wahr?«

»Ja, dieser Reif stammt aus dem Herzen Irlands und war einst ein Teil des *cloch adhair*.«

»Tara trägt auch einen«, erinnerte sich Alisa plötzlich.

»Das ist richtig. Jedenfalls nahmen alle Parteien den Vorschlag an. Streit gab es nur noch, wer das Herz selbst in den Tiefen der Beanna Beola bewachen sollte.«

»Warum haben sie nicht eine gemeinsame Abordnung gestellt?«, wollte Alisa wissen. Ivy lächelte schwach.

»Werwölfe, Vampire und Druiden sind nicht dazu geschaffen, zusammenzuleben – mit wenigen Ausnahmen vielleicht. Also einigte man sich darauf, dass jede Partei neunundneunzig Jahre lang die Wacht übernehmen sollte. Da die Werwölfe die Berge samt der Höhle erobert hatten, bestanden sie darauf, dass ihre Sippe den Anfang machte, und die anderen stimmten notgedrungen zu. Allerdings sollten die Besitzer der Armreifen jederzeit freien Zugang zu dem Stein haben, denn sie tragen nicht von sich aus die Kraft des Landes in sich. Sie sind nur ein schwacher Teil, der in der Nähe des Herzens Energie aufnimmt und sie dann nach und nach wieder abgibt. Meine Bindung an Irland und damit auch der Schutz, den der Reif mir gibt, ist nach einem Besuch in der Höhle am stärksten und lässt dann mit jeder Nacht nach, bis er irgendwann völlig erlischt. Deshalb war es an der Zeit, zu den Beanna Beola zurückzukehren, um den Reif mit dem Herzen zu vereinen.«

»Es hat nicht funktioniert«, sagte Alisa, die Ivy kritisch musterte.

»Nein, obwohl Áthair Faolchu uns zugesichert hat, uns bis Neumond den Zugang zu gewähren, hat die Sippe den Berg verlassen und den Stein mitgenommen.« Sie hob hilflos die Arme. »Wir kamen zu spät. Mitternacht war bereits vorüber.«

»Er hätte den Stein überhaupt nicht entfernen dürfen!«, rief Alisa empört. »Das verstößt gegen den Vertrag, den sie mit den Vampiren und den Druiden geschlossen haben!«

»Aus welcher Zeit stammt dieser Pakt?«, wollte Franz Leopold wissen. »Wenn ich einmal raten darf, dann würde ich vermuten, dass es beinahe neunundneunzig Jahre her ist, nicht wahr?«

Ivy nickte. »Ja, die Zeit der Werwölfe läuft ab, und nun ist ein Teil der Sippe offensichtlich nicht mehr bereit, den Vertrag zu erfüllen.«

»Wie können sie nur!«, rief Alisa empört.

»Sie fühlen sich von den Vampiren und den Druiden betrogen«, sagte Ivy leise.

»Zu Recht?«, bohrte Franz Leopold.

Ivy hob die Schultern. »Ich würde sagen: nein. Aber nun ist einer der ihren tot, und sie behaupten, die Lycana hätten ihn gemordet. Und seht euch Áine an! Ist sie das Opfer eines ungerechtfertigten Vergeltungsschlags? Auch unter den Lycana werden Stimmen laut, die den Krieg wieder entfachen wollen.«

»Weißt du, wo sie den Stein hingebracht haben?«, fragte Alisa.

»Nein. Wir konnten ihre Spuren bis zum Ufer des Lough verfolgen. Dort haben sie ein Boot bestiegen.«

»Sehr schlau«, knurrte Franz Leopold.

»Dann können sie überall sein!«, rief Alisa entsetzt. »Wie wollt ihr den Stein finden? Das bringt die Werwölfe euch gegenüber in eine machtvolle Lage.«

»Deshalb ist Tara nach Aughnanure vorgeritten, um mit Gareth zu sprechen. Er kennt die Gegend um den Lough am besten. Wir müssen in Gruppen das Ufer absuchen. Irgendwo müssen sie an Land gegangen sein. Und wenn nicht, dann sitzen sie auf einer der Inseln. Wir werden sie aufspüren!«

»Und was dann? Wollt ihr ihnen den Stein mit Gewalt entreißen?«

»Ich hoffe nicht, Alisa. Vielleicht können wir sie ohne Gewalt dazu bringen, den Pakt einzuhalten und den Stein in der Nacht zu Samhain den Druiden zu übergeben.«

»Wir helfen mit, sie zu suchen!« Franz Leopold erhob sich. »Je mehr wir sind, desto schneller finden wir ihre Fährte. Worauf warten wir noch?«

»Wohin wollt ihr?«, fragte Ainmire, der an den Torbogen herantrat, der einmal die schweren Kirchenportale gehalten hatte. Der Lycana blieb wie von einer unsichtbaren Tür aufgehalten stehen, ehe seine Füße die Schwelle überschritten.

»Sie wollen mithelfen, Áthair Faolchus Sippe aufzuspüren«, erklärte Ivy. Der Lycana hob fragend die Brauen. »Näheres wird Tara berichten, sobald wir nach Aughnanure zurückgekehrt sind. Sie bespricht sich in diesem Augenblick mit Gareth.«

»Dann lasst uns gehen«, schlug Ainmire vor. »Es ist sinnlos, weiter zu üben. Die meisten sind zu erschöpft.«

Sie versammelten sich am Tor und traten dann gemeinsam den Rückweg an. Joanne und Fernand hatten es in dieser Nacht geschafft, ihre Verwandlung ohne fremde Hilfe zu vollziehen. Mervyn hatte mit Alisas Vetter Sören geübt und ihm so manchen Kniff beigebracht. Die beiden Jungen, die sonst eher Einzelgänger gewesen waren, schienen langsam Gefallen aneinander zu finden. Luciano hatte sich ganz gut geschlagen und auch Malcolm hatte offenbar Fortschritte erzielt. Rowena begann inzwischen, die Form zu variieren und sich mal in einen weißen, dann wieder in einen schwarzen Wolf oder einen gefleckten Hund zu wandeln. Auf dem Heimweg versuchte sie es mit einer getigerten Katze. Kaum zu glauben, dass der um einige Jahre ältere Malcolm so viel größere Schwierigkeiten hatte – von Raymond ganz zu schweigen. Er schien sich gar vor den Wölfen der anderen zu fürchten. Auch Chiara und Maurizio taten sich noch immer schwer, dagegen prahlte Tammo lauthals von seinen Erfolgen, während Franz Leopolds Verwandtschaft wieder über irgendetwas schimpfte. Franz Leopold achtete nicht auf die anderen Dracas. Zu viele Fragen schwirrten durch seinen Kopf. Je mehr er darüber nachdachte, desto klarer wurde ihm, dass Ivy nicht alles erzählt hatte. Er würde der Sache auf den Grund gehen. Darauf konnte sie sich verlassen!

DER KUSS

Die Dame sah von dem Buch auf, in dem sie gelesen hatte. Ihr geschminktes Gesicht zeigte keine Anzeichen von Überraschung, als sich ihr der junge Mann mit einer linkischen Verbeugung näherte.

»Das geht in Ordnung«, sagte sie zu dem Diener, der den Besucher mit sichtlichem Missfallen betrachtete. »Du kannst dich zurückziehen. Ich rufe dich, wenn ich deiner bedarf.« Sie machte eine Handbewegung, als wollte sie eine Katze verscheuchen.

Dem Dienstboten blieb nichts anderes übrig, als ihr zu gehorchen. Schließlich war diese seltsame Lady ein Gast des Hauses. Der – zumindest in seinen Augen – noch junge erste Baron Ardilann of Ashford Arthur Guinness liebte es, sich mit exzentrischen Besuchern zu umgeben, sodass der Diener sich nicht zu viele Gedanken über die Dame mit dem weiß gepuderten Gesicht und den blutrot geschminkten Lippen machte. Tagsüber war sie nicht zu sehen, doch vom frühen Abend bis spät in die Nacht schloss sie sich den Dinnerpartys, Bällen und Spielabenden an, die der Erbe des Brauereiimperiums – und damit vermutlich auch der reichste Mann Irlands – täglich zu geben pflegte. Solch dubiose Gestalten wie der junge Mann, den er eben in den Salon geführt hatte, gehörten allerdings üblicherweise nicht zu Arthur Edward Guinness' Gästen! Der Diener schlug sich nun mit dem schwerwiegenden Problem herum, ob er seinen Herrn von seiner Ankunft in Kenntnis setzen sollte oder ob es ihm in seiner Stellung nicht zustand, die schäbige und zerrissene Kleidung und den raubtierartigen Gestank, den der Fremde verströmte, überhaupt zu bemerken.

Die Dame, die vom Dilemma des Dieners nichts ahnte, wartete, bis dieser die Tür geschlossen hatte und sich seine Schritte entfernten. Sie wies den Besucher an, die Tür noch einmal zu öffnen und sich zu versichern, dass der Gang leer war, ehe sie ihn zu sich rief und ihm einen Stuhl möglichst weit weg von ihrem anwies. Nicht dass sie sich an dem Raubtiergeruch gestört hätte, den er aus jeder Pore zu verströmen schien. Es war eher die Tatsache, dass Vampire und Werwölfe sich noch nie voneinander angezogen gefühlt hatten, von wenigen unrühmlichen Ausnahmen abgesehen. Dennoch gab es immer wieder Abmachungen und Verträge zwischen ihnen. Und die Dame wusste, dass man auf der Suche nach Verbündeten manches Mal auch Individuen wählen musste, mit denen man sich normalerweise nicht abgeben würde.

»Hier auf Ashford seid Ihr also«, brummte der Werwolf missgelaunt. »Ich habe Euch seit Stunden gesucht. Wolltet Ihr nicht in der Fischerhütte der Mönche auf mich warten? Ich habe alles abgesucht: die Hütte, die Ruinen von Cong Abbey – ja, ich war sogar in Pigeons' Hole und habe in Giant's Cave, dem Hügelgrab, nachgesehen.«

»Und dann kam dir der Einfall, dass ich mich nicht wochenlang in einem Erdgrab oder einer Höhle verkrieche, um auf dich zu warten? Wie klug von dir«, sagte sie mit kaum unterdrücktem Spott in der Stimme. Er knurrte und zeigte die Zähne.

Die Dame sah ein, dass es ihren Plänen nicht förderlich wäre, ihn weiter zu erzürnen, daher bemühte sie sich um ein Lächeln.

»Schließlich hast du mich ja gefunden. Ich wusste bereits, als ich dich das erste Mal traf, dass du einen klugen Kopf auf den Schultern trägst, Mac Gaoth.«

»Ihr braucht mir keinen Honig ums Maul zu schmieren, Madam. Ihr habt Eure Ziele und ich die meinen. Wir arbeiten nur zusammen, solange wir beiden dienen können.«

»Ja, und wenn das hier vorbei ist, dann bist du der mächtigste Werwolf von Connemara, ja im ganzen Westen Irlands!«, schmeichelte sie, denn trotz seiner Beteuerungen war sie sich sicher, dass er dafür empfänglich war.

Und wirklich, ein Lächeln erhellte das hagere Gesicht, das ihn normalerweise viel älter erscheinen ließ, als er wirklich war. Sein magerer Leib und das graubraune Haar, das in verfilzten Strähnen herabhing, trugen zu diesem Eindruck bei. Sein Äußeres hätte sie auf ihrer Suche nach einem geeigneten Werkzeug sicherlich abgeschreckt, wenn sie nicht das Feuer in seinen Augen bemerkt hätte, das ihn zu verzehren drohte. Diesen Ausdruck kannte sie genau: die Flamme der Rebellion, genährt von der Unzufriedenheit mit dem Althergebrachten und den Männern, die in ihren Entscheidungen so unbeweglich wie die Felsgipfel ringsumher geworden waren. Es war die Glut der Jugend, die ungeduldig darauf wartet, dass ihre große Stunde kommt, zu beweisen, was in ihr steckt. Oh ja, sie hatte in jener Nacht im Moor genau gewusst, welche Saite sie anschlagen musste, damit er ihrem Plan mit Leib und Seele verfiel. Nun gut, sie hatte mit anderen Künsten ihres Geistes noch ein wenig nachgeholfen, um ihn an sich zu binden, doch vermutlich wäre das gar nicht nötig gewesen. Der junge Werwolf war von ihrem Vorschlag begeistert und hatte sich sofort aufgemacht, ihn in die Tat umzusetzen. Die Vampirin gratulierte sich zu ihrer sorgfältigen Recherchearbeit, auf der ihr Plan gewachsen war. Und zu ihrem Talent, die tiefsten Wünsche und Schwächen anderer zu erkennen und auszunutzen.

»Sie haben euch betrogen«, sagte sie mit eindringlicher Stimme. »Ihr müsst ihnen Einhalt gebieten! Ihr nehmt euch nur, was euch rechtmäßig zusteht!« Der Werwolf nickte.

»Ihr müsst den Stein in Sicherheit bringen!«, fügte sie hinzu. Wieder nickte Mac Gaoth. Sein Blick schien ein wenig glasig. Er schüttelte seine ungepflegte Mähne, als wolle er ein lästiges Insekt vertreiben.

»Die Lycana sind nicht dumm«, warf er ein. »Und die Druiden sind auf ihrer Seite. Ihnen steht der Stein laut Vertrag nach Samhain zu. Irgendwann werden sie den Stein aufspüren und dann wird es zur entscheidenden Schlacht kommen.«

»Fürchtet ihr euch vor den Vampiren und den wenigen Druiden, die es noch gibt? Das kann ich nicht glauben«, gurrte die fremde Dame.

»Wir fürchten uns nicht. Dennoch muss man ihre Stärke bedenken, will man nicht leichtfertig ins eigene Verderben laufen.«

»Ihr müsst den Stein eben an einem Ort verbergen, zu dem die Vampire nicht gelangen können«, sagte die Lady. »Die alten Druiden sollten dann kein Problem mehr für euch darstellen.«

Mac Gaoth grinste. »Daran haben wir bereits gedacht! Dennoch können wir uns dort nicht ewig verbergen. Wir müssen auf die Jagd gehen und dann können sie uns angreifen. Ihre Fähigkeit, die Gestalt zu wechseln, gibt ihnen einen Vorteil, den man nicht unterschätzen darf.«

Die Dame kaute auf ihren geschminkten Lippen, dann lächelte sie. »Dann müssen wir sie eben auf andere Weise beschäftigen.«

»Was meint Ihr?«

»Wir besorgen ihnen einen anderen Gegner! Hast du mir nicht von den Menschen berichtet, die sich in der Nähe der Stelle treffen, an der euer abtrünniges Sippenmitglied und seine Lycana-Gespielin auf so tragische Weise ums Leben kamen?« Sie lächelte grausam.

Mac Gaoth nickte. »Ja, ich habe sie belauscht. Sie planen einen Aufstand, doch wie ich vermute, sind sie wieder einmal zu wenige und zu schlecht organisiert, um einen nachhaltigen Erfolg gegen die Engländer erringen zu können.«

»Gut, dann schadet es ja nicht, wenn wir sie für unsere Zwecke benutzen. Ich schlage vor, du stattest ihnen einen Besuch ab.«

»Was, ich? Aus welchem Grund?« Mac Gaoth sah sie verblüfft an.

»Das werde ich dir vorher genau erklären.« Seine Verbündete schenkte ihm ein so betörendes Lächeln, dass ihm ein wenig schwindelig wurde.

*

Natürlich lehnten sowohl Donnchadh und Catriona als auch Tara die angebotene Unterstützung der Erben vehement ab. Sie ließen die jungen Vampire unter der Aufsicht zweier Lycana zurück und machten sich dann in kleinen Gruppen auf den Weg. Die Schatten der Erben begleiteten sie, nachdem die jungen Vampire beschlossen hatten, sie den Lycana bei ihrer Suche zur Verfügung zu stellen. Hindrik war nicht begeistert.

»Ich sollte auf euch aufpassen, statt mich in die Streitereien der Lycana mit irgendwelchen Werwölfen einzumischen«, protestierte er.

»Uns passiert hier schon nichts«, wehrte Tammo ab. »Wir sind in diesen Mauern völlig sicher – das hat die alte Druidin jedenfalls behauptet. Es gibt so eine Art Bann, der keinem uns feindlich gesinnten Wesen Zutritt gewährt. Hat was mit den Eiben zu tun, deren Wurzeln hier noch überall im Boden sind.«

»Das ist schon möglich«, gab Hindrik halbherzig zu und fixierte dabei Alisa, die sich um einen Ausdruck von Unschuld bemühte.

»Du sorgst dich doch nicht etwa um mich?«

»Sagen wir, ich fürchte deine unbedachten Entscheidungen!«, sagte Hindrik streng. »Wenn ich nur an deinen Versuch erinnern darf, Ivy und der Druidin in die Berge zu folgen!«

Alisa machte eine wegwerfende Handbewegung, ging aber nicht auf ihren Ausflug ein, der ein so unrühmliches Ende gefunden hatte. »Nun sind wir ja alle wieder auf Aughnanure. Wohin sollten wir also gehen?«

»Wenn ich immer im Voraus ahnen könnte, was in euren Köpfen vorgeht, dann wäre meine Aufgabe um vieles leichter«, stöhnte der Servient.

Alisa kicherte. »Dann musst du bei Franz Leopold in die Lehre gehen. Er beherrscht diese widerliche Eigenschaft hervorragend!«

»Und er wird einen Teufel tun, mir etwas davon beizubringen«, knurrte Hindrik empört. »Wenn du nicht ebenfalls davon überzeugt wärst, würdest du jetzt nicht so unverschämt grinsen!«

Alisa legte ihm die Hand auf den Arm. »Geh ruhig. Ich verspreche auch, auf Tammo und Sören ein Auge zu haben.«

»Nicht um sie mache ich mir Sorgen«, brummte der Servient, folgte aber den Lycana und den anderen Unreinen durch das Burgtor hinaus. Alisa sah ihnen nach, bis sie verschwunden waren, dann erst wandte sie sich zu den anderen um.

»Und was machen wir jetzt? Ich habe einen Uhu in die Eibe fliegen sehen. Wollen wir versuchen, ihn zu rufen? Lasst uns nachsehen, ob er noch da ist!«

»Die Eibe steht außerhalb der Mauer«, erinnerte sie Luciano.

Alisa hob die Schultern. »Ja und, diese paar Schritte! Wir gehen ja nicht außer Sichtweite der Burg. Was willst du hier drinnen denn rufen? Ein paar Mäuse vielleicht?«

So suchten sie gemeinsam die Eibe auf, die nicht weit vom Ufer des Drimneen wuchs. Sie umrundeten den mächtigen Stamm und legten den Kopf in den Nacken. Nur Ivy stand ein wenig abseits, Seymour an ihrer Seite.

»Ich sehe ihn nicht«, sagte Luciano. »Ihr etwa?« Alisa und Franz Leopold schüttelten die Köpfe.

»Dann ist er weitergeflogen«, meinte Luciano missmutig.

»Nein, er ist noch da. Ich kann seinen Geist erreichen«, widersprach Ivy. »Soll ich ihn rufen?«

»Nein, lass mich es versuchen.« Alisa sandte ihre Gedanken hinauf ins Geäst. Zu ihrem Erstaunen fand sie noch andere Tiere: ein Eichhörnchen, einige schlafende Singvögel, ja, sie spürte sogar die Kaninchen, die ihren Bau unter den Wurzeln gegraben hatten. Dann tauchte in ihrem Geist das Bild der großen Eule auf, die sie aus orangefarbenen Augen anblinzelte. Ihr wacher Geist sprach von einer weit entwickelten Persönlichkeit, die nicht so leicht gehorchen würde wie eine einfache Fledermaus.

Sollte sie sie bitten und erklären, was sie von ihr wollte, oder einfach nur befehlen? Sie war sich noch unschlüssig, da breitete der Uhu die Schwingen aus und stieß lautlos auf die Vampire herab. Alisa streckte überrascht den Arm aus, aber der Greif glitt über sie hinweg und landete auf Franz Leopolds Schulter. Alisa fuhr herum und funkelte ihn empört an.

»Ich sagte doch, dass ich ihn rufe!«

»Ich habe ja auch eine Ewigkeit gewartet, dass du es hinbekommst. Da sich nichts tat, habe ich mir die Freiheit genommen, dir ein wenig unter die Arme zu greifen.«

Sie knurrte, was sein überlegenes Lächeln nur noch breiter werden ließ. »Du kannst ihn haben, wenn du willst. Los, rufe ihn zu dir. Ich halte ihn nicht auf!«

Zu Alisas Freude schlug der Uhu einmal kräftig mit den Flügeln, kaum dass sie den Ruf an seinen Geist gerichtet hatte, und sprang in einem mächtigen Satz auf den ihm dargebotenen Arm. Alisa strahlte und suchte Ivys Blick, doch die Lycana wirkte seltsam abwesend. Luciano befasste sich derweil mit dem Kaninchenbau und lockte eines der Tiere hervor. Verschlafen rieb es sich über die Augen. Der Uhu blinzelte, drehte einmal den Kopf nach rechts und nach links und stieß sich dann mit seinen kräftigen Klauen ab, um sich auf den Nager zu stürzen. Das verwirrte Kaninchen hatte keine Chance. Die Klauen schlossen sich in seinem Genick. Der Todeskampf währte nicht lange. Luciano war begeistert.

»Seht ihr, ich habe der Eule eine Mahlzeit besorgt. Dafür soll sie irgendetwas für uns tun.«

Der Uhu machte Anstalten, sich mit der Beute auf seinen Baum zurückzuziehen, aber Luciano hielt das tote Kaninchen fest.

»Ja, wir schicken ihn zur Burg. Er soll einmal über dem Hof kreisen, dann wissen wir, was die anderen gerade tun«, stimmte Alisa zu und machte sich sofort daran, dem Uhu den Befehl zu erteilen. Doch ihr Geist war nicht der einzige, der mit dem Greif Kontakt aufnahm. Sie konnte Franz Leopolds Gedanken spüren. Da seine Anweisung jedoch gleich lautete, schien der Uhu sich nicht daran zu stören und flog los. Er schwebte über die Außenmauer, drehte einmal eine Runde über den Hof und die halb eingefallene Bankethalle und schraubte sich dann um das Turmhaus bis zu seinen steinernen Zinnen hinauf.

Die Freunde merkten gleich, dass die Eule nicht so gut sehen konnte wie sie selbst, doch zusammen mit ihrem ausgesprochen scharfen Gehör erhielten sie ein deutliches Bild. Die beiden Vampire konnten einen Blick auf Cameron erhaschen, der seine Schützlinge vom Turm herab beobachtete. Die Servientin Mabbina trieb gerade mit Tammos, Joannas und Fernands Hilfe gut ein Dutzend Schafe in den Hof. Auf dem Umgang des kleinen Turms, der zur inneren Mauer gehört hatte, standen Rowena, Chiara und Maurizio mit seinem Kater. So wie es aussah, übten sie, Fledermäuse zu rufen. Malcolm überquerte gerade mit Raymond den Hof und Mervyn saß zusammen mit Sören rittlings auf der Mauerkrone unten am Fluss. Von den Dracas war keiner zu sehen. Vielleicht waren sie in der Halle? Nein, Anna Christina stand alleine auf der Zugbrücke und starrte in den Graben. Als die Eule eine weitere Runde drehte, trat Ireen gerade auf sie zu. Es schien, dass die beiden miteinander sprachen. So gut der Uhu hören konnte, die Worte waren nicht zu verstehen. Vielleicht weil das Tier selbst ihre Bedeutung nicht entschlüsseln konnte. Franz Leopold und Alisa riefen den Greif zurück und verabschiedeten ihn mit dem Gefühl des Dankes, das sie ihm sandten. Luciano überreichte ihm seine Beute und der Uhu verschwand damit in der Baumkrone.

»Das war unglaublich!«, schwärmte Alisa. »Was machen wir jetzt?« Sie sah zu Ivy hinüber, die ihr abwesend zulächelte.

»Was ist mit dir? Willst du nicht mit uns darüber sprechen?«, fragte sie behutsam.

»Nein, es ist nichts Wichtiges. Ich glaube, ich muss einfach ein wenig alleine sein, um meine Gedanken zu sortieren. Macht ruhig mit euren Übungen weiter. Ihr seid schon sehr gut geworden.« Und damit wandte sie sich ab und ging davon. Die drei Zurückgebliebenen sahen einander an.

»Vielleicht finden wir in dem Hain vor der Brücke noch ein paar interessante Geschöpfe«, meinte Alisa, und die anderen hatten keine Einwände. Als die Zugbrücke in Sicht kam, sahen sie Malcolm aus dem Tor treten. Er ließ den Blick suchend schweifen.

Ein Lächeln erhellte sein Gesicht, als er sie entdeckte. Er ging auf Alisa zu und schlug vor, mit ihr zusammen einen Fuchs aus seinem Bau zu locken, den er in einer Ecke der zerfallenen Halle entdeckt hatte. Alisa fühlte ein Flattern in ihrem Leib.

»Aber ja, gerne«, sagte sie und eilte an seine Seite. »Es macht euch doch nichts aus, ohne mich weiterzumachen?«

Sie sah Luciano an, dass er protestieren wollte. Natürlich hatte er etwas dagegen, mit Franz Leopold allein zurückzubleiben und sich ohne die beiden Vampirinnen seiner vernichtenden Kritik auszusetzen, doch Alisa schob die Gewissensbisse beiseite und ging mit Malcolm davon.

Luciano warf Franz Leopold einen Blick zu und schauderte unwillkürlich. Hektisch suchte er nach einem Ausweg und fand die Rettung in Ireen, die gerade in Sicht kam. Er murmelte hastig eine Entschuldigung und war schon weg, ehe Franz Leopold etwas erwidern konnte.

Ireen, die offensichtlich mit ihren eigenen Gedanken beschäftigt gewesen war, sah Luciano entgeistert an, der plötzlich vor ihr auftauchte und etwas atemlos hervorstieß, dass es nur von Vorteil wäre, mit unterschiedlichen Partnern zu üben, um die Stärken der anderen kennenzulernen und von ihnen zu profitieren.

»Wollen wir nicht in den Hof gehen und gemeinsam trainieren? Oder wir besuchen Áine. Sie hat uns spannende Geschichten über ihr Leben als Mensch erzählt. Mich würde interessieren, was passiert ist, als sie angegriffen wurde.«

Er sah zu Franz Leopold zurück, der mit in die Hüften gestemmten Händen dastand und ihn fixierte. Er wartete vermutlich darauf, dass Ireen ihn abwies, um den Nosferas dann mit seinem Spott überschütten zu können. Zu Lucianos Erleichterung sah sie zwar immer noch überrascht drein, willigte aber ein, ihm in den Hof zu folgen.

Franz Leopold schaute ihnen nach. Was sollte er jetzt tun? Zu seiner Cousine hinübergehen, die sich noch immer alleine am Tor herumdrückte? Sie blickte zu ihm hin. Aus dieser Entfernung konnte er nicht sagen, ob sie seine Gesellschaft erhoffte oder sich rüstete, ihn mit ihren üblichen Vorwürfen zu belästigen. Nein, Anna Christina war die letzte Wahl, die er in dieser Nacht treffen würde. Auf ihre schlechte Laune hatte er keine Lust. Da wäre es ja noch amüsanter, sich an Lucianos ängstlichen Blicken zu laben, mit denen er Franz Leopold bei jeder Aufgabe bedachte.

Wo Ivy wohl hingegangen war? Warum benahm sie sich so seltsam? Es ärgerte ihn, dass es ihm nicht gelang, in ihrem Gemüt zu lesen. Alisa war ihm ein offenes Buch, aber Ivy? Sie war und blieb ein Geheimnis, das ihn mit jeder Nacht stärker anzog.

Franz Leopold beschloss, sich in der Umgebung ein wenig umzusehen. Hatte er vom Turm aus nicht ein Stück weiter einen kleinen Friedhof ausgemacht? Ihm fiel auf, dass er schon viel zu lange nicht mehr alleine durch die Nacht gestreift war. Zu Hause liebte er es, seinen Gedanken nachzuhängen. Die Gedanken, die immer mehr von einer zierlichen Gestalt mit silbern schimmerndem Haar erfüllt wurden.

✳

»Sieh, dort ist wieder einer, und er läuft völlig ungeschützt herum. Wie wenn es auf dieser Erde keine Gefahr für ihn gäbe.« Danilo grinste böse. »Worauf warten wir noch? Los, schnappen wir ihn uns!«

Er wollte ihren Beobachtungsposten – eine Ruine in der Nähe der Burgmauern – schon verlassen, als Tonka ihn am Arm packte.

»Nein! Lass ihn gehen.«

»Warum? Sind wir nicht deshalb den weiten Weg über das Meer hergekommen, oder bekommst du es nun, da es ernst wird, mit der Angst zu tun? Wenn du dich nicht traust, kann ich es auch alleine machen!«

»Sei still!«, herrschte sie ihn an. »Sind wir gekommen, um uns dieses eine Bürschchen zu greifen?«

»Nein, natürlich nicht, und das weißt du auch!«, zischte er.

»Was glaubst du, würde passieren, wenn wir ihn ergreifen und er verschwindet oder seine Leiche wird hier gefunden?«

Danilo hob die Schultern. »Was sollte schon passieren? Bis dahin haben wir uns längst in Sicherheit gebracht, und ihnen bleibt nichts anderes übrig, als zu lamentieren ...«

»... und die anderen Erben streng zu bewachen oder von hier fortzuschaffen – vielleicht sogar zurück zu ihren Familien!«

Danilo wiegte den Kopf hin und her. »Ja, das könnte geschehen«, gab er widerstrebend zu.

»Damit wäre uns nicht geholfen. Jetzt haben wir die Chance, sie alle zusammen zu erwischen, und die sollten wir nicht leichtfertig verspielen. Was macht es, wenn wir ein paar Nächte länger warten? Sie scheinen sich in Sicherheit zu wiegen. Die meisten ihrer Beschützer haben die Burg verlassen. Es läuft prächtig. Bald schon werden wir zugreifen und dann haben wir alle auf einen Schlag!«

»Wie willst du das anstellen? Gut, wir haben vier Klingen und sind gute Fechter und das sind nur Kinder, aber nicht zu wenige. Außerdem vermute ich, sie werden sie auch in Zukunft nicht ganz unbeaufsichtigt zurücklassen.«

Tonka entblößte ihre Zähne zu einem grausamen Lächeln. »Ich habe da so einen Einfall. Wir werden uns die zerstörerischen Erfindungen der Menschen zunutze machen. Komm mit, ich werde dir etwas zeigen.«

Sie wies die beiden Servienten an, weiter zu wachen, dann verwandelten sich die Geschwister in Fledermäuse und flatterten davon. Tonka führte Danilo nach Norden, über das Dorf Oughterard hinweg. Ein Stück abseits des Weges unterhalb einer Schutthalde aus scharfkantigen Gesteinsbrocken landete sie und nahm ihre menschliche Gestalt wieder an. Danilo folgte ihrem Beispiel.

»Was wollen wir denn hier?«, fragte er und sah sich erstaunt um. »Was sind denn das für seltsame Geräte?«

»Damit holen sie mit der Kraft ihrer Pferde die Körbe mit Steinen herauf«, sagte Tonka.

»Das ist ein Bergwerk?«

»Aber ja, und das, was uns interessiert, ist in der runden Hütte dort oben!«

*

Er war diesen Pfad entlanggegangen. Es konnten erst Minuten verstrichen sein, seit sein leichter, federnder Schritt die Halme niedergedrückt hatte. Wenn sie ein wenig schneller ginge, dann könnte sie ihn einholen. Bald schon würde seine Silhouette vor ihr auftauchen, seine schöne, hochgewachsene Gestalt, die sich trotz der düsteren Nacht vor den Sternen abzeichnen würde. Ivy zwang sich, vor dem Tor zum Friedhof stehen zu bleiben. Dies waren nicht der richtige Ort und die rechte Zeit, an einen Jungen zu denken. Doch gab es überhaupt einen richtigen Ort und eine rechte Zeit dafür? Nicht für sie! Ivy versuchte, nicht an ihn zu denken, obwohl sein Name noch immer durch ihren Geist hallte und die Sterne am Himmel sich zu seinem Gesicht zusammenzufügen schienen.

»Romantische Närrin«, stieß sie zwischen den Zähnen hervor. Sie schob das schmiedeeiserne Tor auf, das ein wenig in den verrosteten Angeln knarrte, und betrat den kleinen Friedhof. Ivy schritt zwischen den alten Steinkreuzen hindurch. Der Geruch des Todes war an diesem Platz schon längst verweht. Es musste Jahrhunderte her sein, dass hier die letzten Toten vergraben worden waren. Nun bedeckten Gras und Kräuter den Grund, aus dem sich die keltischen Kreuze und ein paar windzerzauste Büsche erhoben. Ivy blieb stehen und sah sich um. Sie war allein. Völlig allein. Ein seltsames Gefühl breitete sich in ihr aus. Eine zitternde Unruhe. Sie war es einfach nicht mehr gewöhnt, ihn nicht ständig an ihrer Seite zu haben.

»Ich sollte es genießen, dass er mir mal nicht auf den Fersen ist«, seufzte sie leise. Das Geräusch des sich öffnenden Gitters ließ sie erstarren. Sie konnte ihn riechen, lange bevor sie seine Umrisse in der Dunkelheit auf sich zukommen sah. Schweigend wartete sie, bis er drei Schritte von ihr entfernt stehen blieb. Auch er schwieg, sah sie aber unverwandt an. Die Anspannung wurde immer unerträglicher, bis Ivy es nicht mehr aushielt.

»Leo, du auch auf diesem alten Friedhof hier? Was für ein Zufall«, sagte sie mit einem kurzen Lachen und schalt sich dafür, dass sie so einfältig daherredete. Was war nur mit ihr los?

Franz Leopold trat bedächtig noch zwei Schritte näher, sodass sie seinen kühlen Atem auf ihrer Wange spüren konnte. Er roch angenehm herb und ein wenig süßlich nach frischem Blut.

»Nein, als Zufall würde ich das nicht bezeichnen. Ich habe dich gewittert.« Seine Nasenflügel blähten sich, als er ihren Duft einsog.

Ivy trat noch ein Stück zurück, bis sie gegen eines der Kreuze stieß. Die Macht des alten Glaubens prickelte wie ein Schauder über ihren Rücken herab. Früher hätte es ihr vielleicht wehgetan, doch heute Nacht hatte der Schmerz, der sie durchfuhr, einen Hauch von Süße – und wurde nicht von dem Steinkreuz verursacht! Ivy keuchte leise. Ihr Blick war noch immer auf sein Gesicht gerichtet. Er tat, als würde er ihre Beklemmung nicht bemerken.

Franz Leopold sah sich suchend um. »Wo ist Seymour?«

»Nicht da«, wehrte sie ab.

»Was? Dein Beschützer lässt dich alleine? Das ist ja ganz was Neues. Da trifft es sich gut, dass ich gerade vorbeigekommen bin, um auf dich achtzugeben.«

In seiner Stimme schwang Zärtlichkeit. Er hob die Hand und strich mit den Fingerspitzen über ihre Wange, die Schläfe entlang und über ihren Hals. Sein Gesicht kam immer näher. Seine Hände trafen sich hinter ihrem Rücken.

Sie sollte ihn von sich stoßen und fliehen. Dies war gefährlicher als jedes Kreuz, als Knoblauch und Weihwasser zusammen, und es machte ihr Angst. Sie sog seine Atemluft ein und ließ sich von seinem Geruch berauschen. Ihre Beine fühlten sich seltsam weich an. Ivy lehnte sich gegen das Kreuz. Ganz deutlich spürte sie jede Unebenheit des Steines, die verwitterten Kanten der Ornamente und Franz Leopolds gespreizte Finger. Es war diese neue, ungekannte Schwäche in ihr, die sie ängstigte. Bisher war die Nacht klar und berechenbar gewesen, doch nun verdeckte sein Gesicht das Sternenlicht und verdunkelte damit auch ihre kühle Vernunft.

»Nicht«, hauchte sie, doch er wollte nicht auf sie hören, und vielleicht war ein Teil von ihr glücklich darüber. Sie riss die Augen weit auf, so als dürfe ihnen keine noch so kleine Regung seiner Miene entgehen. Seine Lippen legten sich auf die ihren und verharrten eine Weile regungslos, so als wäre er genauso erstaunt über diesen Schritt wie sie selbst. Wunderbar kühl waren sie und weich. Dann begannen sie, sich sanft zu bewegen. Er öffnete sie ein wenig und sie schmeckte einen Hauch von Blut. Ivy konnte es nicht verhindern, dass sich ihre Arme um seinen Hals schlangen.

Franz Leopold unterdrückte einen Seufzer, als er spürte, wie der Widerstand in ihr schmolz. Ihre Hände umklammerten fordernd seinen Nacken und er presste das Mädchen noch stärker an sich. Er konnte ihren geraden, schmalen Rücken unter dem hauchdünnen Stoff fühlen und fragte sich für einen Augenblick bang, ob sie unter seinem Griff zerbrechen könnte.

Ein Teil seiner Sinne hörte das Geräusch sich rasch nähernder Schritte und witterte den fremden Geruch, doch der größte Teil seines Geistes schwelgte noch immer in diesem ersten Kuss. Es war noch unglaublicher als der erste Tropfen Menschenblut auf seiner Zunge! Wenn der Augenblick doch niemals enden würde.

Unvermittelt stieß Ivy ihn so stark zurück, dass er einen Schritt zurücktaumelte.

»Was ist denn los?«, fragte er gekränkt. Seine Sinne waren wie in dichtem Nebel gefangen. Er konnte ihre Lippen noch deutlich auf den seinen spüren.

»Lauf!«, schrie sie.

»Was?« Franz Leopold ging auf sie zu, die Arme ausgestreckt, um sie wieder an sich zu ziehen, doch Ivy fauchte, ihre spitzen Reißzähne blitzten.

»Geh!«, keuchte sie und versuchte, das Steinkreuz wie eine Schutzbarriere zwischen sich und ihn zu bringen.

Franz Leopold griff nach ihr und umschloss die ihm in Abwehr entgegengestreckten Arme. »Ivy. Du musst nicht …«

Weiter kam er nicht. Seine Worte gingen in ihrem Aufschrei unter, der sich mit einem zweiten Schrei vermischte. Noch ehe Franz Leopold reagieren konnte, sah er eine Gestalt mit einem riesigen Sprung über die Friedhofsmauer hechten. Sie bewegte sich unglaublich schnell und sprang einfach über Büsche und Kreuze hinweg, als seien sie unbedeutende Maulwurfshügel. Vage erkannte Franz Leopold einen Mann, nicht größer als er selbst, mit langem silbernen Haar. Ivys Haar. Auch seine Gesichtszüge waren den ihren ähnlich, doch aus seinen Augen sprach nichts Freundliches, und seine Miene war nicht sanft wie Ivys. Zorn hatte sein schmales weißes Gesicht verzerrt. Eine Welle von Wut blies Franz Leopold wie Sturmwind ins Gesicht.

»Lass ihn in Ruhe!«, kreischte Ivy. »Das geht dich nichts an!«

Franz Leopold wollte Ivy an sich ziehen, aber da wurde sie ihm bereits entrissen. Mit einem letzten riesenhaften Sprung raubte der Fremde sie aus seinen Armen und zog sie mit sich fort. Vor einem mächtigen Steinsockel blieb er stehen, einen Arm besitzergreifend um ihre Mitte gelegt. Die Zähne gefletscht, knurrte er Franz Leopold an. Es war ihm, als würde eine Faust seinen Geist zerquetschen.

»Wage nicht noch einmal, sie anzurühren!«, fauchte er.

»Das geht dich nichts an!«, schrie Ivy und versuchte, sich aus seinem Griff zu befreien, doch er war stärker. Franz Leopold sah ihre Eckzähne aufleuchten, dann schlug sie sie dem Mann in den Arm. Er heulte auf, ließ sie aber noch immer nicht gehen. Franz Leopold ballte die Hände zu Fäusten und trat langsam näher. Es war ihm, als müsse er gegen Sturmwinde ankämpfen. Seine Füße wollten sich nicht vom Boden lösen.

»Wer seid Ihr? Habt Ihr nicht gehört? Ihr sollt sie in Ruhe lassen!«, schleuderte er dem Fremden entgegen. Er streckte die Hände aus, um Ivy zu helfen, als der Mann plötzlich von ihr abließ. Er betrachtete seinen Arm, an dem zwei blutige Spuren herabrannen.

»Schick ihn weg«, sagte der Fremde leise. Die Drohung schwebte fast greifbar zwischen ihnen. Franz Leopold mühte sich einen weiteren Schritt näher heran.

Ivy ließ resignierend die Arme fallen. »Geh«, sagte sie leise.

»Nur wenn du mitkommst.«

Sie schüttelte den Kopf. »Leo, ich bitte dich, geh jetzt. Dies betrifft nur mich.«

Nun begann auch in Franz Leopold Wut aufzuwallen. »Ach ja? Was dich betrifft, betrifft auch mich. Also sprich: Wer ist der Kerl, und was erdreistet er sich, so mit dir umzuspringen?«

Er sah, wie sich ihr Blick wandelte. Ihre Augen schimmerten plötzlich hart wie Edelsteine, ihre Stimme wurde kalt. »Ich weiß nicht, wie du auf den Einfall kommst, ich wäre dir Rechenschaft schuldig. Franz Leopold, verlass sofort diesen Platz!«

Die Maske der Arroganz verhüllte seine Gefühle, doch seine Augen verrieten für einen Moment, wie tief ihre Worte ihn trafen. Abrupt wandte er sich um und ging davon. Die Gittertür quietschte.

Ivys Schultern sackten nach vorn, die Kälte aus ihrem Blick wich tiefer Traurigkeit, als sie sich zu dem Mann umwandte, der noch immer die blutende Wunde an seinem Arm untersuchte.

»Wie konntest du nur?«

NOCH EINE BEGEGNUNG
AUF DEM FRIEDHOF

Schon vom ersten Augenblick an wusste sie, dass sie den Neuen nicht mochte. Nellie reichte ihm einen Krug Bier, weil der Vater es ihr befohlen hatte, doch als er danach griff und sich ihre Finger berührten, hätte sie den Arm beinahe zurückgezogen und den Krug fallen lassen. Der Fremde schien ihre Verwirrung nicht nur zu bemerken, er weidete sich geradezu daran – und keiner nahm davon Notiz! Nicht ihr Vater, nicht ihr Bruder Cowan, nicht Karen oder die anderen Männer der Verschwörung, die nun den Gast aus Dublin begrüßten: die Lady, die in ihren wilden Jahren glühende Artikel gegen die Engländer geschrieben hatte, die das irische Volk nach der großen Kartoffelfäule mit ihrem Hunger alleingelassen und die Not sogar noch ausgenutzt hatten, um noch mehr Land an sich zu raffen. Das war also die berühmte »Speranza«! Nellie konnte sich die große, massige Lady, die den ganzen Raum zu beherrschen schien, nicht so recht als junge Frau vorstellen. Dass sie sich vor nichts fürchtete und sich beherzt unter die männlichen Rebellen mischte, allerdings umso besser! Mit ihr war ihr Sohn Oscar gekommen, ein großer junger Mann mit verschleiertem Blick, der für diese Gegend viel zu gepflegt sprach und zu vornehm gekleidet war. Sein Freund Bram Stoker, der ein paar Jahre älter schien, war dagegen ganz nach Nellies Geschmack. Er wirkte kräftiger als sein Freund, hielt sich sehr gerade und strahlte eine etwas düstere Ernsthaftigkeit aus, die Nellie anzog. Irgendwelche Dramen mussten sein junges Leben verdunkelt haben, doch es war ihnen nicht gelungen, ihn zu entmutigen. Er hatte gekämpft und gesiegt. Die Narben, die zurückgeblieben waren, zeigten sich nicht auf seiner Haut, doch sie schien sie in seiner Seele spüren zu können. Der Preis für seinen Kampf war die jungenhafte Leichtigkeit gewesen, die sein unbekümmerter Freund Oscar noch besaß.

»Du bist ein hübsches Mädchen«, schnurrte eine Stimme in ihr Ohr. »Zum Anbeißen, möchte man sagen!«

Nellie war so in den Anblick des ernsthaften jungen Mannes versunken gewesen, dass sie die Anwesenheit des vierten Neuankömmlings für einige Augenblicke vergessen hatte. Nur mühsam konnte sie einen Aufschrei unterdrücken und sprang ein Stück zur Seite, um seinem übel riechenden Atem zu entgehen. Nellie warf ihm einen zornigen Blick zu, doch er lachte nur in sich hinein. Er genoss jede ihrer abwehrenden Reaktionen! Was war das nur für ein seltsamer Mann? Nellie hätte nicht sagen können, wie alt er war. Er schien jung und alt zugleich. Sein Haar jedenfalls war von Grau durchzogen. In verfilzten Strähnen hing es ihm über den Rücken. Einen Bart trug er allerdings nicht, und sein Gesicht war zwar sehr mager, die gräuliche Haut jedoch glatt. Er trug schmutzige Kleider, die an einigen Stellen zerrissen waren. So sahen die Bettler aus, die durch das Land zogen, aber keiner der Fischer, Hirten oder Bergarbeiter würde so herumlaufen – selbst wenn sie keine Frau zu Hause hatten, die sich um ihre Sachen kümmerte. Und noch schlimmer als seine Kleider stank er selbst. Es war eine seltsame Ausdünstung, die Nellie fremd und wild vorkam. Es war ihr, als könne sie bereits das Blut riechen, das er bei dem Aufstand vergießen wollte. Denn an seiner Meinung, dass eine Rebellion nur taugte, wenn sie mit den rechten, tödlichen Waffen ausgerüstet war, hatte er keinen Zweifel gelassen – und damit genau den wunden Punkt getroffen, den Fynn und ihr Vater immer wieder bemängelten: Sie besaßen nicht genug Waffen. Vor allem keine, mit denen man gegen die Gewehre und Kanonen der Engländer antreten konnte!

»Eine offene Feldschlacht kommt für uns sowieso nicht infrage«, gab Lorcan dann stets zu bedenken. »Dazu sind wir zu wenige. Wir müssen im Verborgenen arbeiten, den Engländern still und leise so viel Schaden wie möglich zufügen und uns dann im Schutz der Nacht wieder davonmachen. Diese Taktik hat sich immer schon bewährt.«

»Als schmerzhafte Nadelstiche in ihrem Selbstbewusstsein, das ist schon richtig«, gab Myles zu. »Das sollte uns aber nicht genug sein. Wir wollen unser Land befreien! Und da kann das nur der Anfang sein, der den Boden für den großen Aufstand bereitet. Dies und die Artikel für Zeitungen und Flugblätter, die Speranza für uns verfassen wird. Das wird die Basis, um unsere Landsleute aufzurütteln. Und wenn sich das ganze Land erhebt, dann brauchen wir Waffen, mit denen wir gegen die Engländer bestehen können, denn glaubt nicht, dass Königin Victoria zu alt und zu müde ist und uns widerstandslos gehen lassen wird! Selbst wenn in ihr der Kampfgeist bereits erloschen wäre, hat sie immer noch ihre Berater und das Parlament, das einen großen Kriegszug beschließen wird! Nehmt die Sache nicht auf die leichte Schulter, sonst wird unser aller Blut umsonst vergossen.«

Und dann war dieser Kerl aufgetaucht, der sich Mac Gaoth nannte – was war das überhaupt für ein Name? – und der von einem Waffenlager sprach, das nur unzureichend bewacht sei. Natürlich war er mit offenen Armen aufgenommen worden, obwohl Nellie sicher war, dass auch ihr Vater ihm nicht völlig traute und ihn im Auge zu behalten gedachte. Jedenfalls gefiel es Myles gar nicht, dass Mac Gaoth seinen Plan vor den Besuchern aus Dublin ausgebreitet hatte. Wie leichtfertig! Doch nun war es geschehen, und sie konnten nur hoffen, dass die Wildes und Bram Stoker sich als vertrauenswürdig erweisen würden. Dass den Besuchern aus Dublin der Plan, ein Waffenlager der englischen Armee zu plündern, nicht behagte, zeigten sie offen. Ganz im Gegensatz zu Myles' Männern, die von dem Plan begeistert waren.

»Der Aufstand wird vorbei sein, ehe er recht begonnen hat. Glaubt ihr, sie werden es einfach so hinnehmen, wenn Wagenladungen von Waffen aus einem ihrer Zeughäuser verschwinden?«, sagte Bram Stoker und sah ernst in die Runde.

»Was wollen sie denn tun?«, widersprach Fynn. »Ehe sie etwas gemerkt haben, sind wir verschwunden und mit uns ihre Waffen. In den Mooren und Bergen kennen sich die Engländer nicht aus – wir aber umso besser. Es gibt Höhlen, die sie nicht finden werden, falls sie sich überhaupt bis hierher wagen!«

»So ist es recht!«, rief Mac Gaoth mit seiner tiefen, etwas kratzigen Stimme, die Nellie bei jedem Wort zusammenzucken ließ. »Holt euch, was euch zusteht! Seid mutig und ihr werdet belohnt. Euer Blut für die Freiheit Irlands!«

Bei den letzten Worten hob er die Faust in die Luft und die Männer taten es ihm gleich und wiederholten seinen Ruf. Auch Nellies Bruder Cowan stimmte in den Schlachtruf ein. Mac Gaoth kreuzte Nellies Blick. Seine Lippen verzogen sich zu einem Lächeln. Es war nicht freundlich. Es kam ihr schadenfroh vor, mehr noch, abgrundtief böse. Spürten die Männer das denn nicht? Nellie hatte das Gefühl, ein Tor zur Hölle öffne sich vor ihren Füßen, und die Männer und Frauen, die sie seit ihrer Kindheit kannte und liebte, marschierten direkt hinein, noch immer auf einen Sieg hoffend, den es nicht geben würde.

Mac Gaoth beugte sich zu ihr herüber. Sein Raubtiergeruch hüllte sie ein und ließ sie würgen. »Welch gefährliche Gedanken für ein kleines Mädchen. Spare dir die Mühe, sie würden dir nicht einmal zuhören. Geh heim und spiele mit deinen Puppen. Hier hast du nichts verloren.« Sein Grinsen wurde noch bedrohlicher. »Ich verspreche dir, ich werde dich besuchen, wenn dies hier vorbei ist, und dir die Einsamkeit vertreiben.«

Nellie hatte das Gefühl, sie müsse sich übergeben. Sie schob sich an Cowan und ihrem Vater vorbei und eilte zur anderen Seite der Hütte. Nur weit, weit weg von diesem unheimlichen Kerl. Bram Stoker schien der Einzige, der bemerkte, wie verstört sie war. Er trat zu ihr.

»Ist dir nicht gut, mein Mädchen? Setz dich doch. Du bist ganz weiß im Gesicht.« Seine besorgte Miene tat ihr gut.

»Sie sollten das nicht tun«, piepste sie. »Dieses Waffenlager überfallen. Es wird ihr Verderben sein.«

Bram Stoker nickte. »Ich bin ganz deiner Meinung. Das sollten sie nicht tun!«

Ruhelos wanderte Bram Stoker durch die Nacht. Es war bereits weit nach Mitternacht. Er verließ Oughterard und folgte dem Karrenweg nach Süden bis zu der nächsten Ortschaft, die viel kleiner war und nur aus wenigen Häusern und Scheunen bestand. Ein Weg zweigte nach Osten ab, vermutlich führte er zum Lough hinunter. Bram beschloss, ihm zu folgen, um dann am Ufer entlang zum Gasthaus in Oughterard zurückzukehren. Er dachte über das Treffen in der Hütte nach und den anschließenden Streit zwischen Lady Wilde und ihrem Sohn. Oscar hatte sie beschworen, sofort die Heimreise anzutreten und sich von dieser Geschichte zu distanzieren.

»Sieh dir diesen armseligen Haufen an! Meinst du wirklich, sie können etwas bewegen? Ein besseres Irland schaffen? Das kannst du nicht ernsthaft glauben! Das Einzige, was passieren wird, ist, dass sie sich die Köpfe einrennen und dem Parlament wieder einen Anlass geben, irgendwelche Repressalien zu beschließen.«

»Wenn man nichts wagt, kann man auch nichts ändern«, hatte die Lady entgegnet, aber Bram kam es so vor, als würde sie allein aus Trotz die Position der Verschwörer einnehmen.

»Die Männer und Frauen, die wir gesehen haben, sind ja nur die Abgesandten der Gruppen, und sie haben versichert, dass sie mit anderen Zellen im engen Austausch stehen, um gemeinsam losschlagen zu können. Sie brauchen eine Stimme in Dublin. Meine Stimme, um die Menschen aufzurütteln, die Aufständischen zu unterstützen.«

Oscar hatte nun den Fehler begangen, seine Mutter darauf hinzuweisen, dass sie nicht mehr die junge Rebellin, sondern eine respektable Lady fortgeschrittenen Alters sei. Ein kurzer Blick in Lady Wildes Miene hatte Bram zu seiner feigen Flucht aus dem Gasthaus veranlasst. Nun fragte er sich, ob er die beiden bei seiner Rückkehr immer noch streitend vorfinden würde oder ob sich die Gemüter abgekühlt hatten. Er gab gerne zu, dass er hoffte, sie würden sich bei seiner Rückkehr bereits in ihre Zimmer zurückgezogen haben und er müsse ihnen erst am Morgen wieder begegnen.

Bram war in Gedanken noch bei dem Treffen in der Hütte, bei dem seltsam hageren Mann mit dem verfilzten Haar und dem jungen Mädchen, das so tief verschreckt seine Aufmerksamkeit erregt hatte. Seine Augen huschten über die nächtliche Landschaft, bis sie plötzlich an einem mächtigen Turm hängen blieben, dessen Zinnen über die Baumwipfel am anderen Ufer des Flusses ragten. Eine etwas wackelige Brücke führte auf die andere Seite, wo es noch einen Graben und eine Zugbrücke zu geben schien. Bram Stoker vergaß die Verschwörer und die streitenden Wildes. Den Fuß bereits auf die Brücke gesetzt, blieb er stehen und versuchte, mit seinen Augen die Dunkelheit zu durchdringen. Der heisere Schrei einer Eule ließ ihn zusammenfahren. Eine Aura des Unheimlichen erfasste ihn, die ihn anzog, aber auch eine Furcht in ihm aufsteigen ließ, die ihm riet, sich davonzumachen, so schnell er nur konnte. Seine Neugier war geweckt, seine Sinne hellwach. Es kostete ihn Mühe, seinen zweiten Fuß auf die Brücke nachzuziehen. Es war ihm, als würde er von allen Seiten beobachtet. Ja, selbst vom Turm herab. Hektisch sah er sich um, konnte aber niemanden entdecken.

Lauf, so schnell du kannst! Dies ist kein Ort für dich, wenn dir dein Leben lieb ist.

Bram stieß einen Schrei aus und begann zu laufen. Blindlings rannte er den Weg hinunter, stolperte, rappelte sich wieder auf und lief weiter, bis die Panik verebbte. Fast ein wenig peinlich berührt blieb er stehen, um Atem zu schöpfen. Hatte er diese Worte wirklich gehört? Nein, das konnte nicht sein. Seine Fantasie hatte ihm einen Streich gespielt. Ein Stück weiter vorn machte er einen kleinen Friedhof aus. Wie um sich selbst davon zu überzeugen, dass seine Ängste unbegründet waren, ging er forschen Schrittes darauf zu. Er öffnete das Tor und trat ein. Anders als auf dem großen Friedhof von Oughterard war hier schon lange niemand mehr beerdigt worden. Die Umfassungsmauer war an einigen Stellen eingefallen, die Gräber von Kräutern überwuchert. Nur die keltischen Kreuze mit ihren ornamentverzierten steinernen Ringen wirkten seltsam frisch, als könnten die Jahre ihnen nichts anhaben. Bram strich mit der Hand über den rauen Granit, aus dem die meisten Grabsteine und Kreuze gefertigt waren. Plötzlich hielt er inne, die Hand noch erhoben, um das Relief eines Dreiwirbels zu berühren, das keltische Symbol der Sonne. Wieder hatte er das eindringliche Gefühl, jemand würde ihn beobachten. Jemand, der nicht menschlich war.

In seinem Nacken prickelte es und die feinen Härchen stellten sich auf. Langsam, ganz langsam wandte er sich um. Furcht und freudige Erwartung rangen miteinander, als er den Blick hob. Bram Stoker blinzelte. Seine Sinne mussten ihn täuschen. Nun lächelte das Trugbild auch noch und trat ein Stück näher

Es war ein Mädchen von vierzehn oder fünfzehn Jahren, wenn es auch schien, als hätten ihre türkisfarbenen Augen die Ewigkeit geschaut. Ihr langes Haar, das in Locken über ihren Rücken wallte, war silbrig wie das Mondlicht, das sich heute nur ab und zu in einer schmalen Sichel zwischen den Wolken zeigte.

»Was bist du? Eine Nachtfee?«, fragte er entgeistert. Seine Stimme klang rau und er musste schlucken.

Das Mädchen lachte hell. Als sie antwortete, klang ihre Stimme dagegen samtig voll und ein wenig tief für ihre zierliche Gestalt.

»Eine Nachtfee?«

»Ich habe Geschichten über sie gehört, aber noch keine gesehen – außer dir. Du musst eine sein!«

Das Mädchen hob die Schultern. »Ich bin ein Wesen der Nacht, ja, das ist richtig. Eine Fee der Finsternis, könnte man sagen.«

»Ein Kind des Mondes!«, widersprach Bram hingerissen, obwohl ein Teil seines Bewusstseins ihn noch immer vor einer drohenden Gefahr warnte.

»Dem der Mond jedoch keinen Schatten geben kann!« Brams

Augen weiteten sich, während sie weitersprach. »Wenn ich dir einen Rat geben darf. Kehre zurück in die Sicherheit deines Lebens weit weg von nächtlichen Friedhöfen, die du so zu lieben scheinst.«

Bram war verwirrt. »Wie kommst du auf diesen Gedanken?«

»Ich habe dich in Rom auf dem Friedhof der Fremden gesehen, mit zwei Freunden und deiner Frau. Ich bin mir sicher! Ich vergesse nie den Geruch eines Menschen, wenn ich ihn einmal aufgenommen habe. Und dann warst du vor wenigen Nächten auf dem Friedhof von Oughterard, nicht wahr? Du hieltst dich in der Kirche verborgen – eine kluge Entscheidung, denn die meisten Wesen der Nacht scheuen die für sie schädliche Aura.«

Bram öffnete tonlos den Mund und schloss ihn dann wieder. Sein Blick huschte über den Friedhof, doch hier gab es keine Kirche, in die er sich hätte flüchten können.

»Nein, hier gibt es keine Zuflucht für dich«, bestätigte das Mädchen. »Vor mir würde dich eine Kirche allerdings auch nicht schützen«, fuhr sie im Plauderton fort. Sie schien Gefallen an ihrer Unterhaltung zu finden.

»Wie kommst du jetzt hierher?«, stieß er hervor. »Du bist mir doch nicht etwa gefolgt?«

Bram sah sich bereits Oscar gegenüberstehen. Wenn er ihm diese Geschichte erzählte, würde sein Freund ihn vermutlich an einen Nervenarzt empfehlen!

Das Mädchen mit dem Silberhaar lachte wieder. »Aber nein. Warum sollte ich einem Menschen folgen? Ich weiß nicht, warum das Schicksal uns hier wieder zusammenführt. Ich kann nur ahnen, dass es noch etwas mit uns vorhat, also wundere dich nicht, wenn wir uns wiederbegegnen. Doch nun mach dich auf den Heimweg. Dies ist für einen Menschen ein gefährlicher Ort.«

»Wann werde ich dich wiedersehen?«, drängte Bram, der sie nicht gehen lassen wollte.

»Woher soll ich das wissen? Ich kann dem Schicksal nicht in seine Karten schauen.«

»Weißt du, ich interessiere mich schon sei Langem für die Wesen der Nacht. Ich sammle Geschichten aus verschiedenen Ländern. Es ist faszinierend und ich werde irgendwann ein Buch darüber schreiben. Du wirst darin vorkommen, auch wenn mir kein Mensch diese Begegnung glauben wird. Ich weiß, dass es wahr ist. Dass ich dich mit eigenen Augen gesehen habe!«

Die Miene des Mädchens wurde nachdenklich. Sie wollte gerade etwas sagen, als Bram aus den Augenwinkeln eine Bewegung wahrnahm. Es ging so schnell, dass er das Tier erst sah, als es sich drohend vor dem Mädchen aufbaute. Es war ein riesiger weißer Wolf!

Bram wollte weglaufen, aber seine Füße waren wie festgewurzelt. Er starrte das Mädchen und die weiße Bestie an, die aus gelben Augen zurückstarrte.

»Es wird Zeit zu gehen«, sagte sie leise.

Endlich fand Bram seine Stimme wieder. »Er wird mich jagen und über mich herfallen, wenn ich auch nur einen Schritt tue, nicht wahr?«

Das Mädchen schüttelte den Kopf. »Nein, Seymour wird dich gehen lassen, wenn du den Friedhof verlässt und dich auf direktem Weg in dein Quartier begibst.«

»Darf ich noch eine letzte Frage stellen?«

»Aber ja.«

»Wie heißt du?«

Das Mädchen lachte leise, der Wolf knurrte. »Ivy-Máire aus der Familie der Lycana.«

Bram Stoker verbeugte sich. »Ich danke dir, Ivy-Máire, für mein Leben, denn es lag in deiner Hand, und für eine Erfahrung, die ich niemals vergessen werde. Du hast gesagt, das Schicksal hat uns beide hierhergebracht und wird uns wieder zusammenführen. Ich wünsche mir, dass du recht behältst.«

Dann verließ er den Friedhof. Er schlug einen großen Bogen um die Vampirin und den Wolf, die sich nicht von der Stelle rührten. Erst als er das Tor hinter sich gelassen hatte, drehte er sich noch einmal um, um einen letzten Blick auf dieses märchenhafte Wesen zu erhaschen, doch sie und auch der Wolf waren verschwunden.

*

Der Morgen dämmerte bereits herauf und noch immer fehlte von den Lycana und ihren Begleitern jede Spur. Ivy und einige andere warteten ungeduldig am Tor, obwohl Mabbina sie schon zweimal aufgefordert hatte, in den Turm zurückzukehren und ihre Särge aufzusuchen.

»Wir müssen wissen, was sie herausgefunden haben!«, beschwor Ivy immer wieder. Unruhig ging sie auf und ab.

»Und wenn sie nicht kommen? Das kann vieles bedeuten«, warf Luciano ein. »Entweder haben sie noch nichts gefunden und werden sich den Tag über irgendwo verborgen halten, um gleich nach Sonnenuntergang weiterzumachen ...«

»... oder sie haben die Werwölfe aufgespürt und sie eingekreist«, fuhr Alisa fort.

Ivy nickte. Ein Muskel zuckte an ihrer Schläfe. »Vielleicht kämpfen sie in diesem Augenblick miteinander, während die Sonne sich drohend dem Horizont nähert. Die Werwölfe müssen nur auf Zeit spielen und sie festhalten, dann wird die Sonne den Kampf für sie entscheiden.«

Luciano legte den Arm um ihre Schulter, allerdings erst nachdem er sich versichert hatte, dass Franz Leopold nicht in der Nähe war. Kurz fiel ihm auf, dass er ihn schon eine ganze Weile nicht mehr gesehen hatte, aber er dachte nicht weiter darüber nach. Er vermisste ihn nun wirklich nicht.

Ivy ließ ihn gewähren. Ob es sie wirklich tröstete oder sie es gar nicht bemerkte, konnte Luciano nicht sagen.

»Die Sonne ist ihr Feind, ja, das ist richtig, aber ansonsten sind die Lycana den Werwölfen überlegen. Sie können sich nur in ihrer menschlichen oder in ihrer Wolfsgestalt zeigen. Den Lycana aber ist es möglich, sich auch in andere Tiere zu verwandeln oder gar als Nebel durch jedes Netz zu schlüpfen. Wie sollten die Werwölfe da eine ernsthafte Bedrohung für sie darstellen?«

Ivy versuchte sich an einem Lächeln. »Du hast recht, Alisa, ich mache mir zu viele Gedanken.« Sie beugte sich zu Seymour hinunter, um ihn zu streicheln, aber er drehte sich weg.

»Was hat er? Oh, er ist ja verletzt!«, rief Alisa aus und ging in die Knie. »Das habe ich noch gar nicht bemerkt.« Sie untersuchte die Stelle an seinem Vorderlauf, an der das Fell von Blut verklebt war. »Es sieht wie die Abdrücke von Reißzähnen aus. Weißt du, was ihn gebissen hat?«

»Das ist nicht so schlimm«, wehrte Ivy ab.

»Meinst du nicht, du solltest die Frage beantworten?«, erklang Franz Leopolds Stimme so unerwartet neben ihnen, dass Luciano zusammenzuckte. Wie konnte es ihm nur gelingen, sich immer unbemerkt anzuschleichen!

»Wobei die Frage nicht ganz korrekt gestellt ist«, fuhr der Dracas fort. Kein Lächeln erhellte die grimmige Miene. »Es müsste nicht heißen, was hat ihn gebissen, sondern wer – und wenn wir schon bei diesem Detail angekommen sind, können wir auch gleich noch fragen, wer genau ist der Gebissene? Man weiß doch ganz gern, mit wem man es zu tun hat.«

Luciano sah verwirrt von Franz Leopold zu Ivy. Ausnahmsweise war er nicht der Einzige, der nicht begriff, worum es ging. Alisas Gesichtsausdruck sprach Bände!

»Kann uns einer sagen, was hier vor sich geht?«

Weder Ivy noch Franz Leopold achteten auf sie, was ebenfalls ungewöhnlich war. Ivy hob den Kopf und schenkte Franz Leopold einen Blick, der ihn eingeschüchtert hätte, wenn er kein Dracas gewesen wäre, deren Selbstbewusstsein für drei reichte.

»Es ist eine Schande, seine Freunde anzulügen und zu betrügen, nicht wahr? Oder denkst du etwa, wir wären so dumm, dass du damit durchkommst? Wir sind nicht so einfältig, glaube mir – nun gut, zumindest einige von uns«, korrigierte er mit einem Seitenblick auf Luciano. Dieser ärgerte sich maßlos, aber er war viel zu neugierig zu erfahren, was hier gespielt wurde, um Franz Leopold zu unterbrechen.

»Willst du nicht deutlicher werden, Leo? Wie kommst du dazu, Ivy solche Vorwürfe zu machen?«, wollte Alisa wissen.

»Die Antworten kann nicht ich geben. Nur eine davon.« Franz Leopold zeigte auf das blutverschmierte Fell. »Ivy hat Seymour gebissen!«

Diese Worte entlockten Ivy ein Stöhnen, Alisa einen Aufschrei des Erstaunens und Seymour ein bedrohliches Knurren. Luciano dagegen öffnete und schloss nur tonlos den Mund. Das konnte nur ein Scherz sein! Doch so wie Ivy dreinsah, musste er die Wahrheit sagen.

»Du hast den Wolf ins Bein gebissen?«, stieß Luciano hervor und lachte dann. »Was um alles in der Welt ist in dich gefahren? Ein unbeherrschbarer Anfall von Blutgier?« Er hob rügend den Zeigefinger. »Es ist kein guter Ton, seine Freunde auszusaugen.«

»Ich kann dir durchaus versichern, dass es nicht in ihrer Absicht lag, von einem Freund Blut zu trinken, und sie hat auch keinen Wolf gebissen«, wandte Franz Leopold ein und verwirrte Luciano nun vollends. Zu seiner Verwunderung huschte ein Ausdruck von Verstehen über Alisas Gesicht und sie nickte langsam.

»Du hast ihn in seiner waren Gestalt gesehen. Ich habe es lange schon vermutet.«

Luciano sah von einem zum anderen. »Moment Mal, Seymour ist gar kein Wolf? Was ist er dann?«

Doch niemand antwortete ihm, denn in diesem Moment flog ein Schwarm Fledermäuse vom Fluss her auf die Brücke zu. Statt in den Bäumen zu landen, ließen sich die Tiere auf den Planken nieder. Nebelschwaden begannen, sich über der Brücke zusammenzuziehen.

»Endlich!«, rief Ivy und trat auf Donnchadh und Catriona zu, sobald sie ihre Gestalten ausmachen konnte. »Habt ihr sie gefunden?«

»Nein, weder die Sippe selbst noch ihre Spuren. Doch wir haben bisher auch nur einen kleinen Teil des Ufers abgesucht. Der Lough Corrib ist groß! Wir werden weitersuchen, sobald die Nacht hereinbricht.«

»Die Fährte wird mit jedem Tag schwächer und ist bald verweht«, rief Ivy. »Lasst uns mitkommen. Wenn alle Erben helfen und wir uns in kleine Gruppen aufteilen, können wir ein viel größeres Gebiet absuchen.«

Doch wie in der Nacht zuvor ließen Donnchadh und Catriona nicht mit sich reden. »Es ist zu gefährlich«, lautete ihr unumstößliches Argument. »Wir wissen nicht, ob die Verfolger noch immer irgendwo dort draußen lauern und auf eine günstige Gelegenheit warten, zuzuschlagen.«

»Wir konnten, seit wir Aillwee verlassen haben, keine Spur mehr von ihnen entdecken«, protestierte Ivy, doch auch das ließen sie nicht gelten. Stattdessen scheuchten sie alle in den Hof. Alisa hielt besorgt nach Hindrik und den anderen Servienten Ausschau, die sich nicht verwandeln konnten.

»Sie kommen mit Tara gleich nach«, beruhigte Catriona. »Wir haben ihnen die Bereiche auf dieser Seeseite zugeteilt, damit sie keinen so langen Rückweg haben.«

Und da kamen auch schon die beiden Wölfe der Druidin in Sicht. Sie hatten das Tor noch nicht erreicht, als die Schimmelstute zwischen den Bäumen am anderen Ufer auftauchte und mit ihr ein Dutzend schattenhafter Gestalten. Bald scharten sich die Erben um ihre Servienten und bedrängten sie, ihnen zu berichten, was sie erlebt hatten. Außer natürlich die Dracas, die sich nicht mit Unreinen zu unterhalten pflegten. Anna Christina fuhr ihre Servientin nur an, ihr endlich das Haar zu richten, während sich Matthias wieder stumm an die Seite seines Herrn gesellte.

IN DER GLENGOWLA-MINE

Am Abend, als die Lycana und ihre Helfer sich wieder auf den Weg gemacht hatten, begab sich Alisa auf die Suche nach Ivy. Sie hatte sich am Morgen erfolgreich um eine Erklärung gedrückt, aber nun sollte sie zu dem ungeheuerlichen Vorfall Stellung nehmen! Alisa verließ den Turm und suchte die Burg nach ihr ab.

»Sie geht uns aus dem Weg!«, sagte Luciano, als sie ihm zum zweiten Mal unverrichteter Dinge begegnete.

»Steng genommen geht sie nicht«, berichtigte Franz Leopold, »sie steht nur da und starrt in die Luft – und das an einer so exponierten Stelle, dass man es nicht gerade ein Versteck nennen kann!«

»Was?« Alisa und Luciano drehten sich im Kreis, um zu sehen, was Franz Leopold meinte.

»Ihr müsst euren Blick schon ein wenig höher richten.«

Alisa legte den Kopf in den Nacken und stieß einen Schrei aus, als sie Ivys Gestalt entdeckte. »Was um alles in der Welt tut sie dort?«

»Sie sieht aus wie ein großer silbriger Vogel, der sich gleich in die Lüfte erhebt«, meinte Luciano, der ihrem Blick gefolgt war. Die beiden sahen einander entsetzt an.

»Das kann sie nicht, oder?«, fügte Luciano unsicher hinzu.

»Da wäre ich mir nicht sicher!« Franz Leopold stieß einen Fluch aus und rannte los. Alisa und Luciano folgten ihm.

*

Ivy war die Erste gewesen, die sich an diesem Abend von ihrem Lager erhoben hatte. Sie huschte die Treppe zum Wehrgang hinauf und kletterte dann auf den First des Walmdachs, wohin

402

Seymour ihr nicht folgen konnte. Missmutig legte er sich nieder, ohne sie jedoch aus den Augen zu lassen. Ivy stützte das Kinn in die Hände und sah über den Lough, der sich in einem schimmernden Band nach Norden und Süden erstreckte, so weit das Auge reichte. Dort irgendwo waren die Werwölfe mit ihrem Schatz an Land gegangen, aber wo? Und was war ihr Ziel? Sie hatten ja sicher nicht vor, mit dem wertvollen Stein auf Dauer wie Nomaden über Land zu ziehen. Nein, sie hatten ein Versteck im Auge, das ihnen sicher erschien, doch so sehr sich Ivy den Kopf zerbrach, ihr fiel nichts ein, was auf die Werwölfe eine besondere Anziehungskraft ausüben könnte.

»Sie können überall hingehen!«, seufzte sie. Etwas scheuerte bei diesem Gedanken unangenehm an ihrem Geist. Da war etwas, was ungeheuer wichtig war. Doch sobald sie den Gedanken greifen wollte, verschwand er.

»Sie können überall hingehen!«, wiederholte sie. Irgendetwas war an diesem Satz falsch. Aber warum? Und woher kam dieser Zweifel, der immer mehr zur Gewissheit wurde? Sie hörte eine Stimme, die sie schon einmal vernommen hatte. Sie klang ein wenig zittrig, schwach und undeutlich.

Plötzlich sah sie ihn vor sich. Ivy sprang auf und stand nun hoch aufgerichtet auf dem First. Das war es! Was, wenn dieser Satz nicht nur von einem Altersschwachsinnigen so dahingesagt worden war? Was, wenn er genau wusste, wovon er redete? Es war müßig, sich das jetzt zu fragen. Sie hatte die Gelegenheit ungenutzt verstreichen lassen. Jetzt war es zu spät, die Frage zu stellen.

Oder doch nicht?

Ein Plan begann, in ihrem Kopf zu reifen. Sie sah zu Seymour hinunter, der sie nicht aus den Augen ließ.

Nein, mein Freund, diesen Gedanken werde ich nicht mit dir teilen, denn er würde dir nicht gefallen!

*

Franz Leopold erreichte als Erster das Ende der spiralförmigen Treppe und stürzte auf den Wehrgang hinaus. In seinem Geist war er bereits oben auf dem First bei Ivy, deren Beine in dem sie umwirbelnden Nebel schon nicht mehr zu sehen waren, doch er hatte nicht mit Seymour gerechnet. Mit einem wütenden Knurren stürmte er auf den Dracas zu und schnappte nach seinen Hosen. Alisa rannte an den beiden vorbei und hechtete mit zwei eleganten Sprüngen auf den First hinauf. Sie hatte so viel Schwung, dass Franz Leopold für einen Moment dachte, sie würde das Gleichgewicht verlieren und auf der anderen Seite hinunterstürzen. Sie fing sich jedoch und griff nach Ivys Arm.

»Tu das nicht!« Die Nebelspirale sackte in sich zusammen.

»Lasst mich! Das geht euch nichts an. Es ist sehr wichtig. – Seymour! Lass sofort Leos Hose los! Ich muss mich sehr über dich wundern. Du solltest dich schämen! Solch ein kindisches Verhalten ist deiner unwürdig.«

Der Wolf gehorchte, sah aber mit seinen hochgezogenen Lefzen noch immer gefährlich aus. Franz Leopold folgte Alisa auf das Dach hoch und auch Luciano kletterte vorsichtig hinterdrein.

»Überzeuge uns!«, schlug Franz Leopold vor.

»Was?«

Er senkte die Stimme. »Erkläre uns, warum die Sache so wichtig ist, dass du dich ohne deinen Beschützer und deine Freunde in Lebensgefahr bringen willst. Und warum wir das zulassen sollen.«

»Und komm jetzt nicht mit irgendwelchen Ausflüchten, dass du schon nicht in Gefahr geraten wirst«, fügte Luciano ungewöhnlich leidenschaftlich hinzu. »Du bist es doch, die dauernd auf den Feinden herumreitet, die angeblich dort draußen auf uns lauern!«

»Wir sind Freunde, nicht? Oder waren das nur leere Worte?« Alisa sah Ivy eindringlich an.

Sie blinzelte. »Nein, wir sind Freunde, und das ist mir mehr wert, als ihr euch vorstellen könnt.«

»Freunde haben keine Geheimnisse voreinander«, sagte Luciano.

»Und stürzen sich auch nicht allein in irgendwelche wahnwitzigen Hirngespinste!«, bekräftigte Franz Leopold.

»Mir ist etwas Wichtiges eingefallen und ich muss mir Gewissheit verschaffen.« Die Freunde sahen sie erwartungsvoll an. Ivy seufzte, dann begann sie, mit leiser Stimme zu berichten.

»Ihr wisst ja bereits, dass Tara und ich zu den Twelve Bens unterwegs waren, zu den Höhlen, in denen die älteste Sippe der Werwölfe hauste – jahrhundertelang –, und dass wir zu spät kamen, den *cloch adhair* zu sehen.« Die anderen nickten.

»Die Werwölfe haben ein Boot genommen, um ihre Spuren zu tilgen, und ich fürchtete, sie könnten den Stein überall hingebracht haben. Wo sollten wir mit der Suche beginnen?«

»Du *fürchtetest*? Dann glaubst du nicht mehr daran?«, unterbrach Alisa.

»Ja, ich habe neue Hoffnung, die ich aber erst bestätigen lassen muss – und hierzu ist es unabdingbar, noch einmal zu den Twelve Bens zurückzukehren, und zwar schnell!«

»Und da dachtest du, du wandelst dich in eine Fledermaus oder einen Falken und fliegst kurz hin«, sagte Franz Leopold im Plauderton.

»Ja! Wir haben dort jemanden getroffen, einen alten Werwolf, der zurückgeblieben ist, und ich muss ihm eine wichtige Frage stellen.«

»Gut, dann werden wir dich begleiten«, sagte Alisa und erhob sich.

Ivy schüttelte den Kopf. »Das geht nicht. Selbst wenn wir als Wölfe unterwegs wären, bräuchten wir zu lange für den Hin- und den Rückweg. Wir können nicht riskieren, im Moor von der Sonne überrascht zu werden. Deshalb muss ich auch Seymour zurücklassen. Als Falke bin ich in wenigen Stunden zurück.«

»Wir lassen dich nicht alleine gehen!«, sagte Franz Leopold störrisch. »Dann fliegen wir eben mit dir!«

»Wie stellt ihr euch das vor? Ihr seid noch nicht so weit, eine solche Wandlung durchzuführen.«

»Dann bring es uns bei!«, forderte Franz Leopold.

»Das geht nicht!«, rief Ivy, doch dann wurde ihre Miene nachdenklich.

»Was ist?«

»Eine Möglichkeit gäbe es. Aber wir hätten erst ein Stück zu Fuß – und wir müssten dafür sorgen, dass Seymour uns nicht nachkommt.«

»Wie sollen wir das machen?«, fragte Alisa zweifelnd. »Er wird kaum so vernünftig sein, freiwillig hierzubleiben.«

Ivy schüttelte den Kopf. »Nein, damit würde ich nicht rechnen. Er sieht seine Aufgabe, mich zu beschützen, allzu verbissen.«

»Das kann man sagen«, brummte Franz Leopold, der den Riss in seiner Hose in Augenschein nahm.

Sie brüteten einige Minuten stumm vor sich hin, dann stieß Luciano einen leisen Schrei aus. »Ich habe eine Idee!«

»Na das wird was sein«, wehrte Franz Leopold ab.

»Lass hören!«, forderte ihn Alisa auf.

Luciano senkte die Stimme zu einem Flüstern, sodass sie nah zusammenrücken mussten, um seine Worte zu verstehen.

»Das könnte funktionieren«, sagte Ivy langsam.

»Er wird außer sich sein!«, prophezeite Alisa.

Ivy nickte. »Ja, das wird er. So oder so, egal wie wir es anstellen. Aber es muss sein. Er wird sich schon wieder beruhigen, wenn wir unversehrt und mit der entscheidenden Neuigkeit zurück sind.«

*

Der große Tag war da. Nellie zitterte vor Aufregung, und es fiel ihr schwer, die Zügel ruhig zu halten. Sie konnte ihr Glück kaum fassen. Sie wusste nicht, warum es ihr gelungen war, ihren Vater zu überreden, sie auf diesen Raubzug mitzunehmen, aber das war nicht wichtig. Wichtig allein war, dass sie auf ihrem Connemarapony saß und mit den Männern nach Galway ritt.

Vielleicht war es ihm bei dem Gedanken, was sie alles anrichten könnte, wenn er sie zwei Tage alleine ließ, so unwohl geworden, dass er sie lieber im Blick behielt. Allerdings hatte Myles seine Tochter schwören lassen, dass sie mit Cowan bei dem Wachposten draußen bleiben würde, während er mit den anderen die Waffen herausholte, und dass sie ihm in allem gehorchte. Da es nicht Mac Gaoth sein würde, der Wache halten musste, hatte Nellie mit dieser Anweisung kein Problem. Cowan allerdings schmollte stumm vor sich hin. Ihm reichte es nicht, die Männer bis zu dem Lager zu begleiten. Er wollte mit anpacken und an vorderster Front dabei sein. Ihr Vater aber blieb hart.

Lautlos wie ein Schatten tauchte Mac Gaoth aus der Dunkelheit auf. Die Pferde wieherten und wichen zurück. Nellie hatte Mühe, ihr Pony zu beruhigen, obwohl es sonst ein sehr sanftes und zuverlässiges Tier war. Aber irgendetwas an Mac Gaoth verunsicherte die Tiere. Er hatte auch gar nicht versucht, eines von ihnen zu besteigen, obwohl ihm Lorcan ein kräftiges Tier zur Verfügung gestellt hätte. Nellie hatte noch nie erlebt, dass die Ponys so auf einen Menschen reagierten. In ihren Augen glänzte Panik, wenn er sich nur auf zehn Schritte näherte. Nellie beugte sich über den Hals ihres Tieres und klopfte ihm das zottige Fell.

»Ihr seid eben schlauer als wir Menschen«, sagte sie leise. »Ihr könnt es wittern, dass mit ihm etwas nicht in Ordnung ist. Auch ich kann es spüren. Wenn ich die Augen schließe, sehe ich keinen Menschen, sondern eine wilde Bestie!«

Sie schauderte und sah auf. Mac Gaoth hatte seine kurze Unterredung mit Myles beendet und stand nun hoch aufgerichtet neben dem Weg, seine seltsam gelblichen Augen auf Nellie gerichtet. Hatte er ihre Worte vernommen? Das war unmöglich. Kein Mensch konnte ein so feines Gehör haben. Dann wandte er sich ab und verschwand wieder in der Dunkelheit, um den Weg auszukundschaften. Der Treck der Ponys zockelte weiter nach Süden. Noch trugen die meisten von ihnen nur die leeren Segeltücher und ein paar Stricke, mit denen die Männer die Waffen verpacken würden. Karren, um die Beute zu transportieren, kamen nicht infrage. Sie hätten auf den breiten Wegen bleiben müssen und wären von etwaigen Verfolgern leicht zu finden. Die Ponys jedoch konnten auch über unwegsames Gelände in die Berge hochsteigen und die tückischen Moore durchqueren, in die sich die englischen Patrouillen nicht wagen würden. Und dann? Was kam danach, wenn sie die Waffen erbeutet und ihre Verfolger abgeschüttelt hatten? Sie würden warten, bis die anderen Gruppen bereit waren, und dann alle gemeinsam zuschlagen. Zuschlagen, sich erheben, sich befreien. Wie harmlos diese Worte klangen, doch mit den Waffen in der Hand würden sie nicht nur drohen. Sie würden töten, wenn es nötig war, und Nellie war nicht so einfältig zu glauben, die Engländer würden einfach so friedlich das Land verlassen. Die Engländer? Waren sie nicht inzwischen alle Engländer? Offiziell ja. Es gab seit fast achtzig Jahren nur noch ein gemeinsames englisches und irisches Königreich, und doch waren und blieben sie Iren und die anderen, die Gegner und Eroberer, Engländer. Nellie stellte sich Lorcan und Fynn mit Gewehren in den Händen vor, und auch Karen. Ja, Karen würde nicht zögern, einen Menschen zu erschießen. Und ihr Vater? Und Cowan? Würden sie bereits in dieser Nacht dazu gezwungen sein, zu töten, um an die Waffen heranzukommen? Und was war mit ihr selbst? Sie hatte gebettelt, mit dabei sein zu dürfen, ein Teil der Verschwörung zu sein und ernst genommen zu werden. Sie hatte behauptet, erwachsen zu sein. Das Gefühl des Abenteuers hatte sie in einen Zustand spannungsgeladener Erregung versetzt. Die nächtlichen Treffen, das Pläneschmieden, sie hatte es genossen. Doch nun, da die Lichter von Galway vor ihnen auftauchten, wünschte sie sich zum ersten Mal, sie wäre noch ein Kind und würde von all dem nichts mitbekommen, wüsste nicht um die Gefahr und würde, von einer liebenden Mutter behütet, ihren kindlichen Träumen nachhängen.

*

Es war überraschend einfach gewesen, Seymour in das versteckte Verlies zu locken – zumindest nachdem Ivy dort hinuntergestiegen war. Im letzten Moment hatte der Wolf gezögert, doch Franz Leopold gab ihm einen Stoß, dass er die steinerne Rampe hinabschlitterte. Ivy fing ihn auf.

»Es tut mir so leid. Sei still und warte auf uns.« Seymour hatte den Braten bereits gerochen und packte ihr Gewand, doch sie ließ sich nicht aufhalten. Sie löste sich in Nebel auf und schlüpfte durch seine Fänge. Als Fledermaus flatterte sie den Schacht hinauf. Seymour jaulte. Rasch verschlossen die Freunde den Zugang. Das Heulen erstarb. Die O'Flahertys hatten ganze Arbeit geleistet. Schließlich wollten sie damals sicher nicht ständig von den flehentlichen Schreien der im Verlies Verschmachtenden gestört werden!

Ivy wandte sich ab. Ihre Miene war wie von Schmerzen verzerrt.

»Was ist?«, fragte Luciano verständnislos.

Alisa legte ihr den Arm um die Schulter. »Es ist ja nur dieses eine Mal, weil uns keine andere Wahl bleibt. Er wird es verstehen und dir verzeihen!«

»Hoffentlich!«, antwortete Ivy kläglich.

Franz Leopold drängte zum Aufbruch und lief vor ihnen die Treppe hinunter. »Nun macht schon! Für eure Gefühlsduselei ist Zeit, wenn wir zurück sind!«

Unten angekommen zügelte er seinen Schritt. Im Hof waren die anderen Erben in kleinen Gruppen unterwegs und Mabbina saß auf der Brüstung des kleinen Türmchens und ließ den Blick schweifen. Möglichst unauffällig schlenderten sie zum Tor, schlüpften hindurch und überquerten die Zugbrücke. Erst als sie den Fluss hinter sich gelassen hatten, liefen sie los.

»Jetzt schnell, dass sie uns nicht einholen, selbst wenn sie es sicher bald merken und die Verfolgung aufnehmen«, rief Franz Leopold, der an Ivys Seite blieb. Alisa lief hinter Luciano und spornte ihn an.

»Wie weit müssen wir denn?«, keuchte er.

»Nur ein Stück über Oughterard hinaus«, gab Ivy Auskunft. Luciano sagte nichts und konzentrierte sich stattdessen aufs Laufen.

Erstaunlich schnell erreichten sie ihr Ziel. Die drei kamen neben Ivy zum Halten und sahen sich um.

»Willst du uns deinen Plan nicht verraten?« Franz Leopold ließ den Blick über die Steinhalden gleiten, die ärmlichen Hütten und die seltsamen hölzernen Konstruktionen über den Löchern im Boden.

»Ist das das Erzbergwerk, von dem du uns erzählt hast?«, wollte Alisa wissen. »Ist das nicht faszinierend? Seht euch das dort drüben mal an. Sie nutzen die Kraft der Pferde, die sie hier im Kreis gehen lassen, um über diese Umlenkung dort das Seil über die Winde zu ziehen und damit die schweren Körbe nach oben zu heben.« Alisa trat an den Schacht und schaute in die Tiefe.

Luciano verdrehte die Augen. »Mich würde viel mehr interessieren, warum wir hier sind und wie das unser Problem lösen soll, dass wir uns nicht in Falken oder andere Flugtiere verwandeln können.«

Ivy öffnete den Mund, doch Alisa war schneller. »Es ist der Marmor, aus dem sie das Erz schlagen, nicht wahr? Dort unten sind seine Kräfte noch stärker!«

Ivy nickte. »Ja, wir werden uns mitten hineinbegeben und uns von seiner Energie umhüllen lassen.«

»Und dann wandeln wir uns zu Falken!«, rief Franz Leopold begeistert. »Ja, das wird funktionieren. Wir hatten schon im Moor oben keine Schwierigkeiten, die Gestalt von Wölfen anzunehmen.«

Luciano schwieg, doch seine Gedanken waren für Franz Leopold so klar, als stünden sie auf seiner Stirn geschrieben. Er hatte Angst, dass er es trotz der Kräfte der Erde nicht schaffen würde. Auch Ivy las seine Ängste und legte ihm beruhigend die Hand auf den Arm.

»Ja, so ist es. Die Seele von Connemara wird uns die Kraft für die

Wandlung geben. Auch dir, Luciano! Ich werde dir dabei helfen, also sorge dich nicht. Wir werden niemanden zurücklassen.«

»Also dann los!« Alisa glitt die hölzerne Leiter hinunter in den Schacht. Die anderen folgten ihr. Offensichtlich war nicht der gesamte Marmor gleichmäßig von den für die Menschen wertvollen Erzen durchdrungen. Der Grund der Gänge folgte dem Verlauf der metallhaltigen Schicht, die steil in die Tiefe abfiel, sodass die Menschen von kleinen hölzernen Plattformen oder Leitern aus arbeiten mussten. Alisa betrachtete die Bohrer und schweren Hämmer mit langen Stielen, mit denen die Menschen Löcher für die Sprengladungen in den Fels trieben.

»Sicher keine leichte Arbeit«, sagte sie und wog die Werkzeuge in den Händen. »Was die sich für eine Mühe machen, für ein wenig Erz!«

»Wen interessiert das?«, sagte Luciano. »Müssen wir noch tiefer?«

Ivy nickte. »Ja, wir gehen ganz hinunter, bis wir eine Stelle finden, an der der Fels noch nicht verwundet und ausgeweidet ist.«

Geschickt sprangen sie von Plattform zu Plattform oder rutschten die Leitern hinab, bis sie den Grund der Mine erreichten. Am Rand natürlicher Spalten sprossen farbenprächtige Mineralien in ihren typischen würfeligen oder vieleckigen Formen. Manche waren klar, gelblich, violett oder braun, andere von metallischem Glanz in Silber oder Gold.

»Ist das echtes Gold?«, wollte Luciano wissen und strich über die verzahnten Würfel in der Wand.

»Nein, die Bergleute nennen es Narrengold. Es ist aus Eisen und Schwefel. Nicht so viel wert wie die anderen Erze«, gab Ivy Auskunft.

»Können wir jetzt endlich beginnen oder verschwenden wir noch eine Stunde mit Bergbaubelehrungen?« Franz Leopold erinnerte sie daran, warum sie hier waren. Sie nahmen sich bei den Händen und sahen einander an. Nun galt es, die Kraftströme des Gesteins richtig zu nutzen.

»Werden wir als Falken fliegen?«, fragte Alisa. »Sie sind die schnellsten.«

»Nein«, wehrte Ivy ab. »Wir wollen es nicht noch schwerer machen. Bleiben wir bei den Säugetieren. Sie stehen uns, selbst wenn sie fliegen können, näher.«

»Dann also Fledermäuse!«, stellte Franz Leopold fest. »Sind wir in dieser Form schnell genug?«

»Es wird reichen«, beruhigte Ivy. »Und nun lasst uns beginnen. Schließt die Augen und konzentriert euch. Ich helfe euch, sollte es nötig sein. Wenn wir fertig sind, folgt mir auf direktem Weg. Widersteht der Versuchung, euren neuen Körper zu testen, und lasst euch nicht von den für euch ungewohnten Sinnen verlocken. Ihr könnt euch ihnen später einmal hingeben, wenn wir Zeit, Ruhe und Sicherheit genießen.«

Die drei nickten und schlossen gehorsam die Augen.

»Die Energieströme hier unten sind unglaublich«, murmelte Alisa, dann krochen die kalten Nebel an ihnen empor, und sie spürten, dass sie ihre menschliche Sprache verloren. Doch was gewannen sie dafür! Es war eines, sich des Echosystems der Fledermäuse zu bedienen, doch selbst fliegen zu können und das Zusammenspiel der Sinne zu erleben, war noch einmal etwas ganz anderes. Ivy hatte gut an ihrer Mahnung getan, denn selbst Franz Leopold fiel es schwer, das Ziel nicht aus den Augen zu verlieren und Ivy zu folgen, die bereits auf direktem Weg der Oberfläche entgegenstrebte. Drei Fledermäuse flatterten hinter ihr her. Hoch über dem nächtlichen Moor flogen sie dahin, entlang der schmalen Seen, die sich in einem Bogen erst nach Nordwesten und dann weiter nach Westen wanden. Im Süden erstreckten sich endlos die graubraunen Moore, nur von niederen Hügeln unterbrochen, im Norden erhoben sich die Berge von Teernakill, die in die Maumturk Mountains übergingen. Ein breites Tal, ebenfalls mit einer Seenkette am Grund, mündete von Norden ein, und dann ragten die Twelve Bens mit ihren schroffen Granitgipfeln vor ihnen auf. Ivy folgte einem erst sanft, dann immer steiler ansteigenden

Bachlauf. Die Berghänge rückten aufeinander zu, bis sie sich in einem Kessel vereinten und zu einem scharfen Grat zusammenschlossen. Ivy hielt sich links. Unter ihnen konnte Franz Leopold eine seltsame Steingruppe ausmachen. War das ein Hünengrab? Vielleicht. Als Ivy tiefer ging, entdeckte er eine dunkle Scharte im Fels, die der Eingang zur Höhle sein musste. Sie flogen direkt auf die Felswand zu und schlüpften dann in die Spalte, die aus ihrer Perspektive riesig erschien, einem Wesen in Menschengestalt jedoch gerade genug Raum bot.

Ivy hielt nicht inne. Sie flog zielstrebig durch die Gänge, immer tiefer ins Herz des Berges. Waren die Wände zuerst noch aus grauem Granit gewesen, so durchzogen nun wieder Adern von weißem Marmor und dunklem Erz das die Gänge umhüllende Gestein. Ivy landete auf dem Boden und wandelte sich in ihre normale Gestalt zurück.

Wir sind gleich da. Bleibt in eurer Fledermausgestalt, riet sie den Freuden. *Es kostet euch zu viel Kraft, wenn ihr euch in dieser Nacht noch zweimal verwandeln müsst.* Sie sah sich um. *Außerdem hätte ich euch nicht hierherbringen dürfen. Neben den Mitgliedern der Werwolfsippe dürfen nur Tara, Seymour und ich hier heraufkommen. Wenn Cameron und Taber euch in der Nacht von Neumond nicht nach Aughnanure begleitet hätten, hätten wir sie dennoch unten bei dem Dolmen zurücklassen müssen. Doch nun verhaltet euch ruhig. Wenn wir in der Höhle sind, fliegt zur Decke hinauf und wartet, bis ich euch rufe.*

Endlich schien das Ziel erreicht: eine große, domartige Höhle, deren Wände glatt geschliffen wirkten. In der Mitte sahen sie ein großes steinernes Podest. Es wunderte Franz Leopold nicht, dass es leer war. Die drei suchten sich eine geeignete Stelle und hängten sich dann nebeneinander kopfüber an eine Steinkante, sodass sie die Höhle gut überblicken konnten.

Ivy ging auf einen der abzweigenden Gänge zu und spähte hinein. Sollte sie ihn rufen? Da erklang von der anderen Seite die Stimme des alten, fast zahnlosen Werwolfs, an dessen Namen sie sich nicht erinnern konnte.

»Du bist zurückgekehrt. So, so, der Stein ist es nicht und die Sippe auch nicht. Aber vermutlich weißt du das, oder? Wo sind Seymour und die Druidin?« Er sah sich suchend um.

Ivy ging auf ihn zu und legte zur Begrüßung die Hand an die Brust. »Tara und Seymour sind nicht mitgekommen. Und ich bin nur hier, weil ich dir eine Frage stellen möchte.«

»Du bist alleine gekommen?« Er ließ seine vom Alter getrübten Augen wandern. »Das ist ganz schön – ja, mutig von dir.«

Ivy kam es so vor, als habe er etwas anderes sagen wollen, doch sie ließ sich nicht ablenken.

»Als ich mit Tara vor ein paar Nächten hier war, sagte ich: Die Sippe könnte überallhin gehen, und vielleicht dauert es Jahrzehnte oder Jahrhunderte, bis man den Stein wieder aufspürt! Und da hast du entgegnet: Überallhin mit dem *cloch adhair*? Nein! Du sagtest, ich würde Unsinn reden. Ich dachte erst, du würdest dich darauf beziehen, dass Werwölfe sich nicht in Fledermäuse oder Vögel verwandeln und nicht wie wir fliegen können, doch heute Nacht habe ich verstanden. Du hast etwas anderes gemeint, nicht wahr?«

»Und wenn schon? Was kümmert es dich, was ich gedacht oder gemeint habe? Ich bin ein alter Werwolf, dem Tod näher als dem Leben. Ein Werwolf ohne seine Sippe kann sich nur noch zurückziehen und den Tod erwarten.«

»Gut, wenn du mir so ausweichst, dann muss ich direkter fragen: Was weißt du über den *cloch adhair*? Warum kann man ihn nicht überall hinbringen?«

»Man könnte vielleicht schon«, sagte der Alte zögernd.

Ivy musste sich zusammenreißen, dass sie ihn nicht packte und schüttelte. »Aber?«, drängte sie.

»Es würde ihm nicht gefallen.«

Ivy starrte ihn verblüfft an. »Dem Stein?«

»Aber ja! Er ist nicht irgendein Stein, er ist der *cloch adhair*, das Herz von Connemara. Er würde Widerstand leisten. Ich weiß nicht, ob man ihn brechen könnte, würde man versuchen, ihn weiter wegzutragen, doch er wäre zum Sterben verurteilt. Er

kann nur hier die Kräfte der Erde sammeln und die Energieströme in sich speichern. An einem anderen Ort, ja gar in einem
anderen Land, wäre er nur ein Stein. Ein Stück schöner Marmor
in Form der irischen Insel.«

Ivy strich über den Armreif, der einst mit dem *cloch adhair* verbunden gewesen war. »Dann ist es mit ihm wie mit dem Reif. Er
verliert seine Kräfte.«

»Ja, und damit seinen Wert.«

Ivy sah den Werwolf scharf an. »Wie weit können sie ihn von
hier wegbringen, ehe sie seinen Widerstand spüren und seinen
Kräften Schaden zufügen?«

Der Werwolf grinste sein zahnloses Lächeln. »Du bist doch ein
schlaues Mädchen. Verrat du es mir!«

Ivy überlegte, dann sagte sie überzeugt: »So weit das Band des
Marmors von Connemara reicht!«

Der Werwolf nickte. »Ja, das Band darf nicht zerrissen werden.«

Ivy verbeugte sich. »Ich danke dir für deine Auskunft. Nun wissen wir, wo wir zu suchen haben.«

»Wenn ihr ihn findet, was werdet ihr mit ihm machen?« Er
klang plötzlich kläglich. »Er gehört hierher, in die Beanna Beola!«

»Es waren nicht die Lycana, die ihn von hier entfernt haben,
obwohl unser Pakt anders lautet!«, entgegnete Ivy kühl.

Der Alte ließ den Kopf hängen. »Nein, diese Schuld tragen wir
und Áthair Faolchu konnte es nicht verhindern.«

Ivy verabschiedete sich von ihm. »Die Zeit drängt. Ich hoffe,
dass wir den Pakt erneuern können, ohne dass wieder eine Zeit
des Leidens und des Blutvergießens unsere Völker für Jahrhunderte entzweit.« Sie schritt davon, ohne sich noch einmal umzusehen.

Drei Fledermäuse lösten sich von der Decke und folgten ihr
unauffällig. Erst als sie von der großen Höhle aus nicht mehr gesehen werden konnte, verwandelte sich Ivy wieder und führte die
Freunde zurück ins Tal und nach Osten zur Burg Aughnanure.

EIN WICHTIGER HINWEIS

Falls die Freunde gehofft hatten, Anerkennung für diese wichtige Nachricht zu erhalten, so sahen sie sich getäuscht.

Sie flogen als Fledermäuse wieder bis zur Mine und wandelten sich im Schacht zurück. Ivy wollte auf keinen Fall riskieren, dass einer ihrer Freunde bei der Rückverwandlung Probleme bekam. Von der Mine rannten sie zurück zur Burg. Natürlich war ihr Fehlen bemerkt worden, und sobald sie in Sicht kamen, liefen ihnen die beiden Lycana, einige der Erben und – ihnen allen weit voraus – Seymour entgegen, den irgendjemand aus seinem Verlies befreit haben musste. Cameron und Mabbina begleiteten die Ausreißer in eisigem Schweigen in die Halle. Seymour schritt demonstrativ zwischen ihnen, statt sich wie üblich an Ivys Seite zu begeben.

»Ich glaube, er ist richtig sauer«, sagte Luciano.

»Nicht nur er!«, ergänzte Alisa. »Nun wissen wir bald, ob die Lycana im Bestrafen ebenso findig sind wie die Nosferas.«

Luciano schluckte. »Ich glaube nicht, dass ich das wissen will.«

»Und ich glaube nicht, dass sie das interessiert!«, meinte Franz Leopold.

»Lasst mich mit ihnen reden«, schlug Ivy vor. Die Freunde hatten nichts dagegen. Ivy wirkte überlegen und nicht im Mindesten schuldbewusst, als sie auf die beiden Lycana zutrat.

»Es lag nicht in meiner Absicht, euch zu beunruhigen oder euch Unannehmlichkeiten zu bereiten.«

»Ach ja? Unannehmlichkeiten?«, knurrte Cameron. »Wir haben eure Spuren bis zur Mine verfolgt, nachdem Ireen Seymour in der verborgenen Kammer entdeckt hat. Wir dachten ja erst, es sei ein Versehen, aber dass du ihn absichtlich dort hinuntergelockt hast! So etwas habe ich noch nicht erlebt.«

»So etwas gab es auch noch nie«, räumte Ivy ein, »und es tut mir in der Seele weh, dass ich das tun musste, doch Seymour hätte uns nicht so schnell folgen können, also hätte er versucht, uns aufzuhalten, und das konnte ich nicht zulassen. Ich werde die Aussprache mit ihm suchen, und dann müssen wir lernen, einander wieder zu vertrauen.«

»Schön gesagt! Und weiter? Was gab es so Wichtiges, dass ihr den Anweisungen von Donnchadh getrotzt und euch in Gefahr begeben habt? Hast du vergessen, dass der Krieg mit den Werwölfen jeden Augenblick aufflammen könnte?«

»Das ist mir mehr als bewusst. Ich danke dir für die Erinnerung, aber sie ist nicht nötig!«

»Seymour hat viel für dich geopfert!«, sagte Cameron leise.

»Es war seine Entscheidung, die den Werwölfen jetzt ein Argument für ihren Krieg liefert!«, gab Ivy noch leiser zurück, sodass Franz Leopold die Worte mehr ahnte, als dass er sie hörte.

Cameron war sichtlich unwohl zumute. Er trat einen Schritt zurück und sprach wieder lauter: »Und wir müssen fürchten, dass diese Vampire, die euch von Dunluce her verfolgt haben und noch irgendwo dort draußen lauern, etwas planen, das uns gar nicht gefallen wird. Denkt ihr, Tara hat den magischen Bann umsonst gelegt? Denkst du, die Anweisungen unseres Clanführers gelten für dich nicht, weil du etwas Besonderes bist? Gerade du müsstest wissen, welche Katastrophe es bedeuten würde, sollte euch etwas zustoßen.«

Jetzt schaltete sich Mabbina ein. »Auf der Suche nach euch haben wir die Spuren der fremden Vampire entdeckt. Wir waren nicht die Einzigen, die euch zur Mine gefolgt sind!«

Franz Leopold und Alisa sahen einander an. »Ihr habt sie nicht zu Gesicht bekommen, nicht wahr?«, fragte sie vorsichtig.

Mabbina schüttelte den Kopf. »Nein, sie sind gerissen und haben sich davongemacht. Genauso wie ihr vier, in einer Gestalt, die am Boden keine Spuren hinterlässt.«

»Wie viele waren es?«, wollte Franz Leopold wissen.

»Wir haben zwei wittern können«, sagte Mabbina. »Aber wir vermuten, dass es mehr sind. Und selbst wenn nicht, es war leichtsinnig und gefährlich, euch so weit von Aughnanure zu entfernen. Gerade von dir, Ivy-Máire, hätte ich mehr Umsicht erwartet!«

Ivy neigte den Kopf. Die anderen Erben der Clans waren vollständig in der Halle versammelt und lauschten aufmerksam der Auseinandersetzung.

»Ich weiß um unsere Verpflichtung. Glaubt mir, sie ist mir jeden Augenblick bewusst, und ich habe nicht vor, sie zu vergessen oder mich der Verantwortung zu entziehen. Gerade deshalb musste ich diesen Weg heute Nacht gehen. Glaubt nicht, dass dies die Abenteuerlust junger Vampire war! Meine Freunde haben mich begleitet, um mich an Seymours statt zu beschützen!« Cameron schnaubte ungläubig.

»Wir waren in der Höhle, die den Stein beherbergte, und wir haben eine wichtige Information von einem alten Sippenmitglied erhalten, das zurückgeblieben ist. Wir können nun hilfreicher bei der Suche nach dem *cloch adhair* sein, als wenn wir weitere Hunderte Lycana mit auf diese ziellose Suche schicken würden.«

»Und wie sieht diese Hilfe aus?«, wollte Mabbina wissen.

»Das berichte ich, wenn unser Clanführer zurück ist.«

Mabbina und Cameron sahen Ivy missmutig an, widersprachen aber nicht.

»Er ist zurück, also sprich!«, erklang Donnchadhs Stimme von der Tür her. Ivy wartete, bis auch Tara die Stufen zur Halle erklommen hatte, dann erzählte sie, was der alte Werwolf gesagt hatte.

»Man kann den Stein nur unter größtem Widerstand von seinem Ursprung entfernen, und je weiter man ihn wegschafft, desto schneller verliert er seine Kräfte. Versteht ihr, was das heißt? Das können sie nicht wollen. Was wäre er dann noch wert?«

Tara nickte. »Ich hätte es wissen müssen. Es ist wie mit den Armreifen. Auch sie werden mit jedem Tag schwächer, je weiter wir sie von ihrer Heimat entfernen.«

»Und doch konntet ihr sie mitnehmen – weg von Irland, sogar bis nach Rom, und sie binden euch immer noch an unser Land und halten Schaden von euch fern«, warf Catriona ein.

Ivy wirkte nun besorgt. »Du meinst, sie werden den Stein dennoch wegbringen?«

»Das kann ich nicht sagen. Vielleicht, bis eine neue Ordnung entstanden ist, mit der sie wieder zufrieden sein können.«

Doch Tara schüttelte den Kopf. »Nein, ich glaube, wir unterschätzen den Widerstand des Steines. Vielleicht versuchen sie es, aber sie werden einlenken müssen. Wie dumm von mir, dass ich nicht früher daran gedacht habe.« Sie sah Ivy an. »Auch wenn ich nicht gutheißen kann, dass du dich in Gefahr begibst und noch dazu Seymour – der ein großes Opfer gebracht hat – in dieser Weise behandelst, ist die Information, die du bringst, sehr wertvoll.«

Franz Leopold sah, welch Anstrengung es Ivy abverlangte, die Fassung zu bewahren. Ihre Kiefer bewegten sich, die angespannten Muskeln zeichneten sich unter den Wangen ab.

»Nicht nur er hat Opfer gebracht!«, knirschte sie.

Tara sah bekümmert drein. »Ich weiß, Ivy, ich weiß.«

Die aufgehende Sonne beendete die Besprechung und drängte alle zu ihren Särgen. Donnchadh verlor kein weiteres Wort über den unerlaubten Ausflug der Freunde, sondern wechselte nur noch ein paar Sätze mit Catriona und Tara, ehe auch er seinen Sarg aufsuchte.

»Ich kann unser Glück kaum fassen«, sagte Luciano, als er sich in seine Kiste legte, deren strenger Verwesungsgeruch schon fast verweht war. »Sie haben uns nicht bestraft!«

»Vielleicht kommt das dicke Ende heute Abend«, vermutete Alisa. »Wenn sie Zeit dazu haben. Ich würde nicht darauf wetten, dass wir so einfach davonkommen.«

»Du kannst einem aber auch jede Hoffnung verderben«, beschwerte er sich und klappte den Deckel zu.

*

Bram Stoker konnte nicht schlafen. Lang ausgestreckt lag er auf dem Rücken, die Hände gefaltet, die Augen geschlossen. Das Mädchen mit dem silbernen Haar spukte durch seine Gedanken und ließ ihn nicht mehr los. Dass sie ihn bereits mit Oscar, Florence und Henry Irving auf dem Friedhof der Fremden in Rom gesehen hatte und sich auch noch an ihn erinnerte, faszinierte und ängstigte ihn gleichermaßen. Bram versuchte, an etwas anderes zu denken. An seinen Freund, der jenseits der Wand friedlich schlief, nachdem er am Abend mit seiner Mutter noch einen ordentlichen Streit ausgefochten hatte. Wer von beiden gewonnen hatte, war nicht so einfach festzustellen. Oscar hatte Lady Wilde rundheraus verboten, mit den Aufständischen zu dem Waffenlager zu ziehen, und sie hatte entgegengehalten, dass er ihr gar nichts zu sagen habe, da sie immerhin seine Mutter sei. Oscar war sich daraufhin in Vorwürfen ergangen, die darin gipfelten, dass er ihr beginnende Senilität attestierte. Bram hatte sich des Eindrucks nicht erwehren können, dass Lady Wilde niemals vorgehabt hatte, die Männer beim Überfall auf ein Waffenlager zu begleiten, und dass nur die ihr ungerechtfertigt erscheinende Einmischung ihres Sohnes diese starrsinnige Haltung hervorgerufen hatte. Er drängte sie in einen Konflikt, den es nie hätte geben müssen. Wie konnte sie nun zurückbleiben, ohne dass es für Oscar so aussah, als würde sie ihm gehorchen? Bram konnte sich eines Lächelns nicht erwehren. Von außen betrachtet war es einfach nur kindisch! Doch für die Lady schien es wichtig, ihre Ehre zu bewahren. Also flüchtete sie sich, wie bei ihrem Geschlecht üblich, in einen Anfall von Migräne, an dem ihr Sohn Schuld trage und der es ihr unmöglich mache – so sehr sie es auch bedaure –, einen nächtlichen Ritt zu ertragen!

Während Bram noch über die Wildes nachdachte, schlug er die Decke zurück, schwang sich aus seinem Bett und begann, sich wieder anzukleiden. Erst als er nach Hut und Umhang griff, wurde ihm bewusst, was er tat. Er lächelte. Die Wildes waren vergessen. Stattdessen stand das schmale Gesicht vor seinen Augen und das wundervolle Haar. Den Gedanken an den Wolf schob er hastig beiseite. Was konnte es schon schaden, einen kleinen Spaziergang zu unternehmen und dabei einen Blick auf den Friedhof zu werfen? Allein der Gedanke, sie könnte da sein, ließ sein Herz schneller schlagen.

Was war er doch für ein Narr! Dennoch knöpfte er seinen Mantel zu und öffnete leise die Tür. Er legte weder Wert darauf, dem Wirt zu begegnen, noch seinem Freund Rechenschaft ablegen zu müssen. Was der von diesem Ausflug halten würde, konnte er sich auch so lebhaft vorstellen. Bram zog eine Grimasse und schlüpfte lautlos aus dem Haus. Es war eine kühle, regnerische Nacht, aber er genoss die frische Luft in tiefen Zügen. Er schritt so schnell aus, dass ihm schon bald warm wurde. Ein erwartungsvolles Prickeln rann über seinen Rücken, als er die Tür in der Friedhofsummauerung öffnete. Rasch sah er sich um. Er konnte niemanden sehen. Allerdings war der Friedhof von Oughterard auch zu groß, um von dieser Stelle aus vollständig überblickt zu werden. Bram strich zwischen den Gräbern der Minenarbeiter hindurch, passierte die der Fischer und anderen Dorfbewohner und ging bis in die Ecke, in der die Massengräber aus der Zeit der großen Hungersnot zu finden waren. Er durchquerte dreimal die Reste des Kirchenschiffs, doch er sah und fühlte nichts, das ihm die Anwesenheit eines fremden Wesens angezeigt hätte. Enttäuscht verließ er den Friedhof. Nun hätte er eigentlich zum Gasthaus zurückkehren müssen. Er war müde, seine Beine noch von dem langen Marsch der vorherigen Nacht erschöpft, doch er konnte dem Drang nicht widerstehen. Noch einmal machte er sich auf den Weg zu der Burgruine, die Aughnanure hieß, wie er inzwischen wusste, und zu dem kleinen Friedhof, auf dem er das Mädchen getroffen hatte.

*

Falls die Freunde gehofft hatten, sich nach Ivys entscheidendem Hinweis an der Suche nach dem Stein beteiligen zu dürfen, sahen sie sich enttäuscht. Luciano frohlockte zwar, da die Lycana anscheinend wichtigere Sorgen hatten, als an ihre Bestrafung zu denken, doch Alisa und Franz Leopold waren gleichermaßen aufgebracht.

»Lieber würde ich mich strafen lassen, wenn ich sie anschließend begleiten dürfte«, schimpfte Alisa, und Franz Leopold glaubte ihr. Sie war eine mutige Vampirin, das musste er anerkennen – auch wenn sie nur eine Vamalia war.

Die Sonne war kaum verglüht, als sich die Lycana und die Servienten der anderen Familien im Hof trafen. Tara hatte eine grobe Karte von Connemara auf den Boden gezeichnet. Franz Leopold konnte die Küstenlinie erkennen, einige Berge, darunter die Twelve Bens, die sie in der Nacht zuvor aufgesucht hatten, und die beiden großen Loughs Corrib und Mask. Nun nahm sie einen angespitzten Zweig und begann, eine Fläche zu schraffieren, die sich von der Küste bei einem Ort namens Clifden in einem leichten Bogen nach Südosten zog.

»Hier liegen die Höhlen der Twelve Bens, hier die Seen, an deren Ufer der Marmor zu finden ist, und an dieser Stelle befindet sich die Erzmine.« Tara pikte mit dem Stock in den Boden, dass ein kleiner Trichter entstand.

»Die Spur der Werwölfe führte uns hier ans Ufer des Lough Corrib. Daraus schließe ich, dass sie nicht vorhatten, auf dieser Seite des Sees zu bleiben. Außerdem wäre es einfach nur dreist zu nennen, wollten sie den Stein in unmittelbarer Umgebung von Aughnanure verbergen. Nein, die logischste Entscheidung wäre, am anderen Ufer ein Versteck zu suchen, dort, wo sich das Marmorband fortsetzt.«

»Die Frage ist nur, was könnte das für ein Versteck sein?« Donnchadh sah in die Runde.

»Dort drüben gibt es weder Berge noch Höhlen. Das Land wird flacher und fruchtbarer. Es gibt mehr Schafweiden und Kartoffelfelder. Und viel mehr Menschen!«, sagte Catriona und legte die Stirn in Falten. »So recht einleuchten will mir das nicht. Warum sind sie nicht zur Küste gegangen und haben sich dort eine

Grotte gesucht oder etwas Ähnliches, das sie leicht verteidigen können?«

»Vielleicht tun sie das ja, wenn sie erst feststellen, dass sie auf der östlichen Seite des Lough nichts Geeignetes finden. Es ist möglich, dass sie das Schiff nur bestiegen haben, um uns zu verwirren und sich später dann mit ihrer Beute wieder in die Berge aufzumachen«, gab Tara zu bedenken.

Donnchadh stöhnte. »Gut, dann lasst uns mit der Suche weitermachen. Wenigstens wissen wir jetzt, dass das Gebiet begrenzt ist, in dem sie sich aufhalten können. Das gibt uns neuen Mut! Seid ihr zum Aufbruch bereit?« Die meisten nickten, doch Catriona bat um Aufschub.

»Ich werde mit Tara zusammen den Schutz der Burg verstärken. Nachdem Cameron gestern die Fährte unserer Verfolger entdeckt hat, wäre mir unwohl, wenn wir nicht alles Mögliche tun, ihnen den Zutritt zu verwehren!«

Ireen stieß Rowena in die Rippen. Das Mädchen schreckte zusammen und fragte dann: »Was ist das für ein Schutz?«

»Das ist alte Magie, getragen von den Wurzeln der Eiben, die hier noch überall im Boden sind«, sagte Tara freundlich.

»Und wie funktioniert das?« Rowena ließ nicht locker.

»Der Bannkreis schützt die, die sich in der Burg befinden. Er hält sie nicht fest, wenn sie die Burg verlassen wollen, aber er lässt niemanden hinein, es sei denn, jemand von drinnen öffnet ihm die Tür und bittet ihn, die Schwelle zu überschreiten.«

»So ein Humbug! Dann greifen sie halt aus der Luft an«, sagte Anna Christina abschätzig. »Sie können sich verwandeln, das wissen wir bereits.«

Die Druidin schüttelte den Kopf. »Der Bannkreis erstreckt sich nicht nur auf die Erde, und er betrifft jedes Lebewesen, egal in welcher Gestalt. Du hast allerdings recht, dass seine Stärke in der Weite des Hofs leichter zu durchbrechen ist als im Schutz des Turmes. Daher bitten wir euch dringend, heute Nacht im Turm zu bleiben. Wir verlassen uns auf euch!«

Murrend kehrten die Erben in den Turm zurück, während sich die anderen Vampire aufmachten, die Sippe der Werwölfe und vor allem den wertvollen Stein aufzuspüren.

*

Die jungen Vampire hatten sich über die Stockwerke des mächtigen Turms verteilt. Manche übten Verwandlungen oder lockten die Mäuse an, die zwischen den Mauersteinen ihre Nester bauten. Die meisten jedoch hockten in der Halle und gaben sich dem Müßiggang hin. Tammo und die Pyras waren in den oberen Saal zurückgekehrt und spielten mit einer Krähe, die hier in einer der kleinen Kammern des Zwischengeschosses hauste. Sie hatte sich den Flügel verletzt und hüpfte und flatterte nun krächzend umher. Als sie in einer Fensternische landete, scheuchte Fernand sie weg.

»Du kannst da jetzt nicht raus. Die Druidin hat gesagt, alle müssen drinbleiben, sonst wird womöglich der magische Bann verletzt!« Der Rabenvogel krächzte. »Das hat sie jetzt sicher verstanden und wird sich natürlich daran halten«, spottete Tammo.

»Nein, natürlich hat sie die Worte allein nicht verstanden«, wehrte Joanne ab. »Aber wenn wir in ihren Geist eindringen und versuchen, es ihr in ihrer Sprache zu verdeutlichen, dann kann sie es verstehen. Krähen sind intelligente Vögel. Sie wird sich beruhigen und sich nicht mehr eingesperrt vorkommen.«

»Ich habe es verstanden und fühle mich trotzdem eingesperrt«, murmelte Tammo.

In der großen Halle darunter hatten sich die Dracas mal wieder von den Übrigen entfernt und saßen in einer Ecke beisammen. Sie unterhielten sich leise und warfen den anderen ab und zu finstere Blicke zu. Malcolm, der mit den Vyrad zusammengesessen hatte, erhob sich und gesellte sich zu Alisa. Sie war jedoch so tief in Gedanken versunken, dass sie ihn kaum beachtete.

Franz Leopold grinste breit. »Kein Glück heute«, raunte er ihm zu. »Alisa hat Wichtigeres zu tun, als sich einem Vyrad mit mäßigen Kräften zu widmen. Wenn du eine Nachhilfelehrerin suchst, dann musst du dich heute anderswo umschauen!«

Malcolm war empört und sah Alisa an – offensichtlich erwartete er von ihrer Seite Unterstützung –, doch sie hatte anscheinend nicht zugehört und antwortete nur abwesend. Mit dem Finger zeichnete sie Linien auf den staubigen Boden. Malcolm gab es auf und kehrte zu den Seinen zurück.

Drüben am Kamin brachten Mervyn und Sören den beiden Fledermäusen, die Mervyn seit Tagen ständig begleiteten, neue Kunststücke bei. Rowena sah ihnen sehnsüchtig dabei zu.

»Ich könnte mir auch welche rufen«, sagte sie und trat an eine der Fensternischen. »Seht, dort draußen fliegen vier. Sie umkreisen immer wieder den Turm.«

»Nicht!«

Ivy stand so plötzlich neben ihr, dass Franz Leopold blinzeln musste. Er hatte nicht gesehen, wie sie den Raum durchquerte. »Du darfst sie nicht rufen! Sie prallen an dem Schutzschild ab.«

»Ja, aber wenn ich sie einlade und hereinlasse, dann müssten sie die Barriere passieren können!«, wand Rowena ein. »So hat es die Druidin gesagt.«

»Das ist richtig«, gab Ivy widerstrebend zu. »Und sie hat auch zu uns gesagt, dass wir niemanden hereinlassen dürfen! Es ist zu unserem eigenen Schutz.«

Rowena warf noch einen Blick nach draußen. Ireen war neben sie getreten. »Es sind doch nur Fledermäuse!«

»Vielleicht. Vielleicht aber auch nicht. Das können wir von hier aus nicht feststellen.«

Rowena zuckte mit den Schultern. »Dann eben nicht.« Sie fixierte eine von Mervyns Fledermäusen. Das Tier machte eine scharfe Wendung und flog direkt in ihre geöffnete Hand.

»He, was soll das?«, protestierte Mervyn.

Ivy kehrte zu den Freunden zurück und setzte sich neben Franz Leopold auf den Boden, so nah, dass ihr betörender Duft ihn einhüllte. Es überkam ihn das Verlangen, sie zu küssen, stärker und drängender als jeder Blutdurst, doch hier vor den anderen kam das nicht infrage. Wo aber hätten sie in diesem Turm, in dem sich achtzehn junge Vampire tummelten, ungestört sein können? Er unterdrückte einen Seufzer. Bis zu diesem Augenblick hatte er gedacht, unerfüllte Gier nach Menschenblut sei die schlimmste Qual, die man erdulden können musste. Nun stellte er mit Erstaunen fest, dass es ein Verlangen gab, das noch stärker war. Es kam ihm vor, als verdichte es sich wie eine Aura um ihn. Konnten die anderen es etwa spüren? Luciano, der Versager, sicher nicht. Der saß Ivy gegenüber und himmelte sie mit seinem waidwunden Blick an. Wie sie das nur ertrug!

Und Alisa? Sie war zum Glück mit ihren Gedanken woanders. Irgendetwas beschäftigte sie so sehr, dass sie nicht auf ihre Umgebung und ihre Freunde achtete. Das war ungewöhnlich.

Er richtete seine Sinne wieder auf Ivy aus. Für etwas anderes war kein Platz mehr. Konnte Ivy sein Verlangen spüren? Teilte sie es gar? Seine Sinne stießen auf eine undurchdringliche Mauer. Warum nur verbarrikadierte sie sich noch immer vor ihm? War es nun nicht an der Zeit, ihre Gedanken zu teilen? Die Leidenschaft, mit der sie seinen Kuss erwidert hatte, war nicht gespielt gewesen! Und dennoch hatte sie ihn danach kalt zurückgewiesen, als dieser Kerl aufgetaucht war, der Ansprüche auf sie erhob. Ivy war Franz Leopold immer noch eine Erklärung schuldig, doch er zögerte, sie zu verlangen. Er ahnte, dass sie ihm eine Abfuhr erteilen würde. Und dennoch musste er es wissen: Wer war er und, vor allem, wie stand Ivy zu ihm? Franz Leopolds Hand rutschte ohne sein Zutun ein wenig näher, bis seine Finger die ihren berührten. Er spürte, wie sie sich kurz versteiften, doch sie zog sie nicht zurück. Ermutigt legte er seine Hand über die ihre. Ivy sah ihn nicht an, doch eine warme Woge traf ihn und schäumte Glückseligkeit in ihm auf, bis Alisa sich plötzlich mit einem Ruck aufrichtete und die Freunde anstarrte. »Verflucht! Ich kann es nicht fassen!«

Ivy zuckte zusammen und zog die Hand zurück. »Was kannst du nicht fassen?«, fragte sie vorsichtig.

»Dass ich so dumm war – dass wir alle so dumm waren!«

Die drei starrten sie fragend an. »Wovon sprichst du?«, erkundigte sich Franz Leopold.

»Wovon wohl? Worum geht es denn seit Nächten? Von dem Stein und dem Versteck, das die Werwölfe aufsuchen! Gibt es im Augenblick noch etwas anderes Wichtiges?«

Er spürte fast so etwas wie Verlegenheit, schob diese aber sofort mit gerechter Wut beiseite. »Du musst es ja wissen!«

»Ja, ich weiß es jetzt!«, blaffte Alisa zurück. »Ivy, welch besseres Versteck könnte es für die Werwölfe geben als einen Ort, den sie selbst betreten können, die Lycana aber nicht! Was nützen ihnen Höhlen, Grotten und einsame Berge, wenn ihr euch in Vögel und Fledermäuse verwandeln und selbst durch die kleinsten Lücken zwängen könnt!«

»Welch wundervolle neue Erkenntnis!«, spottete Franz Leopold.

»Ja, es ist eine wundervolle Erkenntnis!«, rief Alisa aufgebracht. »Erinnert ihr euch an die Nacht auf dem Friedhof von Oughterard? Wo sind wir hingegangen, um ungestört reden zu können?«

»Na in die Kirche«, sagte Luciano, dessen Augen zu leuchten begannen. Offensichtlich hatte er verstanden, worauf Alisa hinauswollte. Eine Welle von Zorn erfasste Franz Leopold. Wie konnte es sein, dass der Dicke aus Rom schneller begriff als er selbst?

Alisa nickte ihm anerkennend zu. »Genau, in eine Kirchenruine. Uns ist es fast schon zur Selbstverständlichkeit geworden, dass wir nun überall hingehen können – dank des erfolgreichen Trainings, das wir bei den Nosferas absolviert haben!« Luciano strahlte.

»Ist es euch nicht aufgefallen? Nicht nur unsere Servienten sind draußen geblieben, auch kein Lycana hat sich in die Kirche gewagt, obwohl nur noch ihre Grundmauern stehen.«

Ivy nickte. »Ja, die Lycana meiden die geheiligten Mauern Irlands, in denen mehr Kräfte schlummern als in manch prachtvollem Kirchengebäude in Rom.«

»Sie können dort nicht hinein!«, rief Alisa triumphierend.

»Und was glaubst du nun, wo sie den Stein verstecken?«, wollte Luciano wissen.

Alisa hob die Schultern. »Den genauen Platz kenne ich natürlich nicht, aber ich gehe jede Wette ein, dass es ein Ort ist, der von mächtigen kirchlichen Kräften geschützt wird. Gibt es in der Region, die Tara eingezeichnet hat, solch einen Ort? Eine besondere Kirche oder ein Kloster, das von den Menschen nicht mehr benutzt wird?« Alle drei sahen Ivy gespannt an.

»Ich kenne mich östlich des Sees nicht so gut aus, aber ich weiß jemanden, der hier seit vielen Jahren lebt!«

»Áine!«, rief Alisa und war schon auf den Beinen. Die vier drängten sich die Treppe hinunter und warfen fast Ireen um, die in diesem Moment aus der Wachkammer trat. Sie wich gerade noch zurück und sah ihnen erstaunt nach, als sie an ihr vorbei in den großen Lagerraum stürmten. Áines Zustand war unverändert. Noch immer schwebte sie zwischen Mensch und Tier und ihre Wunden wollten nicht heilen.

»Es freut mich, dass ihr mich besucht«, begrüßte sie die jungen Vampire. »Was gibt es? Ihr heckt doch irgendetwas aus?«

»Nein, wir haben nur eine Frage an dich, da du dich hier in der Umgebung am besten auskennst.« Ivy beschrieb, was für einen Ort sie suchten. »Er darf nicht zu weit nördlich oder südlich liegen, da sie den Stein dann zu weit von seinem Ursprung entfernen müssten.«

Áine legte die behaarte Stirn in Falten, dann sagte sie: »Ross Errily. Ich bin mir sicher, es gibt keinen geeigneteren Platz.«

Die vier sahen einander an. »Erzähle! Was ist das für ein Ort?«, verlangte Alisa.

Áine richtete sich in ihrem Sarg auf. Es kostete sie Mühe und schmerzte sie sichtlich, doch Ivy und Alisa halfen ihr, eine bequeme Position zu finden.

»Ross Errily Friary ist das größte Franziskanerkloster, das in Irland jemals gegründet wurde. Es muss im späten Mittelalter gewesen sein.«

»Wo liegt es?«, mischte sich Franz Leopold ein. »Wir müssen wissen, ob es infrage kommt, ehe wir unsere Zeit mit alten Geschichten vergeuden, die uns nicht weiterhelfen, oder?« Alisa warf ihm einen wütenden Blick zu, aber Áine schien die Unterbrechung nicht zu ärgern.

»Die Ruinen findest du auf der anderen Seite des Lough, etwa auf der Höhe von Oughterard, wenn du den See dort auf direktem Weg überqueren würdest.« Die anderen nickten. Das könnte passen.

»Das Kloster steht in einem weiten, flachen Tal, nur Wiesen und Weiden, so weit das Auge reicht. Der nächste Ort, an dem Menschen hausen, ist Headford, eine Stunde Fußmarsch entfernt.«

»Das hört sich vielversprechend an«, rief Alisa. »Erzähle weiter. Jedes Detail kann später für uns wichtig sein!«

»Wie ich schon sagte, ist es die größte Anlage ihrer Art, mit zwei Kreuzgängen, einer Kirche mit zwei Querschiffen und den weitläufigen Gebäuden, in denen die Mönche ihre Küche und ein Backhaus untergebracht hatten, dann das Refektorium und andere Gemeinschaftsräume. Die Schlafräume im oberen Stockwerk sind zum Teil zerstört. Aber einige gibt es noch. Eine Mauer umschließt den gesamten Klosterkomplex. Die Menschen erzählen sich, dass die Mönche sieben Mal aus ihrem Kloster vertrieben wurden, aber immer wieder zurückkehrten. Am schlimmsten hat es wohl Cromwell mit seinen Soldaten getrieben. Sie haben das Kloster mehr als gründlich geplündert und teilweise zerstört. Zumindest sollen damals einige der Dächer eingestürzt sein. Danach erstand es nie wieder in altem Glanz. Nur noch wenige Mönche hausten in dem halb zerfallenen Kloster und einhundert Jahre später gaben sie es ganz auf. Seitdem ist es sich selbst überlassen, doch dafür ist sein Zustand noch sehr gut. Die Mauern und verbliebenen Dächer sind stabil und der Turm über der Vierung ragt seit Hunderten von Jahren ungerührt in den Himmel.«

»Du sagtest, es gebe nur Wiesen und Weiden rundherum«, nahm Alisa ihre vorherigen Worte auf. »Keine Bäume? Kein Gebüsch?«

Áine überlegte und nickte dann. »Nicht viel. Nur ein paar Steinmauern, die die Weiden voneinander trennen.«

»Keine Deckung, um sich unbemerkt anzuschleichen«, sagte Franz Leopold. »Ja, das hört sich genau nach dem Ort an, der den Werwölfen passen könnte.«

Luciano, der sich im Schneidersitz vor Áines Sarg niedergelassen hatte, sprang auf und klopfte sich den Staub aus den Hosen. »Gut, ich denke, das reicht. Gehen wir!«

»Was?« Die anderen starrten ihn an. Luciano war schon an der Tür.

»Wo willst du hin?«, rief Ivy.

»Na die Lycana suchen und ihnen sagen, was wir herausgefunden haben!«, gab er zurück, offensichtlich fassungslos, dass die Freunde so schwer von Begriff waren.

Ivy trat zu ihm und umfasste seinen Arm. »Das geht nicht. Wir haben strikte Anweisung, hierzubleiben.«

»Ja, ich weiß.« Luciano schien unbeeindruckt.

»Wir dürfen die anderen nicht in Gefahr bringen. Wir wissen nicht, was mit dem Schutzbann passiert, wenn wir ihn von uns aus durchbrechen.«

»Vermutlich gar nichts, wenn wir keinen hereinbitten, oder? So habe ich die Worte der Druidin verstanden.« Es war schon eine bemerkenswerte Ausnahme, dass Luciano Schützenhilfe von Franz Leopold bekam.

»Also, kommt ihr nun oder nicht?« Seymour sprang auf ihn zu, fletschte die Zähne und schnappte nach seinem Ärmel. Ivy stürzte zu ihm und krallte ihre Finger in sein Nackenfell.

»Lass das! Ich werde das nicht dulden! Wenn du dich nicht zusammenreißen kannst, musst du unter deinesgleichen leben.«

Er biss ihr in die andere Hand, dass sich die Abdrücke seiner Zähne in roten Spuren abzeichneten.

»Bitte!«, fügte sie sanfter hinzu. »Wir haben diesen Weg gemeinsam begonnen und werden ihn auch in Zukunft zu zweit beschreiten – zum Wohl aller!«

Franz Leopold trat an ihre Seite. »Gut, dass du das geklärt hast. Nun kannst du uns auf unserem Weg zu deinen Clanangehörigen ausführlich erklären, was das alles bedeutet! Das bist du uns schuldig, und ich werde nicht lockerlassen, bis ich alle Antworten habe!«

Ivy wollte etwas erwidern, doch da kam Mervyn die Treppe herunter und trat unter den Bogen. »Ivy?«

Sie wandte sich ihrem Vetter zu. »Ja, was gibt es?«

»Ireen hat gesagt, ich soll herunterkommen und dich mitbringen. Weißt du, was das zu bedeuten hat?«

Die vier sahen ihn entgeistert an. »Ireen?«, wiederholte Ivy. »Ich habe keine Ahnung. Bisher hat sie kaum je das Wort an mich gerichtet. Wo ist sie denn?«

Mervyn sah sich um und hob die Schultern. »Ich weiß nicht.« Seine Hand legte sich an den Türknauf. Die Tür schwang leicht knarrend ein Stück auf. Ivy war mit ein paar großen Sprüngen bei ihm.

»Was machst du denn?«

»Sie war nur angelehnt!«, verteidigte sich Mervyn. »Ich habe sie nicht aufgemacht!«

Die Freunde warfen sich unbehagliche Blicke zu. »Was hat das zu bedeuten?«, sagte Alisa leise, doch da riss Ivy bereits die Tür zum Turm auf und trat in den Hof hinaus. Die anderen drängten sich hinter ihr.

»Bei allen Dämonen der Nacht!«, hauchte Luciano entsetzt und deutete auf das große Tor.

»Nein, Ireen, was tust du da?«, schrie Ivy und rannte los. »Öffne es nicht! Du weißt nicht, was du damit anrichtest!«

Aber die kleine Britin hörte nicht auf sie. Sie löste den Riegel und zog das Tor mit einem kräftigen Ruck auf.

»Kommt herein und betretet Aughnanure!«, sagte sie und trat zur Seite.

DER ANGRIFF

Der Überfall war erstaunlich glatt verlaufen. Die wenigen Wachen hatten keinen Verdacht geschöpft. Mac Gaoth war immer wieder verschwunden, um die Lage auszukundschaften, während Nellie, Karen und die Männer in sicherer Entfernung bei den Ponys warteten. Endlich hielt Mac Gaoth den rechten Zeitpunkt für gekommen. Während Nellie und ein ziemlich mürrischer Cowan mit Fynn bei den Ponys warteten, schlichen sich die Männer mit Messern bewaffnet zum Lager. Nellie lauschte, konnte aber außer dem an- und abschwellenden Rauschen des Windes und ab und zu dem Schnauben eines Ponys nichts hören. Dann kehrte ihr Vater zurück und lächelte ihr beruhigend zu.

»Es ist alles glattgegangen. Zwei der Wachen waren eingeschlafen. Drei andere haben wir beim Kartenspiel gestört.«

»Habt ihr«, sie stockte und musste schlucken. »Habt ihr sie getötet?«

Myles strich seiner Tochter über das Haar. »Aber nein! Wir haben sie zu hübschen Paketen verschnürt und ihnen einen Knebel zwischen die Zähne geschoben, damit sie nicht schreien. Wenn wir weg sind, wird sie die nächste Ablösung finden und befreien.«

Nellie berührte die in der Dunkelheit kaum erkennbare Wange ihres Vaters. »Sie haben euch nicht erkannt, nicht wahr? Wie gut, dass ihr euch die Gesichter mit Holzkohle geschwärzt habt.«

»Nein, niemand hat uns erkannt. Sei unbesorgt. Und nun nimm den Strick dieser Ponys und folge mir.«

Sie hatten ihre Tiere in mehreren kleinen Gruppen zusammengebunden. Die kleinen, robusten Ponys folgten ihnen gehorsam bis in den Hof der alten Kaserne, in der die Waffen gelagert wurden. Mit geübten Handgriffen wickelten die Männer Gewehre und Patronenschachteln, Degen und Messer in die Öltücher, die sie mitgebracht hatten, und befestigten je zwei Bündel an jedem Tier. Mac Gaoth umkreiste die Gruppe und sah ihnen zu. Immer wieder hielt er inne, um zu lauschen. Plötzlich erstarrte er. Nellie hatte nichts gehört, aber er zischte: »Da kommt jemand. Ich höre die Stimmen von zwei Männern.«

Myles und Fynn zogen ihre Messer, Mac Gaoth jedoch winkte ab.

»Packt ihr die Pferde, ich kümmere mich um sie.« Lautlos verschwand er in der Nacht. Die Männer beluden derweil in fieberhafter Eile die letzten Ponys.

»Steig auf«, befahl Myles seiner Tochter und half ihr so schwungvoll in den Sattel, dass sie beinahe auf der anderen Seite wieder hinuntergefallen wäre.

»Und du auch, Cowan. Es könnte sein, dass wir schnell wegmüssen. Bleibe immer bei deiner Schwester!« Cowan nickte ernst und sah sehr erwachsen aus.

Die Männer hatten gerade das letzte Bündel befestigt, als Mac Gaoth wieder auftauchte. Ein seltsames Lächeln umspielte seine Lippen. Als er an Nellie vorbeikam, wehte ihr wieder dieser scharfe Raubtiergeruch in die Nase. Und noch etwas anderes lag in der Luft. Der Geruch von Blut? Das Pony schnaubte ängstlich und wich zur Seite.

»Alles in Ordnung. Der Weg ist frei. Wir können gehen«, sagte Mac Gaoth und setzte sich an die Spitze. Obwohl die Nacht schon weit fortgeschritten war und er bereits eine große Strecke im Laufschritt zurückgelegt hatte, zeigte er keine Anzeichen von Erschöpfung. Nellie dagegen musste immer wieder ein Gähnen unterdrücken.

Doch plötzlich war sie hellwach. Ihr Pony war einer tiefen Mulde ausgewichen und schritt nun in einem Bogen zum Weg zurück. Da sah sie die beiden Körper. Blutgeruch, begleitet von einer Wolke üblen Gestanks, hüllte sie ein. Das Licht der Mondsichel glitt über die zerfetzten Leiber mit den herausgerissenen Kehlen. Es war, als wäre eine Meute Bluthunde über sie hergefallen. Doch hier waren weit und breit keine Hunde. Nellie hätte sie in der Stille der Nacht hören müssen. Das Mädchen presste die Hand vor den Mund, um nicht zu schreien. Ihr Pony beschleunigte seinen Schritt und erlöste sie gnädig von dem grausigen Anblick. Doch obwohl ihre Augen die Leichen nicht mehr sehen konnten, blieb das Bild doch in ihr Gedächtnis eingebrannt.

»Du bildest dir da etwas ein«, wehrte ihr Bruder ab, als sie ihm ein wenig später von ihrer Beobachtung berichtete. »Es ist dunkel und deine Nerven sind so einer Sache nicht gewachsen.«

Nellie zitterte vor Zorn. »Meine Nerven haben damit gar nichts zu tun! Der Mond war hell genug, und ich weiß, was ich gesehen habe. Das Blut war noch ganz frisch und floss aus den vielen Wunden.«

Ihr Bruder verdrehte die Augen. »Angenommen, du hast richtig gesehen. Wo sollten diese Bestien denn plötzlich hergekommen und wohin ganz lautlos wieder verschwunden sein?«

Nellie schwieg. Der Gedanke, der sich in ihr regte, war so ungeheuerlich, dass sie ihn nicht auszusprechen wagte. Ihr Bruder würde es ihr sowieso nicht glauben und sie nur mit seinem Spott überschütten.

Der Zug setzte sich wieder in Bewegung und zwang sie, auf dem nun schmaler werdenden Pfad hintereinander zu reiten. Nellie sah Mac Gaoths Silhouette ein Stück weiter vorn neben Lorcan auf seinem Pony. Ein eiskalter Schauer ergriff sie und ließ sie frösteln.

*

»Ireen, nein! Du weißt nicht, was du tust!«

Die kleine Vampirin aus England drehte sich zu Ivy um. In ihrer Miene lag wilde Entschlossenheit.

»Doch das weiß ich!«, entgegnete sie mit einer Härte, die die anderen schaudern ließ.

Franz Leopold war inzwischen dicht hinter Ivy und Seymour, musste aber einsehen, dass sie zu spät kommen würden, sie aufzuhalten.

Sie waren zu viert. Hinter Ireen erhoben sich drei Gestalten. Er musste ihren Geruch nicht aufnehmen, um zu wissen, dass ihre Verfolger nun ein Gesicht bekamen. Ein hässliches Gesicht! Hinter ihnen erkannte Franz Leopold einen Karren, vor den zwei Pferde gespannt waren, mit einer weiteren Gestalt. Eine große, schwarzhaarige Vampirin saß abwartend auf dem Kutschbock. Franz Leopold maß dem Gespann keine Bedeutung zu – welch tragischer Fehler! –, denn die drei Eindringlinge traten nun in den Hof und zogen ihre Schwerter. Lange, spitze Klingen blitzten silbern im Mondlicht. Ivy stöhnte und bremste abrupt ab. »Silber!«

Auch Alisa, Luciano und Mervyn, die ihnen gefolgt waren, hielten an. Franz Leopold konnte Luciano keuchen hören.

»Da sind die Erben der Lycana«, sagte Ireen mit seltsam dünner, hoher Stimme. »Nehmt sie mit euch. Ich habe meinen Teil getan. Nun lasst meine Schwester gehen! Ihr habt es versprochen.«

Einer der Vampire wandte sich ihr zu. Seine hagere Miene troff vor Verachtung. »Du dummes Kind! Deine Schwester ist längst im Sonnenlicht verglüht. Was bist du nur für ein einfältiges Ding.«

Ireen stieß einen Schrei aus. »Ihr habt mir euer Wort gegeben, als ihr in der Grotte grundlos meine Servientin vernichtet habt.«

»Grundlos? Du wolltest nichts mehr von unserer Abmachung wissen. Nur eine notwendige Demonstration, um dir zu zeigen, dass du dich an dein Wort halten musst!«

»Ihr habt es versprochen«, wiederholte Ireen.

Der Vampir neben ihm, der im Gegensatz zu den anderen durchaus schön zu nennen war, spuckte auf den Boden. »Na und? Wir haben auch gesagt, dass wir nur die Lycana haben wollen – und dass außer deiner Unreinen keiner mehr vernichtet werden wird, wenn du gehorchst.«

Der Hagere lächelte kalt. »Ja, du bist ungewöhnlich einfältig. Es war eine gute Wahl, dich auszusuchen. Und nun geh aus dem

Weg, damit wir zu Ende bringen können, was wir so lange schon erstreben!«

Sie ließen das Mädchen einfach stehen und kamen mit ihren gezückten Schwertern auf die anderen jungen Vampire zu, die langsam zurückwichen.

»Malcolm!«, kreischte Ireen. Sein Gesicht erschien in der Fensteröffnung des Turmes.

»Wir brauchen Waffen!«, rief Franz Leopold. »Karl Philipp!«

Die fremden Vampire lachten. »Die Kinder wollen sich wehren, nein wie nett.« Der Sprecher machte einen Ausfall auf Ivy zu, doch die sprang mit einer eleganten Drehung zur Seite.

»Alisa!« Sie folgte dem Ruf mit ihrem Blick. Malcolm warf ein altes Schwert aus dem Fenster, das oben in einem Ständer in der Halle gesteckt hatte. Alisa wich zurück, um die Waffe zu fangen, und ließ die drei Angreifer aus den Augen. Die Frau hechtete mit einem unglaublichen Sprung vor und hätte Alisa sicher im nächsten Moment völlig hilflos getroffen, aber Franz Leopold warf sich gegen ihre Seite, sodass ihr Stoß um Haaresbreite danebenging.

»Danke!«, rief Alisa, das Schwert nun ein wenig ungelenk haltend.

»Gib es mir!«, forderte Franz Leopold. »Oder kannst du etwa fechten?«

In diesem Moment kam Karl Philipp aus dem Turm gerannt, zwei leichte Degen in den Händen.

»Franz, die ist für dich!« Die Waffe wirbelte durch die Luft. Franz Leopold fing sie geschickt auf. Seite an Seite ging er mit seinem Vetter auf die Angreifer los.

»Ich hätte nicht gedacht, dass die Dracas mal zu was nütze sein würden«, meinte Luciano, der die widerstrebende Alisa in Deckung zog, nachdem sie Mervyn das wuchtige Schwert überlassen hatte. Malcolm rannte in den Hof hinaus, eine Axt und einen Spieß in den Händen.

»Zum Turm zurück, schnell! Dort können wir sie besser aufhalten.«

Alisa und Luciano drückten sich an die Wand, konnten sich aber nicht entschließen, hineinzugehen und so den Kampf nicht weiterverfolgen zu können.

Mervyn focht gut, aber die Vampirin war ihm überlegen. Sie stach ihm in die Schulter. Das Silber drang durch Haut und Fleisch und lähmte seinen Arm für einen Moment. Der Lycana stieß einen Schrei aus. Das Schwert entglitt ihm. Alisa hob den Spieß auf, den Malcom fallen gelassen hatte, und rannte los. Sie war zu weit weg! Malcolm griff mit der Axt an. Alisa blieb nur eine Chance. Sie holte aus und schleuderte den schweren Sauspieß mit aller Kraft auf die Vampirin. Die lachte schrill und schlug mit einem raschen Schwung der Klinge den heranrauschenden Spieß aus seiner Bahn, sodass er ein Stück weiter zitternd im Boden stecken blieb. Mervyn taumelte zurück, doch sie setzte ihm nach und hob die Silberklinge zum vernichtenden Stoß.

»Ihr habt mir euer Wort gegeben«, kreischte Ireen, die fassungslos zwischen den Kämpfenden gestanden hatte. Sie warf sich nach vorn. Die Spitze des Schwerts fuhr in ihre Brust bis durch den Rücken. Malcolm brüllte auf und schlug mit der Axt nach der Vampirin. Sie versuchte, das Schwert aus der Wunde ihres Opfers zu reißen, doch Ireen fiel nach hinten. Der Griff entglitt ihren Fingern. Malcolm ließ die Axt herabsausen. Die Vampirin wich zwar noch ein Stück zurück, dennoch fuhr ihr die Schneide tief in die Schulter. Ehe Malcolm die Axt wieder sicher in den Händen hielt, schleuderte ihn ein Stoß zur Seite. Es war Seymour, der sich zwischen ihn und den zweiten Angreifer warf, ehe dessen Schwert ihn traf. Ivy war direkt hinter ihm. Sie riss das silberne Schwert aus Ireens Brust und griff an.

»Seymour, zur Seite!« Malcolm umklammerte den Griff der Axt und folgte ihr. Ivy stieß zu. Die Angreiferin sackte, vom tödlichen Silber getroffen, zusammen. Sofort wirbelte Ivy herum und fing gerade noch den Schwertstreich des Hageren ab, der ihren Rücken treffen sollte.

In der Zwischenzeit bedrängten Franz Leopold und Karl Philipp den anderen Vampir, der gezwungen war, immer weiter zurückzuweichen, bis er mit dem Rücken gegen einen Baumstamm stieß. Oben an den Fensternischen drängten sich die Gesichter der Erben, doch es gab keine weiteren Waffen in der Burg, und so gehorchten sie Ivys Ruf, der sie beschwor, oben zu bleiben.

»Den Wagen!«, brüllte der bedrängte Angreifer, der, mit dem Rücken an die Baumrinde gepresst, weiterfocht. »Tonka, den Wagen! Schnell!«

Die Vampirin vor der Zugbrücke ließ die Zügel fahren. Die Pferde zogen an. Die Hufe trommelten über die Holzbohlen. Mit wehender Mähne brachen die beiden Rappen durch das Tor und galoppierten auf den Eingang zum Turm zu. Alisa und Luciano warfen sich zur Seite. Die beiden Fässer auf der Ladefläche hüpften bedenklich, als der Karren in der Kurve ins Schleudern geriet und die hohen Speichenräder an den Steinquadern des kleinen Türmchens in der Hofmitte entlangscharrten. Dann brach das Hinterrad und die beiden Fässer rollten auf den Eingang zum Hauptturm zu. Die Pferde rannten mit dem zerbrochenen Wagen weiter. Die Vampirin machte sich nicht die Mühe, sie einzufangen. Sie riss die schwelende Fackel heraus, die in einer Halterung neben ihr gesteckt hatte, und sprang von dem gefährlich schwankenden Kutschbock.

Die Fässer rollten und bei jeder Umdrehung blitzte die Beschriftung einmal auf.

Alisa stieß einen Schrei aus. »Schwarzpulver! Sie wollen den Turm sprengen!« Sie riss Luciano mit sich. Zusammen warfen sie sich auf das erste Fass und brachten es aus seiner Bahn.

»Dort runter zum Fluss!«, rief Alisa. Luciano ächzte vor Anstrengung, doch es gelang ihnen, dem Fass einen Stoß zu geben, dass es über das verlandete Hafenbecken hinwegschoss und in den Fluss klatschte. Eine Wasserfontäne spritzte auf. Das andere Fass allerdings rollte bis an die offene Eingangstür. Die Vampirin mit der Fackel rannte darauf zu. Ivy, die die Gefahr erkannt hatte, kam aus der anderen Richtung.

»Seymour!« Der Wolf schoss an ihr vorbei und sprang der Vampirin gegen die Seite. Sie strauchelte, holte jedoch aus und warf die Fackel gegen das Fass. Sie prallte ab und fiel neben dem Deckel ins Gras.

»Wir müssen das Feuer löschen«, schrie Alisa. Ivy war dem Fass am nächsten. Sie ließ sich schlitternd auf die Knie fallen und riss die Fackel hoch.

Für einen Moment schienen alle im Hof und im Turm der Burg die Luft anzuhalten. Luciano riss die Fäuste im Triumph nach oben, doch Alisas Schrei ließ ihn mitten in der Bewegung innehalten.

»Die Lunte!«

Ivy sah nach unten. Sie griff nach dem letzten Zoll der Zündschnur, doch das funkensprühende Flämmchen verschwand unter dem Fassdeckel. Ivy wusste, dass sie nichts mehr tun konnte, um die Katastrophe aufzuhalten. Sie sprang auf und rannte los. Es gelang ihr noch, sich einige Schritte von dem Fass zu entfernen, dann ging der Aufschrei der jungen Vampire in einer unglaublichen Explosion unter. Das Fass wurde durch die Tür in den Vorraum der Burg getrieben. Ein Flammeninferno brandete durch den ehemaligen Lagerraum und fraß alles, was es verzehren konnte. Eine Hitzewelle schoss die Treppe hinauf und breitete sich mit einem solchen Druck aus, dass die jungen Vampire umgerissen und gegen die Wände geschleudert wurden. Ein Teppich fing Feuer. Die Haut derer, die der Treppe am nächsten gestanden hatten, schlug Blasen und verfärbte sich schwarz.

Draußen vor dem Turm wurde Ivy in die Luft geschleudert. Franz Leopold ließ seinen Degen fallen und stürzte los. Der Angreifer versuchte, die Gelegenheit zu nutzen und ihm einen Stoß in den Rücken zu versetzen, doch Karl Philipp hatte ihn aufmerksam beobachtet und nutzte die Schwäche, die er ihm auf seiner Seite bot, gnadenlos aus. Er rammte ihm mit aller Gewalt den Degen durch das Herz. Der Vampir starrte ihn erstaunt an. Er war wie ein Schmetterling an den Baum gespießt.

Franz Leopold rannte, die Arme ausgestreckt, den Blick auf Ivys zierliche Gestalt gerichtet, die in einer Woge aus Hitze und Feuer auf ihn zugeschleudert wurde. Er fing sie auf, noch ehe sie im versengten Gras aufschlug, wurde aber von der Wucht zu Boden geworfen. Sein Kopf donnerte gegen einen Felsblock. Für einige Momente schwanden ihm die Sinne, doch er fühlte, dass sie auf ihm lag und er seine Arme fest um ihren so zerbrechlich wirkenden Körper geschlungen hielt. Dann hörte er Stimmen. Alisa und Luciano, die angelaufen kamen. Franz Leopold schüttelte den Kopf und zwang den Nebel in seinem Kopf, sich zu lichten.

»Ivy! Bei allen Wesen der Nacht!«, hörte er Alisa rufen. Franz Leopold setzte sich auf. Er hielt Ivys leblose Gestalt wie ein Kind in seinen Armen. Ihre rechte Seite war unversehrt, doch ihre linke Körperhälfte war von der Explosion geschwärzt, das Haar verschmort, die Haut an Gesicht, Schulter und Arm zu schwarzen Krusten verbrannt. Alisa und Luciano ließen sich auf die Knie fallen und starrten in sprachlosem Entsetzen auf sie herab. Seymour legte sich zu ihr und vergrub seine Schnauze in ihrer verkrüppelten Hand.

Karl Philipp, der sich von der Explosion kurz hatte ablenken lassen, wandte sich wieder seinem Gegner zu. Er sah ihm in die schwarzen Augen, die nur Hass und Wut widerspiegelten. Mit langsamen, kraftlosen Bewegungen versuchte der fremde Vampir, den Griff des Degens zu fassen zu bekommen, um ihn aus seiner Brust zu ziehen. Offensichtlich hatte Karl Philipp die Mitte seines Herzens verfehlt. In aller Ruhe hob der Dracas nun das silberne Schwert auf, das sein Gegner hatte fallen lassen, und schlug ihm den Kopf von den Schultern. Dann eilte er an Malcolms Seite, der noch immer versuchte, den dritten Angreifer mit seiner Axt in Schach zu halten.

Gegen die beiden zornigen jungen Vampire hatte er keine Chance!

Die beiden ließen ihre blutigen Waffen fallen und liefen zu den anderen, die sich um Ivy geschart hatten. Nun kamen auch die restlichen Erben aus dem Turm gestolpert und bildeten schweigend einen Kreis um die siegreichen Kämpfer. Malcolm ließ sich neben Alisa auf die Knie fallen und zog sie in seine Arme.

»Bist du in Ordnung?«

»Aber ja!«, wehrte sie ab und wand sich verlegen aus seiner Umarmung, obwohl es sich gut anfühlte, so an seine Brust gedrückt zu werden, doch vor den anderen? Malcolm nahm ihre Hände und betrachtete sie mit einem Ausdruck von Besorgnis. Erst jetzt fiel Alisa auf, dass auch Luciano und sie die Explosion nicht ganz unbeschadet überstanden hatten. Ihre Kleider, Hände und Gesichter waren geschwärzt und auf ihren Handflächen bildeten sich Blasen.

»Nichts Schlimmes!«, wehrte sie ab.

Ivy schlug die Augen auf. Kurz huschte ihr Blick verwirrt über die vielen ernsten Gesichter, die ihr zugewandt waren. Dann bemerkte sie offenbar, dass Franz Leopold sie in den Armen hielt.

»Leo, du kannst mich jetzt loslassen«, sagte sie leise und richtete sich auf. »Der Schmerz wird vergehen.« Sie keuchte und schenkte Franz Leopold ein schwaches Lächeln, doch dann sah sie ihre verbrannte Hand und der Schreck ließ ihre Züge erstarren. Sie schielte ihren Arm hinauf zu ihrer Schulter und griff dann hektisch mit der unversehrten Hand an ihre Wange und in ihr Haar; von der einstigen silbernen Pracht war auf dieser Seite nur noch ein verkohlter Rest übrig. Ihre Miene wandelte sich zu blankem Entsetzen. »Seymour!«, rief sie schrill. »Was soll ich jetzt tun?« Der Wolf jaulte und drückte sich noch näher an sie.

»Du tust heute Nacht gar nichts mehr«, sagte Franz Leopold sanft und legte den Arm um ihre Taille. »Ich trage dich zu deinem Sarg und dann werden deine Wunden bald heilen. Die Schmerzen sind sicher schrecklich, aber sie vergehen. Es war nur normales Feuer! Mervyn ist schlimmer dran!«

Ivy fuhr hoch. »Das Schwert! Das silberne Schwert hat ihn verletzt! Wo ist er?«

Mit einem schiefen Lächeln trat Mervyn näher. Sören hatte

ihm bereits den Kittel heruntergezogen und die Wunde an der Schulter fest verbunden. Dennoch sickerte noch immer dunkles Blut durch den Verband.

»Sorge dich nicht, Cousinchen, Tara wird das Gift schon aus mir herausziehen – wenn sie sich mal wieder hier blicken lässt.«

Alisa befreite sich von Malcolm und sprang auf. »Ich habe Taras Fläschchen noch in meinem Bündel oben. Es hat Seymour geholfen und auch meine Wunde, die ich in Rom davongetragen habe, schnell geheilt.«

Sie lief in den Turm und die Wendeltreppe hinauf bis in den oberen Saal. Auf dem Rückweg hielt sie am Fuß der Treppe kurz inne und warf einen Blick in den Lagerraum, dessen Wände nun von Ruß bedeckt waren. Die Holzsärge waren völlig verbrannt, nur noch zwei seltsam verformte Metallkisten waren auszumachen.

Arme Áine, dachte Alisa. *Für dich gab es kein Entrinnen.* Sie wandte sich ab, um Mervyn die Tinktur zu bringen. Mit Sörens Hilfe öffnete sie den Verband noch einmal, träufelte die magische Flüssigkeit in die Wunde und band die Stoffstreifen dann wieder fest. Gemeinsam halfen sie Mervyn die Treppe hinauf und legten ihn in seinen Sarg.

Die anderen schienen immer noch unter Schock zu stehen, der sie nur langsam aus seinem Griff entließ. Ivy sah sich um, doch außer ihr und Mervyn schien keiner mehr als ein paar Brandblasen und ein wenig geschwärzter Haut abbekommen zu haben. Außer Ireen! Ivy sprang auf. Der Schmerz ließ sie wanken, und sie taumelte gegen Franz Leopold, der sie auffing. Er legte fest den Arm um ihre Taille.

»Ireen!«, stöhnte sie. Malcolm fuhr herum.

»Sie liegt dort drüben!«, gab Karl Philipp ungerührt Auskunft. Malcolm, Ivy und Franz Leopold gingen langsam über die Wiese auf den gefallenen Körper zu, neben dem eine Gestalt kniete. Es war Rowena, die sich über ihrer Cousine gebeugt hatte.

»Sie haben sie ausgelöscht«, sagte Rowena bitter. »Ich habe sie gewarnt, doch sie meinte, es sei zu spät umzukehren!«

Malcolm ließ sich neben ihr in die Hocke sinken. Der Anblick schmerzte ihn. Ihr Herz war von der silbernen Klinge durchbohrt worden. Ireen war vernichtet.

»Wovor hast du sie gewarnt?«, fragte Ivy leise.

»Diesen Vampiren zu trauen und den Pakt zu erfüllen! Sie haben ihre ältere Schwester Anne entführt, an der sie sehr gehangen hat, und ihr gedroht, sie qualvoll im Sonnenlicht verbrennen zu lassen, wenn Ireen nicht ein paar Dinge für sie tut. Sie haben ihr eine Dose mit kleinen Fledermäusen gegeben, über die sie mit ihnen Kontakt halten sollte.«

»Damit sie unsere Spur nicht verlieren!« Ivy nickte.

»Warum nur hat sie sich darauf eingelassen und nichts gesagt?« Malcolm konnte es nicht fassen. »Diese Vampire, wer auch immer sie waren, wollten die Erben aller Familien auslöschen!«

»Sie hat Anne sehr geliebt. Außerdem sagten sie, es gehe ihnen nur um die Erben der Lycana.«

»Was?«

»Ja, sie behaupteten, sie wollten sie nur entführen. Ireen war immer schon ein wenig einfältig. Sie hat ihnen geglaubt, dass sie ihnen nichts antun, aber mir war sofort klar, dass das eine Lüge sein musste.« Rowena sah Ivy direkt ins Gesicht. »Es war für die Fremden vermutlich nicht schwer, Ireen zu überzeugen. Schließlich halten die Engländer die Iren schon seit Jahrhunderten für minderwertig und durchaus entbehrlich oder halten es zumindest für gerechtfertigt, sie zu knechten und auszubeuten – schließlich weigern sie sich, den wahren Glauben anzunehmen! Die Meinung der Vyrad über die Lycana unterscheidet sich kaum von jener der Menschen!« In Malcolms Miene breiteten sich Scham und Entsetzen aus.

»Nein, verehrter Vetter, du brauchst nicht so dreinzusehen!«, wehrte Rowena ab. »Ich spreche nur aus, was auch du denkst, also erniedrige dich nun nicht zu einem Heuchler! Soll ich wiederholen, was du über Mervyn und Ivy gesagt hast? Dass du nicht verstehst, wie Alisa sich mit so einer abgeben kann?«

Malcolm hob abwehrend die Hand, um seine Cousine zum Schweigen zu bringen.

»Seit wann weißt du das? Warum hast du nie etwas gesagt? Du hast dich mitschuldig gemacht!«

Rowena hob die Schultern. »Ich habe erst wenige Augenblicke, ehe sie die Fremden hereinließ, davon erfahren. Vielleicht ahnte Ireen, dass es keine Gelegenheit mehr für sie geben würde, es euch selbst zu sagen. Vielleicht quälten sie Zweifel, nun, da sie ihre Schuld einlösen musste.«

»Es ist nicht leicht, Vorurteile, die sich über Jahrhunderte aufgebaut haben, einfach so abzulegen«, sagte Ivy. »Deshalb wurde diese Akademie ja gegründet. Es braucht seine Zeit, aber ich bin trotz dieser Tragödie zuversichtlich, dass wir auf dem richtigen Weg sind. Sieh, selbst Karl Philipp hat heute Nacht für uns alle gekämpft!«

Malcolm sank vor Ivy auf die Knie und griff nach ihrer unversehrten Hand. »Es tut mir aufrichtig leid! Ich bitte dich um Verzeihung für alles, was ich über dich und die Lycana gesagt und gedacht habe. Das ist nicht viel, für das, was unsere Familie angerichtet hat, und ich verstehe, wenn du meine Entschuldigung nicht annimmst.«

»Natürlich nehme ich sie an, und ich weiß, dass Ireens Opfer uns alle ein Stück näher zusammengebracht hat. Ich zürne ihr nicht. Sie hat sich von ihren Ängsten leiten und sich blenden lassen. Als ihr das jedoch klar wurde, zögerte sie nicht, ihr Leben für uns zu geben. Das ist Buße genug!« Malcolm erhob sich schwerfällig.

»Nun musst du seine Reue nur noch Alisa mitteilen«, sagte Rowena. »Denn was nützt sein Schuldeingeständnis, wenn er nicht in ihren Augen geläutert ist! Deshalb hast du es doch gerade abgelegt, Vetter, nicht wahr?«

»Das ist nicht wahr!«, rief er empört. Rowena sah ihn für einige Momente durchdringend an, dann wurde ihr Blick wieder träumerisch und verklärt wie immer. Sie beugte sich zu Ireen hinab.

»Ich denke, wir sollten sie in ihren Sarg legen. Auch wenn sie es nicht mehr spüren kann, wäre es nicht freundlich von uns, wenn wir die Sonne ihren Leib verbrennen lassen würden.«

Malcolm nickte und nahm den Körper in seine Arme. »Wir sollten alle in den Turm gehen. Ich glaube nicht, dass die Lycana heute noch zurückkehren.«

Ein wenig erschrocken bemerkten sie, dass die Sonne bereits nah war und sich jeden Moment über dem Lough erheben würde. Hastig eilten sie in den Turm zurück. Eine Tür, die man verschließen könnte, gab es nicht mehr, doch sie hofften, dass der Schutzbann sie noch immer vor ungebetenen Besuchern bewahren würde.

»Ich glaube dir, dass deine Reue ehrlich gemeint ist«, sagte Ivy leise zu Malcolm, als sie hinter ihm den Turm betrat. »Und ich werde es Alisa gegenüber nicht unerwähnt lassen.«

Malcolm sagte nichts. Schweigend trug er Ireens blutigen Körper hinauf in den Saal und bettete ihn in ihren Sarg. Wenn es eine normale Klinge gewesen wäre, hätte ihr Körper sich regenerieren können, doch Silber im Herzen eines Vampirs bedeutete seine Vernichtung.

Die Körper der fremden Vampire ließen sie im Hof liegen. Nur Franz Leopold fiel auf, dass nur drei Leichen zu sehen waren. Zwei Männer und eine Frau. Die Vampirin auf dem Kutschbock, die sie Tonka genannt hatten, konnte er nicht entdecken, doch der anbrechende Tag hinderte ihn daran, nach ihr zu suchen. Falls sie verletzt bei dem zerstörten Wagen an der Mauer lag, würden die Sonnenstrahlen ihr ein schmerzhaftes Ende bereiten.

*

Die Wucht der Explosion hatte auch sie weggeschleudert. Tonka überschlug sich ein paarmal und rappelte sich dann auf. Als sich die Rauchwolken lüfteten, musste sie sich eingestehen, dass ihr Plan fehlgeschlagen war. Der Turm stand noch und würde vermutlich noch ein paar Jahrhunderte überdauern. Verfluchte Iren! Wer hätte gedacht, dass sie imstande waren, solch robuste

Burgen zu bauen. Ihre drei Mitstreiter waren gefallen. Durch ein paar Kinder! Tonka konnte es nicht fassen. Ob Danilo und die anderen noch zu retten waren? Vielleicht wenn man sie an einen dunklen Ort brachte, wo sie sich in Ruhe regenerieren konnten? Tonka wusste es nicht. Wenn sie den Kampfplatz nicht mehr von sich aus verlassen konnten, wie sollte es ihr gelingen, die drei von hier wegzuschaffen, solange die Kinder mit ihren Waffen um sich schlugen? Es waren zu viele!

Tonka zuckte mit den Schultern. Es lohnte nicht, dass sie noch einmal in den Kampf eingriff. Selbst wenn es ihr gelingen sollte, einige der Erben zu vernichten, der große Plan war gescheitert. Es war an der Zeit, einen neuen zu schmieden. Doch zuerst musste sie unauffällig von hier verschwinden. Sie kroch hinter die Trümmer des Wagens. Die Deichsel war ebenfalls gebrochen, und die beiden Pferde hatten sich aus ihren Geschirren befreit und liefen nun frei über den Hof. Doch wozu brauchte sie ein Pferd? Sie war kaum verletzt und hatte noch genügend Kraft für eine Verwandlung.

Eine Fledermaus flatterte hinter den Wagenresten auf und flog über den Hof hinweg. Nun sah sie, dass ihren drei Begleitern nichts und niemand mehr helfen konnte. Tonka drehte noch eine Runde und flog dann davon, um sich einen sicheren Platz zu suchen, an dem sie den Tag überdauern konnte.

Sie dachte an Danilo, Jovan und Vesna. Nicht dass sie Mitleid für sie empfand oder Trauer. Es ärgerte sie, dass sich die drei so einfach hatten besiegen lassen, wo sie doch immer mit ihren Fähigkeiten geprahlt hatten. Nun waren sie ausgelöscht, und es war an ihr, nach Hause zurückzukehren, um die Erben in ein neues Netz aus Intrigen und Anschlägen zu verstricken, das sie endgültig vernichten würde.

IVYS GEHEIMNIS

Als Franz Leopold erwachte, stieg ihm als Erstes der Brandgeruch in die Nase, der den Turm wie eine klebrige Wolke bis in die kleinsten Ritzen durchdrungen hatte. Er dachte an Ivy und ihren mutigen Versuch, die Katastrophe zu verhindern. Wie leicht hätte sie dabei vernichtet werden können! Oder nicht? Konnte normales Feuer einen Vampir so vollständig verbrennen, dass er sich nicht wieder regenerieren konnte? Vermutlich. Die Explosion hätte sie in Stück reißen können!

Er schloss gequält die Augen. Nein, an so etwas wollte er nicht denken. Es war schon schlimm genug, was das Feuer ihr angetan hatte. Er dachte mit Schaudern an ihre verbrannte Körperhälfte, die verkrüppelte Hand und das verkohlte Silberhaar. Aber es würde heilen. Jede Nacht ein wenig mehr.

Wie würde er sie heute Abend vorfinden? Sicher waren die Schmerzen und der Schwindel bereits abgeklungen, doch es konnte nicht schaden, einen starken Arm um die Schulter zu wissen. Hoffnungsfroh klappte er den Deckel auf – nur um gerade noch einen silbernen Schimmer in der Treppenwindung verschwinden zu sehen.

»Ivy?« Neben ihrem geöffneten Sarg entdeckte er Alisa, die der Freundin erstaunt nachblickte.

»Was ist mit ihr?«, wollte Franz Leopold wissen.

»Ich habe keine Ahnung!«, rief ihm Alisa zu und war im nächsten Moment ebenfalls die Wendeltreppe hinunter verschwunden.

Luciano trat zu ihm. »Jedenfalls war sie unglaublich schnell!«, stellte er fest.

*

447

Ivy hastete die Treppe hinunter. Sie hatte zu lange geschlafen. Vielleicht war ihr Körper doch noch ein wenig von den nächtlichen Ereignissen mitgenommen? Sie hatte sich darauf verlassen, dass sie wie üblich früher als die anderen aufwachen würde, um die notwendigen Maßnahmen zu ergreifen, doch dann hatte Alisa den Deckel ihres Sargs gehoben, als sie gerade erst die Augen aufschlug!

»Seymour, halte sie auf!«, rief sie dem Wolf zu, der sich knurrend mitten auf der Wendeltreppe aufbaute.

Ivy stürzte in die Lagerhalle im unteren Stock. Das verbogene Metall, das gestern noch Áines Sarg gewesen war, ließ Mitleid mit der Lycana aufwallen. Ivy drängte es beiseite. Dafür war später noch Zeit. Jetzt musste sie handeln. Schnell handeln! Sie griff mit beiden Händen in den Ruß und schmierte ihn auf ihre linke Wange und in das viel zu üppige Haar. Ivy riss ihr kleines Messer vom Gürtel und schnitt sich ein paar Strähnen ab. Und die Hand? Was sollte sie mit ihrer Hand machen und dem Arm, dessen helle Haut zwischen den verkohlten Rändern ihres Gewandes hervorblitzte? Sie rieb mit einem Holzkohlestückchen über ihren Arm, wusste aber, dass das nicht reichen würde, die anderen zu täuschen. Sie musste ihn verbinden, neue Kleider darüberziehen. Aber woher sollte sie die nehmen? Mit zitternden Händen stand Ivy mitten in der Halle, vielleicht zum ersten Mal in ihrem Dasein völlig ratlos.

»Ivy? Was machst du da?« Sie hörte die Asche unter Alisas Füßen knistern, drehte sich aber nicht um. Wie konnte sie sie wegschicken? Wie von sich fernhalten? Ihr fiel nichts ein. Vermutlich, weil es keine Möglichkeit gab. Kalte Angst schwappte über sie hinweg. Ivy schloss die Augen und rührte sich nicht.

»Geht es dir so schlecht?«

Hier drinnen war es dunkel. Vielleicht würde sie es nicht sehen?

»Was ist denn das?«

Alisa war nun so nah, dass sie ihren Atem kühl über ihre von Asche geschwärzte Wange streichen spürte.

»Das ist unmöglich! Warte hier, ich muss eine Lampe holen.«

Tue es nicht!, flehte Ivy tonlos, und doch gab es in ihrem Innern einen winzigen Teil, der hoffte, dass die Lügen nun ein Ende fänden. Dies waren vielleicht die letzten Augenblicke, da sie ihr Geheimnis nur mit Seymour und Tara und den Lycana teilte.

Viel zu schnell kehrte Alisa zurück. Ivy spürte die Wärme der kleinen Flamme und öffnete die Augen. Alisa, die sonst nie um Worte verlegen war, starrte sie mit offenem Mund an. Ihre Hand zitterte, als sie die Finger ausstreckte und den Ruß auf Ivys unversehrter Schulter ein wenig verrieb. Dann bückte sie sich und hob eine der Haarsträhnen auf, die Ivy abgeschnitten hatte.

»Bei den Dämonen der Nacht. Die Haarsträhne! Nun wird mir alles klar. Du hast es schon einmal getan, nicht wahr? Die Haarsträhne, die Leo dir abgeschnitten hat – damit niemand es bemerkt! Aber Ivy, warum?«

»Um auf die Akademie gehen zu können. Um von den anderen zu lernen und stärker zu werden!«, sagte sie kaum hörbar. »Das war die einzige Möglichkeit. Du weißt, dass sie nur Erben reinen Blutes aufnehmen!«

»Ja, schon«, Alisa zögerte. »Vielleicht hätten sie eine Ausnahme gemacht?«

»Glaubst du das?«

Alisa schüttelte den Kopf. »Nein, eigentlich nicht.«

»Und jetzt ist alles vorbei«, hauchte Ivy.

»Nein!«, rief Alisa energisch. »Ich kann dir helfen.« Sie bückte sich, hob ein wenig Asche auf und rieb sie in Ivys Haar. Dann schwärzte sie die wieder völlig geheilte Haut an Arm und Schulter. »Deine Hand verbinden wir, dass sie niemand sieht. Und nachher ziehst du ein anderes Gewand an. Es wird sich hier im Turm schon irgendetwas finden. Sei guten Mutes. Alles bleibt, wie es war. Wir werden gemeinsam dafür sorgen, dass es niemand erfährt.«

*

Franz Leopold schritt die Treppe hinunter. Es drängte ihn, ihr nachzueilen, so schnell er konnte, doch etwas in ihm hielt ihn zurück. Was ging hier vor sich? Warum war sie nach dieser Nacht wie von Weihwasser getroffen davongestürzt? Ein Teil seines Geistes drängte ihn, es gar nicht wissen zu wollen. Eine Ahnung flüsterte, dass nichts mehr so sein würde wie bisher, und doch setzte er einen Fuß vor den anderen und ging die nicht enden wollende Wendeltreppe hinunter, stieg über die verkohlten Reste der Tür und folgte den Stimmen, die aus der geschwärzten Lagerhalle drangen. Er wollte nicht lauschen und doch musste er es tun. Es war Alisa, die da sprach. Sie verdeckte die Sicht auf Ivy, als er unter die Tür trat. Was zum Teufel tat sie da? Sie schmierte Asche in Ivys Haar?

»Sei guten Mutes. Alles bleibt, wie es war. Wir werden gemeinsam dafür sorgen, dass es niemand erfährt.«

Eiseskälte rann durch seine Adern. »Was?«, fragte er tonlos. »Was wird niemand erfahren?«

Die beiden Vampirinnen fuhren herum. Ivy stieß einen Schrei aus. »Geh, Leo, geh fort!« Unbeirrt kam er näher. Er beugte sich vor und betrachtete ihr Haar, dann wanderte sein Blick an ihrer Wange hinab zu Hals, Schulter und Arm bis zu den völlig intakten Fingern, die nur von der Asche geschwärzt waren. Die Erkenntnis fraß sich wie Gift in sein Herz. Er taumelte ein Stück zurück.

»Du hast uns alle belogen! Betrogen hast du uns, unsere Clanführer und unsere Familien! Alle hast du hintergangen und diese Akademie beschmutzt!«

»Franz Leopold, hör auf!«, schrie Alisa. »Du weißt nicht, was du sagst!«

»Oh, ich weiß es sehr gut, und ich möchte noch viel mehr loswerden!«

Er hatte sie geküsst, sich diesem Wesen geöffnet, es verehrt. Und sie? Hatte sie sich heimlich über ihn lustig gemacht? Über diesen einfältigen Dracas, den man so leicht hinters Licht führen konnte? Der Gedanke schmeckte bitter auf seiner Zunge.

»Du hast es gewusst!« Er sah Alisa anklagend an.

»Nein, habe ich nicht. Mir ist es eben erst klar geworden, genau wie dir!«

»Aber es scheint dir nichts auszumachen.«

Alisa hörte in sich hinein und sagte dann: »Es macht mir etwas aus, dass Ivy uns nicht genügend vertraut und das Geheimnis vor uns bewahrt hat. Dennoch stehe ich zu ihr, egal welches Blut durch ihre Adern rinnt.«

Franz Leopold kehrte zu seiner hochmütigen und abweisenden Miene zurück. »Das kann ich mir denken. Ihr Vamalia pflegt ja einen sehr intimen Umgang mit euren Unreinen, und es ist euch vermutlich auch völlig egal, mit wem ihr das Lager teilt.«

Alisa schlug ihm hart auf die linke Wange. Sie hätte ihm einen zweiten Schlag versetzt, aber Franz Leopold fing ihre Hand auf und quetschte sie in seinem Griff zusammen, als wollte er ihr alle Knochen brechen. Sie funkelten einander an.

»Verschwinde«, zischte Alisa. »Und halte dich in Zukunft von uns fern. Wage es nicht, auch nur ein Wort davon zu verlautbaren, sonst bist du der Nächste, der wie Ireen endet! Denn das ist es, was einen erwartet, wenn man sich gegen die Gemeinschaft der Erben wendet!«

Franz Leopold lachte schrill. »Ich habe ja schon eine Menge Unsinn aus deinem Mund gehört, aber das übertrifft alles.« Sein Arm schoss nach vorn. Sein Finger zeigte anklagend auf Ivy. »Das dort als eine Erbin zu bezeichnen, ist wohl der Gipfel an Dreistigkeit!« Ivy gab einen Laut von sich, der an ein gequältes Tier erinnerte.

»Verschwinde!«, wiederholte Alisa und legte schützend die Arme um Ivy.

»Ja, ich gehe, denn ich halte mich lieber in einer reineren Umgebung auf!«, zischte Franz Leopold und stürmte hinaus, nur um unter der Tür gegen Luciano zu prallen.

»Was ist denn hier los?«

»Geh hinein und sieh es dir an!«, höhnte Franz Leopold.

»Wage nicht, dein Schweigen zu brechen!«, schrie Alisa.

Er hielt inne. »Nein, ich werde nichts sagen. Es ist sogar unter meiner Würde, an etwas derart Unwertes einen weiteren Gedanken zu verschwenden!« Franz Leopold stürzte aus der Halle und lief in den Hof hinaus.

*

Luciano sah Franz Leopold nach, dann wandte er sich den Vampirinnen zu und trat näher. Seymour folgte ihm und ließ sich an seiner Seite nieder.

»Geh, bitte!«, flehte Ivy, und auch Alisa forderte ihn auf, sie alleine zu lassen, doch Luciano ignorierte sie. Stattdessen betrachtete er Ivy mit einem seltsamen Lächeln.

»Ist der gute Leo so aufgebracht, dass er seine gute Erziehung vergisst? Das kann nur bedeuten, er hat endlich herausgefunden, dass du eine Unreine bist.«

Ivy keuchte. »Du wusstest es?«

»Seit wann?«, verlangte Alisa zu wissen.

»Die Haarsträhne. Ihr erinnert euch?« Luciano zog eine silberne Haarlocke aus einem kleinen Beutel, den er anscheinend immer bei sich trug. »Ich habe mich gewundert, dass Ivy so außer Fassung geriet, nur weil Leo ihr eine Haarsträhne abgeschnitten hat. Ich konnte es mir nicht erklären! Und dann, ein paar Tage später, kam es mir so vor, als wäre eine andere Strähne kürzer als der Rest ihres Haars. Wie konnte das sein? Von nun an beobachtete ich Ivy und vor allem ihr Haar noch genauer.« Luciano lächelte verlegen. »Und es war tatsächlich so, dass nicht immer dieselbe Locke fehlte. Ich war sehr verwirrt, das muss ich zugeben. Um mir Gewissheit zu verschaffen, bin ich zu Ivys Sarg geschlichen, als die Schlafkammer der Mädchen einmal leer war – und ich fand eine ganze Anzahl silberner Locken! Ich habe lange gegrübelt, aber die einzige Erklärung, die mir einfiel, warum ihr Haar so schnell über Nacht nachwuchs, war, dass sie nicht reinen Blutes sein konnte.«

»Und du hast dir nichts anmerken lassen!« Alisas Stimme schwankte zwischen bewundernd und gekränkt.

Luciano schüttelte den Kopf. »Wenn Ivy es uns nicht sagen wollte, dann war es ganz sicher nicht an mir, es auszuposaunen.«

»Dass Leo es nicht in deinen Gedanken gelesen hat, wundert mich«, meinte Alisa.

Luciano hob die Schultern. »Worüber ich nicht nachdenke, kann der Dracas nicht aus mir herauslocken. Nachdem mir klar war, dass es nicht anders sein konnte, habe ich nicht mehr darüber nachgedacht. Wozu auch? Ist das so wichtig? Ihr Vamalia geht mit euren Servienten ja auch anders um als wir Nosferas oder gar die Dracas. Warum also sollte Ivy nicht zusammen mit Mervyn die Akademie besuchen?«

Ivy umarmte ihn. »Du bist ein wahrer Freund, Luciano. Nicht einmal mir war klar, dass du um mein Geheimnis weißt – vielleicht weil ich zu sehr Angst hatte, was geschehen würde, wenn ihr es erfahrt.« Sie sah Alisa und Luciano aus ihren türkisfarbenen Augen an. »Ich hätte wissen müssen, dass ihr mich nicht verurteilt und unsere Freundschaft nicht aufgebt – zumindest ihr beide«, fügte sie traurig hinzu und blickte zu Boden.

Das brachte Alisa wieder in die Wirklichkeit zurück. »Wir müssen uns beeilen. Luciano, lauf in die Halle und sieh, ob du ein anderes Gewand für Ivy findest, und bring etwas mit, womit wir ihre Hand verbinden können. Ich helfe Ivy mit ihrem Haar und Gesicht. Sei unbesorgt, wir werden das gut hinbekommen – und ich denke nicht, dass irgendjemand von Leo erfahren wird, dass du nicht reinen Blutes bist.«

»Was?« Malcolm trat in die Halle und blinzelte verwirrt. »Habe ich richtig gehört?«

Alisa fluchte. »Was willst du hier? Es hat dich keiner eingeladen!«

Ihr Zorn ließ ihn ein wenig zurückweichen. »Rowena und ich haben Mervyns Wunden noch einmal mit der Tinktur bestrichen und frisch verbunden. Sie blutet nur noch leicht, schmerzt ihn aber noch sehr. Und nun wollte ich nachschauen, ob ich Ivy mit ihren schlimmen Brandwunden helfen kann. Aber das ist offensichtlich nicht nötig.«

»Wage es nicht, sie deshalb zu verachten! Und solltest du ihr Geheimnis ausplaudern, ist dir unsere ewige Feindschaft sicher.«

Malcolm schien ein wenig verwirrt. »Ich verachte sie nicht. Ich stelle erfreut fest, dass sich ihre schweren Wunden geschlossen haben und ihre Hand nicht mehr verkrüppelt ist. Da ist sie besser dran als Mervyn, glaubt mir.«

Alisa war verblüfft. Mit dieser Reaktion hatte sie nicht gerechnet.

»Du starrst mich so an? Ich verstehe, du denkst schlecht von uns – und vielleicht mit Recht, wenn wir Ireens unglaublichen Verrat berücksichtigen. Ich fühle die Schuld, die wir auf uns geladen haben, und ich werde alles daransetzen, es wiedergutzumachen. Ich gebe zu, auch ich hielt die Lycana stets für eine minderwertige Familie, denn das ist es, was man uns von Kindesbeinen an erzählt hat. Die Feindschaft ist alt – vielleicht reicht sie zurück in die Zeit, als die Normannen hier an der Küste landeten, um die Kelten zu unterwerfen. Sie waren immer die Unterlegenen! Und so dachten wir von den Lycana, dass sie nur ein rückständiges Überbleibsel seien. Nun, ich konnte mich in den vergangenen Wochen davon überzeugen, dass ihr über erstaunliches Wissen verfügt, und Kräfte, denen man Respekt zollen muss.« Er verbeugte sich leicht in Ivys Richtung.

»Ja, aber …« Alisa sah ihn aus weit aufgerissenen Augen an.

»Die Sache mit dem reinen Blut?« Malcolm machte eine wegwerfende Handbewegung. »Einige unserer angesehensten Vyrad sind nicht reinen Blutes. Denkt nur an Lord Byron. Er wird von uns hoch geschätzt, ja gar verehrt! Wir haben schon früh erkannt, dass wir von der langen Erfahrung und dem Wissen unserer Servienten lernen können. So, aber nun würde ich vorschlagen, ihr kümmert euch weiter darum, dass Ivys Geheimnis sicher ist, während ich dafür sorge, dass ihr nicht gestört werdet.«

Ein Strahlen erhellte Alisas Gesicht, und ohne darüber nachzudenken, schlang sie die Arme um seinen Hals. »Malcolm, du bist wunderbar!«

»Äh, danke.«

Verlegen ließ sie ihn wieder los und sagte schroff: »Also los! Wir müssen fertig werden und dann nach Mervyn sehen.«

Mervyn ging es dafür, dass ihn eine silberne Klinge verletzt hatte, erstaunlich gut. Die Tinktur der Druidin, die das schädliche Silber aus dem Fleisch zog, vollbrachte wahre Wunder. Als Ivy kurz darauf mit einem neuen Gewand, verbundener Hand, einseitig gekürztem und geschwärztem Haar und gerußter Wange in die obere Halle zurückkehrte, saß er auf seinem geschlossenen Sarg und unterhielt sich mit Sören. Alisa und Ivy waren erleichtert, ihn auf dem Weg der Besserung zu sehen. Mervyn grinste ein wenig schief und griff sich an die verbundene Schulter.

»Es brennt wie die Hölle, aber ansonsten fühle ich mich schon wieder recht ordentlich.«

Alisa nickte mitfühlend. »Ja, der Schmerz des Silbers ist nicht zu verachten. Ich habe ihn in Rom selbst zu spüren bekommen.« Sie drückte Mervyn aufmunternd den gesunden Arm. »In ein oder zwei Nächten ist es vorbei und du wirst nicht einmal eine Narbe davontragen.«

Zornige Stimmen drangen vom Fuß des Turmes zu ihnen herauf und ließen sie zu den schmalen Fensterschlitzen eilen.

»Das sind Luciano und Franz Leopold, die sich dort unten anbrüllen«, sagte Alisa und war schon auf der Treppe. Ivy und Seymour folgten ihr.

»Welche Dämonen sind in euch gefahren?«, fauchte Alisa und griff nach Lucianos Ärmel. Der Nosferas sah aus, als wolle er sich jeden Moment auf Franz Leopold stürzen.

»Lass mich los. Ich mach diesen verfluchten Mistkerl fertig. Wie kann er es wagen, solche Dinge zu sagen!«

»Was habe ich denn Schlimmes über deine Angebetete gesagt, das nicht der Wahrheit entspräche?«, höhnte Franz Leopold.

Luciano holte tief Luft, doch Alisa kam ihm zuvor. »Wenn ihr euch das jetzt in dieser Lautstärke an den Kopf werft, dann können wir gleich eine Versammlung einberufen und es allen mitteilen. Reißt euch zusammen!«

Luciano atmete schwer. Seine Knöchel knackten, als er die Fäuste schloss und wieder öffnete. »Gut, gehen wir auf den Friedhof hinüber, damit ich dir sagen kann, was für eine erbärmliche Gestalt du bist!«, sagte Luciano leise, drehte sich um und schritt hoch erhobenen Hauptes auf das Tor zu. Franz Leopold sah ihm mit zusammengekniffenen Augen nach, dann bückte er sich nach einem der Degen, die noch im Gras lagen, und folgte dem Nosferas. Alisa und Ivy tauschten erschrockene Blicke.

»Wir müssen ihnen nach! Wer weiß, was sie sich in ihrem Zorn antun«, hauchte Ivy.

»Was Leo, dieser Schuft, Luciano antut!«, verbesserte Alisa und hob den zweiten Degen auf.

Ein Stück weiter lagen die Schwerter im Gras und die Axt. Der Spieß steckte noch dort, wo sie ihn hingeschleudert hatte. Der Boden war an manchen Stellen dunkel von Blut verfärbt. Die Körper der geschlagenen Vampire allerdings waren fast völlig verschwunden. Nur noch ihre Gewänder waren übrig und ein wenig Staub und Asche, die der Nachtwind verwehte. Die Vampirinnen gönnten den Spuren des Kampfes keinen Blick, sondern eilten den beiden nach.

»Seymour, nun komm schon!«, rief Ivy ungeduldig, doch der Wolf stand wie angewurzelt im Hof, die Nase auf eines der blutigen Schwerter gesenkt.

*

»Die Kutsche wartet! Hast du gepackt?«

Bram sah von dem Brief auf, an dem er gerade schrieb, und blickte seinen Freund erstaunt an.

»Es ist bereits dunkel! Du willst doch nicht etwa jetzt noch abreisen?«

»Mir ist jede Stunde recht. Wir versuchen, den Morgenzug zu erwischen. Je früher, desto besser, ehe Mutter eine Gelegenheit findet, es sich noch einmal anders zu überlegen!«

Bram nickte verständnisvoll. Er hatte die zornigen Stimmen gehört, wenn er auch nicht alles verstanden hatte, und konnte sich ungefähr vorstellen, was der Freund die vergangenen zwei Tage für einen Kampf ausgefochten hatte. Lady Wilde war eine ernst zu nehmende Gegnerin! Er beneidete Oscar nicht, auch wenn er voll und ganz dessen Meinung war. Alles, was sie über diesen geplanten Aufstand erfahren hatten, riet zur Vorsicht. Sicher, die Forderungen der irischen Männer und Frauen mochten berechtigt sein, ihre Gesinnung edelmütig, doch aus dem, was Bram und Oscar von ihnen gehört hatten, waren sie viel zu wenige, dazu schlecht ausgerüstet und laienhaft organisiert. Der Aufstand war zum Scheitern verurteilt, noch ehe er begonnen hatte – selbst wenn er nicht bereits im Vorfeld durch Verrat entdeckt werden sollte.

»Gerade deshalb haben sie sich aufgemacht, Waffen aus diesem Lager in Galway zu holen«, widersprach die Lady, jedes Mal wenn sie an diesem Punkt angekommen waren. So auch noch vor zwei Stunden, als sie gemeinsam beim Abendessen gesessen hatten.

»Ja und? Denkst du wirklich, dass sie mit ein paar mehr Gewehren eine Chance gegen die Armee des Königreichs haben?«

»Wenn sich das Volk erhebt und sich hinter sie stellt«, erwiderte die Lady trotzig. »Und das wird es, wenn wir helfen, den Boden zu bereiten.«

»Dann schreibe deine Artikel, wenn du es nicht lassen kannst!«, rief Oscar entnervt, »aber lass uns von hier verschwinden, ehe irgendwelche blutigen Kämpfe ausbrechen, die uns Kopf und Kragen kosten.«

»Habe ich einen Feigling großgezogen?«, ereiferte sich die Lady.

»Erwartest du etwa, dass ich mir ein Schwert oder ein Gewehr greife und mich brüllend auf den nächsten Engländer stürze, der mir über den Weg läuft? Ich bin ein Mann der schönen Worte.

Mein Schwert ist die Feder und meine Schlachtfelder sind die Salons der Gesellschaft!«

So stritten sie noch eine Weile, doch zu Brams Erleichterung einigten sie sich darauf, abzureisen. Die Lady drängte es, an ihr Schreibpult zurückzukehren. Plötzlich wollte auch sie keine Zeit mehr verlieren und hatte auch nichts dagegen einzuwenden, in Galway den Zug zu besteigen, der sie schneller und bequemer nach Dublin zurückbringen würde.

»Wenn ich geahnt hätte, was da auf mich zukommt, wäre ich niemals bereit gewesen, diese Reise in den Westen zu dulden!«

Bram lächelte seinen Freund an. »Und du glaubst, du hättest deine Mutter von ihren Plänen abbringen können?«

Oscar lächelte ein wenig schief und seufzte. »Nein, mein Freund, das glaube ich nicht!«

Vielleicht um das leidige Thema zu wechseln, nickte Oscar in Richtung des Blatt Papiers, das Bram vor sich liegen hatte:

»Was schreibst du da? Gehst du nun doch unter die Dichter? Sage mir nicht, dass das auch ein politisches Flugblatt werden soll!«

Bram lachte auf. »Aber nein! Sei unbesorgt.« Hastig faltete er das Blatt zusammen und verbarg es in seiner Brusttasche. Die eigentliche Antwort blieb er dem Freund schuldig, und der dachte auch nicht mehr daran, weiterzufragen. Das Pferd wurde gesattelt und in den Hof geführt, das Gepäck in die Kutsche geladen. Dann schwang sich Oscar in den Sattel, der offensichtlich alles daransetzte, keine weiteren Diskussionen mit seiner Mutter führen zu müssen. Bram blieb also nichts anderes übrig, als sich zu der Lady in die Kutsche zu setzen. Das Gefährt rumpelte aus dem Dorf hinaus und folgte der Straße nach Süden. Bald schon passierten sie den nächsten Weiler. Bram spürte, wie sein Herz schneller schlug. Er legte die Hand auf die Brusttasche, in der der zusammengefaltete Brief steckte. Was war das wieder für ein Hirngespinst? Und doch drängte jede Faser in ihm, es zu tun. Jetzt! Es war die letzte Gelegenheit.

»Äh, Lady Wilde. Könnten wir bitte kurz anhalten? Ich habe etwas zu erledigen.« Er klopfte mit dem Stock gegen die Wand und der Wagen hielt an.

»Es wird nicht lange dauern«, versprach er der erstaunt dreinblickenden Dame und verschwand in der Dunkelheit. Bram Stoker rannte den Weg entlang. Bald schon war er so außer Atem, dass er seinen Schritt zügeln musste. Auf der anderen Seite des Flusses tauchten die Zinnen der Turmburg über den Baumwipfeln auf, und wieder spürte er dieses Gefühl von Gefahr, das ihn warnte und ihm riet, davonzulaufen. Doch er hatte nicht vor, die Burg aufzusuchen. Sein Ziel war der alte Friedhof. Je näher er ihm kam, desto langsamer ging er voran. Er merkte, dass er sich nur noch auf Zehenspitzen vorschob, eifrig bemüht, kein Geräusch zu machen. Sein Atem klang unnatürlich laut in seinen Ohren und er konnte jeden seiner Herzschläge hören. Da tauchte die bröckelnde Mauer aus Feldsteinen auf, die den kleinen Friedhof umgab. Bram Stoker blieb stehen.

War er eigentlich von allen guten Geistern verlassen? Was tat er hier? Wie kam er auf den Gedanken, sie könnte hier sein? Er klammerte sich an ihre Worte. Sie würden einander wiederbegegnen. Das Schicksal habe es so vorgesehen. Langsam schob er sich weiter. Er ersehnte und fürchtete den ersten Blick über die Mauer.

Plötzlich erstarrte er. Laute Stimmen schallten zu ihm herüber. Bram lauschte. Die Stimmen junger Männer, die verdammt wütend klangen. Was war dort los? Ohne darüber nachzudenken, in welche Gefahr er sich begeben könnte, hastete Bram bis zur Mauer und duckte sich hinter einen Busch. Vorsichtig lugte er über die mit Moos überzogenen Granitbrocken. Zwei junge Burschen, so um die vierzehn oder fünfzehn Jahre alt, standen einander gegenüber. Der eine war groß, schlank, dunkelhaarig und fast überirdisch schön. Der andere war nur mittelgroß und ein wenig untersetzt. Sein kurzes schwarzes Haar stand wild nach allen Seiten ab. Der Schöne hielt einen Degen in der Hand. In ihren Mienen konnte Bram lesen, dass der Streit bitterer Ernst war. Handelte es sich um Vampire? Er vermutete es, obwohl das Licht so trüb war, dass er nicht erkennen konnte, ob sie einen Schatten warfen. Dann quietschte das Tor und zwei Mädchen kamen angehastet. Die eine groß, ein wenig burschikos mit rötlich blondem Haar – die andere war Ivy. Allein der Anblick der silbernen Locken ließ sein Herz in einen seltsamen Rhythmus verfallen. Als sie sich ihm zuwandte und er ihre linke Seite zu sehen bekam, setzte sein Herz allerdings ganz aus. Herr im Himmel, was war mit ihrem Gesicht passiert und ihrem Haar? Vor Schreck zerknitterte er den Brief in seiner Hand, auf dessen Rückseite mit großen Buchstaben *An Ivy-Máire* geschrieben stand.

NOCH MEHR GEHEIMNISSE

Als die beiden Vampirinnen den kleinen Friedhof unweit der Burg erreichten, war ihnen sofort klar, dass sich die Wut auf beiden Seiten keineswegs abgekühlt hatte. Luciano und Franz Leopold standen einander gegenüber, nur wenige Schritte voneinander entfernt. Sie starrten sich nur an, doch die Luft schien, von ihrem Hass erfüllt, zu vibrieren. Der Dracas hielt die Spitze seines Degens auf Lucianos Herz gerichtet, was den Nosferas aber nicht zu kümmern schien. Vielleicht machte ihn sein Zorn blind für die Gefahr.

»Leo wird ihm nichts tun«, sagte Ivy, aber ihre Stimme zitterte ein wenig.

»Oh nein, das wird er nicht«, pflichtete ihr Alisa bei. »Denn ich werde es nicht zulassen!«

Sie blickte sich hektisch um. Es irritierte sie, dass Seymour nicht mit ihnen gekommen war. Schmollte er noch immer, weil Ivy ihn eingesperrt und zurückgelassen hatte? Verweigerte er ihr gerade jetzt seinen Schutz? Das war nicht gut, im Moment aber auch nicht zu ändern.

Den Griff des Degens fest umklammert, stürmte Alisa auf die beiden Kampfhähne zu und stellte sich neben Luciano. »Leo, lass diesen Unsinn!«, schimpfte sie. »Willst du es noch schlimmer machen? Statt dein Unrecht einzusehen und um Verzeihung zu bitten!«

»Ich soll im Unrecht sein?« Franz Leopold lachte kalt. »Alisa, mach dich nicht lächerlich. Dieser Nosferas hat mich und meine Familie tödlich beleidigt, und dafür muss er sich verantworten!«

»Er hat Ivy nur verteidigt. Es ist an dir, dich für die Beleidigungen, die du ihr zugefügt hast, zu entschuldigen!«, forderte Alisa.

»Man kann eine Unreine nicht beleidigen, denn sie besitzt keine Ehre und Würde. Sie ist eine Sklavin, die von einem reinen Vampir nur zu dem Zweck geschaffen wurde, ihm zu gehorchen und zu dienen.«

»Nimm das zurück!«, schrie Luciano. »Ivy ist mehr wert als deine gesamte dekadente Familie!«

Trotz der auf ihn gerichteten Degenspitze wollte er sich auf Franz Leopold stürzen, doch Alisa drängte ihn zur Seite und herrschte ihn an, sich nicht von dem Dracas zu einer Dummheit treiben zu lassen. Nun stand sie Leo Auge in Auge gegenüber. Die Spitzen ihrer Degen berührten sich fast.

»Du willst dich mit mir schlagen?«, fragte Franz Leopold ungläubig. »Bist du todessüchtig oder geht deine Selbstüberschätzung mit dir durch? Du hast mich gestern Nacht wohl nicht fechten sehen!«

Alisa hob trotzig das Kinn. »Oh ja, ich habe dich kämpfen gesehen, und ich weiß, dass ich diese Kunst nicht beherrsche, dennoch werde ich es nicht hinnehmen, dass du Luciano weiter bedrohst. Und wenn die einzige Möglichkeit, dich aufzuhalten, die Gefahr mit sich bringt, von deinem Degen aufgespießt zu werden, dann muss ich mich ihr eben stellen.«

»Warum nur?«

»Luciano und Ivy sind meine Freunde und für sie stehe ich ein!«

»Das hat nichts mehr mit Mut zu tun, das ist schon verrückt!« Schwang da widerwillige Bewunderung mit?

»Es ist mutig, edel und verrückt!«, erklang eine raue Stimme, die Alisa noch nie gehört hatte. Luciano wirkte genauso verwirrt. Auf Franz Leopolds Gesicht dagegen breitete sich Erkennen und dann blinde Wut aus.

»Du wagst es!«, schrie er und richtete den Degen auf die helle Gestalt, die sich so schnell näherte, dass Alisa sie erst erkennen konnte, als sie einige Schritte vor Franz Leopold innehielt und ihn mit nicht weniger Abscheu musterte.

Ivy stöhnte und barg das Gesicht in den Händen. »Oh bitte, das dürft ihr nicht tun!« Alisa hatte die Freundin kaum je so hilflos erlebt. Sie wandte den Blick von Ivy zu dem großen Fremden mit dem bis auf die Schultern herabhängenden Silberhaar. Tonlos öffnete und schloss sie den Mund.

»Ah, so treffen wir uns wieder. Wie ich sehe, hast du Schwerter mitgebracht. Natürlich ist das die Waffe deiner Wahl. Wie könnte ich von so etwas wie dir erwarten, einem eleganten Degengefecht gewachsen zu sein.« Franz Leopold schnaubte verächtlich und legte den Degen zu Boden. Fordernd streckte er die Hand aus. »Mir ist es gleich. Lass uns beginnen, wenn du unbedingt ihre Ehre verteidigen willst, die es doch gar nicht gibt.«

Der Fremde warf Franz Leopold eines der Schwerter zu, das dieser geschickt auffing. Und schon gingen die beiden aufeinander los. Sie umkreisten sich, ohne den Gegner aus den Augen zu lassen.

»Nein! Bitte, hört auf!«, flehte Ivy mit einem Schluchzen in der Stimme.

Luciano starrte die beiden verblüfft an. »Kann mir mal jemand erklären, was hier los ist? Wer ist der Kerl? Wo kommt er plötzlich her und was hat er mit Ivy zu schaffen?«

Die beiden Kämpfenden kreuzten die Klingen, dass das Klirren über den nächtlichen Friedhof hallte, und zogen sich dann wieder ein Stück zurück, um sich ein weiteres Mal abschätzend zu umkreisen.

»Ach, du kennst den Herrn nicht?«, rief Franz Leopold. »Wobei *Herr* wohl eine Bezeichnung ist, wie sie unpassender nicht sein könnte. Mit *Bestie* treffe ich es sicher besser. Darf ich vorstellen: Seymour, der eifersüchtige Liebhaber unserer unreinen Ivy, die seine Wut wohl verdient hat, wenn man bedenkt, was sie von Treue hält! Nein, unsere Ivy liebt es, ihren Spaß mit denen zu treiben, die sie mit ihrem falschen Charme betören konnte.«

»Das ist nicht wahr!«, rief Ivy verzweifelt.

»Nein?« Für einen Herzschlag wandte sich Franz Leopold ihr

zu. Es lag so viel Kälte in dem Blick, dass Alisa schauderte. »Ist es nicht wahr, dass er dich eben hier an diesem Ort aus meinen Armen gerissen hat?«

»Es ist nicht, wie du denkst!«

Die kurze Unaufmerksamkeit kostete Franz Leopold fast den Besitz seines Schwertes. Seymour sprang vor und schlug zu, doch der Dracas schaffte es zu parieren, wich zurück und suchte sein Gleichgewicht wiederzufinden.

»Natürlich ist es nicht so!«, rief Alisa empört. »Bist du denn völlig blind? Das springt doch jedem sofort ins Auge. Seymour muss Ivys Bruder sein, nicht wahr?«

Franz Leopold hatte sich gefangen und trieb nun seinerseits Seymour zurück. »Ihr Bruder? Unmöglich.«

Ivy trat vor. »Doch, so ist es. Und nun hört auf zu kämpfen. Bitte, es gibt keinen Grund dafür.«

Seymour, der sich anscheinend bisher zurückgehalten hatte, schnellte mit einer Folge von so kräftigen Hieben nach vorn, dass Franz Leopolds Schwert im hohen Bogen davonflog. Ivy sprang zur Seite und fing es auf.

»So, und nun ist mit allen Feindseligkeiten Schluss. Ich gebe zu, es war vielleicht ein Fehler, es bis jetzt geheim zu halten, doch wir glaubten, das sei das Beste. Nun ist die Zeit der Täuschung vorbei, und ich sage euch alles, was ihr wissen wollt.«

»Ihr Bruder Seymour!«, ächzte Luciano fassungslos.

»Ja, natürlich. Du wusstest doch inzwischen, dass er kein normaler Wolf ist. Deine scharfe Beobachtungsgabe hat sich wohl auf Ivy beschränkt«, meinte Alisa.

Luciano hob die Schultern und grinste matt. »Ja, sicher, für mich war er ja lange Zeit nur ein Wolf.«

Alisa verdrehte die Augen, doch dann fiel ihr Blick auf Seymours linken Arm: »Da, seht nur, er ... trägt den dritten Armreif des *cloch adhair*! Dann ist *er* der Werwolf, den die Sippe ausgewählt hat?«

»Ja und nein«, sagte Ivy. »Ich bin bereit, euch die Geschichte zu erzählen, wenn sich Leo dazu entschließen könnte, seine Feindseligkeit abzulegen.«

»Ich bin feindselig?«, rief er aufgebracht. »Ich kann mich nicht erinnern, feindselig gehandelt zu haben, als er mich das erste Mal angriff!« Anklagend deutete er auf Seymour.

»Du hattest kein Recht, meine Schwester zu berühren!«

»Das geht dich nichts an«, gab der Dracas zurück.

»Doch, denn dein jetziges Verhalten gibt mir recht. Du verachtest sie, weil sie früher einmal ein Mensch war – wie ich auch. Ich kannte deine Einstellung, und ich bin nicht bereit hinzunehmen, dass irgendjemand Ivys Seele Schmerz zufügt.«

»Ihrer Seele«, spottete Franz Leopold. »Die hat sie verloren, als sie zum Vampir wurde.«

»Vielleicht«, räumte der Werwolf ein. »Das mag ich nicht beurteilen. Aber wie wir alle hat sie Gefühle, und ich lasse nicht zu, dass so ein Bürschchen wie du auf ihnen herumtrampelt!«

»Das wird nicht mehr geschehen«, sagte Franz Leopold steif. »Eine Unreine ist es nicht wert, von mir beachtet zu werden.« Und damit verließ er hocherhobenen Hauptes den Friedhof.

»Du verdammter Idiot!«, schrie ihm Luciano hinterher. »Du bist es nicht wert, sie auch nur anzusehen, so weit steht sie über dir, egal welches Blut in ihren Adern fließt!«

Seymour trat zu ihr und legte ihr den Arm um die Schulter. »Schwesterlein, ich muss schon sagen, du hast eine denkbar schlechte Wahl getroffen, um dein Herz zu verlieren.«

»Wenn ich überhaupt noch ein Herz habe«, murmelte sie und legte sich die Hand auf die Brust. Sie schien in sich hineinzulauschen. »So wie es schmerzt, könnte allerdings durchaus so etwas Ähnliches wie ein Herz in mir sein.«

»Wie alt bist du eigentlich?«, fragte Alisa, um Ivy abzulenken. »Darf ich raten?«

»Bitte.«

»Ich würde sagen, mindestens einhundert Jahre.«

Ivy lächelte schwach. »Wie kommst du darauf?«

Sie setzten sich auf die moosbedecken Grabsteine. Seymour blieb an der Seite seiner Schwester. Er war wesentlich größer als sie und sie lehnte sich gegen seinen Arm.

»Ich vermute einfach, dass du den Armreif von Anfang an trägst. Und da die neunundneunzig Jahre seit der Friedensverhandlung nun fast verstrichen sind ...«

Ivy nickte. »Das ist richtig. Seymour, Tara und ich tragen die Reifen seit fast auf den Tag neunundneunzig Jahren. Und so lange ist es auch her, dass ich zum Vampir und Seymour zum Werwolf wurde. Zu Beginn der Verhandlungen waren wir noch Menschen – wenn auch ganz besondere, denn in unseren Adern floss die alte Magie der Druiden.«

Alisa schlug sich an die Stirn. »Bei den Dämonen der Unterwelt, warum bin ich nicht gleich darauf gekommen. Tara ist eure Mutter!«

»Ja«, sagte Ivy schlicht. »Wir drei waren bei den Verhandlungen dabei, als Turlough die Armreifen brachte, die er aus dem *cloch adhair* gefertigt hatte. Der Vorschlag war gut, doch sie konnten sich nicht einigen, wer von ihnen sie tragen sollte. Die Alten schienen noch zu sehr vom Hass der Kriegsjahre vergiftet, die starken Jungen waren zu unüberlegt und auf zu viele Neuerungen aus.«

»Wer hat den Vorschlag gemacht?«, fragte Alisa, der die Ungeheuerlichkeit dieser Entscheidung immer deutlicher bewusst wurde. »Geschah es gegen euren Willen?« Ihr schauderte bei dem Gedanken. Sie stellte sich in ihrem Geist das Mädchen Ivy und ihren Bruder vor, wie die Vampire und Werwölfe über sie berieten und sie dann von der Seite ihrer Mutter zerrten, um sie zu dem zu machen, was sie selbst waren.

»Nein, wir stimmten beide zu. Ja, es war sogar unsere Idee.« Sie sah zu Seymour auf, dessen menschliche Augen im selben Türkis wie Ivys erstrahlten. Er nahm ihre Hände.

»Ja«, bestätigte er. »Wir waren jung und voller heldenhafter Gedanken, und wir sahen den Kummer in den Augen unserer

Mutter, als der Frieden in weite Ferne zu rücken schien. Diese Nacht gebar den Gedanken, dass wir das Pfand sein würden – in Liebe verbunden: Druide, Werwolf und Vampir. Tara hat es das Herz gebrochen, aber wir ließen ihr keine Wahl, und so blieb ihr nichts anderes übrig, als nachzugeben.«

»Bei Vollmond vollzogen sie das Ritual an den alten Hünengräbern.«

»Es hat euch unsterblich gemacht«, warf Luciano ein. »Nun, zumindest Ivy, aber auch Werwölfe leben sehr lange. Als Menschen wärt ihr längst Staub. Es war eine gute Entscheidung.«

Ivy sah ihn mit einem weichen Lächeln an. »Wenn man nie ein Mensch war, kann man nicht nachempfinden, was man verliert. Für euch ist alles ganz natürlich. Menschen sind nur Beute in euren Augen. Ich sehe sie noch immer in einem anderen Licht und habe ihre Gesellschaft nur schweren Herzens verlassen. Ihr habt das Leben im Licht des Tages nicht kennengelernt. Aber ich spüre manches Mal den Drang in mir, draußen sitzen zu bleiben, wenn der Tag erwacht, den Vögeln zu lauschen und mein Gesicht im warmen Licht der aufgehenden Sonne zu baden.«

»Sie ist nicht warm, sie ist zerstörerisch heiß!«, korrigierte Luciano.

»Für euch, ja, und für mich seit der Wandlung auch.«

Alisa sah in die Ferne, die Stirn nachdenklich in Falten gelegt. »Eines verstehe ich allerdings nicht. Warum ist Seymour bei dir geblieben? Warum lebt er bei den Lycana und nicht bei der Werwolfsippe in den Mooren draußen?«

Ivy und Seymour tauschten einen schnellen Blick. »Ich war nicht bereit, sie zu verlassen. Ivy ist noch immer meine Zwillingsschwester, und ich beschütze sie, egal wohin sie geht.«

»Das ist den Werwölfen ein Dorn im Auge«, vermutete Alisa.

»Ja, das ist der Grund, warum sie uns Verrat und Wortbruch vorwerfen. Sie sagen, Tara spreche nur für die Vampire und Seymour gehöre mehr zu den Lycana als zu ihnen. Deshalb fühlen sie sich betrogen und denken, es sei ihr Recht, den Druiden den Stein vorzuenthalten.«

»Ich kann die Werwölfe verstehen«, sagte Luciano, ohne sich um Seymours Knurren zu kümmern. »Das riecht schon ein wenig nach einem abgekarteten Spiel. Bei jeder Sippe hätte einer der Auserwählten leben müssen.«

»Sie hatten den *cloch adhair* in ihren Händen«, gab Seymour mürrisch zurück.

»Zu Recht! Das Los hat entschieden, dass er ihnen als Erstes zusteht«, sagte Ivy.

»Und wenn sich Seymour dazu bereit erklärt, von nun an mit seiner Sippe zu leben? Vielleicht würde dann alles wieder ins Lot kommen und der drohende Krieg verhindert«, schlug Alisa ein wenig zaghaft vor.

»Niemals!«, rief Seymour.

»Jetzt ist es, glaube ich, für diese Geste zu spät«, meinte Ivy.

»Gut«, sagte Luciano und erhob sich. »Dann müssen wir zusehen, dass die Streitigkeiten auf andere Weise beendet werden und der Stein dorthin kommt, wo er laut Vertrag hingehört: in die Hände der Druiden!«

»Ja, sicher, aber was hast du vor? Wir können im Augenblick nichts tun. Wir müssen warten, bis die Lycana zurückkommen, und ihnen dann berichten, dass die Werwölfe den Stein unserer Meinung nach in Ross Errily verstecken.«

»Und dann?«, gab Luciano zurück. »Dann ziehen sie zu dem Kloster, klopfen an die Pforte und sagen: Bitte gebt uns den Stein? Die Werwölfe werden sich ins Fäustchen lachen. Wie du selbst gesagt hast, haben sie diesen Ort mit Bedacht gewählt, da ihn kein Lycana betreten kann.«

»Außer Ivy und Mervyn.«

»Genau, außer Ivy, Mervyn und wir anderen, die wir in Rom waren und unsere Kräfte zu stärken gelernt haben.«

»Sie werden sich wieder weigern, uns mitzunehmen«, sagte Alisa langsam.

Luciano nickte zustimmend. »Ja, das vermute ich auch.«

»Also müssen wir ihnen ohne ihre Erlaubnis die Unterstützung bringen, die sie brauchen!«

Luciano feixte. »Ja, so sehe ich das auch. Wir haben die Verfolger besiegt. Die Sonne hat ihre Körper verbrannt. Warum also sollten wir uns noch länger hinter den Burgmauern verstecken?«

»Gehen wir«, brummte Seymour und wandelte sich wieder in seine gewohnte Wolfsgestalt.

Auch Ivy erhob sich. »Ja, ich denke auch, dass sie unsere Hilfe benötigen. Gehen wir«, wiederholte sie die Worte ihres Bruders und folgte ihm durch die Gittertür des Friedhofs, die leise knarrend hinter ihnen zuschwang.

*

Die Freunde hatten sich heimlich davonschleichen wollen, doch im Burghof trafen sie auf Malcolm und einige andere Erben, die offensichtlich ahnten, dass sie etwas planten. Also berichteten sie ihnen notgedrungen, was sie vorhatten.

»Ihr wollt also auf die andere Seite des Lough, die Lycana suchen und dann mit ihnen die Klosterruine belagern, bis die Werwölfe den Stein herausgeben«, fasste Malcolm zusammen.

»Ja, so ungefähr.«

»Gut, gehen wir!«, sagte Malcolm und scharte die anderen Vyrad um sich, die entschlossen schienen, sich der Aufgabe zu stellen, auch wenn Raymonds Miene wie immer ein wenig ängstlich wirkte.

Tammo, Joanne und Fernand verlangten lautstark, an dieser aufregenden Mission teilzunehmen.

»Ich hatte schon befürchtet, nun trifft uns nach dieser aufregenden Nacht wieder die Zeit der großen Langeweile, in der wir nichts anderes tun können, als mit Mäusen und Schafen zu spielen.« Tammo grinste über das ganze Gesicht, während sich Fernand schon einmal eines der silbernen Schwerter sicherte, die Ivy mit in den Burghof gebracht hatte.

»Ich weiß nicht, ob wir sie mitnehmen sollen«, sagte Ivy leise.

Alisa nickte. »Ich bin mir nicht sicher, was gefährlicher ist. Tammo dabei und im Blick zu haben oder hier mit den anderen zurückzulassen.«

Auch Lucianos Vetter Maurizio und seine Cousine Chiara ließen keinen Zweifel daran, dass sie nicht hier zurückbleiben würden, wenn es dort draußen einen Kampf auszufechten galt, in den ihre Schatten bereits verwickelt waren.

Zu Alisas großer Überraschung trat auch Karl Philipp heran, nahm Alisa den Degen ab, der ihm bereits gute Dienste geleistet hatte, und verkündete, dass sie ohne seine Kampfkünste in Schwierigkeiten geraten würden.

»Du willst uns ohne Schutz hier zurücklassen?«, rief seine jüngere Cousine Marie Luise mit schriller Stimme.

Karl Philipp hob die Schultern. »Wenn ihr nicht mitkommen wollt, dann bleibt ihr halt hier. Mich kümmert das nicht. Ich werde mir jedenfalls die Gelegenheit auf ein glorreiches Gefecht nicht entgehen lassen. Die Bälle und Gesellschaften in Wien sind ja ganz nett, aber wozu erhalten wir diesen ganzen Fechtunterricht? Nur um im Saal daheim gegen unseren Fechtmeister anzutreten? Jetzt können wir endlich sehen, was wir gelernt haben! Auch wenn mich die Verhältnisse hier in Irland kaltlassen und es eigentlich unter meiner Würde ist, für Lycana zu kämpfen. Aber ich will großmütig sein! Vielleicht bleibt ja Franz Leopold da und spielt für euch den Beschützer.«

Ihre Blicke richteten sich auf den Dracas, der etwas abseits mit vor der Brust verschränkten Armen an der Mauer lehnte. Für einen Moment konnte Alisa das innere Ringen in seiner Miene beobachten, dann war sie wieder die unnahbare Maske.

»Franz Leopold, du musst bei uns bleiben!«, quengelte Marie Luise.

Vielleicht gab ihr klagender Ton den Ausschlag. Franz Leopold sah sie mit der Verachtung an, die er sonst für die anderen Familien reserviert hatte. Dann gesellte er sich zu seinem Vetter.

»Wenn ihr ein Kindermädchen braucht, dann müsst ihr schon mitkommen.«

Marie Luise schluchzte, doch ihre Cousine brachte sie zum Schweigen. Sie ging auf Alisa zu und streckte die Hand nach dem zweiten Degen aus. »Ich nehme an, du weißt nicht damit umzugehen?« Alisa schüttelte den Kopf. »Dann ist es wohl besser, du überlässt ihn mir.«

Mit verdutzter Miene übergab Alisa der schönen Wienerin den Degen. Sie raffte mit der einen Hand ihr langes Gewand, machte einen Ausfallschritt und ließ die Klinge ein paar Mal scharf durch die Luft sausen.

»Gar nicht übel«, gab sie widerstrebend zu und gesellte sich mit kriegerischer Miene zu ihren Vettern. Marie Luise starrte sie vorwurfsvoll an.

»Alleine bleibe ich nicht hier!«, rief sie und eilte zu den anderen. »Dann schon lieber dieser Wahnsinn, von dem ich nicht begreife, warum ihr euch damit abgeben wollt!«

»Sagen wir einfach, wir hatten genug Schafe, Wölfe und Fledermäuse und verlangen nach Abwechslung.« Anna Christina schnaubte abfällig.

Sören und Mervyn beobachteten das Geschehen aufmerksam.

»Sören, bleibst du bei Mervyn?«, bat Ivy. »Wir sollten ihn nicht alleine zurücklassen.«

Mervyn bückte sich nach der Axt und wog sie in der Hand. »Ich komme natürlich mit! Das Mittel der Druidin wirkt wahre Wunder. Die Schmerzen sind zu ertragen. Ich werde euch ganz sicher nicht zur Last fallen oder zu langsam vorankommen!«

»Und wenn, dann werde ich ihm helfen!«, betonte Sören.

Ivy sah in die Runde. In ihren Augen standen Entschlossenheit und Abenteuerlust. »Wir dürfen die Erben der Familien nicht leichtfertig in Gefahr bringen. Wir müssen unseren Weg sehr sorgfältig wählen«, sagte sie leise zu Alisa.

»Wie kommen wir auf die andere Seite«, gab diese zurück. »Wir können uns in der Mine nicht alle in Fledermäuse verwandeln.«

Ivy schüttelte den Kopf. »Nein, das ist unmöglich. Viele sind noch nicht so weit.«

»Müssen wir dann zu Fuß um den See?« Luciano zog eine Grimasse. »Er ist ziemlich weitläufig, nicht wahr?«

»Ja, das würde zu lange dauern«, sagte Ivy. »Ich habe eine andere Idee. Folgt mir!«

Nachdem sie alle Waffen, derer sie habhaft werden konnten, unter sich aufgeteilt hatten, machten sie sich auf den Weg. Sie sprachen nicht viel, doch die Anspannung war in ihren Gesichtern zu lesen, als sie Ivy am Ufer des Lough entlang nach Norden folgten.

✳

»Was ist los?« Nellie schreckte auf. War sie auf dem Rücken ihres Ponys eingenickt? Das sanfte Schaukeln hatte sie schläfrig gemacht, obwohl die Träume, in die sie versank, von erschreckenden Bildern durchsetzt waren, unter die sich immer wieder die Toten mit herausgerissenen Kehlen mischten. Nun, da die Pferde plötzlich anhielten, kehrte ihr Geist zu dem nächtlichen Zug zurück.

»Warum halten wir an?«, fragte Nellie ihren Bruder.

Von vorn waren erregte Worte zu hören. Ihr Vater, Lorcan und Mac Gaoth stritten über irgendetwas.

»Worum geht es?«, wollte Nellie wissen.

Cowan hob die Schultern. »Woher soll ich das wissen?« Er trieb sein Pony näher heran. Endlich kam er zurück.

»Und?«, drängte seine Schwester.

»Mac Gaoth will, dass wir dem Ostufer des Lough folgen.«

Nellie starrte ihren Bruder verdutzt an. »Warum um alles in der Welt will er das denn? Wir müssen die Waffen in den Bergen verstecken, wo sie keiner findet. Müssen durch die Moore ziehen, wo man unseren Spuren nicht folgen kann.«

»Das sagen Vater und Lorcan auch, aber Mac Gaoth besteht darauf, dass er ein perfektes Versteck kennt. Es hat den Vorteil, dass wir – wenn es denn mit dem Aufstand losgeht – die Waffen nicht erst aus dem unwegsamen Gelände Connemaras holen müssen. Was kein dummer Gedanke ist, wenn du mich fragst.«

Nellie wiegte den Kopf. »Ich traue ihm nicht. Es ist ein Fehler, dass wir uns mit so einem eingelassen haben.«

»Warum? Was er bisher vorgeschlagen hat, war zu unserem Vorteil. Sieh nur, wie viele Waffen wir erbeutet haben. Wir sind durch Mac Gaoth unserem Ziel ein großes Stück näher gekommen.«

Nellie schwieg. Sie dachte wieder an die beiden schrecklich zugerichteten Toten, doch wie sollte sie ihrem Bruder ihren ungeheuerlichen Verdacht mitteilen, den sie selbst nicht recht glauben wollte?

»Hat er gesagt, was das für ein Versteck ist? Wo liegt es?«

»Soviel ich verstanden habe, können wir es noch vor dem Morgengrauen erreichen. Es ist ein verlassenes Kloster.«

»Ein Kloster? Und das soll sicher sein? Selbst wenn es nur noch eine Ruine ist, kommen Menschen dorthin, um ihre Verstorbenen auf geheiligtem Boden zu begraben – vor allem hier in Connemara, wo sie die Toten davor beschützen müssen, von den Blutsaugern der Nacht geschändet zu werden!«

Cowan zog eine Grimasse. »Dass du diesen Quatsch glaubst, mit dem die Großmutter uns Kinder erschrecken wollte.«

»Sie wollte uns nicht erschrecken«, widersprach Nellie. »Sie hat uns nur weitererzählt, was man ihr im Laufe ihres langen Lebens zugetragen und was sie selbst erlebt hat.«

»Lauter Hirngespinste von senilen, alten Leuten, die nicht mehr gut hören und sehen.«

»Ach ja? Und was war das für ein Wesen, das die Bluthunde gejagt haben und das sich dann plötzlich in Luft aufgelöst hat? Ein Mensch war es jedenfalls nicht!«

»Aber sicher auch kein Vampir oder Werwolf oder an was du sonst noch so glaubst.«

»Und warum nicht? Weil mein Bruder als Einziger so schlau ist und alles besser weiß als die vielen Leute, die ein paar Dutzend Jahre mehr auf dem Buckel haben?«

»Psst! Seid ihr denn von allen guten Geistern verlassen!«, herrschte Fynn sie an. Die beiden verstummten. Sie hatten gar nicht gemerkt, wie ihre Stimmen in der nächtlichen Stille davongetragen wurden. Nun erst wurde ihnen bewusst, dass die Männer am Beginn des Zuges verstummt waren. Nellie spürte Mac Gaoths bohrenden Blick auf sich. Dann befahl der Vater, weiterzureiten. Statt die Furt zu durchqueren, wandte er sich dem Ostufer des Lough zu. Mac Gaoth hatte sich also wieder einmal durchgesetzt.

ROSS ERRILY

»Warum halten wir denn schon wieder an?«, fragte Nellie ungeduldig, obwohl sie mindestens zwei Stunden stumm hintereinander hergeritten waren. Immer wieder war sie eingenickt. Nun tat ihr alles weh, sie war erschöpft, hungrig und durstig und ersehnte nichts mehr als ein weiches Bett und viele Stunden Schlaf. Jede weitere Verzögerung zehrte an ihren Nerven.

Cowan ritt vor, um sich zu erkundigen. »Mac Gaoth sagt, wir sollen hier in dem Hain auf ihn warten. Er muss kurz etwas erledigen. Er kommt gleich zurück, damit wir gemeinsam zu dem Versteck reiten können, das wir schon bald erreichen werden.«

»Mac Gaoth sagt«, äffte Nellie ihn nach. »Sind wir zu seinen Handlangern verkommen? Haben wir nicht unsere eigenen Anführer, die uns sagen, was wir tun sollen?«

Ihr Bruder hob die Schultern. »Er hat uns von dem Lagerhaus erzählt, daher hat er bei dieser Operation auch das Kommando, und alle ordnen sich unter. Er muss zu Ende führen, was er begonnen hat.«

»Ich hoffe nur, dass wir dieses Ende bald erreichen und Vater dann die Zügel wieder in die Hand nimmt«, erwiderte Nellie mürrisch.

»Ah, da ist jemand müde und schlecht gelaunt. So etwas ist eben nichts für Kinder«, spottete ihr Bruder. »Das habe ich dir gleich gesagt, aber du meinst ja, alles besser zu wissen, und hast alles drangesetzt, deinen Dickschädel bei Vater durchzusetzen. Vielleicht lernst du daraus und bleibst das nächste Mal im warmen Nest bei Tante Rosaleen.«

Nellie streckte ihrem Bruder die Zunge heraus. Im Stillen aber dachte sie, wie gern sie jetzt bei der Tante wäre. Und doch, wie könnte sie Ruhe finden, während sich ihr Vater und ihr Bruder und all die anderen, die sie ihr Leben lang kannte, in Gefahr begaben?

Wann wird das alles vorbei sein? Wann werden wir zu unserem friedlichen Leben zurückkehren? Und wer von uns wird dann noch am Leben sein? Eine kalte Faust schien sich um ihr Herz zu legen und ihr die Luft zu rauben.

Das ist nur der lange Ritt, sagte sie sich, während sie ein wenig auf und ab ging, um die Steife aus den Beinen zu verjagen. *Das hat nichts zu bedeuten. Wirklich nicht?*

Nellie hatte gelernt, ihren Ahnungen zu vertrauen, doch in dieser Stunde konnte sie nicht anders als sie verdrängen. Ihnen ins Auge zu sehen, wäre über ihre Kräfte gegangen. Nellie faltete die Hände und begann zu beten. Für sich, für ihre Familie und Freunde und für das Land, das in Flammen aufzugehen drohte.

*

»Bleibt hier verborgen«, gebot Ivy den anderen.

»Warum nehmen wir uns nicht einfach eines der Fischerboote«, murrte Maurizio, dessen Kater bereits dabei war, die am Steg vertäuten Schiffe zu inspizieren.

Ivy schüttelte den Kopf. »Ihr wartet! Es wird nicht lange dauern.« Sie weigerte sich sogar, Alisa oder Luciano mitzunehmen, und schritt mit Seymour an der Seite zu einem Fischerhäuschen, das ein wenig weiter den Hügel hinauf zu sehen war. Sie klopfte. Nichts geschah. Ivy klopfte noch einmal. Endlich hörte sie schlurfende Schritte und die Tür wurde aufgezogen. Der alte Mann zeigte keine Anzeichen von Überraschung, mitten in der Nacht ein silberhaariges Mädchen und einen weißen Wolf vor seiner Tür anzutreffen. Er verneigte sich steif.

»Was verschafft mir die Ehre?«

»Quintin, ich muss dich um dein Boot bitten«, sagte Ivy.

Der alte Fischer sah zum Nachthimmel auf. »Es sind noch einige Stunden bis zum Morgengrauen. Werde ich mein Boot rechtzeitig zurückbekommen?«

»Nein, das wird nicht möglich sein. Und ich kann dir auch nicht versprechen, dass du es bis zum nächsten Tag wiederhast.«

Der alte Mann wiegte den Kopf hin und her. »Das ist nicht gut. Ich brauche den Fang. Ich bin ein armer Mann.«

»Ich weiß und dennoch muss ich diese Bitte an dich richten. Es ist wichtig!«

»Das ist es immer«, murrte er. »Es geht um Irlands und unser aller Geschicke. Willst du zur Insel hinüber?«

»Nein, auf die andere Seite des Lough.«

»Hm, und du wirst das Schiff steuern?«

»Ich dachte eigentlich, ich – nun ja – ich sehe mich auf der anderen Seite schon einmal um, während meine Begleiter über den See fahren.«

Der Fischer schwieg. Sich Gedanken über die seltsamen Dinge zu machen, die ihm begegneten, hatte er sich längst abgewöhnt. »Hat denn einer deiner Mitreisenden Erfahrung mit solch einem Boot?«, wollte er wissen. Ivy zuckte mit den Achseln.

»Dann warte kurz. Ich werde es selbst hinübersteuern und dann wieder mit zurücknehmen.«

Ivy zögerte, aber er war schon im Haus verschwunden, um seinen Nachtkittel gegen Hose, Pullover und Strickmütze zu vertauschen.

»Es werden keine Menschen an Bord sein«, sagte sie vorsichtig.

»Und ich vermute, es handelt sich auch nicht um eine Schafherde«, brummte der Fischer.

»Nein, das kann man nicht behaupten. Aber sie werden dir nichts tun.«

»Das nehme ich an. Sonst müsste Tara in Zukunft auf meine Dienste verzichten. Das wäre ihr sicher nicht recht.«

Ivy schmunzelte. »Nein, das wäre es ihr nicht.«

Sie eilte zum Steg zurück. Da der Fischer natürlich viel langsamer war, gab es ihr Zeit, die anderen auf sein Kommen vorzubereiten.

»Bitte, haltet euch zurück! Es darf ihm kein Haar gekrümmt werden! Ich muss mich auf euch alle verlassen können.« Sie setzte eine strenge Miene auf und sah jeden Einzelnen von ihnen an.

»Wir dürfen ja kein Menschenblut trinken«, maulte Tammo, dem dieses Vergnügen noch am längsten verwehrt bleiben würde.

Ivy bat Seymour, für die Fahrt über den See an Alisas Seite zu bleiben. Der Wolf knurrte zwar unwillig, ging jedoch zu der Vamalia und ließ sich zu ihren Füßen nieder.

Gespannt starrten die Erben den alten Mann an, der nun über den Steg auf sie zukam und sie zu seinem Boot führte. Er nickte ihnen zu und begann, sich um die Taue, seine Segel und das Ruder zu kümmern. Er schien nicht zu wissen, welch ungewöhnliche Passagiere er zu befördern hatte, oder es kümmerte ihn nicht. Angst empfand er jedenfalls nicht, das hätten sie gewittert.

Zum Glück, dachte die Lycana. Wer weiß, ob der Geruch von Angst nicht in dem einen oder anderen den Jagdtrieb hätte erwachen lassen.

Ivy wartete, bis alle an Bord waren und das Boot abgelegt hatte, ehe sie sich zu einem Falken wandelte und wie ein Pfeil über den Lough schoss. Am anderen Ufer streifte sie im Tiefflug über die Weiden und Auen. Wo waren die Lycana und ihre Begleiter? Hatten sie bereits herausgefunden, dass sich die Werwölfe in Ross Errily versteckten? Oder irrte sich Alisa? Ivy flog auf die alte Franziskanerabtei zu, um sich Gewissheit zu verschaffen.

Dreimal kreiste sie über der weitläufigen Klosterruine, deren Gebäude nur noch zum Teil Dächer trugen. Zwei Kreuzgänge um zwei Höfe konnte Ivy ausmachen. Doch die Gestalten, die sie erkennen konnte, passten nicht in ein Kloster. Ihre Aura unterschied sich von der der Menschen, auch wenn unzweifelhaft warmes Blut in ihren Adern floss. Sie hatte die Werwölfe aufgespürt! Ivy flog noch tiefer und landete dann in einer Nische im Kirchturm. Aufmerksam betrachtete sie das Treiben unter sich. Gerade traten zwei Männer aus dem Kreuzgang in das grasige Rechteck in der Mitte. Ivy erkannte Áthair Faolchu. Der jüngere

Werwolf an seiner Seite war ihr nicht bekannt. Sie konnte nicht hören, was sie sprachen, aber ihre Gesten verrieten, dass sie sich über irgendetwas uneins waren. Der jüngere Werwolf blieb einen Schritt zurück, wandte sich um und gab irgendjemand, den Ivy von ihrem Platz aus nicht sehen konnte, einen Wink. Zwei graue Wölfe sprangen auf Áthair Faolchu zu. Der alte Werwolf wandte sich zwar um, starrte die beiden Raubtiere aber nur fassungslos an. Der erste sprang ihm gegen die Brust, dass er taumelte. Der zweite brachte ihn zu Fall. Hilflos lag er auf dem Boden, einen geöffneten Rachen an seiner Kehle. Der jüngere Werwolf beugte sich zu ihm herab und sagte etwas. Áthair Faolchu reagierte nicht. Trotzdem zogen sich die beiden Angreifer einige Schritte zurück und nahmen ihre menschliche Gestalt an. Dann streckte der junge Werwolf dem am Boden liegenden die Hand entgegen, um ihm beim Aufstehen zu helfen. Es war keine Geste des Respekts. Es war die Hand des Kerkermeisters, der seinen Gefangenen abführt. Áthair Faolchu ergab sich ohne Widerstand in sein Schicksal. Vielleicht waren die Machtverhältnisse in der Sippe schon lange aus den Fugen geraten, nun jedoch wurden für jeden sichtbar neue Tatsachen geschaffen. Nur seine stolze Haltung blieb dem entthronten Anführer der Werwolfsippe von Connemara.

Ivy hatte genug gesehen. Sie spreizte die Flügel und flog nach Süden und dann wieder auf das Seeufer zu. Dort unter ihr, in einem kleinen Hain, bewegte sich etwas. Gestalten waren zu erahnen, die, bis auf eine, die rötliche Aura menschlicher Wärme vermissen ließen. Ivy landete in den Ästen eines Baumes. Zuerst schien keiner ihre Anwesenheit zu bemerken, doch dann spürte sie einen Blick durch ihr Gefieder dringen. Tara! Natürlich, wer sonst. Ivy flog vom Baum und verwandelte sich. Natürlich hatte sie keine freudige Begrüßung erwartet. Doch das Entsetzen in den Mienen der Lycana und ihrer Mutter ließ sie beschwichtigend die Hände heben.

»Es ist alles in Ordnung! Keine Sorge, ich berichte sogleich, was geschehen ist und was wir herausgefunden haben!« Sie behielt

Ireens Vernichtung noch für sich und beruhigte auch die Servienten der anderen Familien.

»Sie haben den *cloch adhair* nach Ross Errily gebracht, denn sie wissen, dass die Lycana das Kloster nicht betreten können.«

»Aber ich kann es«, sagte Tara.

»Willst du dich alleine einer Meute Werwölfe entgegenstellen?«, gab Ivy zurück.

»Ich kann mit ihnen sprechen. Es muss eine friedliche Lösung geben. Sie werden mir nichts tun.«

»Da wäre ich mir nicht so sicher. Ich habe gesehen, wie sie Áthair Faolchu angegriffen und ihn weggebracht haben. Die Machtverhältnisse sind nicht mehr, wie sie waren.«

Tara nickte. »Ich habe es befürchtet. Doch welche Wahl bleibt uns? Kein Vampir kann das Kloster betreten.«

»Du weißt genau, dass es sehr wohl eine Möglichkeit gibt. Du willst sie nur nicht ergreifen. Sowohl Francesco als auch Leonarda und Pietro sind dazu in der Lage.« Die Römer nickten einmütig. »Und die Erben haben in Rom gelernt, sich ebenfalls erfolgreich gegen die Abwehrkräfte der Kirche zu wehren.« Ivy zeigte das Ufer entlang nach Norden. »Bald schon wird Quintins Fischerboot anlegen und die Erben zu uns bringen. Sie sind bereit, ihren Teil dazu beizutragen, diesen Streit zu einem guten Ende zu bringen. Dies ist nicht die Zeit, unsere Chancen zu verwerfen, nur um die Erben von jeder Gefahr fernzuhalten.«

Die Nachricht löste wenig Freude aus. Immerhin räumte Donnchadh den Vorteil ein, dass die Klostermauern für fast zwei Dutzend der Vampire kein Hindernis darstellten. Und so brachen sie auf, um die Erben in Empfang zu nehmen.

*

Die Vampirin hatte Cong bereits am frühen Abend verlassen, um sich zu dem Treffpunkt zu begeben, den der Werwolf ihr genannt hatte. Eine kleine Scheune nahe am Ufer des Lough, die von den Schafbauern nicht mehr benutzt wurde.

Die trotz ihres heute schlichten schwarzen Gewands auffallende Dame warf einen letzten Blick auf das prächtige Schloss, dann verließ sie Ashford. Sie hatte sich bereits vor einigen Tagen ein kleines Boot besorgt – und einen jungen Mann, der sie bei ihrer ersten Begegnung so verzückt anstarrte, dass sie auf ihre Fähigkeit, Menschen gefügig zu machen, gänzlich verzichtete. Nun wartete er unten am Steg, bot ihr galant die Hand, um ihr an Bord zu helfen, und lief dann los, die beiden Kisten zu holen, deren Inhalt zu beschaffen sie einige Mühe gekostet hatte. Vielleicht würde sie die schimmernden Metallteile nicht benötigen, doch sie wollte vorbereitet sein.

Das oberste Ziel lautete, das Hindernis zu beseitigen, das zwischen dem Meister und dem Objekt seiner Begierde stand. Sie hatte einmal versagt und war bei ihm in Ungnade gefallen. Noch einmal würde ihr das nicht passieren – durfte ihr das nicht passieren! Die Vampirin wusste genau, ein drittes Mal würde es für sie nicht geben.

Der junge Mann, dessen Name sie vergessen hatte und der sie auch nicht interessierte, löste die Taue, mit denen das Boot am Steg befestigt war, und steuerte auf den See hinaus. Er warf seinem späten Fahrgast immer wieder bewundernde Blicke zu und versuchte einige Male erfolglos, sie in ein Gespräch zu ziehen, doch ihre abweisende Miene entmutigte ihn schnell, sodass er sich mit stummer Anbetung begnügte. Die Vampirin saß reglos da und sah zum nächtlichen Ufer hinüber. Ab und zu erhaschte sie die warme Aura eines Tieres, ansonsten schienen die Wiesen und feuchten Haine verlassen. Endlich steuerte der junge Mann das Ufer an. Einen Steg gab es hier nicht, daher sprang er über Bord, sobald der Kiel über den Schlickgrund schleifte, und zog das Boot durch das Schilf so nahe ans Ufer, dass seine Passagierin mit einem großen Schritt trockenen Fußes aussteigen konnte. Er streckte ihr die Hand entgegen, um ihr ritterlich zur Seite zu stehen. Ihr Händedruck war eisig wie der Tod und viel kräftiger, als er es bei diesem zarten, wunderschönen Wesen erwartet hätte.

»Sie haben gar nicht gesagt, dass Ihnen kalt ist«, meinte er besorgt. »Ich kann Ihnen für die Rückfahrt eine Decke geben.«

Die Dame sprang elegant an Land, ihre Hand noch immer in der seinen. »Es wird keine Rückfahrt geben«, sagte sie mit ihrer verführerischen Stimme, in der ein Gurren schwang, das wie ein Lachen klang.

»Keine Rückfahrt?« Er sah sich um und fragte sich zum ersten Mal, was eine Lady wie sie zu so später Stunde an diesem einsamen Ort zu suchen hatte. Ob mit oder ohne Rückfahrt, es war schon ein wenig seltsam. Sehr seltsam! Noch immer hielt sie seine Hand fest und sah ihn mit einer Begehrlichkeit an, die ihn wie eine eisige Umarmung fesselte. Dabei hätte er sich geschmeichelt fühlen müssen, von ihr überhaupt bemerkt zu werden!

Aus den Augenwinkeln nahm er eine Bewegung wahr. Auch die Lady sah aufmerksam in die Richtung. Ein schäbig wirkender Mann trat aus dem Gebüsch und kam auf sie zugeschlendert. Die Erkenntnis durchfuhr ihn wie ein Blitz. Natürlich, das war die einzige mögliche Erklärung. Sie traf sich mit einem Mann – um mit ihm durchzubrennen? Brauchte sie sein Boot deshalb nicht für die Rückfahrt? Hatte er Pferde oder eine Kutsche besorgt, um seine Braut mit sich zu nehmen? Neugierig starrte er den Mann an, der sich mit raubtierartiger Geschmeidigkeit näherte. Je deutlicher er ihn erkennen konnte, desto mehr stieg seine Verwirrung, ja, Enttäuschung. Wie konnte sie sich mit so einem abgerissenen Kerl einlassen? Er konnte sich nicht vorstellen, was sie an diesem Mann fand – außer vielleicht eine zügellose Wildheit, wenn er sie in den Armen hielt. Dass ihre Familie diesen Mann nicht akzeptieren würde, konnte er sich dagegen nur zu gut vorstellen.

Warum ließ sie ihn nicht endlich los? Seine Hand schmerzte und war eisig kalt unter ihrem Griff.

Der Neuankömmling verneigte sich. »Es ist alles so, wie Ihr es geplant habt.«

Sie neigte hoheitsvoll das aristokratische Haupt. »Das will ich hoffen. Ich liebe es nicht, wenn meine Pläne durchkreuzt werden.«

»Das habe ich mir schon gedacht.« Er lächelte unheilvoll und nickte in die Richtung des Bootsführers.

»Werdet Ihr ihn gehen lassen oder habt Ihr noch nicht gespeist?«

Der junge Mann blinzelte verwirrt. Er verstand die Worte, die der Fremde sagte, aber sie schienen keinen Sinn zu ergeben.

Die Lady wandte sich zu ihm um und entblößte herrlich weiße, doch merkwürdig spitze Zähne. »Nein, ich denke, diesen Leckerbissen kann ich mir nicht entgehen lassen. Ich werde mir einige Augenblicke des Genusses gönnen, ehe wir uns weiter meinen Plänen widmen. Du kannst solange die beiden Kisten ausladen, die ich mitgebracht habe.«

Er neigte den Kopf, watete ins Wasser und beugte sich über die beiden Schachteln. Der Bootsführer wollte protestieren. Es war seine Aufgabe, der Lady behilflich zu sein. Er öffnete den Mund, doch es kam kein Laut hervor. Sie trat einige Schritte vom Ufer weg und zog ihn wie ein ungezogenes Kind hinter sich her, ohne dass er auch nur versuchte, sich zu wehren. Was zum Teufel wollte sie von ihm?

Sie lächelte nicht mehr verführerisch, sondern gierig. »Dein Blut natürlich, dummer Junge.« Dann senkten sich ihre Zähne in seinen Hals. Er stand nur da, mit weit aufgerissenen Augen, während sein Leben durch ihren Mund floss. Mit seinem Blut schwanden seine Sinne. Dass sie ihn losließ und er zu Boden sackte, spürte er schon nicht mehr.

»Was ist das?« Mac Gaoths Stimme hatte ihr gegenüber noch nie so schroff geklungen.

Die Vampirin tupfte sich die Lippen mit einem Spitzentaschentuch ab, stieg über den Körper am Boden hinweg und trat zu dem Werwolf, der die erste der beiden kleinen Kisten geöffnet hatte. In seiner Hand lag ein kleiner silberner Zylinder mit gerundeter Spitze.

»Eine Gewehrkugel, wie du sicher schon erkannt hast.«

»Das ist Silber!«

»Aber ja«, stimmte sie ihm zu. »Tödliches, zerstörerisches Silber!«

»Das nicht nur Vampire vernichtet, sondern auch Werwölfe!«, sagte er mit einem drohenden Unterton, der ihr nicht gefiel. Die fremde Vampirin reckte sich und baute sich zu ihrer vollen Größe vor ihm auf.

»Es ist nicht deine Sache, zu denken und zu planen, Mac Gaoth. Das obliegt ganz alleine mir, verstehst du?«

Sie sah seinen Blick sich eintrüben. Die Macht ihrer Gedanken wirkte nicht nur auf Menschen. Sie konnte auch jeden räudigen Werwolf bezwingen.

»Nimm diese Kisten mit und gib den Menschen die Munition, die sie brauchen, um ein wenig Verwirrung zu stiften. Es liegt in deiner Hand, auf wen die Gewehre gerichtet werden. Sorge du dafür, dass es nicht deine Sippe ist – oder nur die trifft, die du bei deinen großen Plänen entbehren kannst. Ist es um ein paar Lycana oder Unreine anderer Sippen schade?« Sie näherte ihre roten Lippen seinem Ohr und hauchte: »Und wenn sie alle gegeneinander kämpfen und die Verwirrung am größten ist, dann ist der Zeitpunkt gekommen, mir den Stein zu bringen!«

Er schüttelte sich, als wäre Wasser in seine Ohren gedrungen, und wich vor ihr zurück. Sein Blick war wieder klar. »Den Stein? Ihr wollt den Stein? Das war nicht abgemacht. Ihr habt gesagt, ihr helft mir, Áthair Faolchu zu entmachten und unsere Sippe unter meiner Führung zu ihrer alten Größe zurückzuführen. Und ich versprach Euch, dass kein Druide oder Lycana den Stein mehr berühren würde.«

Die Vampirin nickte. »Ja, das hast du gesagt, aber, verzeih mir, mein Junge, ich sorge lieber selbst dafür, dass sie das nicht mehr tun können. Endgültig!«

»Ihr wollt den *cloch adhair* zerstören? Das ist unmöglich! Er ist die Seele von Connemara, von Irland!«

Die Vampirin machte eine wegwerfende Handbewegung. »Ja, davon habe ich gehört. Ihr Iren neigt zu romantischer Verklärung.

Es ist ein Stein! Und kein Stein ist so hart, dass man ihn nicht zerstören könnte.«

»Nicht die Seele, denn sie ist nicht nur Stein, sondern reine Energie, und sie gehört uns!«

Er griff so unvermittelt an, dass ihr kaum Zeit blieb zurückzuspringen. Seine Arme schossen nach vorn. Seine langen, kräftigen Finger umklammerten ihren Hals.

»Du willst einen Vampir erwürgen?«, keuchte sie seltsam tonlos. Ihr Lachen war ein Ächzen. »Dummer Junge. Auf diese Weise kannst du uns nicht vernichten! Aber ich dich damit!«

Der silberne Dolch war so schnell an seiner Kehle, dass er mitten in der Bewegung erstarrte. Während sie ihn mit der einen Hand in Schach hielt, löste sie mit der anderen seine Finger von ihrem Hals.

»Und nun hör mir gut zu. Alles läuft so, wie wir es besprochen haben. Du darfst deine Machtgelüste befriedigen. Und ich schwöre dir, dass ich euren wertvollen Stein nicht zerstöre.« Sie ließ das Messer sinken.

»Ihr habt es noch immer nicht begriffen, nicht wahr?« Er rieb sich den Hals an der Stelle, an der das Messer die Haut geritzt hatte. »Man kann ihn nicht zerstören!«

»Umso besser für euch. Und nun nimm die Kugeln mit – für alle Fälle. Wir wissen nicht, wie es laufen wird. Wie viele Menschen haben den Zug begleitet?«

»Fünf Männer, eine Frau und zwei Halbwüchsige.«

Die Vampirin nickte. »Gut. Mit den richtigen Waffen sollten sie in der Lage sein, die Lycana aufzuschrecken. Sie werden an zwei Fronten kämpfen müssen. Das wird ihnen eine Lehre sein – und euch eine gute Verhandlungsposition verschaffen. Ich will ständig über alles informiert werden, was vor sich geht, hörst du?« Sie trat näher, griff ihm unter das Kinn und näherte ihre Lippen den seinen. »Vertraue mir! Alles wird sich zum Guten wenden.« Sie küsste ihn auf den Mund, doch ihr Bann über ihn war gebrochen. Er machte sich von ihr los und wandte sich zum Gehen.

»Zum Guten?«, murmelte er. »Für Euch oder für mich?«

Die Vampirin sah ihm nach, bis er verschwunden war. Mit einem kräftigen Tritt beförderte sie die Leiche des jungen Bootsführers ins Wasser, wo sie mit dem Gesicht nach unten davontrieb. Nachdenklich betrachtete die Lady das Boot. Es konnte ihr noch von Nutzen sein. Sie stieg ins Wasser und schob es die Uferböschung hinauf.

DER *CLOCH ADHAIR*

Mac Gaoth war nur noch wenige Schritte von der Menschengruppe entfernt, aber sie hatten ihn noch nicht bemerkt. *Natürlich, es sind ja nur Menschen,* dachte er verächtlich. Er wog die beiden Kästchen in seinen Händen. Sollte er sie den Menschen aushändigen, wie die fremde Lady es von ihm verlangt hatte? Etwas in ihm drängte, ihr zu gefallen, ihr zu gehorchen, doch ein anderer Teil wusste, dass dies der Zauber war, den sie gewöhnlich über Menschen warf, um sich ihren Geist untertan zu machen. Wenn er diese gefährlichen Kugeln den Menschen übergab, wer konnte ihm garantieren, dass sie ihre Gewehre nur gegen die Vampire richteten? Kümmerte es die Lady, wenn auch einige der Werwölfe starben? Vermutlich nicht. Sie hatte ihre Karten auf den Tisch gelegt. Sie wollte den Stein für sich! Was auch immer sie damit anzufangen gedachte, das war ein Punkt, über den Mac Gaoth nicht verhandeln würde – und auch nicht musste. Das Herz Connemaras würde im Land bleiben, er grinste. Denn das hatte der Stein den Werwölfen gezeigt. Es war, als würde eine magnetische Kraft ihn festhalten und jeden Schritt weiter weg schwerer machen. Man konnte ihn nicht zerstören und nicht außer Landes schaffen!

Nachdenklich sah er auf die verpackten Silbergeschosse hinab. Warum sollte er überhaupt noch etwas tun, was die Vampirin von ihm verlangte? War es ihr zu Anfang noch gelungen, ihn mit ihren Künsten einzufangen, so sah er jetzt völlig klar. Mac Gaoth hatte erreicht, was er wollte: Er hatte Áthair Faolchu abgesetzt und mit seinen jungen Mitstreitern die Führung der Sippe übernommen, und er hatte verhindert, dass der Stein den Druiden übergeben wurde. Nun fehlte nur noch eine kleine Demonstration ihrer

Stärke, um die Lycana für die nächsten Jahre in Schach zu halten. Wenn er die Menschen mit ihren Gewehren auf sie hetzte, wäre das sicher ein guter Schachzug. So hatte die Lady es geplant. Anderseits, wenn es Gewehre und silberne Geschosse gab, brauchten die Werwölfe die Menschen dann überhaupt noch? Was konnten sie, was nicht auch ein Werwolf erledigen konnte? Mac Gaoth fasste einen Entschluss.

Der Wind drehte nach Norden. Die Ponys hoben die Köpfe, spielten nervös mit den Ohren und schnaubten.

»Er ist wieder da«, sagte Nellie leise zu ihrem Bruder. »Die Pferde haben ihn gewittert. Sieh sie dir an. Als ob ein hungriger Wolf um die Herde schleicht.«

Ihr Bruder hob nur die Schultern. Vermutlich hatte er ihr nicht einmal richtig zugehört. Er wandte sich ab und stellte sich neben seinen Vater, vermutlich um zu betonen, dass er zu den Männern gehörte, und um nichts zu verpassen. Nellie dagegen schob sich hinter ihr Pony und griff in seine Mähne. Das warme Fell unter ihrer Haut linderte die Angst, die sie zu überwältigen drohte.

Mac Gaoth trat zu den Männern und der Frau, die ihm mit fragenden Mienen entgegenkamen. Er trug zwei Kisten unter den Armen und sagte etwas zu den Wartenden, das sie nicht verstehen konnte. Es schien ihnen nicht zu gefallen. Sie sah ihren Vater heftig gestikulieren. Dann sprach wieder Mac Gaoth. Trotz der Abscheu, die sie in seiner Nähe empfand, kam Nellie näher, um zu hören, was gesprochen wurde. Irgendetwas lief nicht so, wie sie es besprochen hatten, das war klar. Nellie schob sich neben ihren Bruder.

»Ich verstehe nicht, was das bedeuten soll«, sagte Fynn gerade. »Wir werden uns gegen die Engländer erheben und gegen sie kämpfen, weil sie uns unser Land genommen haben und uns unsere althergebrachten Rechte vorenthalten, aber wir sind keine Söldnertruppe, die – nur weil sie mit Waffen ausgerüstet ist – irgendjemand unter Feuer nimmt.«

Mac Gaoth zeigte seine Zähne. »Ihr werdet es euch schon noch überlegen. Meine Freunde haben sich in die Ruine des Klosters zurückgezogen und erwarten jeden Augenblick den Angriff. Da ich euch hierhergeführt habe, seid ihr jetzt ebenfalls Feinde der Lycana.«

»Wer sind die Lycana?«, wollte Karen wissen. »Ich habe noch nie von ihnen gehört.«

»Sagen wir, es ist eine sehr alte Familie, die Verrat begangen hat und nun ihre gerechte Strafe erhält. Natürlich könnt ihr beschließen, eure Waffen nicht zu benutzen, dann lasst euch eben ohne Gegenwehr vernichten. Mich kümmert das nicht.«

»Wir haben keinen Streit mit ihnen«, beharrte Karen. »Das geht uns nichts an! Wenn wir einfach nach Süden davonziehen und in die Berge gehen, wie wir es ursprünglich geplant haben, kann uns nichts passieren.«

»So?«, zischte Mac Gaoth. »Das sehe ich anders. Ich habe euch diese Waffen besorgt. Dafür seid ihr mir etwas schuldig. Ihr interessiert euch nicht für meinen Kampf, ich mich nicht für den euren. Heute Nacht werdet ihr eure Schuld begleichen – und ich rate euch, tut dies gut! Wenn ihr diese Nacht überlebt, dann mögt ihr mit den Waffen in euren eigenen Krieg ziehen.«

Nellie sah in die Gesichter. Sie spiegelten erst Überraschung und dann Abwehr wider. Karen war schockiert und murmelte fassungslos etwas von »Verrat«, ihr Vater dagegen sprühte vor Zorn, was auch Mac Gaoth nicht entging. Mit Bedacht stellte er die beiden Kisten auf den Boden, dann sprang er plötzlich so schnell auf Nellie zu, dass sie nicht einmal zurückweichen konnte. Er schlang den Arm um ihre Mitte und zerrte sie ein Stück von den anderen fort.

»Um euch die Entscheidung zu erleichtern, werde ich die liebe, kleine Nellie mit mir nehmen. Das dürfte euch ein wenig anspornen.«

Nellie sah, wie sich ihr Vater bewegte, und auch Cowan schien bereit, seine Schwester wenn nötig mit Gewalt aus den Klauen dieses Monsters zu befreien. Mac Gaoths Hand griff in ihren Nacken und umschloss ihn wie eine eiserne Klammer.

»Versucht es nicht. Ich würde ihr mit einem einzigen Ruck das Genick brechen, ehe ihr mich erreichen könnt.«

Nellie glaubte ihm. Sie sah zu ihrem Vater und Bruder hinüber, die sich nur mühsam zurückhielten, die Drohung allerdings ernst zu nehmen schienen.

»Du wirst meiner Tochter nichts tun, sonst werde ich dich finden und töten!«, drohte ihr Vater, was Mac Gaoth nicht zu beeindrucken schien. Cowan dagegen kam langsam auf sie zu, die Hände in einer besänftigenden Geste erhoben.

»Ich komme mit dir! Was kannst du dagegen haben? Zwei Geiseln sind besser als eine!« Er stellte sich neben Mac Gaoth, der einen Augenblick überlegte und dann nickte.

»In Ordnung. Ich hoffe, du weißt, dass jeder Fluchtversuch für euch beide tödlich enden wird. Begeht nicht den Fehler, mich zu unterschätzen.«

Cowan nickte ernst, aber es kam Nellie vor, als würde er ihr kurz zuzwinkern. Myles stöhnte auf, Nellie sah es ihrem Vater jedoch an, dass er stolz auf seinen Sohn war.

»Ich bringe sie heil zurück, Vater«, sagte er und kam sich sicher sehr erwachsen und männlich vor. Hatte er keine Angst? Nellie schielte zur Seite. Wenn doch, so verstand er gut, sie zu verbergen.

Mac Gaoth forderte Cowan auf, die beiden Kisten zu tragen, während er zwei der Leinenpakete von einem der Ponys löste und sich unter den Arm klemmte. Kein Mann hätte beide Gewehrbündel tragen können, doch Mac Gaoth schien das Gewicht nicht einmal zu spüren. »Das ist mein Anteil. Und nun kommt mit zum Kloster hinüber, während ihr anderen euch schon einmal in eine taktisch gute Position bringen solltet«, riet er Myles. Dann verließ er den Hain und eilte über die Wiese auf die vor ihnen aufragende Klosterruine zu. Cowan und Nellie hatten Mühe, mit ihm Schritt zu halten, obwohl er die schweren Gewehre trug. Schweigend rannten sie neben ihm her. Zu fliehen wagten sie nicht. Nellie stand noch zu deutlich das Bild der herausgerissenen Kehlen vor Augen.

*

Er fühlte sich, als sei er in Trance oder als kontrolliere ein mächtiger Vampir seinen Geist und schicke ihn ganz nach Belieben mal in diese mal in jene Richtung. Seine Stimmungen wechselten rasch. Gefühle, die er kaum kannte, brachen über ihn herein. Selbstzweifel und tiefe Traurigkeit, Leere und Verzweiflung. Fast begrüßte er den Hass und die Gedanken an Rache, die dazwischen auftauchten. Die Nacht rauschte an ihm vorbei, aber es kam ihm vor, als sei er nur ein Zuschauer und nicht wirklich daran beteiligt. Es sah Ivy gestikulieren und Anweisungen geben, und er konnte auch ihre Worte hören, sowie die Alisas und Lucianos und die Gespräche der anderen, aber es berührte ihn nicht. Franz Leopold hielt ein Schwert in der Hand und ging neben seinem Vetter Karl Philipp her, sein Geist jedoch huschte zurück in die Vergangenheit, Bilder blitzten auf und brachten bittersüßen Schmerz: Wie er sie in Rom aus dem Brunnenschacht befreit hatte, wie sie seine Wange berührt und seinen Namen geflüstert hatte, die Nacht in Dunluce, als sie zusammen über das Meer geschaut hatten, die Höhle von Aillwee, der unerlaubte Flug durch die Moore zu den Twelve Bens und der Kuss. Immer wieder der Kuss auf dem Friedhof von Aughnanure. Doch wie um ihn zu foltern, kam jedes Mal nach der Erinnerung an dieses unglaublich schöne Gefühl der Verrat. Ivy die Unreine und Seymour das Monster. Sie hatte ihn belogen und betrogen!

Er ist nur ihr eifersüchtiger Bruder, erinnerte eine andere Stimme. Ja, aber belogen hatte sie ihn dennoch. Das wog vielleicht noch schlimmer als ihr unreines Blut. Warum hatte sie ihm nicht die Wahrheit gesagt und sich ihm stattdessen mit einer Lüge an den Hals geworfen? Sein Vertrauen und seine Gefühle erschlichen?

Sie kannte deine Einstellung unreinen Vampiren gegenüber!

Gerade dann hätte sie mit offenen Karten spielen sollen! Der Zorn kochte wieder in ihm hoch.

Und dann? Hättest du sie dennoch in den Armen gehalten und geküsst?

Sein Geist schwieg. Er wusste darauf keine Antwort. Franz Leopold hob den Blick. Das Fischerboot näherte sich dem Ufer. Sand scharrte unter dem Kiel. Zu beiden Seiten der kleinen Bucht erhoben sich Weiden, die ihre Zweige im Wasser badeten, und auf dem schmalen Sandstreifen stand Ivy. Für einen Moment trafen sich ihre Blicke. Er zuckte zusammen wie unter einem Schlag und richtete seine Aufmerksamkeit auf die Schemen, die nun zwischen den Bäumen auftauchten. Er erkannte Donnchadh und Catriona, seinen Schatten Matthias, der sichtlich erleichtert wirkte, und einige andere unreine Begleiter der Erben. Und die Druidin, die nun neben Ivy trat und ein paar Worte mit dem Fischer wechselte, der sie übergesetzt hatte. Er wirkte noch immer erstaunlich gelassen, dafür dass er sich in Gesellschaft mehrerer Dutzend Vampire befand. Vielleicht war er einfach nur zu dumm, um Angst zu haben. Jedenfalls war das Glück in dieser Nacht auf seiner Seite. Kaum hatten die Erben sein Schiff verlassen, stach er unbehelligt wieder in See und machte sich auf den Rückweg. Keiner der Lycana hatte auch nur versucht, ihn anzurühren. Sie waren schon ein seltsamer Clan!

Die Vampire setzten sich im Schutz der Weiden zusammen. Alle, die Lycana, die Servienten und die Erben, mit deren Kommen sie sich anscheinend abgefunden hatten.

Sie sollten uns dankbar sein!, dachte Franz Leopold mürrisch, der sich zwischen Karl Philipp und seine beiden Cousinen setzte.

»Uns bleiben noch knapp drei Stunden bis zum Sonnenaufgang«, begann Donnchadh. »Wir sollten uns daher schnell auf einen Plan einigen, denn wenn wir den Wettlauf gegen die Zeit verlieren, begeben wir uns in eine wahrhaft schlechte Position. Was, wenn wir uns für den Tag zurückziehen müssen und die Werwölfe unsere Spuren finden? Wenn sie uns aufspüren, während wir in unserer Starre gefangen sind? Dann wären wir allein ihrer Gnade ausgeliefert. Und so wie sich die Dinge entwickelt haben, würde ich nicht die Hand dafür ins Feuer legen, dass es für uns dann noch ein Erwachen gäbe!«

Einige der Erben sahen sich unbehaglich an und auch ihre Servienten schienen offensichtlich besorgt. In was waren sie da hineingeraten?

»Ich bin dennoch dafür, dass wir erst friedlich versuchen, sie zu überzeugen, sich an den Pakt zu halten und den Stein zu übergeben«, sagte Tara. »Ich werde mit Seymour zum Kloster gehen.«

Ein Stimmengewirr erhob sich, das Donnchadh nach wenigen Augenblicken unterband. Er wechselte ein paar schnelle Worte mit Catriona, dann gab er der Druidin eine Stunde für ihre Verhandlungen. Sie rief Seymour an ihre Seite und ging mit ihm davon. Donnchadh führte derweil seinen Plan weiter aus.

»Wir ziehen einen Ring um das Kloster. Ich teile die Gruppen ein. Wir werden verhindern, dass sie den Stein wegbringen. Das ist die leichtere Aufgabe.« Donnchadh holte tief Luft. »Die schwere obliegt jenen, die das Kloster betreten können.« Mit wenigen Worten umriss er ihre Aufgabe.

»Zuerst brauchen wir einige Erben, die in der Lage sind, Ivy zu begleiten. Wir können euch bei eurer Wandlung unterstützen, dennoch sollten nur die das Wagnis auf sich nehmen, denen zumindest die Wolfsgestalt keine Schwierigkeiten mehr bereitet.«

Natürlich erhob sich Alisa als Erste und gesellte sich zu Ivy. Luciano wollte sich ihr ebenfalls anschließen, aber sie schüttelte den Kopf. Tammo wurde zu seiner Enttäuschung ebenfalls abgewiesen. Dafür würden Joanne und Fernand Ivy helfen und Rowena, die bereits Fledermausgestalt annahm. Franz Leopold spürte, wie Catrionas Blick auf ihm ruhte. Er konnte ihm nicht entgehen, fühlte sich wie gnadenlos ins helle Licht gezerrt und bis in die tiefsten Winkel seiner Seele durchleuchtet.

»Franz Leopold, willst du dich nicht auch dieser Gruppe anschließen? Du hast schnell gelernt und dürftest mit dem Wechsel keine Schwierigkeiten haben. Ja, ich hätte sogar vorgeschlagen, dass du mit Ivy zusammen als Falke fliegst.«

Ivy protestierte stammelnd, doch Franz Leopold erhob sich. Er bemühte sich um die abweisende, maskenhafte Miene, die er so gut beherrschte, und trat an Ivys Seite. Natürlich würde er den Lycana seine Fähigkeiten zur Verfügung stellen. Er war ein Dracas, und sie konnten sich glücklich schätzen, seine Unterstützung im Kampf zu haben!

»Danke«, murmelte Ivy, ohne ihn anzusehen. Vielleicht war es ihr gerade recht, den Nebel zu rufen und sich im Federkleid des Falken verbergen zu können. Catriona half Franz Leopold bei seiner Verwandlung. Er merkte gleich, dass zwischen einer Fledermaus und einem Greifvogel ein deutlicher Unterschied bestand, doch mit Catrionas Unterstützung schaffte er es, das grau gefleckte Federkleid eines Baumfalken anzulegen, während Ivy das braune Gefieder des Turmfalken zierte. Gemeinsam erhoben sie sich in die Luft. Die Fledermäuse, angeführt von Alisa, folgten in einigem Abstand. Die restlichen Erben näherten sich unter der Führung der Servienten aus Rom von zwei Seiten ungesehen den Klostermauern.

Warum haben wir nicht die Gestalt eines Adlers gewählt?, dachte Franz Leopold. *So sind wir zwar schnell, doch unsere Schnäbel und Klauen sind viel zu schwach, um etwas zu transportieren.*

Etwas wie den cloch adhair?, mischte sich Ivy ein. Er unterdrückte den Impuls, sie rüde anzufahren. Sie hatte nicht mehr das Recht, in seinen Geist einzudringen!

Ja, den cloch adhair. *Um den Besitz dieses Steines dreht sich doch die ganze Farce.*

Ivy landete auf einer Zinne des Kirchturms, der über der Vierung aufragte, und äugte nach unten. *Wir sollen nur beobachten, wie Tara und Seymours Verhandlungen verlaufen, und herausbekommen, wo der Stein ist.*

Franz Leopold hielt Abstand zu Ivy und ließ sich auf einer anderen Zinne nieder. Er würde sich von nun an in hoheitsvolles

Schweigen hüllen. Wenn die Lycana so dumm waren, seinen Rat nicht zu wollen. Bitte!

Doch das war gar nicht so einfach. Gedanken ließen sich nicht völlig unterdrücken.

Gut, von hier aus haben wir die bestmögliche Sicht darauf, wie sie scheitern und die Werwölfe sich über die fruchtlosen Bemühungen der Lycana totlachen. Das ist ja auch viel wichtiger, als den Stein in Sicherheit zu bringen!

Er erhob sich und flog zu einem der beiden Kreuzgänge hinunter. Er landete auf dem eingebrochenen Dach und ging dann daran, sich einen Überblick über die anwesenden Werwölfe zu verschaffen. Mit wie vielen Gegnern würden sie es zu tun bekommen? Nach dem, was er bisher gesehen hatte, war ihnen der Feind zahlenmäßig unterlegen. Doch wo waren Tara und Seymour? Er flog eine Runde um die Kirche und spähte durch die großen Spitzbogenfenster. Franz Leopold entdeckte etwas Grünliches auf einem großen, quaderförmigen Steinpodest. War das der Stein, den die Lycana begehrten? Hatten die Werwölfe ihn dort mitten auf dem Altar platziert?

Ja, das haben sie. Sie sind nicht dumm. Sie wissen, dass die kirchlichen Kräfte des Altars dem Stein den besten Schutz vor den Lycana gewähren – zumindest vor den meisten!

Mit unseren Kräften rechnen sie offensichtlich nicht, dachte Franz Leopold verächtlich. Sie flogen wieder zum Kirchendach hinauf. Sich im Maßwerk der Kirchenfenster niederzulassen, wagten sie nicht. Es war sowieso ungewöhnlich, dass zwei Falken durch die Nacht flogen. Wenn sie jetzt auch noch im Fenster auftauchten, würden die Werwölfe wissen, dass sie ausspioniert wurden – und wer sonst als die wandlungsfähigen Lycana wäre dazu in der Lage? Dann würde ihnen auch klar werden, dass die Aura der Klostermauern nicht alle Vampire fernhalten konnte. Besser, sie wogen sich noch eine Zeit lang in Sicherheit.

Da flatterte eine kleine graubraune Fledermaus zu ihnen herab. *Ja, ihr seid zu auffällig.* Es war Alisa, die neben ihnen landete.

495

Aber eine kleine Fledermaus kann sich in einer Nische verbergen und ein wenig lauschen.

Noch ehe die anderen reagieren konnten, erhob sie sich schon wieder in die Luft und flatterte durch eines der Fenster in das Kirchenschiff. Der größte Teil des doppelten Querschiffes bot keine Verstecke, doch unter dem Turm in der Vierung gab es genug dunkle Nischen. Alisa wählte eine, die ihr einen guten Blick auf den Altar mit dem einzigartigen Stein und auf die Druidin im Kreis der Werwölfe gewährte. Seymour hatte wie die anderen Werwölfe seine menschliche Gestalt angenommen. Es fiel Alisa noch immer schwer, in dem hageren jungen Mann den Wolf wiederzuerkennen, der sich stets an Ivys Seite aufhielt. Außer ihm waren fünf weitere Männer zu sehen, die ihr erstaunlich jung vorkamen.

Alisa richtete ihre feinen Fledermausohren auf. Sie konnte zwar ganz deutlich hören, was gesprochen wurde, doch leider verstand sie die Bedeutung der gälischen Worte nicht. Seymours Stimme wurde lauter. Die Worte grollten wie Donner. Er zeigte auf den Stein und dann auf die Druidin, die als Einzige beherrscht wirkte. Einig waren sie sich nicht, das begriff Alisa, auch ohne Gälisch zu verstehen. Der Wind trug den hellen Ton einer Glocke heran. Alisa lauschte. Fünf Schläge. Die Frist war abgelaufen. Auch Seymour schien die Glocke gehört zu haben und legte die Hand auf Taras Arm, vermutlich um sie zum Aufbruch zu mahnen, doch da kam Bewegung in die jungen Männer der Sippe. Zwei griffen nach Seymour. Ein starker Kerl, neben dem Tara klein und zerbrechlich wirkte, hielt die Druidin fest. Seymour brüllte auf und riss sich los, doch nun sprangen zwei weitere Werwölfe herbei. Zu viert gelang es ihnen, Seymour niederzuringen. Tara richtete einige scharfe Worte an die neuen Sippenführer. Sie befreite ihren Arm und folgte hoch erhobenen Hauptes Seymour und seinen Bewachern in einen anderen Teil des Klosters. Alisa flog zu Ivy und Franz Leopold hinauf.

Ich hatte so etwas befürchtet, dachte Ivy betrübt. *Kommt, wir wollen sehen, wohin sie sie bringen.*

Der Stein ist jetzt unbewacht!, entgegnete Franz Leopold. *Lasst uns hinunterfliegen und ihn holen.*

Und wie willst du ihn von hier wegbringen?, verlangte Alisa zu wissen. *Er ist viel zu groß, als dass ein Falke ihn wegtragen könnte.*

Dann verwandeln wir uns zurück. Wir schnappen ihn, klettern aus dem Fenster und laufen davon. Wir sind außer Reichweite, ehe sie überhaupt merken, was vor sich geht. Was glaubt ihr, wie einfach die Verhandlungen mit den Werwölfen werden, wenn wir den Stein in unserem Besitz haben!

Ivy und Alisa wollten gerade etwas erwidern, als die Stille der verblassenden Nacht durch einen Schuss zerrissen wurde. Ihm folgten zwei weitere. Die drei flogen erschreckt auf. Drei weitere Fledermäuse erhoben sich auf der anderen Seite des Turms. Aus der Luft sahen sie, dass sich die Lycana dem Kloster von allen Seiten näherten. Sie erkannten die beiden Gruppen der Erben, die von Francesco und Pietro angeführt wurden. Alles war so, wie Donnchadh es gesagt hatte, die Gewehrschüsse gehörten allerdings nicht dazu! Aus einem Hain sahen sie Pulverdampf aufsteigen, und als sie näher heranflogen, entdeckten sie eine Handvoll düsterer Gestalten mit Gewehren in den Händen – und der warmen Aura von Menschen! Wieder fielen Schüsse. Die Lycana, die den Schützen am nächsten waren, verwandelten sich und zogen sich geduckt zurück. Einige stiegen als Vögel in die Luft auf, um die Quelle der Schüsse zu erkunden. Sie waren sicher mehr erstaunt als beunruhigt. Gewöhnliche Kugeln konnten einen Vampir nicht töten. Ihn verletzen und schwächen und dadurch langsam wie einen Menschen werden lassen, das ja, aber nicht endgültig vernichten.

Alisa flog dicht neben Fernand, Joanne und Rowena. Was sollten sie jetzt tun? Donnchadh und Catriona aufsuchen und ihnen sagen, dass Tara und Seymour gefangen genommen worden waren? Das konnten sie sich bestimmt denken. Nein, es war wichtiger, den vorrückenden Erben zu sagen, wo sich der Stein befand!

Sie flogen eine Schleife und näherten sich der Gruppe, die von

Francesco auf das Kloster zugeführt wurde, während Ivy und Leo abdrehten und auf die zweite Gruppe zuflogen. Alisa ließ sich tiefer sinken. Sie erkannte ihren Bruder Tammo und Sören und weiter hinten Luciano. Geschickt nutzten sie jeden Busch, um möglichst lange unentdeckt zu bleiben. Eine Feldsteinmauer, die eine Weide mit Gänsen umgrenzte, bot ihnen die nächste Deckung. Die Tiere reckten ihre langen Hälse und schnatterten. Dann aber mussten die Vampire die Wiese bis zur nächsten Mauer ohne Schutz überqueren. Francesco lief los, die anderen folgten ihm. Wieder krachten Schüsse. Dieses Mal aber nicht aus dem Wäldchen hinter ihnen. Die Schüsse kamen aus dem Kloster! Alisa sah das Feuer in den Mündungen aufblitzen. Francesco zuckte zusammen, wirbelte herum und stürzte zu Boden. Alisa hätte geschrien, wenn es ihr möglich gewesen wäre. Sie hörte noch mehr Schüsse und sah, wie sich die jungen Vampire zu Boden warfen. Ob sie getroffen waren, konnte sie nicht sagen. War ihrem Bruder etwas zugestoßen oder Malcolm? Was war mit Francesco? Im Sturzflug schoss sie hinab. Die anderen folgten ihr.

*

»Könnt ihr schießen?«, fragte Mac Gaoth Nellie und Cowan, als sie die Ruine des Klosters betraten. Einige junge Männer, die ähnlich hager und verwahrlost wirkten wie er, begrüßten ihn. Auch sie umgab der scharfe Raubtiergeruch wie eine Aura. Zwei graue Wölfe überquerten den Hof eines Kreuzgangs und verschwanden in einer dunklen Kammer. Cowan erstarrte und rieb sich die Augen, Nellie jedoch wunderte sich nicht. Sie hatte das Unfassbare akzeptiert.

»Könnt ihr mit einem Gewehr schießen?«, wiederholte Mac Gaoth und ließ die beiden Bündel auf ein geschwärztes Steinpodest fallen. Der trichterförmige Kamin darüber zeigte, dass es sich um eine alte Feuerstelle handelte. Der Vorbau mit der niederen steinernen Kuppel konnte ein Backofen gewesen sein. Vermutlich war dies die ehemalige Küche des Klosters.

»Ja, wir können schießen«, antwortete Cowan, der die beiden Schachteln neben den Gewehren abstellte. »Vater hat es Nellie und mir schon früh beigebracht. Wir haben nicht nur gelernt, ein Gewehr zu laden und abzufeuern, wir treffen auch noch!« Stolz schwang in seiner Stimme mit, was Nellie in dieser Situation für äußerst unangebracht hielt.

Mac Gaoth grinste breit. »Sehr schön. Dann werdet ihr euch jeder ein Gewehr nehmen und meinen Männern, die es noch nicht gelernt haben, das Schießen beibringen.«

Vielleicht lächelte Cowan für einen Moment zu zufrieden, denn der Werwolf überlegte es sich anders. »Oder nein, du, Cowan, erklärst meinen Leuten, was sie wissen müssen, während Nellie an meiner Seite bleibt. Denk daran, Cowan, ein Ruck, und alles ist vorbei.«

Um seine Worte zu bekräftigen, legte er noch einmal die Hand in Nellies Nacken. Cowan blieb nichts anderes übrig, als zu gehorchen. Mac Gaoth rief einige Männer und zwei Frauen mittleren Alters herbei, die das gleiche wilde Aussehen wie Mac Gaoth hatten. Einige suchten sich nur eine Waffe aus und nahmen sich Munition, andere hatten offenbar noch nie mit einem Gewehr geschossen und ließen es sich von Cowan erklären. Er öffnete eines der Munitionspäckchen, um sie einige Probeschüsse abgeben zu lassen.

»Was ist denn das?«, wunderte er sich.

Mac Gaoth grinste breit. »Silberne Geschosse, mit denen man magische Wesen töten kann. Eine gut gezielte silberne Kugel kann einen Werwolf und sogar einen Vampir vernichten. Wusstest du das nicht?«

In jeder anderen Situation hätte Cowan gelacht, jetzt aber schluckte er nur trocken. »Ich werde es mir merken«, sagte er tonlos.

»Zum Üben nehmt ihr normale Munition«, wies Mac Gaoth an. Dann führte er Nellie durch den Kreuzgang davon. »Du wirst nicht von meiner Seite weichen, egal was passiert«, schärfte er ihr ein. »Ich sage es dir nur einmal. Mir ist es völlig egal, ob du die heutige Nacht überlebst oder als Futter für meine Brüder endest! Ist das klar?«

Nellie nickte und rückte noch ein Stück näher an ihn heran, obwohl sein Geruch ihr Übelkeit verursachte. Mac Gaoth eilte zu einem kleinen steinernen Gelass. Nellie schlüpfte hinter ihm durch die niedere Tür. Sie brauchte eine Weile, bis sich ihre Augen an die Dunkelheit gewöhnt hatten. Ein alter Mann, ähnlich hager wie Mac Gaoth, stand hoch aufgerichtet an der Wand. Seine Füße waren an einen eisernen Ring gefesselt. Daneben erkannte sie einen jüngeren Mann mit silbrig weißem Haar. Er zerrte wütend an seiner Kette und beschimpfte Mac Gaoth als Verräter und Vertragsbrüchigen, der sich gegen den Führer der Sippe erhoben habe. Neben ihm stand eine kleine, alte Frau, die alles andere als hilflos und zerbrechlich wirkte. Sie hielt einen Stab in der Hand. Zu ihren Füßen lagen zwei Wölfe.

»Seymour, spare deine Kräfte«, sagte sie beruhigend zu dem Silberhaarigen. Zwei Männer mit ähnlicher Statur wie Mac Gaoth standen vor der alten Frau, die eisernen Spitzen zweier Lanzen auf ihre Brust gerichtet.

»Warum habt ihr sie nicht gefesselt?«, herrschte Mac Gaoth die beiden Wächter an.

»Sie wollte es nicht zulassen.«

»Sie wollte es nicht zulassen? Habe ich gesagt, ihr sollt nach ihren Wünschen fragen? Sie ist eine alte Frau!«

»Sie ist eine Druidin!«, widersprach der andere. »Die mächtigste, die ich kenne.«

Für einen Moment dachte Nellie, Mac Gaoth würde nun selbst Hand anlegen, doch dann wich er zur Tür zurück.

»Nun gut, dann fessel sie eben nicht, aber gebt acht, dass sie euch nicht entwischt. Und wenn Seymour weiterhin Ärger macht, dann jagt ihm eine Kugel ins Herz. Wir haben dort draußen schöne silberne Kugeln!« Er grinste böse, der alte Mann stöhnte.

»Mac Gaoth, besinne dich. Noch ist es nicht zu spät. Wir können uns zusammensetzen und den Vertrag erneuern.«

Mac Gaoth war mit drei großen Schritten bei ihm und umklammerte den mageren Hals mit seinen kräftigen Händen. »Áthair Faolchu, deine Zeit ist um, weil du es in neunundneunzig Jahren nicht vermocht hast, Ordnung zu schaffen. Du hast es geduldet, dass Seymour uns verlässt und bei den Lycana haust – wie ein Diener! Oder soll ich besser sagen, wie ein Haustier?« Der Mann mit dem silbernen Haar knurrte. »Du hast es zu verantworten, dass der Reif, der den Werwölfen gehört, der Sippe entzogen wurde!«

Nellie sah von einem zum anderen. Sie verstand kein Wort, hütete sich aber, sich durch eine Frage in Erinnerung zu bringen. Sie spürte den Blick der alten Frau auf sich ruhen.

Draußen fielen Schüsse. Zuerst dachte Nellie, Cowan habe mit seiner Unterweisung begonnen, doch die aufgeregten Stimmen und die hektische Bewegung im Kreuzgang ließen alle aufhorchen.

»Das kommt von draußen!«, rief einer der Wächter.

Mac Gaoth nickte und grinste breit. »Ja, es hat begonnen. Nellie, an meine Seite!«, befahl er und lief hinaus. Er schnappte sich ein Gewehr und rief den anderen Anweisungen zu, wo sie sich verteilen sollten. Im Vorbeilaufen sah sie Cowan, der, sein Gewehr noch in der Hand, zwei anderen Werwölfen folgte.

»Halte dich bereit«, raunte er seiner Schwester zu. Dann war er verschwunden. Nellie sah von einer Baumgruppe am Seeufer Pulverdampf aufsteigen. Dann antworteten die Gewehrläufe, die sich aus den Fenstern und Mauerschlitzen des Klosters schoben.

DER KAMPF UM ROSS ERRILY

Alisa landete neben der gefallenen Gestalt im Gras. Sie war so entsetzt, dass sie gar nicht darüber nachdachte, ob ihr die Rückverwandlung ohne Hilfe gelingen konnte. Die Nebel hüllten sie ein, und sie spürte, wie ihr Körper wuchs und sich streckte.

»Bleib unten!«, hörte sie Malcolms Stimme. Er warf sich auf sie und drückte sie mit dem Gesicht voran zu Boden. Alisa spuckte Gras und Erde, doch sie musste nicht fragen. Sie hörte die Geschosse über sich hinwegpeitschen.

»Francesco ist getroffen. Das sieht bös aus. Ich glaube, da ist nichts mehr zu machen«, ertönte Tammos Stimme. Die Abenteuerlust hatte sie verlassen. Malcolm rutschte von ihr herunter und Alisa hob vorsichtig den Kopf. Sie sah, dass Rowena sich ebenfalls zurückverwandelt hatte, während Joanne und Fernand in die Richtung davonflatterten, wo sie Donnchadh und Catriona das letzte Mal gesehen hatten. Alisa blickte sich um.

»Wir müssen zu der Mauer. Sie wird uns Deckung geben. Los, bleibt dicht am Boden. Die schießen verdammt gut!« Malcolm packte einen von Francescos schlaffen Armen, Luciano den anderen. Auf allen vieren robbten sie vorwärts, den schweren Körper hinter sich herschleifend. Alisa blieb an Tammos Seite. Endlich erreichten sie die aus lockeren Bruchstücken aufgeschichtete Mauer und kauerten sich dahinter. Die Schützen im Kloster schienen zu wissen, wo sie sich befanden, denn immer wieder schlug eine Kugel gegen die oberen Steine und spritzte dann in irgendeine Richtung davon.

»Ich verstehe das nicht!«, keuchte Luciano und riss seinem Schatten Jacke und Hemd auf, um die Wunde in Augenschein zu nehmen. Alisa und Malcolm beugten sich über den massigen

Brustkorb, der in der Gegend des Herzens von einer Kugel durchschlagen war. Die Ränder hatten sich dunkel verfärbt und es roch verbrannt.

»Ich verstehe das nicht«, sagte Luciano noch einmal. »Ich habe schon Schusswunden gesehen, aber die ist seltsam. Selbst wenn sie das Herz gestreift hat, müsste er noch wach sein.«

Malcolm strich über die Wunde. Der Servient rührte sich nicht. »Hat jemand ein Messer?«

Alisa reichte ihm das kleine Messer, das sie mit einigen anderen nützlichen Dingen in einem Beutel um die Hüfte trug. Fasziniert sah sie zu, wie Malcolm die Kugel aus der Brust holte. Er wischte das Blut ab und legte sie auf seine flache Hand. Silbrig schimmernd lag sie unter dem verblassenden Nachthimmel. Niemand sagte etwas, bis Malcolm sich räusperte.

»Das Silber hat sein Herz vergiftet. Die Kugel ist zu nah eingedrungen. Er wird sich nicht mehr regenerieren. Seht, sein Körper beginnt bereits zu zerfallen.« Er strich über die Brust. Dunkler Staub wie Asche rieselte ins Gras.

»Das werden diese Bestien büßen!«, schwor Luciano mit erhobener Faust. »Francesco war ein guter Nosferas und ein treuer Schatten.«

Alisa umschloss seinen Arm. »Ja, wir werden etwas tun, aber überlegt! Wenn wir das Kloster zu stürmen versuchen, werden viele von uns vernichtet werden. Der Stein liegt auf dem Altar in der Kirche, und ich vermute, er wird jetzt in der Hitze des Kampfes nicht bewacht, aber wir müssen irgendwie unbeschadet bis an das Kloster herankommen.«

»Gut, dann müssen wir uns eben eine Ablenkung einfallen lassen«, sagte Luciano. Es lag eine wilde Entschlossenheit in seiner Miene, wie Alisa sie noch nie bei ihm erlebt hatte. Da kam ihr ein Einfall.

»Kommt alle her, ich weiß, wie es gehen könnte!« Sie steckten die Köpfe zusammen und hörten aufmerksam zu, was Alisa zu sagen hatte.

»Also, ihr wartet auf das Zeichen!« Wie selbstverständlich wandelte sich Alisa zurück zur Fledermaus und machte sich auf, die beiden Falken zu suchen. Sie flog über den peitschenden Kugeln hinweg. Auch aus dem Hain im Westen wurde noch immer geschossen. Eine Gruppe Lycana pirschte sich in Wolfsgestalt an die Schützen heran. Oder gehörten sie zu den Werwölfen? Nein, dafür war ihre Aura nicht warm genug. Alisa richtete ihre Aufmerksamkeit wieder auf die Klosterruine und auf die, die sie suchte. Sie sammelte ihre Gedanken und rief nach Ivy.

Wo bist du? Die Gedankenfetzen, die sie empfing, waren wie Nebel, aber Alisa war sich sicher, dass sie von Ivy kamen.

Wir haben Tara und Seymour gefunden. Das Bild eines von einem Arkadengang gesäumten Hofes tauchte auf, dann eine finstere Kammer. Alisa ließ sich davon leiten. Sie hielt sich dicht an der Mauer, um nicht aufzufallen. Unter sich konnte sie die Werwölfe und einen jungen Menschen mit Gewehren sehen. Dann entdeckte sie den Baumfalken und flog zu Franz Leopold.

Wo ist Ivy?

Unten in der Kammer, um mit Tara und Seymour zu sprechen. Sie haben silberne Kugeln!

Ich weiß, Lucianos Schatten wurde getroffen und vernichtet. Alisa berichtete Franz Leopold von ihrem Plan.

Riskant, könnte aber funktionieren.

Es muss funktionieren, wenn wir den Stein zurückerobern und die Werwölfe zu Verhandlungen zwingen wollen.

Das ist nicht nur riskant, das ist viel zu gefährlich!, mischte sich Ivy ein, die durch eine der Fensteröffnungen gesegelt kam. *Was, wenn sie das Täuschungsmanöver durchschauen oder einen Wächter auf der anderen Seite zurücklassen, der dann Alarm schlägt? Wir würden ins offene Feuer laufen!*

Und was schlägst du stattdessen vor? Sollen wir aufgeben und ihnen den Stein überlassen?, gab Alisa ein wenig ärgerlich zurück.

Nein, das werden wir nicht, aber ich denke, wir müssen den Plan ein wenig sicherer machen.

Und wie?, fragte Franz Leopold.

Durch Nebel, sagte Ivy geheimnisvoll. *Flieg zurück, und sag den anderen, sie sollen von allen Seiten einen Scheinangriff wagen – nur nicht von Osten! Gebt gut acht, dass ihr euch nicht zu weit vorwagt! Es darf keine Opfer mehr geben.*

Was hast du vor?, verlangte Alisa zu wissen.

Im Osten wird Nebel aufsteigen, der den Werwölfen die Sicht raubt.

Woher weißt du das?, fragte Alisa verwirrt.

In der Kammer unter uns wird eine mächtige Druidin festgehalten!

Alisa begriff. *Gut, dann mache ich mich auf den Weg, den anderen Bescheid zu sagen. Viel Glück!*

Euch auch! Haltet euch von silbernen Klingen und Kugeln fern!

Alisa flog davon, musste aber sogleich einen Haken schlagen, als ein Geschoss an ihr vorbeipfiff. Das junge Menschenmädchen schrie auf.

»Diese verdammten Fledermäuse!«, brüllte eine Männerstimme. »Ich denke immer, es muss einer der Lycana sein.«

»Ach was, die können diese Mauern nicht überwinden«, rief ein anderer.

»Trotzdem, tötet jede Fledermaus, die ihr zu Gesicht bekommt.« Schnell flog Alisa davon.

Zuerst weihte sie die Gruppe ein, die Donnchadh anführte, dann gab sie den jungen Vampiren um Pietro Bescheid. Als sie sich den Gestalten näherte, die sich im Schutz der Feldsteinmauer um Francescos zerfallenden Körper geschart hatten, bemerkte sie den ersten Nebelstreif, der vom Wind erfasst und nach Osten geweht wurde. Rasch nahm sie ihre eigene Gestalt an und führte die anderen in einem großen Bogen weiter nach Süden. Sie achteten darauf, dass sie vom Kloster aus immer wieder gesehen wurden, jedoch so viel Distanz hielten, dass sie von den Kugeln nicht mehr getroffen werden konnten. Gewehrsalven und das sirrende Geräusch der Geschosse begleiteten sie. Es war ein gefährliches Spiel, da sie nicht genau wussten, wie weit die Kugeln reichten, und trotzdem so nah am Kloster bleiben mussten, dass die Werwölfe sie bemerkten und sie für ein lohnendes Ziel hielten. Bald schon stellten sie fest, dass die Waffen und auch ihre Schützen nicht alle gleich gut waren. Sie hörten die Geschosse im Gebüsch einer nahen Böschung einschlagen und huschten in, wie sie dachten, sicherem Abstand über eine Wiese, als plötzlich eine weitere Kugel geradewegs auf sie zuflog. Alisa bekam von Malcolm einen Stoß in den Rücken und fiel auf die Knie. Die Kugel rauschte über sie hinweg, erwischte aber Malcolm am Oberarm. Er fluchte vernehmlich.

»Los, weiter, darum können wir uns später kümmern!«, knurrte er zwischen zusammengebissenen Zähnen. Sie zogen sich noch ein Stück weiter zurück und beobachteten aufmerksam die dunklen Fensteröffnungen der Klosterruine.

»Einer von denen ist ein verdammt guter Schütze«, sagte Luciano, der nun eng an Alisas Seite blieb. Drüben im Kloster erscholl plötzlich ein Schrei. Männer rannten aufgeregt hin und her. Schüsse krachten. Die jungen Vampire hielten inne. Geduckt verharrten sie und ließen aufmerksam die Blicke schweifen. Im Osten hatten sich die Nebelschwaden verdichtet. Sie lauschten. Was war geschehen? Hatten die Werwölfe das Fehlen des Steins bemerkt? Oder waren die Freunde etwa auf frischer Tat ertappt worden? Wieder knallte ein Schuss. Alisa zuckte zusammen.

*

Sie kann einfach so Nebel herbeirufen? Sie ist ein Mensch! Franz Leopold konnte es nicht glauben.

Ja, das ist sie, aber auch eine Druidin mit magischen Kräften. Wie sonst hätte sie so alt werden können? Sie ist der Natur näher als ein Mensch und kann über die Elemente gebieten.

Ivy und Franz Leopold saßen auf dem First über der kleinen Zelle, in der Tara und Seymour festgehalten wurden.

Da! Sieh, es beginnt!

Die beiden Falken reckten die Hälse, bis sie die schmale Fensteröffnung sehen konnten, aus der nun dichter Nebel quoll. Er floss an den rauen Mauersteinen hinab und breitete sich am Fuß der Mauer nach allen Seiten aus, bis der Westwind ihn erfasste und vor sich her nach Osten trieb. Die beiden warteten noch, bis die Nebelschwaden den Chor des Kirchenschiffs erreichten, dann spannten sie die Flügel und schossen wie Pfeile durch die offenen Spitzbogenfenster in die Kirche. Rasch sahen sie sich um. Der Stein lag noch immer auf dem Altar und wurde – wie sie es vermutet hatten – im Eifer des Kampfes nicht bewacht.

Es ist nicht nötig, dass wir uns beide zurückverwandeln, meinte Ivy.

Ja, da hast du recht. Ich werde den Stein nehmen, sagte Franz Leopold bestimmt.

Das ist sehr rücksichtsvoll von dir, gab Ivy zurück, doch er unterbrach sie.

Ja, rücksichtsvoll meiner Familie gegenüber, die nicht in diesem Kampf, der sie nichts angeht, sinnlos geopfert werden soll. Es wird Zeit! Vielleicht ist es dir ja entgangen, doch der Himmel erhellt sich bereits.

Ivy ging nicht auf seine verletzenden Worte ein. *Ich werde es tun, denn mir wird das Gewicht des Steines nichts anhaben. Ich bin stark und schnell!*

Sie fing seine Gedanken auf, als er sich mit einem Schauder daran erinnerte, woher diese Stärke kam. Mit jedem Jahr, das seit ihrer Verwandlung zu einem Vampir vergangen war, steigerten sich ihre Kräfte – und das schon beinahe einhundert Jahre lang!

»Wenn du möchtest, kannst du über mir fliegen und Ausschau halten, ob der Weg frei ist«, sagte Ivy steif. Sie landete neben dem Altar, wandelte sich blitzschnell und griff nach dem Stein, der mehr als zwei Fuß lang war und sehr schwer sein musste. Ivy hob ihn hoch. Den *cloch adhair* an die Brust gepresst, sprang sie aus dem Fenster und lief los. Der Falke blieb über ihr in der Luft.

*

»Verflucht, was tun die dort eigentlich?«, schimpfte Mac Gaoth vor sich hin. Er legte an, zielte und zog den Abzug durch.

»Du hast einen getroffen!«, frohlockte der Werwolf an seiner Seite, den sie Ivarr nannten.

»Ja, und dennoch ziehen sie sich nicht zurück. Stattdessen schleichen sie dort draußen, in mehrere Gruppen aufgeteilt, herum. Sie haben irgendetwas vor und ich will wissen, was!« Mac Gaoth warf Nellie einen scharfen Blick zu, während er sein Gewehr lud und dann nach einem neuen Ziel Ausschau hielt.

Ivarr hob die Schultern. »Egal was sie planen, sie können die Klostermauern nicht überwinden.«

»Ja, so war es seit jeher«, bestätigte Mac Gaoth, doch dann erstarrte er. »Was ist denn das?«

Ivarr folgte seinem Blick die Mauer entlang. Zähe Nebelschwaden quollen um die Ecke und lösten sich langsam auf. »Jetzt kommt auch noch Morgennebel auf«, schimpfte der Werwolf.

»Ich will verdammt sein, wenn das gewöhnlicher Morgennebel ist«, fluchte Mac Gaoth. »Er kommt nicht vom See!«

Er packte sein Gewehr und lief auf die andere Seite des Klosters. Zu Nellies Enttäuschung herrschte er sie an, ihm zu folgen. Auch Ivarr kam mit und beugte sich neben Mac Gaoth aus einem Fenster, vor dem nur noch weißes Wabern zu erkennen war.

»Wie ungewöhnlich«, murmelte Ivarr.

Mac Gaoth beugte sich noch weiter aus dem Fenster. »Ja, ungewöhnlich!«, schnaubte er. »Der Nebel fließt aus der Schießscharte dort drüben. Diese verfluchte Druidin! Sorge dafür, dass das aufhört!«

»Ich? Aber wie soll ich das anfangen? Ich kann sie nicht einmal anfassen.«

»Dann töte Seymour, wenn nötig. Das wird sie zur Vernunft bringen.«

»Seymour ist einer der Unseren«, entgegnete Ivarr entsetzt, verstummte aber unter Mac Gaoths Blick.

»Er ist ein Verräter wie Peregrine, den wir seiner gerechten Strafe zugeführt haben. Er hatte den Tod verdient! Seymour ist nicht besser oder hat er sich etwa nicht von Anfang an mit den Lycana gegen uns verschworen? Also tue, was ich dir sage! Ich muss nach dem Stein sehen. Vielleicht haben sie einen Handlanger gefunden, der für sie die Klostermauern überwinden kann, und versuchen, den Stein zu stehlen.«

Ivarr eilte davon, während Mac Gaoth auf die Kirche zulief. »Wenn du trödelst, jage ich dir eine Kugel in den Leib!«, schrie er Nellie an, die absichtlich ein wenig zurückblieb. Rasch holte sie wieder auf. In dieser Stimmung war es vermutlich wenig ratsam, ihn zu reizen.

Als Nellie hinter dem Werwolf durch den Bogen stürmte, erhaschte sie gerade noch einen silbernen Schemen, der durch das Fenster verschwand. Ihr Blick fiel auf den leeren Altar. Mac Gaoth brüllte. Dieser Schrei hatte nichts Menschliches an sich. Es war das Toben einer Bestie. Nellie taumelte zur Seite. Er rief nach den anderen Werwölfen. Eilige Schritte schallten durch das Kloster.

»Komm mit!«, brüllte Mac Gaoth und zerrte Nellie auf ein Fenster zu. Mit einem riesigen Sprung war er draußen. Nellie kletterte über die Brüstung und ließ sich ins Gras fallen. Sie achtete nicht auf ihr aufgeschlagenes Knie, rappelte sich auf und lief ihm nach. Sie sah, wie er anhielt und das Gewehr zum Schuss hob.

»Nellie, runter!«, erklang Cowans Stimme hinter ihr. Sie warf sich, ohne zu zögern, auf den Boden. Zwei Schüsse krachten. Nellie sah, wie Mac Gaoths Körper zuckte. Er ließ das Gewehr fallen. Eine Hand griff nach der ihren und zerrte sie hoch.

»Schnell!«, drängte Cowan. »Komm hoch und lauf! Der Nebel gibt uns Deckung.«

Hand in Hand rannten sie los. Nellie sah Mac Gaoth mit dem Gesicht im Gras liegen. Er rührte sich nicht mehr. Seine Jacke war am Rücken zerfetzt. Blut quoll aus der Wunde, wo die Kugel eingedrungen war.

»Ich habe ihn mitten ins Herz getroffen«, sagte Cowan stolz. »Ja, das war ein Fehler, mir ein Gewehr zu überlassen. Er hat uns unterschätzt.«

Nellie schwieg. Sie konzentrierte sich darauf, zu laufen und nicht zu stolpern. Hinter ihnen hörten sie wieder Schüsse, doch der Nebel war zu dicht, als dass die Schützen sie hätten sehen können. Cowan schlug einen Bogen nach rechts. Sie mussten zu dem Hain zurückkehren, wo sie ihren Vater und die anderen zurückgelassen hatten, und gemeinsam mit ihnen fliehen. Wenn sie noch dort waren. Wenn sie noch lebten!

*

Den Stein an die Brust gedrückt, rannte Ivy in einem weiten Bogen nach Süden, wo sie mit den anderen Lycana zusammentreffen würde. Über ihr flog Franz Leopold. Ihre Verfolger konnte sie im Nebel nur erahnen, doch sie wusste, dass sie ihnen noch auf den Fersen waren und nicht so schnell aufgeben würden. Was, wenn sie die Werwölfe mit ihren Gewehren direkt zu den Lycana führte?, fragte sich Ivy bang. Sollte sie den Plan ändern und den Stein woandershin bringen?

Plötzlich durchbrach sie den Nebel und lief in den klaren, bereits grauen Morgen hinaus. Ivy schlug einen Haken um ein Gebüsch herum. Sie durfte nicht den direkten Weg über die Weiden nehmen, die ihr keine Deckung bieten konnten.

Sie haben den Rand des Nebelfelds bald erreicht, meldete Franz Leopold. Ivy sprang mit einem riesigen Satz über eine Mauer und rannte weiter. Die Werwölfe hinter ihr brachen durch den Nebel. Rufe ertönten. Sie hatten Ivy entdeckt. Die ersten Schüsse peitschten über das Gras. Ivy beschleunigte ihre Schritte noch mehr, doch der Stein wog schwerer in ihren Armen, als sie es sich je vorgestellt hätte.

Plötzlich hörte sie ein Rauschen in der Luft über ihr. Sie vernahm Franz Leopolds erstickten Schrei in ihren Gedanken. Ivy hechtete hinter einen Busch, als ein riesiger Vogel wie ein Pfeil herabgeschossen kam und neben ihr landete. Ivy hatte nicht gewusst, dass es solch eine Kreatur überhaupt gab.

Gib mir den Stein, hallte eine Stimme in ihrem Geist, die sie kannte. *Du hast den* cloch adhair *aus den Mauern des Klosters befreit, die ich nicht überwinden konnte, doch nun überlass ihn mir und bring dich in Sicherheit. Ich werde alles zum Guten wenden.*

Ivy verneigte sich und legte den Stein vor dem riesigen Greif auf den Boden.

»Gibt es solch einen Vogel wirklich?«, fragte sie neugierig.

Sie spürte, wie er innerlich lächelte. *Man sagt es. In einem Land weit im Westen jenseits des Meeres, wo die Berge Feuer speien und bis in den Himmel ragen.*

Er schloss seine mächtigen Krallen um den Stein. Ivy verschwendete keine Zeit und wandelte sich wieder zu einem Falken, denn schon konnte sie die Stimmen der sich nähernden Werwölfe hören.

»Dort hinter dem Busch muss sie sein. Jetzt haben wir die elende Diebin!«

Ivy stieg pfeilschnell in die Luft und gesellte sich zu Franz Leopold. Sie hörte die Werwölfe vor Erstaunen aufschreien, als sich der Kondor mit kräftigen Flügelschlägen erhob. Bis sie sich von ihrer Verwunderung erholt hatten, war es zu spät, ihn mit einem Schuss vom sich zunehmend erhellenden Himmel zu holen.

Franz Leopold fluchte. *Nun haben wir ihn doch noch verloren.*

Nein, ich habe ihn dem Einzigen übergeben, der diese verzwickte Lage zu einem friedlichen Ende bringen kann, widersprach sie, während sie mit ihm in Richtung Seeufer flog, wo sich die Vampire aller Gruppen bereits versammelten.

Sieh, dort hinten kommt Seymour angelaufen. Franz Leopold flog noch einmal eine kleine Schleife und sah den Werwölfen nach, die geschlagen zum Kloster zurücktrotteten.

Ivy richtete ihren Blick auf den weißen Wolf, der nun seinen Schritt zügelte und sich nach der Gestalt umwandte, die gerade das Kloster verließ. Den Stab in der Hand, den Kopf hoch erhoben, folgte Tara ihrem Sohn. Ivy landete und wandelte sich zurück.

»Den Göttern sei Dank! Ihr seid ihnen entkommen«, begrüßte Ivy Tara und den Wolf und umarmte beide.

Die Druidin schüttelte den Kopf. »Nein, nicht entkommen. Wir sind gegangen. Nachdem Mac Gaoth gefallen ist und eines der jüngeren Mitglieder der Sippe Áthair Faolchu von seinen Fesseln befreit hat, gab es niemanden mehr, der uns aufhalten wollte. Doch nun eilt euch. Dort in den verlassenen Steinhütten findet ihr Schutz für den Tag. Seymour und ich werden eure Ruhe bewachen, und wenn die Sonne untergegangen ist, werden wir alle zusammenkommen, um einen neuen Pakt zu schließen.«

Ivy nickte. »Ja, Turlough wird kommen und den Stein bringen. Hast du ihn in dieser Greifsgestalt gesehen? Unglaublich!«

Tara lächelte. »Ja, er ist ein ungewöhnlicher Vampir und ein ebenso außergewöhnlicher *fili*.«

*

Die Nacht zu Samhain brach an und die Verhandlungen begannen. Auf beiden Seiten waren Verluste zu beklagen. Außer Francesco hatten die silbernen Kugeln noch zwei Lycana vernichtend getroffen, vier weitere waren verletzt. Tara hatte noch am Morgen die zerstörerischen Kugeln entfernt und auch Malcolms Arm mit ihrer wundersamen Tinktur behandelt, sodass es ihm und den anderen bald wieder besser gehen würde. Die Werwölfe hatten neben Mac Gaoth drei junge Sippenangehörige verloren, die eine Gruppe von Lycana außerhalb des Klosters angegriffen hatten und von ihnen getötet worden waren. Außerdem lagen in dem Wäldchen am Ufer zwei tote Menschen. Ein älterer Mann und eine Frau. Die anderen hatten die Vampire gehen lassen. Auch das Mädchen und der Junge, die Ivy und Franz Leopold aus dem Kloster hatten fliehen sehen, waren entkommen.

Nun, da es auf Mitternacht zuging, saßen alle im Kreis um den Stein, den Turlough auf eine Steinplatte gelegt hatte. Es wurde Zeit, aufzubrechen. Noch einen Tag wollten die Lycana nicht zusammengepfercht in den baufälligen Steinhütten am Ufer zubringen. Außerdem wurde es Zeit, den Unterricht wieder aufzunehmen. Einige der Erben stöhnten und warfen sich leidende Blicke zu.

Tara trat mit Ivy und Seymour in die Mitte. Sie berührten den

Stein und wiederholten den Schwur, den sie vor neunundneunzig Jahren schon einmal geleistet hatten. Dann übergab Turlough Tara den *cloch adhair,* auf dass nun die Druiden für seinen Schutz sorgten.

»Wo wird Tara ihn hinbringen?«, frage Alisa. »Wieder in die Höhle am Gipfel der Twelve Bens?«

Ivy schüttelte den Kopf. »Nein, Áthair Faolchu wird mit der Sippe dorthin zurückkehren. Die Moore von Connemara sind ihre Heimat. Sie haben ihn als ihren Anführer bestätigt, und ich denke, es wird wieder Ruhe unter ihnen einkehren. Der Stein wird auf die Insel Inchagoill gebracht, wo eine junge Druidin die ehrenvolle Aufgabe übernehmen wird, den Stein zu bewachen. Tara hat bereits nach ihr gesandt. Das Schiff müsste bald eintreffen.«

Es landeten sogar zwei Boote an. Das eine kannten die Erben bereits. Es war der alte Fischer, der sie in der Nacht zuvor übergesetzt hatte. Das andere, kleinere Boot brachte eine junge Frau an Land, die der alte Mann mit träumerisch-feuchten Augen anstarrte.

»Isleen, du bist meinem Ruf gefolgt, wie ich es erwartet habe«, begrüßte Tara sie mit warmer Stimme und reichte ihr beide Hände.

Die junge Frau neigte das Haupt mit dem langen blonden Haar. »Tamara Clíodhna, es ist mir eine Ehre zu dienen.«

Tara überreichte ihr den heiligen Stein. »Der *cloch adhair* wird auf Inchagoill bleiben. Ich begleite die Lycana nach Aughnanure, denn einige von ihnen bedürfen meiner Heilkunst. Erwarte mein Kommen in wenigen Tagen. Ich werde Álainn wieder zu dir bringen. Sie hat mir gute Dienste geleistet und sich eine Zeit der Ruhe verdient.«

Isleen verbeugte sich noch einmal. Sie grüßte den Führer der Werwölfe Áthair Faolchu und auch Donnchadh und Catriona, ehe sie auf ihr kleines Boot zurückkehrte.

»Wer in friedlichen Absichten kommt, sei auf Inchagoill stets willkommen«, sagte sie, ehe sie sich von Ivy, Seymour und zuletzt von Tara verabschiedete. Dann fuhr das Schiff davon.

Donnchadh drängte die Erben und ihre Servienten zum Boot des Fischers, das für alle Vampire zu klein war. Die Lycana würden den See als Fledermäuse überqueren. Alisa und Franz Leopold bestanden darauf, Ivy zu begleiten, während Seymour mit missmutiger Miene neben Luciano Platz nahm. Das Schiff stach in See und wurde von einem frischen Wind nach Westen getragen, obwohl er noch vor wenigen Minuten aus der entgegengesetzten Richtung geweht hatte. Ein Schwarm Fledermäuse umkreiste den Mast.

In Oughterard angekommen, dankten sie dem Fischer für seine Dienste und machten sich zur Burg auf.

»Wie kommen wir hinein?«, fragte Alisa. »Ist der Bann um die Burg noch wirksam? Es ist keiner da, der uns öffnen könnte.«

Ivy nickte. »Ich hoffe, Tara findet schnell eine Lösung. Die Nacht ist schon wieder fortgeschritten.«

Doch die Druidin wiegte besorgt den Kopf. »Ich werde sehen, was ich machen kann. Es gibt festgelegte Rituale, nach denen der Letzte, der die Burg verlässt, handeln muss, will man sie später wieder uneingeladen betreten.«

So langten sie vor dem geschlossenen Burgtor an. Donnchadh versuchte, das Tor zu öffnen, doch es wollte weder ihm noch Catriona gelingen. Selbst der Herr der Burg Gareth konnte sich keinen Zugang verschaffen. Hilfe suchend wandte er sich Tara zu. Doch da hörten sie von innen plötzlich ein Geräusch. Der Querbalken wurde angehoben und das Tor schwang leise knarrend zurück. Die Lycana und ihre Begleiter starrten auf die Öffnung, in die, schwer hinkend, eine Gestalt trat.

»Willkommen zurück«, sagte sie mit krächzender Stimme.

»Áine!« Ivy eilte an ihre Seite. »Du hast die Explosion überstanden? Wer hätte das gedacht!«

Die Vampirin sah an sich hinab. »Überstanden? Ja, vielleicht um eine letzte Aufgabe zu erfüllen.« Sie gab dem Tor einen Stoß, dass es weit aufschwang. Ihre verkohlte Hand umschloss die völlig geheilte Ivys.

»Erlöst mich! Ihr wisst so gut wie ich, dass es für mich keine Rettung mehr gibt. Ich kann mich nicht mehr regenerieren. Ich bitte euch.« Ihre Hand zitterte, als sie Ivy einen silbernen Dolch reichte.

Ivy nahm ihn entgegen und neigte ernst den Kopf. »Wenn es dein Wunsch ist, dann werden wir ihm entsprechen.«

»Ja«, stimmte Áine mit rauer Stimme zu. »Lasst mich heimkehren zu meinen beiden Geliebten, zu Robert und Peregrine. Sie warten auf mich in der Anderwelt, wo die Seelen sich finden und erfrischen, ehe sie zur Erde zurückgesandt werden.«

*

Er saß auf einer Feldsteinmauer, den Blick in die Ferne gerichtet. Franz Leopold regte sich nicht, obwohl er spürte, wie sie sich näherte, bis sie neben ihm stehen blieb. Es kostete ihn viel Kraft, sie nicht anzusehen. Ivy ließ sich neben ihm auf der Mauer nieder.

»Ich wollte dir danken. Dafür, dass du trotz deines Grolls Seite an Seite mit mir gekämpft hast. Unser Sieg ist auch dein Verdienst.«

»Mein Degen gehört dem, der seiner bedarf«, sagte er rau. »Dachtest du, ich sei ein Feigling, der sich der Gefahr entzieht?«

Ivy seufzte. »Nein, das ist mir nie in den Sinn gekommen. Ihr Dracas seid heldenhaft, mutig und sehr stolz.«

Endlich schaute er sie an. »Ja, und diesen Stolz sollte man nicht mit Füßen treten. Wehe dem, der Spott mit ihm treibt!«

»Ich habe dich nicht verspottet! Ich habe nur meinen Gefühlen nachgegeben. Meine Schwäche allein kannst du mir vorwerfen.«

Franz Leopold zog eine Grimasse. »Ich kenne nur deine Worte, die du geschickt einzusetzen weißt. Die Wahrheit hältst du stets verborgen.«

Ivy rutschte ein Stück näher und sah ihm offen in die Augen. »Gedanken lügen nicht, Leo. Lies in meinem Geist und in meinem Herzen. Du wirst keine Falschheit entdecken!«

Franz Leopold war versucht, sich abzuwenden, doch da tastete sein Geist bereits nach dem ihren. Zum ersten Mal hatte sie die Barriere fallen gelassen, die ihre Gedanken schützend umgab. Was er las, beschämte und beunruhigte ihn. Rasch zog er sich zurück. Schweigend saßen sie da, während er nach Worten rang.

»Es muss hier enden«, rief er endlich. »Ich bin vierzehn und du ein Jahrhundert alt! Und doch wirst du immer wie ein zartes Mädchen aussehen, während ich zum Mann werde. Deine Weisheit, deine Erfahrung, deine Stärke ist mir …«

»Unheimlich?« Ivy nickte. »Ja, wie könnte es anders sein. Ich wünsche mir ja nur, dass wir weiterhin Freunde sind, die sich vertrauen können.«

Franz Leopold sprang von der Mauer und verbeugte sich vor ihr. »Mein Degen ist der deine, solange wir auf dieser Welt weilen.«

»Ich weiß nicht, ob es dein Degen ist, auf den ich hoffte«, sagte sie mit Wehmut in der Stimme. Ihre Hände fanden sich und hielten sich fest.

Franz Leopold grinste. »Oh, sag das nicht. Wer weiß, was uns noch alles bevorsteht. Vielleicht verbringen wir das nächste Jahr in den unterirdischen Labyrinthen von Paris bei den Pyras, denen die Zivilisation noch ferner scheint als euren Werwölfen hier.« Er schauderte übertrieben.

»Ja, dort könnten wer weiß was für Gefahren auf uns lauern!«, stimmte Ivy in seinen leichten Tonfall ein. Ihr Lächeln war unwiderstehlich, und es schmerzte ihn, sie anzusehen. Die Bitterkeit jedoch war aus dem Schmerz gewichen. Er erwiderte ihr Lächeln und beugte sich dann über ihre Hände. Zärtlich küsste er ihre Finger.

»An deiner Seite sind mir alle Gefahren willkommen.« Widerstrebend ließ er sie los, wandte sich ab und kehrte zur Burg zurück.

*

Die Räder der Kutsche ratterten über das Kopfsteinpflaster Dublins. Endlich zurück in der Zivilisation! Bram Stoker fühlte einen Hauch von Bedauern, als der Ruf des Droschkenkutschers ertönte und das Gefährt vor dem Stadthaus hielt, in dem sich seine Wohnung befand. Die Reise in den Westen war zu Ende.

Bram beugte sich zum Abschied über die Hand der Lady und dankte artig, dass er sie auf dieser aufregenden Fahrt hatte begleiten dürfen.

Die Dame neige den Kopf und lächelte huldvoll. »Es war mir ein Vergnügen, in ihrer Gesellschaft zu reisen.«

»Eine recht aufschlussreiche Expedition«, sagte Bram, und die Lady nickte zustimmend, obwohl sie sicher an etwas anderes dachte als er.

»Sir?« Der Kutscher hatte sein Gepäck bereits abgeladen und hielt ihm nun den Schlag auf. Bram hob noch einmal grüßend die Hand und stieg dann aus. Oscar erwartete ihn bereits. Er war abgestiegen und drückte nun dem Kutscher die Zügel seines Pferdes in die Hand, um sich von seinem Freund zu verabschieden.

»Ich kann dir gar nicht sagen, wie ich mich auf mein weiches Bett freue, auf eine Badewanne mit heißem Wasser, einen Diener, der mir die Handtücher reicht, und natürlich auf ein gutes Abendessen!«, seufzte Oscar. »Ja, so eine Reise ist lehrreich und anstrengend, und die Beschwerlichkeiten lassen einen den heimischen Komfort wieder mit anderen Augen betrachten.«

»Dann hast du vom Reisen vorerst genug?«, fragte Bram mit einem Augenzwinkern.

Oscar senkte die Stimme. »In Gesellschaft meiner Mutter zu verschwörerischen Zusammenkünften? Für lange Zeit! Das versichere ich dir. Allerdings werde ich schon bald nach London übersiedeln. Ich denke, hier in Dublin hat mein literarisches Schaffen keine rechte Zukunft. Mein Platz ist in der großen Gesellschaft und die hält sich nun einmal nicht in Dublin auf!«

Bram unterdrückte ein Lächeln und nickte in Richtung des Wagenschlags. »Weiß es die Lady bereits, dass du nicht nach Dublin zurückkehren wirst, nun da dein Studium in Oxford sich dem Ende nähert?«

Oscar seufzte. »Nein, ich werde es ihr aber bald schonend beibringen müssen.«

»Vermutlich ist es für deine Mutter so etwas wie Landesverrat«, vermutete Bram.

Oscar nickte mit tragischer Miene. »Das fürchte ich auch. Aber sie wird sich daran gewöhnen müssen, wenn sie der glanzvollen Karriere ihres Sohnes nicht im Wege stehen will.«

Bram wusste, dass Oscar es ernst meinte. Er war von seinem Talent überzeugt, und davon, dass er die gute Gesellschaft nur bereichern konnte!

»Und du mein Freund, hast du nun von großer Fahrt endgültig genug?«, wechselte Oscar das Thema.

»Aber nein«, wehrte Bram ab. »Eine Weile werde ich in London wohl meinen Aufgaben nachgehen müssen, aber dann möchte ich wieder auf Reisen gehen.«

»Wohin? Zum zweiten Mal nach Rom?«

Bram zögerte. »Nein, ich denke, ich gehe nach Paris.«

»Auch gut«, nickte Oscar. »Das könnte durchaus lohnenswert sein. Die Stadt der Boheme. Maler und Literaten zwischen Genialität und trunkener Verwahrlosung. Ja, das stelle ich mir spannend vor.«

»Ich dachte eher an etwas anderes«, sagte Bram und warf seinem Freund einen raschen Blick zu. »Die Oper von Paris …«

»Ich wusste nicht, dass du ein Opernliebhaber bist. Aber gut, Verdi ist nach Paris zurückgekehrt und ich finde auch diesen Jacques Offenbach sehr amüsant. Sein *Orpheus* ist grandios!«

»Mir liegt nicht so sehr an den Aufführungen«, gab Bram ein wenig verlegen zu. »Hast du nicht auch von dem Gerücht gehört, dass ein finsterer Schatten im Opernhaus sein Unwesen treibt? Sie nennen ihn ›das Phantom‹.«

Oscar sah seinen Freund verblüfft an, dann lachte er und klopfte ihm auf den Rücken. »Ach Bram, du bist ein seltsames Original.

Erst jagst du Blutsauger auf nächtlichen Friedhöfen und nun ein Phantom? Wenn ich die Zeit finde, werde ich dich begleiten. Das könnte sehr spaßig werden!«

Er lachte noch immer, als er sich wieder in den Sattel schwang und grüßend die Hand hob. Die Kutsche rollte davon. Der Reiter folgte ihr.

EPILOG:
AUF DEM GRUND DES LOUGH CORRIB

Die Vampirin beobachtete die Zusammenkunft aus einem sicheren Versteck. Sie rührte sich nicht vom Fleck. Nur ihre Wimpern zuckten. Noch hatte niemand ihre Anwesenheit bemerkt, und das sollte auch so bleiben. Von ihrem Platz in einem hohen Baum aus sah sie die Versammlung zwar, so nah, dass sie die Worte, die gesprochen wurden, verstehen konnte, kam sie leider nicht heran. Wäre sie eine Lycana, hätte sie sich in ein kleines Tier verwandeln und sich näher heranschleichen können, um unbemerkt zu lauschen. So aber blieb ihr diese Möglichkeit verwehrt. Ein seltsames Gefühl stieg in ihr auf. Sollte das etwa Neid sein? Unmöglich.

Die Vampirin kniff die Augen zusammen. Was ging dort auf der Lichtung vor sich? Es sah aus, als würde sich eine friedliche Lösung anbahnen. Natürlich, die Werwölfe hatten kläglich versagt. Mac Gaoth war gefallen, die alten Machtverhältnisse wiederhergestellt. Es war trotz ihrer sorgfältigen Planung nicht so gelaufen, wie sie es sich ausgemalt hatte. Und dann waren auch noch die Erben erschienen und hatten sich in den Kampf eingemischt. Waren zwischen die silbernen Geschosse geraten! Sie schloss für einen Moment gequält die Augen. Nein, das war etwas, das sie nicht vorhergesehen hatte. Wie hatten die Lycana so etwas zulassen können? Ja, es waren die Erben gewesen, die das Blatt gewendet hatten. Es wunderte die Vampirin nicht, den Stein nun in den Händen der Druidin zu sehen. Welche Möglichkeiten blieben ihr noch? Sie konnte geradezu spüren, wie ihr die Fäden entglitten, die sie so fest in ihrer Hand geglaubt hatte. Eine Welle der Panik stieg in ihr auf. Sie konnte nicht zurückkehren und dem Meister sagen, sie habe noch einmal versagt! Was würde er mit ihr machen? Darüber wollte sie lieber nicht nachdenken.

Ein Aufblitzen am Ufer lenkte ihre Aufmerksamkeit ab. Ein weißes Boot landete an, dem eine junge, hochgewachsene Frau mit blondem Haar entstieg. Eine Menschenfrau, soviel war sicher. Die Druidin Tara ging ihr entgegen und begrüßte sie. Gehörte sie zu den Druiden? Vermutlich. Warum sonst sollte sie sich zu dieser Versammlung begeben? Außerdem blieben die Lycana völlig gelassen. Keiner schien sich auch nur in Gedanken an ihrem Blut laben zu wollen.

Die Vampirin beobachtete, was als Nächstes geschah, während sie sich den Kopf zerbrach, wie sie alles noch zum Guten wenden konnte. Sie musste an diesen verfluchten Stein herankommen, aber wie?

Auf der Lichtung kam wieder Bewegung in die Versammlung. Die Druidin Tara übergab den Stein der jungen Frau, die ihn offensichtlich auf ihrem Boot wegschaffen wollte. Die Erben und ihre Servienten begaben sich zu einem größeren Schiff, das von einem alten Mann gesteuert wurde. Als sie eingestiegen waren, wandelten sich die Lycana zu Fledermäusen und umkreisten das Schiff, auf dem die Besucher der anderen Familien den Lough überqueren würden. Auch die Werwölfe rüsteten sich zum Aufbruch. Wohin sie gehen würden, wusste die Vampirin nicht, und es interessierte sie auch nicht, jetzt da sie den Stein nicht mehr besaßen. Mit wachsender Panik sah sie den beiden Booten nach, wie sie über das ruhige Wasser davonglitten. Alles war verloren. Was hätte sie in diesem Augenblick darum gegeben, sich in einen Vogel verwandeln zu können! Und doch, was sollte sie gegen so viele Gegner ausrichten?

Plötzlich stutzte die Vampirin. Sie trennten sich! Während das von den Lycana begleitete Schiff der Erben nach Südwesten steuerte, wandte sich das kleine Boot der Druidin nach Nordwesten. Langsam schwamm es dahin, während das Schiff der Vampire schon bald ihrer Sicht entschwand. Die Erregung schäumte wie eine Woge in ihr auf. Vielleicht ließ sich das Schicksal doch noch wenden? Blitzschnell glitt sie vom Baum und auf die Bucht ein

Stück nördlich des Versammlungsorts zu, in der das Boot, das sie von Cong hergebracht hatte, noch immer auf der Uferböschung lag. Sie stieß es ins Wasser und sprang hinein. Mit kräftigen Ruderschlägen trieb sie es auf den See hinaus. Das Segeltuch ließ sie unbeachtet. Sie musste schneller sein als das Boot der Druidin und es abfangen, ehe es sein Ziel erreichte. Wer konnte sagen, wohin sie den Stein brachten und ob es ihr dort noch gelänge, die Hand nach ihm auszustrecken? Ein grimmiges Lächeln breitete sich über ihr Gesicht aus, als das kleine weiße Boot in Sicht kam.

»Man kann den Stein vielleicht nicht vernichten, aber ihn durchaus für immer dem Zugriff der Lycana und aller anderen entziehen!«

Die Vampirin zog die Ruder durch das glatte Wasser. Es war unter ihrer Würde, solch eine niedere Arbeit zu verrichten, in diesem Augenblick aber zählte nur, dass genug Kraft in ihrem Körper wohnte, und das große Ziel vor ihr, dem sie sich rasch näherte.

Erkannte die Frau die Gefahr nicht, die auf sie zukam, oder verfügte sie über Kräfte, von denen die Vampirin nicht wusste? Die junge Druidin versuchte nicht einmal zu fliehen. Als das fremde Boot auf sie zuschoss, stand sie hoch aufgerichtet da und streckte der Vampirin die Handflächen entgegen.

»Wer bist du? Gehörst du zu den Lycana? Ich kenne dich nicht! Was ist dein Begehr?«

Die Vampirin lächelte böse. »Wer ich bin, hat dich nicht zu kümmern. Alles, was ich will, ist der Stein. Gib ihn mir!«

Die Druidin schüttelte den Kopf. »Der Stein wurde uns Druiden übergeben, auf dass wir ihn neunundneunzig Jahre schützen und bewahren. Du kannst dieses Boot gegen meinen Willen nicht betreten! Tara hat einen Bann errichtet und auch die Insel Inchagoill unterliegt dem Schutz der Druiden.«

Die Vampirin zögerte. Sie war nun so nah, dass sie auf das andere Boot hätte springen können. Sie forschte nach den Gedanken der jungen Druidin. Zumindest schien sie selbst davon überzeugt, dass der Bann nicht durchbrochen werden konnte. Was nun? Sollte sie es dennoch riskieren und womöglich ins Wasser geschleudert werden? Nachdenklich betrachtete sie das schmale Boot. Nun gut, vielleicht gelang es ihr wirklich nicht, den Fuß daraufzusetzen, aber musste sie das denn? Sie wollte den Stein ja gar nicht in die Finger bekommen. Sie wollte nur verhindern, dass die Reifträger sich jemals wieder am Herzen Irlands stärken konnten – vor allem Ivy. So lautete der Wille des Meisters. Die Kraft der Reifen verlosch schnell, wenn sie das Land verließen. Vielleicht würde es dem Meister schon in wenigen Monaten gelingen, ihrer habhaft zu werden, wenn Ivy die Insel verließ, um an einem neuen Jahr in der Akademie teilzunehmen. Die Vampirin fragte sich wieder einmal, warum er gerade dieses Mädchen haben wollte. Was war an der Lycana so besonders, dass der Meister Jahre seines Daseins geduldig darauf hinarbeitete, sie zu besitzen? Es kränkte sie, dass er ihr nicht so viel Vertrauen entgegenbrachte, sie in seine Pläne einzuweihen. Und doch konnte sie sich nicht von ihm abwenden. Allein der Gedanke an ihn ließ ihren Geist erzittern. Sie hatte sich ihm verschworen, und sie würde ihm dienen, was er auch von ihr verlangte.

Die Vampirin griff wieder nach den Rudern und zog sie mit aller Kraft durch das Wasser.

»Was hast du vor?«, rief die Frau. Mit Befriedigung registrierte die Vampirin den Schreck in ihrer Stimme. Sie antwortete nicht. Sie konzentrierte sich ganz auf das Spiel ihrer Muskeln und auf die Spitze ihres Bugs, der auf die Seite des Druidenschiffes zuhielt. Noch ein kräftiger Zug. Der Bug rammte gegen die Planken. Das Holz knirschte. Das weiße Boot neigte sich zur Seite. Wasser schwappte über die Bordwand. Die Druidin stieß einen Schrei aus und umklammerte den Stein. Die Vampirin setzte ein Stück zurück und rammte das Boot ein zweites Mal. Sie hielt den Druck, obwohl sie glaubte, ihre Arme müssten bersten, bis die Bordkante des anderen Bootes unter Wasser geriet. Mit einem Aufschrei fiel die Druidin ins Wasser. Ihr Boot schlug um und tanzte kieloben auf den Wellen. Prustend kam die Druidin an die Oberfläche. Sie strampelte mit den Beinen. Den schweren Stein hielt sie noch immer gegen die Brust gepresst.

»Lass ihn los!«

Mit wenigen Ruderschlägen war die Vampirin bei ihr. Sie schlug mit dem Holz nach dem Kopf der Frau und fuhr dann einfach über sie hinweg. Wieder tauchte sie unter. Luftblasen stiegen nach oben und zerplatzten. Die Vampirin dachte schon, sie sei ertrunken, als ihr Kopf die Oberfläche wieder durchstieß und die Druidin hustend nach Luft schnappte. Sie schlug mit den Armen, um sich über Wasser zu halten. Der Stein war ihrem Griff entglitten und glitt durch das grünlich schimmernde Nass dem Grund zu. Von einem Schluchzen geschüttelt, klammerte sich die junge Frau am Rumpf ihres Bootes fest. Ihr blondes Haar war blutverschmiert.

Die Vampirin legte den Kopf in den Nacken und stieß ein triumphierendes Geheul aus. Sie lachte, dass ihr Leib bebte.

»Es ist vollbracht! Meister, ich habe gesiegt!«, rief sie und reckte die Faust in die Luft. Dann machte sie sich auf den Heimweg. Zurück zum Ufer, zurück nach Dublin, zurück auf den Kontinent in ihre Heimat, um von ihrem Sieg zu berichten. Ihre Gedanken eilten ihr voraus, und sie sah sich, wie sie ihm gegenübertrat. Nun durfte sie es wagen, den Blick zu erheben und seine hochgewachsene Gestalt zu schauen, den Echsenring an seinem Finger zu küssen und in der Aura seiner Kraft zu baden. Seine Stimme hallte durch ihren Geist. »Das hast du gut gemacht. Ich habe mich nicht in dir getäuscht! Ich weiß Versagen zu bestrafen, doch genauso auch den Sieg zu würdigen.« Er würde ihre Hand umfassen und sie zu sich nehmen. Die Vampirin schloss die Augen und stieß einen tiefen Seufzer aus.

*

Der *cloch adhair* war verloren. Er ruhte nun auf dem Grund des Lough Corrib und war für keinen mehr erreichbar. Isleen konnte es nicht fassen. Sie hatte das Herz Irlands verloren! Seine Seele verspielt. Es war ihre Schuld. Wie hatte so etwas passieren können? Warum hatten nicht einmal Tara oder Turlough es vorausgesehen? Isleen hielt sich noch immer an dem treibenden Bootsrumpf fest, doch ihre Kräfte ließen nach. Der Hieb mit dem Paddel hatte ihr eine klaffende Wunde über der Schläfe zugefügt. Noch immer floss Blut und vermischte sich mit dem Seewasser, und mit dem Blut schwanden ihre Kräfte. Sie würde sich nicht mehr lange festhalten können. Die Bewegungen ihrer Beine wurden träge. Ihr Blick trübte sich.

Vielleicht war es besser so. Sie hatte versagt und das Recht zu leben verwirkt. Isleen schloss die Augen. Die Sonne ging auf und überschüttete den Lough mit Gold. Wie sehr sie diesen Anblick immer geliebt hatte. Heute würde sie ihn zum letzten Mal sehen. Tränen ließen das Bild verschwimmen. Isleen blinzelte. Ein dunkler Schatten brach das Gold der Wasserfläche. Was war das? Ein Boot? Kam die Vampirin zurück, um sie zu töten? Das musste sie nicht. Sie würde auch so sterben. Doch warum kam sie von Westen?

Der Bootsrumpf wurde größer, ein Segel zeichnete sich vor dem Himmel ab. Nein, das war nicht das Boot der Vampirin. Dieses Schiff war ihr tröstlich bekannt. Isleen schluchzte, dass ihr ganzer Körper bebte. Selbst als die mageren Arme des alten Mannes sie bereits an Bord gezogen und sie in eine Decke gehüllt hatten, konnte sie nicht aufhören. Er gab ihr ein Tuch und drückte es behutsam gegen ihre Wunde. Mit verlegener Miene sah er sie an. Er hob den Arm, als wollte er ihn ihr um die Schulter legen, und ließ ihn dann wieder sinken.

»Nicht weinen, Miss Isleen«, sagte der alte Fischer.

Isleen schluchzte auf und warf sich an seine Brust. »Ich habe den *cloch adhair* verloren. Es ist meine Schuld, Großvater!«

Quintin erstarrte. Dann huschte ein Strahlen über das faltige Gesicht. »Du weißt es?« Er nahm sie in die Arme und wiegte sie wie ein Kind.

»Aber ja. Von Anfang an. Wie hätte mein Herz es mir verschweigen können?«

»Sei nicht verzweifelt, Isleen. Die Seele des Landes kann man nicht verlieren. Sie ist noch immer da. Sie liegt nun auf dem Grund des Lough und ist mit ihrem Band aus Marmor vereint. Keiner kann ihr dort schaden. Und keiner muss mehr Kriege führen, um sie zu besitzen. Vielleicht war es der Wille der Götter, dass es so kommt, und du das Werkzeug in ihren Händen. Trockne deine Tränen. Niemand wird dir zürnen. Ich bringe dich auf die Insel zurück, dorthin, wo dein Platz in der Geschichte ist, Druidin Isleen.«

ANHANG

Glossar

Achtern: Kommt von *achter*, das aus dem Niederdeutschen stammt und dem englischen *after* = hinter entspricht. Achtern ist auf einem Wasserfahrzeug alles, was hinter der Mitte liegt. Das Achterschiff ist also der hintere Teil, das Heck.

Anglikaner: In der anglikanischen Kirche sind viele Glaubenselemente des katholischen und des evangelischen Glaubens vereint. In der Liturgie herrscht die katholische Tradition vor. Der oberste geistliche Leiter der Kirche ist der Erzbischof von Canterbury. Die anglikanische Kirche hat sich von der katholischen abgespalten, als König Heinrich VIII. 1534 mit dem Papst in Streit geriet, weil der eine seiner Ehen nicht annullieren wollte. Die Bischöfe von England erklärten nun den König statt den Papst zum Oberhaupt der englischen Kirche und sagten sich damit von Rom los.

Bark: ein Segelschiffstyp mit ursprünglich drei, später auch vier oder fünf Masten. An den vorderen Masten gibt es Rahsegel, am hinteren Gaffelsegel. In der zweiten Hälfte des 19. Jahrhunderts war die Bark als Hochseefrachtschiff weitverbreitet.

Brigg: ein Zweimaster mit Rahsegeln an beiden Masten und einem zusätzlichen Gaffelsegel am Großmast. Es sind schnelle, wendige Schiffe, die allerdings wenig Laderaum bieten. Die Länge variiert zwischen 25 und 50 Metern, die Breite zwischen 5 und 7 Metern.

Dolmen: bretonisch für Steintisch. Als Dolmen werden aus großen Steinblöcken errichtete Bauwerke der Jungsteinzeit oder der Bronzezeit bezeichnet. Man spricht auch von Megalithkulturen (von griechisch: *mega* = groß und *lithos* = Stein), obwohl die Bauwerke in ganz Europa zwar aus der gleichen Epoche stammen, jedoch von verschiedenen, nicht zusammenhängenden Kulturen erbaut wurden.

Duckdalbe: Die Rammpfahlgruppen zum Festmachen der Schiffe im Hafen nennt man Duckdalben, auch Duckdalven oder Düükdalven. Wie viele Begriffe, die in der Seefahrt und an der Küste benutzt werden, scheint die Bezeichnung aus dem Niederländischen übernommen worden zu sein: *dukdalf,* von *dallen* (= »Pfähle«) und *ducken* (= »sich neigen, tauchen«), also »geneigte Pfähle« oder »eingetauchte Pfähle«.

Earl: britischer Adelstitel, der dem deutschen Graf entspricht.

Fenier: Fenian Brotherhood war der amerikanische Flügel der irischen Widerstandsbewegung von 1858, der sogenannten Irish Republican Brotherhood, kurz IRB. Die IRB verfolgte die Strategie, als kleiner Geheimbund durch gezielte Unterwanderung von Massenorganisationen möglichst viel Einfluss zu gewinnen. Geld und Waffen für den irischen Unabhängigkeitskampf kamen aus Amerika. Der Begriff »Fenians« wurde bald zum Synonym für alle Anhänger der irischen Unabhängigkeit.

Filí: keltische Bezeichnung für Dichter.

Fleute: ein langes Handelsschiff holländischen Ursprungs mit einem runden Achterschiff, einer bauchigen Form und einem flachen Boden. Die Schiffsform entstand Ende des 16. Jahrhunderts und war unter den europäischen Handelsschiffen bis ins 18. Jahrhundert führend.

Fregatte: Im deutschen Sprachraum wurden im 18. und 19. Jahrhundert Schiffe mit einer Vollschiffs-Takelage als Fregatten bezeichnet. Ein Vollschiff ist ein Großsegler mit mindestens drei vollständig rahgetakelten Masten. Heute bezeichnet man ein kleines Kriegsschiff als Fregatte, das in der Lage ist, selbstständig Operationen durchzuführen.

Gaffelsegel: Die Gaffel-Takelung ist vermutlich im 17. Jahrhundert entstanden. Der Begriff Gaffel bezeichnet ein verschiebbares, an einem Mast befestigtes, schräg nach oben ragendes Rundholz, an dem das Segel befestigt ist.

Großmast: Hat ein Segelschiff nur einen Mast, ist dies der Großmast, bei einem Schoner mit zwei ist es der hintere (achtere), bei einer Ketsch oder Yawl der vordere, in allen Fällen ist es der höchste. Bei größeren Schiffstypen mit drei oder mehr Masten ist es immer der zweite, der dann aber nicht unbedingt der höchste Mast sein muss.

Huker: auf Niederländisch auch *hoeker* genannt; ein Segelschiff, das für die Hochseefischerei verwendet wurde. Bei einigen Typen konnte der Großmast zum Anbringen eines Schleppnetzes umgelegt werden.

Kuff: ostfriesischer Küstensegler des 18. und 19. Jahrhunderts. Typischerweise hatte die Kuff anderthalb Masten und eine füllige Form mit flachem Schiffsboden und stark gerundetem und hochgezogenem Bug und Heck.

Lee: Fachausdruck in der Seemannssprache für die dem Wind abgewandte Seite. Die Seite, aus der der Wind kommt, heißt Luv. Wenn ein Schiff unter Segeln fährt, steht das Segel stets auf der Lee-Seite.

Maßwerk: filigrane Steinmetzarbeiten als flächige Dekoration von Fenstern, Balustraden und geöffneten Wänden. Das Maßwerk besteht aus geometrischen Mustern, wobei der Stein durchbrochen oder skelettiert wird. Blütezeit des Maßwerks war die Gotik, besonders im oberen Bereich der Spitzbogenfenster oder bei Rosetten. Die Spitzbogenfenster bestehen außerdem meist aus zwei oder mehreren vertikalen Abschnitten, den sogenannten Lanzettfenstern, die dann ebenfalls in einem Spitzbogen enden.

Megalith: von griechisch: *mega* = groß und *lithos* = Stein. Großer, bearbeiteter oder unbearbeiteter Stein von meist 15 bis 20 Tonnen – der schwerste wiegt 350 Tonnen! –, der einen Teil eines Bauwerks aus der Jungsteinzeit oder Bronzezeit bildet. Je nach Aufbau und Verwendung werden die Bauwerke als Hünengräber, Dolmen, Ganggräber, Menhire, Steinkisten, Steinkreise oder Steinreihen bezeichnet. Dabei sind Menhire aufgerichtete Einzelsteine, also die berühmten Hinkelsteine.

Newgrange: ein gewaltiges Hügelgrab in der irischen Grafschaft Meath. Es ist vom Typ her ein Ganggrab mit einer kreuzförmigen Kammer. Die Anlage wurde circa 3150 vor Christus von einem Volk erbaut, das lange vor der Ankunft der Kelten in Irland lebte. Newgrange ist eine bedeutende Megalithanlage und eine der ältesten, die einen Kalenderbau darstellt. Das heißt, die Anlage ist so errichtet, dass um die Wintersonnwende bei Sonnenaufgang die Kammer durch den Gang für einige Minuten von einem Sonnenstrahl beleuchtet wird.

Oghamschrift: Schrift der Kelten, die aus senkrechten Linien mit querenden Kerben besteht. Es sind etwa 300 Steine mit diesen Zeichen aus der frühen Zeit der keltischen Besiedlung Irlands überliefert.

Puritanismus: eine Reformbewegung in England und Schottland vom 16. bis zum 18. Jahrhundert, die sich für eine weitreichende Reformation der Kirche nach calvinistischen Grundsätzen einsetzte. Sie forderten eine Reinigung der Kirche von »papistischen«, also römisch-katholischen Lehren. Seinen Höhepunkt erreichte der Puritanismus mit dem Sieg im englischen Bürgerkrieg und der Errichtung einer puritanisch geprägten Republik unter Oliver Cromwell.

Rah: Bestandteil der Takelage eines Segelschiffs. An ihr wird das viereckige Rahsegel befestigt. Die Rah besteht aus einem beweglichen Rundholz, das um den Mast gedreht werden kann, um die Segel nach dem Wind auszurichten.

Samhain: erstes Hochfest im keltischen Jahreskreis. Es ist das Fest, das nach dem keltischen Kalender auf den Winteranfang fiel, und wurde ursprünglich in der Nacht des elften Vollmondes eines Jahres gefeiert. Inzwischen wird es in der Nacht vom 31. Oktober zum 1. November begangen.

Schnigge: ein offenes, flaches, meist schnelles Segelschiff, das bereits in der Wikingerzeit entwickelt wurde. Zu dieser Zeit hatte es zu seinem Segel noch etwa 40 Riemen, also Ruder. An Bord waren bis zu 90 Mann Besatzung. Später wurden kleinere Schniggen gebaut, die als schnelle Kriegs- oder Depeschenschiffe benutzt wurden.

Schoner: auch Schooner oder Schuner genannt, war ursprünglich ein Segelschiff mit zwei Masten, dessen vorderer Mast kleiner war als der hintere. Im 19. und 20. Jahrhundert wurden aber auch Schoner mit mehr Masten gebaut. Es waren schnelle Schiffe, die zu Kurierdiensten oder für die Piratenjagd eingesetzt wurden. Sie benötigten nur eine kleine Mannschaft. Kleinere Schoner wurden häufig in der Fischerei eingesetzt, große Vier-, Fünf- und

Sechsmastschoner wurden nach 1900 als Frachtschiffe für Kohle, Holz und Öl verwendet. Der erste Schoner wurde 1713 im US-Bundesstaat Massachusetts gebaut.

Schoten: ursprünglich die Ecken oder Zipfel eines Segels, später die Leinen zum Bedienen des Segels, das heißt zum Ausrichten und Trimmen des Segels, damit es gut zum Wind steht und die maximale Fahrt erreicht werden kann. Bei Schiffen mit mehreren Segeln trägt die Schot den Namen des Segels, beispielsweise Großschot oder Vorschot.

Sloop: Bezeichnung für ein Schiff der englischen Marine im 18. und 19. Jahrhundert, das nicht klassifiziert war, das heißt nicht unter die Rangeinteilung der Kriegsschiffe fiel. Es wurde von einem Seeoffizier mit dem Rang eines Commanders befehligt.

Steinkreise: runde oder ovale Arrangements von zumeist stehenden Steinen, die man als Menhire oder Findlinge bezeichnet. Auf den britischen Inseln wurden bisher über 700 entdeckt. Sie entstanden zum Ende der Steinzeit und in der Bronzezeit, also zwischen 2100 und 700 Jahre vor Christus. Steinkreise waren vermutlich Gräber und Kultplätze.

Tara: Hügel in der irischen Grafschaft Meath, auf dem sich zahlreiche frühgeschichtliche Monumente befinden. Eine Rolle spielte Tara als Sitz der südlichen Ui Néill, irischer Könige, bis ins 13. Jahrhundert.

Túatha: keltische Bezeichnung für ein irisches Königreich. Irland zerfiel in der Zeit von 200 vor Christus bis 800 nach Christus in etwa 150 solcher Königreiche. Es gab keine Dörfer und Städte. Jede Großfamilie lebte in ihrem Gehöft. Einem solchen kleinen Königreich stand der *rí* vor, der König. Mehrere Königreiche unterstanden einem *ruirí*, einem Oberkönig, und alle zusammen dem *árdrí*, dem Hochkönig, der lange Zeit seinen Sitz in Tara hatte.

United Irishmen: Die Society of United Irishmen wurde gegen Ende des 18. Jahrhunderts gegründet. Das Ziel dieser Reformgesellschaft war die Loslösung von England und die Schaffung einer eigenen irischen Republik.

Vierung: In einer Kirche wird der Raum, der beim Zusammentreffen von Haupt- und Querschiff entsteht, als Vierung bezeichnet. Die Vierung trennt in Kirchen mit kreuzförmigem Grundriss den Chor vom Langhaus. Ein Turm, der über der Vierung errichtet ist, wird Vierungsturm genannt.

Wanten: Als Wanten bezeichnet man die Seile, die die Masten zu beiden Schiffsseiten hin verspannen. Je nach Angriffspunkt am Mast werden sie als Topp-, Ober- oder Unterwanten bezeichnet. Zwischen den Wanten sind Webleinen gespannt, die zum Besteigen der Masten dienen.

DICHTUNG UND WAHRHEIT

Die Erben der Nacht ist nicht nur eine fantastische Romanserie über Vampire, es ist auch eine Reise durch das Europa des 19. Jahrhunderts mit seinen Menschen und seiner Geschichte, in der meine Leser in die damalige Welt eintauchen sollen. Mir ist es wichtig, kurze Einblicke in die Historie des Landes, die Politik, Kunst und den Stand der Wissenschaften mit ihren damals neuen Erfindungen zu geben, sei es nun die Medizin, die Architektur oder die Technik neuer Maschinen. Es treten viele Personen auf, die es wirklich gab. Männer und Frauen der Politik, der Wissenschaft, aber auch Künstler, deren Werke der Musik, der Malerei oder der Literatur uns heute noch prägen. Auch die Orte beschreibe ich so, wie sie vermutlich zum Ende des 19. Jahrhunderts ausgesehen haben.

Ich bin durch Irland gereist und habe die faszinierenden Landschaften gesehen: die Moore von Connemara, den Burren, Giant's Causeway und die zahlreichen Burgen, die in *Lycana* Schauplätze der Geschichte sind. Manche sind heute nur noch Ruinen wie Dunluce, andere sind noch erhalten oder wieder aufgebaut, wie Rockfleet, Aughnanure oder Dunguaire. Ich bin in den Höhlen von Aillwee gewesen und in die Schächte der Glengowla-Mine hinabgestiegen. (In Ashford Castle habe ich mich auch ein paar Tage einquartiert. Nicht schlecht, was der Bierbaron Guinness dort aufgebaut hat. Von den Gärten war Oscar Wilde seinerzeit allerdings nicht beeindruckt und empfahl der Hausherrin geringschätzig, ein Petunienbeet in Form eines Schweins anzulegen. Selbst das würde den Garten verschönern.)

Es waren wundervolle Reisen durch Irland, und ich konnte geradezu spüren, wie sich die Geschichte um meine Vampire entwickelte. Ja, wenn man in diesen einsamen Landschaften unterwegs ist, kann man – vor allem nachts – spüren, dass es sie tatsächlich geben könnte …

Gaststars

Die Familie Wilde – Dichter und Rebellen

Oscar Wildes Familie war der Literatur stets eng verbunden. Ein Onkel schrieb den Schauerroman *Melmoth the Wanderer*, seine Mutter schrieb politische Beiträge für die Zeitung und auch sein Bruder arbeitete als Journalist und eher erfolgloser Poet. Sein Vater veröffentlichte zahlreiche wissenschaftliche Werke. Er hatte viele Interessen und galt als akribischer Forscher. Ein Schild am ehemaligen Wohnhaus der Wildes am Merrion Square nennt ihn »Ohren- und Augenchirurg, Archäologe, Biograf, Ethnologe, Altertumsforscher, Statistiker, Naturwissenschaftler, Historiker und Volkskundler«. So sind auch seine Schriften thematisch breit gestreut. Unter anderem brachte er einen archäologischen Führer heraus, für den seine Söhne im Westen Irlands keltische Fundstätten skizzierten. William Wilde reiste viel, vor allem die Altertümer Ägyptens hatten es ihm angetan. Mit der Familie verbrachte er seine Ferien häufig im Westen Irlands, wo er am Lough Corrib Ländereien erwarb, und Oscar liebte die wilde Landschaft von Connemara mit ihren Farben und dem Spiel von Licht und Schatten.

William Wilde zählte zu den besten Ärzten Europas und wurde selbst von der Königin zurate gezogen. Es erfand das Stethoskop und gründete ein Krankenhaus für Mittellose. Bevor er Jane Elgee kennenlernte, wurde er Vater dreier unehelicher Kinder. Seine beiden Töchter wuchsen bei seinem älteren Bruder auf und kamen als junge Frauen tragisch ums Leben. Das Ballkleid der einen fing Feuer, als sie dem Kamin zu nahe kam. Ihre Schwester versuchte, ihr zu helfen, und verbrannte mit ihr.

Während William Wilde als mittelgroß und eher unscheinbar beschrieben wird, war seine Frau Jane Elgee eine auffallende Persönlichkeit. Sehr groß, in ihren jungen Jahren schlank, später massig, mit dichtem schwarzen Haar, kleidete sie sich stets so, dass die Leute verstummten, wenn sie den Raum betrat. Ihre nationalistische Gesinnung für Irland vertrat sie offen, und wenn sie die Salons des Königshauses besuchte, nutzte sie Kleider und Accessoires als politisches Statement. Ihre aufrüttelnden Zeitungsartikel verfasste sie allerdings unter dem Pseudonym »Speranza«. Sie war die »Stimme der Freiheit« und leitete kurzzeitig die *Nation*, als der Verleger verhaftet wurde. Ansonsten lebte sie vor ihrer Ehe von Übersetzungen.

Nach ihrer Hochzeit liebte es Lady Wilde, sich mit geistreichen Persönlichkeiten zu umgeben. Ihre literarischen Salons am Merrion Square waren berühmt und wurden gern besucht. Doch Ehefrau, Mutter und Gastgeberin zu sein, genügte ihr nicht, und so konkurrierte sie zeitlebens mit ihrem Mann und ihren Söhnen um Veröffentlichungen.

Der älteste Sohn der Wildes, Willie, wurde schon in den ersten Schuljahren von seinem jüngeren Bruder Oscar überflügelt, der vor allem durch seine Redegewandtheit auffiel. Willie stand sein ganzes Leben im Schatten seines brillanteren Bruders. Er blieb ledig, schlug sich als Journalist durch und wohnte die meiste Zeit bei seiner Mutter, auch als diese nach London übersiedelte, nachdem das prachtvolle Haus in Dublin der hohen Schulden wegen verkauft werden musste.

Nun zu Oscar. Was kann ich in der Kürze über ihn sagen? Eine Freundin aus jungen Jahren beschrieb ihn als »kräftigen, großen Kerl mit breitem weißen Gesicht, wohlgeformten roten Lippen und langen schwarzen Locken, die ihm etwas bäurisch in die edle Stirn fielen«. Oscar Wilde liebte es, in Gesellschaft geistreiche Reden zu schwingen, lauschte am liebsten seinen eigenen Dichtungen und hielt Ehrgeiz und Egoismus für eins. Wilde betrachtete sich selbst als hochbegabt. Er wollte nicht als vertrockneter Oxford-Dozent enden. »Aus mir wird einmal ein Dichter, ein Schriftsteller und Dramatiker«, prophezeite er. Seine Freunde wie Feinde verblüffte er mit seiner ausdauernden Konzentration und mit der Leichtigkeit, mit der er ständig Auszeichnungen gewann. In den ersten Jahren veröffentlichte er bis auf einen Gedichtband nicht viel. Er redete lieber, schliff seine Aphorismen und ließ sich bewundern. Geld war für ihn nicht wichtig. Es wurde zur lebenslangen Gewohnheit, Schulden zu haben. Er war ein junger Snob, der sich mit den Honoraren seiner Vortragsreisen über Ästhetik und dem Geld seiner Frau über Wasser hielt. Erst später brachte er Theaterstücke auf die Bühne, schrieb Geschichten, Streitgespräche, Essays, Märchen und einen Roman und leitete für ein paar Jahre ein Frauenmagazin. Das blieb allerdings die einzige feste Arbeit, die er jemals hatte.

Man kann viel über ihn schreiben, sein Verhältnis zur Kunst, sein Leben in London und Paris, seine Frau und die Kinder, seine Gönner und Schüler, die Neigung zu jungen Männern, die ihn ins Gefängnis brachte, doch ich belasse es mit einer Selbsteinschätzung Wildes, die er auf seiner Amerikavortragsreise in einem Fragebogen notierte:

Das schönste Wort der Welt?

Ausgezeichnet!

Das schlimmste Wort?

Durchgefallen!

Lieblingsbeschäftigung?

Meine eigenen Sonette lesen.

Charakterzüge, die er verachtet?

Eitelkeit, Hochmut, Selbstüberschätzung.

Charakterzüge, die er schätzt?

Die Gabe, Freunde zu finden.

Sein ausgeprägtester Charakterzug?

Ungeheurer Hochmut.

Wenn er nicht er selbst wäre, was würde er dann sein wollen?
Ein katholischer Kardinal.
Seine Vorstellung vom Glück?
Absolute Macht über die Seelen der Menschen, selbst wenn man davon Zahnschmerzen bekommt.
Sein Lebensziel?
Erfolg, Ruhm oder auch nur traurige Berühmtheit.

Robert Emmet und Anne Devlin – Rebellen und Märtyrer

Robert Emmet stammte aus einer wohlhabenden protestantischen Familie. Sein Vater war ein angesehener Arzt und auf Reisen für die Mitglieder der britischen Königsfamilie verantwortlich. Während seines Studiums auf dem Trinity College in Dublin kam Emmet in Kontakt mit den patriotischen United Irishmen, die für ein unabhängiges Irland kämpften, und trat ihnen bei. Als die Rebellen 1798 unter Theobald Wolfe Tone geschlagen wurden, ging er nach Frankreich ins Exil. Er stieß zu der irischen Delegation, die Napoleon für ihre Sache gewinnen wollte, doch dieser schloss einen Friedensvertrag mit dem Vereinigten Königreich von Großbritannien und Irland.

1803 kehrte Robert Emmet mit anderen Revolutionären nach Irland zurück, um eine weitere Rebellion anzuführen. Anne Devlin, die Nichte des Rebellenführers Michael Dwyer, arbeitete als Haushälterin bei Emmet. Sie war in seinem Alter und ihm und seinen Idealen treu ergeben.

Der Aufstand brach zu früh aus und war schlecht organisiert. Vergeblich versuchten sie, Dublin Castle zu erobern. Bei den Unruhen wurde der oberste irische Richter ermordet. Emmet floh und versteckte sich. Anne hielt die Stellung und leitete geheime Botschaften an die Aufständischen weiter. Doch dann wurde sie verhaftet und eingekerkert. Auch unter der Folter schwieg sie. Dennoch wurden Robert Emmet und einige seiner Freunde bald gefasst und wegen Landesverrat zum Tode verurteilt. Nach der Urteilsverkündung hielt Emmet die überlieferte Rede: »Lasst niemanden meine Grabinschrift vornehmen, denn niemand, der meine Motive kennt, würde es wagen, sie jetzt zu rechtfertigen … Wenn mein Land seinen Platz inmitten der Nationen der Erde eingenommen hat, dann, und erst dann, wird meine Person Rechtfertigung erlangen. Dann kann mein Grabstein eine Inschrift erhalten: Ich bin fertig.«

Am nächsten Tag wurde er zum Platz seiner Hinrichtung gebracht. Zweimal fragte ihn der Henker, ob er bereit sei. Emmet antwortete mit »Nein«. Bevor er ein drittes Mal antworten konnte, wurde er gehängt, sein Körper anschließend abgenommen und geköpft. Der Henker zeigte das Haupt der Menge. »Dies ist der Kopf des Verräters Robert Emmet.«

Anne Devlin blieb zwei Jahre eingekerkert, dennoch gab sie den Behörden keine Informationen über die Rebellen, in deren Kreis sie verkehrt hatte, preis. Es wird gesagt, sie sei 1851 verarmt in Dublin gestorben.

Die Piratin Grace O'Malley – eine streitbare Frau

Gráinne Ní Mháille, genannt Granuaile, wurde 1530 auf Clare Islands im Westen Irlands als Tochter eines irischen Clanführers geboren – im gleichen Jahr übrigens wie Königin Elisabeth I. Die Piraterie war in dieser Gegend damals ein übliches Handwerk. Waren die Clans doch selbst ständig vom Land oder Wasser her bedroht. Granuaile lernte neben den üblichen Dingen, die ein Mädchen damals wissen musste, auch Latein, um die Schriften der Navigationslehre lesen und mit ihrem Vater zur See fahren zu können. Die Mutter war dagegen. Ihre Tochter könnte mit ihrer schwarzen Lockenpracht doch keine Matrosin werden! Also schnitt Granuaile ihr Haar ab und fuhr zur See, um Navigation zu lernen.

Mit sechzehn heiratete sie den Anführer des O'Flaherty-Clans, die seit Anfang des 16. Jahrhunderts auf Aughnanure Castle saßen. Ihr Mann brachte in zahlreichen Schlachten das Vermögen der Familie durch und wurde dann von befeindeten Clanmitgliedern erschlagen. Granuaile übernahm die Verteidigung der Burg und der Ländereien. Es gelang ihr, sich gegen die anrückenden Engländer erfolgreich zu behaupten, wodurch sie eine große Anhängerschaft gewann. Die Nachfolge ihres Mannes konnte sie als Frau allerdings nicht antreten, daher kehrte sie nach Clare Island zurück – mit einer großen Zahl von Gefolgsleuten. Sie heiratete noch ein zweites Mal, hatte insgesamt vier Söhne und diverse Liebhaber.

Wie ihre Vorväter begann sie, Handel zu treiben, und unternahm Raubzüge, plünderte Schiffe und Küstenorte. Ihr Gefolge und ihr Erfolg waren bald so groß, dass sie den Zorn Königin Elisabeths auf sich zog. Die ließ ihren Statthalter von Galway massiv gegen die Piratin vorgehen, doch es gelang ihr immer wieder, ihm und seinen Truppen zu entwischen. 1578 fiel sie ihm dann doch in die Hände und wurde in ein Verlies gesperrt, aus dem sie jedoch zwei Jahre später entkommen konnte. Granuaile drehte den Spieß um und wandte sich mit einer Petition direkt an Königin Elisabeth. Sie verteidigte die Piraterie als einzige Möglichkeit ihres Volkes zu überleben und bot der Königin an, »ihr Leben lang mit Schwert und Feuer« alle Feinde Englands zu bekämpfen.

Um ihre Söhne zu befreien, reiste sie – inzwischen sechzig Jahre alt – nach England und bekam eine Audienz. Barfuß und mit hoch erhobenem Haupt trat sie vor die Königin, die so beeindruckt war, dass sie Granuailes Söhne aus der Haft entließ und ihr selbst eine Rente aussetzte. Beide Söhne wurden nach englischem Recht Clanführer und durften ihre Raubzüge unter englischer Flagge fortsetzen.

1603 starb Granuaile – wie auch Königin Elisabeth I. Von ihren zahlreichen Burgen steht noch Rockfleet am Rande der Clew Bay.

Oliver Cromwell – ein großer und grausamer Feldherr

Wenn man fragt, wer Oliver Cromwell war, so kann die Antwort sehr unterschiedlich ausfallen, je nachdem ob man mit einem Engländer oder Iren spricht. Für die einen war er ein großer Heerführer, für die anderen ein grausamer Schlächter. In einer ersten Version von *Lycana – Die Erben der Nacht* gab es noch einen Dialog zwischen Ivy und Malcolm, die stellvertretend für diese konträren Ansichten stehen:

»Oliver Cromwell war einer der grausamsten englischen Heerführer, die Irland jemals heimgesucht haben«, sagte Ivy.

»Und auch einer der erfolgreichsten, als es darum ging, die aufständischen Iren in die Knie zu zwingen, das darfst du nicht unterschlagen!«, mischte sich Malcolm ein.

»Es war die Zeit des englischen Königs Charles I., der mit einer Katholikin verheiratet war«, fuhr Ivy fort. »Das verlieh den irischen Hoffnungen Flügel. Jedenfalls geriet Charles in Konflikt mit dem englischen Parlament, und es kam zum Bürgerkrieg in England und Schottland, an dessen Ende Charles vom englischen Parlament hingerichtet wurde. Statt der Anglikaner hatten nun die puritanischen Kräfte die Macht – und sie verloren keine Zeit, das katholische Irland in die Knie zu zwingen. Hierfür schickten sie uns Oliver Cromwell mit einer Armee von zwanzigtausend Mann.«

»Du hast eine Kleinigkeit vergessen«, warf Malcolm ein. »Irland versuchte, die Situation auszunutzen! England und Schottland waren in ihren Bürgerkrieg verstrickt und hatten keine Zeit, sich um den aufmüpfigen Nachbarn zu kümmern. Und da dachten sich die Iren, der Zeitpunkt für einen Aufstand sei gekommen. Sie wollten den puritanischen Lord Justice und sein Parlament in Dublin loswerden, den Regierungssitz und die Waffendepots einnehmen, aber wie üblich scheiterten sie am Verrat aus den eigenen Reihen. Dennoch versuchten sie es weiter und töteten bei einem schrecklichen Massaker in Portadown zwölftausend Protestanten! Die Rebellion weitete sich aus und sogar die alteingesessenen englischen Siedler stellten sich auf die Seite der Iren! Es war also ein absolut notwendiger Akt der Verteidigung, Cromwell zu senden, um die Iren in ihre Schranken zu weisen und sie zu bestrafen!«

»Vielen Dank für diese Ergänzung«, sagte Ivy kühl. »Gleich nach Charles' Exekution landete Cromwell mit seinen Männern in Irland. Im Norden belagerte er die Stadt Drogheda, und da sie sich ihm nicht sogleich ergab, ließ er sie stürmen. Zur Mahnung ließ er alle irischen Soldaten, derer er habhaft werden konnte, und die meisten Bürger massakrieren. Dann marschierte er nach Süden und nahm Wexford ein. Wieder ließ er die Bevölkerung der Stadt abschlachten. Entsetzt ergaben sich die anderen Städte, sobald sie seiner Armee ansichtig wurden.«

»Die Rebellion war beendet, dank seiner starken Hand!«, fuhr Malcolm fort. »Cromwell hat die Katholiken in Irland besiegt, die Presbyterianer in Schottland und die Royalisten in England. Er war nun der mächtigste Mann Englands. Es begann die Zeit der Republik, die bis zu seinem Tod andauerte. Erst dann wurde der Sohn des hingerichteten Königs als Charles II. gekrönt.«

Malcolm schwieg und Ivy übernahm wieder das Wort. »Als Cromwell Irland den Rücken kehrte, hinterließ er Totenstille. Zehn Jahre hatten Rebellion und Krieg angedauert und den spärlichen Wohlstand der Iren zerstört, den sie sich mühsam aufgebaut hatten. Allerorts brach die Pest aus, Heere von Bettlern zogen über das Land, hungrige Wölfe drangen bis in die Städte.«

Doch was sagen die Biografen über ihn?

Er war der Gründer der englischen Republik und regierte als Lordprotektor England, Schottland und Irland.

Cromwell wurde 1599 als Sohn eines Landadeligen geboren. Während seines Studiums kam er mit der Idee des Puritanismus in Berührung, trat diesem aber erst 1628 bei, als er Abgeordneter im Unterhaus wurde. Als der König nach langen Jahren, die er ohne

Parlament regierte, dieses 1640 einberief, um Steuergelder für einen Krieg gegen Schottland zu erheben, schloss sich Cromwell den Gegnern des Königs an. Der Versuch des Königs, die Führer der Opposition im Unterhaus zu unterwerfen, scheiterte und löste zwei Bürgerkriege aus. Cromwell führte das Parlamentsheer gegen die Royalisten. Nach seinem Sieg im zweiten Bürgerkrieg wurde der König zum Tode verurteilt und hingerichtet. Die Republik unter Cromwells Führung wurde ausgerufen.

Der Krieg fand auch auf irischem Boden statt, wo Cromwells Truppen mit einer Massakertaktik gegen die Bevölkerung vorgingen. Die Ermordung von 3500 Einwohnern Droghedas – königstreue Soldaten, Zivilisten, Gefangene und katholische Priester – nach der Eroberung der Stadt belastet noch heute die englisch-irische Beziehung. Cromwell hielt den Befehl zum Massaker für gerechtfertigt, denn die Verteidiger der Stadt hatten entgegen dem geltenden Kriegsrecht nach dem Fall der Mauern noch weitergekämpft.

Nach dem Krieg regierte Cromwell als Lordprotektor, bis er 1658 an Malaria starb. Die ihm angetragene Königswürde hatte er abgelehnt. Danach kehrte England zur Monarchie zurück und krönte 1660 Charles II., den Sohn des hingerichteten Königs.

Übrigens wurde Cromwell drei Jahre nach seinem Tod noch für seine Verbrechen gegen das Königtum verurteilt, seine Leiche exhumiert und geköpft, der Kopf aufgespießt und zur Schau gestellt.

DANKSAGUNG

Vampire faszinieren mich! Das war schon immer so. Mein erster literarischer Vampir hieß Peter von Borgo und ich ließ ihn unter dem Pseudonym Rike Speemann seit 2002 in Hamburg sein Unwesen treiben. Doch schon kurze Zeit später kam mir die Idee zu einer großen Vampir-Jugendbuchserie. Ich begann, sie auszufeilen, stieß aber bei den Verlagen nicht auf Begeisterung. Vampire? Die Zeit war noch nicht reif. Aber ich habe nicht aufgegeben und versuchte es nach meinem Wechsel zu cbj noch einmal. Und nun scheint das Zeitalter der Vampire endlich angebrochen zu sein.

Ich danke meinem Verlagsleiter Jürgen Weidenbach, meiner Programmleiterin Susanne Krebs und meiner Lektorin Susanne Evans, dass sie sich von meiner Begeisterung haben anstecken lassen und die Vampire nun losgelassen werden!

Herzlichen Dank auch an meinen Agenten Thomas Montasser, der schon lange Blut geleckt hat und nicht zuließ, dass ich meine Idee aufgebe. Mein Mann Peter Speemann war wieder »Mädchen für alles«, wenn es um meine Computerausstattung ging, und hat sich als erster kritischer Leser verdient gemacht.

Ich danke auch den vielen freundlichen Iren, die auf meinen Reisen meine Fragen beantwortet, mir die richtige Richtung gewiesen, wenn meine Orientierung versagte, oder sich meiner in den zahlreichen Bed-and-Breakfast-Unterkünften fürsorglich angenommen haben. Sie haben sich alle redlich bemüht, so langsam und deutlich zu sprechen, dass ich sie verstehen konnte.